조선 명가 문헌 총서 001

압해 정씨 가문
반곡 정경달 시문집 II

압해 정씨 가문
반곡 정경달 시문집 II

고려대학교 민족문화연구원

이 연구는 2007년 정부(교육과학기술부)의 재원으로 한국연구재단의 지원을 받아 수행된 연구임(NRF-2007-361-AL0013)

盤谷 丁景達의 삶과 文學
— 생애와 漢詩의 特徵的 局面을 중심으로 —

1. 序論

이 글은 盤谷 丁景達(1542~1602)의 文學 作品에 나타나는 主題의 特徵的 局面을 살펴보고, 文學史에서 차지하는 역사적 위상을 검토하고자 한 것이다. 반곡에 대한 학계의 관심은 대체로 그가 남긴 『日記』에 집중[1]되었다. 이 『日記』는 『亂中日記』라고도 하는데, 李舜臣의 『亂中日記』와 함께 壬辰倭亂 중의 실제 상황이 기술되어 사학계에 큰 관심을 모았다. 이 연구의 결과에서 그가 실제로 임진왜란 당시 善山府使로 재임 중에 직접 왜군과 맞서

---

[1] 『난중일기』에 대한 첫 소개는 이수봉(1985)의, 「盤谷의 亂中日記 攷(Ⅰ)」(『湖西文化研究』 제 5집, 忠南大學校 湖西文化研究所) 참조. 최근에 이 일기가 역주되어 간행되었다. 신해진 (2016) 역주, 『반곡난중일기(상·하)』, 보고사.

싸웠으며, 이순신의 從事官으로서 水軍의 활동을 도와 전승에 기여한 사실이 차례로 보고[2]되었다. 최근에는 그의 世居地를 전라남도 보성군에서 새로 복원한 바 있으며 경상북도 선산에서는 학회를 개최하고 기념물을 건축하는 등 地自體 차원의 대대적인 문화사업이 계속 진행되고 있다.

하지만 이 과정에서 그가 남긴 詩는 거의 관심의 대상이 되지 못하였다. 가장 큰 이유는 그의 시 작품에 전란 관련 내용이 직접적으로 드러나지 않는 데에 기인한 것으로 보인다.[3] 따라서 壬辰倭亂 硏究의 史料로서 『日記』와 上疏나 狀啓 등 관련 散文에 관심이 집중되어 왔다. 하지만 우선 반곡에 대한 이해를 위해서도 그렇지만 격동의 시대를 살아간 당대 지식인들의 이해의 확장과 심화를 위해서도 그의 시는 검토할 만한 충분한 가치가 있다고 판단된다. 더구나 그가 詩文을 주고 받으며 교유한 문인이 玉峯 白光勳 (1537~1582), 霽峰 高敬命(1533~1592), 白湖 林悌(1549~1587) 등 당대 詩壇을 대표하던 인물들인 점을 감안하면 더욱 그러하다.

물론 이러한 과제는 이 글이 감당하기에 매우 큰 주제일 것이다. 따라서 본고는 일단 이 과제 해명의 시작이자 단서로서 반곡의 시 작품에 대한 전체적인 내용과 문학적 특징을 정리하여 일차 보고하는 데에 초점을 두고자 한다. 그리고 이를 위한 예비적 고찰로서 아직은 생소한 그의 생애와 주요 행적을 살펴보고 그의 문집 『盤谷集』에 대한 체재와 간행 경위를 간략하게 살펴보기로 한다.

---

2) 김경숙(2013), 「임진왜란 초기 지방관의 수토활동(守土活動)-선산부사(善山府使) 정경달(丁景達) 형제의 활동을 중심으로」, 『조선시대사학보』 65, 조선시대사학회. 133~134면 참조
3) 근대에 들어서 가문이 급격히 쇠약한 것도 한 이유일 것이다. 무엇보다 후손인 鳳崗 丁海龍 (1913~1969)은 몽양 여운형을 도와 정당 활동하였고, 그의 동생 해진은 동경에서 국제공산당에 입당하여 사회주의자로 활동하다 월북한 이유로 당시 정부의 주요 감시 대상이었다고 전한다. 이후 잠시 월남한 해진과 접촉한 이유로 가족간첩단 사건의 혐의에 연루되어 후손들은 사실상 멸문에 가까운 수난을 겪게 된다. 이에 대한 구체적 경위는 정해룡의 아들 길상의 증언에서 확인할 수 있다. 2016년 9월 23일자 인터넷판 한겨레신문 '아부하고 고개 숙여 정승 판서 나오면 뭐하나'라는 제목의 칼럼에 인터뷰가 실려 있다.

2. 盤谷의 生涯와『盤谷集』

1) 生涯와 行蹟

　　丁景達의 本貫은 靈光이고 字는 而晦이며 盤谷은 그의 號이다. 1542년(중종 37) 7월 9일 全南 長興郡 長東面 盤山里에서 부친 夢鷹과 모친 水原 白氏 사이에서 次男으로 태어났다. 성장하면서 비범한 기질과 행동을 보였고 15세 되던 해부터 南冥 曺植의 門人으로서 전남 長興지역에서 學德으로 추앙받던 天放 劉好仁(1502~1584)의 門下에서 수학하였다. 천방은 그의 조부인 顔巷 仁傑의 妹夫이기도 하였다.

　　그는 29세에 문과에 급제하여 昇州敎授를 제수 받을 때까지 樂在堂, 山陽精舍, 寶林寺, 日林寺 등지에서 학문에 전념하였다. 그러다 부임한 지 3개월 만에 부모님을 모시기 위해서 辭任을 하고 歸鄕한다. 이 무렵 玉峯 白光勲과 白湖 林悌, 霽峯 高敬命, 조부 仁傑의 外孫子 金公喜, 松汀 金景秋 등과 교유하였다. 본격적인 출사는 39세인 1580년(선조 13) 慶尙都事로 볼 수 있는데, 이후 平壤庶尹(42세), 加平郡守(43세), 全州敎授(47세), 刑曹正郞(49세) 등을 차례로 거치다 50세이던 1591년에 善山府使에 임명되었다.

　　1592년 왜적이 부산을 함락하고 영남 일대를 침략해 오는 와중에 善山에까지 쳐들어오자 그는 許誢, 金惟一 등과 함께 전투에 대비하였다. 적이 선산 부중에 다다른 5월 17일부터는 金烏山 전투에 직접 참전하여 적장을 비롯한 적병 수백 명의 首級을 거두었다. 그해 10월에 尙州 竹峴에서 다시 승전하여 인근 지역의 義兵이 합세하였다. 이듬해 1월 그는 上道官軍大將兼義兵總大將이 되어 참전을 계속했고, 왜군을 토벌하였다. 그러다 9월에 병이 들어 잠시 고향인 장흥에 돌아왔지만 이듬해 1월 다시 이순신의 啓請으로 從事官에 임명되어 閑山島에 주둔하고 있던 이순신을 찾아가 전쟁의 대책을 논의하였다. 7월에 咸陽府使로 임명되었으나 이순신의 啓請으로 계속 從事

官으로서 복무하였다.

1595년 南原府使, 1596년 定州牧使를 거쳤는데 1597년 정유재란으로 왜군이 재침하여 왜인 이중첩자인 要時羅에 의해 이순신이 被逮되자 御前에 나가 그의 無罪를 直諫하기도 하였다. 이후 그는 주로 왕을 扈從하였고 중국 사신과 장수의 接伴使로서 활약하여 큰 공을 세웠다. 그리하여 그의 사후인 1604년(선조 37)에 宣武厚從功臣 一等으로 기록되었다.

2) 『盤谷集』 刊行 經緯와 內容

반곡 선생의 문집 『반곡집』은 처음에 筆寫本이 있었다고 전한다. 처음부터 완성된 형태의 문집으로는 간행되지 못하고, 1761~1763년 사이에 후손 以翼·允弼·修七 등에 의해 먼저 필사본으로 정리된 것으로 보인다. 그러나 이 필사본은 현재 남아 있지 않고, 序文이나 跋文도 전하지 않아 정확한 필사 연대를 확인할 수 없다. 다만 宗中에 家傳하는 목차를 살펴보면 권1은 詩이며, 권2는 辭, 說, 序文, 記文, 集著, 狀啓와 上疏 등이 실려 있었고, 권3은 附錄으로 行錄과 輓詞, 祭文, 行狀 등이 수록되었던 것으로 보인다.

木版本 『盤谷集』은 筆寫本에 비해 내용의 대대적인 增補가 이루어졌는데, 韓致應과 丁若鏞의 序文과 家藏 文書類, 祖父 仁傑의 行狀 및 墓碣名 등이 더하여져서 총 9권 3책으로 되었다. 권1은 敎旨, 有旨, 圖說, 世譜이며, 권2는 銘, 賦, 詩이고, 권3은 辭, 說, 序, 記, 集著이며, 권4는 年記, 권5와 권6은 亂中日記, 권7은 儀節家禮, 권8은 義將錄, 西征錄, 권9는 附錄이다. 跋文은 후손 修七이 썼다. 1781년에는 7대손 호필 등이 주도하여 『盤谷日記』와 『盤谷年記』를 분리하여 필사하기도 한다.

이후 1792년 正祖가 『忠武公全書』를 간행하면서 草本이 內閣에 들어갔고, 이를 계기로 당시 雲峯縣監이자 李舜臣의 후손인 李民秀의 지원을 받아 1793년(정조 17)에 목판으로 처음 간행되었다. 이 책은 현재 전하지 않는데,

그 뒤 1815년(순조 15)에 茶山 丁若鏞의 刪定을 거쳐 9권 3책으로 다시 간행 되었다.[4] 이에 관련하여 최근에 발굴된 茶山 丁若鏞의 서간 자료가 있어 경 위를 확인할 수 있다.[5]

이 가운데 시는 목판본을 기준으로 五言絶句 40제 53수, 六言絶句 4제 5 수, 七言絶句 156제 199수, 五言律詩 46제 51수, 五言排律 2제 2수, 七言律詩 56제 59수, 七言排律 2제 2수이다. 이상을 정리하여 모두 합하면 연구 대상 이 되는 시 작품은 모두 306제 371수이다.

3. 詩 世界의 特徵的 局面

1) 景物의 卽物的 玩味와 親化的 交感

일상적 사물을 관찰하고 그 과정에서 감동을 느끼며 그것을 시로 형상화 하는 것은 전통적인 시 창작의 기본적 원리이다. 한시에서 계절의 변화나 사물의 躍動 등이 많이 형상화되는 것도 같은 맥락으로 이해할 수 있다. 이 는 性理學을 평생의 과업으로 삼아 공부하고 자신의 삶의 지표로서 받아들 였던 당대 문인들에는 누구에게나 통용되는 일반적인 모습일 것이다. 하지 만 이러한 觀物의 태도는 이론적으로는 서로 유사하나, 실제에 있어서는 개 인이 서있는 시대와 처지에 따라 그 주목하는 바가 다소 상이하게 나타난 다는 점에서 작가마다의 詩的 個性이 드러나는 대목이기도 하다.

반곡의 경우도 많은 시 작품에서 여러 가지의 다양한 경물을 제재로 형상 화하였다. 다만 그의 경우 사물의 본래적 의미에서 화석화되고 관념화된 경 물, 예컨대 흔히 道學의 理想的 경물로 吟詠되는 '魚躍鳶飛'나 '雲影天光' 등

---

4) 이 목판본과 후손의 시문집을 합하여 『盤山世稿』로 이름을 붙이고 1987년에 亞細亞文化社 에서 영인본으로 발간하였다.

5) 김희태(2016), 「정다산이 장흥사람에게 보낸 편지-<여유당전서> 미수록 다산 정약용 간찰 7통」, 『장흥문화』 제38호, 장흥문화원.

해제 : 盤谷 丁景達의 삶과 文學   9

에는 그다지 관심을 두지 않는 점이 오히려 특징적이다. 그가 주목하는 것은 주위에 함께 공존하는 세계 속의 지극히 평범하고도 일상적인 사물들이다.

이러한 景物에 대해 반곡은 卽物的으로 다가가는 점이 주목할 만하다. 여기서 卽物은 곧 관념이나 추상적인 사고나 인식이 아니라 실제의 사물에 비추어 있는 그대로의 모습을 생각하고 행동하는 태도를 의미한다. 다음의 일련의 시편들에서 이러한 경향을 쉽게 간취할 수 있다.

<竹林精舍> 죽림정사6)

尋常大隱似墻東	심상한 곳에 大隱이 墻東한 듯한데,
嶄巇開庵喜養蒙	깎아지른 곳에 암자를 여니 養蒙하기에 좋구나.
萬盖長松擎白雪	일만 그루의 긴 소나무는 흰 눈을 높이 들고,
千竿脩竹舞淸風	일천 줄기의 뻗은 대나무는 맑은 바람에 춤을 추네.
泉生北洞鳴寒玉	샘은 북쪽 골짜기에 나서 찬 옥소리 울려대고,
海接南天鑠碧銅	바다는 남쪽 하늘에 접하여 푸른 銅을 잠근 듯.
吟罷膝琴憑月檻	膝琴 연주를 마치고 달빛 비치는 난간에 기대는데,
一聲玄鶴下瑤空	한 소리 우는 학이 맑은 하늘에서 내려오네.

시제인 죽림정사는 경남 진주에 있는 암자7)의 명칭이다. 화자인 반곡은 이곳에서 본 어느 겨울 달밤의 맑은 경치를 읊고 있다. 首聯은 유명한 大隱의 고사를 들어 이 암자의 의미를 이끌고 있다. 주지하듯이 大隱은 사람이 많은 저잣거리에서 이름을 숨기고 사는 은자를 가리킨다.8) 원래 이 典故는, 자신은 깊은 산속이 아니라 사람이 들끓는 도성에 살면서도 名利를 벗어난 隱者의 길을 가고 있다는 뜻으로 많이 인용하는데, 여기서 반곡은 이를 약

---

6) 丁景達,『盤谷集』, 亞細亞文化社 影印本. 43면. 이하 출처는 '『盤谷集』, 면수'로 밝히기로 한다.
7) 경상남도 진주시 문산읍 소재.
8) 王康琚,「反招隱」,『文選』卷11. "소은은 산림에 숨고, 대은은 저자에 숨는다.(小隱隱陵藪, 大隱隱市朝)"

간 바꾸어 암자의 주인이 大隱이지만 산속에 지낼 곳을 정하였음을 말한다. 牆東은 담장 동쪽을 가리키는 말로서 벼슬하지 않고 운둔함9)을 뜻한다. 養蒙은 『周易』 蒙卦 象辭에 "몽매한 이를 바름으로 기르는 것이 성인을 만드는 공이다.(蒙養以正, 聖功也)"라고 한 데서 온 말이다. 곧 이 암자가 聖人의 공부를 할 수 있는 공간임을 말한 것이다.

이어지는 頷聯부터는 자신이 암자 주변에서 살펴본 다채로운 경물을 노래하고 있다. 일만 개의 日傘을 겹쳐놓은 듯한 소나무와 일천 주의 곧게 뻗은 대는 암자의 고고한 분위기나 주인의 드높은 기상을 비유적으로 표현한 것일 터이나 중요한 것은 이들이 매우 활발한 형상으로 묘사되어 있다는 점이다. 화자는 지금 겨울의 雪景에서 자연의 아름다움을 感知하고, 경물들의 생동감 넘치는 움직임을 포착하고 있다. 그의 시선은 무심코 지나칠 만한 작은 사물도 놓치지 않으며, 그것들을 하나같이 정감어린 모습으로 바라본다. 이때의 자연 사물은 모두 결코 관념화되거나 상투적으로 고정된 대상이 아니라, 살아 움직이는 활력이 넘치는 대상으로 그려진다.

頸聯의 경관 묘사도 같은 맥락에서 이해할 수 있다. 골짜기에서 솟아나는 샘물과 하늘과 잇닿은 바다를 다양한 감각적 이미지를 활용하여 그려내는데, 이를 통해 그는 자신이 서 있는 곳의 淸新함을 부각시킨다. 尾聯은 이러한 경관의 이미지를 극대화하여 암자의 분위기가 가지는 仙風의 인상을 표현하고 있다. 이는 膝琴 연주를 마친 후 올려다보는 하늘에서 한 마리 학이 내려온다고 하는 것을 통해서도 잘 알 수 있다. 古琴의 일종으로 크기가 일반적인 거문고보다 작아서 허벅지에 올려놓고 연주하기 좋은 膝琴이나 맑

---

9) 중국 後漢 때의 인물인 逢萌의 고사이다. 逢萌, 徐房, 李子雲, 王君公 등이 서로 친하게 지냈는데, 王莽이 前漢을 찬탈하여 세상이 어지러워지자 모두들 덕을 숨기고 고의로 나쁜 행동을 저질러 면책된 다음 시골로 돌아가 은둔하였다. 그런데 왕군공만은 官婢와 간통하여 면직되자 고향으로 돌아가지 않고 시장에서 거간꾼 노릇을 하면서 은둔하니, 당시 사람들이 "담장 동쪽으로 세상 피해 숨어 사는 왕군공이네.(避世牆東王君公)"라고 하였다. 『後漢書』 卷113, 「逸民列傳 · 逢萌傳」 참조.

은 하늘에서 고고한 자태로 하강하는 한 마리의 학은 그러한 인상을 표현하는 데에 적절한 소품이 된다.

아래의 인용 시에서도 이와 유사한 詩情을 간취할 수 있다.

　　<咏梅> 매화를 읊다10)
昨夜東風吹雪盡　어젯밤 봄바람에 눈 자취 사라졌으나,
園林寂寂不成花　적적한 동산에 아직 꽃망울 터지지 않았네.
燐塗獨受韶光早　燐을 바른 듯 일찍부터 홀로 봄빛 받으며,
滿樹堆香炸炸華　나무 가득 향기 뭉치며 반짝반짝 빛나는구나.

　　<霜菊> 상국11)
滿園花草怵秋霜　동산 가득한 꽃과 풀은 가을 서리 겁내는데,
愛汝衝寒始播香　찬 서리 맞아야 향기 내는 네가 사랑스럽구나.
戲蝶狂蜂元不到　희롱하는 나비와 미친 벌은 원래 오지 못하지만
月明時引主人觴　달 밝을 적에 주인에게 술잔을 들게 하네.

이 두 시편들은 모두 꽃을 제재로 한 칠언절구 형식의 작품이다. 여기에서 흥미로운 점은 道學的 詩 世界에서 흔히 발견되는 '四君子'와는 또 다른 인식의 면모를 드러낸다는 것이다. 다시 말하면 매화나 국화에서 志操나 節槪를 이끌어 내거나 天地에 流行하는 自然 理法의 顯現을 보았다기보다는 실제 주변에서 흔히 만나는 日常的 景物을 있는 그대로 관찰하고 그 정감을 노래한 점이다. 그리하여 관념적 대상으로서가 아니라 현재의 실체로서 직접 마주하여 卽物的인 交感을 느낀다.

또한 두 시 작품에서 화자와 대상이 교감하는 방식도 비슷한 점이 많다. 우선 連作詩가 아닌데도 詩想의 전개가 매우 유사하다. 앞의 두 구에서 계

---

10) 『盤谷集』, 24면.
11) 『盤谷集』, 28면.

절과 연계하여 각각의 꽃이 가지는 개성을 강조하고 이어지는 두 구에서 그러한 교감의 정황을 고양된 감흥으로 노래한다. 예를 들면 첫 번째 시의 結句에 보이는 불 붙은 듯 반짝거리며 빛나는 한 매화의 모습이나 두 번째 시의 2구와 結句에서 愛玩에서 醉興으로 심화되어 이어지는 국화와의 교감은 風流的 興趣로 연계된다.

이 감흥은 경물과의 교감이 親化의 단계로 이어짐을 의미하는 것이다. 대부분의 화초들이 추위에 제 모습을 나타내지 못하는 가운데 홀로 꽃과 향기를 드러내는 매화나 국화는 아마도 세상사에 고민하던 그를 위안해주는 고마운 존재였을 것이다. 그래서 그는 경물에 同化하여 자연스럽게 하나로 인식하게 된다는 해석이다.

이러한 시상의 맥락이 이어지는 다음 작품에는 그러한 인식이 보다 심화 내지는 확장되어 나타난다.

<江行> 강행12)
昨夜聞山雨　어젯밤 산에 빗소리를 들었더니,
前江春水生　앞강에 봄물이 불었구나.
桃源是底處　도화원이 바로 이곳이니,
撑出小舟行　작은 배 저어 나와 가리라.

늘 제자리를 지키며 변함없이 자신의 모습을 간직하는 강과 산 등의 자연 사물에 대해 화자인 반곡은 깊이 심취하고 있다. 이러한 심미적 감흥은 3,4구에서 대상에 완전히 몰입된 경지인 沒我의 境界로 나아간다. 전날 내린 산비에 불어난 강과 같은 평범한 자연 사물을 신선이 사는 공간의 위상으로 설정할 정도로 感興이 드높게 鼓吹되는 모습을 보인다. 그는 일상적인 자연 공간을 '도화원[桃源]'으로 상상한다. 그리고 그곳은 옛 고사가 얘기한

<hr/>

12) 『盤谷集』, 21면.

대로 무릉의 어부가 한 것과 같은 심미 체험을 하는 이상적 공간이 된다. 곧, '작은 배[小舟]'로 올라가 찾아가야 할 審美的 理想鄕인 것이다.

반곡은 俗塵에서는 결코 느낄 수 없는 情感을 일상적 사물의 自在를 관찰하면서 그리고 생동감 넘치는 경물의 아름다움에 심취하면서 느끼고 있다. 비록 오언절구의 짧은 형식이지만 1,2구의 청각과 시각의 이미지를 交織하면서 감각적으로 정황을 묘사하고 이 흥취를 심화 내지 확장하여 이상향으로 연계하는 시상의 전개는 인상적이다. 이러한 전개 방식은 반곡의 시에서 자주 등장하는 것으로서 그의 시가 가지는 특징적 국면의 하나로 설정할 수 있다.

2) 田園의 志向과 日常的 삶의 肯定

앞에서는 주로 景物을 노래하면서 그와 卽物的으로 마주하여 交感하고자 하는 주제의 작품을 중심으로 살펴보았다. 여기서는 경물을 노래하면서도 주로 인생의 의미와 가치를 드러내는 작품을 다루려 한다. 자연 사물에 대한 관찰과 사색을 통해 삶의 원리와 질서를 返照하는 것은, 물론 반곡만의 독창적인 것은 아니다. 하지만 그가 이러한 태도를 꾸준히 지속하면서 자연 사물뿐만 아니라, 평범한 일상에서 자신이 추구하는 삶의 의미를 발견하는 데에 이르기까지 세심한 시선으로써 형상화하고 있다는 데 유의할 필요가 있다.

특히, 田園의 삶에 안주하고 世俗의 現實과 거리를 두며 自足하려는 화자는 반곡 시 세계의 하나의 개성적 면모로서 田園의 志向과 日常的 삶의 肯定을 설정할 수 있는 근거이다.

<閑居卽事> 한가히 지내다 즉석으로 짓다13)
種柳方成蔭　심은 버들은 이제 막 그늘을 이루고,
栽梅又見花　심은 매화는 또 꽃을 보이네.

---

13)『盤谷集』, 19면.

山妻知釀法　산골 아내는 술 빚는 법을 아니,
莫道是貧家　가난한 집이라 하지 마시게나.

　이 시에서 화자인 반곡은 힘겨운 정치 현실로부터 벗어나 시골의 주변에서 보이는 정경의 완상을 통해 얻은 감흥을 편안한 어조로 노래하고 있다. 반곡이 39세 이후로는 주로 지방관으로 돌며 바쁜 생활을 하였고 51세부터는 임진왜란으로 전장에 참전한 점을 감안할 이 시는 처음 과거에 급제한 이후 고향인 장흥에 내려와서 지낸 10여 년간의 어느 시점에 지어진 것으로 추정된다.

　이 대목에서 생각해볼 문제는, 그의 전원에 대한 지향이 결코 정경의 아름다움에 대한 막연한 동경으로 나타나지 않는다는 점이다. 낭만성이 짙은 시인들이 흔히 그러하듯 꿈과 현실이라는 양분된 세계를 설정하고, 고통스러운 현실에서 벗어나 이상의 세계에 안주 내지 도피하려는 태도를 보이는 것과는 분명 궤를 달리한다. 즉, 그의 전원 지향적 태도는 미화되고 이상화된 꿈의 세계로 빠져드는 감상적 탐닉이 아니라, 전원에서의 삶을 自足하면서 거기에서 연원하는 흥취에서 찾을 수 있다. 이는 결구에서 보듯 비록 가벼운 어조이기는 하나 전원에서의 安貧이라는 자신의 선택에 강한 자부심을 가지며 나아가 그러한 체험을 적극적으로 표출하려는 태도를 보이는 것으로서 확인할 수 있다.

<醉次韓景洪[灝]> 취해 경홍 한호에게 차운하다[14]
清風生綠樹　맑은 바람은 푸른 나무에서 일고,
孤月漏雲間　외로운 달빛은 구름 사이에 새어나네.
把酒朝連夕　밤새도록 술잔을 마주하니,
能偸一日閑　오늘 하루를 한가로이 보낼 수 있겠네.

---

14) 『盤谷集』, 19면.

이 시는 친구 한호와 밤새도록 술잔을 나누며 시를 주고받은 것으로 총 5편의 연작 시편 중의 네 번째 작품이다. 醉興을 주제로 한 즉흥적인 作詩로서 흔히 볼 수 있는 사례이지만, 화자인 반곡이 스스로 소중하게 여기는 삶의 가치를 간접적으로 표출한 점에서 음미할 만하다. 우선 선경후정의 방식으로 지어진 이 시의 앞 두 구절은 '맑은 바람', '푸른 나무', '외로운 달', '구름 사이로 비치는 달빛' 등 모두 맑고 깨끗한 이미지의 사물들을 제시하며, 이를 촉각과 시각의 감각적 이미지와 결합시켜 淸新한 風趣를 강조하고 있다.

이어지는 3,4구는 친한 친구와 술을 함께 마시는 시간의 소중함을 노래하고 있다. 그에게 하루의 시간을 낼만한 가치를 지닌 것은 그다지 먼 곳에서 찾을 필요가 없는 것이다. 정겨운 田園의 경물과 친한 벗과의 교유라는 소박한 일상적 삶의 모습 속에서 한가로운 마음으로 하루를 마무리할 수 있다면 이 또한 삶의 흥취로 여길 만하다는 것이다. 비록 임란 때 선조를 扈從하고, 인생 후반기에 본격적 출사로 여러 관직을 두루 거쳤지만, 그가 지향하는 바는 名利를 추구하는 것이 아니었던 것으로 보인다. 오히려 자연에 은거하며 벗들과 마음 편하게 술잔을 기울일 수 있는 일상적 삶이 그에게는 더욱 소중했던 것으로 보인다. 다음의 시도 유사한 문맥으로 읽힌다.

<海隱堂韻 二首> 해은당운 2수[15]
老去遊觀一倍慵　늙어서 떠나는 유람이라 곱절이나 더 게으른데,
偶逢形勝試開容　우연히 뛰어난 경치를 만나 한번 얼굴을 펴보네.
波心遠近騰金尺　물살 가운데 금척이 멀어졌다 가까워졌다 떠오르고,
天外高低散玉峯　하늘 끝에선 옥봉이 높았다 낮았다 흩어져 있네.
斷崖叢生無主竹　깎아지른 언덕엔 주인 없는 대가 빼곡히 자라고,
長沙憑戴不多松　긴 모래사장엔 얼마 없는 솔이 서로 의지하며 자라네.

---

15) 『盤谷集』, 41면.

江山已入閑中手　강산이 이미 한가로운 손아귀로 들어왔으니,
莫向風塵改舊跡　옛 자취를 고치어 풍진 세상에 향하지 말아야지.

<海隱堂韻> 2수의 첫 번째 시이다. 화자인 반곡이 海隱堂을 방문하여 느
낀 詩情을 노래한 것이다. 여기서도 앞의 시와 마찬가지로 전원의 경물은
그가 소중히 여기는 대상이다. 首聯에서 보이듯 지친 여정에서 그의 얼굴을
펴게 하는 것은 아름다운 경물이다. 頷聯과 頸聯은 그의 눈에 들어온 海隱
堂 주변의 경관을 그려낸 것이다. '金尺'과 '玉峯'의 시각, '遠近'과 '高低'의
공간 그리고 '대'와 '솔'의 시각, '하늘 끝'과 '깎아지른 언덕'의 공간이 교
차되면서 海隱堂 주변의 생동감 넘치고 壯快한 분위기가 극대화된다.

이 시의 주제는 이어지는 尾聯의 '강산'과 '풍진'의 대비에서 찾을 수 있
다. 그가 생각하는 이상적 삶은 여유와 정감이 느껴지는 '강산'이며 결코 속
악한 '풍진'은 아닌 것이다. 여기서 우리는 그가 일상적 삶에 自足하고 그러
한 생활에 自矜을 갖고 살아가는 데에서 삶의 가치를 부여하고 지향하고자
했던 것으로 이해할 수 있다.

3) 戰場의 凝視와 歷史的 正義의 希求

앞장에서 살펴보았듯이 반곡은 50세이던 1591년에 善山府使에 임명되었
다. 그리고 이듬해 1592년에 일본의 침략으로 부산이 함락당하고 계속해서
빠른 속도로 영남 일대를 침략해가며 올라와서 5월 17일에 金烏山에서 큰
전투를 치르게 된다. 이 전투를 시작으로 그의 인생 말년은 7년 전쟁의 종군
으로 점철된다. 이 시기 지어진 일군의 시편들은 전쟁의 상황을 사실적으로
전하며 어두운 현실에 대한 悔恨과 함께 終戰의 기대와 희망을 노래한다.

전쟁이라는 예외적 상황은 당연한 말이겠지만 그의 작시에 상당한 영향
을 끼쳤던 것으로 보인다. 경물의 감흥이나 삶의 흥취보다는 전장의 황량한

분위기와 感傷이 주가 되고 때에 따라서는 현실 극복의 강한 의지와 기상이 드러나는 경향이 많다. 이러한 경향은 다음의 시편들에서 구체적으로 확인할 수 있다.

<過宿星有感> 숙성령을 지나다 느낌이 있어 짓다[16)

國破家亡天地荒　나라 부서지고 집은 망하여 천지는 황량한데,
靑山尙帶昔年光　푸른 산은 예런 듯 지난 해 빛을 띠었구나.
閑花芳草溪頭遍　한가한 꽃 향기로운 풀은 시냇가에 두루 퍼지고,
駐馬空吟隰有莨　세워둔 말은 부질없이 울고 진펄엔 장초가 있네

이 작품은 시제 그대로 宿星嶺을 지나며 느낀 감회를 노래한 시이다. 숙성령은 전북 남원 수지면과 구례 산동면 사이에 있는 재의 이름이다. 1구에서 보듯 이곳은 전쟁이 할퀴고 간 상처가 가득한 어두운 공간이다. 이어지는 2구에서 依舊한 '푸른 산[靑山]'은 그래서 더욱 상심하게 한다. 아울러 3구의 '한가한 꽃[閑花]'과 '향기로운 풀[芳草]'도 예전의 태평한 시절에 보았던 모습과 같지만 느껴지는 정감은 사뭇 다르다.

마찬가지로 4구의 말울음소리마저도 일상적인 그대로 들리지 않고 구슬피 우는 모습으로 그려진다. 다음의 '진펄[隰]'과 '장초(莨楚)'도 의미심장하다. 장초는 小麥처럼 생긴 식물인데 부역에 시달린 백성들이 차라리 장초처럼 아무런 감각이 없었으면 하고 탄식한 『詩經』의 구절[17)에서 나온 것이다. 당시 정사가 번거롭고 부역이 무거운 나머지 백성들이 그 고통을 견디지 못하고서 장초가 무지하여 근심이 없는 것만 못하다고 탄식한 것이다. 화자인 반곡에게 모든 경물은 비록 전쟁 이전의 옛 모습 그대로이지만 느껴지

---

16) 『盤谷集』, 26면.
17) 『詩經·檜風·隰有莨楚』에 "진펄에 있는 장초는 그 줄기가 곱기도 하네. 가냘프면서 윤이 나니 너는 알지 못하기에 즐겁겠구나.(隰有莨楚, 猗儺其枝. 夭之沃沃, 樂子之無知.)"라고 하였다.

는 심회는 깊은 어둠과 슬픔으로만 다가온다. 따라서 화자에게 시는 이러한 慷慨한 심정을 풀어내는 유일한 방편이 된다. 다음의 시 작품에서는 전쟁으로 얻은 마음의 상처와 自意識이 보다 구체적으로 강조되어 나타난다.

<題扁舟> 조각배에 짓다[18]

風雨乾坤入棹頭　　천지에 비바람 불어 노 끝에 드는데,
謾將身世付滄洲　　부질없이 이 내 신세 창주에 부쳤구나.
至今未雪君王耻　　아직도 군왕의 치욕을 다 씻지 못했으니,
萬死餘生愧白鷗　　만 번 죽을 고비 넘긴 내 삶 갈매기에 부끄럽네.

이 시는 시제에 부기된 自註에 따르면 軍事에 '종사하는 때[從事時]'에 지은 작품이다. 예전 같으면 一葉片舟에 몸을 싣고 한가롭게 아름다운 주위의 경물을 관찰하였을 터이나 여기서 예전의 그러한 詩情은 거의 찾아보기 어렵다. 1,2구는 전쟁으로 일정한 거처가 없이 돌아다니는 자신의 처지를 쓸쓸한 경물을 통해 노래한 것이다. '창주(滄洲)'는 흔히 물가의 수려한 경치를 뜻하는 말이며, 때로는 탈속적인 은자의 거처로 흔히 쓰인다.[19] 하지만 여기서는 전쟁으로 얼룩진 어두운 공간일 뿐이다. 비록 임금을 扈從했지만 임진왜란의 극복 과정에서 자신의 역할에 대해 만족하지 못하는 시적 화자의 눈에 그렇게 보인 것이다. 일시적으로 탈속적인 공간에 들어와 있다고 해서 그 흥취를 결코 제대로 누릴 수 없다는 자책이기도 하다.

하지만 3,4구에서 보듯 화자인 반곡은 상심에 젖어들지만은 않는다. 오히려 스스로 굳은 의지와 강한 정신을 다짐한다. '군왕의 치욕[君王耻]'은 물

---

18) 『盤谷集』, 25면.

19) 중국 南朝 齊의 시인 謝朓가 宣城太守로 나가서 창주의 정취를 마음껏 누렸던 고사가 유명하다. 그리고 삼국 시대 魏나라 阮籍이 지은 「爲鄭沖勸晉王箋」의 "창주를 굽어보며 지백에게 사례하고, 기산에 올라가 허유에게 읍을 한다.(臨滄洲而謝支伯, 登箕山而揖許由)"라는 고사도 잘 알려져 있다. 『文選』 卷20 참조.

론 宣祖의 일을 가리킨 것이다. 그에게 중요한 것은 결코 만 번의 죽음에서 얻어진 삶이 아니다. 임금이 대궐을 떠나 피난을 겪은 치욕을 씻어낼 기회를 얻고 잘못된 역사를 바로 잡는 일이 무엇보다 절실하다. 이처럼 歷史的 正義의 회복을 희구하는 화자의 형상은 반곡뿐만 아니라 湖南士林 대부분의 문인들의 시에서도 흔히 보인다.[20] 節義精神은 士林으로서의 기본 덕목의 하나이기도 하지만, 당시 문인이면 누구나 공감하던 현실적 정의의 지표였기 때문이다. 節義精神에 충만함을 자부했던 호남사림의 경우는 역사적 정의에 대한 信念에서 어떤 정신적 근거를 찾지 않았나 생각된다. 이처럼 부정적 현실을 극복하려는 의리와 신념의 지표로서, 호남사림 문인들은 올바른 역사에 대한 굳은 믿음에서 찾고자 한 것으로 보인다. 지금의 시련은 역사의 궁극적 구원을 위한 예비 단계이며, 결국 正義는 이 시련을 견디고 이겨나가는 쪽에 있다는 생각이다. 따라서 어두운 현실을 이겨나가는 굳건한 의지와 정신이 더욱 강조된 것으로 보인다.

<亂中送侄相說還鄉> 난리 중에 조카 상열을 고향에 돌려보내며[21]

神位闔籠去　신위를 대그릇에 간직하고 떠났는데
經年淚盈目　해를 넘기니 눈물이 눈에 가득하다.
奠盃冀慰安　술잔을 드려 위안을 바라는데
痛哭山川隔　산천을 사이에 두고 통곡을 하네.
汝可執蒸嘗　너는 가서 제사[22]를 받드는 것이 옳다.
我當摧大敵　나는 마땅히 대적을 꺾을 것이다.
勿詑射侯能　과녁 맞추기 잘 한다 자랑 말거라.
只招奇禍速　뜻밖의 화만 속히 부를 뿐이니라.

---

20) 당대 호남지역 사람들이 공유했던 節義精神에 대해서는 박종우(2005), 「16세기 湖南士林 漢詩의 武人形象」,(『古典文學研究』 27집, 韓國古典文學會) 416면 참조.
21) 『盤谷集』, 38면.
22) 원문의 蒸嘗은 원래 宗廟의 제사의 이름인데, 蒸은 겨울 제사를 嘗은 가을 제사를 가리킨다.

시제에서 보듯 임란 중에 조카 상열을 고향에 돌려보내며 지은 시이다. 自註에 "癸巳年에 善山府使로 있으면서 그로써 宗孫을 삼은 까닭에 이른 것이다.(癸巳在善山, 以其爲宗孫故云.)"라고 한 것으로 보아 임란이 일어난 이듬해인 1593년에 조카를 종손으로 정하고 고향에 돌려보내며 祖上의 제사를 모시도록 부탁하는 내용이다.

首聯과 頷聯은 난리 중에 외지에서 모시는 약식의 제사는 후손으로서의 情懷는 痛哭의 아픔 그 자체이다. 반곡의 형제들은 모두 참전하였는데 다 전사하면 자칫 제사가 끊어지는 참극이 일어날 수도 있는 급박한 상황이었다. 그리하여 조카를 종손으로 삼아 고향으로 돌려보내게 된 것이다. 경련에서 반곡의 비장한 각오가 감지된다. 미련에서 보듯 참전을 희망하는 조카를 설득하여 보내는 삼촌의 심정을 진술하게 표현하고 있다.

전쟁을 제재로 한 반곡의 시는 대체로 어둡고 우울한 비극적 정황과 함께 비장한 미감을 강하게 드러낸다. 때로는 전쟁 극복의 희망을 노래하는 화자의 모습도 보인다. 다음의 시에서 구체적으로 확인할 수 있다.

<贈華人呂參軍應鍾> 명나라 참군 여응종에게 주다[23]
平生不識桑弧事 평소에 큰일을 알지 못하더니
白首殘兵鎭洛東 흰 머리에 남은 병사로 낙동에 진을 치네.
幸借天戈迴玉輦 다행히 천자의 군대[24]를 빌어 임금 수레[25] 되돌리니
嶺湖民物更春風 영호남의 民物[26]에 다시 봄바람이 불겠구려.

이 시는 明에서 援軍으로 참전한 參軍 呂應鍾에게 지어준 작품이다. 自註에 '계사년에 선산에 있었다(癸巳在善山)'라고 적혀 있어 앞의 시와 같은 해인

---

23) 『盤谷集』, 25면.
24) 원문의 天戈는 원래 帝王의 군대인데 여기서는 明軍을 말한다.
25) 원문의 玉輦은 원래 옥으로 장식한 천자의 수레인데 여기서는 宣祖를 가리킨다.
26) 民物은 人民과 萬物을 가리키는데, 인민의 재물 또는 民情이나 풍속을 말하기도 한다.

1593년에 지어진 것이다. 시의 분위기는 앞의 그것과는 다르다. 물론 원군으로 온 장수에게 지어주었다는 전제를 감안하더라도 어두운 전장에서 희망적인 가능성을 노래하고 있다.

1구의 '큰일[桑弧事]'은 桑弧蓬矢[27]의 고사에서 나온 말로 천지 사방을 경륜할 큰 뜻을 가리킨다. 반곡으로서는 국가의 운명이 걸린 전쟁에 종사하리라고는 생각하지 못했다는 의미일 것이다. 3구는 明軍이 한양을 벗어나 의주에 피난하여 간 宣祖 임금을 돌아올 수 있는 계기를 마련해주었다는 말이다. 그리하여 4구에서 보듯 영남과 호남의 백성들과 사물들이 봄바람과 같은 안온한 평안을 얻으리라는 희망의 노래이다.

이상의 시편에서 보았듯이 반곡은 전쟁에 참전하여 비극적 실상을 사실적으로 전하는 한편 節義의 정신과 正義의 회복을 향한 굳건한 의지와 기상을 노래하였다. 그리고 때로는 시를 통해 평온한 미래를 기원하기도 하였다. 이 시기에 지어진 일군의 시 작품에서 우리는 반곡이 전쟁을 어떻게 바라보았고 힘겨운 상황에서 시를 통해 무엇을 표현하고자 하였는지 확인할 수 있다.

4. 結論

이상에서 우리는 盤谷 丁景達의 삶과 문학에 대해 간략하게나마 살펴보았다. 이제 본론의 내용을 요약적으로 제시하는 것으로서 결론을 대신하고자 한다. 우선 예비적 고찰로서 그의 생애와 주요 행적을 대략적으로 정리하고 그의 문집 『盤谷集』에 대한 체재와 간행 경위를 요약적으로 제시하였다. 이를 통해 그의 시 작품이 연구할 만한 가치가 충분히 있음을 확인하였다.

---

27) 『禮記 · 內則』에 옛날 중국에서 사내아이가 태어나면 桑木으로 활을 만들어 문 왼쪽에 걸고 蓬草로 화살을 만들어 사방에 쏘는 시늉을 하며 장차 이처럼 웅비할 것을 기대했던 풍습이 있었다고 전한다.

그리고 盤谷 詩 世界의 特徵的 局面을 '景物의 卽物的 玩味와 親化的 交感', '田園의 志向과 日常的 삶의 自矜', '戰場의 凝視와 歷史的 正義의 希求'으로 나누어 살펴보았다. '景物의 卽物的 玩味와 親化的 交感'에서는, 반곡이 俗塵에서는 결코 느낄 수 없는 情感을 일상적 사물의 自在를 관찰하면서 그리고 생동감 넘치는 경물과 交感하면서 형상화하는 모습을 보았다. 그리고 이 정감을 감각적으로 묘사하고, 얻어진 흥취를 심화 내지 확장하여 상상의 공간으로 연계하는 시상의 전개가 두드러짐을 확인하였다. '田園의 志向과 日常的 삶의 肯定'에서는, 경물을 노래하면서도 주로 인생의 의미와 가치를 드러내는 시 작품을 통해, 그가 일상적 삶에 自足하고 田園에서의 생활에 自矜을 갖고 살아가는 데에서 삶의 가치를 부여하고 지향하고자 했음을 확인하였다. '戰場의 凝視와 歷史的 正義의 希求'에서는, 실제 전쟁에 참전하여 目睹한 그가 비극적 실상을 사실적으로 전하는 한편 節義의 정신과 正義의 회복을 향한 굳건한 의지와 기상을 노래하는 모습을 살펴보았다.

열렬하고 감정적이며, 어두운 현실에 대해 갈등하면서도 사림으로서의 자긍을 버리지 않고, 한편으로 자연의 다채로운 아름다움에 탐닉하는 그의 시 세계는 도학적 엄숙주의의 틀을 일정정도 벗어날 수밖에 없었다.[28] 그리하여 단순하고 자연스러운 방식으로 자신의 감정을 적극 표현하고자 하였다. 이러한 그의 시 세계는 도학적 문학론을 기저에 두면서도 훨씬 다양하고 유연한 시적 개성과 상상력 및 감정의 자연성을 구현한 당대 호남사림의 시인들의 그것과 맥락을 같이 한다. 그들의 시가 보여주는 자유분방한 흥취 또는 상상은 도학적 가치의 부정으로서가 아니라, 세속적 가치를 벗어나고자 한 處士의 삶 속에서 때때로 마주치는 인상 깊은 장면과 체험에 대한 심미적 몰입이라는 성격을 가지는 것으로 당대 호남 한시의 개성적인 한 면모로 이해할 수 있다.

---

28) 박종우(2005), 「16세기 湖南士林 漢詩의 武人形象」『古典文學研究』 27집, 韓國古典文學會) 419면 참조.

•• 참고문헌

丁景達 저, 林海鎬 所藏, 『盤谷遺稿』(古3648-69-24), 國立中央圖書館 影印本.
丁景達, 『盤谷集』, 亞細亞文化社 影印本.

丁景達 저, 신해진 역주, 『반곡난중일기 상』, 보고사, 2016.
丁景達 저, 신해진 역주, 『반곡난중일기 하』, 보고사, 2016.

이수봉(1985), 「盤谷의 亂中日記 攷(Ⅰ)」, 『湖西文化研究』 제5집, 忠南大學校 湖西文化研究所.
이해준(1987), 「반산세고 해제」, 『반산세고』, 亞細亞文化社.
박종우(2005), 「16세기 湖南士林 漢詩의 武人形象」, 『古典文學研究』 27집, 韓國古典文學會.
김경숙(2013), 「임진왜란 초기 지방관의 수토활동(守土活動)-선산부사(善山府使) 정경
        달(丁景達) 형제의 활동을 중심으로」, 『조선시대사학보』 65, 조선시대사학회.
김희태(2016), 「정다산이 장흥사람에게 보낸 편지-〈여유당전서〉 미수록 다산 정약용
        간찰 7통」, 『장흥문화』 제38호, 장흥문화원.

일러두기

원래 筆寫本으로 전하던 『盤谷集』은 권1은 詩이며, 권2는 辭, 說, 序文, 記文, 集著, 狀啓와 上疏 등이다. 권3은 附錄으로 行錄과 輓詞, 祭文, 行狀 등이었다고 하나 현재 실물이 확인되지 않는다. 한편 이 필사본을 9권으로 수정 증보한 木版本 『盤谷集』은 韓致應과 茶山 丁若鏞의 序文과 盤谷의 祖父인 丁仁傑의 行狀(정수익)과 墓碣名(1598, 光山人 金斑)에 이어 9권 3책의 내용이다. 권1은 教旨, 有旨, 圖說, 世譜이며, 권2는 銘, 賦, 詩, 권3은 辭, 說, 序, 記, 集著, 권4는 年記, 권5와 권6은 亂中日記, 권7은 儀節家禮, 권8은 義將錄, 西征錄(丁酉), 권9는 附錄이다. 跋文은 丁修七(1817年)이 썼다.

『반곡집』은 사본만이 전해지던 것을 1761~1763년간에 후손 정이익·정윤필·정수칠 등이 정리하였던 것으로 보인다. 1781년에는 7대손 정호필 등이 주도하여 『반곡일기』와 『반곡연기』를 필사하기도 한다. 이후 1792년 정조가 이순신의 『충무공전서』를 간행하면서 『반곡집』의 필사 정리본이 내각에 들어갔고, 이를 인연으로 충무공 이순신의 후예인 이민수(당시 운봉현감)의 지원을 받아 정조 17(1793)에 처음 간행되었다고 전하나 현재 문중에서도 소장하고 있지 않아 실물을 확인할 수 없다. 그 뒤 순조 15(1815)에 다산 정약용의 산정을 거쳐 목판으로 간행되었다. 본 역주의 대본은 바로 이 총 9권의 목판본이며, 1987년 아세아문화사에서 영인하여 간행한 것이다.

1. 이 책은 목판본 『반곡집』(전 9권) 전체를 역주한 것이다.
2. 본문 구성은 원문을 앞에, 번역문을 뒤에 두는 방식을 취하였다.
3. 번역은 직역을 하되 내용의 이해를 위해 필요한 경우 부분적으로 의역하였다.
4. 주석은 번다함을 피하고 내용 이해에 도움이 되는 경우에 한하여 붙이는 것을 원칙으로 하였다.
5. 원전의 주석은 '【　】'로 표시하여 구분하였다.
6. 잘 쓰이지 않는 이체나 통용자는 일반적으로 많이 쓰는 자형으로 수정하였다.
   예) '호(虝)' → '호(虎)' '안(厈)' → '안(岸)'
7. 한자 입력이 불가능한 글자는 다음과 같이 표시하였다.
   예) 任(氵+厨)

차 례

VI. 盤谷集 卷之五
반곡집 권5

亂中日記

亂中日記【以上見年記】

萬曆二十年, 壬辰四月, 余以善山府使, 在任所. 遂値倭寇, 自設四運之法, 以輸兵食.

時邊報日急, 觀察使金晬節度使曺大坤, 以分軍事, 巡至善山府. 余爲四運之法, 一運城市, 二運路邊, 三四運遠地, 各給粮資並二千三百人上使, 兩使皆喜而受之. 【四運之法, 今未詳】

十五日甲辰. 與兩使開坐. 府中邑里震動, 問之, 則曰, "傳通云, 倭船三百艘, 直向釜山." ○十六日, 依事目, 先召一二運, 進星州. 兵使傳令曰, "主鎭軍人, 府使宜親自領聚, 直到釜山." 於是, 終夜聚軍. ○十七日, 辭主室, 行到若木, 饗軍時, 新兵使金誠一, 不意馳到, 以行軍不速, 捉入嚴令. 余曰, "列邑尙未分軍, 寂然不發, 我先到此, 何爲罪我?" 兵使曰, "我未到營, 須先往待."【兵營在昌原】遂犯夜馳去. 夜深暫臥田間, 虫出喉中者四枚.

十八日丁未, 領軍馳發向昌原兵營.

是日朝到, 【二字缺】, 星州軍前行, 寸寸不進, 哭聲沸天, 余以驚惑軍人, 用軍律. 余遂東渡江, 馳到昌寧, 而星州軍, 落後矣. 夕聞兵使入縣, 遂駐軍五里亭. 聞密陽府使, 見監司自靈山夜向草溪, 新兵使亦向草溪. 倭船四百艘, 又向金海, 左兵使入營不出, 右兵使方在金海露峴. 先抄勇士, 崔弘儉·金千立等三百名, 經返兵使. 【文未詳】○十九日. 夜有人領大軍自靈山向星州, 二人從後來曰, "賊已到此云." 遂發向兵營朝到昌寧密陽界. 偵探之賊四十騎, 向我馳來, 彼在平原, 我在山路, 未及結陣, 軍人潰散. 余馳上孤峯回顧, 只軍官許說姜舜世等三人, 官人·軍人並百人, 從我而來, 輜粮俱棄. 問軍官去處, 則曰, "與軍人, 皆渡江, 西走草溪." 許說曰, "無可奈何, 莫如渡江西走, 依兩使." 余令候賊. 許說曰, "賊還密陽云." 遂收拾軍人及軍器, 五百餘人粮饌, 【以下數十字缺】, 晉州判官, 自密陽赤身, 走入此山. 公亦不可前進. 軍官黃士忠, 亦如晉判之所爲. 余曰, "死于國家, 義也." 曺兵使來言, "此時, 宜殉國, 不從我者斬." 遂進陣江頭, 昌原北, 以六船濟軍, 我後至未渡者, 數十人. 俄而百餘人, 自密陽馳來, 風沙漲天, 軍人大恐. 余懼軍散, 令江頭結陣. 旣至見之, 乃咸陽郡守, 柳崇仁也. 以敗軍, 來哭曰, "吾今敗軍, 無所歸, 以直報使, 歸兵使處, 可也." 遂進漆原守城數人, 痛哭迎謂曰, "何入死地耶?" 强驅前進, 到兵營, 則近邑皆已散, 遠邑未及來, 偵候李涉, 以八十餘人守城, 見我極喜. 遂付軍受書目, 欲見兵使仍宿.

　二十日. 監司以余爲斬退運粮之使. 遂自昌原渡江而西.

　是日, 聞金海陷, 兵使自露峴, 退來至昌原兵營, 閭里以兵使之令, 一時放火, 烟焰漲天. 午時擧七烽, 賊已入十里外, 兵使退陣營後嶺隘. 時監司, 有斬退將及運粮差使來現之令, 余遂馳去入咸安地. 民家烟火四斷, 夕不食. ○二十一日. 渡江而西, 子夜到草溪, 老吏一人, 守邑痛哭曰, "有數人, 稱倭賊, 殺掠城中." 余遂斬之. 吏獻其所食之飯, 與軍官等, 分喫. 馳入高靈, 縣監已入伽倻, 寂無人聲. 欲尋監司, 不知去處, 新兵使, 橫走咸安地云. 余欲行斬退之令, 則各官人, 無不退遁, 或走山谷, 或走曠野, 千萬同然, 不可勝誅, 欲修運粮之職, 則列邑連陷, 無可聚粮. 以此兩條狀, 報監司, 送使令注叱石石也, 又投入賊中, 終不來見.

　二十二日. 馳還善山府.

　是日, 子夜發行, 左道之賊, 已到若木, 右道之賊, 已陷草溪, 四顧無可往. 遂登山前進, 到善山南村, 賊入海平, 急馳入城. 座首金九淵, 老戶長金大器, 守城將前縣監高翰雲, 官婢粉伊等, 數人痛哭迎我曰, "尙州文書, 自若木馳來曰, '賊已渡江.' 故其日官眷, 發向茂朱, 惟留我等云." 舍弟景英景命, 亦來曰, "一家無事, 而無馬未歸." 余先謁聖廟收位版裹以草席, 埋于鄉校後山, 府中書目等物, 埋于樓下, 【以下數十字缺】, 余與四運軍開倉.【以下五六字缺】, 半在西門外. 有人驚走曰, "賊已渡江, 彌漫十里."【以下七八字缺】登西山望見, 已烟塵漲天. 賊見我軍, 徊遑中野, 以老弱,【三四字缺】軍, 更無可爲.

二十四日癸丑. 善山府陷, 尙州亦陷, 巡邊使李鎰走免.

是日, 曉頭陷城, 午時賊指尙州. 前運【二字缺】圍帳旗麾服色皆紅, 軍人數千使女人, 或騎或步, 歌皷前【缺】. 二運靑色, 三運黃色, 四運白色, 五運黑色, 皆如前法. 照耀山谷, 散漫川原, 餘軍搜山, 捕馬殺人無數. ○是朝, 先鋒陷尙州, 巡邊使李鎰, 與從事官朴箎等, 門外結陣, 不爲偵探. 有人, 傳賊已近境, 鎰以爲惑衆, 遂斬其人. 判官急收妓與城中人, 炊飯. 未熟, 軍人爭相攫食. 賊至前郊, 鐵丸如雨, 前衝後掩, 遂陷大軍, 鎰獨騎走免. ○二十五日. 大賊連進, 旁搜山林, 我軍盡潰, 余與弟景英, 小奴君山, 走登危峯, 一步十顚. 景命及內眷, 前日先走尙州地. 侄兒昌說聲日, 並失去處, 終夜哭泣, 下見閭里, 火焰漲天. ○二十六日. 兩侄朝來曰, "與官婢等, 走山外以免." 喜可知也. 余歸五家里金終弼家, 爲遠避之計.

二十七日. 留終弼家, 田大年·田克義【前座首】, 以酒來饋曰, "此處官府絶遠, 賊必不犯, 願公久留." 賊形報狀, 付送官人白頎, 路中爲賊所殺云. ○二十九日. 鳴說·得說, 自盤山本家, 聞我死發來, 夜半到此, 相與痛哭. 盖自釜項·知禮·金山·開寧, 從府南, 衝賊藪以來. ○三十日. 聞【二字缺】, 持報狀, 到開寧府, 爲賊所殺云. 與子侄, 曉還無乙洞. 賊入田大年家, 搜衣籠去, 時家眷, 遠避傢伙, 潛藏于山根,【二字缺】, 賊來不搜.

五月初一日庚申. 登北山避賊.

初二日, 聞申砬與從事,【三字缺】, 戰于忠州, 蒼黃失措. ○初三日, 雨中登山, 以避二字缺. 下來坐溪頭, 方飮村醪, 七賊闖入, 兩馬見奪. 余步入,【二字缺】, 賊拔劍直來, 命在頃刻. 余彎弓回立, 賊却走. 遂二字缺日已暝矣, 卽與弟姪, 還終弼家, 弟則徒步, 我騎弟馬. ○初四日, 與家眷, 仍留至十四日, 無事. ○開寧縣監李希伋, 書抵余曰, 公得幽深處, 賊不敢窺, 我則不勝奔避, 願與同住. ○十五日. 尙州人傳言, 大賊退兵云. 余乃傳令, 得軍三百餘名, 爲追擊之計, 乃虛傳也.

十六日乙亥. 聞大駕西幸, 募軍得千餘人, 結陣金烏山下.

是日, 京城甲士一人, 逃來曰, "四月晦日, 大駕西幸, 五月初三日, 賊入都城, 士女奔出, 相爲踐死, 我由楊根忠州登山走來云.", 閭里驚動, 哭聲沸天. 田大年, 執余手痛哭曰, "主上西幸, 我輩安歸?" 余曰, "傳者妄也.", 欲斬以徇, 田生力止之. 余曰, "國事至此, 與其徒死, 不如殺賊而被殺." 遂傳令曰, "汝父母被殺, 妻子被擄, 汝將死矣, 不如一戰而死於國." 遂令許說·金惟一等, 收得千餘人, 結陣于金烏山下. ○是日, 府賊百餘人, 來陣. 其一將紅衣者, 設交倚坐陣後. 我軍直衝, 賊驚北. 遂斬七級, 我軍一人被殺. ○十七日朝, 又結陣, 賊百餘名來陣, 紅衣者, 又坐交倚. 一賊持鳥銃, 直走我陣前, 倚大松放丸, 落我前巖石, 忽裂. 賊爲長蛇陣, 我亦爲長蛇勢, 賊爲鶴翼陣, 我亦爲鶴翼勢, 我軍【三字缺】不退. 我軍寸退, 賊寸進. 使勇士金蓮鋒許信生二人, 決死赴戰, 赤身揮劍, 大聲直進, 賊陣驚退【以下五字缺】犯. 遂斬十三級中矢者, 不知其數. 我軍死者, 二人【以下五字缺】. 物埋倭頭, 于澗水. 報狀付使令, 死叱同. ○十八日.【三字缺】大至. 令勿出戰, 許說等不聽, 而結陣, 賊四百餘名, 來陣【二字缺】. 人坐于陣後. 賊丸大如升者, 數十落我前, 衆賊突【二字缺】, 軍潰散, 我亦走免. 軍人被殺者, 十三人. 斬倭只一級, 更不結陣. 使【缺】面, 嚴勑伏兵, 日獻所捕倭頭○十九日. 崔弘儉金二字缺等, 斬倭七級來現. ○二十日. 尹忠傑, 斬一級來現. 賊兵四圍, 命在朝夕. 聞八道皆陷, 湖南下道, 尙免賊鋒. 欲遣家眷, 還長興, 弟景英子鳴說及妻妾三姪等曰, "寧與同死, 不忍生還. 況賊遮歸路, 我將何往, 强驅不去." ○時監司, 亦避兵在居昌, 道內守令十餘人, 逃去. 令營吏摘奸所在. 吏往報曰, "金山郡守·尙州牧使, 無去處, 開寧·善山, 尙留其境云." ○二十一日. 賊犯五里外. 與家眷登北山, 氣不平. 朴貴同等, 斬倭三級,埋于西澗. ○二十二日三日. 無事. 聞使令死, 叱石持報狀, 投入賊中. 賊自四月二十四日至五月十四日, 每日上去者, 殆至數千, 終始如一, 其後每日, 不過數百, 上去云.

二十五日. 義定四寨將, 領令各捕賊.

是日歸水多寺, 與張田兩進士, 議設四面軍寨各定將領一人. 西寨宋軫星, 東寨朴思深, 南寨許說, 海平寨崔弘儉各領其軍伏兵捕倭. ○二十六日. 金仁愷等斬倭三級, 其兄忠愷死於賊手. ○二十七日八日. 無事. 遂令西寨人, 登山候望餘人打麥. ○二十九日. 尙州賊到白峴還歸, 店人斬二級.

六月初一日己丑. 聞奸人李允祖, 投賊中爲謀士.

賊將張熙, 年可二十五勇力絶人.【以下五六字缺】六軍二千, 府使稱云, 入據善山許多倭將列坐.【以下四字缺】使監司開寧尙州, 凡事約束, 此乃京城人李允祖託賊私【此節缺不可詳】. ○初二日. 東寨海平寨江東也, 西寨南寨江西也, 賊塞【中間缺】水又漲溢, 江左兩寨號令不通, 割境爲四設立四都廳, 各置將領一人鄉所一人伏兵將六人游擊將十八人. 各領其軍, 賊來則避賊還則陣, 或收拾田穀或圖捕零賊. ○初四日. 西南寨斬倭十二級, 恐府賊大搜與家眷宿他家. ○初五日. 開寧宰李希伋來曰, "守令盡避, 我與軍獨留賊藪, 不亦危乎?此地官府隔遠, 願與同留."已時留府, 諸賊左右圍掩, 開寧宰走還. 余馳上水多山, 衣籠見奪. 西寨人死傷無數, 斬倭五級. 夕尋到家眷所寓處. ○初六日. 夜送家眷, 朝與兩小姪飯于上松, 左右曰, "大賊至矣."遂馱米槖馳向白峴, 左右山頭人大聲呼曰, "賊追汝後."顧之則七賊揮劍近至二十步許, 遂脫去米槖馳上俗文山. 昌說聲日皆能走, 奴九萬病甚艱免. 夕與家眷發行, 天明到金山地葛山. 余謂家眷曰, "善山留賊知我所在, 自昨窮尋. 汝等雖欲留, 不可得矣. 我當率去送至中路, 汝等歸茂朱直向家鄉. 我則當死於國. 自中路仍往居昌, 與巡使同議討, 賊勢窮則同死."時賊遮諸路, 夜行迷道. 尙州金【缺】同者曰, "我本黃澗人, 熟知此路." 余脫衣贈之. 遂聽其指引以行.

初七日乙未. 領妻子向茂朱, 將遣歸故鄕.

是日終日于葛山待, 昏發行曉到金山地【二字缺】. 時妻妾及余皆騎馬, 子姪奴婢皆步, 困苦不可說. ○初八日. 終日于安壤待昏發行, 曉到黃澗地古曺洞. 自此無賊, 【二字缺】一家有生意. 余以軍粮差使員有取稟事, 欲別家眷直向居昌. 家眷哭挽曰,【以下五六字缺】"別云." 黃澗伏兵將等曰, "大賊在知禮, 自此宜直往茂豊【以下四字缺】直路故京將士皆取此路云." ○初九日. 到茂朱地, 燎衣仍宿. 茂人耘草不知賊甚. ○初十日. 到茂朱縣, 與兄同話, 叔母及嫂氏等皆避在裳谷. ○十一日. 與家眷到裳谷, 謁叔母. ○十二日. 別送家眷, 遂永訣哭聲驚山. ○十三日. 別叔母發行, 吏人白應星官奴萬山來. 與弟景命僧景諄, 衝雨忙行宿鐵木齋宮. ○十四日. 欲向居昌見巡使, 聞賊向居昌道路不通. 欲送報狀, 官人皆厭曰, "巡使戰于水原, 時未下來." ○十五日. 到彌羅寺. 河座首年八十八, 殺雞欸待. ○十六日. 聞巡使戰敗于水原直向善山. 使吹螺赤白加伊送還官, 狀及捕倭節次. ○十七日. 夜半越刀磨峴. 舍弟病重余亦得病, 一馬相騎樹深無月, 一步十顚到古曺洞民家. 主人曰, "長者也無乃守令乎?" 余告以實殺雞以食. ○十八日. 弟病未差寸寸前進, 宿古麻村. 主嫗荷鋤入來, 咎余之偃臥不拜不治食, 其夫後來曰, "此乃善山太守. 汝何薄待?" ○十九日. 朝到寶峴望山谷, 烟生尋至乃秋風驛. 吏八九家欸進酒食曰, "令公都事時我等陪行."

二十日戊申. 巡行善山四寨, 以督勦擊.

是日家姪及僧景諄留白峴. 余出入四境, 呼四寨將領及鄕所更趨【缺】都【二字缺】. 每寨將領鄕所各一人·伏兵將六人·游擊將十八【缺】領【缺】面軍人, 或聚或散或合擊或游擊. 又備弓弩【以下五字缺】介排設要路. 又鑿坑坎, 外置菱鐵外布【二字缺】處處設伏. 獻馘者賞以倭物, 逐日獻馘不下五六級. 余則以軍人六十勇士四十旅帥隊正三十四名, 出入四陣檢飭之. ○二十一日. 報狀成貼官人皆避不行, 使奴仁世送之. 伏兵將金伏龍來獻一級. ○二十二日. 東面伏兵將金鳳來獻一級. ○二十三日. 海平伏兵將黃士忠送二級. 余與宋軫星等留西山, 逢刈草倭三人,使金蓮鋒等圍斬二級. 蓮鋒與賊手刃相乘幸生. ○二十四日. 柳光節自稱倭賊橫行閭里, 欲斬赦之使立功自效. 西寨伏兵將金見龍斬獻二級. ○二十六日. 東南海平三寨, 道路不通以西寨爲三面都廳, 檢勑三面公事. 東寨將朴思深, 送一級及倭寶刀. ○二十七日. 李允祖爲賊謀主, 不可不引誘斬殺, 與諸將潛圖. ○二十八日. 西寨勇士抄出, 以爲帶率. ○二十九日. 聞平壤陷城.

大駕遠幸痛哭.

七月初一日戊午. 余在西寨.

時府賊逐日出村, 殺掠無數午後還府, 則村人任意出入. ○初二日. 奴仁世持回題來題曰, "府使生存如見死人. 但頃歸茂朱依軍令施行, 是在果還官討賊良用嘉焉." ○初三日. 以報稟後發向道前事.【以下四字缺】付送隊正白守采. ○初四日. 欲入南寨, 有人曰, "開寧賊【三字缺】倍于善山賊, 往來極難." 遂停行. ○初五日. 開寧宰與仁同宰趙詹, 在金烏山道詑窟簡曰, "【以下四五字缺】可免一死, 公須速來." 余聞男女盈滿渾處一穴, 無所回避. 雖在此時, 不可與土民妻子同處一穴, 遂不行. 是日到公城, 夕爲賊所圍幸免. ○初六日. 曉歸寶峴避賊. ○初七日. 自寶峴還普門. 南寨獻馘三級. ○初八日. 聞大駕住義州, 賊自黃潤圍普門, 投林得免. ○初九日. 歸牛口洞, 有人獻麥水飯. 余曰, "今日乃吾生辰也." 其人愀然慰之. ○初十日. 留牛口欲渡江東與左監司議事, 賊塞不行. ○十一日. 到竹峴與宋軫星約束伏兵. 衆賊下去三倭落後, 金蓮鋒突擊斬之. 余心甚快. ○十二日. 還到牛口. 海平都廳獻馘六級. 鄉人馬爲龍, 杖劍跋涉衝冒賊鋒而來, 心甚喜之. ○十三日. 入五家里隱松林. 府賊大擧搜山幸免. 令東寨更勑捕倭. ○十四日. 欲向幷川與尙牧議事. 傳令四寨, 令往還間檢勑捕倭.

十五日壬申. 發行向幷川.

是日與萬山應星等發. 行路聞幷川圍賊. 宿乾之山. 士人家擧家遠避, 一奴獨守尙州. 人惻我甚急. 又聞其人與都將金尙【缺】等, 殺掠行路. 余曰, "我以討賊事歸尙牧, 汝等何以劫辱其人?"皆退. ○十六日. 至明鏡與尙州提督郭應機同話. ○十七日. 仍留郭公曰, "守令皆遠避, 公獨出入賊藪. 聞大駕已向義州, 監司亦未通報, 公之有功, 誰復知之?"余曰, "討賊亦死, 不討亦死, 寧死於國矣."○十八日. 與提督歸內院寺. 海平都廳獻六級長短劍幷十二柄. 郭公求劍不許幷上使. ○十九日. 郭公歸. 聞錦山官軍圍賊. ○二十日. 欲巡四寨督捕賊, 人皆挽之曰, "賊塞境內, 四陣不成摸搩, 或聚或散徒死無益. 雖不巡行已令節制多捕零賊, 鄰邑莫不歡美. 更須傳令."遂停行. ○二十二日. 海平寨將崔弘儉, 捕倭十二級報狀深喜.

二十三日. 移住內院寺.

是日聞淸州錦山賊敗退. 玉守寶金琉等來曰, "境內諸將極力捕倭. 留府之賊, 與開寧仁同賊合力, 窮搜府使所在, 願深避之."遂還內院寺【寺在普門山】. ○二十五日. 聞京賊退縮, 錦山之賊退屯永同. ○二十七日. 尙州傳通云, "天兵滅賊, 賊退江頭."○日前報使曰, "雖有首級道路艱險, 難於上使."是日得回題云, "割左耳沉塩乘隙上使, 自今後皆割耳沉塩."又監司關云, "京賊退兵, 水使破賊船七十餘艘."○二十八日. 聞賊兵又多北向上去者. 南寨將獻馘六級. ○二十九日. 賊入川下里, 使人登峯大呼曰, "軍出. 軍出. 賊數百名方搜村."聞其聲棄財物散走. 使軍官等追捉斬一級. ○三十日. 開寧之賊大擧先犯川下里, 又將搜山. 使馬爲龍及軍官等逐捕, 得斬二級.

八月初一日戊子. 聞賊必欲害我. 又移其次.

是日慮賊入山, 遂發行點心頭易寺. 海平將斬倭十二級倭劍三十柄來納, 雨中馳去. 聞賊搜我宿遇里峴. ○初二日. 制檄書極數賊罪. 因賊中往來者, 投留府賊將. 朝飯于老人黃世家, 以黃世二字籤之凶. 騎馬疾走黃曰, "何以走?"余曰, "今日賊必大至, 此家衝火, 汝須從我遠避."黃曰, "普門山洞何如?"余曰, "在普門占之其山, 亦凶故出來. 吾不可向彼也. 卽馳向西里俄而回首, 則開寧之賊彌漫山野, 而黃家已發火矣." ○初三日. 昨日放火之賊以千計, 今又圍掩. 問之則曰, "尙州·善山·開寧三官之賊, 欲捕三太守, 連日起兵云,"是日尙善之境, 殺人萬數. 慘不可言軍官等斬一級. ○初四日. 封倭頭及割耳, 凡二十四級上使. 前日所斬腐朽不上使.

初五日. 見賊榜又還內院寺.

是日三官之賊皆還陣, 余強還府. 西山角殿菴朴樞通書云, "初二日檄書投于府賊, 則倭軍官二人告于其將. 將大怒使倭三十餘名馳送京賊云. 俄而倭將棄白馬者, 率倭十餘名來西山前郊, 削立長木掛紙而去. 卽令取來榜文曰, '善山前都護丁某其所居, 我已知之, 捉來者賞以金銀珠玉. 其或不依百姓不依官屬, 賞以高官大爵事各各知. 委天正二十一年八月初五日. 兵部少補善山新府使張熙.'【賊將入據善山自稱府使】人曰, "明日必圍此山須遠避."卽還內院寺. ○初六日. 使關云, "天使到來支待諸事, 星火預備."或曰, "尙州等官, 殺牛作脯摘果於民, 以爲接待之需, 我亦如是."余曰, "此時何敢取於民乎?"海平將崔弘儉, 斬倭六級倭劍十柄來謁. ○初八日. 聞府倭捕進山妻子, 嚴問府使所在.

初九日丙申. 又移樂臺菴.

是日步來樂臺菴, 身極勞困. 傳令四寨, 頒捕倭節目. ○初十日. 閑臥虞慮, 使金銀良書捕倭節目. ○十一日. 監司回送云, "殘敗之餘, 獻馘最多, 啓聞論賞次到付."聞監司呼使細聞, 捕倭四陣節目, 極口歎美云. 黃靈山來曰, "多數捕倭, 嶺南第一." ○十二日. 無事. 田大希來言賊曰. 余與軍官等, 入境先訪西陣. ○十三日. 倭賊上去, 捕刈薪倭二級. ○十四日. 使關云, "平秀吉見斬【以下四字缺】深喜."捕刈稻倭三級.

十五日壬寅. 議攻府城未果.

是日聞星州戰勝. 東寨將獻馘八級. 是日欲合四寨, 大攻留府之賊已正軍人, 賊多軍少停之. ○十六日. 入山村賊百餘圍之, 各散避之得斬一級. ○十七日. 衆賊入公城, 聞二千餘名下去. ○十八日. 東寨將獻馘三級. 百餘名下去竹峴, 適番伏兵將所報也. ○十九日. 奴貴福持家書來, 獻樂臺曰, "壻郎金奉事, 赴戰熊峴, 未得屍身, 或疑脫避云."賊百餘下去【年記金郎事在七月初八日】. ○二十日. 憂臥賊二百下去. ○二十一日. 封倭頭二十七級, 倭刀四十二柄上使. 賊二百五十下去. ○二十二日. 有金浩者, 稱以將軍, 特來現身. 果有勇力, 年才十六, 不敢驅入陣中, 割耳十三級上使, 倭劍從其數. ○二十三日. 送福奴還鄉. 聞錦山勝戰. 西寨將獻馘七級. ○二十四日. 賊二百五十下去. ○二十五日. 聞京中賊三百名下去. 夜入南寨行賞罰.

二十六日癸丑. 自南寨還西寨.

是日雨中還于西寨, 未過舞來里, 天已明逢開寧賊, 至死得生. 逢一人被刺胷臍五臟, 出外有生氣. ○二十七日. 封倭頭十七級上使. 回送云, "啓聞論賞."次到付乞罷回題曰, "當此危急時, 罷職不得云."營吏告目曰, "天兵到黃州."是日倭二百五十下去. 東寨獻馘七級. ○二十八日. 尙州傳通云, "倭賊達夜下去."又聞五百下去. 四寨伏兵將捉來治罪. ○二十九日賊千餘名下去. 軍官李應星等下番, 以毒藥置酒村家待賊飮, 伏兵掩擊傳令四寨. 海平獻四級公城. 儒生金復禮穩話【六字缺】.

九月初一日丁巳. 歸上菴賞楓拿諸陣將治罪.

初二日. 使官奴萬山, 馳送合擊傳令. ○初三日. 還內院【缺不可通】. ○初四日. 罪座首金九淵, 海平寨獻七級. ○初五日. 聞府賊作亂. ○初六日斬倭二級. ○初七日. 病臥尙孫者來傳, 賊謀搜我甚急. ○初八日. 游普門・金剛・般若三寺夕還罪軍官等. 斬倭二級. ○初九日. 謀擊府賊, 奸人謀泄未果. 獨坐悄悄, 與金惟一姜舜世飮一盃. ○初十日. 獨坐東臺賞楓淚落. ○十二日. 聞昨日賊下者三千. ○十三日. 聞賊下者三千. ○十四日. 見都事金仲悟書及營吏私通. 天兵乘勝勢可奏凱. ○十五日. 賊下者三百, 開寧賊三千下去. 南寨將獻三級. 又斬倭一級.

十七日癸酉. 新監司金誠一上官, 禁守令出境.

是日正字李埈來宿曰, "尚牧率妾宰牛無苦辛之態, 公則座首請宰牛而却之, 尚妓以故情來而公曰, '此時不可解衣而宿'却之, 何其苦辛乎?"余曰, "西土風霜,

大駕蒙塵, 人臣不可與女色同歡." ○十八日. 賊上去者無數未可知也尚儒十餘人來見曰, "公以何術捕賊無數?"答曰, "偶然."又曰, "四寨設立, 實是雄謀. 公可爲大將也." ○十九日. 賊六百下去. 封倭十七級. ○二十日. 金校理任父書曰, "已破西賊回鑾不遠. 公之討賊, 幾至千級云然否?"答曰, "豈至如是, 君已擧義兵, 願合力討滅. 聞八月十三日, 京畿戰勝."錦山尚州之賊無數下去.

二十一日丁丑. 送奴仁世於茂朱, 送僧敬智於任父.

是日聞天兵史儒見敗, 他將率六萬, 八月初六日渡鴨江去, 賊亦多渡海者, 一運金海, 一運薺浦, 一運守山·固城·鎭海, 右營之賊夜遁金海. 左監司金誠一移右監司, 寧海府使韓孝純昇爲左監司, 守令以道內現存者, 假差焚蕩處貢賦·族徵·還上蠲減事有旨. ○二十三日. 新使關云, "聚送僧軍於星州."余報云, "境內時方結陣, 多數捕倭送軍他官未便."回送云, 所報果然. ○二十四日. 聞注兒里有義兵出入, 於是府賊掩捕注兒里, 人數十盡屠之. ○二十五日. 獻馘回題, 以無頭之故, 退割耳者十七. 又報曰, "府使以投檄之故, 觸怒於府賊, 不可不出入他境."回題云, "出入他官節制, 本府深喜深喜." ○二十七日. 妓有生葵者, 在上菴相去咫尺, 逐日來見作衣, 洗衣夕則還送, 今夕願留宿, 開論却之. 聞金山戰勝. ○二十九日. 聞尚州善山開寧羣賊, 大擧圍山. 人皆遠走, 我以觀梅筮之, 定坐不動. ○三十日. 尚州義兵金覺等, 夜擊州賊不利.

十月初一日丁亥. 得兵營回題.

兵使柳崇仁回題云, "府使白面書生, 收拾殘敗之軍, 斬倭多至九十餘級, 至爲可嘉, 具由啓聞論賞次到付." ○初二日. 倭頭五級耳十五級上使. 回題云, "各官多有

欺罔者, 今後送頭勿送耳." 尙州義兵儒生七人來訪, 願合一陣. ○初三日. 賊下者二千. ○初四日. 李典籍埈來宿曰, "公善於討賊, 願以我義兵合陣." ○初五日. 東寨將獻倭頭二級. 聞賊下者萬餘. ○初六日. 西寨獻七級. 聞尙州賊多入湖南.

初七日癸巳. 聞尙州咸昌有儒疏請罪守令.

是日金山人曹季良崔彦由等來, 金珪亦來見. 風聞尙州咸昌儒生, 上疏請先斬尙牧【按『懲毖錄』此時尙州牧使金澥也】數其六罪, 鄰邑守令亦多論罪云. 致書于李正字, 欲知善山事, 李正字亦未詳知. ○初九日. 投賊人元福夫妻行刑. ○初十日聞儒生上疏中, 善山府使極其贊美云可愧. 賊入下里, 使軍官伏兵斬一級. 南寨將 獻二級. ○十一日. 投賊人韓末叱金行刑.【韓也敎賊以馬蹄着鐵之法】西寨將獻三級. ○十二日. 監司受賊耳十三日, "府使戮力討賊已顯, 功勞必不欺罔故受之." 聞右兵使戰亡, 晉州賊熾.

十三日己亥. 得左監司關, 發行赴左監營.

日前報使云, "善山·開寧·仁同三邑之賊, 擧烽相救, 未得勦討, 請左右道兵合力掃蕩, 而左道之兵入仁同右道之兵入善山, 下道及湖南之兵入開寧, 三邑之賊可一夜鏖勦." 回題, 以我爲主定日擧事. 又移文左監司左監司, 招我要面議. 遂發行宿牛口. ○十四日. 上下之賊, 橫截竹峴, 諸人咸諫勿行, 午後發至淸路. 初更月白遂入長川大路, 恐犯夜行之賊, 疾馳向前. 路中三處, 見斬人繫木, 或半生或已死, 慘不可言夜半入細路取飯. 渡江到儉丹, 鷄一聲矣. ○十五日. 留儉丹. 東寨將朴思深, 座首金九淵領軍現謁, 點得六百人, 皆紅笠長花軍儀甚嚴, 深喜深喜. ○十六日. 左監司許三道合擊, 而左兵使厭入仁同問曰, "善山誰入耶?" 余答曰, "善山我當入, 開寧右兵使當入." 於是兵使告監司, 以援賊之多怯而止之.

十七日癸卯. 還到海平寨.

海平寨將, 卽崔弘儉也. 點軍見, 精兵八百人深喜. 崔曰, "此陣賊必不犯公宜久留節制."○十八日. 仍留海平寨行公. 西寨獻一級. 聞軍威伏兵將張士珍, 伏仁同路多所斬殺. ○十九日. 聞張士珍又伏兵, 仁同賊只二十餘來搜閭家. 余曰, "賊必先夜伏兵, 士珍不知而進, 分明見敗."俄聞賊千餘先屯左右, 斬士珍等百餘人, 痛憤何言. 義兵將盧景任, 捕土賊來告, 推覈之際, 釜山僉使裴景男來曰, "我爲左道助防將, 而軍威宰使我請公會飲於軍威."余曰, "仁同·善山之賊, 知我在此渡江不遠之地不可會宿."百拒不從. 翌日裴向軍威去. 聞天兵顧養謙, 斬倭七萬. ○二十日. 聞晉州殲賊. 仍留海平寨, 節制以游兵斬倭一級.

二十一日丁未. 仁同善山之賊, 大擧襲軍威比安.

是日夜半南烽擧火五柄, 傳令於海平寨東寨使各結陣. 軍威烽軍呼曰, "仁同賊大擧入軍威."俄而東寨呼曰, "善山賊大擧向比安."諸將曰, "左右圍之, 殆將死矣."余曰, "知我渡江. 必以爲會于軍威, 左右掩之. 我若退陣而接戰, 則軍民可免."遂向花谷. 兩賊走掩, 獨騎渡江. 烽軍傳呼曰, "賊還兩邑."遂令兩寨將合陣, 我隨後馳擊, 斬得五級. 明日聞, 軍威宰與察訪僉使, 會飲旣而就寢, 夜半月明, 雙牽馬者馳入曰, "善山府使入來."大門下人盡被殲殺, 三官踰西墻走免, 官庫充牣之物, 盡行焚掠. 於是左右賀, 余之不赴會也. ○二十二日. 封倭頭十二, 使金壽澤上使. ○二十三日. 曉移住比安界焉谷. 自西寨從我者, 軍官牙兵官人共百餘人. ○二十六日. 東寨伏兵, 斬倭三級前後上使, 共百七十, 或退或腐, 實分等九十級. 使朴繼性上使. ○三十日開寧賊五千上去.

十一月初一日丁巳. 設伏擒賊斬獲頗多.

是日聞羣賊渡江, 不由橋梁冒涉寒波. 遂使南伏兵將白受和等, 設伏江頭, 羣賊已渡後, 行者十餘騎方入水大聲掩擊. 紅笠雙牽馬者一人, 率三騎三卒, 水中跋涉狼. 狽盡數斬之, 一者生擒. 錦繡衣裝一馱取來. 遂行賞給, 又多上使. 回題曰, "府使曲設奇策, 至斬倭將, 當各別啓聞."衣服錦繡還送, 宜俵給其軍. ○初二日. 行公府, 賊數百焚掠比安. 使東伏兵等, 於新谷里路狹處, 多鋪菱鐵, 左右設伏. 還時果斬二級. 先行者踣於菱鐵, 後行者由山而走, 未得多斬. ○初三日. 江中捕賊者, 得鞍子來, 在帕內又多藏細布, 下人私偸故, 痛治其罪. ○初四日. 水澤來聞開寧戰勝. 盧正字景任來訪. "府兵甚多捕賊, 已滿二百, 我義兵兵少食盡, 願得賠助." 遂給軍二百名米四十石. ○初五日. 釜山僉使及比安倅, 以酒來話. 西寨獻四級. ○初六日. 使東伏兵, 伺府賊過去時, 以能走人負空苫佯走, 引賊入危地, 令左右伏兵, 掩擊果斬三級. ○初七日. 見內應書, 二月賊多出來云.

初九日乙丑. 移納石寺.

是日與朴盧兩義兵同話, 賊船一百六十艘, 渡海云. ○初十日. 聞仁同賊入麻峴. ○十一日. 聞賊又多上去者. ○十二日聞義智死 【缺】 海平寨獻一級. ○十三日. 奴貴福來傳家信, 金郞仍無去處. 西寨都目來. ○十四日. 聞兩邑之賊密圖擊我, 乃李允祖通書也. 余使之出來, 相議欲斬允祖快雪交通之愼, 終不出來.

十七日癸酉. 自東寨還渡江而西.

是日午飯于大苞里, 東寨海平寨將卒曰, "賊知公渡江, 逐日謀掩, 不如西渡依山節制." 遂發行夜半渡江, 飯大苞寺. 積雪擁路, 百顚千倒, 到地谷里, 雞數聲矣. 上下凍餒, 得沸湯蘇醒到尙州, 盧涵家屬避寓處同宿. ○十八日. 送東寨將朴思深等還信地. 余到乾池山梁琮家. 其家屬盡避, 而琮獨留焉. ○十七日. 西南寨將來見曰, "兩寨軍人, 以使君久不來, 如失父母, 今聞西渡, 太半來拜." 遂點考賞罰而送之. ○二十日. 仍留乾池山, 占夢不吉, 使其里人遠避.

二十一日. 移住古毛所.

是日送人覓可寓處點軍後來古毛所. 尙州義將金覺等願與同事聽我指揮. ○二十二日. 尙州義將曰, "此處終無賊患, 同住甚好." 余曰, "今且賊來無多言." 卽聞大賊自乾池山來, 先運已到古毛所. 與金君驚出登峯頭, 欲爲禦戰之計, 賊退兵仍宿彭家. 南寨獻二級. ○二十三日. 黃靈山來見, 極贊節制之妙. 封倭頭使白應良上使.

二十四日庚辰. 與郭提督對飯, 賊大至投平居里.

到今賊知我西渡逐日來尋, 尙州義兵等畏而不從. ○二十五日. 聞尙州賊多下. 尙州義兵朴廷奎來見 曰, "頃見巡使, 將以公爲大將云." ○二十六日. 聞天兵大來. 西寨獻三級. 東寨海平寨報狀云, "仁同善山賊, 每日來圍, 公之西渡天幸也." ○二十七日. 封倭五級上使. ○二十八日. 聞賊上者多下者少. ○二十九日. 傳通云, "賊船四十艘出來." ○三十日. 聞賊下者四百.

十二月初一日丁亥. 仍留平居里.

是日金有鳴黃靈山來曰, "諸邑蒙賞, 公全不通情於巡使, 故至今不爲升堂可愧云." ○初二日. 留作竹峴六陣圖, 尙州義兵金弘慶等圖出曰. "眞奇絶云." ○初三日. 聞琉球國破日本. ○初四日. 竹峴伏兵獻二級. ○初五日. 聞康舜世被殺於府賊, 痛惜痛惜. ○初六日. 赴化寧與本道官義兵及靑山永同報恩助戰將, 相會謀擊尙善留賊夕罷還.

初七日癸巳. 還住柳坊.

初八日. 鄭麟瑞尹商聘諸儒來曰, "列邑斬賊, 善山爲上, 不伐其功, 若作義兵, 願屬麾下." ○初九日. 黃偉來曰, "尙州義兵數過一千今皆零落僅存三百. 公則出入鄰境, 軍卒尙無叛心, 都計四寨幾一千二百, 而諸道巡使多送軍粮云然否?" 余曰, "忠淸監司送五十石, 全羅監司送五十石, 全羅都事送五十石, 右監司連 惠矣." 黃曰, "與尙州義兵合陣可也."

初十日丙申. 聞兩王子被虜.

時寒極賊多凍死云. ○十一日. 聞賊多下去者. 校生崔友仁等, 先運啓聞故拜職. 南寨獻三級. ○十二日. 趙光璧‧宋以晦‧金復禮‧李埈兄弟來見曰, "公之留處賊不一犯, 公若移寓, 賊必搜其前寓之家, 公有何神術耶?" 余曰, "偶然耳."

十三日己亥. 火攻府城, 幸得焚蕩.

是日金弘慶等來曰, "巡使'將以公爲大將.'云." 是日與金惟一等, 議火攻府賊, 大會四陣於府城近處令曰, "我在西陣擧火. 三陣各擧火應之. 以知畢集後臨時又以火相準, 四面一時直進, 因風縱火火光滿城, 觀其出外之賊, 萬矢齊發." 以此約束初昏往西村, 聞西村有伏兵倭三十不可近也, 使軍官入見, 皆不聽. 余乘快馬, 使金惟一執轡馳見伏兵. 幕無一賊. 遂如約縱火, 北風正急, 倭幕三百餘間, 焚蕩發矢無數. 明日聞之, 倭賊多死, 賊馬十三疋亦焚死, 軍器軍粮之燒蕩, 不可勝數云. 以此報使馳啓. 曉還寓次, 傷寒臥痛, 尙州義將金復禮問安來訪, 兼慰前夜之事. ○十四日. 病甚. 見都事書, 湖西大捷. ○十六日. 聞唐橋賊散. ○十七日. 作論功狀病少差.

十八日甲戌. 歸淸涼寺與尙義將等話兵.

十九日. 分等百四十【缺】上使. 與忠淸左道慶尙右道各官及義兵將, 大會于【以下缺】擧事約束. ○二十日. 還到淸涼, 黃靈山及盧義兵景任, 【以下缺】. ○二十一日. 論功成冊【缺】關來促, 使金就仁送之, 巡使題粮五十石. 與兵使欲攻開寧, 送金寨將. ○二十二日. 病臥. 與敎官盧天瑞及李汝霖話, 開寧諸儒願屬於公作義兵云.

二十三日己酉. 以余爲義兵, 大將召募列邑.

東寨海平寨合力, 捕倭送四級. 勅四寨更謀府賊. ○二十四日. 見尙州義兵, 移宿松山. 通于諸陣, 只沃川郡守助戰將宣義問·尙州牧使金澥·判官鄭起龍永同韓明允·尙州義將金覺來會靑里. 余執筆, 分部令四圍府城, 有交賊之僧先通秘機賊, 乃四出防禦, 只得縱火而退. 曉還牛口. ○二十六日. 與尙州義將, 議執武官之當戰, 稱病使人代將者, 欲報巡使還停.

二十七日癸丑. 病還柳坊.

二十九日. 尙善人來見者, 不知其數. 黃靈山以酒餠來慰曰, "汝衣誰浣, 汝膳誰監?國事向平牛可屠也, 色可近也, 忍飢忍凍, 不亦過乎?"宋以晦·金弘慶等赴營謂巡使曰, "道內守令, 其終始守土者, 善山也. 排設四寨及三官合擊, 圖竹峴六陣圖, 出人意表. 又親冒鋒鏑, 出入賊中, 逐日獻級, 禁民屠牛, 必却牛肉其言曰, '君親播越, 何敢食肉又安敢解衣安枕?'此人眞可以爲大將也."是時府賊三千, 開寧賊六千, 仁同賊二千, 三賊朝夕相通, 一有警急, 舉烽相援, 賊勢堂堂不可犯也.

癸巳正月初一日丙辰. 北望行在, 南思先墓痛哭.

是日尙善人. 來者, 不知其數, 得酒少飮. ○初二日得賊布七匹, 屬之義兵. 尙善及開寧人, 多來見者. ○初三日. 列邑大多來謁者, 傳令四寨, 使之勿來. ○初五日. 南寨將許說, 西寨將宋軫星, 各獻一級, 聽令而去. ○初六日. 聞巡使欲以余爲上道大將. 不勝悶慮送病狀題曰, "府使出萬死, 不離賊窟, 終始捕倭幾至二百, 其功可嘉, 方在褒賞之列, 不得遽免."○初七日. 尙州義副將盧涵, 斬級已過十二, 賞之以倭劒.

初八日癸亥. 見李允祖內應書云, "兩王子被虜, 初十日間, 下來眞的云."

是日遂通尙牧及尙義將, 爲伏兵之計, 以兩湖及左右道諸將, 合作六陣. 其前路則慶尙左兵使爲左陣, 右兵使爲右陣, 後路則忠淸左道爲左陣, 全羅左道爲右陣, 中路則慶尙義兵爲左陣, 兩湖義兵爲右陣. 各把守信地方, 王子入陣時, 前陣截其前去之賊, 使不得救後, 後陣截其後來之賊, 使不得救前. 於是 使中陣左右合力, 奪還王子則庶幾有成. 以此意報于巡使. ○初九日. 與尙州義軍千餘, 判官軍五百, 善山軍一千二百, 退宿牛口. ○初十日. 鳴說來. ○十一日. 領三部伏兵, 大賊散漫而下, 未得馳斬還于牛口.

十二日丁卯. 報使還柳坊後, 數日以余爲八陣大將.

十三日. 通書于兩湖諸陣請兵. ○十四日. 通書于左右義兵, 又報監司兵使請兵. ○十五日. 巡使關文, 以我爲大將, 使善山·尙州·咸昌·聞慶之官軍及善山·尙州・咸昌・山陽之義兵, 共八陣將領, 咸聽節制. 尙州判官鄭起龍爲副將, 尙牧以下皆聽大將節制. 命弟還鄕. ○十六日. 巡使軍官金忠一・兵使軍官一人以同力伏兵事來. ○十七日. 與兩軍官及尙州官義兵, 合力進陣牛口. ○十八日. 斬三級. 義兵大將宜名曰, "選義將報于巡使."開寧儒生鄭麟瑞, 亦以義兵將, 領軍百餘而來合. 忠淸監司許頊送米五十石. 全羅都事崔鐵堅送米五十石.

十九日甲戌. 湖嶺諸軍, 皆會于牛口.

是日永同縣監韓明允・靑山縣監南忠元・助戰將宣義問・光州牧使張義賢・咸平李(王＋原)・錦山李天文・敵愾將李潛・咸昌姜德龍・聞慶卞渾・昌義將李逢・奉事兪躍, 皆會于牛口. ○二十日. 慶尙左右兵使未來故, 未成六陣. 只伏兵金惟一等, 斬倭三級. 大賊搜山, 退陣鑿井里. ○二十一日. 大軍進陣淸里, 諸將皆託病, 以軍官代將. 尙牧金澥, 又退坐矣. 是日斬倭二級, 乃西寨將所斬. ○二十二日. 善山四寨軍合於一處, 軍粮難繼, 而六陣諸將不來故, 令四寨相遞而來. ○二十三日. 他道諸將曰, "本道左右道兵使皆不來, 必因賊勢有梗也, 俺等軍粮極難, 莫如報使退去. 況王子下來日期, 乃初十日, 而今已過十日, 何以更望. ○二十四日. 與張將議報使, 請諸軍各還本地. 以咸昌聞慶以下官, 義兵逐日勤斬. ○二十五日. 斬一級.

二十六日辛巳. 因營關罷陣.

日前咸昌聞慶兩官, 報使請退守其境, 回題許罷陣. ○二十七日. 報使云, "本道左右兵使, 旣不來會, 兩湖諸軍不戰而還, 咸昌聞慶亦許自退, 所望不成. 兩營軍官徒留無益, 宜亦還送."令西寨將設伏, 與兩軍官退還柳坊. ○二十八日. 巡使回題云, 適因左道及下道賊勢熾張, 兩兵使不進不成六陣, 至爲憤悶姑遣諸將, 宜與尙州義兵伏兵勤捕. ○二十九日. 遣兩裨將咄咄臥歎. ○三十日. 入西寨傳令四陣, 約於初七攻府賊. 海平寨報云, "因內應人聞之, 府賊聞, 府使兼義兵將, 請兵他道, 乃於竹峴設伏, 方欲圍殺."云, "近須停兵."

二月初一日丙戌. 約四寨合力, 以擊府賊.

是日兵使金沔, 潛送軍官探見, 境內四陣及吾所陣處, 節制規條歡曰, "不圖儒生之至此, 將合四陣, 夜擊府賊." 通關諸寨. ○初二日. 巡使送米十石, 卽散分軍人是時. 飢甚道殍相望, 從我仰食者三百餘人. 東寨獻三級. ○初三日. 海平寨獻五級. 尙州義兵十三人來見. ○初四日. 入西村勑四陣爲合擊之策. ○初五日. 西寨獻三級. 鄭麟瑞以從事官隨我, 遣其弟于忠淸道求粮.

初六日辛卯. 府賊合擊之時, 不得不請兵他邑, 以此意報使.

初七日. 南寨獻五級. 聞無等谷倭三者刈薪, 使金蓮鋒・金萬世等突擊, 二倭走爲所射顚仆, 一賊與金蓮鋒相爲臥起或上或下, 終爲蓮鋒所斬. ○初八日. 向陣所路逢羣倭, 馳馬僅免. ○初九日. 李典籍垵來見論兵. 尙妓生蔡來還遣之. ○初十日. 金覺等來論討賊事. 尙牧送人願與同留.

十一日丙申. 赴尙牧寓舍與之同留.

牧使父子曰, "此地絶無賊蹤久留無妨." 余占之不吉告曰, "尊不須久留一處. 恐賊人尋蹤也." ○十二日. 曉頭發來牧使甚怪之, 吾具言其不留之意到川下里. 暫憩俄聞尙牧父子俱被害, 淚下不已. ○十三日. 巡使使軍官潛見吾寨及四寨. 軍官只見西寨而去告使曰, "軍人不飢, 弓弩・菱鐵・陷穽等物不知其數, 府使不在一處飄泊東西矣." 巡使卽題米三十石.

十四日己亥. 東寨獻三級.

日前使東寨將, 乘府賊曉渡月波時, 水底多設菱鐵伏兵斬之果斬二級. ○十五日. 尙儒李堩來話. 夕入西寨議討賊, 諸將皆曰, "七合之粮無以生勇力不可戰." 遂令勇士加料一升. 兵使送米十石, 湖南米五十石貿綿布以來.【三字缺】貿良馬來獻曰, "大將無馬故貿來." 却之不受. ○十六日. 還寨路逢崔義將相話. 適大賊衝擊未得接戰. ○十九日. 東寨獻三級, 以粮絶告給五石. ○二十日. 夢亂移亏里峴. 其日賊果圍川下人甚奇之.

二十一日丙午. 南寨生擒倭一名報使.

二十二日. 星州牧以天兵道路差使員來話. ○二十三日. 夢惡移寶峴. 其夕賊果
至星牧走免云. ○二十四日. 欲移他處朝食方進, 賊大至騎走北山. 俊弟失兵符鳴說
覓來. 遍尋村家不得一間. 山上有寺一間留宿. ○二十五日. 海平將崔弘儉, 斬倭二
級來又捕 投賊人書員金友仁等二名來. 遂卽行刑報使.

二十六日辛亥. 移寓金山山城.

此城距府一息, 下望府城四面傾危, 無走避之處, 人皆危之. ○二十七日. 雨中看
花淚下. 南寨獻一級. ○二十八日. 軍粮綿布及書冊等, 送于道詵窟. 路中僧義兵作
賊, 打殺軍官劫辱無狀. ○二十九日. 傳令南寨捕作賊人.

三月初一日乙卯. 報使請跟捕僧賊.

被賊衣服書冊及綿布標識, 報兩使以請跟捕. 見害軍官李應信埋葬時, 給米五石
境內與諸將約曰, "賊犯某村烟氣相應掩擊." ○初二日. 開寧賊犯無等谷, 烽軍未及
煙氣, 治罪行刑. ○初三日. 夢亂移東菴 路見京奴, 聞主簿喪. 東菴狹窄許多人未
得接足. ○初四日. 兵使送人切請曰, "欲論討賊事." ○初五日. 夢見兵使喪輿. 時使
在金山村舍, 距善山五十餘里, 恐同被賊兵不行. ○初六日. 兵使送人曰, "我病甚
危切, 欲議事何不卽來."

初七日辛酉. 往見兵使.

是日與鳴說往見兵使, 病極重發熱太甚, 握手淚下曰, "公之義氣, 監司不知, 朝
廷不知, 我當特啓. 開寧之賊已退, 與公同力欲討善賊. 公可爲將我當隨後." 余曰,
"何敢當也?使相及左兵使, 先鋒可也."兵使曰, "我本殘弱病且如是, 武人軍人不從.
公可爲之願勿歸陣留, 此待我少差擧事."余曰, "使相病甚賊若聞之, 恐有長驅來犯

之變姑, 退陣調治我. 亦留近處以待."於是給米五石遂退宿. ○初八日. 與義僧將同議得捕前日賊僧. 更見兵使, 退陣星州東堂村. 花發村墟不勝感愴. ○初九日. 得病呻吟, 恐傳染于兵使也, 兵使處送問安使. 兵使又送人. 余對其人曰, "使病極危公等善處."○初十日. 窮推賊僧等.

十一日乙丑. 兵使訃音來. 我病亦彌留.

十二日. 任義兵·副將張潤及鄭思悌來訪, 凡事相議. ○十三日. 任義兵帖, 塩五石于南原. ○十四日. 四寨將不勤捕倭. 其言曰, "府賊自開寧賊退後專不出村, 大路上下之賊必屯聚作行故, 不得斬之."○十五日. 金山郡守周夢龍送人問安. ○十六日. 兵使已亡未得擧事. 賊近可畏欲移他處, 無可依之陣. 病少差. ○十七日. 任義兵諸將來見. 尚義兵送人請與同留. ○十八日. 南寨獻一級. 方伯送米十石. ○十九日. 夢龍送人直指山覓可依之寺.

二十日甲戌. 移直指山能如寺.

金山宰送人曰, "仁同善山之賊, 方欲下去必尋守令, 須遠避之, 都事亦云."○二十一日. 立候望人安臥, 東寨獻一級. ○二十二日. 登望賊陣山菜滿眼. 從我者百餘人, 皆以菜及木葉爲生. ○二十三日忠淸監司送米十石來, 俵給下人. ○二十四日. 西寨獻二級. ○二十五日. 鳴說還家. 其情罔極得寒疾. ○二十六日. 俊弟撫我病送病狀.

二十七日辛巳. 減四寨軍額.

余仍呻吟. 盧涵送倭寶劍求價. 余曰, "軍卒飢不可買也."四寨告絕粮減, 軍人特留勇士各五十. ○二十八日. 病甚. ○二十九日. 病狀回題云. "府使不離境內, 終始勤捕忘身殉國之義, 暴著遠邇, 不幸病重至爲可慮, 然當此天兵踰嶺之時, 守令輕適不得, 更加調理行公, 以畢當初殉國之志."

四月初一日甲申. 忠淸道軍粮十五石俵給四寨.

次姪子相說韻【在詩集】. ○初二日. 巡使問病, 送一味藥物薏苡淸油俱來. ○初三日. 次道菴韻六言詩【在詩集】. 巡使送軍粮十七石, 俵給四陣. ○初四日. 夜窓月入杜鵑血聲, 遂淚下而歌曰, "死將不見麼?將吾主不見麼?縱饒我死了, 吾主無事是所願. 杜鵑汝哭須休了. 叵耐目淚滿面."【本是諺文今譯之如此】內應人李允祖書云, "府賊爲下走之計皆曰, '尙牧已殺善山宰必殺之. 然後發行. '方窮問去處, 遠避可也."於是諸將大懼曰, "必搜此山."余乃散置軍粮於各寺, 作龍大旗大集四陣軍人, 以爲追擊之計.

初五日戊子. 送書李允祖.

書曰, "汝罪可斬, 汝須的通府賊退兵之日, 使之追擊, 則汝罪可赦."允祖答曰, "倭賊盡退天兵至咸昌, 尙州以下諸邑留賊, 欲捕善山宰, 公若遠避則, 我當的通賊退之日."○初六日. 巡使關云, "天兵講和勿斬倭賊."金惟一等斬獻五級不爲上使. ○初七日. 尙牧送書曰, "使關勿斬倭將, 何以爲之?"答曰, "極力斬之埋置不報, 臣子之義也."傳令于入賊官人曰, "退兵時多斬者赦罪, 舘舍滅火者報使論賞."○初八日. 儲粮沉醬大備粮饌, 以爲接待天兵之計.

初九日壬辰. 南寨將許說潛斬二級來, 不爲上使.

初十日. 會四寨將點兵于西寨, 俵給軍粮約賊退時, 各持飯五升. 將還時府賊百餘來圍. 躍馬南走, 賊十餘追及幾至幸免. ○十一日. 還陣報使, 請粮得米二十石. ○十三日. 人飢太甚, 從我者二百人, 一日給一合則一月後死, 給二合則終不死. 軍粮每月所給不下十石. ○十四日. 崔兵使送米十石俵給四陣. ○十五日. 四陣軍都目來一千三百也. 採蕨北峯.

十六日己亥. 得巡使回題.

題曰, 黨賊者多斬功與斬倭同. 李允祖百計誘出行刑牒報. 遂令鄕所等誘出, 允祖疑而不出. ○十七日. 尙州義兵儒生宋以晦等書云, “相去似遠萬事不如意. 切願來陣州境.”軍官等諫曰, “尙牧已被害, 方謀府使不可更入尙州境.”○十八日. 尙州義將書曰, “我軍八百, 已盡零落只留二百, 而公則無山之邑. 東飄西泊, 軍無逃散之, 心必以義待之, 今公之軍幾何?賊下時願合擊.”余答曰, “不過千餘從近, 當進陣境內.”

十九日壬寅. 命弟來家信平安.

二十日. 軍粮會計, 道詵窟所藏米百七十石, 綿布七十匹, 經二年. 所儲也塩醬器皿亦多所備. ○二十二日. 俊弟歸作龍大旗及纛. 追擊將金惟一報曰, “內應人等見府使. 傳令, 皆欲斬賊何以爲之?” 答曰, “與賊同處暮夜出入時, 潛殺埋置賊, 退後持獻可也.”

二十三日丙午. 巡使以余爲天兵接待都差使員.

是日追擊將報云, “尙・善之賊日夜上下束裝積置曰, ‘必圖善山宰然後可發.’ 移寓他處可也.”使關, 天兵接待都差使員洛東渡涉都差使員兼定. ○二十四日. 移陣尙善之界. ○二十五日. 內應人書云, “倭賊等曰, ‘退陣釜山等處, 然必勝全羅道及晉州, 不可入日本.’云.”○二十六日. 接待天兵旣以責余矣, 出視江頭欲渡江頭, 欲渡無舟計無所出, 以此意報使. ○二十七日. 四寨軍人大會點考. ○二十八日. 回題云, “安東・尙州・善山所在舟楫收用.”

二十九日壬子. 聞天兵到咸昌促尙州倭出. 唐將沈惟敬率唐人二十名, 領兩王子入府云.

三十日. 欲移陣近地, 諸將不可.

五月初一日甲寅. 以天兵支供事報巡使.

時巡使及金穎男罔知所措, 全羅道天兵支供官退在居昌. 報使曰, “南賊若速退天兵必飢.”○初二日. 集軍器軍粮. ○初三日. 移陣無等谷, 以小刀二字筮之, 甚不吉派遣多人, 登山候望. 諸將曰, "尙州距此九十里, 尙賊不必憂, 善山則二十里可憂." ○初四日. 謂諸將曰, "尙州雖遠不可不候望, 加定烽人二名." ○初六日. 府賊一千上, 尙州下人曰, "彼賊將輪其輜重也." 余曰, "此必圖我, 不可不移." 令軍卒及粮物移之別處, 又令候望者專意北望.

初七日庚申. 尙州倭賊大擧來, 掩僅以身免.

是日占夢不吉. 夜半令軍人鞍馬以待朝時. 候望人曰, "尙州倭已掩此境." 余騎馬南走, 使金惟一等登兩山走候望. 我從中間馳去到十里, 聚軍高峯有騎步數十. 自金山馳來軍卒哭曰, "賊也." 余曰, "細見." 則我軍也. 俄而來曰, "崔義兵也." 崔曰, "將設伏於善山." 余曰, "此賊方入吾陣願合力馳擊." 崔曰, "公不欲遠避, 又坐于此人所不能. 然賊勢方銳, 決不可犯." 余使軍官等登山, 呼曰, "大軍來至." 賊果退去. 崔義兵等曰, "公粮饌俱絶乎." 各聚米二升及饌物以饋我軍, 仍又衛宿.

初八日辛酉. 爲賊所逼幾死僅免.

是日曉頭義兵入善山西村. 余曰, "昨日賊未得意, 今日必大至. 公等勿去." 彼皆不聽乘曉入去. 我朝前開方修報狀, 北望人顚仆來曰, "衆賊越白峴已掩此山矣." 遂騎出登南山, 回望羣賊集于村前作長蛇陣. 兩頭忽掩其村, 軍人隨我者皆散. 弟景命投入山林, 從我執靮者, 只官奴尙云一人而已. 此地有白嶺・迄凜嶺・倭踰嶺, 凡三嶺皆自尙州・金山・開寧路也. 吾今欲走東西北地, 皆已賊塞, 只有南路, 路在三嶺之下, 賊將越來我必死矣. 第馳向南又無斥候. 忽有老驛吏一人來呈關子. 使爲斥候吏曰, "賊已踰三嶺, 前進無避處." 遂投入松林. 余乃謂執靮者曰, "汝若不走, 斷靮落後." 遂躍越二路. 賊以輕騎馳, 逐揮劒擧旗高聲突進, 至四十里, 執靮者痛哭入林, 不斷靮馬踐其靮, 顚仆不進. 余拔劒俯斷之, 賊已迫馬後, 遂加鞭過山隅橫入深山. 躍馬度斷岸投入五里, 賊遂向金山去. 良久賊還向善山, 其數則三十一騎也. 有金泉驛吏二人, 來見分其飯. 俄聞善山椽吏等哭聲滿山. 問之則曰, "府使尸體未得, 而印則掛於馬頭, 只有其匣不知所在." 遂與盧正字宿金山西里, 使下人覓印. ○初九日. 宿池川里, 吏房等覓印來. ○初十日. 聞監司病卒都事及兵使. 聞我死送人問安. 遂報形止, 兵使送軍粮三石. 將赴咸昌, 治裝發行宿尙州地.

十一日甲子. 沙摠兵到本府, 余爲支待官.

是日守城將報, "府賊前夜盡下, 著(亇*敢)頭者自尙州連續下來."余曰, "此唐兵也."唐人一名及洪助防季男・軍官一人, 持標旗馳來曰, "府使捉來."遂入本府, 左右十里路殺人橫懸, 不知其數. 入城見舘舍皆完直. 在沙摠兵前再拜, 沙以小紙書示曰, "庫中軍粮有遺在乎."曰, "無有.", "賊何日盡出乎?"曰, "昨日及今朝盡出.", "公何退在乎?"曰, "方在境內以都差使員向于咸昌, 路聞天兵消息馳來矣."摠兵遂發向十里地, 鳳溪山頭留宿. 洪助防曰, "天兵一千受粮忠州之後, 尙州等守令無一人應接, 全羅道支供不及來, 今日所供軍粮何以爲之?"余傾行資白米二十斗單子進呈, 摠兵題曰, "焚蕩之邑得之何處?可賀."夜以人馬運道詵窟軍粮. ○十二日. 又進白米三石, 摠兵深喜之. 遂令軍人埋藏人尸.

十三日丙寅. 防禦使等諸行來到.

是日防禦使李時言・金應璧・鶴林都正等, 不意入府坐樓上招我曰. "供饋何以爲之."答曰, "空手奈何"諸公曰, "勢然矣."呼而同坐, 余曰, "我有窟藏粮, 公等勿憂. 各書所率軍人之數. 皆給料米."鶴林曰, "聞公變初血戰甘川盡赤, 朝廷莫不嘉之."○十四日. 督捕使朴晉・過去宣傳官李受訓・奉義兵等率軍七百來, 各給粮米供饋大喜而去. 都元帥金命元・從事官柳熙緒・軍官十八人, 馳入府卽呼我握手歎曰, "西自平壤南至釜山, 一路守令無不遁避, 公終始在境, 斬級無數不亦善乎?粮米非可望, 願得豉醬一塊."答曰, "石穴中藏米五十石."遂帖給軍人七千之粮, 殺牛進排. 胡游擊領五百人入府, 責粮于元帥, 亦爲之給料, 元帥大喜曰, "不圖善山有儲至此, 當啓聞云."

十五日戊辰. 元帥點心後出向仁同.

宣傳官又來, "湖南支應尙不來, 生事必矣." 都事罔知所爲曰, "若非善山私蓄, 國家生事必矣." 俄而任實以海平站來見. ○十六日. 南原以府站來, 求禮以竹峴站來. ○十七日. 轉運使朴忠侃, 入府盡罪守令號令如霹靂, 呼我握手曰, "得見再生之人, 公之功嶺南第一也." 都差使員益山宰高成厚來, 運米差使谷城宰來. 朴使到鳳溪使軍官促我還停. 是日與金復興・魏德毅・唐士呂應鐘同酌. 呂曰. "四人各聯句可也" 呂先書而余次之呂歎曰, "諸郡守皆是武人, 不道善山之爲詩至此." 金與魏次之. 呂曰, "丁淸唱金太露魏含蓄." 余又題一絶. 呂曰, "筆氣大不凡."【聯句與絶句在詩集.】

十八日辛未. 在空館唐人作大亂, 移寓東郊茅屋.

十九日. 府民稍稍入來, 唐人作弊不可言. ○二十一日. 聞賊屯昌原等地. ○二十二日. 三站唐將皆以我爲地方官, 侵責極難支. ○二十三日. 安集使金功入府, 題給軍粮種子. 都事入府曰, "湖南諸邑未來此府, 無事支供使不生事, 公之功我國之首也. 當俟巡使議啓云." 劉摠兵及唐人上去. ○二十四日. 左監司韓孝純上去.

二十五日戊寅. 入謁劉游擊.

接伴官徐渚押送一罪人, 夜半逃之. 余方病臥, 忽唐人三十餘前後擁我上去. 余問通事曰, "何事?" 曰, "劉游擊失皇朝賜馬十三疋, '必此士人所偸故, 拿府使.' 遂治罪遂齊聲捉入." 余曰, "我是儒官當從容入對通事." 入告出曰, "廳上入謁." 余遂入交倚前四拜三叩頭, 劉之兩通事問曰, "何以四拜三叩頭?" 余進紙筆立書曰, "皇帝哀小邦困於兇醜, 特遣大將擧天戈, 鏖賊平壤驅而逐之海外. 使海隅蒼生耕鑿, 於聖天子德化中, 區區簞壺, 未足以慰答萬分之一, 敢以謝天子者謝之故, 拜四而叩頭三." 劉乃拱手起立曰, "其年幾何? 你是文人, 何以來守賊路, 要衝之邑乎?" 余曰, "年過四十, 我於太平盛時, 承命治民, 因遭大變." 劉曰, "獻馘幾何?" 曰, "啓聞者二百." 曰, "然則名將也, 何不赴戰又何不陞拜巍品?" 答曰, "以支應差使員接待天將, 未及下去, 論功則在事定之後." 劉曰, "收拾鎭定乃其職也, 勉哉. 勉哉. 且洛江水漲, 你可邊得五千人否?”答曰, “甘川洛江合爲一, 水沒地滔天數, 三小船極難下櫓. 願留弊府以待晴日.”劉曰, “賊將岐伯淸正, 領軍二萬欲向全羅, 你其知之乎?”余曰, “願擧義旗不日驅勤.”劉曰, “彼畏我兵, 必不向全羅. 你每見敗於賊者, 大袖而脚靴不習砲手也.”余曰, “已令諸軍皆習砲手, 臨戰則例著小袖袍, 又著繩鞋矣. 古昔吾邦之人, 善射能馭, 所以隋唐傾天下來, 戰莫不敗還. 今則變生不意, 事至此極爲臣子者, 爲宗社欲死耳.”劉大書紙面曰. “丁某識理將軍.”藏于書匣贈大筆及金扇曰. “願記後日姓名.”遂再拜, 出來劉答拜, 追送于軒外, 使通事追告門外曰, “賜馬十三疋於此地方風逸, 願使軍人跟尋刷許云.”遂得七疋而許之. 自是唐人莫敢侮我.

二十六日己卯. 捕得逃亡罪人.

具得龍承余命, 隱于尙州路草間, 捕得罪人, 押送居昌. 有獄處接伴徐渚曰, “此人領倭子, 潛窺唐津, 天下一罪人, 失之還得天也.”○二十七日. 倭船八隻留在府中, 使人曳下. 又報使請得他邑船隻. ○二十八日. 連日雨中申督曳船, 遂得痢疾. ○二十九日. 大雨唐人哨賊五十餘, 阻水留府. ○三十日. 唐人捕屠馬人來, 遂斬示唐人. 唐人怒不已, 奪我馬走尙州.

六月初一日甲申. 詗盜馬者不得.

初二日. 病甚歸館舍, 仍避驛村. 時任實縣運天將輜重, 多失銃丸. 余令監官造丸於西村, 丸又不成. ○初四日. 唐人爭渡作弊. 病與憂深. ○初五日. 唐人爭渡不已. 送崔弘儉造丸. ○初六日. 晴水. 漲唐人難渡作弊不已. ○初七日. 朝大雨午晴, 痢少差. ○初九日. 造丸終不成. 唐人病死. 呂應鐘要捉金浩書來. ○初十日. 金浩見口捉. 左兵使啓草云, “賊將犯晉州方築大城.”

十一日甲午. 以唐軍器事, 李龜自仁同來所望不成. 差員益山·高山·沃溝來, 病少歇.

十三日. 劉摠兵·吳游擊軍七千人過府下去. ○十四日. 右監司金功至迎命, 夕與都事話. 接伴官徐渚臨江, 以軍官進來. ○十五日. 曉歸鳳溪. 摠兵發行到江頭, 接伴怒事不齊, 居昌呼我曰, "摠兵在近何不來見?"答曰, "唐將留府, 勢不能出入." ○十六日. 巡使曰, "聞王子上來云, 聞之乎?"曰, "未也. 宋侍郎以和親被論, 聞於唐將乎?"曰, "未也."

十七日庚子. 谷游擊以三百人入府.

十八日. 訪高山宰. 聞賊犯咸安, 訪沃溝宰, 聞賊近茂溪. 谷游擊從容話兵後渡江. ○二十日. 巡使之子金智賢過訪. 賊犯光陽虛傳也. 送卜奴於家. ○二十一日. 崔公等以唐軍器無事大喜. 唐兵皆上來. ○二十二日. 聞咸安不陷.

二十三日丙午. 倭將唐將一時上來.

二十五日. 沈惟敬與小西飛彈守上來入府. 我拜沈游擊問講和事, 答曰, "已成." 退見小西飛, 彼乃目我曰, "善山宰也."羣倭皆側目疾視, 或拔劍指我. ○二十六日. 沈游擊向尙州自控彎, 無牽馬先行. 小西飛前導一雙牽馬者一雙. 始作重記. ○二十九日. 留修重記.

七月初一日癸丑. 御史題大豆百石卽分諸案, 戶曹判書又題五十石.

鶴林都正上去妄言, "賊退乞衣遂脫贈一衣."黃廷彧自賊中上去, 其言曰, "在北被虜, 以我及兩王子別處, 其在釜山亦然, 今先放我. 王子及子黃赫, 近當上來云."余曰, "人曰, '令公稱臣關白云, 然耶?'然則不可入都?"黃曰, "大不然."○初三日. 賊圍晉州日久云. 聞柳相公不意過上林, 未及往拜追送書狀.

初五日丁巳. 上書柳相國乞遞.【相國卽文忠公柳成龍】

上書別紙云, "小生萬死中, 風疾嬰身, 腹中浮脹長吐惡血, 不成人形. 十五朔終始守土, 竟未歸死本土, 不亦冤乎?伏乞從公論罷黜, 以便公私. 聞晉州見敗將信將疑."○初六日. 天兵直下開寧, 以安谷站移排公城事, 報巡使及戶判. 聞晉州見陷賊向山陰. ○初七日. 筮戰遇同人之革≡≡. 還無乙洞. ○初八日. 聞晉州將卒俱死, 而賊陣于沙斤. ○初九日. 見白受和. 聞晉州事咸陽居昌已空, 天兵會退于新倉云. 今日乃我生日, 金惟一・鄭斗文以酒來掩淚而少飮.

初十日壬戌. 得柳相國答書, 不許奏遞.

是日筮賊平遇益之頤≡≡. 柳相公答書曰, "亂離後得奉惠書, 感慰如對. 生亦多病幾死, 今聞右道事, 馳到高靈路中, 聞晉州陷沒, 慘痛何極? 天未悔禍, 如此環顧四方, 無一著手處將若之何? 別錄事謹審, 而此間事急如初, 難於卽啓姑待之." 聞去晦日晉州右兵使崔慶會・忠淸兵使黃進・倡義使金千鎰・南海・巨濟・金海・徐禮元・晉判・泗川皆無去處. 筮柳相公啓事, 遇家人之旣濟≡≡, 筮晉賊不入湖南, 得巽之井≡≡大喜. 具僮龍來曰, "晦日陷晉州, 初三日陷山陰, 初六日陣沙斤驛, 還向晉州. 天兵陣高靈居昌八良嶺." 巡使關云, "咸陽下吏偸穀自焚." ○十一日. 使鄕官分給大豆還上. ○十二日. 筮遞得升之井≡≡. 金孝曾等多來. 聞賊渡豆致津西去. ○十三日. 送人問賊答曰, "或云入光陽, 或嚴防不能入還向鎭海云."

十四日丙寅. 聞賊向釜山可喜.

是日次鄭獬七言四韻. ○十五日. 河陽吏曰, "大丘唐兵留二百, 其餘歸陝川." 慶山・永川・新寧・義城等官, 以文薦遞. 兵使權應銖【缺】. ○十六日. 聞御史入府馳去路, 遇伏兵唐人. 奪吾馬. 夕御史尹敬立入東部, 冒雨而歸. 與沃溝柳華春, 飮燒酒胃痛甚. ○十七日. 御史見我極從容, 多題米菽曰. "苦留賊中功勞大矣. 且聞石窟藏米, 天兵及我國壯士粮絶之時, 累日繼供以扶國體, 我當啓達." ○十八日. 御史題報狀云, "本府蕩敗, 倍於他邑, 府使不離境內, 終始討賊, 又能安集流民, 殊用嘉尙." 昏體察先文來病不進.

十九日辛未. 聞相公還家, 想必賊退.

二十日. 文思晦等四人來饋飯, 秋凉月白, 歸思滔滔. 筮遇剝之艮≡≡. ○二十一日. 鄭陽臣來. 余呈病于柳相公, 相公令呈于本道. 乃呈巡使題曰. "國事至此願得良吏, 勿爲稱疾力圖召集." ○二十二日. 送鄭陽臣歸柳相. ○二十三日. 府民皆會謀作舍也. 此夕給米. 遂與吉云得等話. ○二十四日. 令鄕所頒還上. 聞倭將入去. 貽書金義兵覺以綿布助喪.

二十七日己卯. 兩王子兩唐將王子夫人李英黃赫.

金貴榮之子二十四日自釜山發來. 余方病甚心甚未安, 進住幕次檢勅凡事進梨蜜. 黃赫書曰, "公至今不受軍功可恨, 僕則陪王子還都, 今後含笑入地矣." 尹御史自尙州下來. 與王子相會. 凡事不齊, 王子天使宿竹峴, 我歸西寺里. ○二十八日. 唐人董忠奪馬而去. 夕與御史及高益山成厚醉穩話.

二十九日辛巳. 得柳相公答書.

見鄭陽臣得西崖書二度藥二帖, 又示治脹之方其語陽臣曰, "可惜人邌送調治可也." 御史仍留曰, "速退針灸." 夕見益山仁同還, 與鄭公鍼灸. 巡使書曰. "傳聞尙未復常此, 乃經年暴露所致, 願加調治非不知, 欲向故山本府之事, 非足下孰可以收拾耶? 聞討賊曾有大效, 而朝廷不知之以此爲恨."

是年八月. 都體察使柳公及巡察使金功受, 余病狀得遞本職.
九月初三日. 自善山發行. ○初十日. 到霜山本家. ○十月移會寧別墅調病.

朔明年甲午. 正月十三日. 統制使李舜臣辟余爲從事官. 李公時自順天水營移住閑山島, 其狀啓曰, "臣旣兼統制之任, 三道水兵將官皆在部下, 檢勅措制之事非止一再. 而臣在嶺海. 文移遠道, 許多兵務赵未擧行, 都元帥巡察使所駐處, 就議定奪者亦多有之, 而相距隔遠, 或未及期限事乖方極爲可慮. 臣之妄意, 文官一員依尋便使例, 從事官稱號徃來通議, 所屬沿海列邑巡檢措置, 射格軍粮連續調入則, 將來大事庶濟萬一. 諸島牧場閒曠之地, 耕鑿處亦有審檢之事故, 妄料敢稟朝廷十分商量, 若於事體無妨, 則長興居前府使丁景達, 時在本家云, 特命差下. 【李忠武狀啓】

二月十九日. 自霜山發行赴閑山島.

二十三日. 自順天左水營前洋乘舟. 二十六日. 抵閑山謁見李爺如禮. 遂極陳生民彫弊請, 令列邑各設都廳如善山事, 主將深納之. 是時相臣·將臣及藩臣·閫守土防戍之臣及倡義起兵之臣, 其功績虛實忠節真僞具有月評, 每入幕談討, 意氣相合. 遂為七言排律六十韻, 備述聞見妄加雌黃以獻主將.【見詩集】

三月初一日. 承主將之命, 將巡行列邑, 發行西出.

是日, 中洋遇風, 幾危僅免. ○初四日. 泊順天水營後, 數日轉還霜山. 遂自霜山, 發右道巡檢之行. ○主將狀啓云, 去十二月十二日, 還本道檢勅矣. 今正月十七日, 發向巨濟境閑山島陣中, 未整齊戰船, 使之隨後不分晝夜回泊事傳令, 而右道戰船之數, 倍於左道, 許多射格, 必未能及期整齊. 臣使從事官丁景達, 巡檢措置, 右水使李億祺, 期會處, 督送事申飭. ○按忠武公狀啓, 已於甲午正月十七日, 有從事官丁某, 發遣右道巡行檢勅之語, 則公之初赴忠武之幕, 已在癸巳甲午之交, 其云二月十九日發行者, 蓋再赴之行也. 今按年記, 古本忠武公之狀, 請自辟在萬曆二十一年癸巳閏十一月十七日, 則公之赴幕, 宜在癸巳之臘, 必無拖至甲午二月之理也. 甲午日記, 本無先生手筆, 但據年譜草本而爲之, 有此差誤.

李忠武亂中日記云, 甲午正月初一日. 還營. 十七日. 早朝登船, 酉時到露梁. 是日啓本, 出送十九日, 至閑山島.【自二月二十三日至二十七日缺】三月初一日. 從事官, 還歸. ○案忠武公癸巳日記, 自九月十六日以下, 至歲末, 皆缺, 故先生辟召之啓及初謁之事, 不載也. 甲午日記二月二十三日以下五日, 缺落, 故先生再赴之事, 不載也. 惟三月初三日, 從事官還歸五字, 與年譜草本, 相合, 然此是再赴而再還, 非初謁而初還也.

二十七日. 巡到光州, 見朝報, 知除靈光郡守, 還來.

將赴靈光, 以從事之官, 故啓遞. ○時三國, 搆兵已至三年, 軍疲財竭, 癘疫又熾, 人民十死六七, 未付種者, 三分之一. 天兵李提督如松宋侍郎應昌, 盡蕩國用後入去, 獨劉綎兵綎, 領五千兵, 留南原. 倭賊不知其數, 留陣巨濟·金海·東萊等地. 都元帥權慄等, 據宜寧, 統制使等, 據閒山, 粮絶軍散, 罔知所措.

五月十五日. 又發右道巡檢之行, 六月十一日. 還霜山.

是行, 歷康津·靈巖·咸平·靈光·羅州·南平·綾州等邑. ○主將狀啓曰, "順天突山島·興陽道陽場, 海南黃原串, 康津花爾島【古稱皇夷島, 今稱古今島】等處, 屯田耕種, 以補兵食, 緣由前已請啓. 突山島則臣軍官訓鍊主簿宋晟, 道陽場則訓鍊正李奇男, 農監官差送, 農軍或給民並作, 或流民入作, 官穫一半. 或順天興陽留防軍及或老弱軍, 除出耕作, 犁口鑷子耒耜等物, 各其本官, 備送事已爲行移. 右道花尒島·黃原串等處, 使臣從事官丁景達, 屯田形止, 巡歷檢飭, 及時施行矣." ○按以狀啓觀之, 則公之此行兼爲屯田檢勅, 不但爲舟師也.

七月初八日. 聞除咸陽府使, 尋又以從事官見遆.

忠武公上宰相書曰, "軍粮尤無所賴, 百爾思惟, 罔知攸措【節】從事官丁景達, 盡心於屯監, 而前方伯移文曰, 道主之外, 不可續續耕屯, 一切勿檢云, 伏未知其意也. 丁公今爲咸陽倅云, 其所檢之事, 將歸虛矣. 仰悶仰悶, 收穫間, 未可仍之耶?"

八月二十日. 發左道巡檢之行, 九月十七日還霜山.

是行, 歷寶城·樂安·順天·光陽·求禮·谷城·南原·玉果·淳昌·潭陽·光州·綾州等邑.

十月初七日. 發本道試藝之行, 十九日還.
是行歷綾州·光州·南平·靈巖·海南·康津·長興等邑

乙未正月初九日. 發下道巡檢之行, 晦日還霜山.
是行, 歷長興·康津·海南·珍島·靈巖·羅州·南平·綾州等邑. ○此, 亦舟師檢勑之行也.

二月初二日. 京伻至余, 以備邊司薦首擬南原府使, 遂蒙除旨令, 除朝辭赴任. ○前月二十七日, 在羅州道中, 已聞除授之報. ○是月十五日發行, 十八日上官.

四月二十二日. 中軍, 領兵百五十, 過府. ○二十八日. 劉參將, 入府.

五月初十日. 劉參將, 出去進向雲峯.

十九日. 譚都司, 自倭營入來. 劉譚二人, 作弊萬端, 不可支也. ○二十九日. 軍器庫失火, 四人燒死.

六月初六日. 劉參將, 自雲峰入府. 初七日. 接伴官朴慶深, 作挐生事.

七月二十日. 副天使楊方亨, 入府. ○二十二日. 副天使, 出向雲峯.

八月十四日. 都察使李元翼副體察使金功從事官南以恭, 入府. ○十八日. 體察一行, 向雲峯.

九月十五日. 天使李宗誠汝蕃, 入府. ○上使接伴金晬·從事官金尙容·金藎國·副天使接伴李恒福·從事官李壽俊·沈游擊·接伴官等, 皆留嶺南, 兩使及黃愼, 留倭營不決云. ○二十三日. 天使獵雉, 不利發怒.

十月初八日. 天使山行, 大獲極喜. ○十六日. 天使, 轉向雲峯.

十一月十九日. 聞以灾傷事, 罷職. ○二十二日. 以單童匹馬發行. ○二十五日. 還霜山.

厥明年丙申三月, 始叙用, 擬定州牧使, 自上還下.

亂中日記 以上見年記

난중일기【이상은 「연기」에 보인다.】

만력(萬曆) 20년 임진(壬辰) 4월 나는 선산부사(善山府使)[1]로 임지에 있었다. 그랬는데 공교롭게도 왜적을 만나 나는 4운의 법을 시행하여 병기와 식량을 수송하였다.

이때 변방의 보고가 날로 급하여 관찰사 김수(金晬)[2]와 절도사 조대곤(曹大坤)[3]께서 군대를 분군하는 일[4]로 순행하다 선산부에 이르셨다. 나는 4운의

---

1) 부사(府使) : 조선시대 정삼품의 대도호부사(大都護府使)와 종삼품의 도호부사(都護府使).

2) 김수(金晬, 1547~1615) : 김수(金睟)가 맞다. 본관은 안동(安東). 자는 자앙(子盎), 호는 몽촌(夢村). 할아버지는 김노(金魯)이고, 아버지는 사재감정(司宰監正) 김홍도(金弘度), 어머니는 이계백(李繼伯)의 딸이다. 이황(李滉)의 문인이다. 임진왜란이 발생했을 때 경상우감사(慶尙右監司)로서 진주를 버리고 거창으로 도망을 갔다. 그러면서도 다만 각 고을에 격문을 돌려 백성들에게 적을 피하라고 통고하니 도내가 텅 비어 왜적을 방어할 수 없었다. 또한 전라감사 이광(李洸)과 충청감사 윤국형(尹國馨)이 근왕병(勤王兵)을 일으키자 그는 겨우 100여 명의 군사를 이끌고 참가하였다. 그러나 근왕병이 용인(龍仁)에서 패하자 경상우도로 되돌아가 영남초유사(嶺南招諭使) 김성일(金誠一)로부터 패전에 대한 질책을 받았다.또한 당시 의령에서 의병을 일으켰던 곽재우(郭再祐)와 불화가 심해 김성일의 중재로 무마되기도 하였다. 이와 같은 일로 지방사람들로부터 처사가 조급하고 각박할 뿐만 아니라 왜적과 싸우지 않고 적을 피해 도망갔다는 비난을 면치 못하였다.

3) 조대곤(曹大坤, 생몰년 미상) : 본관은 창녕(昌寧)이며 관직은 회령부사(會寧府使),만포진첨사(滿浦鎭僉使),경상우도병마절도사(慶尙右道兵馬節度使),건의부장(建義副將),부총관(副總管),행호군(行護軍),호위대장(扈衛大將) 등을 역임하였다. 1588년(선조 21) 만포진첨사에 제수되었는데, 나이가 너무 많아 평안도 지역을 책임지기에 부족하다는 병조판서(兵曹判書) 정언신(鄭彦信)의 상소로 말미암아 체직(遞職)되었다. 경상우도병마절도사 재임 중이던 1592년(선조 25)에 임진왜란이 일어났는데, 선산군수(善山郡守) 정경달(丁景達)과 함께 경상북도 구미(龜尾) 금오산(金烏山) 부근에서 왜군을 대파하였다. 또 경상북도 성주(星州)에서 많은 적을 생포하였고, 경상북도 고령(高靈)에서 수 명의 적장을 베는 등의 공적을 세웠다. 그러나 많은 군사를 거느린 곤수(閫帥)로서 적의 침입 소문에 겁을 먹어 도망을 가고, 김해(金海) 일

법을 시행하여, 1운은 도시에 2운은 노변(路邊)에 3운과 4운은 먼 곳에 각각 양식과 물자를 배치하여 2, 300명을 상사(上使)분들께 합병하였더니, 두 관찰사와 절도사께서 모두 기뻐하며 받으셨다. 【4운의 법은 지금은 미상이다】

15일 갑진(甲辰). 두 분 관찰사와 절도사와 함께 선산부에서 업무를 행하는데 고을 사람들이 이리저리 혼란스러워 물어보니 말하기를, "전통문에 왜선 300척이 곧장 부산으로 쳐들어왔다."고 했다. ○16일. 규정대로 먼저 1운과 2운을 소집하여 성주(星州)로 나아가게 했는데 병마절도사(兵馬節度使)의 전령이 전하기를, "주진군은 부사가 직접 거느리고 부산에 이르도록 하라."라고 했다. 이에 밤새 군대를 모았다. ○17일. 조상신께 절하고 길을 떠나 약목(若木)에 도착하여 군인들에게 밥을 먹이고 있을 때, 신임 병마절도사(兵馬節度使) 김성일(金誠一)[5]이 생각지도 못했는데 치달려 와서는 행군을

대에서는 어려움에 처한 아군을 원조하지 않았다가 병사들이 전멸하고 성(城)이 함락되게 만들어 왜군이 서울까지 침범하게 하는 원인을 제공했다는 내용으로 탄핵되었고, 파직된 뒤 백의종군하였다. 1594년(선조 27) 부총관에 제수되자 패전(敗戰) 장수를 급히 현직에 기용할 수 없다는 상소가 올라와 체차되었다. 1599년(선조 32) 호위대장 재임 시절 중전(中殿)이 황해도 수안(遂安)에 머무를 때 호위한 공으로 숙마(熟馬)를 하사받았다. 묘는 경기도 파주시(坡州市) 월롱면(月籠面)에 있다.

4) 분군하는 일 : 제승방략(制勝方略) 체제에 따라 중앙군에 지방군을 편입시키는 일.

5) 김성일(金誠一, 1538~1593) : 경상북도 안동 출신. 본관은 의성(義城). 자는 사순(士純), 호는 학봉(鶴峰). 아버지는 진(璡)이며, 어머니는 여흥 민씨(驪興閔氏)이다. 이황(李滉)의 문인이다. 일본에 파견되었다가 돌아와 일본이 침입하지 않을 것이라고 하여 왜란 초에 파직되기도 하였다. 그러나 다시 경상도초유사로 임명되어 왜란 초기에 피폐해진 경상도 지역의 행정을 바로 세우고 민심을 안정시키는 데 기여하였다. 1592년 형조참의를 거쳐 경상우도병마절도사로 재직하던 중 임진왜란이 일어나자, 이전의 보고에 대한 책임으로 파직되었다. 서울로 소환되던 중, 허물을 씻고 공을 세울 수 있는 기회를 줄 것을 간청하는 유성룡(柳成龍) 등의 변호로 직산(稷山)에서 경상우도초유사로 임명되어 다시 경상도로 향하였다. 의병장 곽재우(郭再祐)를 도와 의병활동을 고무하였고, 함양・산음(山陰)・단성・삼가(三嘉)・거창・합천 등지를 돌며 의병을 규합하였으며, 각 고을에 소모관(召募官: 조선시대에 의병을 모집하기 위하여 임시로 파견하던 벼슬)을 보내 의병을 모았다. 또한 관군과 의병 사이를 조화시켜 전투력을 강화하는 데 노력하였다. 그 해 8월 경상좌도관찰사에 임명되었다가 곧 우도관찰사로 다시 돌아와 의병규합과 군량미확보에 전념하였다. 또한 진주목사김시민(金時敏)으로 하여금 의병장들과 협력하여 왜군의 침입으로부터 진주성을 보전하게 하였다. 1593년 경상우도순찰사를 겸해 도내 각 고을에 왜군에 대한 항전을 독려하다 병으로 죽었다.

서두르지 않으면 잡아들이겠다고 혹독하게 명령했다. 나는 "여러 고을에서 아직도 분군도 못하고 꼼짝도 못하고 출발도 못했지만, 우리는 먼저 여기에 도착했는데 어째서 우리만을 벌주겠다고 하십니까?"라고 했다. 병마절도사는, "자신이 병영에 도착 못하더라도 모름지기 가서 우리가 기다려야 한다."라고 했다.【병영은 창원(昌原)에 있다】그래서 밤을 무릅쓰고 달려갔다. 밤이 깊어 잠시 밭두렁에 누웠는데 목구멍에서 나온 벌레가 네 마리나 되었다.

18일 정미(丁未). 군대를 거느리고 창원(昌原)의 병영을 향해 치달렸다.

이날 아침【2자 빠짐】성주군의 선봉이 한발도 나아가지 못하고 곡성이 온천지에 가득했다. 나는 군인들이 놀라고 의심하여 군율을 적용했다. 나는 드디어 동쪽으로 강을 건너 창녕(昌寧)에 치달렸으나 성주군대는 뒤떨어졌다. 저녁에 병마절도사가 창녕현에 들어와 마침내 군대를 오리정에 주둔했다고 들었다. 밀양부사가 감사가 영산(靈山)에서부터 밤에 초계(草溪)로 향하며 신임 병마절도사(兵馬節度使) 역시 초계로 향하는 것을 보았다고 들었다. 왜선 400척이 또 김해(金海)로 쳐들어왔는데, 좌병사(左兵使)는 병영에 들어가서 나오지 않았고, 우병사(右兵使)는 막 김해의 노현(露峴)에 있었다. 먼저 뽑은 용사 최홍검(崔弘儉)과 김천립(金千立) 등 300인은 돌아다니다 병마절도사에게 돌아갔다.【문장이 상세하지 않다】○19일. 밤에 어떤 사람이 대군을 이끌고 영산에서부터 성주로 향했는데 두 사람이 뒤따라 와서는, "적이 이미 이곳에 쳐들어왔소"라고 하였다. 마침내 병영을 향해 출발하여 아침에 창녕과 밀양의 경계에 도달했다. 정찰기병 40기의 적군이 우리를 향해 치달려 오는데 그들은 들판에 있고 우리는 산길에 있어 미처 진을 치지도 못하고 군진은 무너지고 흩어졌다. 나는 외딴 봉우리에 치달려 올라 뒤를 돌아보니 다만 군관 허열(許說)[6]과 강순세(姜舜世) 등 3인 관리들과 군

6) 허열(許說, 1540~몰년 미상) : 본관 양천(양천) 1584년 별시(別試) 병과(丙科) 57위 합격.

인 도합 백 명이 나를 따라서 식량과 장구들을 버리고서 왔다. 군관들이 간 곳을 물으니, "군인들과 더불어 모두 강을 건너 서쪽 초계로 달아났다."고 했다. 허열이, "어쩔 수 없이 서쪽으로 강을 건너 두 분 관찰사와 절도사에 의지하는 것이 낫습니다."라고 말했다. 나는 적의 동정을 살피라고 명령했다. 허열은, "적(賊)은 밀양으로 되돌아갔다고 합니다."라고 했다. 드디어 군 인들과 군기 500여 명의 양식과 찬을 수습하였다. 【이하 수십 자 빠짐】 진 주판관(晉州判官)[7]이 밀양으로부터 맨몸으로 이 산으로 들어왔다. 공도 역 시 전진해서는 안 된다고 했다. 군관 황사충(黃士忠) 역시 진주판관이 했던 것과 같았다. 나는, "국가를 위해 죽는 것이 의요."라고 말했다. 조 병마절도 사가 와서 "이때에는 마땅히 나라를 위해 죽어야 하니 나를 따르지 않는 자 는 베어버리겠다."고 했다. 마침내 나아가 강 언저리 【창원 북쪽】에 진을 치고 배 여섯 척으로 군대를 건넸는데, 우리 뒤에 이르러 못 건넌 자들이 수십 인이었다. 얼마 안 있어 백여 명이 밀양으로부터 치달려 왔는데, 모래 바람이 하늘을 뒤덮자 군인들이 공포에 벌벌 떨었다. 나는 군인들이 흩어질 까 염려되어 강 언저리에 진을 치도록 하였다. 이미 이른 군인을 보니 바로 함양군수(咸陽郡守) 유숭인(柳崇仁)[8]이었다. 패잔병으로 와서 통곡하며, "나

---

7) 진주판관(晉州判官). 성수경(成守慶, 생년미상~1592))을 가리킨다. 본관은 창녕(昌寧). 직제 학 사재(思齋)의 6대손이며, 아버지는 흔(忻)이다. 음서로 진주판관에 임용되었다. 1592년 임진왜란이 일어나자 초유사(招諭使) 김성일(金誠一)에 의하여 발탁되어 군무를 맡아 성벽 을 개수하고 무기를 수선하는 등 전비를 갖추었다. 한편으로 격문을 붙여 충의지사를 부르 니 피난 갔던 백성들이 돌아와 얼마간 군세가 회복되기도 하였다. 이 해 11월 진주성싸움 에서 분전하던 중에 의병장 고경명(高敬命)·김천일(金千鎰) 등과 함께 전사하였다. 병조판 서에 추증되고, 진주의 충렬사(忠烈祠)와 창녕의 물계서원(勿溪書院)에 제향되었다.

8) 유숭인(柳崇仁, 1565~1592) : 본관은 문화(文化). 아버지는 유빈(柳濱)이다. 1586년, 홍원현 감(洪原縣監), 이듬해 사복시주부(司僕寺主簿)가 되고, 1592년 함안군수로 재직 중 임진왜란 을 만났다. 성이 왜적에게 포위당하자 군민(軍民)을 규합하여 고수하고 곽재우(郭再祐)의 의 병에게 진로를 차단당한 왜적을 추격하여 적 47급을 베었다. 다시 휘하장병을 거느리고 진 해에 이르러 당항포싸움에서 패하고 밀려오는 왜적을 맞아 이순신(李舜臣)과 협공하여 이 를 무찔렀다. 이어서 금강을 따라 침입하는 적과 대항하여 직산현감 박의(朴誼)와 함께 격 퇴하였다. 여러 차례의 전공으로 경상우도병마절도사에 특진되었고, 그 해 10월 진주성이 왜적에게 포위당하자 이를 구출하기 위하여 창원으로부터 급히 출동, 성밖에 이르러 사천

는 지금 패잔병으로 돌아갈 곳이 없어서 병마절도사께 직접 보고하려 하니 병마절도사가 있는 곳으로 귀대하는 것이 좋겠습니다."라고 했다. 마침내 칠원(漆原)으로 나아가니 성을 지키던 몇 사람이 통곡하며 맞이하면서, "어찌 사지에 들어섰습니까?"라고 하였다. 애써 몰아서 앞으로 나아가 병영에 도착하니 가까운 고을은 다 이미 흩어졌고 먼 고을은 아직 오지 못했다. 정찰병 이섭(李涉)[9]이 80여 명으로 성을 지키고 있다가 우리를 보더니 매우 기뻐하였다. 마침내 군대를 인계하고 서목(書目)을 받고 병마절도사를 뵙고 싶어 그대로 갔다.

20일. 감사(監司: 김수)께서 나를 참퇴장(斬退將)[10]과 운량사(運粮使)[11]로 삼으셔서, 마침내 창원에서 강을 건너 서쪽으로 갔다. 이날 김해(金海)가 함락되어 병마절도사가 노현에서 후퇴하여 창원 병영에 이르러서, 부락에 병마절도사의 명령으로 일시에 불을 놓아 연기와 불꽃이 온 하늘을 뒤덮었다고 들었다. 오시(오전 11시)에 일곱 번이나 봉화를 올렸고 적이 이미 10리 밖까지 들이닥치자 병마절도사는 진영 뒤 고개 요해처로 후퇴했다. 이때 감사께서 참퇴장(斬退將) 및 운량차사(運粮差使)로 와서 알현하라는 명령을 하셔서, 나는 마침내 치달려서 함안 땅으로 들어갔다. 민가에는 밥 짓는 연기가 사방에 끊어져 저녁을 먹을 수 없었다. ○21일. 강을 건너 서쪽으로 가서 한밤중에 초계에 도착했는데, 늙은 향리 한 사람이 읍을 지키며 목 놓아 울며 말하기를, "몇 놈이 왜적이라 하고선 성안 사람을 죽이고 약탈하였습니다."라고 했다. 나는 마침내 그것들을 베어버렸다. 향리가 자기가 먹을 것

현감(泗川縣監) 정득열(鄭得說), 가배량권관(加背梁權管) 주대청(朱大淸)과 합세하여 왜적과 싸우던 중 전사하였다.

9) 이섭(李涉, 1550년~몰년 미상) : 본관은 파주(坡州). 자는 경즙(景楫), 호는 죽호(竹湖). 참판 이희증(李希曾)의 아들이다. 선조 25년 임진에 의병을 창건하였고, 31년 무술에 사평(司評)을 제수 받고 만든 암사에 향사했다.
10) 참퇴장(斬退將) : 후퇴하는 자를 베는 장수.
11) 운량사(運粮使) : 군량을 운반하는 관리.

을 바치니 군관들과 나눠 먹었다. 고령(高靈)으로 치달려 들어가니 현감은 이미 가야산으로 들어가고 적막하여 사람 소리조차 없었다. 감사를 찾고자 했지만 간 곳을 알 수가 없었고, 신임 병마절도사(兵馬節度使)는 함안(咸安) 땅으로 도망갔다고 했다. 내가 후퇴하는 군인들을 베라는 명령을 행하려고 하니, 각 관리들이 물러나 숨지 않는 자가 없었다. 어떤 놈은 산골짜기로 달아나기도 하고, 어떤 놈은 너른 들판으로 달아나기도 하여 모두가 똑같이 그러하니 이루 다 벨 수가 없었고, 양식을 운반하는 직무를 수행하려 했는데 각 마을들이 줄줄이 함락되어 양식을 모을 수가 없었다. 이 두 정황을 열거하여 감사께 보고하려고 심부름꾼 줏돌돌(注叱石石)이를 보냈다. 이놈도 적에게 들어가더니 끝내 와 보이질 않았다.

22일. 선산부(善山府)로 달려 돌아오다.

이날 심야에 출발하니 좌도의 도적은 이미 약목(若木)[12]에 도착하고 우도의 도적은 벌써 초계를 함락시켜 사방을 둘러보아도 나갈 방도가 없었다. 마침내 산에 올라 전진하여 선산 남촌에 도착하니 도적은 해평(海平)[13]으로 내달려 성으로 들어갔다. 좌수(座首) 김구연(金九淵)[14], 노호장(老戶長) 김대기(金大器), 수성장(守城將) 전 현감(前 縣監) 고한운(高翰雲)[15], 관비(官婢) 분이(粉伊)등 몇 사람이 통곡하며 우리를 맞으면서, "상주(尙州)의 문서 수발인이 약목에서 치달려 와서 말하기를, '적들이 이미 강을 건넜습니다.'라고 했기 때문에 그날 관원의 집안 식구들은 무주(茂朱)로 출발하고 우리들만 남았습니다."라고 말했다. 친동생들인 경영(景英)[16]과 경명(景命)[17]도 또한 와

---

12) 약목(若木) : 경상북도 칠곡지역의 옛 지명.

13) 해평(海平) : 경상북도 구미지역의 옛 지명.

14) 김구연(金九淵, 1545~몰년 미상) : 본관은 선산(善山), 자는 거원(巨源). 아버지는 김의손(金義孫). 1583년 별시(別試) 병과(丙科) 84위 합격.

15) 고한운(高翰雲, 1552~몰년 미상) : 자는 자룡(子龍), 호는 청양(靑陽), 1573년 사마시(司馬試)에 합격하여 1585년 문과(文科)에 장원(壯元)하였으며, 전적(典籍)·호조좌랑(戶曹佐郎)·부안현감(縣監)을 지냈다.

서는 말하기를, "집안사람 모두 무사하지만 말이 없어 못 돌아가고 있습니다."라고 했다. 나는 먼저 공자의 사당에 찾아뵙고 위패를 거둬 초석으로 싸서 향교 뒷산에 묻었으며 부중(府中)의 서목(書目) 등은 누각 아래에 묻었다.【이하 수십 자 빠짐】나는 4운의 군인과 함께 창고를 열었다.【이하 5~6자 빠짐】반은 서문 밖에 있었다. 어떤 사람이 놀라 달아나며 말하기를, "적이 이미 강을 건넜고 십리에 가득합니다."라고 했다.【이하 7~8자 빠짐】서산에 올라 멀리 바라보니, 이미 연기와 먼지가 하늘을 뒤덮었다. 적이 우리 군을 보고도 들 가운데서 한가하게 돌아다녔지만 늙고 쇠약한【3~4자 빠짐】군인으로 다시 해볼 도리가 없었다.

24일 계축(癸丑). 선산부가 함락되고 상주도 또한 함락되었다. 순변사(巡邊使) 이일(李鎰)[18]이 달아나 죽음을 면했다.

이날 꼭두새벽에 성이 함락되었고 오시(한낮)에 왜적들이 상주로 향했다. 전운(前運)의(2자 빠짐) 은 둘러친 장막과 대장기와 군복의 색깔은 모두 붉은색이었으며, 군인 수 천 명이 여인들로 하여금 말을 타거나 걸으며 전【빠짐】에서 노래하고 북치게 하였다. 2운은 파란색, 3운은 노란색, 4운은 흰색, 5운은 검정색 모두 앞서 방식과 같았다. 산골짜기를 비추어 시내와

---

16) 정경영(丁景英, 1547~1616) : 정경달의 6형제 중 넷째. 자는 이서(而瑞), 호는 팔계(八溪).

17) 정경명(丁景命, 1551~1598) : 정경달의 6형제 중 여섯 째. 금오산 전투에서 왜적에게 죽었다.

18) 이일(李鎰, 1538~1601) : 조선 중기 문신. 본관은 용인(龍仁). 자는 중경(重卿). 1558년 무과에 급제해 경성판관 등을 거쳐 1583년 전라좌수사 · 경원부사를 지냈다.1592년 4월 왜란이 일어나자 경상도순변사가 되어 북상하는 왜적을 상주에서 맞아 싸우다가 크게 패배하고 충주로 후퇴하였다. 충주에서 도순변사 신립의 진영에 들어가 재차 왜적과 싸웠으나 패하고, 사잇길로 도망해 황해 · 평안도로 피하였다. 이 때 세자 광해군을 3,000명의 군사로 시위하다가 평양 왕성탄전투(王城灘戰鬪)에서 왜적 80여 명을 사로잡기도 하였다. 조정에서는 패주한 죄가 큰 것을 들어 처벌을 요청하는 신하도 있었으나, 경험이 많은 무장이라 해 용서하였다.1595년 왕의 특지로 다시 함경도북병사가 되고, 지중추부사 · 행호군을 거쳐 함경도남병사가 되었다. 1601년 부하를 죽였다는 살인죄의 혐의를 받고 붙잡혀 호송되다가 정평에서 죽었다. 좌의정에 추증되고, 시호는 장양(壯襄)이다.

들판에 흩어져 있던 나머지 군인들이 산을 뒤져 말을 사로잡고 사람을 죽인 것이 셀 수도 없었다.   ○이날 아침에 왜적 선봉대가 상주(尙州)를 함락했다. 순변사(巡邊使) 이일(李鎰)과 종사관(從事官) 박호(朴篪)[19] 등은 성문 밖에서 진을 쳤으면서도 정탐을 하지는 않았다. 어떤 사람이 왜적이 이미 경계까지 닥쳤다고 전하였으나 이일(李鎰)은 사람들을 현혹한다고 하여 마침내 그 사람 목을 베어버렸다. 판관이 급히 기생과 성안 사람들을 모아서 밥을 짓게 했다. 익지도 않았는데 군인들은 다투어 마구 움켜쥐고 먹었다. 왜적이 성 밖에 닥쳐와서는 철환을 비를 쏟아내듯 앞으로 돌격해오고 뒤로는 엄습하여 마침내는 대군을 함락하였고 이일은 혼자만 말 타고 달아나 면했다. ○25일. 대군의 왜적이 연달아 진격해 산림을 너른 범위에 걸쳐 수색하자, 우리 군대는 모조리 궤멸하였다. 나는 동생 경영(景英)이와 어린 종놈 군산(君山)이와 달아나 험준한 봉우리에 올랐는데, 한걸음 걸을 때마다 10번이나 굴렀다. 경명(景命)이와 안식구들은 전날 먼저 성주 땅으로 달아났다. 조카 창열(昌說)[20]이와 성일(聲日)이 모두 간곳을 몰라 밤새도록 소리 내어 슬피 울부짖다가 마을을 내려다보니 화염이 하늘을 뒤덮었다. ○26일. 두 조카가 아침에 와서는, "관비 등과 달아나서 죽음을 면했습니다."라고 했다. 기쁨을 가히 알만 했다. 나는 오가리(五家里) 김종필(金終弼) 집에 돌아가 멀리 피난할 계획을 짰다.

27일. 김종필(金終弼)의 집에 머무는데, 전대년(田大年)[21]과 전극의(田克義)

---

19) 박호(朴篪, 1567~1592). 조선 중기의 문신. 본관은 밀양(密陽). 자는 대건(大建). 덕로(德老)의 증손으로, 할아버지는 장령(掌令) 율(栗)이고, 아버지는 천서(天敍)이며, 어머니는 김흥의(金興義)의 딸이다. 1584년 18세로 친시문과에 장원하여, 홍문관수찬(弘文館修撰)이 되고, 1592년 임진왜란 때 26세로 순변사(巡邊使) 이일(李鎰)의 종사관(從事官)이 되어 상주에서 싸우다가 윤섬(尹暹)·이경류(李慶流) 등과 함께 전사하였다.

20) 정창열(丁昌說, 1579~1619) : 자는 대경(代卿), 호는 동헌(東軒). 정경영(丁景英)의 아들.

21) 전대년(田大年, 1539~몰년 미상) : 본관은 연안(延安). 1585년 을유(乙酉) 식년시(式年試) 생원시 3등(三等) 22위로 합격.

【이전 좌수】가 술을 가지고 와서 음식을 올리며 말하기를, "이곳은 관청과 멀리 떨어져서 왜적이 반드시 범하지 않을 것이니 공은 오래도록 머물러 주기를 바랍니다."라고 했다. 적의 상황을 보고하는 장계를 관리인 백기(白頎)에게 보냈는데 가는 중에 적에게 죽었다고 했다. ○29일. 명열(鳴說)[22]이와 득열(得說)[23]이가 반산(盤山) 본가에서 내가 죽었다는 소식을 듣고 출발하여 와서는 한밤중에 여기에 도착해서는 서로 붙들고 엉엉 울었다. 대략 부항(釜項)·지례(知禮)·금산(金山)· 개령(開寧)을 거쳐 선산(善山) 남쪽으로 적의 소굴을 헤치고 왔다. ○30일.【2자 빠짐】보고할 장계를 가지고 개령부에 도착했는데 왜적에게 죽었다고 한다고 들었다. 아들과 조카와 함께 새벽에 무을동(無乙洞)에 돌아왔다. 왜적이 전대년(田大年)의 집에 들이닥쳐 옷장을 뒤지고 갔는데 마침 집안 식구들은 멀리 피난 가 세간들은 산기슭에【3자 빠짐】몰래 감춰둬서 왜적이 왔어도 찾을 수가 없었다.

5월 1일 경신(庚申). 북산(北山)에 올라 왜적을 피했다.

2일. 신립(申砬)[24]과 종사관【3자 빠짐】이 충주(忠州)에서 항전했으나, 허둥대고 갈팡질팡 어찌할 줄을 몰랐다고 한다. ○3일. 빗속에 산을 올라 왜

---

22) 정명열(丁鳴說, 1566~1627) : 본관은 영광(靈光). 자는 제경(帝卿), 호는 제암(霽巖). 할아버지는 몽응(夢鷹)이며, 아버지는 참의 경달(景達)이다. 일찍이 학문에 뜻이 있어 윤선도(尹善道)·안방준(安邦俊) 등과 교유하였다.

23) 정득열(丁得說, 생몰년미상) : 아버지는 정경달의 6형제 중 셋째 丁景彦이다.

24) 신립(申砬, 1546~1592) : 조선 중기의 무신. 본관은 평산(平山). 자는 입지(立之). 개(槩)의 현손으로, 할아버지는 이조판서 상(鏛)이고, 아버지는 생원 화국(華國)이다. 어머니는 첨정 윤회정(尹懷貞)의 딸이다. 1592년 임진왜란이 일어나자 조정에서는 그를 삼도순변사로 임명하고 보검을 하사하였다. 이에 그는 특청하여 유성룡(柳成龍)의 막하에 들어가 부장 김여물(金汝岉) 및 80명의 군관과 군사에 대한 지식이나 경험이 전혀 없는 사람 수백 명을 모병하여 충주로 떠났다. 4월 28일 배수의 진을 친 아군을 향하여 고니시(小西行長)를 선두로 한 왜군이 대대적으로 공격해오자 중과부적으로 포위되어 참패를 당하고 말았다. 그 결과 아군의 힘을 믿고 미처 피난을 하지 않았던 충주의 사민(士民)과 관속들이 많은 희생을 당하였다. 아군이 섬멸되자 김여물·박안민(朴安民) 등과 함께 남한강물에 투신, 순절하였다. 뒤에 영의정에 추증되었으며, 시호는 충장(忠壯)이다.

적을 피했다. 【2자 빠짐】 아래로 내려와 시냇가에 앉아 막 시골 탁주를 마시려는데 왜적 일곱 놈이 방심한 틈에 닥쳐와서 말 두필을 빼앗겼다. 나는 걸어 들어갔는데 【2자 빠짐】 왜놈이 칼을 빼들고는 곧장 닥쳐서 목숨이 달랑달랑했다. 내가 활을 당겨 돌아서자 왜구놈이 돌아서서 달아났다. 드디어 【2자 빠짐】 날이 이미 저물어 동생과 조카와 같이 종필(終弼)이 집으로 돌아가면서 동생은 걷고, 나는 동생의 말을 탔다. ○4일. 집안 식구들과 같이 계속 14일까지 머물렀는데 아무 일 없었다. ○개령현감(開寧縣監) 이희급(李希伋)[25])이 편지를 나에게 부쳐 말하기를, "공은 깊숙하고 고요한 곳을 얻어서 왜적들이 감히 넘볼 수가 없는데, 저는 달아나 피할 수가 없으니 함께 지낼 수 있으면 좋겠습니다."라고 하였다. ○15일. 상주 사람이 "큰 적의 병력이 퇴각하고 있습니다."라고 전하였다. 나는 곧 명령을 전달하여 군인 300여 명을 모아 추격할 계획을 세웠지만 헛소문이었다.

16일 을해(乙亥). 어가(御駕)가 서쪽으로 파천했다는 것을 듣고 군사 천여 명을 모집해 금오산(金烏山) 아래에 진을 쳤다.

이날 한성에서 병사 한 명이 도망쳐 와서 말하기를, "4월 그믐날 어가는 서쪽으로 파천하고 5월 3일에 적이 도성에 들이닥쳐 사람들이 남녀 할 것 없이 달아나느라 서로 밟혀 죽었고 저는 양근(楊根)과 충주(忠州)를 거쳐서 산을 올라 도망쳐 왔소."라고 하니, 고을 사람들이 놀라서 동요하여 곡소리가 천지에 진동하였다. 전대년(田大年)이 내 손을 잡고 통곡하며 말하기를, "주상께서 서쪽으로 파천하셨으니 우리는 어디로 돌아가야 한단 말이요?"라고 했다. 나는 "전하는 놈이 망령되었다."고 말하고는 목을 베어 본보기로 보여주려 했으나, 전대년(田大年)이 극구 말렸다. 내가 말하기를, "나랏일

---

25) 이희급(李希伋, 1553~1597) : 본관은 장수(長水), 자는 중사(仲思) 1582년 임오(壬午) 식년시(式年試) 병과(丙科) 23위로 급제. 아버지는 이인충. 임진왜란으로 함양이 함락되자 경상도사(慶尙道事)로 임명, 의병을 모아 여러 전투에 참여했다. 1597년 이순신과 함께 진도벽파진 전투에서 순절했다.

이 이 지경에 이르렀는데 헛되이 죽는 것이 왜적놈 죽이고 죽임을 당하는 것 만 못하다."고 하고서는 명령을 내려, "너희들이 부모가 죽임을 당하고 처자식이 사로잡히고 너희들도 죽는다면 한 번 싸워보기라도 하고 국가를 위해 죽는 것만 못하다."라고 하고는 마침내 허열(許說)과 김유일(金惟一) 등으로 하여 천여 명을 모아 금오산(金烏山) 자락에 진을 치게 했다. ○이날 선산부에 있던 왜적들 100여 명이 와서 진을 쳤다. 붉은 옷을 입은 장수 하나가 의자를 갖다놓고 앉았다. 아군이 곧바로 돌격하자 왜적들은 놀라 도망갔다. 드디어 왜구 일곱 명의 수급을 베었는데 아군도 한 명 피살되었다. ○17일. 아침에 또 진을 쳤는데, 적군 100여 명이 와서는 진을 치고 붉은 옷을 입은 놈이 또 의자에 앉았다. 조총을 지닌 적 한 놈이 우리 진영으로 곧바로 달려와서는 큰 소나무에 기대고 탄환을 쏘았는데 내 앞의 바위에 꽂히더니 쩍 갈라져 버렸다. 왜적이 장사진(長蛇陣)을 치면 우리도 장사진을 치고, 왜적이 학익진(鶴翼陣)을 치면 우리도 학익진(鶴翼陣)의 형세를 취하였다. 아군 【3자 빠짐】은 물러서지 않았다. 아군이 한 치 물러서면 적은 한치 앞으로 닥쳤다. 용사(勇士) 김연봉(金蓮鋒)과 허신생(許信生) 두 사람에게 죽기로 전장에 나아가도록 하니, 맨몸으로 칼을 휘두르며 큰소리를 지르며 곧장 나아가자 적이 놀라 물러나 【이하 5자 빠짐】 범하였다. 끝내는 13명의 수급을 베었고 화살에 맞은 놈이 셀 수도 없었다. 아군의 전사자는 두 명이었다. 【이하 5자 빠짐】 왜놈의 머리를 계곡에 묻었다. 보고 장계를 맡겼던 심부름꾼 질동(叱同)이 죽었다. ○18일. 【3자 빠짐】 엄청나게 밀려왔다. 나가 싸우지 말라고 명령하였지만 허열 등은 듣지 않고 진을 치자, 왜구 400여 명이 와서 진을 쳤다. 【2자 빠짐】사람들이 진 뒤에 앉았다. 크기가 되만한 적의 탄환이 수 십 개가 우리 앞에 떨어졌고, 적들이 떼지어 돌격해 오자 【2자 빠짐】군은 궤멸하여 흩어지고 우리 역시 달아나 죽음을 면했다. 우리 군은 죽은 사람이 13이었다. 왜적 벤 것은 단지 하나였다. 다시 진을 치지 못하였다. 얼굴을 【빠짐】하게 하고 엄격히 병사들을 매복하게 해서 날마다 잡은 왜놈의 머리를 바치게 했다. ○19일. 최홍검과 김【2자 빠짐】 등이 왜적 머리 7급을 베어서 왔다. ○20일. 윤충걸(尹忠傑)이 왜적 한 놈 머리를 베어 왔다. 왜적들이 사방에서 포위하여 목숨이 조석 간에 있었다. 8도가 모두 함락되었으나 호남 하도는 아직 적의 예봉을 피했다고 들었다. 식솔들을 우회하여 장흥(長興)으로 보내고자 하였으나 아우 경영(景英)이와 아들 명열(鳴說)이 그리고 처첩, 세 조카 등이 말하기를, "차라리 함께 죽을지언정 차마 살아 돌아갈 수 없습니다. 하물며 적이 귀로까지 차단했는데 우리가 장차 어디로 가겠으며 억지로 몰아도 안 가겠습니다."라고 했다. ○이때 감사도 적병을 피해 거창에 있었는데, 도내의 수령 10여 명이 도망가서 감영의 아전보고 소재를 추적하게 하였다. 아전이 가서 보고하여 말하기를, "금산군수(金山郡守)와 상주목사(尙州牧使)는 간 곳을 모르겠고 개령군수와 선산부사는 아직 그 지역에 머무르고 있사옵니다."라고 했다. ○21일. 왜적이 5리 밖에까지 침범하였다. 가족들과 함께 북산에 올랐는데 기운이 안정되지 않았다. 박귀동(朴貴同) 등은 왜적 3명의 머리를 베어 서쪽 개울에 묻었다. ○22일, 23일. 무사했다. 심부름꾼은 죽고 질석(叱石)은 보고할 공문을 지니고서 적중으로 들어가 항복했다. 왜적은 4월 24일부터 5월 14일까지 매일 서울로 올라간 자들이 거의 수천에 이르던 것이 처음부터 끝까지 같았으나 그 이후로는 매일 수백 명을 넘지 못하는 자들이 올라갔다고 한다.

25일. 네 성채의 장수를 의논하여 정하고 각기 왜적을 잡도록 하였다.
이날 수다사(水多寺)로 돌아가 장(張)·전(田) 두 진사와 의논하여 사면에 군채를 설치하고 각각 장수 하나씩 정했다. 서채(西寨)는 송진성(宋軫星), 동채(東寨)는 박사심(朴思深)[26], 남채(南寨)는 허열(許說), 해평채(海平寨)는 최홍검(崔弘儉)을 배치하여 각각 자기의 군대를 이끌고 매복하였다가 왜적을 포

---

26) 박사심(朴思深, 생몰년 미상) : 본관은 밀양(密陽). 朴敬祉의 아버지. 임란에서 의병장으로 활약했다.

획하게 했다. ○26일. 김인개(金仁愷) 등이 왜적 수급 셋을 베었지만, 그의 형 충개(忠愷)는 적의 손에 죽었다. ○27일, 28일. 무사했다. 드디어 서채의 사람들에게 명령을 내려 산에 올라 정찰하게 하고 나머지 사람들은 타맥하게 했다. ○29일. 상주(尙州)에 주둔한 왜적이 백현(白峴)에 이르렀다가 다시 돌아갔는데, 여관 주인이 수급 둘을 베어냈다.

6월 1일 기축(己丑). 밀정 이윤조(李允祖)가 적에게 투항하여 모사가 되었다.

적장 장희(張熙)는 스물다섯 살쯤 되는 용맹이 뛰어난 사람이다.【이하 5~6자가 빠짐】육군은 2천명으로 부사는 선산을 점거하고 수많은 외장이 줄을 지어 앉아 있다고 말했다.【이하 4자 빠짐】감사로 하여금 개령(開寧) 상주(尙州)의 모든 일을 제한했으니 이는 곧 한양 사람 이윤조가 외적을 평계로 사사로이 점유한 것이다.【이 사항은 빠져있어 자세하지 않다】○2일. 동채와 해평채는 강의 동쪽이고 서채와 남채는 강의 서쪽인데 왜적이【중간 빠짐】을 막고 있고 물이 또 넘쳐흘러 강 왼쪽 두 군채에서 명을 내려도 통하지 않자 경계를 나누어 4개로 하고 네 곳의 도청을 설립하고 각각 장령(將領) 한 명, 향소(鄕所) 한 명, 복병장(伏兵將) 여섯 명, 유격장(游擊將) 18명을 두었다. 각각 그 군대를 거느리고 왜적이 오면 피하고 왜적이 돌아가면 진을 치거나 곡물을 거둬들이거나 낙오한 왜적을 사로잡았다. ○4일. 서채와 남채가 왜적 12명의 목을 베어 선산부(善山府)는 왜적이 대대적으로 수색할까봐 가속을 남의 집에 묵게 하였다. ○5일. 개령현감 이희급(李希伋)이 와서 말하기를, "수령들이 죄다 달아났고 나와 그대만이 왜적의 소굴에 남아 있으니 또한 위태롭지 않겠습니까? 이곳은 관청과 멀리 떨어져 있으니 그대와 함께 머물러 있고 싶습니다."라고 하였다. 사시(巳時)까지 선산부에 머물러 있다가 여러 왜적들이 좌우를 둘러싸자 개령현감은 달아나 돌아갔다. 나는 내달아 수다산(水多山)에 오르면서 옷 바구니들을 탈취 당했다. 서채의 사람들은 사상자들이 무수했지만 왜적 5명의 목을 베었다. 저녁이 되어서야 가솔들이 기거하고 있는 곳을 찾아갔다. ○6일. 저녁 가솔을 보내고 아침이 되어서야 두 어린 조카들과 상송(上松)에서 밥을 먹는데 좌우에서 말하기를, "대군이 들이닥쳤다,"고 하였다. 이에 쌀자루를 지고 백현(白峴)을 향해 달려가는데 좌우의 산꼭대기에 있던 사람들이 큰 소리로 외치기를, "왜적들이 그대들의 뒤를 바싹 쫓고 있소"라고 하였다. 돌아보니 왜적 일곱이 칼을 휘두르며 20보 남짓 가까이까지 와서, 마침내 쌀자루를 벗어 버리고 내달려 속문산(俗文山)에 올랐다. 정창열(丁昌說)과 정성일(丁聲日)도 모두 달아날 수 있었지만, 노복 구만(九萬)은 병이 깊어 모면하기 어려웠다. 저녁에 가솔들과 함께 출발하여 날이 밝아서 금산(金山) 지방 갈산(葛山)에 도착했다. 내가 가솔들에게 이르기를, "선산에 남아 있는 왜적들이 내가 있는 곳을 알고서 어제부터 샅샅이 뒤지고 있다. 너희들이 비록 남아 있고자 하나 그렇게 할 수는 없다. 내가 마땅히 데리고 떠나야 하나 중로(中路)까지 전송해줄 터이니, 너희들은 무주(茂朱)로 돌아가서 곧장 고향으로 가거라. 나는 마땅히 나라를 위해서 죽어야 할 것이다. 중로(中路)에서 쭉 거창(居昌)으로 가서 순찰사와 함께 왜적 토벌하는 일을 의논하고 형세가 곤궁해지면 함께 죽을 것이다."라고 하였다. 이때 왜적들이 여러 길목을 막고 있었으므로, 밤에 길을 가니 길을 잃기도 하였다. 상주에서 온 김【빠져 있음】동이란 자가 말하기를, "저는 본디 황간(黃澗)사람으로 이 길을 잘 알고 있사옵니다."하기에, 나는 옷을 벗어 그에게 주었다. 마침내 그가 안내하는 대로 따라갔다.

○7일 을미(乙未). 처자를 데리고 무주(茂朱)로 향하여 고향으로 돌아가려고 했다.

이날 종일 갈산(葛山)에서 기다리다가 해질녘에 출발해서 새벽이 되어 금산(金山) 지방 【2자 빠짐】에 도착했다. 이때 아내와 첩, 그리고 나는 말을 탔으나 아들과 조카, 노비들은 모두 도보로 가니 고통스러움은 말로 다 할 수가 없었다. ○8일. 하루 종일 안양(安壤)에서 해질녘을 기다려 출발해서 새벽이 되어서야 황간 땅 고조동(古曹洞)에 도착하였다. 이곳으로부터 왜적이 없어서 【2자 빠짐】 온 집안이 생기가 있었다. 나는 군량차사원(軍粮差使員)으로서 양식을 취할 일이 있었기 때문에 가솔들과 헤어져 곧장 거창(居昌)으로 향하려 하였다. 가솔들이 울면서 만류하여 말하기를, “【이하 5~6자 빠짐】하고 헤어집시다.”고 하였다. 황간복병장(黃澗伏兵將) 등이 말하기를, “왜적의 대군이 지례에 있으니, 여기서부터는 의당 곧장 무풍(茂豊)으로 가야 합니다. 【이하 4자 빠짐】는 곧장 가는 길이기 때문에 한양 장병들은 모두 이 길을 택합니다.”라고 하였다. ○9일. 무주(茂朱) 지방에 이르러 옷을 말리고 곧 잤다. 무주 사람들은 김매면서 왜적이 많은 것을 알지 못했다. ○10일. 무주현에 도착하여 형과 같이 얘기하였는데, 숙모와 형수 등이 모두 상곡(裳谷)에 피해 있었다. ○11일. 가솔들과 함께 상곡(裳谷)에 도착하여 숙모를 뵈었다. ○12일. 가솔들을 따로 보내어 마침내 영원히 이별하게 되니 그 우는 소리는 산을 놀라게 했다.

○13일. 숙모와 헤어지고 출발하려는데, 아전 백응성(白應星)과 관노 만산(萬山)이 왔다. 아우 정경명, 승려 경순(景諄)과 함께 빗속을 무릅쓰고 급박하게 떠나서 철목의 재궁에서 잤다. ○14일. 거창(居昌)으로 향해 순찰사(巡察使)를 뵈려고 하였지만 왜적들이 거창(居昌)으로 향해 도로가 막혔다는 것을 들었다. 보고하는 장계를 보내고자 하였으나 관리들이 모두 싫어하면서 말하기를, “순찰사는 수원(水原)에서 싸우느라 지금 아직 내려오시지 않았습니다.”라고 하였다. ○15일. 미라사(彌羅寺)에 도착하였다. 하(河) 좌수(座首)가 나이 88세임에도 닭을 잡아 정성껏 대접해 주었다. ○16일. 듣건대 순찰사가 수원(水原)에서 싸우다 패하여 곧장 선산(善山)으로 향했다고 하였다. 취라치(吹螺赤) 백가이(白加伊)로 하여금 관부로 돌려보내어 왜적들을 사로

잡은 일까지 아뢰도록 하였다.

○17일. 한밤중에 도마현(刀磨峴)을 넘었다. 아우가 병이 위중하였고, 나도 역시 병을 얻어서 말 한 필에 서로 탔는데, 무성한 숲속에서 달빛도 없으니 한 걸음 디딜 때 열 번을 넘어지며 고조동(古曺洞)의 민가에 도착하였다. 그 주인이 말하기를, "나으리는 수령이 아니십니까?"라고 하였는데 내가 사실대로 고하자 닭을 잡아서 먹게 하였다. ○18일. 아우의 병이 아직 차도가 없었지만 조금씩 조금씩 나아가 고마촌(古麻村)에서 묵었다. 주인 할미가 호미를 들고 들어와서는 내가 위를 쳐다보고 누워 있는 것을 미워하여 절도 않고 먹을 밥도 주지 않으니 그 남편이 뒤따라 와서 말하기를, "이분은 바로 선산태수이신데, 자네는 어찌하여 박대한단 말이오?"라고 하였다. ○19일. 아침 보현(寶峴)에 도착해서 멀리 산골짜기를 바라보니 연기가 나서 그것을 찾아 이른 곳이 바로 추풍역(秋風驛)이었다. 아전 8, 9집에서 정성껏 술과 음식을 내놓으며 말하기를, "영공께서 도사(都事)이었을 때 저희들이 모셨습니다."라고 하였다.

20일 무신(戊申). 선산(善山)의 4채를 순시하고 왜적 격파하기를 독려하였다. 이날 집안 조카와 승려 경순(景諄)이 백현(白峴)에 머물렀다. 나는 네 경계를 드나들며 4채의 장령(將領) 및 향소(鄕所)에게 명하여 【1자 빠짐】도 【2자 빠짐】에 빨리 가도록 하였다. 채마다 장령과 향소는 각 1명, 복병장(伏兵將)은 6명, 유격장(游擊將)은 18 【1자 빠짐】으로 【1자 빠짐】면 군인을 거느리고, 모이기도 하고, 흩어지기도 하면서, 연합하여 공격하기도 하고, 유격전을 하기도 하였다. 또 활과 화살을 갖추고 【5자 빠짐】 사이에 요충로를 설치해 놓았다. 또 구덩이를 파 겉으로 마름쇠를 깔고 외부에는 【2자 빠짐】를 쳐서 곳곳에 매복병을 두었다. 왜적의 머리를 바치는 자는 왜적의 물품으로 상을 주었다. 날마다 머리를 바치는 것이 5, 6급보다 적지 않았다.

나는 군인 60명, 용사 40명 여수와 대정 34명으로 진 네 곳을 드나들며 점검하였다. ○21일. 상황을 보고하는 장계가 완성되고 붙였지만 관리들이 모두 기피하고 가지 않아서 노비 인세(仁世)를 시켜 보냈다. 복병장(伏兵將) 김복룡(金伏龍)[27]이 와서 왜적의 수급 하나를 바쳤다. ○22일. 동면 복병장(伏兵將) 김봉(金鳳)이 와서 왜적의 수급 하나를 바쳤다. ○23일. 해평복병장(海平伏兵將) 황사충(黃士忠)이 왜적의 수급 둘을 보내왔다. 나와 송진성(宋軫星) 등이 서산(西山)에 머물고 있다가 풀을 베던 왜적 3명을 만났는데 김연봉(金蓮鋒) 등으로 하여금 포위하도록 하여 왜적 2명의 머리를 베었다. 김연봉은 왜적과 맨손으로 서로 싸워 엎치락뒤치락했는데 다행히 살았다. ○24일. 류광절(柳光節)은 자신이 왜적들이 마을에 횡행하고 있어서 그들을 베어 죽이려다가 사면해주었다라고 하는지라, 전공을 세워 속죄할 수 있도록 하였다. 서채복병장(西寨伏兵將) 김현룡(金見龍)[28]이 왜적의 수급 둘을 베어 바쳤다. ○26일. 동채·남채·해평채 세 곳은 도로가 막혀 서채를 삼면 도청으로 삼아서 삼면의 공무를 점검하였다. 동채 장령 박사심(朴思深)이 왜적 수급 하나와 왜적의 보도를 보내왔다. ○27일. 이윤조(李允祖)가 왜적의 주모자가 되었기에 유인하여 참살하지 않을 수 없어서 제장들과 은밀히 계획을 세웠다. ○28일. 서채의 용사를 골라 뽑아서 대솔로 삼았다. ○29일. 들건대 평양성이 함락되어 임금의 대가가 멀리 거동하셨다하니 통곡하였다.

7월 1일 무오(戊午). 나는 서채(西寨)에 있었다.

이때 선산부에 있던 적들이 날마다 마을에 나타나서 무수한 사람을 죽이고 약탈하다가 오후에 선산부로 돌아가면 동네 사람들은 마음껏 드나들었다. ○2일. 사내종 인세(仁世)가 회신 공문을 지니고 왔다. 회신에 이르기

---

27) 김복룡(金伏龍, 생몰년 미상) : 본관은 청도(淸道). 김현룡의 동생. 아버지는 통정대부(通政大夫) 김인상(金仁祥)이다.
28) 김현룡(金見龍, 1554~몰년 미상) : 본관은 청도(淸道). 자는 문숙(文叔). 김복룡의 형. 아버지는 통정대부(通政大夫) 김인상(金仁祥)이다.

를 부사가 살아있다니 죽었던 사람을 보는 듯하다. 다만 잠시 무주(茂朱)에 돌아갔다가 와서 군령에 따라 시행하였으니, 복직되어 왜적을 토벌하니 참으로 가상하다고 했다. ○3일. 보고하는 일로 나중에 출발하기로 하고 이전의 일을 이야기했다. 【4자 빠짐】 대정(隊正) 백수채(白守采)에게 부쳐 보냈다. ○4일. 남채에 들어가려 했으나 어떤 사람이 말하기를, "개령(開寧)에 있는 왜적이【3자 빠짐】 선산부의 왜적보다 배나 되어 오고가기가 무척 곤란합니다."라고 하여 드디어 출발을 멈췄다. ○5일. 개령현감과 인동현감(仁同縣監) 조첨(趙詹)이 금오산(金烏山)의 도선굴(道詵窟)에 있으면서 편지를 보내말하기를, "【4자 빠짐】 한 번의 죽음을 면할 수 있으니까, 공은 모름지기속히 오시오."라고 했다. 나는 남녀가 한 동굴을 가득 채우고 섞여 지내서회피할 방법이 없다고 했다. 비록 이러한 때에 있더라도 한 동굴에서 뭇 백성들의 처자와 함께 있을 수가 없어 마침내 가지 않았다. 이날 공성(公城)에도달했는데, 저녁에 왜적의 포위한 바가 되었지만 다행이 죽음을 면했다. ○6일. 새벽에 보현(寶峴)으로 돌아가 적을 피했다. ○7일. 보현(寶峴)[29]에서보문(普門)으로 돌아왔다. 남채에서 왜적 3급의 귀를 베어 바쳤다. ○8일. 임금의 어가가 의주(義州)에 머문다고 들었다. 왜적이 황간(黃澗)에서 보문을포위하자 숲속으로 도망가 죽음을 면했다. ○9일. 우구동(牛口洞)으로 돌아오니 어떤 사람이 물에 보리를 만 밥을 바쳤다. 내가 말하기를 "오늘이 바로 내 생일이다"고 했다. 그 사람이 슬픈 듯이 위로해 주었다. ○10일. 우구동(牛口洞)에 머물면서 강동(江東)으로 건너가 좌감사(左監司)와 일을 의논하려고 했는데, 왜적이 틀어막고 있어 가지 못했다.

○11일. 죽현(竹峴)에 도착하여 송진성(宋軫星)과 복병하기로 약속했다. 왜적떼가 내려가면서, 왜놈 셋이 뒤 떨어져서 김연봉(金蓮鋒)이 돌격하여 그들

---

29) 보현(寶峴) : 경상북도 군위의 한 지역.

을 베어버렸다. 나는 속으로 쾌재를 불렀다. ○12일. 우구동(牛口洞)으로 되돌아왔다. 해평 도청에서 왜적 여섯 수급의 귀를 베어와 바쳤다. 시골 사람 마위룡(馬爲龍)이 칼을 쥐고 여러 곳을 헤치고 적의 칼날을 무릅쓰고서 와서 속으로 아주 기뻤다. ○13일. 오가리 소나무 숲에 숨었다. 선산부의 왜적들이 이 잡듯이 산을 뒤졌지만 다행히 죽음을 면했다. 동쪽 성채의 군인들에게 다시 왜적을 잡으라고 명령했다. 14일 병천(幷川)으로 가서 상주목사(尙州牧使)와 일을 의논하려 하였다. 성채 네 곳에 명령을 전하여 갔다 돌아올 동안 왜적을 잡도록 검사하고 위무하였다.

15일 임신(壬申). 병천으로 떠났다.

이날 만산(萬山)이와 백응성(白應星) 등과 함께 출발했다. 가는 중에 병천(幷川)이 왜적에게 포위되었다고 들었다. 건지산(乾之山)에서 잤다. 선비의 집안 전체가 멀리 피난을 갔고 사내 종 하나만 홀로 지키고 있었다. 상주 사람들이 나를 겁주는 것이 아주 심하고 급하였다. 또한 그들이 두목 김상(金尙)【1자 빠짐】 등과 함께 길 가는 사람을 죽이고 약탈한다고 들었다. 나는 "내가 왜적을 토벌하는 일로 상주목사에게 가는데, 너희들은 어찌하여 그러한 사람을 겁박하고 욕보이느냐?"고 말하니 그들이 모두 물러났다. ○16일. 명경(明鏡)에 이르러 상주제독(尙州提督) 곽응기(郭應機)[30]와 함께 이야기했다. ○17일. 그대로 있으니 곽응기(郭應機)가 말하기를, "수령이 모두 멀리 도망했는데 공께서만 홀로 적의 소굴을 왔다갔다 하고 있습니다. 어가가 이미 의주로 향하고 있고 감사 또한 아직 통보하지 않았으며, 공이 공적이 있다 해도 누가 다시 그것을 알겠습니까?"라고 했다. 나는, "왜적을 토벌해도 죽고 토벌하지 않아도 죽는다면 차라리 나라를 위해 죽겠소."라고 했다. ○18일. 제독(提督)과 함께 내원사(內院寺)로 돌아왔다. 해평(海平) 도청

---

30) 곽응기(郭應機, 1524~몰년 미상) : 자는 언경(彦卿), 본관은 현풍(玄風). 아버지는 곽침(郭琛).
1572년 임신(壬申) 춘당대시(春塘臺試) 병과(丙科) 9위로 진사시 급제. 관직은 목사(牧使).

(都廳)에서 적의 수급 여섯과 장단검 모두 합쳐 12자루를 바쳤다. 곽공(郭公: 곽응기)이 칼을 달라고 했지만 주지 않고 다 감사께 올렸다. ○19일. 곽공이 돌아갔다. 금산 관군이 적에게 포위되었다고 들었다. ○20일. 네 곳의 성채를 돌면서 적을 찾아 잡아낼 것을 독려하려 했는데 사람들이 다 만류하며 말하기를, "왜적이 지역 내를 막고 있고 4진은 모양도 갖추지 못했고 모였다 흩어졌다 하여 헛되이 죽어 아무 이익이 없습니다. 비록 순행하지는 않았지만 이미 영을 내리고 지휘하여 뒤떨어진 왜적들을 많이 잡았으니 이웃 고을이 칭찬하여 감탄하지 않는 바가 없었습니다. 다시 모름지기 순행하지 않겠다는 영을 전하십시오."라고 했다. 마침내 순행하는 것을 중지했다. ○22일. 해평의 성채 장수 최홍검(崔弘儉)이 왜적 12명을 잡았다는 보고에 매우 기뻤다.

23일. 내원사(內院寺)로 이주하였다.

이날 청주(淸州)와 금산(錦山) 왜적들이 패퇴했다고 들었다. 옥수보(玉守寶)와 김류(金琉)등이 와서 말하기를, "경내에 있는 여러 장수들이 힘을 다해 왜적을 잡아야 합니다. 선산부(善山府)에 머물고 있는 왜적들이 개령(開寧)과 인동(仁同)의 적들과 합세하여 부사께서 계신 곳을 샅샅이 뒤질 것이니, 깊숙이 숨으시기를 바랍니다."라고 했다. 마침내 내원사【절은 보문산(普門山)에 있다】로 돌아왔다. ○25일. 서울에 있던 적들이 후퇴하고 금산(錦山)의 적들도 후퇴하여 영동에서 주둔하고 있다고 들었다. ○27일. 상주(尙州)에서 온 통지문에서 이르기를, "명나라 군대가 왜적을 궤멸시키니 왜적이 강변까지 퇴각했다."고 했다. ○며칠 전 감사에게 보고하기를, "비록 수급이 있다 해도 길이 막히고 위험하여 감사께 바치기가 어렵습니다."라고 했다. 이 날 회답 공문을 받았다. 이르기를, "왼쪽 귀를 잘라서 소금에 절여 기회를 엿봐서 바쳤지만 이제부터는 양쪽 귀 모두를 잘라서 담가두라."고 하였다. 또 감사가 이르기를, "서울의 왜적들이 군대를 후퇴하고 있으며 수군절도사가 적선 70여척을 무너뜨렸다."고 했다. ○28일. 왜적이 또 북쪽으로 많이 올라가는 자가 있다고 하였다. 남채의 장수가 왜적 여섯의 귀를 잘라 바쳤다. ○29일. 왜적들이 천하리(川下里)에 들이닥쳤는데 노비가 산봉우리에 올라 크게 외치며 말하기를, "출동해라. 출동해라. 왜적 수백 명이 막 마을을 뒤진다."고 했다. 그 소리를 듣고 재물을 버리고 흩어져 도망쳤다. 군관 등으로 하여금 쫓아가 잡게 하여 한 놈의 머리를 베었다. ○30일. 개령(開寧)의 왜적들이 한꺼번에 먼저 천하리(川下里)로 쳐들어와서는 또 산을 뒤지려 하였다. 마위룡(馬爲龍)과 군관(軍官) 등으로 하여금 쫓아가서 잡으라 하니 두 놈의 머리를 베어 왔다.

8월 1일 무자(戊子). 적이 반드시 나를 죽이고자 한다고 들었다. 또 다른 곳으로 옮겼다.

이날 적이 산으로 닥칠까 걱정되어, 드디어 떠나서 점심은 두역사(頭易寺)에서 먹었다. 해평의 장수가 왜적 열두 명의 수급을 베고 왜검 30자루를 가지고 와서는 바치고는, 비가 오는데도 말을 몰아갔다. 왜적들이 내가 머무는 곳을 수색한다고 들었는데, 마을 고개에서 마주쳤다. ○2일. 격문을 지어 왜적의 죄를 낱낱이 들어 엄히 꾸짖었다. 그래서 적의 진중을 왕래하던 놈들이 아예 선산부 적에게 투항해버렸다. 아침을 노인 황세(黃世)의 집에서 먹는데 황세(黃世) 두 글자로 점을 쳐보니 흉조였다. 말을 타고 달아나려니, 황세가 말하기를, "어찌하여 가십니까?"라고 하였다. 내가 말하기를, "오늘 왜적이 반드시 이집에 대거 닥쳐서 반드시 불을 놓을 것이니, 노인도 모름지기 나를 따라 멀리 피하시오."라고 하였다. 황세가 말하기를, "보문산 골짜기가 어떠합니까?" 물었다. 나는 대답하기를, "보문산(普門山)에 있으면서 점쳤더니 그 산도 역시 흉조인 까닭에 나왔소. 나는 저 산으로도 향할 수 없소."라고 하였다. 곧바로 서리로 치달리다가 잠시 뒤에 머리를 돌리니, 개령의 적이 산과 들을 가득 채우고 황세의 집은 이미 불타고 있었다. ○3

일. 어제 불 지른 적이 천명에 이르렀는데, 오늘 또 포위하고 습격하였다. 그 이유를 물었더니 말하기를, "상주(尙州)와 선산(善山) 그리고 개령(開寧) 세 관아의 적병들이 세 관리들을 잡고 싶어서 날마다 병사를 출동시켰다." 라고 했다. 이날 상주와 선산의 지역 내의 죽임을 당한 사람이 수만이 되었다. 참상이 이루다 말할 수 없었다. 군관 등이 왜구의 머리 1급을 베었다. ○4일. 왜적의 머리와 베어 낸 귀를 봉하여 모두 24급을 감사께 올렸다. 전날 벤 썩어 문드러진 것은 올리지 않았다.

5일. 적의 방(회유문)을 보고 또 내원사(內院寺)로 돌아왔다.

이날 세 고을의 왜적들은 모두 진중으로 돌아갔고 나는 힘들여 선산부로 돌아왔다. 서산(西山)의 각전암(角殿菴) 박추(朴樞)가 서신을 보내 말하기를, "2일 격문을 선산부 적중에 넣었더니, 왜군관 2인이 그네들의 장군에게 고하였습니다. 왜장이 크게 성내며 30여 명의 왜군을 급히 서울로 보냈다고 합니다. 얼마 안 있어 백마를 탄 왜장이 왜병 10여 명을 거느리고 서산 앞들에 와서 기다란 널빤지를 깎아 세우고는 종이를 걸어놓고 갔습니다. 즉시 가서 방문을 가져오게 하였더니 이르기를, '선산의 이전 도호 정모(정경달)의 거처는 이미 내가 알고 있으니 잡아 오는 자는 상으로 금은주옥을 내릴 것이다. 백성에 의지하지 않고 관속에 의지하지 않고서 한다면 상으로 고관대작을 줄 것임을 모두에게 알린다. 왜 천정(天正) 21년[31] 8월 5일. 병부소보(兵部少補) 선산(善山) 신임부사 장희(張熙)【적장이 선산을 침입하여 점거하고 스스로 부사라 참칭하였다】'라고 하였습니다."라고 말했다. 사람들이 말하기를, "내일 반드시 이산을 포위하니 모름지기 멀리 피해야 한다."라고 했다. 즉시 내원사로 돌아왔다. ○6일. 감사께서 내리신 공문에 이르기를, "명나라 사신이 도착하니 접대 준비를 급히 서두르라."고 했다. 어떤 자는

---

31) 21년 : 오기(誤記)로 20년이 맞다.

말하기를, "상주(尙州) 등 관아에서는 소를 잡아 포를 뜨고 민가에서 과일을 따서 접대를 한다 하니 우리도 이와 같이 해야 합니다."라고 했다. 내가 말하기를, "이런 때 어찌 감히 백성들에게서 취할 수 있겠는가?"라고 했다. 해평 장수 최홍검(崔弘儉)이 왜적 수급 여섯과 왜검 열 자루를 가지고 와서 알현했다. ○8일. 선산부(善山府)의 왜적들이 산으로 들어가는 아녀자들을 붙잡아서는 부사의 소재를 물었다고 들었다.

9일 병신(丙申). 또 낙대암(樂臺菴)으로 옮겨갔다.

이날 걸어서 낙대암(樂臺菴)으로 왔는데 몸이 아주 피곤하였다. 네 성채에 영을 전해서 왜구를 잡는 절목을 공포했다. ○10일. 한가롭게 누웠다가 걱정되어 김은량(金銀良)을 보고 왜적 잡는 절목을 쓰게 했다. ○11일. 감사께서 회신을 보내서 이르기를, "허물어지고 깨진 중에도 왜적의 귀를 가장 많이 바쳐서 상을 내리도록 조정에 아뢰는 문서가 도달했다."고 했다. 감사께서 네 진의 절목을 자세히 들으시고 입에 침이 마르도록 잘했다고 칭찬하셨다고 했다. 황영산(黃靈山)이 찾아와서 말하기를, "왜적을 가장 많이 잡은 것이 영남 제일이오."라고 했다. ○12일. 무사하였다. 전대희(田大希)가 와서 왜적에 대해 이야기했다. 나와 군관 등은 경내에 들어가 먼저 사진(西陳)을 방문했다. ○13일. 왜적들이 올라왔는데 땔나무 베는 왜적 두 놈을 잡았다. ○14일. 감사의 공문서에 이르기를, "도요토미 히데요시가 베온 것(이하 4자 빠짐)을 보고 아주 기뻐하셨다."고 했다. 벼 베는 왜적 세 놈을 잡았다.

15일 임인(壬寅). 선산부의 성을 공격할 것을 의논했으나 성과가 없었다.

이날 성주(星州) 전투에서 이겼다고 들었다. 동채 장수가 왜적 8명의 머리를 베어 바쳤다. 이날 네 곳의 성채를 모아서, 성산부에 주둔한 적진을 일거에 공격하려고 군인들을 편제까지 했으나 적은 많고 우리 군은 적어서 중단했다. ○16일. 산촌에 들어온 왜적 백여 명을 포위했지만 각기 흩어져 도망하여 한 놈의 수급만을 베었다. ○17일. 왜적 떼가 공성(公城)에 닥쳐왔는데, 2천여 명이 내려갔다고 들었다. ○18일. 동채 장수가 왜놈 셋의 귀를 잘라 바쳤다. 왜적 백여 명이 죽현(竹峴)으로 내려가고 교체된 복병장이 보고한 것이다. ○19일. 사내 종 귀복이 집에서 보낸 편지를 지니고 낙대암(樂臺菴)으로 찾아와서 바치며 말하기를, "사위인 김봉사(金奉事)[32]가 곰고개에 싸우러 나가서 시신을 찾을 수가 없는데 어쩌면 도망한 것이 아닌가 합니다."라고 하였다. 왜적 100여 명이 내려갔다(기록한 날짜에 김사위의 일은 7월 8일에 있었다). ○20일 근심하며 누워 있었다. 왜적 200여 명이 내려갔다. ○21일. 왜적 27명의 수급을 벤 것과 왜놈 칼 42자루를 감사께 바쳤다. 왜적 250명이 내려갔다. ○22일. 김회(金浩)라는 사람이 장군이라 일컬어졌는데 특별히 나를 찾아와 만났다. 과연 용맹하고 기운이 있었고 나이가 겨우 16살인데도 감히 왜진으로 쳐들어가지 않고도 귀를 13명 몫을 베어 감사께 올렸으며 왜검도 그 수 만큼이었다. ○23일. 사내종 귀복이를 고향으로 돌아가게 했다. 금산(錦山) 전투에서 이겼다고 들었다. 서쪽 성채에서 7명의 귀를 잘라 바쳤다. ○24일. 왜적 250명이 내려갔다. ○25일. 서울의 왜적 300명이 내려갔다 들었다. 밤에 남채에 가서 상벌을 내렸다.

26일 계축(癸丑). 남채에서 서채로 돌아왔다.

이날 빗속에서도 서채로 돌아왔는데, 미처 무래리(舞來里)[33]를 지나지 않아서 하늘이 이미 밝아져서 개령의 왜적을 만나 죽을 뻔 했다가 살아났다. 한 사람을 만났는데 가슴과 배를 찔려 오장이 밖으로 튀어나왔어도 살아 숨 쉬었다. ○27일. 왜놈 머리 17급을 봉하여 감사께 올려 보냈다. 답신에서 이르기를, "조정에 장계를 올려 상을 논하겠다."고 했고, 다음에 도착한 파직을 요구하는 것에 부친 회답에서 이르길, "이런 위급한 때를 만나서 파직

---

32) 김봉사(金奉事, 1561~1592) : 김헌(金憲). 본관은 광산(光山).
33) 무래리(舞來里) : 경상북도 선산시 선산읍의 한 마을.

을 들어줄 수는 없다."고 하였다. 감영 아전이 보고한 조목에 이르기를, "명군이 황주(黃州)에 도달했다."고 했다. 이날 왜적 250명이 내려갔다. 동쪽 성채에서 왜적 7급의 귀를 잘라 바쳤다. ○28일. 상주(尙州)에서 전하는 통문에서, "왜적들이 밤에 내려갔다."고 했다. 또 500이 내려갔다고 들었다. 네 성채의 매복병장들이 잡아 와서 죄를 묻자고 했다. ○29일. 왜적 천여 명이 내려갔다. 군관 이응성(李應星)[34] 등 교대 근무를 마친 번들이 술에 독약을 타서 촌가에 두고는 왜적이 마시기를 기다렸다가 복병이 습격하라고 사채에 영을 전했다. 해평 성채에서 왜적 네 놈의 머리를 베어 바쳤다. 공성의 유생 김복례(金復禮)가 【여섯 자 빠짐】 편안하게 이야기했다.

9월 1일 정사(丁巳). 상암(上菴)으로 돌아가서 단풍놀이한 여러 진의 장수를 잡아 죄를 물었다.

2일. 관노 만산(萬山)이를 말 태워 보내 연합해서 공격하라는 명을 전했다. ○3일. 내원사(內院寺)로 돌아왔다 【빠져서 통하지 않는다】. ○4일. 좌수(座首) 김구연(金九淵)을 벌주고 해평 성채에서 7명의 수급을 바쳤다. ○5일. 선산부의 왜적들이 난을 일으켰다고 들었다. ○6일. 왜적 두 놈을 베었다. ○7일. 병으로 누워 있었는데 상손(尙孫)이란 사람이 와서 적이 나를 수색하는 것이 심히 급하다고 전했다. ○8일. 보문사(普門寺), 금강사(金剛寺), 반야사(般若寺) 세 절을 유람하고 저녁에 돌아온 군관들에게 죄를 물었다. 왜놈 두 놈을 베었다. ○9일. 선산부의 왜적을 칠 것을 모의했는데, 첩자들에게 모의가 세서 감행하지 못했다. 혼자 앉아 시름 겨워 하다가 김유일(金惟一) 강순세(姜舜世)와 한 잔 마셨다. ○10일. 혼자 동대(東臺)에 앉아 단풍을 보는데, 눈물이 흘렀다. ○12일. 어제 내려온 왜적이 3천명이라고 하였다. ○

---

34) 이응성(李應星, 1574~1634) : 조선 중기의 무신. 본관은 함안(咸安). 자는 추보(樞甫), 호는 신천(新川) .생원 이언(李彦)의 아들이다. 1592년(선조 25) 임진왜란 때 의병을 일으켜 전공을 세웠다.

13일. 내려온 왜적이 3천이라 하였다. ○14일. 도사(都事) 김중오(金仲悟)의 서찰과 감영의 아전이 개인적으로 보낸 편지를 보니, 명나라 군대가 승기를 잡고 개가를 올렸다고 했다. ○15일. 내려오는 왜적이 300이었고 개령(開寧)의 왜적 3천명이 내려갔다. 남쪽 성채 장수가 수급 셋을 바쳤다. 또 왜적 하나를 베었다.

17일 계유(癸酉). 신임 감사 김성일(金誠一)이 수령들이 경계를 벗어나는 것을 금하였다.

이날 정자 이준(李埈)35)이 찾아와서 묵으며 말하기를, "상주목사는 첩을 거느리면서 소를 잡고 고난의 흔적이 없는데, 공께서는 좌수가 소를 잡자고 청하는데도 물리치고 상주 기생이 옛정으로 찾아와도 공은 '이때는 옷을 벗고 노닥거릴 때가 아니다.'라고 물리치니 어찌 그리도 고달프게 지내시오?"라고 하였다. 나는 말하기를, "관서 땅의 풍상 속에 임금께서 몽진하고 계시는데, 신하된 자로 여색과 더불어 즐길 수 없소."라고 했다. ○18일. 올라간 왜적은 셀 수 없이 많아 그 수를 알 수가 없다. 상주 유생 10여 인이 와서 보고 말하기를, "공께서는 어떤 재주로 적을 수도 없이 잡으셨습니까?"라고 했다. 나는 대답하여 "우연히 그렇소."라고 했다. 또 그들이, "네 성채를 만들어 세운 것이 실로 커다란 계책이니 공이 대장이라 할 만합니다."라고 말했다. ○19일. 왜적 600명이 내려갔다. 왜적 17 수급을 봉하였다. ○20일. 교리(校理) 김임보(金任父)36)가 서찰에, "이미 서쪽 왜적을 물리쳤으니

---

35) 이준(李埈, 1560~1635) : 본관은 흥양(興陽). 자는 숙평(叔平), 호는 창석(蒼石). 조년(兆年)의 증손으로, 할아버지는 탁(琢)이고, 아버지는 수인(守仁)이며, 어머니는 신씨(申氏)이다. 1591년 별시 문과에 병과로 급제해 교서관정자가 되었다. 임진왜란 때 피난민과 함께 안령에서 적에게 항거하려 했으나 습격을 받아 패하였다. 그 뒤 정경세(鄭經世)와 함께 의병 수천명을 모집해 고모담(姑姆潭)에서 외적과 싸웠으나 또다시 패하였다. 1594년 의병을 모아 싸운 공으로 형조좌랑에 임명되었으나 사양하였다. 그후 경상도도사, 형조정랑, 교리, 첨지중추부사를 거쳤다.

36) 김임보(金任父, 1540~1594) : 김홍민(金弘敏)의 자가 임보(任父)다. 본관은 상주(尙州). 호

어가가 돌아올 날이 머지않았습니다. 공께서는 왜적을 토벌한 것이 거의 1,000 수급에 이른다는데 그러합니까?"라고 했다. 나는 답하여, "어찌 그렇게 까지 되겠소? 그대도 이미 의병을 일으켰으니 힘을 합하여 적을 토벌하고 무찌릅시다. 8월 13일 경기에서의 전투에서도 이겼다고 들었소."라고 말했다. 금산(錦山)과 상주(尙州)의 왜적들이 무수히 내려갔다.

21일 정축(丁丑). 사내 종 인세(仁世)를 무주(茂朱)로 보내고 승려 경지를 임보(任父)에게 보냈다. 이날 명나라 군대 사유(史儒)[37] 장군이 패전하여 다른 장수가 6만 명을 이끌고 8월 6일 압록강을 건너갔으며, 왜적 또한 바다를 건넌 수가 많았는데 수송대 하나는 김해로 다른 수송대는 제포로 또 다른 수송대는 수산(守山), 고성(固城), 진해(鎭海)로 왔으며 우영(右營)의 왜적도 밤을 틈타 김해로 도망했다고 들었다. 좌감사(左監司) 김성일(金誠一)이 우감사(右監司)로 옮기고 영해부사(寧海府使) 한효순(韓孝純)[38]은 승진하여 좌감사(左監司)가 되었으며, 수령(守令)은 현재 도내에 살아있는 자로서 약탈당한 곳에 임시로 보내 공물이나 세금, 족징(族徵)과 환상(還上) 등을 감면하

는 사담(沙潭). 예강(禮康)의 증손으로, 할아버지는 장사랑(將仕郞) 윤검(允儉)이고, 아버지는 옥과현감 범(範)이며, 어머니는 찬녕조씨(昌寧曺氏)이다. 홍미(弘微)의 형이다. 1570년 문과에 급제하여 한림과 삼사(三司)를 거쳐, 1584년 이조좌랑으로 삼사와 같이 이이(李珥)와 박순(朴淳)을 탄핵하였다. 사인(舍人)에 이어 1590년 전한이 되었다. 임진왜란 때는 의병을 규합하여 충보군(忠報軍)이라 칭하고 상주에서 적의 통로를 막아 적군이 부득이 호서지역으로 통행하게 하는 공을 세웠다.

37) 사유(史儒, 생년미상~1592) : 명나라의 요동성 유격대장으로서 문무를 겸비한 무장이었다. 일찍부터 비적들을 물리치는 등 전공을 세웠다. 임진왜란이 발발하자 조선을 원조하러 왔다가 평양성에서 전사했다. 그는 임진왜란이 일어나자 동원군(東援軍)에 선발되어 조선으로 파견되었다. 1592년 6월초 군사 1,029명과 병마 1,093필을 이끌고 의주에 당도했고, 그 후 평양으로 진격하여 승기를 잡았다. 그러나 총알이 빗발치는 가운데서도 장군의 몸으로 사졸을 돌보려고 선봉에 서서 용전분투하다 적탄에 맞아 전사하였다.

38) 한효순(韓孝純, 1543~1621) : 조선 중기의 문신. 1568년 생원이 되고, 1576년 식년문과 병과로 급제, 검열·수찬을 거쳐 1584년 영해부사에 임명되었다. 1592년 임진왜란이 일어나자 8월 영해에서 왜군을 격파하고 경상좌도관찰사에 승진, 순찰사를 겸임해 동해안 지역을 방비하며 군량조달에 공을 세웠다.

라는 교지가 있었다. ○23일. 신임 감사의 공문에서, "승병을 모아 성주로 보내라."고 했다. 내가 보고하기를, "이 지역 내에서는 지금 막 진을 치고 다수가 왜적을 잡고 있어서 다른 관아로 보내기가 어렵습니다."라고 했다. 회답하여 이르기를, "보고한 대로 과연 그러한가?"고 했다. ○24일. 주아리 (注兒里)[39)에 의병들이 드나드니, 이에 선산부의 왜적들이 주아리(注兒里) 사람 수십 명을 갑자가 잡아다가 모두 도륙해 버렸다고 들었다. ○25일. 귀를 베어 바친 것에 회답하여서 머리가 없다는 이유로 귀를 자른 것을 물린 것이 17이었다. 또 보고하기를, "부사께서 격문을 붙인 까닭에 선산부내의 적들에게 노여움을 키워 하는 수 없이 다른 지역으로 출입하여야 합니다." 라고 했다. 답신에서, "다른 관아로 출입하는 것을 관할하니 본 선산부는 심히 기쁘고, 기쁘다."고 했다. ○27일. 생유(生薐)라는 기생이 아주 가까운 상암(上菴)에 살면서 날마다 와서는 옷을 짓고 빨아 주나 밤이 되면 돌려보 냈는데, 오늘 밤에는 머물러 자고 가기를 원했으나 타일러서 물리쳤다. 금 산(金山) 전투에서 이겼다고 들었다. ○29일. 상주(尙州), 선산(善山), 개령(開 寧)의 왜적 떼가 대거 산을 포위할 것이라고 들었다. 사람들은 멀리 달아났 으나 나는 관매법(觀梅法)으로 점을 친 후에 가만히 앉아 움직이지 않았다. ○30일 상주의병 김각(金覺)[40) 등이 밤에 상주의 왜적을 습격했으나 무찌르 지 못했다.

10월 1일 정해(丁亥). 병영의 회답을 받았다. 류숭인(柳崇仁) 병마절도사(兵

---

39) 주아리(注兒里) : 경상북도 구미시 옥성면의 한 마을.

40) 김각(金覺,1536~1610) : 본관은 영동(永同). 자는 경성(景惺), 호는 석천(石川). 할아버지는 장사랑(將仕郞) 자(滋)이고, 아버지는 진사 언건(彦健)이며, 어머니는 참봉 조이(趙怡)의 딸 이다. 상주 출신.1567년(명종 22) 진사시에 합격하였으나 얼마 되지 않아 아버지의 상을 당한 뒤로는 과거공부를 그만두고 낙동강변에서 낚시로 소일하였다. 1592년 임진왜란이 일어나자 그해 여름에 상주에서 의병을 일으켜 적을 다수 참획하는 전과를 올렸다. 감사 김수(金睟)가 그의 전공을 행재(行在)에 보고하여 사온서주부(司醞署主簿)를 제수받았으나 사양하였고, 그해 가을에는 함창현사(咸昌縣事)를 제수하였으나 또 다시 나아가지 않았다. 1596년 왜적이 용궁현(龍宮縣)을 유린하자 조정에서는 그에게 용궁현감을 제수하여 적에 맞서게 하였다. 그 뒤 1604년 온성판관(穩城判官)을 역임하였다.

馬節度使)께서 보낸 회답문에서 이르기를, "부사는 책만 보던 사람이 허물어지고 깨진 군대를 수습하여 왜적을 벤 것이 90여급에 이르니 지극히 가상하다. 사유를 갖춰 임금께 아뢰고 상을 논하는 차에 부치겠다."라고 했다. ○2일. 왜적의 머리 5급과 귀 15급을 감사께 올렸다. 회답 공문에 이르기를, "각 관아에서 속이는 자가 많아서 오늘 이후로는 머리를 보내고, 귀는 보내지 말라."고 했다. 상주 의병인 유생 7명이 와서 방문하며 진을 하나로 합치기를 원했다. ○3일. 내려오는 왜적이 2천이었다. ○4일. 전적(典籍) 이준(李埈)이 찾아와 자며 말하기를, "공께서 왜적을 토벌하는 데에 뛰어나시니 원컨대 진영을 합치고자 합니다."라고 했다. ○5일. 동채 장수가 왜적 머리 2급을 바쳤다. 내려오는 적이 2만여 명이라고 들었다. ○6일. 서채에서 머리 7급을 바쳤다. 상주의 왜적이 호남(湖南)으로 많이 쳐들어갔다고 들었다.

7일. 계사(癸巳). 상주와 함창(咸昌) 유생들이 수령을 벌하라고 상소를 올렸다고 들었다. 이날 금산사람 조계량(曺季良)[41]과 최언유(崔彦由) 등이 찾아왔고, 김규(金珪)도 보러 왔다. 풍문에 상주와 함창 유생들이 상소하여 상주목사【『징비록(懲毖錄)』을 살피면 이때 상주목사(尙州牧使)는 김해(金澥)였다】를 먼저 베기를 청하였고 그 여섯 가지 죄를 일일이 들었으며 이웃 고을의 수령도 또한 죄를 논하라는 것이 많았다고 했다. 정자(正字) 이준(李埈)에게 편지를 보내어 선산의 일을 알아 보려했으나 이정자(李正字)도 또한 상세히 알지 못했다. ○9일. 왜적에 투항한 원복 부부를 처형했다. ○10일. 유생의 상소 중 선산부사를 극력 칭찬했다고 하니 아주 부끄러웠다. 왜적이 아랫마을에 침입했는데 군관들더러 병사들을 매복시키라 해서 적 하나를 베었다. 남채에서 왜적 둘의 수급을 바쳤다. ○11일. 왜적에 투항했던 한막

---

41) 조계량(曺季良, 생몰년 미상) : 본관은 창녕(昌寧). 아버지는 전행군자감참봉(前行軍資監參奉) 조균(曺鈞)이고, 조중량(曺仲良1526~몰년미상)의 동생이다.

쇠에게 형을 집행했다【한은 적들에게 말발굽에 편자 끼우는 법을 가르쳐 주었다】서채 장수가 왜적 수급 셋을 바쳤다. ○12일. 감사께서 적의 귀 13개를 받으며 말하기를, "부사가 힘을 합쳐 적을 토벌한 것이 이미 드러나고, 공로를 반드시 속이지 않은 까닭에 준다."고 했다. 우병마절도사(右兵馬節度使)는 전투 중 죽었고 진주(晉州)의 왜적의 기세가 성하다고 들었다.

13일 기해(己亥). 좌감사(左監司) 공문을 받고 좌감영(左監營)에 다다르기 위해 출발했다.

며칠 전 감사에게 보고하여, "선산(善山), 개령(開寧), 인동(仁同) 세 읍의 왜적이 봉화를 올려 서로 구조하여 아직 토벌하지 못하고 있으니 좌도(左道)와 우도(右道)의 병력이 힘을 합하여 소탕하는데, 좌도(左道)의 병력은 인동(仁同)으로 들어가고 우도(右道)의 병사들은 선산(善山)으로 쳐서 들어가며 하도 및 호남의 병력이 개령으로 들어간다면, 세 읍의 왜적은 가히 하룻밤에 다 무찌를 수 있을 것입니다."라고 했다. 그러자 회답 공문에 나를 위주로 해서 날을 정해 일에 착수하기로 했다. 또 좌감사(左監司)께도 글을 보내자 좌감사께서 나를 불러 얼굴을 마주하며 상의하기를 바랐다. 드디어 출발하여 우구동(牛口洞)에서 잤다. ○14일. 위아래의 적이 죽현(竹峴)을 가로막아 여러 사람들이 가지 말 것을 모두 간했지만, 오후에 출발해서 청로역(淸路驛)[42]에 도착했다. 초야에 달 밝을 때 마침내 장천(長川)의 큰길에 들어섰는데 밤에 다니는 왜적을 만날까 두려워 앞으로 치달렸다. 가는 도중에 세 곳에서 사람을 베어 나무에 걸어 놓은 것을 보았는데, 혹자는 반쯤 살아있고 혹자는 이미 죽어서 참혹하기가 이루 말할 수가 없었다. 한 밤중에 좁은 길에 들어서서야 음식을 먹었다. 강을 건너 검단(儉丹)에 도착하니 닭 울음소리가 들렸다. ○15일. 검단(儉丹)에 머물렀다. 동채 장수 박사심(朴思深)과

---

42) 청로역(淸路驛) : 청로역(靑路驛)의 오기.

좌수 김구연(金九淵)이 군사를 이끌고 왔는데 점고하니 600명이었고 모두 붉은 삿갓을 쓰고 긴 꽃으로 장식을 달았는데 군대의 의용이 매우 엄하여 기쁘고 또 기뻤다. ○16일. 좌감사께서 삼도(三道)가 합하여 공격하는 것을 허락했으나 좌병마절도사(左兵馬節度使)는 인동으로 들어가는 것을 꺼리면 서 물어 말하기를, "선산은 누가 들어가는가?"라고 했다. 내가 답하여 말하 기를, "선산은 제가 마땅히 들어가고 개령은 우병마절도사(右兵馬節度使)가 마땅히 들어갈 것입니다."라고 했다. 좌병마절도사가 감사에게 지원하는 왜 적이 많다고 보고하고는 그만 두었다.

17일 계묘(癸卯). 해평채에 돌아왔다. 해평채 장수는 최홍검(崔弘儉)이다. 군사를 점검해 보니, 정예병이 800명이라 아주 기뻤다. 최홍검(崔弘儉)이 말 하기를, "이곳 진영은 적이 반드시 침범하지 못할 것입니다. 공께서 마땅히 오래 머물면서 관할하여 주십시오."라고 말했다. ○18일. 이에 해평채에서 머물며 공무를 집행했다. 서채에서 왜적 머리 하나를 바쳤다. 군위군 복병 장 장사진(張士珍)[43]이 인동 길목에서 매복하여 베어죽인 왜적이 많다고 하 였다. ○19일. 장사진(張士珍)이 또 인동에 매복하고 있는데, 왜적은 다만 20 여 인만이 와서 마을의 민가들만을 수색하고 있다고 들었다. 내가 말하기 를, "적은 반드시 먼저 밤에 병사를 매복시켜 놓았을 것이니 장사진(張士珍) 은 알지 못하고 진격했으니 분명 패할 것이다."라고 했다. 얼마 안 있어 왜

---

43) 장사진(張士珍, 생년 미상~1592) : 조선 중기의 의병장. 어려서부터 호협심이 대단하여 불의를 보고 참지 못하여 남이 당하는 것을 보고는 앞뒤를 가리지 않고 뛰어들어 손해를 보는 일이 가끔 있었으나 개의하지 않았다. 이웃사람들은 의협인(義俠人)이라고 불렀다. 군위향교의 교생이 되어 공부를 하고 있었는데, 1592년 때마침 임진왜란이 일어나, 교생 들과 상의하여 의병을 일으키고 사방에 격문을 보내 나라가 위태로울 때 충의의 마음을 내어 나라를 구하자고 권하니 모여든 의사가 수백명이 되었다. 왜적들도 장사진의 위세를 두려워하여 군위에는 들어오지 못하고 통과할 일이 있어도 길을 우회하여 다녔다. 어느날 왜적이 복병을 해놓고 유인하는 것을 모르고 추격하다가 적의 함정에 빠져 사면으로 포 위되어 싸우다가 힘이 다하여 전사하였다.

적 1,000명이 먼저 좌우에 숨고는 장사진 등 백여 명을 베어버렸다고 들으니 분함이 어찌 말로 하겠는가. 의병장(義兵將) 노경임(盧景任)[44]이 도둑떼를 잡아와서 고하기에 심문할 즈음에, 부산 첨사(釜山僉使) 배경남(裵景男)[45]이 와서 말하기를, "저는 좌도(左道) 조방장(助防將)인데 군위 현감이 저로 하여금 공께 청하여 군위에 모여 술을 마시자고 하셨습니다."라고 했다. 나는 말하기를, "인동과 선산의 왜적은 내가 여기서 강을 건널 것을 안다. 멀지 않은 곳에서 모여서 잘 수가 없다."고 했다. 백번 거절하고 따르지 않았다. 다음날 배경남은 군위로 향하여 갔다. 명나라 장수 고양겸(顧養謙)[46]이 왜적 7만을 베었다고 들었다. ○20일 진주(晉州)에서 왜적을 섬멸했다고 들었다. 계속하여 해평 성채에서 머물며 유격병을 관할하여 수급 하나를 베었다.

21일 정미(丁未). 인동(仁同), 선산(善山)의 적들이 대거 군위(軍威)와 비안(比安)을 습격하였다. 이날 한밤중에 남쪽 봉수대에서 불을 다섯 자루를 올려, 해평채와 동채에 명을 전하여 각기 진을 치도록 하였다. 군위(軍威)의 봉수군이 소리쳐서 말하기를, "인동(仁同)의 왜적이 대거 군위로 쳐들어온

---

44) 노경임(盧景任, 1569~1620) : 본관은 안강(安康). 자는 홍중(弘仲), 호는 경암(敬菴). 아버지는 진사 수성(守誠)이며, 어머니는 인동장씨(仁同張氏)로 이조판서 열(烈)의 딸이다. 장현광(張顯光)과 유성룡(柳成龍)의 문하에서 수학하였다. 1591년 별시문과에 병과로 급제, 예문관검열을 거쳐 홍문관정자가 되었다. 1592년 임진왜란이 일어나자 고향에 돌아와서 의병을 모집하여 왜군에 대항하였다. 말년은 낙동강변에 은거하고 여생을 보내다가 선산(善山)에서 별세하였다.

45) 배경남(裵景男, 생년 미상~ 1597) : 1592년 임진왜란 때 부산진첨절제사(釜山鎭僉節制使) 등 변방의 무관직을 거친 뒤 유격장(遊擊將)이 되어 여러 곳에서 전공을 세웠다. 패주를 거듭하는 영남지방의 전황 속에 순찰사 권율(權慄)이 도망다니는 장수라는 잘못 판단된 보고를 하여 파직되었다.그 뒤 오명을 씻으려고 종군을 하여 전라좌수사 이순신(李舜臣) 휘하에 들어가게 되었다. 1594년 6월 당항포해전(唐項浦海戰)에서 좌별도장(左別都將)으로 참전하여 크게 전공을 세웠고, 뒤에 조방장(助防將)이 되었다.

46) 고양겸(顧養謙, 1537~1604) : 명(明)나라 사람. 자는 익경(益卿). 호는 충암(沖庵). 지금의 강소성 南通城區사람이다. 우첨도어사(右僉都御史)를 거쳐 요동 순무가 되어 공을 세워 남호부 시랑·병부 시랑에 올랐다. 계주(薊州)·요동의 모든 군무를 총독(總督)했는데, 담력이 뛰어나고 일에 임해 지략이 많아 어디서나 명성을 날렸다.

다.”고 했다. 잠시 후에 동채에서 소리치기를, “선산부의 왜적이 대거 비안(比安)으로 향한다.”고 했다. 여러 장수들이 말하기를, “좌우에서 포위하였으니 위태로워 장차 죽을 것이다.”라고 했다. 내가 말하기를, “내가 강을 건너 군위(軍威)에서 반드시 군위에서 회합할 것으로 알고 반드시 좌우로 습격한 것이다. 내가 만일 군진을 물리치고 왜적과 붙어서 싸운다면 군위의 백성들은 죽음을 면할 수 있을 것이다.”라고 하고는 마침내 화곡(花谷)을 향해 갔다. 양쪽의 적군이 달아나기도 하고 엄습하기도 하기도 했지만 홀로 말을 몰아 강을 건넜다. 봉화군이 외치며 전갈하기를, “적이 양 읍으로 돌아왔습니다.”라고 했다. 드디어 양채의 장수로 하여금 진을 합하도록 하고, 나는 뒤를 따라 달리다가 공격하여 왜적 다섯 수급을 베었다. 다음날 군위현감과 찰방(察訪) 그리고 첨사(僉事)가 모여 술 마시고 이미 잠들고 한밤중에 달 밝은데, 두말이 끄는 수레가 치달려 들어오며 말하기를, “선산부사께서 들어오신다.”고 했다고 한다. 대문 앞에 있던 사람들은 모조리 죽임을 당하였고 세 관리들은 서쪽 담을 넘어 달아나 죽음을 면했으나 관의 창고에 가득 찼던 물건들은 다 타고 약탈당하였다. 이에 좌우의 사람들이 내가 술자리에 가지 않은 것을 치하하였다. ○22일. 왜적의 머리 12을 봉하여 김수택(金壽澤) 보고 절도사(節度使)께 올리게 했다. ○23일. 새벽에 비안(比安) 지역 언곡(焉谷)으로 이주했다 서채에 나를 따라온 자들은 군관, 호위병(牙兵), 관리들로 다해서 백여 명이었다. ○26일. 동채의 매복병들이 왜적 셋을 벤 전후로 절도사에게 올린 것이 모두 170이었는데, 혹은 물리고 혹은 썩어서 실제로는 등급을 나눠 90명이었다. 박계성(朴繼性)으로 하여금 감사께 올리게 했다. ○30일. 개령(開寧)의 왜적 5천명이 올라갔다.

11월 1일 정사(丁巳). 왜적을 사로잡으려고 매복을 설치하여 베거나 잡은 왜적이 자못 많았다.

이날 왜적 떼가 강을 건널 때 다리를 거치지 않고 차가운 물살을 무릅쓰고 건널 것이라고 들었다. 마침내 남채 복병장(伏兵將) 백수화(白受和)[47] 등으로 강나루에 매복하게 했는데, 왜적 떼가 이미 강을 건너고 뒤에서 따라가던 열기의 말 탄 사람이 막 강으로 들어가던 중에 큰소리를 치고 습격하였다. 붉은 모자에 두말이 끄는 수레에 탄 적 하나가 기병 셋과 군졸 셋을 거느리고 물을 건너다가 낭패를 당하였다. 모두 베어버리고 하나만 생포하였다. 비단에 수놓은 옷과 장신구를 실어서 가져왔다. 마침내 상을 내리고 또 많은 것을 감사께 올렸다. 회답하여 말하기를, "부사는 기이한 책략을 세워서 왜장을 베기에 이르렀으니, 마땅히 각별히 아뢰겠다."고 했다. 의복과 비단은 돌려보냈다고 하니, 마땅히 그 군사들에게 나누어 주리라. ○2일. 공부로 가는데 왜적 수백 인이 비안을 약탈하고 불 질렀다. 동채의 복병 등을 신곡리(新谷里)의 길 좁은 곳에 모난 쇳조각을 뿌리고, 좌우에 매복을 시키라고 하였다. 돌아갈 때 과연 왜적 둘의 목을 베었다. 먼저 간 자들은 쇳조각에 넘어졌고 뒤에 가는 자들은 달아나서 많이 벨 수는 없었다. ○3일. 강 한가운데서 적을 잡은 자가 말안장을 가져와 장막 안에 두고 또 가는 면포를 많이 쌓아두었는데 하인이 몰래 훔쳐가므로 통렬히 그 죄를 물었다. ○4일. 김수택(金水澤)[48]이 왔는데 개령(開寧) 전투에서 승리했다고 들었다. 정자(正字) 노경임(盧景任)이 찾아와서, "선산부의 병사는 아주 많고 적을 잡은 것이 이미 200을 가득 채웠으나 우리 의병은 숫자도 적고 식량도 떨어졌으니 원컨대 도와주십시오."라고 말했다. 이에 군사 200명과 쌀 40석을 주었다. ○5일. 부산 첨사와 비안(比安) 현감이 술을 가져와 이야기했다. 서채에서 왜적 머리 넷을 바쳤다. ○6일, 동채 복병들에게 선산부의 적들이 지

47) 백수화(白受和, 1552~1594) : 본관은 수원(水原). 자는 여순(汝順), 호는 설강(雪岡). 임진왜란 당시 전몽운(全夢雲), 이의정(李義貞), 장사진(張士珍)과 함께 형제의 의(義)를 맺고 금오산에 들어가 초막을 짓고 왜군을 섬멸하니, 왜군들은 그들을 백호(白虎), 전웅(全熊)으로 비유하며 두려워했다고 한다. 네 사람 모두 전장에서 순국하였고 사후에 사의사(四義士)로 칭해졌다.
48) 김수택(金水澤) : 김수택(金壽澤)의 오기로 보인다.

나가는 때를 엿보아 잘 달리는 사람에게 빈 가마를 지고 거짓으로 달려 적을 유인하여 위험한 곳으로 끌어들이게 했다. 좌우의 매복병으로 하여금 습격하도록 하여 과연 세 명의 왜적을 베었다. ○7일, 내통하는 자의 편지를 보니 2월에 왜적이 많이 나올 것이라고 했다.

9일 을축(乙丑). 납석사(納石寺)로 옮겼다. 이날 박과 노 두 의병과 함께 이야기했는데, 왜적선 160척이 바다를 건넜다고 했다. ○10일. 인동의 왜적이 마현(麻峴)에 침입하였다고 들었다. ○11일. 왜적이 또 많은 수가 상경했다고 들었다. ○12일 의지(義智)[49]가【1자 빠짐】죽었다고 들었다. 해평채에서 왜적 머리 하나를 바쳤다. ○13일. 사내종 귀복(貴福)이 와 본가의 서신을 전했는데, 김 서방이 이내 간 곳을 알 수 없었다고 했다. 서채의 인명부가 왔다. ○14일. 두 고을의 왜적이 은밀히 나를 칠 계획을 짰다고 들었는데, 바로 이윤조(李允祖)가 내통한 글 때문이었다. 나는 그를 나오게 해서, 상의하다 이윤조(李允祖)를 베어 내통한 분을 설욕하고자 했으나 종내 나오지 않았다.

17일 계유(癸酉). 동채에서 다시 강을 건너 서쪽으로 왔다.

이날 대둔리(大芚里)에서 점심을 먹는데, 동채와 해평 장졸들이 말하기를, "왜적이 공께서 강을 건너신 것을 알고 날마다 습격할 기회를 노리니, 서쪽으로 건너가 산을 끼고 지휘하는 것만 못합니다."라고 하였다. 이에 출발하여 밤중에 강을 건너 대둔사(大芚寺)에서 밥을 먹었다. 쌓인 눈이 길을 덮어서 100번 구르고 천 번 넘어지며 지곡리(地谷里)에 도착하니 닭 울음소리가 들렸다. 위아래 모두 추위와 배고픔에 떨다가, 끓인 물을 마시고 다시 각성

---

49) 의지(義智, 1568~1615) : 평의지(平義智) 또는 소 요시토모(宗義智). 일본 쓰시마 섬(對馬島) 제18대(또는 제19대) 도주(島主). 1579년 형 소 요시즌(宗義純)으로부터 도주 자리를 물려받았다. 소 요시토시로도 읽는다. 그런데 다른 기록에서는 양아버지 소 요시시게(宗義調)로부터 도주 자리를 이어 받았다고도 한다. 죽었다는 소문은 오보인 듯하다.

하여 상주(尙州)에 도착해 노함(盧涵)의 식구들이 피하여 거처하던 곳에서 함께 잤다. ○18일. 동채 장수 박사심(朴思深) 등을 약속된 장소로 돌아가도록 보냈다. 나는 건지산(乾池山) 양종(梁琮)의 집에 도착하였다. 그 식솔들은 다 피하였고 양종만 홀로 머물러 있었다. ○17일[50]. 서채와 남채의 장수들이 와서 보고 말하기를, "양 성채의 군인들이 부사께서 오랫동안 오시지 않아서 부모를 잃은 것 같았다가 이제 서쪽으로 강을 건너셨다는 소식을 듣고 태반이 와서 인사드리러 왔습니다."라고 했다. 마침내 점고하고 상벌하여 그들을 보냈다. ○20일. 그대로 건지산(乾池山)에 머물렀는데 꿈을 점쳐보니 불길하여 그 마을 사람들이 멀리 떠나라고 했다.

21일 고모소(古毛所)로 옮겨갔다.

이날 사람을 보내 거주할 만한 곳을 찾게 하고 점군한 후에 고모소에 왔다. 상주 의병장 김각(金覺) 등이 함께 일하기를 바라면서 내 지휘를 받았다. ○22일. 상주 의병장이 말하기를, "이곳은 끝내 왜적의 근심이 없을 것이니 함께 지낸다면 좋겠소."라고 했다. 내가 말하기를, "이제 또 적이 올 것이니 많은 말을 하지 마시오."라고 했다. 곧바로 왜적의 대군이 건지산(乾池山)으로부터 와서 선봉대가 이미 고모소에 도착했다고 들었다. 김군과 함께 나가서 산봉우리에 올라 방어전의 계책을 짜려고 했는데, 왜적이 퇴각해버려 이에 팽일(彭日)의 집에서 잤다. 남채에서 왜적 머리 둘을 바쳤다. ○23일. 황영산(黃靈山)이 와서 나를 보고 지휘의 절묘함을 극찬하였다. 왜적의 머리를 봉하여 백응량(白應良)으로 하여금 감사에게 올려 보내도록 했다.

24일 경진(庚津). 곽응기(郭應機) 제독과 마주 앉아 밥을 먹고 있는데, 왜적이 대거 몰려와 평거리(平居里)에 침입했다. 지금까지 왜적은 내가 서쪽으로 건너는 것으로 알고 연일 와서 찾았는데, 상주 의병 등은 두려워 따라오

---

50) 17일 : 날짜 순서 상 19일의 오기(誤記)로 보인다.

지 않았다. ○25일. 상주의 왜적이 많이 내려왔다고 들었다. 상주 의병 박정규(朴廷奎)가 찾아와서 보고 말하기를, "지난번에 순찰사를 뵈었는데 장차 공을 대장으로 삼겠다."고 했다고 했다. ○26일. 명나라 군대가 대거 왔다고 들었다. 서채에서 왜적 머리 셋을 바쳤다. 동채와 해평채에서 보고한 장계에서 이르기를, "인동(仁同)과 선산(善山)의 왜적이 매일 와서 포위하니, 공이 서쪽으로 건넌 것은 천행이었다."고 했다. ○27일. 왜적 머리 다섯을 봉하여 감사께 올렸다. ○28일 왜적이 올라간 자는 많은데 내려간 자는 적다고 들었다. ○29일. 전언의 통신문에 이르기를, "왜적의 배가 40척이 떠났다."고 했다. ○30일. 왜적이 내려온 자가 400명이라고 들었다.

12월 1일 정해(丁亥). 그대로 평거리(平居里)에 머물렀다.

이날 김유명(金有鳴)과 황영산(黃靈山)이 와서 말하기를, "여러 고을이 상을 받았지만, 공은 정황을 순찰사에게 통하지 않았기 때문에 지금까지 당상관에 오르지 못하였으니, 부끄러울 만합니다."라고 했다. ○2일. 머물며 죽현(竹峴)의 육진도(六陣圖)를 짰는데 상주의병 김홍경(金弘慶)[51] 등이 육진도를 들고 나오며 말하기를, "참으로 기이하고 절묘합니다."라고 말했다. ○3일. 유구국(琉球國)[52]이 일본을 격파했다고 들었다. ○4일. 죽현(竹峴) 매복병이 왜적 머리 둘을 바쳤다. ○5일. 강순세(康舜世)가 선산부의 왜적에게 피살되었다고 들었는데, 가슴 아프고 가슴 아프다. ○6일. 화령(花寧)으로 달려가서 경상도의 관군과 의병 그리고 청산(靑山), 영동(永同), 그리고 보은(報恩)의 조전장(助戰將)들과 함께 모여 상주(尙州)와 선산(善山)에 주둔한 적들을 칠 것을 모의하고 저녁이 되어 마치고 돌아왔다.

---

51) 김홍경(金弘慶, 1567~몰년 미상) : 본관은 금산(金山)이고, 자는 길백(吉伯). 아버지는 보공장군(保功將軍) 김양국(金良國)이다. 1615년 을묘(乙卯) 식년시(式年試) 진사에 급제.
52) 유구국(琉球國) : 지금 일본의 오키나와.

7일 계사(癸巳). 버드나무골(柳坊)로 되돌아와 머물렀다.

8일. 정인서(鄭麟瑞)[53]와 윤상빙(尹商聘) 등 여러 선비들이 와서 말하기를, "여러 고을에서 왜적을 벤 것이 선산이 최고인데도 그 공을 자랑하지 않으시니 만약 의병을 일으킨다면 휘하에 속하기를 바랍니다."라고 했다. ○9일. 황위(黃偉)가 와서 말하기를, "상주의병은 수가 천명을 넘었으나, 지금은 모두 영락하여 겨우 300명만 남았습니다. 공께서 이웃 지역으로 드나들어도 군졸이 여전히 거역하는 마음이 없고, 네 성채를 모두 계산해 보면 거의 1,200명이나 되고, 여러 도의 순찰사들이 군량을 많이 보내준다고 했는데 그러합니까?"라고 했다. 나는 말하기를, "충청감사가 50석을 보냈고, 전라감사(全羅監司)가 50석을 보냈으며, 전라도사(全羅都事)가 50석을 보냈으며, 우감사가 연달아 은혜를 베풀었소."라고 말했다. 황위가 말하기를, "상주의병과 진영을 합하는 것이 좋겠습니다."라고 했다.

10일 병신(丙申). 두 왕자가 사로잡혔다고 들었다.

이때 추위가 극심하여 왜적들이 많이 얼어 죽었다고 했다. ○11일. 왜적들이 내려간 자들이 많다고 하였다. 교생(校生) 최우인(崔友仁) 등이 선봉대로 임금께 보고되어서 관직을 제수받았다. 남채에서 왜적 세 명의 머리를 바쳤다. ○12일. 조광벽(趙光璧)[54], 송이회(宋以晦), 김복례(金復禮), 이준(李埈) 형제 등이 와서 보고 말하기를, "공께서 머무른 곳은 적이 한 번도 침범하지 않았는데, 공께서 머문 곳을 만약 옮기면 적은 반드시 그 전에 머물던 곳을 찾으니 공께서는 어떤 신묘한 술책이라도 있으십니까?"라고 했다. 내

---

53) 정인서(鄭麟瑞, 생몰년 미상) : 본관은 해주(海州)이고 자는 사인(士仁)이다. 1603년 계묘(癸卯) 식년시(式年試) 병과(丙科)에 급제. 아버지는 정지(鄭遲)이다.

54) 조광벽(趙光璧, 1566~1642) : 본관은 풍양(豊壤). 자는 여완(汝完), 호는 북계(北溪).부친 학생(學生) 조수복(趙壽福)과 모친 전주이씨(全州李氏) 사이에 4남 중 장남으로 태어났다. 서애(西厓) 유성룡(柳成龍)의 문인이며 정우복(鄭愚伏)·이창석(李蒼石)과 강론(講論) 상자(相資)하였다. 임진왜란 때는 정우복·정경세(鄭經世) 등과 함창(咸昌) 황령사(黃嶺寺)에서 창의(倡義)하여 싸웠는데, 나이 27세 때였다.

가 말하기를, "우연일 뿐이오."라고 했다.

13일 기해(己亥). 선산부의 성을 화공하여 다행히 왜적을 박멸할 수 있었다. 이날 김홍경 등이 와서 말하기를, "순찰사께서 '장차 공을 대장으로 삼겠다.'고 했습니다."라고 했다. 이날 김유일 등과 선산부의 왜적을 화공하기로 의논하여, 선산부의 성과 가까운 곳에 네 진을 모두 모아놓고 명령하여 말하기를, "나는 서진에 있다가 횃불을 들 것이다. 세 진에서도 각기 횃불을 들어 응하라. 모두 모인 것을 안 후에, 그때 가서 또 불로 서로 신호하고, 사방에서 일시에 곧바로 진격하며 바람을 따라 불을 놓으면 불빛이 성을 가득 채워 그 밖으로 나오는 왜적을 볼 수 있을 것이니 일제히 수많은 화살을 쏘아라."라고 하였다. 이 약속으로 저물녘에 서촌(西村)으로 갔는데, 서촌에 매복한 왜적 30명이 있어 가까이 갈 수가 없다고 듣고 군관들더러 들어가서 보라고 했으나 모두 듣지 않았다. 나는 빠른 말을 타고 김유일에게 한 번 고삐를 잡고 치달려가 복병이 있는지 보라고 했다. 막사에는 왜적 하나도 없었다. 마침내 약속대로 불을 놓았는데, 북풍이 마침 세차게 불어 왜적의 막사 300여 간이 완전히 타버렸고 화살을 수도 없이 쏴댔다. 다음날 왜적이 많이 죽었고, 적의 말 13필이 또한 타 죽었으며, 군병기와 군량이 타버려 이루 다 셀 수가 없었다고 하는 것을 들었다. 이 소식을 달려가 보고하게 하였다. 새벽에 처소로 돌아와 상한증으로 누워 앓았는데, 상주의병장 김복례가 와서 문안하고 전날 밤의 일도 위로하였다. ○14일. 병이 심하였다. 도사(都事)의 서찰을 보니, 호서(湖西)에서도 크게 승리하였다고 하였다. ○16일. 당교(唐橋)의 왜적이 흩어졌다고 들었다. ○17일. 논공하는 장계를 작성했다. 병이 조금 나았다.

18일 갑술(甲戌). 청량사(淸凉寺)로 돌아와 상주 의병장 등과 군사에 대해 이야기 했다.

19일. 등급을 나눠 140명을 【1자 빠짐】 감사에게 올려 보냈다. 충청좌도와 경상우도의 각 관원 및 의병장들과 【이하 빠짐】에서 크게 모여 공격하기로 약속했다. ○20일. 돌아와 청량사에 도착하니 황영산과 의병장 노경임이 【이하 빠짐】 ○21일. 전공을 논한 책을 완성 【1자 빠짐】라고 공문이 와서 재촉했는데, 김취인(金就仁)으로 하여금 보내도록 하니, 순찰사가 상으로 양식 50석을 주었다. 병마절도사와 함께 개령을 공격하고자 김 채장(金寨將)을 보냈다. ○22일. 병으로 누웠다. 교관 노천서(盧天瑞)와 이여림(李汝霖)[55]과 이야기를 했는데, 개령의 여러 유생들이 공께 속하여 의병이 되고자 한다고 했다.

23일 기유(己酉). 나를 의병대장으로 삼아 여러 고을에서 의병을 불러 모집하게 하였다.

동채와 해평채에서 힘을 합하여 왜적을 잡아 왜적 넷의 머리를 보냈다. 사채를 위로하여 다시 선산부의 왜적을 칠 계획을 짰다. ○24일. 상주의병을 보고 송산(松山)으로 옮겨서 잤다. 모든 진지에 통문을 보냈는데, 다만 옥천군수 조전장 선의문(宣義問)[56], 상주목사 김해(金澥)[57], 판관(判官) 정기룡(鄭起龍)[58], 영동사람 한명윤(韓明允)과 상주 의병장 김각만 와서 청리에

---

55) 이여림(李汝霖, 1560~몰년 미상) : 본관은 합천(陜川)이고, 자는 경망(景望)이다. 1589년 기축(己丑) 증광시(增廣試) 생원시 급제. 아버지는 이피(李蓖)이다.

56) 선의문(宣義問, 생몰년 미상) : 본관은 보성(寶城). 부사(府使)를 지냈다. 1605년 무과에 급제하여 선전관(宣傳官)이 된 선약해(宣若海)의 아버지.

57) 김해(金澥, 1534~1593) : 본관은 예안(禮安). 자는 사회(士晦). 호는 설송(雪松). 수손(首孫)의 증손으로, 할아버지는 사창(泗昌)이고, 아버지는 반천(半千)이며, 어머니는 조세우(曺世虞)의 딸이다. 1560년(명종 15) 진사가 되고, 1564년 식년문과에 을과로 급제하였다. 1571년 형조좌랑, 1573년 지평을 거쳐 이듬해 장령이 되었으며, 1576년 사간으로 승진하였다. 1592년 상주목사로 재임 중 임진왜란을 당하여 당황한 나머지 순변사 이일(李鎰)을 맞이한다는 평계로 성을 떠나 피신하였다. 그러나 뒤에 판관 정기룡(鄭起龍)과 함께 향병(鄕兵)을 규합하여 개령(開寧)에서 왜군을 격파하고 상주성을 일시 탈환하기도 하였다. 이듬해 왜적에게 포위되어 항전하다가 전사하였다.

58) 정기룡(鄭起龍, 1562~1622) : 초명은 무수(茂壽). 본관은 진주(晉州). 출신지는 곤양(昆陽).

모였다. 나는 붓을 잡아 부대를 나누고 영을 내려 선산부의 성을 사방에서 포위하게 했는데, 왜적과 내통하는 중놈이 미리 비밀을 알려주어 곧바로 사방에서 나와 방어해서 다만 불이나 지르고 후퇴하였다. 새벽에 우구동으로 돌아왔다. ○26일. 상주의병장과 군관이 마땅히 싸워야함에도 아프다는 핑계로 다른 사람을 대신 장수로 삼은 자들을 붙잡을 것을 의논하여 순찰사에게 보고하려 했으나 다시 멈췄다.

27일 계축(癸丑). 병나서 다시 버드나무골로 돌아왔다.

29일. 상주와 선산 사람들이 보러 온 자가 그 수를 헤아릴 수가 없었다. 황영산이 술과 떡을 가지고 와서 위로하며 말하기를, "그대의 옷은 누가 빨며, 그대의 음식은 누가 맡는가? 나랏일이 안정되어 가고 있으니 소도 잡을 수 있고 여색도 가까이해도 되는데, 주려도 참고 추워도 참으니 또한 지나치지 않은가?"라고 하였다. 송이회와 김홍경 등이 병영으로 가서 순찰사께 일러 말하기를, "도내 수령 중에 그 처음부터 끝까지 자기 지역을 지킨 자는 선산부사입니다. 네 성채를 세우고 세 고을 관리와 합하여 공격했으며 죽현의 육진도를 그렸으니 뜻밖의 생각을 해내는 것이 보통사람보다 뛰어납니다. 또한 창과 화살을 무릅쓰고 적중을 드나들며 연일 왜적의 머리를 바치고, 백성들이 소 잡는 것을 금하고 반드시 쇠고기를 물리치며 말하기를 '임금께서 피난 가 계시는데 어찌 감히 고기를 먹고 또 어찌 감히 옷을 벗

자는 경운(景雲), 호는 매헌(梅軒). 곤양 출신. 증 호조참판 정철석(鄭哲碩)의 증손으로, 할아버지는 증 호조판서 정의걸(鄭義傑)이고, 아버지는 증 좌찬성 정호(鄭浩)이다. 1580년 고성에서 향시에 합격하고, 1586년 무과에 급제한 뒤 왕명에 따라 기룡으로 이름을 고쳤다. 1590년 경상우도 병마절도사 신립(申砬)의 휘하에 들어가고 다음해 훈련원봉사가 되었다. 1592년 임진왜란이 일어나자 별장으로 승진해 경상우도방어사 조경(趙儆)의 휘하에서 종군하면서 방어의 계책을 제시하였다. 또한 거창싸움에서 왜군 500여명을 격파하고, 금산(金山)싸움에서 포로가 된 조경을 구출했고, 곤양 수성장(守城將)이 되어 왜군의 호남 진출을 막았다. 후에 유병별장(游兵別將)을 지내고, 상주목사 김해(金澥)의 요청으로 상주판관이 되어 왜군과 대치, 격전 끝에 물리치고 상주성을 탈환하였다.

고 편안히 잘 수 있겠는가?'라고 했습니다. 이 사람은 참으로 대장이 될 만한 자입니다."라고 했다. 이때 선산부의 왜적은 3천, 개령부의 왜적은 6천, 인동의 왜적은 2천 명인데, 세 고을의 왜적들이 아침저녁으로 서로 연락하고 한번 위급한 일이 있으면 봉화를 들어 서로 지원해주니 세력이 튼튼해서 침범할 수가 없었다.

계사(癸巳)년 정월 1일 병진(丙辰). 북쪽으로 임금의 피난처를 바라보고, 남쪽으로 조상묘를 생각하며 통곡하였다.

이날 상주(尙州)와 선산(善山)사람들이 온 자가 그 수를 헤아릴 수 없었는데, 술을 얻어 조금 마셨다. ○2일. 왜적의 면포 7필을 획득하여 의병에게 주었다. 상주와 선산 그리고 개령인(開寧人)으로 보러 온자가 많았다. ○3일. 여러 고을 사람들이 나를 찾아보러 오는 자가 많았는데, 명령을 내려 네 성채에서 그들이 오지 못하게 했다. ○5일. 남채 장수 허열(許說)과 서채 장수 송진성(宋軫星)이 와서 각각 왜적 머리 하나씩을 바쳤으며 영을 듣고서 갔다. ○6일. 순찰사께서 나를 상도대장으로 삼으려 하신다고 하는 것을 들었다. 아주 걱정되어 아프다는 장계를 보냈더니 회답하시기를, "부사는 온갖 죽음을 무릅쓰고 적의 소굴에서 떠나지 않고 이제까지 왜적을 잡은 것이 200에 달하니 그 공적은 칭찬할 만하고 바야흐로 포상의 대열에 있으니 바꿔 뺄 수 없다."라고 했다. ○7일. 상주 의병 부장 노함(盧涵)이 왜적의 머리를 벤 것이 이미 12명을 넘어서 상으로 왜검을 주었다.

8일 계해(癸亥). 이윤조의 내통한 편지에서 두 왕자가 포로가 되어 10일 사이에 내려온다고 했는데, 진짜라고 했다.

이날 마침내 상주목사 및 상주의병장에게 알려 복병의 계책을 써서 호남과 호서 그리고 경상좌도와 우도 여러 장수들을 합하여 6진(六陣)을 지었다. 그 길의 선두는 경상좌병사가 좌진이 되고, 우병사는 우진이 되며, 길의 후미는 충청좌도가 좌진이 되고, 전라좌도는 우진이 되며, 길의 허리부분은 경상도 의병이 좌진이 되며, 호남과 호서 의병이 우진이 되게 했다. 각자 약속된 장소를 지키다가 막 왕자를 잡아가는 대열이 진영으로 들어올 때, 선두 부대가 그 앞에 가는 왜적을 차단하여 뒤따르는 적들을 구하지 못하게 하고, 후미의 부대는 뒤따라오는 왜적들을 차단하여 앞선 왜적들을 구하지 못하게 할 것이다. 이때 길의 허리에 있는 부대가 좌우에서 힘을 합하여 왕자를 탈환한다면 거의 성공할 것이다. 이러한 뜻으로 순찰사께 보고하였다. ○9일. 상주의병 천여 명과 판관군(判官軍) 500명, 선산군(善山軍) 1200명이 물러나 우구동에서 숙영했다. ○10일 명열(鳴說)이가 왔다. ○11일. 세 곳의 복병을 거느리고도 대군의 왜적이 흩어져 내려오자 달려가 베지 못하고 우구동으로 돌아왔다.

12일 정묘(丁卯). 감사께 보고하고 버드나무골로 돌아온 뒤 며칠 만에 나를 8진대장(八鎭大將)으로 삼았다.

13일. 호남과 호서의 여러 진영(陣營)에 글을 보내 지원병을 부탁했다. ○14일. 경상좌우도의 의병에게 글을 보내고, 또 감사와 병마절도사께 보고하여 지원병을 요청했다. ○15일. 순찰사께서 공문(關文)을 보내어 나를 대장으로 삼아 선산(善山), 상주(尙州), 함창(咸昌), 문경(聞慶)의 관군 및 선산, 상주, 함창, 산양(山陽)의 의병 모두 8진 장수들에게 나의 지휘를 듣게 하셨다. 상주판관 정기룡(鄭起龍)은 부장이 되고, 상주목사이하 모두 대장의 지휘를 따랐다. 아우를 고향으로 돌려보냈다. ○16일. 순찰사의 군관 김충일(金忠一)과 병마절도사의 군관 1명이 협력하여 복병하는 일로 왔다. ○17일. 두 군관 및 상주의 의병이 힘을 합하여 우구동에 나아가 진을 쳤다. ○18일. 왜적 세 명의 머리를 베었다. 의병대장 의명(宜名)이 말하기를, "의병대장을 선발하여 순찰사께 보고합시다."라고 했다. 개령 유생 정인서도 또한 의병 장수로서 군사 백여 명을 거느리고 와서 합세했다. 충청감사(忠淸監司) 허욱(許頊)[59]이 쌀 50석을 보내왔고, 전라감사(全羅監司) 최철견(崔鐵堅)[60]이 50

석을 보내왔다.

　19일 갑술(甲戌). 호남과 영남의 여러 군대가 모두 우구동에 모였다.

　이날 영동현감(永同縣監) 한명윤(韓明允)[61], 청산현감(靑山縣監) 남충원(南忠元), 조전장 선의문, 광주목사(光州牧使) 장의현(張義賢)[62], 함평(咸平) 이원(李王+原), 금산(錦山) 이천문(李天文)[63], 적개장(敵愾將) 이잠(李潛)[64], 함창

59) 허욱(許頊, 1548~1618) : 본관은 양천(陽川). 자는 공신(公愼), 호는 부훤(負暄). 확(確)의 증손으로, 할아버지는 대사헌 흡(洽)이고, 아버지는 웅(凝)이며, 어머니는 신광수(申光守)의 딸이다. 1572년 춘당대문과(春塘臺文科)에 병과로 급제하였다. 현감 때부터 치적을 쌓고 1591년 공주목사가 되었다. 임진왜란이 일어나자 금강을 굳게 지켜서 호서·호남 지방을 방어하는 데 공을 세웠다. 또한, 승장(僧將) 영규(靈圭)를 불러 도내의 승군을 뽑은 뒤 장수로 삼았고, 의병장 조헌(趙憲)과 함께 청주성을 탈환하는 데 성공하였다.

60) 최철견(崔鐵堅, 1548~1618) : 본관은 전주(全州). 자는 응구(應久), 호는 몽은(夢隱). 검열 해(瀣)의 증손으로, 할아버지는 희증(希曾)이고, 아버지는 증호조참판 역(櫟)이며, 어머니는 희릉령(熙陵令) 이석(李晳)의 딸이다. 1576년에 사마시에 합격, 1585년 별시문과에 장원으로 급제하여 전적(典籍)·감찰·형조좌랑·사간원정언을 역임하였다. 1590년에는 병조정랑이 되어 서장관(書狀官)으로 명나라에 다녀와서 전라도사가 되었다. 1592년 임진왜란이 일어나 관찰사 이광(李洸)이 패주하자, 죽기를 맹세하고 전주 사민(士民)에 포고하여 힘껏 싸워 전주를 수호하였다. 1597년 수원부사로 임명되고, 1599년 내자시정(內資寺正), 1601년에 황해도관찰사가 되었다가 호조참의로 전임되었다. 1604년에 춘천부사에 제수되었으나 병으로 사임하고 고향에 돌아왔다.

61) 한명윤(韓明允) : 임란 시 영동현감은 韓明胤(1542~1593)이었다. 따라서 한자가 잘못 표기된 것으로 보인다. 본관은 청주(淸州). 자는 회숙(晦叔). 아버지는 부호군 이(頤)이다. 1568년 사마시에 합격하고, 추천에 의하여 연은전참봉(延恩殿參奉)이 되었다. 1590년 영동현감으로 부임하여 치적을 올렸다. 1592년 임진왜란이 일어나자 영동에서 의병을 모아 용전하여 조정에서는 그 충성스럽고 용감성을 가상히 여겨 품계를 올려 주고 조방장(助防將)을 겸하게 하였다. 1593년 상주목사로 방어사(防禦使)를 겸임하고, 이 해 10월에 전사하였다.

62) 장의현(張義賢, 생몰년 미상) : 조선 중기의 무신. 본관은 구례(求禮). 일명 응현(應賢). 호는 오류정(五柳亭). 아버지는 경상좌도병마절도사 필무(弼武)이다. 1573년(선조 6)에 비변사에 의하여 무장으로 천거되어 1577년 해남현감을 지내고, 1583년 부령부사로 이탕개(尼湯介)의 침입을 막아 명성을 떨쳤으나, 후일 하삼도병수사의 부적격자 중의 하나로 지목되어 교체되기도 하였다. 1591년 장흥부사가 된 뒤 임진왜란 때는 전라도방어사 이시언(李時言)의 조방장으로 거제도 공략 등에 참여하는 등 활약하였다. 1600년 호군(護軍)이 된 뒤 노병으로 사직하였다.

63) 이천문(李天文, 생졸년 미상) : 1593년 금산(錦山)에서 군수로 재직할 당시 자녀를 두 명이나 혼인시키면서 임진왜란(壬辰倭亂)을 겪고 있는 백성들에게 그 비용을 세금으로 걷은 죄로 사헌부(司憲府)로부터 탄핵을 받아 파직되었다.

(咸昌) 강덕룡(姜德龍)[65], 문경(聞慶) 변혼(卞渾)[66], 창의장(昌義將) 이봉(李
逢)[67], 봉사(奉事) 유섭(兪躡) 모두가 우구동에 모였다. ○20일. 경상좌우도
병마절도사가 오지 않은 까닭에 6진을 완성하지 못했다. 다만 복병장 김유
일 등이 왜적 세 명의 목을 베었다. 대군의 왜적이 산을 뒤지다가 퇴각하여
착정리(鑿井里)에 진을 쳤다. ○21일. 대군이 진을 청리(清里)로 나아가니
여러 장수들이 다 아프다고 핑계대고서 군관을 대신하여 보냈다. 상주목사

---

64) 이잠(李潛, 1561~1593) : 자는 원인(原仁). 효령대군(孝寧大君)보(補)의 7대손이며, 선공시
(繕工寺) 감역(監役) 태빈(台賓)의 아들이다. 무과에 급제하여 1592년 임진왜란 때 도체찰
사 정철(鄭澈)의 막료로 있었는데, 적개의병장(敵愾義兵將) 변사정(邊士貞)이 그의 현명함을
듣고 청하자 부장이 되었다. 처음에는 나이가 너무 어려 부하들이 잘 따르지 않았으나,
신상필벌(信賞必罰)을 강화하고 사졸과 고락을 함께 하니 사람들이 점차 이에 복종하였다.
이듬해 진주성의 위급함을 듣자 주위의 만류를 뿌리치고 300명의 군사를 거느리고 나아
가 황진(黃進) 등과 더불어 싸우다가 성의 함락과 함께 전사하였다.

65) 강덕룡(姜德龍, 1560~1627) : 본관은 진주(晉州). 자는 여중(汝中). 일찍이 무예를 익혀 정
기룡(鄭起龍)·주몽룡(朱夢龍) 등과 함께 무용(武勇)으로 '삼룡(三龍)'이라는 칭을 들었다.
임진왜란이 일어나자 경상우감사(慶尙右監司) 김성일(金誠一)의 조처에 따라 가관(假官)으
로서 함창현감(咸昌縣監)이 되어 제1차 진주성전투 때 군기관리(軍器管理)를 맡아 왜병 격
퇴에 공을 세웠다.1593년 명나라 군사가 상주·대구 등지에 주둔하고 있을 때 양료차관
(糧料差官)으로 활약하였으며, 그뒤 경상우병사(慶尙右兵使) 정기룡을 도와 성주(星州)의 화
원현(花園縣), 고령(高靈)의 안림역(安林驛), 삼가(三嘉) 등지의 전투에 참전하여 승전한 공
으로 절충장군(折衝將軍)에 올랐다. 임진년 1년간 12회에 걸친 대소전투에 참가하여 모두
이겼으며, 함창가관(咸昌假官)으로 있는 동안 군민(軍民)을 잘 타일러 단합하게 하였을 뿐
아니라 군량조달에도 공헌하였다.

66) 변혼(卞渾, 생년 미상~1626) : 본관은 초계(草溪). 자는 명숙(明叔). 거창 출신. 무과(武科)에
급제한 뒤 벼슬길에 나아가지 않고 향리에 머물러 있던 중 임진왜란이 일어나자 사인(士
人) 전우(全雨)와 함께 초계에서 의병을 일으켰다. 그 뒤 김면(金沔) 휘하의 의병부대에 소
속되어 전투 때마다 선봉이 되어 많은 전공을 세운 다음, 훈련원봉사(訓鍊院奉事)·부장
(部將)·문경현감·거제현령 등을 거쳐 삭주부사에 이르렀다.

67) 이봉(李逢, 생몰년 미상) : 본관은 한양(漢陽). 자는 자운(子雲). 정철(鄭澈)·이항복(李恒
福)·유성룡(柳成龍) 등과 함께 학문에 힘써 문장가로 이름을 떨쳤다. 1592년(선조 25) 임
진왜란 때 조헌(趙憲)·정경세(鄭經世) 등과 의병을 규합, 험준한 요지에 진을 치고 적군의
후방을 교란하여 물리쳤다. 서울이 수복된 뒤 고향으로 내려갔다가 왕명으로 상경하여
1595년 사헌부감찰에 발탁, 이듬해는 옥천군수로 나아가 부호들의 창곡(倉穀)을 풀어 굶
주리는 백성을 구제하였다. 1597년 정유재란 때에도 관군과 의병을 각 요충지에 배치하
여 왜군의 진격을 막은 공으로 당상관에 올랐으나 사퇴하고 고향으로 돌아가 여생을 보
냈다.

김해가 또 물러나 앉아 버렸다. 이날 왜적 목 둘을 베었는데, 바로 서채 장수가 벤 것이다. ○22일. 선산과 4채의 군인들이 한곳에 모였지만 군량을 계속 댈 수 없고 6진의 여러 장수들이 다 오지는 않았기 때문에, 4채의 병사들이 서로 교체하면서 오라고 명령했다. ○23일. 타도의 여러 장수들이 말하기를, "경상도의 좌병마절도사와 우병마절도사는 모두 오지 않으니 반드시 왜적의 세력이 강하였기 때문일 것이며, 우리들도 군량이 지극히 어려우니 감사께 보고하고 물러남만 못하오. 하물며 왕자가 내려온다는 날짜가 10일이었는데 지금 이미 10일이 지났으니 어찌 다시 바라보고만 있겠소."라고 하였다. ○24일. 광주목사 장의현 장군과 의논하기를, 감사께 보고하여 여러 군대가 각기 고향으로 돌아갈 것을 요청하기로 했다. 함창(咸昌)과 문경(聞慶)이하 관군과 의병이 날마다 적을 공격하여 베어내기 위해서였다. ○25일. 왜적 목을 하나 베었다.

26일 신사(辛巳). 감영에서 온 공문에 따라 진을 해산하였다.

며칠 전 함창과 문경의 두 관군이 감사에게 보고하여 자기 지역으로 물러나 지키기를 요청하였는데, 회답 공문에서 진을 해산할 것을 허락하였다. ○27일. 감사께 보고하기를, "경상도 좌병마절도사와 우병마절도사는 이미 와서 모이지도 않았고, 호서와 호남의 여러 군대는 싸우지도 않고 돌아갔으며, 함창, 문경 역시 허락받고 스스로 퇴각하였으므로 바라던 바가 이뤄지지 못했습니다. 순찰사와 병마절도사께서 보내주신 군관들도 헛되이 남아있을 뿐 보탬도 안 되니 마땅히 또한 돌려보내야 합니다."라고 했다. 4채의 장수들로 하여금 매복하게 하고 두 군관과 버드나무골로 돌아왔다. ○28일. 순찰사께서 회답한 공문에 이르기를, "마침 경상좌도와 경상하도에서 왜적의 세력이 맹렬한 때문에 양 병마절도사가 나아가지 못하여 6진을 이루지 못했으니 지극히 분하였겠으나, 잠시 여러 장수들을 보낼 것이니 마땅히 상주의병과 매복하여 왜적을 소탕하라."고 했다. ○29일. 파견된 두 비장들은 혀를 끌끌 차며 누워서 한탄하였다. ○30일. 서채로 들어가 4진에 영을 전하여, 7일 선산부 왜적을 공격하기로 약속했다. 해평채에서 보고하여 말하기를, "내통한 자가 들은 것에 따르면, 선산부의 왜적이 '부사가 의병장들과 타도에 지원병을 청한다.'는 것을 듣고 죽현에 매복하였다가 포위하여 죽이겠다고 했으니 근자에는 모름지기 군사를 멈추소서."라고 했다.

2월 1일 병술(丙戌). 4채가 힘을 합해서 선산부의 왜적을 물리치기로 했다. 이날 병마절도사 김면(金沔)[68]이 몰래 군관(軍官)을 보내 지역 내 4진과 내가 진을 쳤던 곳의 지휘규정을 살피고는 탄식하여 말하기를, "유생이 이에 이르러서 4진을 합하여 밤중에 선산부 왜적을 공격하리라고는 생각지도 못했다."고 하고 모든 성채에 공문을 전달했다. ○2일. 순찰사가 쌀 10석을 보내주셔서 즉시 군인들에게 나눠줬다. 이때 기근이 심해 길에는 굶어 죽은 시체가 연달아 늘어 있었는데 나를 따라 기탁하여 먹고 사는 자가 300여 인이었다. 동채에서 왜적 셋의 목을 바쳤다. ○3일. 해평채(海平寨)에서 왜적 다섯 명의 목을 바쳤으며 상주의병 13인이 와서 나를 봤다. ○4일. 서촌으로 들어가 4진을 정비하여 연합공격의 계책을 세웠다. ○5일. 서채에서 왜적 셋의 목을 바쳤다. 정인서(鄭獜瑞)가 종사관으로 나를 따르며, 그 동생은 충청도로 보내 군량을 구해오게 했다.

---

68) 김면(金沔, 1541~1593) : 조선 선조 때의 의병장·학자. 본관은 고령(高靈). 자는 지해(志海), 호는 송암(松庵), 고령 출신. 부친은 경원부사 김세문(金世文)이다. 1592년(선조 25)임진왜란이 일어나자 5월에 조종도(趙宗道)·곽준(郭越)·문위(文緯) 등과 함께 거창과 고령에서 의병을 일으켰다. 금산과 개령 사이에 주둔한 적병 10만과 우지(牛旨)에서 대치하다가 진주목사김시민(金時敏)과 함께 지례(知禮)에서 적의 선봉을 역습하여 크게 승리를 거두었으며, 이 공으로 합천군수에 제수되었다. 그 뒤 무계(茂溪)에서도 승리를 거두어 9월에는 첨지사(僉知事)에 임명되고, 11월에는 의병대장의 교서를 받았다. 1593년 1월경상우도병마절도사가 되어 충청도, 여러 의병과 함께 금산에 주둔하며 선산(善山)의 적을 격퇴시킬 준비를 갖추던 도중, 갑자기 병에 걸리자 자신의 죽음을 알리지 말라는 유언을 남기고 죽었다.

6일 신묘(辛卯). 선산부의 왜적을 연합 공격할 때에는 다른 고을의 병사를 요청하지 않을 수 없어 이 뜻을 감사께 보고하였다.

7일. 남채(南寨)에서 왜적 목 다섯을 바쳤다. 무등곡(無等谷)에서 왜적 셋이 땔나무를 베고 있다고 들었다. 김연봉(金蓮鋒)과 김만세(金萬世) 등으로 하여금 돌격하게 했더니, 왜적 둘은 달아나다 화살에 맞고 고꾸라졌고 하나는 김연봉과 서로 엎어졌다 뒤집어졌다 혹은 위로 혹은 아래로 하다가 마침내는 연봉에게 목 베어 죽었다. ○8일. 진지로 가는 길에 왜적 떼를 만났는데 말을 달려 겨우 면했다. ○9일. 전적(典籍) 이준(李埈)이 와서 나를 보고 전략을 의논했다. 상주 기생 생유(生薐)가 와서 돌려보냈다. ○10일. 김각(金覺) 등이 와서 왜적 토벌에 대해 의논했다. 상주 목사가 사람을 보내 같이 머물기를 원했다.

11일 병신(丙申). 상주목사의 거처로 달려가서 그와 함께 머물렀다.

목사 부자가 말하기를, "이곳은 왜적의 종적이 없으니 오래 머물러도 무방합니다."라고 했다. 나는 점쳐보고서 불길하여 말하기를, "목사께서는 모름지기 한곳에 오래 머물지 마십시오. 왜적이 종적을 찾아낼까 겁납니다."라고 하였다. ○12일. 이른 새벽에 출발해서 나오니 목사(牧使)가 아주 괴이하게 여겨, 나는 오래 머물지 않겠다는 뜻을 갖춰 말하고 천하리(川下里)에 도착했다. 잠시 쉬는데 얼마 안 있어 상주목사 부자가 모두 살해됐다고 들었다. 눈물이 흘러내리는데 그치질 않았다. ○13일. 순찰사(巡察使)가 군관을 보내 몰래 나의 성채와 4채를 보게 하였다. 군관은 다만 서채(西寨)만을 보고서 가서 순찰사께 고하여 말하기를, "군인들이 주리지 않고 활과 화살, 모난 쇳조각, 함정 등 물건이 그 수를 헤아릴 수 없고, 부사는 한 곳에 있지 않고 동분서주하고 있습니다."라고 했다. 순찰사께서 즉시 쌀 30석을 보내주셨다.

14일 기해(己亥). 동채(東寨)에서 왜적 목 셋을 바쳤다.

며칠 전 동채 장수로 하여금 선산부 왜적들이 새벽에 월파(月波)를 건널 때 강바닥에 모난 쇳조각들을 많이 뿌려놓고 매복하였다가 베라 하였는데, 과연 2급을 베어왔다. ○15일. 상주 유생 이전(李㙉)[69]이 와서 이야기를 나눴다. 저녁에 서채로 들어가 왜적 토벌을 의논했는데, 여러 장수들이 모두 말하기를, "7홉의 군량만으로는 용력을 낼 수가 없어 싸울 수가 없습니다."라고 하였다. 그래서 용사들에게 1되를 더 주도록 했다. 병마절도사가 쌀 10석을, 호남에서 쌀 50석을 면포를 사서 왔다. 【3자 빠짐】 좋은 말을 사들여 와서 바치며 말하기를, "대장께서 말이 없는 까닭에 사서 왔습니다."라고 했지만, 물리치고 받지 않았다. ○16일. 진채로 돌아오는 길에 최의병장을 만나 서로 이야기했다. 마침 왜적이 크게 몰려왔는데, 미처 맞아 싸울 수가 없었다. ○19일. 동채에서 왜적 목 셋을 바치며 군량이 떨어졌다고 해서 5석을 주었다. ○20일. 꿈자리가 사나워 울리현(亐里峴)으로 옮겼다. 그날 왜적이 과연 천하리를 포위하니 사람들이 매우 기이하게 여겼다.

21일 병오(丙午). 남채에서 왜적 하나를 생포했다고 감사께 보고하였다.

22일. 성주목사가 명나라 도로차사원(道路差使員)으로서 와 이야기를 했다. ○23일. 꿈자리가 사나워 보현(寶峴)으로 옮겼다. 그날 저녁에 왜적이 과연 쳐들어왔는데, 성주목사는 달아나 죽음을 면하였다고 했다. ○24일. 다른 곳으로 옮기려고 아침을 먹고 막 나아가려는데 왜적이 한꺼번에 몰려와 말을 타고 북산으로 달아났다. 동생 경준(景俊)[70]이가 군대 동원 증표를 잃

---

69) 이전(李㙉, 1558~1648) : 본관은 흥양(興陽). 자는 숙재(叔載), 호는 월간(月澗). 이수인(李守仁)의 아들이고, 이준(李埈)의 형이다. 동생 이준과 함께 유성룡(柳成龍)의 문하에서 공부하였다. 임진왜란 때 이준이 의병을 일으켜 왜적과 싸우다 적중에 포위된 적이 있었는데, 동생을 데리고 적진 탈출에 성공하여 형제가 무사할 수 있었다. 1603년(선조 36) 사마시에 합격, 세마를 제수받았으나 나아가지 않았다.

70) 경준(景俊, 생몰년 미상) : 자는 이일(而逸). 정경달의 6형제 중 다섯째.

어버려 아들 명열(鳴說)이가 찾으러 왔다. 시골집을 샅샅이 찾다가 한 칸도 얻지 못했다. 산위에 절 한 칸이 있어 거기서 잤다. ○25일. 해평채 장수 최홍검이 왜적 둘의 목을 베어가지고 왔고, 또 왜적에 투항한 서원(書員) 김우인(金友人) 등 둘을 잡아서 왔다. 드디어 형을 집행하고 감사께 보고했다.

26일 신해(辛亥). 금산(金山)[71]의 산성으로 거처를 옮겼다.

이 산성은 선산부와의 거리가 한 번 쉬어갈 정도의 거리(약 30리)인데, 선산부의 성을 내려다 볼 수 있으며 사면이 가파르고 위태로워 달아나 피할 곳이 없어 사람들은 모두 위험하게 여겼다. ○27일. 빗속에서 꽃을 보니 눈물이 주룩 흘렀다. 남채에서 왜적 목 하나를 바쳤다. ○28일. 군량과 면포 및 서책 등을 도선굴(道詵窟)에 보냈다. 가는 길에 승의병(僧義兵)이 도둑이 되어 군관을 패죽이고 겁박하고 욕보이는 것이 가지가지였다. ○29일. 명령을 남채에 전하여 도적질한 놈을 잡으라고 했다.

3월 1일 을묘(乙卯). 감사께 중놈 도적떼를 추적해 체포할 것을 요청했다.

도둑질 당한 의복과 서책 그리고 면포의 표지를 감사와 절도사에게 보고하여 뒤쫓아 가서 체포하기를 청했다. 살해당한 군관 이응신(李應信)을 매장할 때 쌀 5석을 주었다. 경내로 돌아와서는 여러 장수들과 약속하여 말하기를, "왜적이 어떤 마을에 침범해도 연기로 서로 응하여 습격하자합시다." 라고 했다. ○2일. 개령의 왜적이 무등곡을 침범했는데도 봉화군이 미처 연기를 피우지 못해서 그 죄를 다스려 형벌을 집행했다. ○3일. 꿈자리가 사나워 동암(東菴)으로 옮기는 길에서 관노비를 만났는데 주부(主簿)가 죽었다고 들었다. 동암은 몹시 좁아서 많은 사람들이 발도 못 붙였다. ○4일. 병마절도사가 사람을 보내 간절히 청하여 말하기를, "왜적을 토벌하는 일에 대

---

71) 금산(金山) : 지금의 김천.

하여 의논하고 싶네."라고 했다. ○5일. 꿈에 병마절도사의 상여를 보았다. 이때 병마절도사는 금산의 시골집에 있었는데, 선산과의 거리가 50여 리였지만 함께 왜적에 피해를 입을까 걱정되어 가지 않았다. ○6일. 병마절도사가 사람을 보내 말하기를, "나는 병이 매우 위급하여 간절히 의논하고 싶은데 어찌 즉시 오지 않는가?"라고 하였다.

7일 신유(辛酉). 가서 병마절도사를 뵈었다.

이날 명열(鳴說)이와 가서 병마절도사를 찾아뵈니 병이 극히 위중하고 열나는 것이 너무나 심하였는데, 손을 붙잡고 눈물을 흘리며 말하기를, "공의 의기를 감사도 알지 못하고, 조정도 알지 못하니 내 당연히 특별히 일깨우겠소. 개령의 왜적은 이미 물러났으니, 공과 힘을 합해 선산의 왜적을 토벌하고자 하오. 공은 장수로 삼을 것이고 나는 응당 뒤를 따르겠소."라고 했다. 내가 말하기를, "어찌 감당할 수 있겠습니까? 절도사님과 좌병마절도사(左兵馬節度使)께서 선봉에 서는 것이 맞을 것입니다."라고 했다. 병마절도사께서 말씀하시기를, "나는 본래 잔약하고 병이 또한 이와 같으니, 무인 군인들이 따르지 않을 것이오. 공은 할 수 있을 것이니 원컨대 진영으로 돌아가지 말고 여기에 머물러 내가 조금 나아지면 거사를 합시다."라고 했다. 내가 말하기를, "절도사께서 병이 심한데 왜적이 만약 듣기라도 해서 멀리 달려와 닥쳐오는 변고가 있을까 염려되니, 우선 후퇴하여 병을 고치십시오. 저 역시 가까운 곳에 머물며 기다리겠습니다."라고 했다. 이에 쌀 5석을 주었다. 마침내 물러 나와서 잤다. ○8일. 의승장과 함께 전날의 도둑 중을 체포할 것을 의논했다. 다시 병마절도사를 뵈었는데, 성주(星株)의 동당촌(東堂村)에 퇴각하여 진을 치고 있었다. 꽃이 마을터에 피어 서글픈 마음을 가눌 수 없었다. ○9일. 병이 들어 앓고 있어 병마절도사에게 전염될 것이 염려되어 병마절도사의 처소에 문안사를 보냈다. 병마절도사께서 또 사람을 보냈다. 나는 그 사람을 대하여 말하기를, "병마절도사의 병이 극히 위태로우니 공들이 잘 대처하라."고 했다. ○10일. 도적 중들을 끝까지 추궁했다.

11일 을축(乙丑). 병마절도사의 부음이 왔다. 나의 병 또한 낫지 않고 있었다.

12일. 임계영(任啓英)[72] 의병장의 부장(副將) 장윤(張潤)[73] 및 정사제(鄭思悌)[74]가 찾아 와서 모든 일을 서로 의논하였다. ○13일. 임계영 의병장 편지에서 소금 다섯 석을 남원에 보냈다고 했다. ○14일. 4채의 장수들이 부지런히 왜적들을 잡아오지 않았다. 그들이 말하기를, "선산부의 왜적은 개령의 왜적이 퇴각한 후 전혀 마을로 나오지 않고, 큰길을 오가는 왜적은 반드시 떼지어 가는 까닭에 벨 수가 없었습니다."라고 했다. ○15일. 금산군수 주몽룡(周夢龍)[75]이 사람을 보내어 문안했다. ○16일. 병마절도사가 이미 죽

---

72) 임계영(任啓英, 1528~1597) : 본관은 장흥(長興). 자는 홍보(弘甫), 호는 삼도(三島). 아버지는 희중(希重)이다. 1576년(선조 9)에 별시문과에 병과로 급제하여 진보현감을 지냈다. 임진왜란 때 전 현감 박광전(朴光前), 능성현령 김익복(金益福), 진사 문위세(文緯世) 등과 보성에서 의병을 일으켰다. 당시 와병중이던 박광전 대신 의병장으로 추대되고, 순천에 이르러 장윤(張潤)을 부장으로 삼았다. 다시 남원에 이르기까지 1,000여 명을 모집하여 전라좌도 의병장이 되었다. 전라우도 의병장 최경회(崔慶會)와 함께 장수·거창·합천·성주·개령 등지에서 일본군을 무찔렀다.

73) 장윤(張潤, 1552~1593) : 본관은 목천(木川). 자는 명보(明甫). 아버지는 선전관 응익(應翼)이다. 성품이 강직하고 키는 팔척이며, 특히 힘이 뛰어났다. 평소 유학에 뜻을 두어 경사자집(經史子集)에 통달하였다. 여러 번 문과에 응시하였으나 낙방하자 활쏘기와 말타기에 전념, 1582년(선조 15) 무과에 급제하여 북도 변장을 제수받았다. 아버지의 병환으로 벼슬을 버리고 낙향하여 간호하다가 1588년에 다시 선전관에 임명되고 훈련원정을 거쳐 사천현감에 제수되었다. 임진왜란이 일어나자 전라좌의병부장(全羅左義兵副將)이 되어 장수현에 주둔하여 적을 방어하다가 성산(星山)·개령(開寧)에서 왜적과 전투를 벌여 큰 전과를 올렸다. 이 때에 진주성을 지키는 목사 이하의 장수들이 적에 눌려 도망하려 하자 비분강개하여 군졸 200명을 거동하여 창의사(倡義使) 김천일(金千鎰) 충청병사 황진(黃進), 경상우병사 최경회(崔慶會) 등과 함께 진주성혈전의 주장이 되어 최전단에서 사병과 함께 용전하였다.

74) 정사제(鄭思悌, 1556~1592) : 본관은 진주(晉州). 자는 유인(幼仁). 아버지는 성(誠)이다. 사마시를 거쳐, 1591년 식년문과에 병과로 급제하였다. 1592년 임진왜란이 일어나자 의병장 임계영(任啓英)의 종사관으로 장수에서 최경회(崔慶會)와 함께 전공을 세우고 성녕(星寧)에 나아갔다가 남원전투에서 전사하였다.

75) 주몽룡(周夢龍, 생몰년 미상) : 임란 당시 주몽룡(朱夢龍)이 금산군수여서, 성을 잘못 적은

어서 거사를 할 수가 없었다. 왜적이 가까이 와서 두려워 다른 곳으로 옮기고자 했으나, 의지할 만한 진영이 없었다. 병이 약간 나았다. ○17일. 임계영 의병의 여러 장수들이 나를 찾아왔다. 상주의병들이 사람을 보내 함께 머물 것을 청하였다. ○18일. 남채에서 왜적 수급 하나를 바쳤다. 방백이 쌀 10석을 보냈다. ○19일. 꿈자리가 사나워 사람을 직지산(直指山)으로 보내 의탁할 만한 절을 찾아보라 했다.

20일 갑술(甲戌). 직지산 능여사(能如寺)로 옮겼다.

금산군수가 사람을 보내 말하기를, "인동과 선산의 왜적들이 바야흐로 내려가서 반드시 수령을 찾으려 할 것이니, 모름지기 멀리 피하시오. 도사 또한 같은 말씀을 하셨소."라고 하였다. ○21일. 망보는 사람을 세우고 편안히 누워 있었다. 동채에서 왜적 머리 하나를 바쳤다. ○22일. 산봉우리에 올라 왜적의 진영을 바라보는데 산나물이 눈에 가득 찼다. 나를 따라온 자들 백여 명이 다 나물과 나뭇잎으로 먹고 살았다. ○23일. 충청감사가 쌀 10석을 보내왔는데, 아랫사람들에게 나눠 줬다. ○24일. 서채에서 왜적 목 둘을 바쳤다. ○25일. 명열이가 집으로 돌아갔다. 안타까움이 끝이 없어 감기에 걸렸다. ○26일. 동생 준(俊)이 내 병을 보살피려고 병가 신청서를 보냈다.

___

것으로 보인다. 본관은 능성(綾城). 자는 운중(雲仲). 호는 용암(龍巖). 어려서부터 용력이 뛰어났으며, 일찍이 무과에 급제한 뒤 선전관을 거쳐 금산군수가 되었다. 1592년 임진왜란이 일어나자 흩어지는 백성을 모아 병력을 강화하고 방어태세를 갖추니 적병이 감히 접근하지 못하였다. 그는 다시 홍의장군 곽재우(郭再祐)와 강덕룡(姜德龍)·정기룡(鄭起龍) 등 경상도 지역에서 용맹을 떨치던 의병장들과 힘을 합하여 여러 곳을 전전하면서 많은 전과를 올렸다. 그 중에서도 강덕룡·정기룡 의병장과 자주 영남 산간지대를 중심으로 유격전을 전개하여 적을 격파하였기 때문에 주민들로부터 '삼룡장군(三龍將軍)'으로 불리기도 하였다. 1596년에 충청도 홍산에서 이몽학(李夢鶴)의 반란이 일어나 한때 임천·청양·대흥(大興) 등지를 휩쓸고 있었다. 이 때 반군들은 성세(聲勢)를 올리기 위하여 유명한 인물을 들어 동사자(同事者)로 선전하였는데, 그의 이름이 끼어 있어 한때 연루자로 투옥되기도 하였으나 사실이 아님이 밝혀져 석방되었다. 죽은 뒤 형조판서에 추증되고 태인 충렬사(忠烈祠)에 제향되었다. 시호는 무열(武烈)이다.

27일 신사(辛巳). 4채의 군사의 수를 줄였다.

나는 여전히 끙끙 앓았다. 노함(盧涵)이 왜적의 보검을 보내 값을 요구했다. 내가 말하기를, "군졸이 주리고 있어 살 수가 없다."고 했다. 4채에서 양식이 바닥났다고 고했다. 군인을 줄이고 용사(勇士)만을 각 50인 남게 하였다. ○28일. 병이 심하였다. ○29일. 병가신청서를 보낸 것에 회답하는 공문에 이르기를, "부사는 경내를 떠나지 말고 끝까지 왜적을 섬멸하여, 자기를 잊고 나라를 위해 죽는 뜻을 원근에 펼쳐야 하는데, 불행히 병이 중하여 지극히 염려할 만하나, 여기에 당하여 명나라 군이 조령을 넘으려는 이때에 경솔히 수령을 바꿀 수가 없으니, 더 치료하면서 공무를 수행하여 당초의 순국의 뜻을 다하라."고 했다.

4월 1일 갑신(甲申). 충청도에서 군량 15석을 4채에 나눠 줬다.

조카 상열(相說)76)을 차운하여 시를 지었다【시집에 있다】. ○2일. 순찰사가 병문안하고 약물 하나와 율무와 참기름을 함께 보내왔다. ○3일. 도암(道菴)을 차운한 6언시를 지었다.【시(詩)에 있다】순찰사가 군량 17석을 보내어 4진에 나눠 줬다. ○4일. 밤에 창문에 달이 들어오고 두견새 피를 토하듯 우니 마침내 눈물을 흘리며 노래하였는데, "죽어서도 장차 못 볼 것인가? 장차 우리 임금님을 못 본단 말인가? 설사 내 죽는다 해도, 우리 임금님 아무 일 없는 것이 내 바람이라네. 두견아 네 울음을 그칠지어다. 얼굴 가득 눈물 흐르는 것을 막을 수가 없네."77)【본래 언문(諺文)인데, 지금 이렇게 한역(漢譯)했다】라고 했다. 내부 첩자 이윤조의 편지에서 이르기를, "선산부의 왜적이 아래로 달아날 계획을 세우면서 다 말하기를, '상주목사는 이미 죽었고 선산부사도 반드시 죽인 뒤에 떠날 것이다.'라고 하며 마구 간곳을

---

76) 상열(相說, 생몰년 미상) : 생부는 정경언(丁景彦), 양부는 정경수(丁景秀)이다.

77) 죽어서도~없네 : 필사본에 한글로 된 것은 다음과 같다. "주거 못 보련댜 우리 님 못 보련댜. 내야 주겨도 님이나 무스코쟈 두견(杜鵑)아 네 우름 근쳐라 눈믈 계워ᄒ노라."(『반산세고(盤山世稿)』, 아세아문화사, 1987, 344면)

샅샅이 묻고 다니니 멀리 피하는 것이 좋겠습니다."라고 했다. 이에 여러 장수들이 크게 두려워하며 말하기를, "반드시 이 산을 수색할 것이오."라고 했다. 내가 곧 군량을 각 사찰에 분산하여 놓고, 용대기를 만들어 4진의 군인을 크게 모집하고 추격의 계획을 세웠다.

5일 무자(戊子). 이윤조에게 편지를 보냈다.

편지에 이르기를, "네 죄는 목을 벨 만 하나 네가 모름지기 선산부의 왜적이 퇴각하는 날을 정확하게 알려주어 추격할 수 있게 한다면 네 죄는 사면할 수 있을 것이다."라고 하였다. 이윤조가 대답하기를, "왜적이 다 물러나고 명나라 군이 함창에 이르자 상주이하 여러 읍의 잔류한 왜적이 선산부사를 잡고자 하니, 공이 만약 멀리 피신한다면 나는 마땅히 적의 퇴각하는 날짜를 알려드리겠습니다."라고 하였다. ○6일. 순찰사의 공문에 이르기를, "명나라 군이 강화하려 하니 왜적을 베지 말라."고 하였다. 김유일 등이 왜적 목 다섯을 베어 바쳤으나, 순찰사께 올리는 것을 하지 않았다. ○7일. 상주목사가 보낸 편지에 이르기를, "순찰사의 공문에 '왜적을 베지 말라'고 했는데, 장차 어찌 하여야 합니까?"라고 했다. 내가 답하여 말하기를, "힘을 다해 베어서 묻어두고는 보고하지 않는 것이 신하된 자의 의지요."라고 했다. 적진에 들어가는 관리에게 영을 전하여 말하기를, "철군할 때 왜적을 많이 벤 자는 죄를 용서하여 주고, 관사의 불을 끄는 자는 순찰사에게 보고하여 상을 내리게 할 것이다."라고 했다. ○8일. 비축한 군량과 담가놓은 장으로 양식과 반찬을 크게 마련하여 명나라 군을 접대할 계획을 짰다.

9일 임진(壬辰). 남채 장수 허열이 몰래 왜적의 목 둘을 베어 왔으나 감사에게 올리지는 않았다.

10일. 4채의 장수들을 모아 서채에서 군대를 점고하고 군량을 나눠 주면서, 왜적이 철수할 때에는 각자 닷 되의 밥을 지니고 오기로 약속하였다. 장차 돌아가려 할 때 선산부의 왜적 백여 명이 닥쳐와서 포위하였다. 말을 달려서 남으로 달아나니 적 10명이 뒤쫓아 거의 죽을 지경에 이르렀지만 요행히 죽음을 면했다. ○11일. 진으로 돌아와서 감사에게 보고하고 군량을 요청하여 쌀 20석을 얻었다. ○13일. 사람들의 굶주림이 아주 심하였는데 나를 따른 자 200명은 사루에 1홉을 지급하면 한 달 뒤에 죽을 것이고 2홉을 배급하면 끝내 죽지 않을 것이다. 군량이 매월 지급하는 것이 10석을 밑돌지 않았다. ○14일. 병마절도사 최경회(崔慶會)[78]가 쌀 10석을 보내어 4진에 나눠 주었다. ○15일. 4진군의 인사명부가 왔는데 1300명이었다. 북쪽 봉우리에서 고사리를 캤다.

16일 기해(己亥). 순찰사의 회답공문을 받았다. 공문에 이르기를, 왜적에 편드는 자가 많아, 그들을 벤 공은 왜적을 참한 것과 같다고 했다. 이윤조를 온갖 계책으로 꾀어내어 형을 집행하려는 것을 문서로 보고하였다. 마침내 향소 등에 영을 내려 꾀어내려 하였으나 윤조가 의심하고 나오지 않았다. ○17일. 상주의병인 유생 송이회(宋以晦) 등이 편지로 이르기를, "서로간의 거리가 먼 것 같아 만사가 생각대로 되지 않습니다. 오셔서 상주지역에 진을 치시기를 원합니다."라고 하였다. 여러 군관 등이 간하여 말하기를, "상주목사는 이미 해를 입었고 바야흐로 부사를 도모하는데 다시 상주지역으로 들어가시는 것은 안 됩니다."라고 했다. ○18일. 상주의병장이 편지로

---

78) 최경회(崔慶會, 1532~1593) : 본관은 해주(海州). 자는 선우(善遇). 호는 삼계(三溪)・일휴당(日休堂). 전라남도 능주(陵州) 출신. 충(沖)의 후손이며, 혼(渾)의 증손으로, 할아버지는 윤범(尹範)이고, 아버지는 천부(天符)이다. 경장(慶長)의 형이다. 양응정(梁應鼎)・기대승(奇大升)에게 수학하였으며, 1561년(명종 16) 생원시에 합격하였고, 1567년(선조 즉위년) 식년 문과에 을과로 급제하였다. 임진왜란이 일어나자 형 경운(慶雲)・경장(慶長)과 함께 고을 사람들을 효유(曉諭)하여 의병을 모집하였다. 이 때는 고경명(高敬命)이 이미 전사한 뒤여서 그의 휘하였던 문홍헌(文弘獻) 등이 남은 병력을 수습하여 이에 합류함으로써 의병장에 추대되었다. 각 고을에 격문을 띄워 의병을 규합, 금산・무주에서 전주・남원으로 향하는 일본군을 장수에서 막아 싸웠고, 금산에서 퇴각하는 적을 추격하여 우지치(牛旨峙)에서 크게 격파하였다. 이 싸움은 진주승첩(제1차진주전투)을 보다 쉽게 하였다. 이 공로로 경상우병사에 임명되었다.

이르기를, "우리군 800명은 이미 다 나가떨어지고, 단지 200명만 남았으나, 공은 산이 없는 고을에서도 어디로 갈지 몰라도 전혀 달아나 흩어지려는 마음이 없이 반드시 의로써 기다리니 지금 공의 의병은 얼마입니까? 왜적이 내려갈 때 연합하여 공격하기를 바랍니다."라고 했다. 나는 대답하여 말하기를, "1,000여 명에 불과하나 머지않아 마땅히 경내로 나아가 진을 치겠다."고 했다.

19일 임인(壬寅). 동생 경명이 왔는데 집에서 온 편지에는 평안하다 하였다.

20일. 군량을 회계하니 도선굴에 쌓아놓은 쌀 170석, 면포 70필인데 2년 동안 모은 것이었다. 소금과 간장 그릇도 또한 비축한 바가 많았다. ○22일. 동생 경준이 돌아와서 용대기 및 군기를 만들었다. 추격장(追擊將) 김유일이 보고하여 말하기를, "내부 첩자 등이 부사의 전한 영을 보고서 다 왜적을 베려 하니 어찌 하여야 합니까?"라고 하니 답하여 말하기를, "적과 함께 있던 곳에서 저물녘 드나들 때 몰래 죽여 매장해 두었다가 철군한 뒤에 가지고 와서 바치면 된다."고 하였다.

23일 병오(丙午). 순찰사가 나를 천병접대도차사원(天兵接待都差使員)으로 삼았다. 이날 추격장이 보고하여 이르기를, "상주와 선산의 왜적이 밤낮으로 행장을 꾸리고 물건을 쌓으면서 말하기를, '반드시 선산부사를 죽인 연후에 출발할 수 있다.'고 하면서 거처를 다른 곳으로 옮기는 것이 좋겠습니다."고 했다. 순찰사의 공문에 천병접대도차사원과 낙동도섭도차사원(洛東徒涉都差使員)을 겸하여 정한다고 했다. ○24일. 진을 상주와 선산의 경계로 옮겼다. ○25일. 내부 첩자가 편지로 이르기를, "왜적 등이 말하기를, '부산 등의 곳으로 물러나 진을 치나, 반드시 전라도와 진주 등에서 승리하여야 하며 일본으로 들어가서는 안 된다.'고 했다."고 했다. ○26일. 명나라 군을 접대하는 것이 이미 내 책임으로 되어 있어서, 강나루에 나가 보니 강을 건너려고 해도 건널 배가 없고 어찌할 계책이 나오지 않아, 이런 뜻을 순찰사에게 보고하였다. ○27일. 4채의 군인들이 모두 모여 점고하였다. ○28일. 회답 공문에 이르기를, "안동, 상주, 선산에 있는 배와 노를 거두어서 사용하라."고 했다.

29일 임자(壬子). 명나라 군이 함창에 도달하여 상주의 왜적이 나가도록 재촉했다. 명나라 장수 심유경(沈惟敬)[79]이 명나라 사람 20명을 인솔하면서 두 왕자를 거느려 선산부에 들어왔다고 했다. 30일. 가까운 곳으로 진을 옮기려고 했지만, 여러 장수들이 불가하다고 했다. 5월 1일 갑인(甲寅). 명나라 군을 접대하는 일로 순찰사에게 보고하였다. 이때 순찰사 및 김영남(金穎男)[80]은 할 바를 몰랐는데, 전라도천병지공관(全羅道天兵支供官)이 물러나 거창에 있었다. 감사께 보고하여 말하기를, "남쪽의 왜적이 만약 빨리 퇴각하면 명나라 군대는 반드시 굶주릴 것입니다."라고 했다. ○2일. 군기와 군량을 모았다. ○3일. 진을 무등곡으로 옮기고 소도라는 두 글자로써 점을

---

79) 심유경(沈惟敬, 생년 미상~1597) : 명나라 저장성(浙江省) 자싱(嘉興) 출신. 임진왜란이 발생했을 때 조선·일본·명 3국 사이에 강화회담을 맡아 진행하면서 농간을 부림으로써 결국 정유재란을 초래했다. 1592년 임진왜란이 발생했을 때 명나라의 병부상서 석성(石星)에 의해 유격장군(遊擊將軍)으로 발탁되어 요양부총병(遼陽副摠兵) 조승훈(祖承訓)이 이끄는 원군(援軍) 부대와 함께 조선에 왔다. 1592년 8월 명나라군이 평양에서 일본군에게 패하자, 일본장수 고니시 유키나가(小西行長)와 강화회담을 교섭한 뒤 쌍방이 논의한 강화조항을 가지고 명나라로 갔다가 돌아오기로 약속했다. 그러던 중 1593년 1월 명나라 장수 이여송(李如松)이 평양에서 일본군을 물리치자 화약은 파기되었다. 하지만 곧 이어 명군이 벽제관전투에서 일본군에게 패하게 되면서 명나라가 다시 강화회담을 시도함에 따라 심유경은 일본진영에 파견되었다. 이후 그는 명과 일본간의 강화회담을 5년간이나 진행하게 되었다.

80) 김영남(金穎男, 1547년~몰년 미상) : 자는 중오(仲悟)이고, 호는 소설(掃雪)이다. 본관은 광산(光山)이다.1572년 별시 문과에 급제하였다. 1589년에 익산군수(益山郡守), 1592년에 도사(都事), 1593년에 중위장(中衛將), 1597년에 판결사(判決事), 1598년에 여주목사(驪州牧使), 1601년에 백천군수(白川郡守), 1604년에 죽산부사(竹山府使), 1605년에 형조참의(刑曹參議)·황해도관찰사(黃海道觀察使), 1606년에 경주부윤(慶州府尹)을 역임하였고, 1607년에 공조참의(工曹參議)에 이르렀다.

치니 매우 불길하여 많은 사람을 파견하여 산에 올라 왜적의 동정을 살피게 했다. 여러 장수들이 말하기를, "상주는 이곳과의 거리가 90리여서 상주왜적은 걱정할 필요가 없으나, 선산은 20리여서 걱정할 만합니다."라고 했다. ○4일. 여러 장수들에게 일러 말하기를, "상주가 비록 멀지만 망을 보지않을 수가 없으니 봉화군 2인을 더 정하라."고 했다. ○6일. 선산부의 왜적1,000명이 올라왔고, 백성이 말하기를, "저 적장이 자기 군수품을 옮겼습니다."고 했다. 내가 말하기를, "이것은 반드시 나를 도모하려는 것이니 이동하지 않을 수 없다."고 하고는, 군졸 및 군량과 물품을 다른 곳으로 옮기게하고 또 망보는 자에게 열심히 북쪽을 감시하게 했다.

7일 경신(庚申). 상주의 왜적이 한꺼번에 습격하여 겨우 몸을 피했다.

이날 꿈을 점쳐보니 불길하였다. 한밤중이었지만 군인들에게 말에 안장을 갖추고 아침을 기다리게 했다. 정찰병이 말하기를, "상주의 왜적이 이미이곳을 습격해 오고 있습니다."라고 했다. 나는 말을 타고 남쪽으로 달아나면서 김유일 등에게 양쪽 산으로 오르면서 정찰하게 했다. 중간에서부터 말을 달려가서 10리 정도에 이르러 군사를 불러 모으니, 고봉에 기병과 보병이 수십 명이 있었다. 금산에서 달려 온 군졸이 울면서 말하기를, "왜적이다."라고 했다. 내가 말하기를, "자세히 보아라."라고 했는데 아군이었다. 얼마 안 있어 와서 말하는데, 최경회 의병장이었다. 최경회가 말하기를, "장차 선산에 매복을 시켜야겠소."라고 했다. 내가 말하기를, "이 왜적이 막 우리의 진영에 쳐들어 왔으니, 힘을 합하여 달려가 공격하기를 바라오."라고했다. 최경회가 말하기를, "공은 멀리 피하려고도 않고 또 여기에 앉아 있으니, 사람이 할 수 없는 바입니다. 그러나 왜적의 세력은 지금 날카로우니결코 뛰어들어서는 안 됩니다."라고 했다. 나는 군관 등에게 산을 올라가게했는데 소리 질러 말하기를, "대군이 이르렀다."라고 했다. 왜적이 과연 물러갔다. 최의병장 등이 말하기를, "공은 양식과 반찬이 모두 떨어졌습니까?"

하고는 각기 쌀 두되와 찬 등을 모아서 아군에게 보내왔고 또 자는 곳도 지켜주었다.

8일 신유(辛酉). 왜적에게 핍박을 받아 거의 죽을 뻔하다가 겨우 죽음을 면했다.

이날 이른 새벽에 의병이 선산의 서촌에 들어왔다. 내가 말하기를, "어제 왜적들이 의도대로 못해서 오늘 반드시 대대적으로 닥칠 것이다. 공 등은 떠나가지 말라."라고 하였다. 그들은 다 듣지 않고 새벽을 틈타 들어가 버렸다. 나는 아침 전에 관인을 열고 보고할 장계를 막 쓰려는데, 북쪽에서 망보던 사람이 엎어지고 자빠지며 와서 말하기를, "왜적 무리가 백현(白峴)을 넘어서 이미 이산을 덮고 있습니다."라고 했다. 마침내 말을 타고 나가 남산을 올라 뒤돌아 왜적 떼를 돌아보니 서촌 앞에서 모여 장사진을 치고 있었다. 양쪽에서 서촌을 서둘러 습격하자 군인들 중 나를 따르던 자들이 다 흩어졌다. 아우 경명은 산속으로 숨고 나를 따라 고삐를 잡은 자는 다만 관노인 상운(尙云) 한 사람뿐이었다. 이곳에는 백령(白嶺), 흘름령(迄凜嶺), 왜유령(倭踰嶺)이 있는데, 대개 세 산줄기는 모두 상주, 금산, 개령에서부터 나온 길이다. 나는 당장 동, 서, 북쪽으로 달아나고자 했으나, 다 이미 왜적이 막아 버렸다. 다만 남쪽 길이 있었는데, 길이 세 고개의 아래에 있어 왜적이 장차 넘어 온다면 나는 반드시 죽을 것이었다. 그렇지만 남쪽으로 향하여 내달렸고 더군다나 정찰병도 없었다. 갑자기 늙은 역리 한 사람이 와서 공문서를 바쳤다. 척후리(斥候吏)로 만들어 말하기를, "왜적이 이미 세 재를 넘었으니 전진한들 피할 곳이 없다."라고 하고는 마침내 소나무 숲으로 뛰어들었다. 나는 곧 고삐 쥔 이에게 일러 말하기를, "네가 만약 달아나지 못하면, 고삐를 끊고 뒤처지라."라고 했더니, 마침내 두 길을 넘었다. 왜적이 날쌘 기병으로 쫓아 달려와 검을 휘두르고 깃발을 치켜세우고 소리 지르며 돌진하여 40리에 이르니, 고삐꾼이 울부짖으며 숲속으로 뛰어 들었는데, 고삐를 끊지 않아서 말이 그 고삐를 밟고 넘어져 굴러 앞으로 나가지 못하였다. 나는 칼을 뽑아 구부려 고삐를 끊었는데, 적이 이미 말 뒤까지 닥쳐와서 마침내 채찍질 하여 산모퉁이를 지나 넘고 산속으로 들어갔다. 말을 몰아 깎아지른 듯한 절벽을 지나 5리를 들어가니, 왜적이 마침내 금산으로 갔다. 한참 지난 후에 왜적이 선산으로 돌아갔는데, 그 수가 기병 31명이었다. 김천 역리 두 사람이 나를 와서 보고는 자기들의 밥을 나눠 주었다. 조금 있다가 선산의 아전 등의 우는 소리가 온 산을 가득 채웠다. 물었더니 말하기를, "부사의 시체를 아직 찾지 못하였는데 인끈은 말 머리에 걸려 있고 다만 칼집만 있고 있는 곳을 알지 못하겠습니다."라고 했다. 마침내 정자 노경임(盧景任)과 함께 금산 서리에서 잤고 하인들에게 인끈을 찾아오게 했다. ○9일. 지천리(池川里)에서 잤는데 이방 등이 인끈을 찾아 왔다. ○10일. 감사가 병으로 죽었다고 들었다. 도사(都事)와 병마절도사가 내가 죽었다는 것을 듣고 사람을 보내 문안하였다. 마침내 형편을 보고했더니 병마절도사가 군량 3석을 보냈다. 장차 함창(咸昌)으로 가려고 행장을 꾸려서 출발하여 상주서 잤다.

11일 갑자(甲子). 사총병(沙摠兵)[81]이 우리 선산부에 도착해서, 내가 지대관(支待官)이 되게 했다. 이날 수성장이 보고하기를, "선산부의 적이 전날 밤에 전부 내려갔고 머리에 천을 두른 자들이 상주로부터 연달아 내려옵니다."라고 했다. 내가 말하기를, "이는 명나라 군대다."라고 했다. 명나라 사람 하나와 조방장(助防將) 홍계남(洪季男)[82], 군관 1명이 표기를 쥐고 달려

---

81) 사총병(沙摠兵) : 명나라 요동부총병(遼東副摠兵) 사대수(査大受, 생몰년 미상)를 말한다.
82) 홍계남(洪季男) : 본관은 남양(南陽). 수원 출생. 아버지는 충의위(忠義衛) 언수(彦秀)이다. 용력이 뛰어나고 말달리기 · 활쏘기를 잘하여 금군(禁軍)에 소속되었다. 1590년 일본에 파견되는 통신사의 군관으로 선발되어 황윤길(黃允吉) · 김성일(金誠一) 일행을 따라 일본에 들어갔다가 이듬해 돌아왔다. 관직으로는 경기도조방장, 충청 · 경상도의 조방장, 수원관관 · 영천군수 등을 지냈다. 1592년 임진왜란이 일어나자 아버지를 따라 안성에서 의병을 일으켜 인근의 여러 고을로 전전하며 전공을 세워 첨지(僉知)로 승진되었다. 그가 다른 진

와서 말하기를, "부사를 잡아 오라고 했다."고 했다. 드디어 선산부로 들어가는데 좌우 10리 길에 죽은 사람을 메달아 놓은 것이 수를 셀 수도 없었다. 성에 들어가 관사를 보니 모두 제대로였다. 사총병 앞으로 들어가 재배하니 사총병이 조그마한 종이에 써서 보여주며 말하기를, "창고 안 군량이 남은 것이 있는가?"라고 했다. 대답하기를, "없습니다."라고 했으며, "왜적이 어느 날 다 나갔는가?"라고 하여 말하기를, "어제와 오늘 아침 다 나갔습니다."라고 했고, "공은 어디에 물러나 있었는가?"라고 하니, 대답하기를 "지역 내에 도차사원으로 함창으로 향했는데 명나라 군의 소식을 듣고 달려 왔습니다."라고 했다. 총병은 마침내 10리 되는 곳을 향하여 출발하여, 봉계동(鳳溪山)의 산꼭대기에서 유숙했다. 조방장 홍계남이 말하기를, "명나라 군대 1,000명이 충주에서 양식을 받은 후에 상주 등 수령들이 한 사람도 응접하지 않았고, 전라도 공급 물품도 아직 미치지 못했는데, 오늘 바칠 군량은 어찌 합니까?"라고 했다. 내가 일행의 양식을 다 기울여서 흰쌀 20되의 단자를 자진해 올리니, 총병이 써서 말하기를, "다 타버린 마을에서 어디에서 얻었단 말인가? 칭찬할 만하다."라고 했다. 밤에 사람들과 말로 도선굴의 군량을 운반하였다. ○12일. 또 백미 3석을 진상했더니 총병이 아주 좋아했다. 마침내 구인들에게 사람 시체를 묻도록 했다.

13일 병인(丙寅). 방어사 등 여러 일행이 왔다.

이날 방어사 이시언(李時言)[83], 김응벽(金應璧), 학림도정(鶴林都正) 등이

에 연락차 본진을 떠난 사이 아버지가 왜군을 공격하다가 전사하자, 돌아와 아버지를 대신하여 의병진의 선두에 서서 높은 곳에 성을 쌓고 적정을 정탐하면서 도처에서 유격전도 펼쳤다. 이듬해 다시 군사를 거느리고 전라·경상도 지역으로 진출하여 이빈(李蘋)·선거이(宣居怡)·송대빈(宋大斌) 등과 함께 운봉·남원·진주·구례·경주 등지로 전전하며 전공을 세웠다.

83) 이시언(李時言, 생년 미상~1624) : 1589년 이산해(李山海)의 천거로 오위(五衛) 사용(司勇)에 등용되었으며, 그 뒤 사과에 오르고 1592년에는 상호군에 승진되었다. 임진왜란 중 황해도좌방어사로 있다가 충청도병마절도사로 전임, 경주탈환전에서 큰 공을 세웠다. 경주

생각지도 않았는데 선산부에 들어와 누각 위에 앉아 나를 불러 말하기를, "음식을 드리는 것은 어찌 해야 하겠소?"라고 했는데 대답하여 말하기를, "빈손인데 어찌하겠소?"라고 했다. 제공들이 말하기를, "형편이 그렇소"라고 하고는 불러서 함께 앉았다. 내가 말하기를, "나에게 도선굴에 쌓아둔 양식이 있으니 공들은 걱정하지 마시오. 각자 거느린 바의 군인의 수를 적으시오. 다 주리다."라고 했다. 학림도정이 말하기를, "공이 변란 초에 혈전을 하여 감천이 모주 붉어 조정에서 가상히 여기지 않음이 없었다고 합니다."라고 했다. ○14일. 독포사(督捕使) 박진(朴晉)[84], 과거(過去) 선전관(宣傳官) 이수훈(李受訓), 봉의병(奉義兵) 등이 군사 700명을 이끌고 와서 각자에게 군량을 주어 먹을 것을 줬더니 크게 기뻐하며 갔다. 도원수(都元帥) 김명원(金命元)[85], 종사관(從事官) 유희서(柳熙緒)[86], 군관 18인이 선산부에 달려 들

탈환전 때에 정기룡(鄭起龍)·권응수(權應洙) 등의 의병장과 합세하고 명나라의 원군과 연합하여 수훈, 가선대부(嘉善大夫)에 승차되었다. 1594년 전라도병마절도사로 나아갔으며, 1601년에는 충청도 일원에서 일어난 이몽학(李夢鶴)의 난을 진압하는 데 기여하였고, 1605년 함경도순변사로 변방을 맡았다.

84) 박진(朴晉, 생년 미상~1597) : 본관은 밀양(密陽). 자는 명보(明甫). 아버지는 인수(麟壽)이다. 무신 집안 출신으로 비변사(備邊司)에서 근무하다가 1589년 심수경(沈守慶)의 천거로 등용되어 선전관을 거쳐, 1592년에 밀양부사가 되었다. 4월에 왜적이 침입해 부산·동래 등이 차례로 함락되는 와중에서 작원(鵲院)에서 적을 맞아 싸우다 패해 포위되자, 밀양부(密陽府)를 소각하고 후퇴하였다. 이후 경상좌도병마절도사로 임명되어 나머지 병사를 수습하고, 군사를 나누어 소규모의 전투를 수행해 적세를 저지하였다. 같은 해 8월 영천의 민중이 의병을 결성하고 영천성(永川城)을 근거지로 해 안동과 상응하고 있는 왜적을 격파하려 하자, 별장 권응수(權應銖)를 파견, 그들을 지휘하게 하여 영천성을 탈환하였다. 임진왜란 초기 왜적과 싸운 장수 가운데 두드러진 인물의 하나였다. 1593년에 독포사(督捕使)로 밀양·울산 등지에서 전과를 올렸다.

85) 김명원(金命元, 1534~1602) : 본관은 경주(慶州). 자는 응순(應順), 호는 주은(酒隱). 치세(致世)의 증손으로, 할아버지는 직제학 천령(千齡)이고, 아버지는 대사헌 만균(萬鈞)이며, 어머니는 순흥안씨(順興安氏)로 현감 준의(尊義)의 딸이다. 이황(李滉)의 문하에서 수학하였다. 1558년(명종 13) 사마시에 합격했고, 1561년 식년 문과에 갑과로 급제해 홍문관정자가 되고 이어 저작(著作)·박사(博士)에 승진하였다. 1592년 임진왜란이 일어나자, 순검사에 이어 팔도도원수가 되어 한강 및 임진강을 방어했으나, 중과부적으로 적을 막지 못하고 적의 침공만을 지연시켰다. 평양이 함락된 뒤 순안에 주둔해 행재소(行在所) 경비에 힘썼다. 이듬 해 명나라 원병이 오자 명나라 장수들의 자문에 응했고, 그 뒤 호조·예조·공조의 판서를 지냈다.

어와 즉시 나를 불러 내손을 잡고 탄식하며 말하기를, "서쪽 평양에서 남쪽 부산에 이르기까지, 그 길의 수령들이 도망가지 않은 자가 없었는데, 공은 처음부터 끝까지 지역에 있으면서 왜적의 목을 셀 수도 없이 베었으니 또한 훌륭하지 않은가? 군량은 바랄 수 없지만 된장 한 덩이는 얻을 수 있기를 바랍니다."라고 했다. 대답해 말하기를, "석굴 안에 쌀 50석을 쌓아 놓았습니다."라고 하고 드디어 군인 7,000명의 군량을 주고, 소를 잡아 진상하였다. 호 유격(胡游擊)이 500명을 이끌고 선산부에 들어와 원수에게 군량을 요구하니, 또한 그들을 위해 주었더니 원수께서 크게 기뻐하며 말하기를, "선산에 쌓아둔 것이 있을 줄을 생각지도 못했는데 임금께 아뢰겠소."라고 했다.

15일 무진(戊辰). 도원수가 점심을 먹은 후에 인동(仁同)으로 출발했다.

선전관이 또 와서 "호남의 지원이 아직도 오지 않으니 일이 생겼음이 틀림없소."라고 했다. 도사가 할 바를 모르고 말하기를, "만약 선산에서 사사로이 비축하지 않았다면 나라에 반드시 일이 생겼을 것입니다."라고 하였다. 얼마 안 있어 임실(任實)에서 해평으로 마중 나와서 보았다. ○16일. 남원(南原)에서 선산부에 마중하러 왔고 구례(求禮)에서 죽현(竹峴)에 마중하러 왔다. ○17일. 전운사(轉運使) 박충간(朴忠侃)[87]이 선산부에 들어와 모두 수

---

86) 유희서(柳熙緒, 1559~1603) : 본관은 문화(文化). 자는 경승(敬承), 호는 남록(南麓). 유연(柳演)의 증손으로, 할아버지는 유예선(柳禮善)이고, 아버지는 영의정 유전(柳㙉)이며, 어머니는 김업(金嶪)의 딸이다. 1579년 진사에 합격하고, 1586년 알성문과에 병과로 급제하여, 홍문관정자를 거쳐 1592년 임진왜란 때 유성룡(柳成龍)의 종사관으로 명나라 군대와의 외교적 사무를 맡아 활약하였다. 다음해 병조정랑·사헌부장령·사간원정언을 역임하고, 1595년 세자시강원문학을 지냈다.

87) 박충간(朴忠侃, 생년 미상~1601) : 조선 중기의 문신. 본관은 상주(尙州). 자는 숙정(叔精). 아버지는 세훈(世勳)이다. 음보(蔭補)로 여러 청환직(淸宦職)을 역임하였다. 1584년 호조정랑에 올랐고 1589년 재령군수로 재직중 한준(韓準)·이축(李軸)·한응인(韓應寅)과 함께 정여립(鄭汝立)의 모역을 고변하여, 그 공으로 형조참판으로 승진되고 또 평난공신(平難功臣) 1등에 책록되고 이어 상산군(商山君)에 봉해졌다. 1592년 임진왜란 때 순검사(巡檢使)로 국내 여러 성의 수축을 담당하여 서울로 진군하는 왜적에 대비하였으나 왜병과 싸우다 도망한 죄로 파면, 이듬해 분호조판서(分戶曹判書)에서 다시 파면되었다가 뒤에 영남·

령들을 죄주고 벼락처럼 호령했는데, 나를 불러 손을 잡고 말하기를, "다시 살아난 사람을 볼 수 있으니, 공의 공적이 영남 제일이오."라고 하였다. 도차사원(都差使員) 익산(益山) 수령 고성후(高成厚)88)가 왔고 운미차사(運米差使) 곡성(谷城)수령이 왔다. 전운사 박충간이 봉계(鳳溪)에 도착하여 군관을 시켜 나를 붙잡고는 다시 머물게 했다. 이날 김복흥(金復興)89)과 위덕의(魏德毅)90) 그리고 명나라 장수 여응종(呂應鐘)과 함께 술을 마셨다. 여응종이 말하기를, "네 명이 각기 연구를 하는 것이 좋겠습니다."라고 했다. 여응종이 먼저 쓰고 내가 다음에 썼더니 여응종이 감탄하여 말하기를, "모든 군수가 다 무인인데 선산군수가 시를 짓는 것이 여기에 이르리라고는 생각 못했습니다."라고 했다. 김복흥과 위덕의도 다음에 지었다. 여응종이 말하기를, "정경달은 맑게 노래하고 김복흥은 지나치게 노골적이고 위덕의는 많은 뜻을 담고 있소."라고 했는데, 내가 또 하나를 지어서 읊었다. 여응종이 말하기를, "필체의 기세가 아주 비범하오."라고 했다. 【연구(聯句)와 절구(絶句)는 시(詩)에 있다】

호남 지방에 파견되어 군량미의 조달을 담당하였다.

88) 고성후(高成厚, 1549~몰년 미상) : 본관은 장흥(長興). 자는 여관(汝寬), 호는 죽촌(竹村). 형조좌랑 운(雲)의 증손으로, 할아버지는 중영(仲英)이며, 아버지는 목사 경조(敬祖)이다. 1583년(선조 16) 별시문과에 병과로 급제, 여러 관직을 역임하였다. 1591년 감찰이 되었으며, 이듬해 임진왜란이 일어나자 군수로서 도원수 권율(權慄)의 막하에 들어가 1593년 행주대첩에서 공을 세웠으나 논공행상에 앞서 죽었다.

89) 김복흥(金復興, 1546~1604) : 본관은 순천(順天). 자는 경언(景言), 호는 계곡(谿谷). 남원 출생. 아버지는 부사정(副司正) 익창(益彰)이며, 어머니는 합천송씨로 참봉 세영(世英)의 딸이다. 정염(丁焰)의 문인으로서 문장이 뛰어나 14세 때 도시(道試)에서 장원하였다. 1570년에 생원ㆍ진사시에 합격, 별제ㆍ직장의 벼슬을 거쳐 의금부도사를 역임하였다. 임진왜란이 일어나자 의병을 일으켜 군량미를 조달하였으며, 명나라 장수 여응종(呂應鐘)과 함께 군사기밀을 의논하는 등 왜적과 싸웠다.

90) 위덕의(魏德毅, 1540~1613) : 본관은 회주(懷州), 자는 이원(而遠)이다. 부는 위곤(魏鯤)이다. 1573년 계유(癸酉) 식년시(式年試) 생원(生員) 3등 51위로 합격하였다. 임진왜란 때에 임금이 있는 의주(義州)까지 걸어 와 통곡하였다고 전한다. 조정에서 이를 가상히 여겨 형조좌랑(刑曹佐郎)을 내렸다.

18일 신미(辛未). 빈 공관에서 명나라 사람들이 큰 소란을 피우므로 거처를 옮겨 동쪽 교외 초가집에서 지냈다.

19일. 선산부의 백성들이 조금씩 들어 왔는데 명나라 사람들이 나쁜 짓을 한 것은 말할 수가 없었다. ○21일. 왜적들이 창원(昌原) 등지에서 주둔하고 있다고 들었다. ○22일. 세 역참의 명나라 장수들이 모두 나를 지방관이라 하면서 침범하고 책임지우는 것이 심하여 견디기 힘들었다. ○23일. 안집사(安集使) 김륵(金玏)[91]이 선산부에 들어와 군량과 종자를 분배해 주었다. 도사(都事)가 선산부에 들어와 말하기를, "호남의 여러 고을에서 오지 않았지만 무사히 공급하여 일이 생기지 않게 한 것은 공의 공적이니 우리나라에서 으뜸이다. 당연히 순찰사를 기다려 의논하여 올리게 하겠다."고 했다. 유 총병(劉摠兵)[92] 및 명나라 사람들이 올라갔다. ○24일. 좌감사(左監司) 한효순(韓孝純)[93]이 올라갔다.

25일 무인(戊寅). 유 유격(劉游擊)[94]을 뵈러 들어갔다. 접반관(接伴官) 서

---

91) 김륵(金玏, 1540~1616) : 본관은 예안(禮安). 자는 희옥(希玉), 호는 백암(柏巖). 만칭(萬秤)의 증손으로, 할아버지는 증 좌승지 우(佑)이고, 아버지는 진사 사명(士明)이며, 백부인 형조원외랑 사문(士文)에게 입양되었다. 이황(李滉)의 문인이다. 1576년 식년 문과에 병과로 급제하고, 1578년 검열·전적을 거쳐서 예조원외랑·정언이 되었다. 1580년 전적 겸 서학교수가 되고 홍문록(弘文錄)에 등록되었고, 이듬 해 부수찬·지평·직강 등이 되었다. 1584년 영월군수로 갔을 때 신임 군수마다 죽는 변이 있었다. 이에 노산군(魯山君 : 단종)의 묘를 배알한 후 제청(祭廳)·재실(齋室)·찬청(饌廳)을 묘 옆에 짓고, 처음으로 '노산군'이라는 호칭을 신주(神主)에 써서 부인 송씨(宋氏)의 신위와 함께 모셔 변을 막았다. 3년후에 돌아와 선조로부터 많은 치하를 받고 교리에 서용되었으며, 1590년 집의·사간·검열·사인·사성·사복시정이 되었다. 임진왜란 때에는 형조참의를 거쳐 안동부사가 되었다가 경상도 안집사(安集使)로 영남에 가서, 충성스럽고 의기 있는 선비들에게 국가의 뜻을 알리고, 왜적을 토벌하도록 장려하고 백성들을 잘 다스렸다.
92) 유 총병(劉摠兵) : 명나라 장수 유정(劉綎, 1558~1619).
93) 한효순(韓孝純, 1543~1621) : 본관은 청주(淸州). 자는 면숙(勉叔), 호는 월탄(月灘). 서원부원군(西原府院君) 한상경(韓尙敬)의 후손으로, 증조부(曾祖父)는 한사무(韓士武)이고 조부(祖父)는 한승원(韓承元)이다. 아버지는 한여필(韓汝弼), 어머니는 유엄(柳渰)의 딸이다. 1568년 생원이 되고, 1576년 식년문과 병과로 급제, 검열·수찬을 거쳐 1584년 영해부사에 임명되었다. 1592년 임진왜란이 일어나자 8월 영해에서 왜군을 격파하고 경상좌도관찰사에 승진, 순찰사를 겸임해 동해안 지역을 방비하며 군량조달에 공을 세웠다.

성(徐渻)95)이 죄인 하나를 압송했는데 한밤중에 도망갔다. 내가 막 병들어 누웠는데 갑자기 명나라 사람 30여 인이 앞뒤로 나를 에워싸고는 올라갔다. 나는 통역관에게 물어 말하기를, "무슨 일이냐?"라고 했다. 말하기를, "유 유격이 명나라 황실에서 하사한 말 13필을 잃어버렸는데, '반드시 이는 고을 사람들의 훔친 것이기에 부사를 잡아서 치죄를 하라.'고 하자, 마침내 여러 사람이 일제히 붙잡아 들이라고 했습니다."라고 하였다. 내가 말하기를, "나는 유학으로 벼슬한 문신으로 마땅히 조용히 들어가 대하고 싶다."고 하자, 통역관이 들어가 고하고 나와 말하기를, "대청 위로 들어가 뵈십시오." 라고 하였다. 나는 드디어 들어가 의자 앞에서 네 번 절하고 세 번 머리를 조아리니, 유 유격의 두 통역사가 물어 말하기를, "어찌하여 네 번 절하고 세 번 머리를 조아립니까?"라고 하였다. 나는 종이를 꺼내 붓을 세워 글을 써서 말하기를, "황제께서 이 소국이 흉악한 오랑캐에 괴로움 당하는 것을 불쌍히 여기시고, 특별히 대장군을 보내며 대군을 일으켜 평양에서 왜적을 무찔러 바다 밖으로 쫓아내셨습니다. 바다 끝 백성들에게 밭 갈고 샘 파게 해 주셨는데, 거룩하신 천자의 덕으로 감화시키신 것에 저의 적은 음식으로 만분의 일도 위로하고 답하기에 충분치 않아, 감히 천자께 감사해야 할 자

---

94) 유 유격(劉游擊) : 유숭정(劉崇正).

95) 서성(徐渻, 1558~1631) : 본관은 대구(大丘). 자는 현기(玄紀), 호는 약봉(藥峯). 언양현감(彥陽縣監) 서거광(徐居廣)의 현손이며, 사헌부장령(司憲府掌令) 서팽소(徐彭召)의 증손으로, 할아버지는 예조참의 서고(徐固)이고, 아버지는 서해(徐嶰)이다. 어머니는 청풍군수(淸風郡守) 이고(李股)의 딸이다. 이이(李珥)·송익필(宋翼弼)의 문인이다. 1586년(선조 19) 알성문과에 을과로 급제하고 권지성균학유(權知成均學諭)가 되었다. 이어 인천부교수(仁川府敎授), 예문관의 검열·대교(待敎)·봉교(奉敎), 홍문관의 전적(典籍)을 거쳐, 감찰과 예조좌랑을 지냈다. 병조좌랑을 거쳐 1592년 임진왜란이 일어나자 선조를 호종하다가 호소사(號召使) 황정욱(黃廷彧)의 요청으로 그의 종사관(從事官)이 되어, 함경도로 길을 바꾸었다가 국경인(鞠景仁)에 의해 임해군(臨海君)·순화군(順和君)·황정욱 등과 함께 결박되어 가토(加藤淸正)에게 가게 되었으나 탈출하였다. 왕의 명령으로 행재소에 이르러 사헌부지평(司憲府持平)·병조정랑·성균관직강(成均館直講)을 역임하고 명나라 장수 유정(劉綎)을 접대하였다. 다시 지평과 직강을 거쳐 삼남지역(三南地域)에 암행어사로 파견되어 민정을 살피고 돌아온 뒤 전수(戰守)의 계책을 아뢰었다. 그 뒤 경상우도감사로 내려가 삼가(三嘉) 악견산성(嶽堅山城)을 수리하고 민심을 진정시켰다.

로서 감사해야 했기에 네 번 절하고 세 번 머리를 조아렸던 것입니다."라고 하였다. 유 유격은 이내 손을 모으고 일어서며 말하기를, "나이가 몇 살이오? 그대는 문인인데 어찌하여 적이 지나는 요충의 고을을 지키고 있는가?"라고 하였다. 내가 말하기를, "나이는 40세가 넘었고, 저는 태평성대에 어명을 받들어 백성을 다스리는 중에 큰 변고를 만났기 때문입니다."라고 했다. 유 유격이 말하기를, "왜적을 벤 것이 얼마인가?"라고 했다. 대답하기를, "보고한 자만 200명이오."라고 했다. 유 유격이 말하기를, "그렇다면 명장인데 어찌하여 전투에 나가지 않고 또 어찌하여 벼슬이 최고의 직위에 오르지 않았소?"라고 했다. 대답하여 말하기를, "지응차사원(支應差使員)으로서 명나라 장군을 접대하여서 미처 내려가지 못하였으며, 전공을 논하는 것은 일이 안정된 후에 해도 됩니다."라고 하였다. 유 유격이 말하기를, "수습하고 진정시키는 것이 그대의 임무이니 힘쓰고 또 힘쓰시오. 또 낙동강 물이 불었는데 그대는 주변에서 5천명을 건넬 수가 있겠소?"라고 했다. 내가 대답하기를, "감천(甘川)은 낙동강(洛江)과 합쳐져 하나가 되는데, 물이 땅을 잠기게 하고 하늘만큼 일렁이니 서너 척의 작은 배로 노 저어 가기는 아주 어렵습니다. 저희 선산부에 머무르면서 개는 날을 기다리시기를 바랍니다."라고 하였다. 유 유격이 말하기를, "왜적 장수 기백 가등청정이 2만 군대를 이끌고 전라도로 향하려고 하는데 그대는 그것을 아는가?"라고 했다. 나는 대답하기를, "의병의 깃발을 들고 머지않아 쫓아내기를 바랍니다."라고 했다. 유 유격이 말하기를, "그들은 내 군대를 두려워하니 반드시 전라도로 가지 않을 것이오. 그대가 매번 왜적에게 패배를 당한 것은 큰 소매와 가죽신을 신고 포수를 연습시키지 않았기 때문이오."라고 했다. 내가 대답하기를, "이미 모든 군대에 명하여 포수를 연습시키게 했고 전장에 나아가면 으레 짧은 소매옷을 입고 또 신발을 끈으로 맵니다. 옛날 우리나라의 사람들은 활을 잘 쏘고 말을 잘 타서 수나라와 당나라가 온 힘을 다하여 와서 전쟁을 일으켰지만 패배하여 돌아가지 않음이 없었습니다. 지금은 변란이 생겨 뜻하지 않게 일이 이렇게 심한 데까지 이르렀으니 신하된 자로서 종묘 사직을 위해 죽고자 할 따름이오."라고 했다. 유 유격이 지면에 크게 쓰기를, "정경달은 이치를 아는 장수다."라고 하고는 장군은 서갑에 간직하고 큰 붓과 금부채를 주며 말하기를, "부디 훗날 성명이라도 기억해주오."라고 말했다. 드디어 재배하고 나오는데 유 유격도 답배하고 헌 밖까지 따라 나와 전송하였으며, 통역관으로 하여금 문밖까지 따라가 고하게 하여 말하기를, "하사 받은 말 13필이 이 지방에서 바람처럼 달아났으니 군인들로 하여금 뒤를 밟아 찾아서 돌려보내 주시오."라고 하였다. 마침내 말 7필을 찾아 돌려주었다. 이로부터 명나라 사람들이 감히 나를 모욕하지 못했다.

26일 기묘(己卯). 도망한 죄인을 잡았다.

구득룡(具得龍)이 내 명을 받들어 상주 가는 길 풀숲에 숨어서 죄인을 붙잡아 거창으로 압송했다. 옥사를 처리하기 위해 있던 접반(接伴)관 서성(徐渻)이 말하기를, "이놈은 왜놈을 거느리고 몰래 명나라 군진을 엿보던 천하의 죄인인데 놓쳤다가 도로 잡았으니 하늘의 뜻입니다."라고 했다. ○27일. 왜선 8척이 선산부에 남아 있어 사람들에게 끌고 내려가도록 했다. 또한 감사에게 보고하여 다른 고을의 배들도 얻어줄 것을 요청했다. ○28일. 연일 빗속에서 배를 끌도록 감독하다가 끝내 이질에 걸렸다. ○29일. 오랫동안 비가 오자 왜적을 정찰하던 명나라 사람들 50여 명이 물에 막혀 선산에 머물렀다. ○30일. 명나라 사람이 말을 도살한 사람을 잡아와서 마침내 그를 참해서 명나라 사람에게 보여주었다. 명나라 사람은 화내는 것을 그치지 않고 내 말을 빼앗아서는 상주로 가버렸다.

6월 1일 갑신(甲申). 말을 훔친 자를 탐문했으나 잡을 수가 없었다.

2일. 병이 심해져 관사로 돌아왔고 이어 역촌으로 피했다. 이때 임실현(任實縣)에서 명나라 장수의 군수품을 운반하다가 총탄을 잃어버렸다. 나는 감관에게 명령하여 탄환을 서촌에서 만들라고 했으나 탄환은 또 만들지는 못했다. ○4일. 명나라 사람들이 다투어 건너와서 나쁜 짓을 했다. 병과 걱정이 깊었다. ○5일. 명나라 사람이 다투어 건너기를 그치지 않았다. 최홍검(崔弘儉)을 보내 탄환을 만들도록 했다. ○6일. 비가 갰다. 물이 불어 명나라 사람들이 물을 건너기 어려워 나쁜 짓을 그치지 않았다. ○7일. 아침에 큰비가 왔는데 낮에는 개었다. 이질이 조금 나았다. ○9일. 탄환 만드는 것을 끝내 이루지 못했다. 명나라 사람이 병들어 죽었다. 여응종이 김호(金浩)를 붙잡아달라고 편지를 보내왔다. ○10일. 김호가 붙잡혔다. 좌병마절도사가 장계 초안에 이르기를, "왜적이 장차 진주를 침범하려 하여 막 큰 성을 지었다."라고 했다.

11일 갑오(甲午). 명나라 군의 기물에 관한 일로 이귀(李龜)가 인동(仁同)에서 왔지만 바라는 바를 이루지 못했다. 차원(差員)이 익산(益山), 고산(高山), 옥구(沃溝)에서 왔지만, 병 때문에 조금 쉬었다.

13일. 유 총병과 오 유격(吳游擊)[96]의 군사 7천 명이 선산부를 지나서 내려갔다. ○14일. 우감사(右監司) 김륵(金玏)이 영명에 이르러 저녁에 도사(都事)와 이야기를 나눴다. 접반관(接伴官) 서성(徐渻)은 강가에서 군관들을 나오도록 했다. ○15일. 새벽에 봉계(鳳溪)로 돌아왔다. 총병(摠兵)이 출발하여 강어귀에 도착했을 때 접반관은 일이 순탄하지 않음에 노하여 거창에서 나를 불러 말하기를, "총병(摠兵)이 가까이에 있는데 어찌하여 와서 보지 않는가?"라고 했다. 대답하여 말하기를, "명나라 장수가 선산부에 남아 있어 사정상 드나들 수가 없었습니다."라고 했다. ○16일. 순찰사가 말하기를, "왕자께서 올라오신다고 들었는데 들었는가?"라고 하여 대답하기를, "아직 듣지 못했습니다."라고 했고, 송시랑(宋侍郞)이 화친을 주장해서 논박을 받았

---

96) 오 유격(吳游擊) : 오유충(吳惟忠). 명나라 유격장군.

다는 것을 명나라 장수에게서 들었느냐고 하여 대답하기를, "아직 못 들었습니다."라고 했다.

17일 경자(庚子). 곡 유격(谷游擊)이 300명을 이끌고 선산부에 들어왔다.
18일. 고산(高山) 현감을 방문했다. 왜적이 함안(咸安)을 침범했다는 것을 들었고, 옥구(沃溝)현감을 방문했다가 왜적이 무계(茂溪)에 다가오고 있다는 것을 들었다. 곡 유격은 조용히 병사에 대해 이야기한 후 강을 건넜다. ○20일. 순찰사의 아들 김지현(金智賢)이 찾아왔다. 왜적이 광양(光陽)을 공격했다는 것은 헛소문이었다. 사내종을 집에 보내주었다. ○21일. 최공 등은 명나라 군대 기물이 문제가 없어 아주 좋아하였다. 명나라 군사가 다 올라왔다. ○22일. 함안이 함락되지 않았다고 들었다.

23일 병오(丙午). 왜장과 명나라 장수가 일시에 올라왔다.
25일 심유경(沈惟敬)과 소서비탄수(小西飛彈守)가 올라와서 선산부에 들어왔다. 나는 심유격에게 절하고 강화하는 일을 물으니 대답하여 말하기를, "이미 이뤄졌다."고 했다. 물러나와 소서비를 보았는데, 그가 곧바로 나를 지목하여 말하기를, "선산부사다."라고 하니 여러 왜적들이 다 곁눈질하고, 어떤 놈은 칼을 뽑아 나를 겨누기도 했다. ○26일. 심 유격이 상주로 가면서 말잡이도 없이 스스로 고삐를 당겨 먼저 갔다. 소서비(小西飛)는 앞에서 한 쌍이 인도하고 말잡이도 한 쌍이었다. 비로소 중기(重記)를 작성했다. ○29일. 남아서 중기를 수정했다.

7월 1일 계축(癸丑). 어사가 대두 1백석을 제급해서 즉시 여러 진채에 나누어 주었으며, 호조판서가 또 50석을 제급하였다.
학립도정이 상경하여 가면서 망령되이 말하기를, "왜적이 물러가며 옷을 애걸하여 마침내 옷 한 벌을 벗어서 주었다."고 하였다. 황정욱(黃廷彧)[97]이 왜적의 진중에서 상경하여 갔는데 그가 말하기를, "북쪽지방에서 포로가 되었을 때 나와 두 왕자는 따로 거처 하였는데 부산에 있으면서도 또한 그러하다가 지금 나를 먼저 석방하였다. 왕자와 아들 황혁(黃赫)98)은 근자에 상경하여 올 것이다."라고 하였다. 내가 말하기를, "사람들이 이르기를, '영공께서 관백(關白)99)에게 스스로 신하로 자처했다고 하는데 그렇습니까? 그러하다면 도성에 들어가서는 안 됩니다."라고 하자 황정욱이 이르기를, "전혀 그렇지 않다."고 말했다. ○3일. 왜적이 진주를 포위한 시일이 오래되었다고 한다. 들건대 류 상공(柳相國)100)【류상공은 바로 유성룡임】이 뜻밖에도 상

---

97) 황정욱(黃廷彧, 1532~1607) : 본관은 장수(長水). 자는 경문(景文), 호는 지천(芝川). 영의정 희(喜)의 후손이며, 방답진첨절제사 섬(蟾)의 증손으로, 할아버지는 조지서별제 기준(起峻)이고, 아버지는 행호분위부호군(行虎賁衛副護軍) 열(悅)이며, 어머니는 양천허씨(陽川許氏)로 용(墉)의 딸이다.1592년 임진왜란이 일어나자 호소사(號召使)가 되어 왕자 순화군(順和君)을 배종(陪從)해 관동으로 피신하였다. 여기서 의병을 모집하는 격문을 돌렸다. 그러나 왜군의 진격으로 회령에 들어갔다가 국경인(鞠景仁)의 모반으로 왕자와 함께 포로가 되어 안변의 토굴에 감금되었다. 이 때 왜장 가토(加藤淸正)로부터 선조에게 보내는 항복 권유문을 쓰도록 강요받았다. 처음에는 거절했으나, 그의 손자와 왕자를 죽이겠다는 위협을 받자 아들 혁(赫)이 대신 썼다. 한편, 항복 권유문이 거짓임을 밝히는 또 하나의 글을 썼으나 선조에게 전달되지 못하였다.

98) 황혁(黃赫, 1551~1612) : 본관은 장수(長水). 자는 회지(晦之), 호는 독석(獨石). 조지서별제 기준(起峻)의 증손으로, 할아버지는 행호군 열(悅)이고, 아버지는 판서 정욱(廷彧)이며, 어머니는 조전(趙詮)의 딸이다. 기대승(奇大升)의 문인이다.1570년 진사가 되고, 1580년 별시문과에 장원으로 급제, 집의・사간을 역임한 뒤 우승지가 되어 1591년 정철(鄭澈)이 건저문제(建儲問題)로 위리안치될 때 그 일당으로 몰려 삭직되었다. 이듬해 임진왜란이 일어나자 호군으로 등용되어 아버지 정욱과 함께 사위인 왕자 순화군(順和君) 보를 따라 강원도를 거쳐 회령으로 갔다가 모반인 국경인(鞠景仁)에게 붙잡혀 왜군에게 인계되었다. 그 뒤 안변의 토굴에 감금되어 갖은 고초를 받다가 왜장 가토(加藤淸正)에게 끌려나가 선조에게 항복권유문을 쓰라는 강요를 받고 항복권유문을 썼다. 그러나 몰래 별도로 아버지 정욱이 그것이 사실이 아니라고 적어서 보냈다. 1593년 부산에서 두 왕자와 함께 송환되었다.

99) 관백(關白) : 도요토미 히데요시(豊臣秀吉)

100) 류 상공(柳相國, 1542~1607) : 유성룡(柳成龍). 본관은 풍산(豊山). 자는 이현(而見), 호는 서애(西厓). 의성 출생. 자온(子溫)의 증손으로, 할아버지는 유공작(柳公綽)이고, 아버지는 황해도관찰사 유중영(柳仲郢)이며, 어머니는 진사 김광수(金光粹)의 딸이다. 이황(李滉)의 문인이다. 김성일(金誠一)과 동문수학했으며 서로 친분이 두터웠다. 1590년 우의정에 승진, 광국공신(光國功臣) 3등에 녹훈되고 풍원부원군(豊原府院君)에 봉해졌다. 왜란이 있을

림을 지난다고 하나 미처 가서 인사드리지 못하고 추후에 서찰을 보냈다.

5일 정사(丁巳). 류상국【상국이 바로 문충공(文忠公) 유성룡(柳成龍)이다】에게 서찰을 올려 교체해 줄 것을 청하였다.

상서한 별지에 이르기를, "소생은 온갖 생명의 위험을 무릅쓰고 풍질(風疾)이 몸을 침범하여 뱃속이 부어올라 오랫동안 악혈을 토하니 사람 꼴이 아닙니다. 15개월 동안 시종 자기 관할 영토를 지키느라 끝내 죽어서도 고향에 돌아가 못한다면 또한 원통하지 않겠습니까? 엎드려 바라건대 공론을 따라 면직하여서 공적이든 사적이든 편하게 하소서, 듣건대 진주에서 패배하였다고 하니 반신반의 하옵니다."라고 하였다. ○6일. 명나라 군사가 개령으로 내려가서 안곡(安谷)에 있던 역참을 공성으로 옮겨서 배치한 일을 순찰사 및 호조판서에게 보고하였다. 듣건대 진주가 함락되어 왜적이 산음(山陰)으로 향했다고 하였다. ○7일. 전쟁을 점치니 동인지혁(同人之革)≡≡≡괘를 얻었다. 무을동(無乙洞)으로 돌아왔다. ○8일. 듣건대 진주에서 장수와 병졸들이 모두 죽었고 왜적은 사근에 진을 쳤다고 하였다. ○9일 백수화(白受和)를 만났다. 듣건대 진주 사태 후 함양과 거창이 이미 텅 비었고, 명나라 군은 신창으로 물러났다고 하였다. 오늘은 나의 생일이어서 김유일(金惟一)과 정두문(鄭斗文)이 술을 가지고 와 눈물을 훔치고 술을 조금 마셨다.

10일 임술(壬戌). 류상국의 답서를 받았는데 체직이 허락되지 않았다. 이날 왜적의 평정을 점쳤는데 익지이(益之頤)≡≡≡괘를 얻었다. 류상공의

것에 대비해 형조정랑 권율(權慄)과 정읍현감 이순신(李舜臣)을 각각 의주목사와 전라도좌수사에 천거하였다. 그리고 경상우병사 조대곤(曺大坤)을 이일(李鎰)로 교체하도록 요청하는 한편, 진관법(鎭管法)을 예전대로 고칠 것을 청하였다. 1592년 3월에 일본 사신이 우리 경내에 이르자, 선위사(宣慰使)를 보내도록 청했으나 허락하지 않아 일본 사신이 그대로 돌아갔다. 그 해 4월에 판윤 신립(申砬)과 군사(軍事)에 관해 논의하며 일본의 침입에 따른 대책을 강구하였다. 1592년 4월 13일 일본이 대거 침입하자 병조판서를 겸하고 도체찰사로 군무(軍務)를 총괄하였다.

답서에 이르기를, "난리 후에 그대의 서신을 받으니 마주 대한 듯 감격스럽고 위로가 되었소. 나 또한 병이 많아 거의 죽다시피 되었으나 지금 경상우도의 일을 듣고 고령(高靈)으로 달려가는 도중에 진주가 함락되었다는 소식을 들었으니 슬프고 침통함이 어찌 다함이 있겠소? 하늘이 재앙을 내리고도 후회하지 않아서 이와 같이 사방을 둘러보나 손쓸 곳이 하나 없으니 장차 이를 어찌해야겠소? 따로 기록한 일은 신중하게 살펴보겠으나, 요사이의 사정이 급박하기가 처음과 같아서 즉시 계문하기에는 어려우니 우선 기다려 주오."라고 하였다. 들건대 지난달 그믐날 진주 우병사(晉州右兵使) 최경회(崔慶會)[101], 충청도 병사(忠淸兵使) 황진(黃進)[102], 창의사(倡義使) 김천

---

[101] 최경회(崔慶會, 1532~1593) : 본관은 해주(海州). 자는 선우(善遇). 호는 삼계(三溪)·일휴당(日休堂). 전라남도 능주(陵州) 출신. 충(沖)의 후손이며, 혼(渾)의 증손으로, 할아버지는 윤범(尹範)이고, 아버지는 천부(天符)이다. 경장(慶長)의 형이다. 양응정(梁應鼎)·기대승(奇大升)에게 수학하였으며, 1561년(명종 16) 생원시에 합격하였고, 1567년(선조 즉위년) 식년문과에 을과로 급제하였다. 그 뒤 영해군수 등을 지냈는데 임진왜란 때는 상중(喪中)이라서 전라남도 화순에서 집을 지키고 있었다. 임진왜란이 일어나자 형 경운(慶雲)·경장(慶長)과 함께 고을사람들을 효유(曉諭)하여 의병을 모집하였다. 이때는 고경명(高敬命)이 이미 전사한 뒤여서 그의 휘하였던 문홍헌(文弘獻) 등이 남은 병력을 수습하여 이에 합류함으로써 의병장에 추대되었다. 각 고을에 격문을 띄워 의병을 규합, 금산·무주에서 전주·남원으로 향하는 일본군을 장수에서 막아 싸웠고, 금산에서 퇴각하는 적을 추격하여 우지치(牛旨峙)에서 크게 격파하였다. 이 싸움은 진주승첩(제1차진주전투)을 보다 쉽게 하였다. 이 공로로 경상우병사에 임명되었다. 1593년 6월 가토(加藤淸正) 등이 진주성을 다시 공격하여오자 창의사 김천일(金千鎰), 충청병사 황진(黃進), 복수의병장(復讐義兵將) 고종후(高從厚) 등과 함께 진주성을 사수하였으나 9일 만에 성이 함락되자, 남강에 투신자살하였다.

[102] 황진(黃進, 1550~1593) : 본관은 장수(長水). 자는 명보(明甫). 희(喜)의 5대손이며, 지중추부사 사효(事孝)의 증손으로, 할아버지는 부사직 개(塏)이고, 아버지는 증좌의정 윤공(允恭)이며, 어머니는 방씨(房氏)로 봉사 응성(應星)의 딸이다. 1576년 무과에 급제해 선전관에 임명되었다. 그 뒤 거산도찰방에 기용되고 안원보권관(安原堡權管)을 역임하였다. 이어 다시 선전관이 되어 통신사 황윤길(黃允吉) 일행을 따라 일본에 다녀왔다. 일본을 시찰하고 돌아온 뒤 일본이 전쟁을 일으킬 것이라는 황윤길의 예상과 뜻을 같이하게 되면서 이에 대한 준비를 하였다. 1592년 임진왜란이 일어나자, 전라도관찰사 이광(李洸)을 따라 군대를 이끌고 용인에서 왜군과 대적했으나 패하였다. 이 후 남하하다가 진안에 침입한 왜적 선봉장을 사살하고 이어 안덕원(安德院)에 침입한 적을 격퇴하였다. 1593년 6월 적의 대군이 진주를 공략하자 창의사(倡義使) 김천일(金千鎰), 병마절도사 최경회(崔慶會)와 함께 진주성으로 들어갔다. 그리고 성을 굳게 지키며 9일간이나 용전하다가 장렬

일(金千鎰)[103], 남해(南海) 의병장, 거제(巨濟)현령, 김해부사, 서예원(徐禮元)[104], 진주판관, 사천현감 모두 간 곳을 알지 못한다고 하였다. 류상공이 임금께 아뢰는 일을 점치니 가인지기제(家人之旣濟)==＝괘를 얻었으나, 진주의 왜적이 호남에 들어가지 못한 것은 손지정(巽之井)==＝괘를 얻어 매우 기뻤다. 구득룡이 와서 말하기를, "지난달 그믐날엔 진주가 함락되었고, 이 달 3일엔 산음이 함락되었고, 6일엔 사근역(沙斤驛)에 진을 쳤다가 도로 진주로 향하였습니다."라고 했다. 명나라군은 고령(高靈)·거창(居昌)·팔량령(八良嶺)에 진을 쳤다고 하였다. 순찰사의 공문서에 이르기를, "함양의 하급관리들이 곡식을 훔치다가 스스로 불타 죽었다."고 하였다. ○11일. 향관으로 하여금 대두를 나누어 주어 환상(還上)하도록 하였다. ○12일. 체직(遞職)을 점치니 승지정(升之井)==＝괘를 얻었다. 김효증(金孝曾) 등이 많이들 왔다. 듣건대 왜적이 두치진(豆致津)을 건너 서쪽으로 갔다고 하였다. ○13일. 사람을 보내 왜적에 대해 물었더니, "어떤 이들은 광양으로 들어갔다고 하지만, 엄밀히 방어해서 들어갈 수 없어 진해로 되돌아갔습니다."라고 하였다.

하게 전사하였다.

103) 김천일(金千鎰, 1537~1593) : 본관은 언양(彦陽). 자는 사중(士重), 호는 건재(健齋). 나주 출신.1573년(선조 6) 학행(學行)으로 발탁되어 처음 군기시주부(軍器寺主簿)가 된 뒤 용안현감(龍安縣監)과 강원도·경상도의 도사를 역임하였다. 지평(持平) 때에 소를 올려 시폐를 적극 논란하다가 좌천되어 임실현감이 되었다. 그 뒤 담양부사·한성부서윤·수원부사를 역임하였다. 1592년 임진왜란이 일어나 적의 대군이 북상해 서울이 함락되고 국왕이 서행(西幸)했다는 소식에 접하자 고경명(高敬命)·박광옥(朴光玉)·최경회(崔慶會) 등에게 글을 보내 창의기병(倡義起兵)할 것을 제의하는 한편, 담양에서 고경명 등과도 협의하였다. 그 뒤 나주에서 송제민(宋濟民)·양산숙(梁山璹)·박환(朴懽) 등과 함께 의병의 기치를 들고 의병 300명을 모아 북쪽으로 출병하였다.

104) 서예원(徐禮元, 생년 미상~1593) : 1585년 회령의 보을하진첨절제사(甫乙下鎭僉節制使)로 정탐의 임무를 띠고 두만강을 건너 오랑캐 땅에 깊이 들어갔으나 80여명의 부하를 모두 잃고 패주한 죄로 종성(鐘城)에 수감되었다. 그뒤 석방되어 김해부사로 있을 때 1592년 임진왜란이 일어나 성을 수비하던 중 적이 보리를 베어다가 성의 높이와 같게 쌓고 쳐들어오자 패주하였다. 그뒤 의병장 김면(金沔)과 협력하여 지례의 왜적을 격퇴하고, 1차 진주성싸움에 목사 김시민(金時敏)을 도와 왜적과 항전하였다. 김시민이 병으로 죽자 경상우도병마절도사 겸 순찰사 김성일(金誠一)에게 발탁되어 진주목사가 되었으나 이듬해 왜적이 재차 진주성을 공격해오자 성을 버리고 숲속에 숨어 있다가 살해당하였다.

14일 병인(丙寅). 왜적이 부산으로 갔다고 하니 매우 기뻤다.

이날 정해(鄭獬)[105]의 7언시의 네 운에 차운했다. ○15일. 하양(河陽)의 아전이 말하기를, "대구에 명나라 군은 2백 명 남아있고, 그 나머지는 합천(陜川)으로 돌아갔습니다."라고 하였다. 경산(慶山)·영천(永川)·신령(新寧)·의성(義城) 등의 관아는 문관과 음관으로 교체되었다. 병마절도사 권응수(權應銖)[106]는 【이하 내용은 빠짐】 ○16일. 듣건대 어사가 선산부에 들어왔다가 급히 떠나가는 길에 복병을 만났다고 한다. 명나라 사람이 우리의 말을 탈취해 갔다. 저녁에 어사 윤경립이 동부에 들어왔다가 비를 무릅쓰고 돌아갔다. 옥구(沃溝)현감 류화춘(柳華春)[107]과 함께 소주를 마셨는데 흥통이 심했다.

○17일. 어사가 내가 극히 침착한 것을 보고서 쌀과 콩을 많이 지급해주며, "왜적의 진중에서 애써 머물러 있었으니 공로가 크오. 또 들으니 석굴에 쌀을 숨겨두었다가 명나라 군과 우리나라 장사들이 양식이 떨어졌을 때, 여러 날 동안 계속 공급하여 국가의 체면을 지탱하였다고 하니 내 마땅히 임금께 아뢸 것이오."라고 하였다. ○18일. 어사가 지은 보고장계에 이르기를, "선산부는 완전히 패하여 다른 고을보다 배나 되었으나 부사가 경내에서 떠나지 않고 시종 왜적을 토벌하고 또 능히 유민들을 안정시켰으니 특히 가상하다 하겠습니다." 어두워지고 나서 체찰사가 도착한다는 문서가 먼

---

105) 정해(鄭獬, 1022~1072) : 자는 의부(毅夫), 호는 운곡(云谷). 북송(北宋) 때 안주(安州) 사람.
106) 권응수(權應銖, 1546~1608) : 본관은 안동(安東). 자는 중평(仲平), 호는 백운재(白雲齋). 경상북도 영천 신녕 출신. 1583년 별시무과에 급제, 수의부위권지(修義副尉權知)를 거쳐 훈련원부봉사(訓鍊院副奉事)로서 의주용만을 지켰으며, 그 뒤 경상좌수사 박홍(朴泓)의 막하에 있다가 임진왜란이 일어나자 고향에 돌아가 의병을 모집, 궐기했다. 이 해 5월부터 활동을 전개해 여러 곳에서 전과를 올리고, 6월에 경상좌도병마절도사 박진(朴晉)의 휘하에 들어갔다가 7월에 각 고을의 의병장을 규합해 의병대장이 되었다. 1593년 2월에는 순찰사 한효순(韓孝純)과 함께 7군의 군사를 합세해 문경 당교(唐橋)에서 적을 대파하고, 25일에는 산양탑전(山陽塔前)에서 적병 100여명의 목을 베는 등 큰 전과를 올렸다. 이어 좌도병마절도사가 되었다.
107) 류화춘(柳華春, 1557~몰년 미상) : 자는 인숙(仁叔), 본관은 영광(靈光). 1583년 계미(癸未) 별시(別試) 병과(丙科) 급제.

저 왔으나 병으로 나아가지 못했다.

19일 신미(辛未). 상공이 집으로 돌아갔다고 하니, 반드시 왜적이 물러갔을 것이라고 생각하였다.

20일. 문사회(文思晦)[108] 등 4명이 찾아와서 밥을 대접하였는데, 가을이 서늘한데 달 밝으니 고향에 돌아가고픈 마음이 끊임없이 일어났다. 점괘에 박지간(剝之艮)☷☶괘를 얻었다. ○21일. 정양신(鄭陽臣)이 찾아왔다. 나는 류상공에게 병으로 출사하지 못한다는 글을 올렸더니, 류상공은 본도에 바치도록 하였다. 이에 글을 순찰사에게 바쳤더니 공문에 이르기를, "나랏일이 이 지경이 되어 어진 관리 얻기를 바라노니, 병이 있다고 핑계대지 말고 힘써 불러 모으도록 하라."고 하였다. ○22일. 정양신을 배웅하고 류상공께 돌아갔다. ○23일. 선산부의 백성들이 모두 모여서 집 짓는 것을 상의하였다. 이날 저녁에 쌀을 지급하였다. 이에 길운득(吉云得) 등과 이야기를 나누었다. ○24일. 향소로 하여금 환곡을 나누어주도록 하였다. 듣건대 왜군의 장수가 들어왔다가 갔다고 하였다. 의병장 김각(金覺)에게 서찰을 보냈고 면포로써 상을 도왔다.

27일 기묘(己卯). 두 왕자, 명나라 장수 2명, 왕자 부인, 이영(李英), 황혁(黃赫), 김귀영(金貴榮)[109]의 아들 등이 24일 부산에서 출발해 왔다.

---

108) 문사회(文思晦, 1552~몰년 미상) : 자는 양백(養伯), 본관은 선산(善山). 1585년 을유(乙酉) 식년시(式年試) 급제.

109) 김귀영(金貴榮, 1520~1593) : 본관은 상주(尙州). 자는 현경(顯卿), 호는 동원(東園). 1592년 임진왜란이 일어나 천도 논의가 있자, 이에 반대하면서 서울을 지켜 명나라의 원조를 기다리자고 주장하였다. 결국 천도가 결정되자 윤탁연(尹卓然)과 함께 임해군(臨海君)을 모시고 함경도로 피난했다가, 회령에서 국경인(鞠景仁)의 반란으로 임해군·순화군(順和君)과 함께 왜장 가토(加藤淸正)의 포로가 되었다. 이에 임해군을 보호하지 못한 책임으로 관직을 삭탈당했다. 이어 다시 가토의 강요에 의해 강화를 요구하는 글을 받기 위해 풀려나 행재소(行在所)에 갔다가, 사헌부·사간원의 탄핵으로 추국(推鞫)당해 회천으로 유배가던 중 중도에서 죽었다.

나는 한창 병이 심하였지만 마음속으로 몹시 미안해서 막차(幕次)110)에 나아가 머물며 모든 일을 점검하여 배와 꿀을 드렸다. 황혁의 서찰에 이르기를, "공이 지금까지 군공으로 벼슬을 받지 못했으니 한스러우나, 저는 왕자를 모시고 도성으로 돌아간다면 그 후로 웃음을 머금고 땅속으로 들어가겠소."라고 하였다. 윤어사(尹御史)가 상주에서 내려왔다. 왕자들과 서로 만났지만 모든 일이 뜻대로 이루어지지 않아 왕자와 명나라 사신은 죽현(竹峴)에서 묵었고, 나는 서사리(西寺里)로 돌아왔다. ○28일. 명나라 사람 동충(董忠)이 말을 빼앗아 가버렸다. 저녁에 어사와 익산(益山)군수 고성후(高成厚)111)는 크게 취해서 맘 놓고 이야기를 하였다.

29일 신사(辛巳). 류상공의 답서를 받았다.

정양신(鄭陽臣)을 만나서 서애(西厓)가 보낸 편지 2장과 약 두 첩을 받았으며, 또 배가 부푼 것을 치료하는 방법을 알려주면서 정양신에게 말하기를, "안타깝지만 인편으로 보내노니, 몸조리하여 치료하는 것이 좋겠소."라고 하였다. 어사가 여전히 남으라고 하며 말하기를, "속히 물러나 침을 맞고 뜸뜨기를 하시오."라고 하였다. 저녁에 익산군수와 인동현감을 만나고 돌아왔더니, 정양신에게 침구를 주었다. 순찰사의 서신에 이르기를, "전해 듣건대 아직 평소대로 회복하지 못한 것은 이곳에서 해를 넘기며 바깥에서 고생한 소치이라서 더욱 조리하여 치료하기를 원하는 바를 모르지는 않지만, 고향으로 향하고자 한다면 선산부의 일은 족하가 아니고서 그 누가 수습할 수 있단 말이오? 듣건대 왜적을 토벌한 것이 일찍이 크나큰 효험이 있

---

110) 막차(幕次) : 의식(儀式)이나 거동(擧動) 때에 임시(臨時)로 장막(帳幕)을 쳐서, 왕세자(王世子)나 고관(高官)들이 잠깐 머무르는 곳.

111) 고성후(高成厚, 1549~몰년 미상) : 본관은 장흥(長興). 자는 여관(汝寬), 호는 죽촌(竹村). 1583년(선조 16) 별시문과에 병과로 급제, 여러 관직을 역임하였다. 1591년 감찰이 되었으며, 이듬해 임진왜란이 일어나자 군수로서 도원수 권율(權慄)의 막하에 들어가 1593년 행주대첩에서 공을 세웠으나 논공행상에 앞서 죽었다.

었거늘, 조정이 그것을 알지 못하니 이것이 한스럽소."라고 하였다.

이해 8월. 도체찰사(都體察使) 류공 및 순찰사 김륵이 나의 병가신청서를 받고서 나의 본직을 바꾸었다.

9월 3일. 선산에서 출발했다. ○10일. 상산의 본가에 도착하였다. 10월. 회령(會寧)[112]의 별장으로 옮겨 병을 치료하였다.

그 다음해 갑오년(1594) 1월 13일. 통제사(統制使) 이순신(李舜臣)[113]이 나를 천거하여 종사관(從事官)으로 삼았다.

이공은 때마침 순천의 수영에서 한산도(閑山島)로 옮겼는데 그 장계에 일렀으니 다음과 같다.

"신은 이미 통제사의 직임을 겸하여 3도의 수군과 장수들이 모두 휘하에 있기 때문에 점검하고 바로잡거나 조치하고 통제해야 할일이 한두 가지에 그치지 아니합니다. 그러나 신은 영남 해상에 있으면서 공문으로만 먼 길을 이첩해야 하니, 수많은 군사업무가 빨리 행해지지 못할 뿐 아니라, 도원수(都元帥)와 순찰사(巡察使)가 주둔한 곳에서 협의하고 결제 받아야 할 일도 많이 있지만, 거리가 서로 멀어서 간혹 기한 안에 닿지 못해 일마다 어긋나니 극히 걱정스럽습니다.

신의 어리석은 생각에 문관 1명을 순변사의 예에 따라서 종사관이라 호칭하여 왕래하면서 협의 사항을 알리고, 소속 연해의 고을들을 순찰하면서

---

112) 회령(會寧) : 현재 전라남도 보성군 소재 지명.

113) 이순신(李舜臣, 1545~1598) : 본관은 덕수(德水). 자는 여해(汝諧). 아버지는 이정(李貞)이며, 어머니는 초계 변씨(草溪卞氏)로 변수림(卞守琳)의 딸이다. 서울 건천동(乾川洞: 지금의 중구 인현동 부근)에서 출생하였다. 그의 가계는 고려 때 중랑장을 지낸 이돈수(李敦守)로부터 내려오는 문반(文班)의 가문으로, 이순신은 그의 12대손이 된다. 이순신은 곧 왜침이 있을 것에 대비하여 좌수영(左水營: 여수)을 근거로 삼아 전선(戰船)을 제조하고 군비를 확충하는 등 일본의 침략에 대처하였고, 나아가서 군량의 확보를 위하여 해도(海島)에 둔전(屯田)을 설치할 것을 조정에 요청하기도 하였다.

조치하고, 사부와 격군의 군량을 지속적으로 조달하여 들이게 한다면, 장래에 큰일이 닥치더라도 만분의 일일망정 구제할 수 있을 것입니다. 또 여러 섬들의 목장 안에 놀고 있는 넓은 땅에서 밭 갈고 샘을 파야할 곳을 자세히 조사해 보아야 할 일이 있사옵니다. 망령된 생각을 감히 아뢰옵니다.

조정에서는 십분 헤아리시어 만약 사리와 정황에 무방하다면 장흥(長興)에 사는 전 부사 정경달이 때마침 본가에 있다하니 특별히 명하여 벼슬을 내려 주시옵소서."【「이충무장계(李忠武狀啓)」이다】

2월 19일. 상산에서 출발하여 한산도로 부임하였다.

23일. 순천(順天)의 좌수영 앞 바다에서 배를 탔다. ○26일. 한산도에 도착하여 예법대로 이야(李爺: 이순신)를 알현하였다. 마침내 백성들의 피폐한 모습을 극진히 아뢰면서 여러 고을로 하여금 선산에서 했던 것처럼 각기 도청을 세우도록 청하자, 주장(主將)이 깊이 받아들였다. ○이때 재상과 장수 및 관찰사와 절도사, 강토를 지키고 국경을 지키는 신하 및 의병을 일으키고 군사를 일으킨 신하들은 그 공적의 허실과 충절의 진위는 월평(月評)을 구비하고 있어서 막부에 들어가 토론할 때 마다 의기가 서로 부합하였다. 마침내 칠언배율(七言排律)로 지어 60운(韻)을 갖추어 기술하였는데 나의 소견으로 망령되이 시비를 가해서 주장(主將)께 바쳤다.【시(詩)에 나온다】

3월 1일. 주장의 명을 받들어 장차 여러 고을을 순행하러 출발하여 서쪽으로 나섰다.

이날 바다 한가운데서 풍랑을 만나 위기에 빠졌다가 겨우 죽음을 모면하였다. ○4일. 순천의 수영(水營)에 정박한 지 며칠이 지난 뒤에 전전하다가 상산(霜山)으로 돌아왔다. 마침내 상산에서 우도를 순찰하는 길을 떠났다. ○주장의 장계에 이르기를, "지난해 12월 12일 본도로 돌아와 검칙하였습니다. 금년 1월 17일 거제의 땅 한산도 진중으로 출항하면서 정비되지 못한

전선은 뒤따라 밤낮 구분 없이 돌아오라는 명을 전하였습니다. 그런데 우도
는 전선 수가 좌도보다도 곱절이나 되오니 허다한 사부(射夫)와 격군(格軍)
을 반드시 기한 내에 정비할 수가 없습니다. 신은 종사관(從事官) 정경달(丁
景達)을 시켜 순찰하면서 조치하도록 우수사(右水使) 이억기(李億祺)[114]와 만
나기로 약속한 곳에 독촉해 보내면서 지시하였습니다."라고 하였다. ○충무
공의 장계를 살펴건대, 갑오년(甲午) 1월 17일에 이미 종사관 정경달에게 할
일을 맡겨서 우도에 파견하여 순행하며 검칙하게 했다는 말이 있으니 공이
처음으로 충무공의 막하에 부임한 것은 이미 계사(癸巳)년과 갑오년이 바뀌
는 사이에 있었을 것이라, 2월 19일 한산도로 출발했다고 한 것은 아마도
재차 부임하는 길이었을 것이다. 그러나 지금 「연기(年記)」에 따르면, 고본
(古本) 충무공의 장계에는 공(정경달)을 종사관으로 쓰기를 청한 것이 만력
(萬曆) 21년(1593년) 계사(癸巳) 윤11월 17일에 있었으니, 공이 충무공의 막
하에 부임한 것은 의당 계사년 섣달에 있을 것이지 갑오년 2월에까지 반드
시 끌 이유가 없다. 갑오년 일기는 본래 선생이 손수 쓴 글이 아니고 다만
연보의 초본에 의거하여 한 것으로 이러한 실수가 생기게 되었다. 이충무공
의 『난중일기(亂中日記)』에 이르기를, "갑오년 1월 1일. 본영으로 돌아왔다.
17일 이른 아침에 배에 올라 오후 6시경 노량에 이르렀다."고 하였다. 그런
데 이날 계본에는 떠나보내어 19일에 한산도에 도착하였다고 하면서 【2월
23일부터 27일까지 빠짐】 3월 1일 종사관이 돌아왔다고 하였다. ○충무공
의 계사년 일기를 살펴건대, 9월 16일 이하부터 그해 섣달까지 모두 빠져
있으므로 선생을 천거하는 글 및 처음 찾아뵌 일은 실려 있지 않다. 갑오년

---

114) 이억기(李億祺, 1561~1597) : 본관은 전주(全州). 자는 경수(景受). 어려서부터 무예에 뛰
　　어나 17세에 사복시내승(司僕寺內乘)이 되고, 그 뒤 무과에 급제해 여러 버슬을 거쳤다.
　　특히, 북방 오랑캐가 침입했을 때 경흥부사로 임명되어 적을 격퇴시키는 데 큰 공을 세
　　웠다. 그 뒤 무인으로서의 자질을 인정받아, 온성부사 등 국방상의 요직을 역임하였다.
　　1591년 순천부사를 거쳐 임진왜란 때에는 전라우수사가 되어, 전라좌수사 이순신(李舜
　　臣), 경상우수사 원균(元均) 등과 합세해 당항포(唐項浦)·한산도(閑山島)·안골포(安骨
　　浦)·부산포(釜山浦) 등지에서 왜적을 크게 격파하였다.

일기는 2월 23일 이하 5일간 결락이기 때문에 선조(정경달)께서 재차 부임한 일이 실려 있지 않다. 오직 3월 3일 종사관이 돌아왔다는 5자가 연보의 초고와 서로 부합하였다. 그렇지만 이것은 재차 부임이고 다시 돌아왔다는 것이지 처음 뵙고 처음 돌아왔다는 것은 아니다.

27일. 순시하다가 광주(光州)에 이르러 조보를 보고서 영광군수(靈光郡守)에 제수된 것을 알고 돌아왔다.

○장차 영광에 부임하려다가 종사관이었기 때문에 교체시켜 줄 것을 아뢰었다.

이때 3국은 교전한지 이미 3년에 이르러서 군사는 지쳤고 재물은 다한데다 온역(瘟疫)이 또 창궐하여 백성들이 열에 여섯 일곱 명이 죽었고, 씨를 뿌리지 못한 것이 3분의 1이었다. 명나라 제독(提督) 이여송(李如松)[115]과 시랑(侍郎) 송응창(宋應昌)은 나라의 재용을 죄다 탕진한 후에 들어갔지만 총병(摠兵) 유정(劉綎)만은 5천명의 군사를 거느리고 남원(南原)에 남았다. 왜적은 그 수를 알 수 없으나 남아서 거제(巨濟)·김해(金海)·동래(東萊) 등지에 진을 쳤다. 도원수(都元帥) 권율(權慄)[116] 등이 의령에 주둔하였고 통제사 등

---

115) 이여송(李如松, 1549~1598) : 자는 자무(子茂). 요동(遼東) 철령위(鐵嶺衛 : 지금의 랴오닝성) 사람이다. 조상이 조선 사람이다. 1592년 닝샤(寧夏)에서 발배족(哱拜族)의 반란을 진압하고 그 공적으로 도독으로 승진했다. 그해 일본의 도요토미 히데요시(豊臣秀吉)가 조선을 침략하자, 명나라가 조선을 돕게 되어 조선에 출병하였다.

116) 권율(權慄, 1537~1599) : 본관은 안동(安東). 자는 언신(彦愼), 호는 만취당(晚翠堂)·모악(暮嶽). 1582년(선조 15) 식년문과에 병과로 급제해 승문원정자가 되었다. 이어 전적·감찰·예조좌랑·호조정랑·전라도도사·경성판관을 지냈다. 1591년에 재차 호조정랑이 되었다가 바로 의주목사로 발탁되었으나, 이듬해 해직되었다. 1592년 임진왜란이 일어나자 광주목사에 제수되어 바로 임지로 떠났다. 왜병에 의해 수도가 함락된 뒤 전라도관찰사 이광(李洸)과 방어사 곽영(郭嶸)이 4만여 명의 군사를 모집할 때 광주목사로서 곽영의 휘하에서 중위장(中衛將)이 되어 서울의 수복을 위해 함께 북진했다. 1597년 정유재란이 일어나자 적군의 북상을 막기 위해 명나라 제독 마귀(麻貴)와 함께 울산에 대진했으나 도어사 양호(楊鎬)의 돌연한 퇴각령으로 철수했다. 이어 순천 예교(曳橋)에 주둔한 왜병을 공격하려 했으나, 전쟁의 확대를 꺼리던 명장(明將)들의 비협조로 실패했다. 1599년 노환으로 관직을 사임하고 고향으로 돌아가 7월에 죽었다.

이 한산도에 주둔하였지만, 군량이 떨어지고 군사들이 흩어져 어찌할 바를 몰랐다.

5월 15일. 또 우도를 순검하는 길을 떠나 6월 11일 상산(霜山)으로 돌아왔다. 이번 행차는 강진(康津), 영암(靈巖), 함평(咸平), 영광(靈光), 나주(羅州), 남평(南平), 능주(綾州) 등의 고을들을 지났다. ○주장의 장계에 이르기를, "순천(順天)의 돌산도(突山島), 흥양(興陽)의 도양장(道陽場), 해남(海南)의 황원곶(黃原串), 강진(康津)의 화이도(花爾島)【예전에는 고이도라 불렀고 지금은 고금도라고 부른다.】 등지에 둔전을 경작하여서 군량을 보충하려는 이유는 전에 이미 아뢰었습니다. 돌산도에는 신의 군관 훈련주부(訓鍊主簿) 송성(宋晟)을, 도양장(道陽場)에는 훈련정(訓鍊正) 이기남(李奇男)[117]을 모두 농감관(農監官)으로 임명하여 보냈으며 농군은 혹 백성들에게 내주어 병작케 하든지 혹은 유민들에게 들어가 짓게 하든지 하여 관에서는 절반을 수확하도록 하였습니다. 혹은 순천 흥양의 유방군이나 노약한 군사들을 떼어내어 경작케 하되, 보습·영자(鐛子)·쟁기 등 물건을 각기 그 본 고을에서 준비해 보내라고 이미 공문으로 통고하였습니다. 우도의 화이도와 황원곶 등지에도 신의 종사관 정경달로 하여금 둔전의 형편을 두루 돌아다니며 점검하여 제 시기에 시행하도록 하였습니다."라고 하였다. 살피건대, 장계로써 보자면 공의 이 행차는 둔전의 검칙을 겸한 것으로 수군의 임무만이 아니었다.

7월 8일. 함양부사에 제수된 것을 들었지만, 얼마 후에 또 종사관(從事官)이라는 이유로 체직되었다.

충무공이 재상에게 올린 편지에 이르기를, "군량은 더욱 의뢰할 길이 없어 온갖 생각을 해도 조처할 도리를 알 수 없습니다.【줄임】종사관 정경달

---

117) 이기남(李奇男, 1553~몰년 미상) : 자는 대윤(大胤). 아버지는 이사관(李思寬)이다. 1591년 신묘(辛卯) 별시(別試) 을과(乙科)에 급제.

은 둔전을 감독하는 일에 마음을 다하였는데 전 방백의 공문에는 도주(道主) 이외에는 둔전을 계속 경작할 수 없으며 일체 감독하지 말라고 하니 저는 그 뜻을 알 수 없습니다. 정경달도 지금 함양군수가 되었다고 하니 그 감독하던 일도 장차 허사로 돌아가게 될 것입니다. 몹시 답답하고 안타까우니 추수할 때까지라도 그대로 유임할 수는 없겠습니까?"라고 하였다.

8월 20일. 좌도를 순검하는 길을 떠나서, 9월 17일 상산(霜山)에 돌아왔다.
이번 행차는 보성(寶城), 낙안(樂安), 순천(順天), 광양(光陽), 구례(求禮), 곡성(谷城), 남원(南原), 옥과(玉果), 순창(淳昌), 담양(潭陽), 광주(光州), 능주(綾州) 등의 고을을 지났다.

10월 7일. 본도 군사들의 무예를 시험하는 길을 떠나서 19일 돌아왔다.
이번 행차는 능주(綾州), 광주(光州), 남평(南平), 영암(靈巖), 해남(海南), 강진(康津), 장흥(長興) 등의 고을들을 지났다.

을미(乙未)년 1월 9일. 하도를 순검하는 길을 떠나서 그믐날 상산으로 돌아왔다.
이번 행차는 장흥(長興), 강진(康津), 해남(海南), 진도(珍島), 영암(靈巖), 나주(羅州), 남평(南平), 능주(綾州) 등의 고을들을 지났다. ○이것 역시 수군의 검칙하는 거동이었다.

2월 2일. 한양의 사자가 이르렀는데, 내가 비변사의 추천에 의해서 남원부사(南原府使) 첫 번째 후보로 올라 마침내 벼슬 내리는 교지를 받았으니 조정에 나아가 하직하는 것은 하지 말고 부임하라고 하였다. ○지난 달 27일 나주에 있던 도중에서 이미 벼슬을 내려준다는 소식을 들었다. ○이달 15일에 출발하였다. 18일. 근무지에 도착하였다.

4월 22일. 중군이 군사 150명을 거느리고 남원부를 지났다. ○28일. 유 참장(劉 參將)이 남원부에 들어왔다.

5월 10일. 유 참장이 나가서 운봉(雲峯)으로 나아갔다.

19일. 담 도사(譚都司)가 왜적의 군영에서 들어왔다. 유 참장과 담 도사 2명이 온갖 폐단을 만드니 배겨내기 힘들었다. ○29일. 군기고(軍器庫)에 불이 나서 4명이 불에 타 죽었다.

6월 6일. 유 참장이 운봉(雲峯)에서 남원부로 돌아왔다. 7일. 접반관(接伴官) 박경심이 소란을 피우고 말썽을 일으켰다. 7월 20일. 부천사(副天使: 명나라 부사) 양방형(楊方亨)[118]이 남원부에 들어왔다. 22일. 부천사가 나서서 운봉을 향했다.

8월 14일. 도체찰사(都體察使) 이원익(李元翼)[119], 부체찰사(副體察使) 김륵, 종사관 남이공(南以恭)[120]이 남원부에 들어왔다. ○18일. 체찰사 일행이 운봉을 향해 갔다.

9월 15일. 명나라 사신 이종성(李宗誠)과 여번(汝蕃)이 남원부에 들어갔다. ○상사의 접반관 김수, 종사관(從事官) 김상용(金尙容)[121]·김신국(金藎國)[122],

---

118) 양방형(楊方亨, 생몰년 미상) : 명나라의 사자(使者)로 일본에 가서 풍신수길을 만났다. 그러나 풍신수길은 양방형이 조선의 두 왕자를 데리고 오지 않았다는 이유로 성을 내고 작위를 받지 않았다. 그래서 조선을 재침략하는 결심을 하게 되었다고 한다.

119) 이원익(李元翼, 1547~1634) : 본관은 전주(全州). 자는 공려(公勵), 호는 오리(梧里). 한성부 출신. 임진왜란이 발발하고 평양이 함락되자 정주로 가서 군졸을 모집하고, 관찰사 겸 순찰사가 되어 왜병 토벌에 전공을 세웠다. 1593년 정월 이여송(李如松)과 합세해 평양을 탈환한 공로로 숭정대부(崇政大夫)에 가자되었고, 선조가 환도한 뒤에도 평양에 남아서 군병을 관리하였다. 1595년 우의정 겸 4도체찰사로 임명되었으나, 주로 영남체찰사영에서 일하였다.

120) 남이공(南以恭, 1565~1640) : 본관은 의령(宜寧). 초명은 이경(以敬), 자는 자안(子安), 호는 설사(雪簑). 1590년(선조 23) 증광문과에 장원급제한 뒤 1593년 세자시강원사서(世子侍講院司書)가 되고, 이듬해 평안도 암행어사를 거쳐 사헌부지평·사간원정언·홍문관교리 등을 역임했다.

부천사(副天使)의 접반관 이항복(李恒福)[123], 종사관 이수준(李壽俊)[124]·심 유

121) 김상용(金尙容,1561~1637) : 본관은 안동(安東). 자는 경택(景擇), 호는 선원(仙源)·풍계
(楓溪)·계옹(溪翁). 서울 출신. 1582년 진사가 되고 1590년 증광 문과에 병과로 급제, 승
문원부정자(承文院副正字)·예문관검열(藝文館檢閱)이 되었다. 임진왜란이 일어나자 강화
선원촌(江華仙源村 : 지금의 인천광역시 강화군 선원면 냉정리)으로 피난했다가 양호체
찰사(兩湖體察使) 정철(鄭澈)의 종사관이 되어 왜군 토벌과 명나라 군사 접대로 공을 세
워 1598년 승지에 발탁되었다.

122) 김신국(金藎國, 1572~1657) : 본관은 청풍(淸風). 자는 경진(景進), 호는 후추(後瘳). 1591
년(선조 24) 생원이 되고, 이듬해 임진왜란이 일어나자 영남에서 의병 1,000여 명을 모아
분전해 많은 전과를 올렸으며, 그 공으로 참봉이 되었다. 1593년 별시 문과에 병과로 급
제하고, 예문관검열(藝文館檢閱)을 거쳐 도원수 권율(權慄)의 종사관으로 공문서의 일을
관장하였다. 그 뒤 춘추관의 사관(史官)이 되어 전란으로 소실된 일록(日錄)을 보충하기
위해 사료의 수집을 간청하였다

123) 이항복(李恒福,1556~1618) : 본관은 경주(慶州). 자는 자상(子常), 호는 필운(弼雲)·백사
(白沙)·동강(東岡). 오성부원군(鰲城府院君)에 봉군되어 이항복이나 백사보다는 오성대감
으로 널리 알려졌다. 특히 죽마고우인 한음 이덕형(李德馨)과의 기지와 작희(作戲)에 얽
힌 많은 이야기로 더욱 잘 알려진 인물이다. 1592년 임진왜란이 일어나자 왕비를 개성
까지 무사히 호위하고, 또 왕자를 평양으로, 선조를 의주까지 호종하였다. 그 동안 이조
참판으로 오성군에 봉해졌고, 이어 형조판서로 오위도총부도총관을 겸하였다. 곧이어 대
사헌 겸 홍문관제학·지경연사·지춘추관사·동지성균관사·세자좌부빈객·병조판서
겸 주사대장(舟師大將)·이조판서 겸 홍문관대제학·예문관대제학·지의금부사 등을 거
쳐 의정부우참찬에 승진되었다. 이 동안 이덕형과 함께 명나라에 원병을 청할 것을 건의
했고 윤승훈(尹承勳)을 해로로 호남지방에 보내 근왕병을 일으켰다. 선조가 의주에 머무
르면서 명나라에 구원병을 요청하자, 명나라에서는 조선이 왜병을 끌어들여 명나라를
침공하려 한다며 병부상서 석성(石星)이 황응양(黃應陽)을 조사차 보냈다. 이에 그가 일
본이 보내온 문서를 내보여 의혹이 풀려 마침내 구원병이 파견되었다. 그리하여 만주 주
둔군 조승훈(祖承訓)·사유(史儒)의 3,000 병력이 왔으나 패전하자, 다시 명나라에 사신
을 보내 대병력으로 구원해줄 것을 청하자고 건의하였다. 그리하여 이여송(李如松)의 대
병력이 들어와 평양을 탈환하고, 이어 서울을 탈환, 환도하였다. 다음 해 선조가 세자를
남쪽에 보내 분조(分朝)를 설치해 경상도와 전라도의 군무를 맡아보게 했을 때 대사마(大
司馬)로서 세자를 받들어 보필하였다. 1594년 봄 전라도에서 송유진(宋儒眞)의 반란이 일
어나자 여러 관료들이 세자와 함께 환도를 주장하였다. 그러나 그는 반란군 진압에 도움
이 되지 못한다고 상소해 이를 중단시키고 반란을 곧 진압하였다. 그는 병조판서·이조
판서, 홍문관과 예문관의 대제학을 겸하는 등 여러 요직을 거치며 안으로는 국사에 힘쓰
고 밖으로는 명나라 사절의 접대를 전담하였다. 명나라 사신 양방형(楊邦亨)과 양호(楊鎬)
등도 존경하고 어려운 일이 있을 때마다 찾던 능란한 외교가이기도 하였다.

124) 이수준(李壽俊, 1559~1607) : 본관은 전의(全義). 자는 태징(台徵), 호는 용계(龍溪). 1589
년 사마시를 거쳐, 이듬해 증광문과에 병과로 급제하였다. 승문원에 추천되었다가 주
부·감찰·호조좌랑을 역임하고, 외직으로 나아가 통진현감이 되었다. 임진왜란이 일어
나자 부녀자와 선비 및 양식을 통진에서 강화도로 보냈다. 그 뒤, 우성전(禹性傳) 등과

격(沈游擊), 접반관 등이 모두 영남에 남고, 양사 및 황신(黃愼)[125]이 왜적의 군영에 남는 것이 결행되지 못했다고 한다. ○23일. 명나라 사신이 매 사냥이 순조롭지 못하자 성을 내었다.

10월 8일. 명나라 사신이 사냥에서 큰 수확이 있자 매우 기뻐했다.

○16일. 명나라 사신이 운봉으로 방향을 바꿨다. 11월 19일. 듣건대 자연 재해 때문에 파직되었다고 하였다. ○22일. 동자 하나에 말 한 필로 출발하였다. ○25일. 상산으로 돌아왔다.

그 다음해 병신(丙申, 1596)년 3월에 비로소 임용되었는데 정주목사(定州牧使)에 결정되어 주상께서 다시 교지(敎旨)를 내리셨다.

함께 경외(京外)에 흩어진 군졸들을 모아 왜적을 방어하고, 통진현을 안전하게 지키는 데 공을 세웠다. 1593년 예조정랑에 제수되었으며, 장악원첨정을 거쳐, 1595년 영해부사로 나아갔다. 1599년 강화부사·봉상시첨정·성균관사성·사헌부장령 등을 두루 역임하였다.

125) 황신(黃愼, 1560~1617) : 본관은 창원(昌原). 자는 사숙(思叔), 호는 추포(秋浦). 1582년(선조 15) 진사가 되고, 1588년 알성문과에 장원으로 급제하였다. 그 뒤 감찰·음죽현감 등을 거쳐, 호조·병조의 좌랑을 역임하였다. 1589년 정언이 되어 정여립(鄭汝立)을 김제군수로 임명한 이산해(李山海)를 추론(追論)하였다. 그리고 정여립의 옥사에 대해 직언하지 않는 대신을 논박하다가 이듬 해 고산현감으로 좌천되었다. 1591년 건저(建儲)문제가 일어나자 정철(鄭澈)의 일파로 몰려 파직당하였다. 1592년 다시 기용되어 사서·병조좌랑·정언 등을 지냈다. 다음 해 지평으로 명나라 경략(經略) 송응창(宋應昌)을 접반하였다. 그 때 송응창이 오로지 양명학만을 주장하자 《대학강어 大學講語》를 지어 정주학(程朱學)을 논의하였다. 그 뒤 세자(世子 : 뒤의 광해군)를 따라 남하해 체찰사의 종사관이 되었다. 이어 병조정랑이 되었으나 사직하였다. 1596년 변방 백성들을 따뜻하게 위로하는 방법을 진달(進達 : 공물을 상급 관청으로 올리는 것)해서 절충장군이 되었다. 통신사로 명나라의 사신 양방형(楊邦亨)·심유경(沈惟敬)을 따라 일본에 다녀왔다.

VII. 盤谷集 卷之六
반곡집 권6

亂中日記

VII. 盤谷集 卷之六
반곡집　권6

亂中日記

丁酉. 正月初 一日. 壬辰, 在家行祭, 與鄰里飮.

四月十 一日. 辛未. 兵曹關到, 知去月二十日除五衛將.

十九日巳卯. 發行上京, 副使來餞, 夕宿社倉. ○二十四日. 午到古阜, 與郡守任 發英話. ○二十八日. 入平澤縣, 稷山宰李信義, 見我曰, "中原置都督府於我國, 置 布政司於平安·黃海·京城, 置按察御史於八道云. 日本送船一千七百隻於我國, 其人叛入南蠻. 淸正以白金二百兩, 募軍於其國, 而以盃酒慰我, 許指路人." ○三 十日. 渡漢水入殷尙云家, 少憩入京城. 城闕蕪沒, 萬家頹毁, 不勝哀淚. 投朴殷龍 家, 聞五衛將已遞.

五月初一日辛卯. 留京.

聞中國置都督及布政於京城, 又置布政按察御史於八道云. 且聞倭船一百五十隻, 以我國被虜人李文旭領送, 中路叛入南蠻云. ○初三日. 丁叅議允祐, 送簡慰之. ○ 初六日. 夕拜吏判李丈, 書名付官案曰, "每有擇差之命, 不得其人, 今則得人矣." 又拜領相柳西崖先生, 話到夜深, 且勉余曰, "今後不須出外." ○初七日. 夕拜左相. 東巖公握手歎曰, "不圖君生存, 今復相見也." 更深叙懷, 兼討時艱. 又許僦屋於同 里, 極示裏赤.

初八日戊戌. 天將楊元, 領遼兵三千四百餘人入城, 主上郊迎.

唐人貢家紛紜, 僅得無事. 夕見洪知事希古. 聞皇帝吝曰, "因粮於朝鮮而不我給, 求戰於倭奴而不我應. 以都御史及八道都司, 代朝鮮經理云云." 故沈判書以奏聞使發行, 吳惟冲軍三千, 亦已渡江云. 洪知事, 吐示心肝, 夜深而還. 崔正言弘載來見, 話以心肝, 亦極從容. ○十一日. 夕爲五衛將, 夜拜首相.

十三日癸卯. 楊摠兵元, 入南別舘, 自上慰宴.

臣於逃遑之餘, 挾輦侍衛咫尺, 天顔不勝欣感. 四味五爵而罷. ○十四日. 奴馬, 爲唐人所借. ○十六日. 世子入學. ○十七日. 朝見兵議鄭淑夏談兵. 吏曹備邊司同議, 以我爲張僉議接伴使. 政院, 以'張僉議位, 在麻都督之上, 而麻以嘉善爲接伴, 張之接伴, 以通政爲之, 不可.' 還出給. 吏曹僉判答曰, "與備邊司同議, 何爲不可?" 還送. 政院入啓. 昏歸, 見同副承旨權憘, 權曰, "今日啓下, 則明日當發行. 張乃文翰之人, 故別擇接伴云." 書啓雲積, 公事出納, 夜深不已, 國事紛擾, 從此可知. 二更乃下來. ○十八日. 啓尙未下, 左相書問曰, "此時遠行, 何可得免? 或欲啓遞, 吾止之, 亦有意也."

十九日已酉. 時御所, 接見劉都司應浩.

庭中, 見沈僉議友勝話舊, 尹校理噉, 在傍不言. ○是日, 上命接伴使改擬, 余得免行. ○二十日. 上就見楊摠兵於南別宮, 三酌而罷. ○二十一日. 曉頭, 上餞楊摠兵於南大門外, 還宮. 夕見左相暫話. ○二十二日. 見李大成海壽・吏僉許篋而還. ○二十三日. 朝見金令億秋. 夕聞差楊都御史迎慰使. ○二十四日. 夕下直於領相, 領相勸以急行. 路見權承旨憘, 聞行事, 答曰, "明日似急退行可也." 問於左相, 則曰, "尹僉知惟幾, 在義州, 如君行未及, 則欲以尹代行. 大槩, 一路多弊, 代行爲便." 左相之言, 亦如此. 尹府院曰, "按中朝官案, 楊御史, 乃山東僉政楊鎬也." ○二十五日. 朝簡於領相, 陳左相意, 領相答書曰, "果爲便當. 但上敎嚴峻, 入啓未安, 速行爲可." 遂治任. 夕見李同知增・柳同知根, 話舊. 左相使人問行, 故又就別.

二十六日丁巳. 拜辭宿坡州.

宿于坡州陣所. 州城閭里皆空, 他無寄足處, 陣將朴乃成, 自備供飯. ○二十七日. 入開城, 留守黃汝忠來見.

六月初一日庚申. 過黃州, 遇吳惟沖大軍.

初二日. 夕向順安, 路見監司韓應寅. ○初三日. 朝飯于肅川. 聞都察院渡江, 入于安州, 促向嘉山. ○初四日. 曉發, 入定州, 麻總督大軍入州. 與調度使洪仲安話.

初六日乙丑. 朝發入義州.

判官權晫・府尹黃璡・陳奏使尹惟幾・告急使權悏來見. 午後, 見接伴使李德馨, 及聖節使南復興・書狀官李軫賓.

初七日丙寅. 腹痛而痢, 留義州.

見接伴使之書狀曰, "經理體貌嚴峻. 迎慰使丁某近到本府, 官秩似卑, 問安承旨, 宜送于江上, 以示致敬盡禮之意." 又見府尹書狀曰, "丁某當日到本府, 而張參議接伴不來, 是爲憫慮." 盖兩書狀, 皆於六日成貼也. 通事朴仁祥, 自遼東來曰, "經理初旬起馬, 下人則曰秋凉當發." 諸使會于統軍亭, 屢請不赴. 夕府尹來見. ○初八日. 痢少差. 判官權晫來見. 府尹與李判書【卽漢陰】議, 以我爲張叅議接伴. 余曰, "地望素輕, 不敢承當." ○初九日. 朝方伯關內, 丁僉知爲接伴, 夕方伯入府, 與接伴使, 定我爲張參議接伴.

初十日己巳. 留義州.

聞張參議將渡江, 遂訪李判書及方伯韓應寅, 同坐兩人曰, "宜以禮叅借御, 卽向鴨江依幕." 未及冠帶, 唐軍下人皆渡. 忽聞兪接伴大進馳來, 遂脫帶而還. 聞楊都御史・蕭叅政, 皆近日發牌. 午時張叅議入府, 皷笛乘輦而行. ○十一日. 夕與方伯及告急使權悏・聖節使南復興・接伴使李德馨・兪大進・奏聞使尹惟幾・接伴官李鐵・從事官趙挺・書狀官尹惺・李軫賓等話.

十二日辛未. 朝張參議先出.

聖節使發行, 病未往別, 以書慰之. 他人盡出, 泛舟九龍津. ○十三日. 食後, 見李判書, 極陳時事. 李公, 亦陳變初與賊相話事. 又見權使思省. 聞經理十六起馬.

十五日甲戌. 午後, 與李判書, 及金從事藎國·洪佐郎慶臣·告急使權悏·奏聞使尹惟幾·府尹黃璉·接伴官李鐵·書狀官尹惺等, 會于統軍亭, 爲陞官之戲. 李判書·洪佐郎及我爲一邊, 府尹·告急使·接伴官爲一邊, 奏聞·修撰·書狀爲一邊, 我邊再勝. 乘月酒數巡而下來. ○十六日. 午後, 歸奏聞使下處, 與成甫及李接伴官·金修撰·洪佐郎·尹書狀, 爲陞官之戲. 【今俗所云承政圖也.】

十九日戊寅. 雨收而不晴. 蕭按察·陳同知, 牌文出來. 歸見李判書, 李曰, "今到有旨曰, '天粮來到·大軍渡江事, 呈咨面告於經理云.' 欲歸中路, 何如?" 余曰, "遠歸而言之, 則似若爲此阻撓. 先送咨文, 令公歸鎭江城, 兼以伺候, 則可也." 李快然之, 遂改啓草, 先送表憲. 且改禮單事, 促拿寧邊禮物. 歷見修撰·佐郎, 仍見陳奏使沈判書. 與權使·尹使·李使等同話. 見陳奏咨文, 夕還. ○二十日. 夕聞經理直到鎭江城. 歸見接伴李判書話, 仍歸見陳奏使沈判書喜壽, 與景美同話, 夕還. ○二十一日. 食後, 見李判書改咨, 有憂服之中, 及三曹官, 未及來到等語. 與兩從事話, 仍歸沈判書所. 與書狀許佐郎筠同話, 暫見成甫·剛仲及尹書狀等還. 夕見李潭陽景麟, 以蕭叅政接伴來. 聞首相及兵工判·戶叅來. ○二十二日. 午後, 見私通, 頗叅將二十一日起遼陽, 領軍二千五百云.

二十三日壬午. 金應雲曰, "經理初一日渡江, 唐人云, '倭賊進陣二百里.'"
午時, 府尹來見, 以經理答咨云, "倭兵大軍, 已集對馬島, 前渡孤軍, 猶可塞也. 後來四萬, 馬兵六千, 其餘作步兵, 兩南之民, 有同赤子云." 午後, 歸見尹書狀·許書狀·沈判書, 仍與權使同話. 或云, "沈使赴京未安." 余曰, "必見明甫, 令公聽經理之言, 然後發行."

二十四日癸未. 迎接蕭參政.

辰時, 忽聞蕭參政方渡江, 忙到舘中, 待下舘, 行再拜禮. 退曰, "國王問安." 答曰, "多謝." 通事李希仁進禮單, 余請宴, 蕭云, "行忙勿爲." 又云, "多謝." 跪而更告曰, "國王委送陪臣, 而老爺不許排宴, 無以伸寡君誠意, 敢告以請." 答曰, "到平壤, 當受也." 扇子三十柄, 白紬五疋, 雨籠五事, 白綿紙一卷, 綵席三張四連, 油紙一丈, 惟油紙・白紙・雨籠, 打點入之. 油紙始亦還給, 李通官告曰, "霾雨之備, 不可無也." 於是受之. 蕭行卽出, 尹使・尹書狀・李接伴・府尹, 送行. 與沈使・許書狀, 泛舟鴨江蕩槳, 終日飲酒. 夕以迎慰事, 修狀啓.

二十五日. 朝見工判申點及調度從事趙挺. 食後歸見監司韓應寅, 仍與尹使・書狀官・李接伴・趙從事・柳僉議思瑗等同話, 作陞官之戲. 歸見兵判李恒福, 力言先抄敢死人, 答曰, "甚善. 吾所知, 亦五十餘人." 又告沿邊設立判官事, 鄉兵老弱收軍糧事, 皆心受之. 又聞經理七月望後, 當渡江云. 申判書曰, "倭賊十五萬, 先入兩湖, 又集濟州, 以待命云." 兵判曰, "倭百萬作十三旗出來云." ○二十六日. 獨坐, 午後, 監司來見, 從容見我浮海詩及時獎說. 聞經理甚嚴, 李曰, "經理問戶曹事, 答以該官已來. 經理曰, '你國五萬人, 一年軍糧, 須卽備出.'" 又聞來十一日, 當渡江云. ○二十七日. 聞要時羅言八月初一日擧兵, 先入兩湖及濟州云. 見僉贊監司成甫等話, 又見兵判戶議. 聞經理問時事, 兵判誤答閑山軍數, 戶議不能答閑山軍所食糧數. 余曰, "閑山軍一萬, 一朔六千石, 而除點心, 故四千石也." 滿座皆愕曰, "君去, 則必無事也." 兵判曰, "令監接伴之薦, 實出於我, 而久在遐外, 故上不知耳." ○二十九日. 陳登, 同知以管糧渡江, 李剛中爲接伴.

七月初一日庚寅. 接伴, 爲經理所招, 往鎮江還來.

承旨權憘, 以問慰入州. 備邊司關云, "承旨問慰於義州, 丁某問慰於定州事啓下." ○初二日. 夕僉贊李德馨・監司韓應寅・調度洪世恭・府尹黃璡・書狀官尹惺・告急使權悏, 以我明日發行來見, 夜判官亦來. 僉贊等曰, "病患未差, 不可強行. 調理數日, 行發何如?" 余曰, "今日少差, 當寸寸進去."

初三日壬辰. 發行宿龍川.

參贊, 夜爲楊經理所招, 入鎭江. 朝見洪使・權承旨兄弟, 得一盃. ○初四日. 聞御史之行, 飯於車輦. 見老松, 有唐人詩滿壁, 此舘乃第一也. 夕投井畔, 仍宿. 路見金指揮通事, 經理十二日, 當入定州. ○初五日. 朝飯馳來, 路見宣川守金廷睦, 暫話. 入郭山, 與李接伴剛中及趙毅叔話. 朝泄痢甚, 夕飮胃苓湯. ○初六日. 留郭山, 夢與倭水戰. ○初七日. 兪接伴新甫來見, 後移其所舘. 聞經理十一日分明越江. 午後入定州, 見體察副使柳根. 昏聞我軍捉平調信.

初八日丁酉. 朝爲唐人所侵, 移入內房.

午時, 伏奉聖旨曰, "經理起復出來, 若不受宴, 實果生物, 多備進呈, 可也." 卽送祗受狀啓. ○初九日. 朝聞經理十一起馬. 夕方伯韓春卿入來. 聞經理來時, 不入義州, 各掌官員, 勿爲待令云. 又聞我國捕倭五十, 圍平調信, 寶城守安弘國逢丸致死, 沈惟敬又作和說, 麻總兵使人捉來. ○初十日. 方伯早出, 兵使昨昏入來. 頗僉將之軍二千五百, 向嘉山. 終日雨甚. 主家兒姜汝溫・汝恭兄弟, 學象某. 白仲說, 以兵部主事, 接伴來, 同話. 聞倭陣宜寧・慶州, 以講和事, 固請沈使. ○十一日. 夜大雨. 午後聞經理十六日當越江, 白牌來到, 慮以大雨不越江也. 夕歸客舘, 與朴元祥, 議禮節. ○十三日. 聞御史過行. 午聞經理十一日渡江, 留一日. 權承旨思悅, 來問其行禮. 答曰, "庭中路臺, 跪起揖, 跪起揖, 跪三叩頭, 問安後, 進禮單措辭而退. 議政參贊, 階上行禮, 副察以下, 庭中行禮云." ○十四日. 聞經理到宿林畔. 歸舘, 凡事預備. ○十五日. 到安定舘, 欲迎道左, 接伴使曰, "不須出迎, 未時經理入來, 卽閉門, 使通事告迎慰使來, 答大禮, 晩牌不可爲也." 遂與接伴及從事金藎國・都差員朔州成大業・雲山朴慶先・价川李希閔・熙川玄楫等話. 經理相見之禮, 別無定例, 接伴, 乃作呈文, 使表憲取稟定奪.

十六日乙巳. 行迎慰禮.

曉頭冠帶, 坐于交倚, 而卓子上, 諸物排設, 以待經理下人, 莫不來見稱好. 辰時,與接伴及牧使入庭, 彼令接伴及余, 階上行禮. 跪起揖, 跪三叩頭, 起揖西向立. 遂還就前, 告國王問安, 呈兩單. 彼答曰, “國王平安乎? 委送陪臣, 遠呈禮物, 感謝無涯.” 我叩頭以謝, 彼又曰, “此物不受.” 我更跪曰, “國王祇送禮物, 老爺不受, 卑職無以伸寡君誠意, 將何以回報?” 答曰, “俺先受之. 諸將必效玆, 不敢受也.” 仍曰, “辛苦遠來, 何日下來?” 答曰, “六月初下來.” 曰, “然則久留尤苦, 欲以酒椀慰之, 事體非便.” 遂給銀封, 封面書曰, “折酒銀五錢.” 又給謝帖, 只書壁謝二字. 曰, “此後迎慰使, 一路皆令勿來.” 遂出來. 許鏴庭中行禮. 前日副使柳根以下及迎慰使・承旨, 皆拜於庭中, 令我獨許階上之拜. 接對慇懃, 感喜感喜. 遂與諸友告別, 又告接伴曰, “齊以漢法等勅書, 時未分付. 其分付時, 令公若不盡力防弊, 將爲國家無窮之禍.” 李曰, “善哉言乎! 當力圖之.” 仍發來, 午飯于納淸亭, 入嘉山. 郡守金公暉來見, 都事尹暘亦來見. ○十七日. 朝見都事, 寧邊判官朴東亮亦來. 舟渡兩江, 直登百祥樓觀望. 迎慰使李德悅來見, 遂成迎慰狀啓, 付定州人. 夕到肅川. 與主守崔沂・慈山守金克孝話. 金乃同庚故人, 極喜開懷. ○十八日. 到順安. 見監司曰, “迎慰使李蘋, 見于嘉山之路, 畧聞其言矣. 令公何不於沿海官, 聚粮與船, 及撫軍以待之耶?” 韓曰, “吾已以米百五十石, 令龍川守, 送于薪島.” 答曰, “旅順口東來水兵七千名, 一日之粮, 乃百四十石. 若不意到某邑, 移文聚米, 何可及也?” 韓曰, “果然. 當卽送都事矣.” 又見迎候從事崔東望曰, “君可在陸指揮, 勿須登舟云.” 崔亦喜謝. 夕宿平壤. ○十九日. 朝發馳向黃州. 判官金志男受罪不見, 兵使在他. 頗叅將大軍入州. 接伴使申忠一來見. 夕見迎慰使尹仁涵. ○二十日. 曉頭舟渡前江, 朝踰洞仙嶺, 入鳳山. 主守邊好謙相見. 羅經歷及接伴官鄭曄, 二更入來. ○二十一日. 大雨. 發行, 川渠漲溢, 入宿山家, 極無聊. 主人, 以鷄黍供之. 終夜憂之. ○二十三日. 入開城, 聞倭船八百艘渡海. 留守黃汝忠, 留之强來, 扶醉泥落, 到東坡, 無人家. 冒夜渡臨津, 亦無一人家, 宿于舟中. 風雨愁吟. ○二十四日. 路見王春府, 聞閑山敗報. 夕入京城, 以敗軍之故, 中外洶洶.

二十五日甲寅. 未時, 入闕復命.

與兪接伴大進, 入庭肅拜. 領相及吏判, 送人問安. 路見尹府院根壽·金禮判瓚·鄭僉知叔夏而話. ○二十七日. 朝拜柳相極穩話, 兼見韓典籍浚謙. 夕爲左相所招, 叙話極穩, 二更還. 余見兩相公, 以舟師設立事, 力言之曰, "船隻三道各官浦排定, 軍人以免死帖送, 御史召募散軍中銳者, 空名帖下送, 使之收用, 則事可速成矣." 兩相皆喜聽. ○二十八日. 見洪吏判進, 請勿出使. 又見許僉議筬. 聞元帥狀啓二十一日倭船不知其數向閑山云, 大憂也. 吏僉姜紳·崔遠·權悏等來話. 兩相啓辭, "箭銃等事, 丁某云云." 依允. ○二十九日. 朝高彦伯狀啓入來, 賊水陸並進於湖南云. 備邊司入對.

八月初一日己未. 大雨. 裴楔狀啓入來.

狀啓云. "平古老云, '淸正二十七日由慶州·星州·高靈向南原, 平行長二十八日由宜寧·晉州向順天, 水路三運七隻, 陸路二運, 蹂躪全羅, 還陣釜山, 待朝鮮之和.' 又云, '下陸身死者, 元均·李億祺, 生存者, 李僉使應彪【加里浦僉使】·孫咸平·景祉等, 餘無去處.'" ○初二日. 見金刑判命元·觀象監洪麟祥. 金宅, 得見慶尙軍功冊, 云, "善山守丁某, 斬二十三級, 倭幕焚蕩二百間, 病倭十名, 軍器軍粮, 射殺五名." 問曰, "此外又有冊乎?" 曰, "有七冊, 各人所斬, 都合則數多." 彼曰, "餘功, 可用於代加也." ○初三日. 四更入戶曹. 與崔二相滉·朴判書忠侃·申四宰礛·李僉判槩話, 仍受誓戒. 朝報云, "黃海道島中, 捕倭四級." 李守備所指揮正中軍陸路來, 葛省察二人水路來. 李景麟·李屹·黃致敬罷職. 御史啓曰, "天粮四百五十石, 船到廣梁." 聞麻都督携戶兵僉判, 直下湖南云. 夕謁領相不見. ○初四日. 聞倭人云, "壬辰則牛馬布野, 米豆滿國, 故入寇. 今則皆是淸野難進云." 全羅監司啓聞云, "倭聱言入湖南, 直上京城." ○初五日. 朝尋左相不見, 夕尋領相不見. 昏見全羅監司黃愼, 仍話兵事. 尹昉亦來. ○初六日. 夕拜左相, 大言, "中殿不可出去." 及謹烽勑望及城中束伍等事, 左相曰, "吾將論啓. 凡有可言者, 每每書送, 則當記念, 次次啓達也." 聞舟師在蛇梁, 賊在閑山, 時京中士民動搖, 太半出去云. 故余力言鎭定之方. ○初七日. 長興新府使田鳳來辭去, 送家書. 全州壯士崔永吉來, 告閑山敗報, 獻生芋. ○初八日. 聞倭入全羅道, 賊船七隻, 收防踏軍粮而去, 長與等官一空, 裴慶男無賊而火, 左營元帥請罪, 晉州則已空於賊手云. 終夜掩淚不眠. ○初九日. 朝報云, "全羅監司, 請舟師敗耐諸將, 姑令從軍自效." 夕見崔正言及權僉知恢, 愀然不樂曰, "賊已入順天, 求禮家人, 不得已出送郊外." 又見兵衆盧士馨, 則亦然. ○初十日. 倭聲甚急, 京城多出避. 夕聞沈天使言曰, "倭無緊急云." 未知然否. ○十一日. 閔濬以楊元接伴, 自南原來, 南邊不至危急. 夕兵判遞, 金命元爲之. 聞倭入昌原等地, 韓明璉等, 與之接戰, 斬先鋒四十餘級, 賊陣乃退. ○十二日. 以危急事, 條陳左相, 又乞外補. 答曰, "無唐兵無倭賊之處求之, 我國難得, 何不向桃源問主人耶?" 遂咄咄. ○十五日. 見洪判書. 聞倭掩襲南原, 少退據山城. ○十六日. 聞倭至任實, 大憂也. 送救急十策於左相. ○十七日. 聞任實賊退. ○十八日. 送八條時務於崔正言, 使之論啓. 未時, 聞南原敗報. 崔弘載以正言, 曉諭討賊事, 牌招見我, 問時事. 許潛以出使來, 李僉知潔來話, 夜深悲泣相對. 聞玄風等, 官軍少捷. ○十九日. 朝聞入家唐人作亂. 聞通事張春悅所言, 南原未敗云, 不可知也. ○二十日. 李軸許潛相見. 又見李應敎尙毅, 力言副元帥宜下送, 又言兵事. 聞李光庭狀啓, 十六日成貼, 無敗事.

二十一日己卯. 差楊總兵元問安接伴使.

　與通事柳宗白, 將往迎中路, 夕拜辭治行. ○二十二日. 曉發向水原, 路聞摠兵留公州. 【按此時, 楊元, 自南原城陷而逃北, 還京城也.】 ○二十三日辛巳. 迎摠兵於郊外, 呈文對泣. 夕入館中, 摠兵哀乞曰, "告國王活我." 又受有旨, 給衣資. 仍狀啓. ○二十四日. 飯于果川, 陪入京城. 上迎于南大門, 楊不見而入. 夕肅拜.

二十五日癸未. 楊摠兵不意西出, 余拜辭追出.

　入備邊司, 聽左台秘言, 與領相及諸大臣議事, 宿于家. ○二十六日. 曉發, 夕飯臨津. 徹夜前進, 入開城府, 鷄數聲矣. ○二十七日. 朝問安于摠兵, 留守・都事來慰. 飯于猪灘, 昏入平山, 官人盡逃, 艱得食. ○二十八日. 先向安城. 聞摠兵還向京城, 仍宿. ○二十九日. 與摠兵手書問答, 其言在記行中. ○三十日. 朝見都事朴東悅·府使李世溫·延安南宮悌. 聞康津來船, 乃唐船云. 入見李接伴德馨·從事金藎國. 聞唐船入康津, 倭退南原.

九月初一日己丑. 飯于金郊, 還入開城.

見左相金重叔·李蘋·承旨鄭光績·應教李馨郁·金尚容等. 聞康津船不實, 倭分三路入. 又聞摠兵還向義州. ○初二日. 花美兄弟落後, 隨總兵, 還向平山, 淚下無數. 飯于川邊入平山. ○初三日. 飯于安城, 入瑞興. 甫山先文, 不傳者, 乃瑞興逃亡吏房也. 移文推捉. ○初四日. 飯于川邊, 入鳳山. 支應晚來, 人馬俱困, 總兵叱之曰, “可退去.” 大風, 宿冷房, 郡下人皆逃. 家眷存亡, 至今未聞, 日夜淚下. ○初五日. 大風. 到黃州, 飯後, 到中和, 宿村家. ○初六日. 午後發行十里. 聞蕭布政來, 還入府. 俄又聞布政恸, 總兵還向開城, 沈惟敬欲成和事, 亦上去. 接伴尹國馨曰, “唐船虛言也. 摠兵初以白衣從事, 後以推考伸稟, 公文來到云.” 我以病故呈文, 則摠兵曰, “五六日內, 吾當下來, 其間留調也.”

初七日乙未. 楊摠兵還向京城.

驛馬見奪於唐兵, 留練軍亭, 寂廖棲愴. 以摠兵上去, 病未追行事狀啓. 上書于柳相公, 請遞接伴. ○初八日. 朝見朴殷世. 持救摠兵咨文前往, 乃初四日出來也. 盖姑緩其罪, 以唐船接待事, 下送摠兵于康津云. ○初九日. 夢見鳴說. 是日, 李如梅領軍二千二百過行. 驛官鄭生來見, 仍曰, “茅陳楊三遊擊, 近日出來, 劉摠兵亦已渡江云.” 今乃重陽, 邑供酒餅, 心酸不食. 婢萬化之夫李永必來見. 其居乃祥原東面赤巖里, 去郡十里, 富實居生云.

初十日戊戌. 作詩二十七韻, 寄上楊摠兵, 留中和府.

洪佐郎慶臣, 過行相叙, 請改差. 此郡進士鄭應麟善書, 令書上摠兵詩. ○十一日. 朝服藥. 聞林鵬言, “麻將等, 初入到天安, 斬倭三十一級, 奪馬二百五十疋, 倭盡退." 又聞京來人, 去二十七日, 自羣山倉來, 倭陣益山・全州・任實・南原, 焚蕩無餘, 監司無營, 吏與奴屬浮海. 又聞皇帝命牌, 福建南北・浙江南北・遼陽南北, 十三道布政, 兵七十萬出去, 二十萬自寧波府直擣日本, 二十萬直擣對馬, 十萬以舟師遮截, 二十萬以陸路衝擊云. ○十三日. 朝聞賊入稷山, 唐兵退漢城. 與主倅咄咄長憂. 茅國器游擊, 領三千過去, 茅游擊軍器, 一百十六駄過去. 陳德昌, 自柳根處來曰, "水軍八千, 到泊于閑山島." ○十四日. 尹鯤奉使來言, "中殿初九日發向楊州, 大殿將行於十一日, 倭兵以公州云." ○十六日. 朝聞倭將一人, 下卒三十人來議和, 盡斬之, 只送一倭. 繼聞主上與麻都督, 渡江大戰, 我軍殺三千, 唐人殺二萬. 又見崔德老十一日書云, "慶尙道無倭, 金應瑞到雲峯, 斬七十級. 忠淸右道無倭, 左道淸州, 都元帥斬二十級. 楊經理十一日向水原, 大殿隨之." 又見金好成書, "初七日稷山, 牛游擊斬三十一級, 賊退于錦江, 家屬七日向平壤云." 洪判書答書曰, "示事如狀啓, 則似可因此而圍之." ○十七日. 朝見尹之屛初五日書, "交通人云, 【慶尙左兵使狀 啓】'淸正於南原中丸死, 平行長亦中矢, 倭無主將, 不得長驅.' 又天將云, '十五日, 以二百精兵, 送探逢賊, 斬三十三級. 經理之法, 斬賊一級者賜銀十兩, 得馬一疋者, 賜銀三兩, 以故人爭赴戰.'" 【按此時傳聞, 率多訛誤, 如所云淸正中丸・行長中矢者, 皆非實音. 然皆存錄之, 亦所以見當時之洶洶也.】十八日. 曉發, 到祥原, 李永必家留息. ○二十日. 聞淸正就捕, 或云被虜人斬來, 或云摠兵軍斬來. 大殿留京, 中殿亦止, 東宮還京. 察院水原留陣云. ○二十五日. 四五日來連以冷氣, 作痛人曰, "久行素食之故也." 以燒酒, 暫下馬頭. 金彦, 朝來中和, 報狀云, "摠兵二十二日發哀, 二十四日寅時過行." 其札云, "兩湖掃淸, 宗社之慶也. 接伴已遞, 按察則剝去云." 通事柳宗白札云, "摠兵, 以令監病重之意, 告于上前. 故以尹壽益改差, 今將陪行." 通事林鵬札云, "十七日, 淸州斬賊七千. 賊喫稻糠, 飢死遍野. 焚蕩賊窟及賊船, 只有零賊云." 金彦云, "行長, 以五十兵, 偸乘一船渡海, 淸正, 騎馬奔竄." 希良持帖, 納摠兵, 還授通事. ○二十七日. 鷄鳴. 惡氣上衝, 以鷄黃燒酒調下. 見中和守書, 淸正中矢而死云. 送其子李民宬筆法十張. ○二十九日. 送奴京中, 問本家安否及倭奇. 聞賊留南原・全州・光陽. 久留湖南極慮,而乃尹國馨書狀也. 摠兵二十四日已過平壤云.

十月初一日戊午. 仍留祥原李永必家.

初二日. 京來人李殷世云, "賊退釜山, 人多入京." ○初八日. 允權來. 聞湖南悉平, 賊留智異山下云. ○初十日. 金正仲孚云, "賊無歸處, 又無狀啓. 經理, 以軍粮事, 送左相於兩南, 送領相於湖圻云." 奉事全億鯤云, "官軍追賊下去, 至仁同. 九月二十七日, 平安兵使等, 以絶粮, 還元帥, 以湖南諸邑蕩殘之故, 欲見形止, 移駐南原. 倭則盡入東萊, 經理約於中冬, 限十日赴戰, 大駕亦從之. 列邑蕩然, 無一守令, 村無一人, 野田禾實離披, 錦花散落, 無人收拾云."

十一日戊辰. 聞差定州迎慰使.

仁世來, 蘆嶺以下, 賊方焚蕩, 任實·南原, 尙留賊兵, 慶尙無賊云. 天朝監軍御史來. 時安州迎慰使有旨, 初一日下來云. 還停京行. ○十二日. 送貴孫於平壤, 問迎慰事. ○十三日. 貴孫來. 迎慰有旨來, 燈下出庭祗受. 禮吏關子禮單並受. ○十七日. 平安監司處, 禮物預備事, 行關. ○十八日. 齒痛百藥無效, 以蠟着齒, 以鐵筯灼之, 午後差復. 聞御史接伴李好閔, 十三日過去.

二十日丁丑. 朝飯于祥原, 申時入平壤.

見方伯韓應寅. ○二十一日. 朝判官來見, 曰, "賊船到珍島, 李統制使撞破三十一隻. 其六隻生擒, 令公家眷, 千萬勿疑也." 夕見尹接伴國馨. ○二十二日. 齒痛, 朝以水清木灼之, 卽差. 尹接伴向順安. 金應敎尙容, 以問禮官昨來, 曉歸. 聞湖賊太甚云. ○二十六日. 夕沈知事喜壽, 以陳奏使出來, 往話從容, 書其覆題. ○二十七日. 朝發前進, 見沈使於馬上, 入肅川. 與主倅崔沂·其兄崔南原濂及張從事晩話. ○二十八日. 夜與聖節使南起話. ○二十九日. 朝發到安州. 聞清正入慶州, 光羅多賊. ○三十日. 午後, 御史柳寅吉入來. 聞湖賊盡退.

十一月初一日戊子. 留安州.

終日大雪, 獨坐讀易.

初三日庚寅. 夕受接伴使有旨.

卽見吳奴書云, “吾家三船無事, 入黑山島, 差可喜也.” 又見洪希古書, 以我爲兵部郞接伴, 爲其有文詞之能也, 可愧. 夕果有旨祗受. ○初四日. 食後發行, 夕到嘉山. ○初五日. 過定州, 二更到雲興. 郞中及接伴閔仁伯, 相逢同話. 郞中令曰, “明日相見.” ○初六日. 行見官禮, 到定州, 修狀啓, 仍留. 與牧使許鏛細話. ○初七日. 到嘉山, 郞中曰, “陪臣不入納淸支應, 極爲未安. 今後陪臣不飯, 毋得獨進於吾前.” ○二十三日. 冒寒先行, 員外入來. 後問安, 答曰, “公病中冒寒, 未安.” 見通判. ○二十四日. 極寒. 先入義州, 暫見府尹通判. 員外入行宮. ○二十六日. 朝韓萬壽, 以軍器官來見. 食後, 戶部郞入來, 員外往見. 府尹及戶部接伴韓令公德遠話. 夕見許從事筠・尹從事毅立還. ○二十七日. 夕進禮單, 硯二・墨五・席二・刀三・白扇五也. ○二十八日. 朝進員外, 員外以靑布二疋・藥囊二・金扇二・靴靑一贈我. 我冠帶謝惠, 先往江上, 與府官等祗送. 還來與否, 稟帖答曰, “來十五日, 可到義州, 以此狀啓.” 見禮判李好閔・同知李準兩令公, 穩話. ○二十九日. 得十五日京書, 知統制使, 以十月十四日夜, 大破海南屯賊, 粮米三百四十八石奪之, 康津・長興・寶城之賊皆遁, 順天・光陽之賊, 亦將遁走.

十二月初一日丁巳. 留義州.

聞員外陞兵備, 其代兵部主事徐中素差出云. ○初四日. 朝發, 還向京城. 見府尹及李公於衙內. 飯于所串, 宿于良策. ○初五日. 飯于車輦, 宿林畔. 宣川守, 以運米事不見. ○初六日. 飯于雲興, 夕入定州. ○初七日. 飯于郭山, 夕入嘉山. ○初八日. 到安州. ○初九日. 路見監司, 夕入肅川. ○初十日. 夕到順安. ○十一日. 入平壤. ○十二日. 尹國馨曰, “令公病重, 不可往, 仍調此處.” 余曰, “徐主事出來, 我或仍差接伴, 此宜狀啓而決之也.” 又與尹公, 議皇朝秘事, 我得聞來, 可送於相公,使之上聞云. 遂弔尹仁涵,【以永慰使客死】到祥原. 飯後, 轉到赤巖里. 得見鳴說書, 及夫人書, 知聲日喪, 終夜痛哭. 長叔父及之敬, 亦死於兇鋒, 舍弟等已在羅州, 其餘乘舟, 在木浦, 是則可喜. ○十三日. 因韓德敏便, 上左相書, 言秘密軍機事, 又書于吏判李槩・吏正金藎國, 請得僻郡. ○十八日. 謝恩副使鄭昌衍・書狀李尙毅・中和守李光俊・黃海伯權悏等處, 裁書付之. ○二十二日. 聞左相及洪吏判見遞, 軍門及大駕留都, 餘皆南下云. ○二十五日. 黃海伯權悏答書云, "要須來見, 有切議事." ○三十日. 乃立春也. 送歲於赤巖里.

戊戌正月初一日丁亥. 在赤巖里. 祥原公兄來拜.

初三日. 祥吏告目云, "陳御史, 二日宿嘉山."

初八日. 朝見中和書, 去月二十四日, 蔚山之戰, 斬倭四百四十五級, 其後斬積至千餘, 淸正圍而未捕, 其妻出來曰, "飢渴極困云." 通事林鵬告目云, "淸賊已捕, 獻察院." 未爲信也. ○十二日. 送貴孫於家, 戒兒輩曰, "賊平則入家, 不平則上京. 賊在釜山, 則農于靈光." ○十三日. 定州軍官辛貴克送奴. 差備通事朴元祥告目云, "徐主事, 十二月初六日間, 當來到, 趂此發來, 何如?" ○十四日. 中和守書云, "劉都督關云, '淸正在圍, 有如鼎魚.' 唐人入西生浦, 勝勢可知. 斬首級千六百, 而行長觀望, 不救淸正. 又光陽之軍, 討滅順天賊, 賊畏走." 吏房告目云, "梁按察與尹國馨, 十日過去, 藍游擊葉游擊領六千, 十二日過去, 董都督與接慰官洪奉祥, 十二日過去, 賊在天城加德及蔚山, 山上淸正, 在圍十四日, 行長不出, 淸正見捕, 則倭當卽降云. 毛游擊斬一千五百級, 朝夕可見勦滅云." 田生員富民, 來話從容. ○十五日. 監司書云, "徐主事, 杳然無聞云." ○二十一日. 聞唐兵退來, 京城奔散. 中和書云, "賊死者一萬, 我軍數百, 不得已回駐安東, 察院・都督, 將入京." ○二十三日. 聞京中極亂, 勢難接足, 倭聲大洶, 道路斷絶. ○二十四日. 與田生員話云, "賊向京中, 必轉及西路, 終若勢迫則西來, 更無可避. 靈光去蔚山六百里, 曾已蕩敗之地, 欲令家屬避亂於其地." ○二十五日. 京人過去者云, "楊麻兩將, 將入京云." ○二十六日. 趙龜麟曰, "赴戰人過宿吾家曰, '淸正分作三陣, 渠則上峯堅陣. 我軍伐盡初二陣, 方伐三陣, 大賊來吹角, 退守安東, 唐馬盡爲飢死. 彼我兩軍, 凡十一戰, 皆力盡. 淸正軍, 只有眼前, 所帶軍器, 盡付於唐人. 兩陣皆無鬪心, 必待秋成更戰云." 夕見吏曹關, 知十二月二十日, 差兵部主事接伴, 而關文直到義州, 義州送于監司, 監司送于祥原, 甚可歎也.

二月初一日丙辰. 在赤巖里.

初二日. 得京書, 領左相及吏判僉判·洪判書·副學·崔正言, 皆有書. ○初十日. 聞徐主事有越江之聲, 初四日南僉知, 促向順安云. ○十一日. 聞楊經理, 初五日入京, 麻提督亦初七八入京, 唐兵多入京. 兵曹奏請, "柳相·朴弘老·尹敬立·成允文, 尹承勳爲慶尙左監司, 李時發爲右監司云." ○十三日. 朝見中和書. 聞經理在忠州, 提督在安東, 唐軍三千餘人入京, 賊還動心. 又聞王按察·徐主事近到云. ○十四日. 聞徐主事接伴, 初四日更以崔天健差出, 吾則推考云. 聞賊在順天. ○十九日. 聞中和見罷. 監司書云, "軍門念間, 來住平壤, 徐劉尙遠云." 金正中宰來話. 聞義州狀啓云, "丁某無端上京."

二十日丁丑. 還向京城發行, 宿遂安地.

二十三日. 早發, 入遂安, 主守請留. ○二十四日. 到新溪. ○二十五日. 早發, 宿吹笛院. ○二十六日. 朝入兎山. ○二十七日. 到朔寧. ○二十八日. 入麻田【以下缺】○三十日. 入節義鄕申兵使家, 唐人許接一邊.

三月初一日丙戌. 病臥, 掃家不出.

初二日. 聞尹左相見駁. ○初七日. 朝入南所, 與柳知事永慶, 肅拜而出. 馬上見姜吏僉紳. 訪李判書好閔, 不遇而還. ○初八日. 拜柳相公, 相公以中原直伐日本秘書出示. 又見員外前三度請粮拜帖, 甚奇之曰, "如是接伴者, 無矣." 歷訪吏議金弘徵. 見全復禮, 乃尙州壬癸同事人, 極喜. 訪吏判李德馨, 不遇. ○初十日. 聞軍門停行. ○十一日. 朝見李知事好閔. 聞茅國器·全州趙正誼· 南原吳惟冲, 忠州及公州·醴泉·龍宮·安東, 作大陣, 周撼兵于德, 領兵二萬, 載船向閑山, 劉綎領兵二萬出來, 倭長淸正, 書乞講和而退次, 願見麻都督云. 經理被論再上題本, 皇上不答. 其題本曰, "臣被衆, 使臣死於賊所, 或重究, 勿令快快徒死云." ○十三日. 夕聞有全羅分戶曹參議之命. ○十五日. 聞自上改衆議, 付李民覺. 或曰大臣啓遞. ○十六日. 力疾拜金左相, 乞解任下鄕. 推考傳旨, 不下. ○十七日. 見朝報, 上曰, "丁某似不可爲如此事, 速爲處置可也." 備邊司曰, "回咨事急, 令吏曹從速改差." ○十八日. 推考以答五十, 解現任, 功減一等, 啓下, 答四十, 不解任云. 初度抗拒, 二度修飾答通, 不當從實記下云, 三度抗拒, 不當從實記下云, 遲晚. ○二十日. 李知事孝彦【好閔】, 子景嚴來訪. 夕謁鄭政丞琢穩話如一家, 訪兵議丁天錫穩話. ○二十一日. 見禮衆金宇顒話. 遂拜柳相公, 相公甚問病狀, 見我天使時偕作詩, 深歎. ○二十二日. 入驪州. 首望未蒙點. ○二十三日. 尋尹子固, 不見. 見洪判書, 議呈病, 答曰, "三度見遞, 後可以往來." 見京圻監司韓俊謙, 謁左相穩話. 又訪李接伴孝彦, 夜深醉中, 李先作詩, 令我次韻. ○二十四日. 陳御史出去. 夕聞北胡進陷四堡, 倭以講和書進呈通事云. ○二十六日. 傳曰, "文官有職者, 或解職或因公, 歸臥鄕曲, 令監司督送, 頑不動念者, 抄啓治罪." ○二十七日. 柳相公答我書曰, "遞職往還, 或似無碍, 量處也. 舟行不便, 鄕無醫具, 在此調治爲宜. 未前, 幸謀一叙也." 金相公亦答曰, "當不忘." ○二十九日. 聞順天, 平行長軍三萬, 平水羲軍九千, 築三重城子云. 夕見金衆議答書云, "此時私省似難, 何如?"

四月初一日乙卯. 再度辭狀, 今日始入, 得蒙給由.

初二日. 五衙將兼帶職, 不可不遞差, 送人權孟初囑之. ○初四日. 朝報云, "茂朱倭來." ○丁某兼帶職各, 并遞差. 聞昨夜江華首望, 上曰, "丁某病甚, 五衙亦不行, 何以擬之?" 仁川及廣州首擬, 上又曰, "改望." 西厓相公, 極從容問我軍功, "百二十級, 猶有餘在." 答曰, "可陞嘉善." 我乞追贈, 答曰, "監司·府尹, 可爲嘉善, 亦不難云." 又言以金之明內兄事曰, "能文章而有辦事之才, 不用何也?" 答曰, "吾同年也." 余曰, "及第何年? 年亦幾何? 不亦憐乎?" 乃曰, "年近衰可惜, 文章及有才,吾未知之." 相公又曰, "令公湖南八弊, 誠是格言, 須告右相." 余曰, "病狀人, 出入難矣." 相公曰, "湖士之善者, 願聞." 余曰, "何敢以某某歷告?" 相公, "恐自上非之, 速來爲望." 又見東巖, 病甚暫言. ○初六日. 曉發, 渡漢水. 夕入水原, 府使崔鐵堅在外, 不見. ○初七日. 早發, 夕入溫陽. ○初八日. 早發, 路見愼余慶. 聞賊警過長興. 夕入定山. ○初九日. 早發, 夕宿咸悅. ○初十日. 到新倉浦. 朝飯, 夕宿瓮井金靈光家. ○十一日. 自龍安, 歷古阜, 夕入茂長地. 聞家屬來靈光北面地藏里. ○十二日. 朝馬陷橋穴, 顚仆水田中, 落身馬底. 僅活出, 滿身汚泥. 遂入地莊, 與家屬會. ○十三日. 留臥困憊. 見丁仲誠話. ○十四日. 丁應龍·應虎·丁鳳來話. ○十八日. 聞茂朱賊盡殲. ○二十四日. 丁應璧·丁鐵壽來.

五月初一日乙酉. 將往故鄉, 治行具.

初二日. 扶病發行, 路逢大雨, 忍飢耐寒. ○初三日. 大水漲江, 艱辛跋涉. 夕宿有耻村, 崔廷彥·張大絃相話. ○初四日. 朝過夫山, 見李昇等. 入府, 見府使. 轉至碧沙, 艱到馬峴, 哭于先塋, 宿弟家. ○初五日. 先塋行祭, 叔獻·善長來叅. 過書堂, 見進士金珽, 請王考墓碣. ○初六日. 賓客醉不成話. ○初七日. 朝發, 飯于綾城, 昏到南平. ○初八日. 渡江, 宿靈光.

初九日癸巳. 到地藏里, 寓居.

初十日. 丁夢佑·丁鋏·丁久等來話. ○十三日. 鳴說來. ○二十二日. 聞五月十五日, 以末望爲淸州牧使.

六月初一日甲寅. 以左脚痛, 連日受炙.

初三日. 朝令淸州牧使, 除朝辭, 赴任淸州, 下人持京書來.

初九日壬戌. 發行.

初十日. 飯于興德, 見主監李凌雲. 宿古阜. ○十一日. 夕宿金堤. ○十二日. 夕宿益山. 見守李尙吉. ○十三日. 夕宿連山. ○十四日. 夕宿鎭岑. ○十五日. 雨中艱到荊角江, 宿文義.

十六日己巳. 朝雨忽晴. 巳時赴任. ○十七日. 總管使從事官朴震元, 自報恩到州, 相會. ○二十日. 分戶曹叅議李時發, 自文義來到, 與從事官相會. ○二十四日. 楊布政委官五人, 唐戰馬五十五匹押領, 自木川到宿. ○二十五日. 以迎命事, 到金城倉, 敎書肅拜. 與巡察使相會.

二十六日己卯. 還淸州.

二十七日. 星州站, 運粮夫馬催促事, 巡察使軍官, 持關來.

七月初一日甲申. 在淸州, 麻提督差官三人, 自木川到宿.

初三日. 五運運粮夫馬, 吾山中點事, 到彼軍人點送. 宿村家, 承旨尹敬立, 遣軍官問安. ○初四日. 午後還官. 德平擺撥, 唐兵一人到宿. 陳游擊千摠一員, 率通事, 自忠州到宿. 劉提督刷馬, 一百四十疋, 督送. ○初六日. 收米四百餘石, 沃川等官分載事, 關到. ○初八日. 劉提督行次, 刷馬差使員, 報恩縣監柳沃, 自縣來. ○十一日. 分左右收米, 先給沃川. 王叅政下來時, 以余都差使員, 差定關到, 而身病不進, 乞改差. 收米督運摠管使從事官軍官, 自淸安來到, 卽歸. 燕岐牧使至城, 論民書. ○十二日. 劉提督行次, 未收刷馬三十六匹, 修身坊處, 以刷出事, 分遣鄕所. ○十七日. 摠管使從事官朴震元, 自文義到州. ○二十一日. 茅游擊接伴官正郎安昶, 盧游擊接伴官都事申某, 兩行自鎭川到州, 相會. 與之直向文義. ○二十二日. 渭原郡守尹定【康津人】來話. ○二十三日. 從事官發向淸安. 楊布政差官一員, 家丁三人, 領戰馬九十八匹, 自木川到宿. 麻提督家丁一人, 初昏到宿. 是日布政差官出去. ○二十六日. 巡察使, 以麻提督行次迎候事, 本營離發, 向淸安時, 梧根出站事, 關到. 卽發行, 宿瓦孔里. 都元帥軍官, 領倭頭來宿. ○二十七日. 巡察使, 午時來會, 卽向淸安. 都元帥軍官, 領降倭二名到宿. ○二十八日. 忠州站, 麻提督支持雜物出送. ○二十九日. 蔣爺將差官一人, 家丁一人, 自清安到宿. 運粮人夫督促事, 分戶曹軍官來宿.

八月初一日甲寅. 在清州.

初二日. 茂朱之境, 倭賊衝突事, 傳通到付. 所屬各官軍兵, 整齊待變事, 傳令馳送. 楊布政唐馬一匹病斃 ○初五日. 諸色軍兵點閱事, 西林坐起. 楊布政差官一人, 家丁二人, 領戰馬二十三匹, 自木川到宿. 巡察使中軍林秀蘅, 聚軍士來謁. 是日, 摠理使從事官姜節, 自梧根到州, 相會. 選鋒軍代將林之榮押領, 送于沃川. ○初六日. 巡察使關云, "麻提督祗送, 後還營時, 梧根出站." 從事官與領馬唐兵, 往文義. 德平站擺撥, 唐兵亦出去. 巳時兵使關云, "初六日午時, 領軍馳到." ○初七日. 領軍, 往文義. ○初八日. 聚軍仍留. 兵使不題報狀, 發怒云. ○初九日. 曉發, 夕到沃川柳橋里. ○初十日. 丑時發行, 到梁山地. 兵使結陣處, 以不卽領來之故, 陪吏論杖. 是日, 兵使相會, 良久談論. 還發, 牛本峴點心, 到周岸里宿. ○十一日. 還官. ○十二日. 忠州, 麻提督·董都督支應人發送. ○十三日. 分戶曹叅議李時發, 自文義到州. 點心後, 卽向梧根. ○十六日. 諸色軍兵點考事, 西林坐起. 總理使從事官姜節, 自懷德到州.

十七日庚午. 董提督下來時, 忠州站支待, 以余爲都差使員. 是日, 發行, 宿清安.

十八日. 宿陰城. 鎮川·清安二縣監來見. ○十九日. 宿薪洞. ○二十日. 留薪洞. 清風郡守來見. ○二十一日. 麻董兩提督, 到龍安. 點心後, 申時, 到忠州. 董接伴使李忠元, 麻接伴使李光庭, 爭馬, 守令多罪. 從事官李必榮, 夜半乃散. ○二十二日. 兩提督之行, 發向安富, 而火藥所載, 刷馬十餘匹, 未及辦出, 故馳進告由. 午時, 還到忠州地, 宿村家. ○二十三日. 還官. ○二十四日. 西林坐起, 諸色軍士點考. 頗游擊接伴官申忠一, 相會. ○二十五日. 師游擊, 自鎮川到州事, 接伴官關子到付. 領兵親進事, 兵使傳令到. ○二十六日. 領軍發行, 到文義. 槐木亭坐起, 軍人照點. ○二十七日. 先運軍二百餘名, 親領至于懷德. 是日, 兵使到縣, 相會. 還發, 宿懷德村家. 師游擊, 自鎭川不由本州, 向忠州. ○二十八日. 後軍八十餘名, 中路照點後, 軍官鄭敏德・哨官鄭海立等, 使之領去文義. 槐木亭點心, 夕還官.

九月初一日癸未. 在淸州.

馬游擊接伴官, 先文到付. ○初二日. 票信宣傳官, 自鎭川到州. 董提督差官二人, 家丁四人, 自木川到宿. ○初三日. 湖南總理使從事官兵曹正郎閔汝信, 自淸安到宿. ○初五日. 固城縣令李大樹來見. ○初六日. 金山站, 軍粮五百石, 以本州人夫督運事, 摠管使關到. ○初七日. 星州站, 軍粮人夫催督, 都差使員, 以余差定, 關到. 槐山等邑, 夫馬督送事, 移文成送忠州. 唐火器所載牛馬百餘匹, 人夫百五十名卜定, 關到. ○初八日. 星州站, 軍粮夫馬督促事, 恭原縣監, 自文義到宿. ○初十日. 以軍兵查覈事, 兵曹佐郎李德洞, 自文義到州. ○十一日. 鳥嶺撥兵唐人, 五山場市人處相鬪, 稱以被打, 淸安縣監封牒持來. 大擧運粮人夫整齊事, 分戶曹叅議陪吏委來. ○十二日. 劉摠兵千摠, 率家丁一人, 自文義到宿. ○十五日. 票信宣傳官柳某, 自文義到宿. 摠管使從事官朴震元, 自長命到州.

十九日辛丑. 赴梁布政支站.

梁布政十六日, 京中起馬, 忠州站支待, 都差使員差定事, 見傳令. 卽發, 宿陰城甫川里. ○二十日. 夕到忠州, 則按察使已到. 巡察使以諸差員與支待諸官, 皆不來到. 故以延豐縣監爲分戶曹叅議, 以余爲夫刷馬差使員. 接伴使尹先覺相會. 唐人以夫馬事, 終夜侵之捉入. 吳經歷及中軍兩人, 送于接伴, 推閱. ○二十一日. 布政發向聞慶後, 余還發到金灘倉. 與吳經歷叅議御史相會. ○二十二日. 還官. ○二十七日. 訓練都監郎廳, 貿木花事, 到宿. ○二十八日. 摠理使從事官發向鎭川, 訓練郎廳發向報恩. 是日, 董提督, 行中賞給馬十三匹, 到宿. ○二十九日. 聞梁布政, 以落後事狀啓. ○三十日. 督運御史鄭思愼, 自淸安到宿.

十月初一日癸丑. 在淸州.

初三日. 巡察使關, 淸安・槐山等官罷黜, 以余爲封庫官. 卽日馳進, 到淸安封庫. ○初四日. 轉到槐山封庫, 還到清安宿. 是日黃海兵使姜澯, 自報恩到宿. 楊叅 將接伴官, 自木川到宿. ○初六日. 總理使姜節從事官, 自懷仁到州. ○初七日. 巡 察使從事官宋英耇, 以年分查蔽事, 自清安到宿. ○初九日. 盧游擊·董提督, 兩喪 柩, 自文義到宿. 接伴官申應潭領到. ○初十日. 兩喪柩, 轉向鎮川. 總管使軍官, 持 傳令到. ○十五日. 早發, 到長命, 與監司相會. 還發宿仇地. 是日, 催運 御史宋錫 慶, 自報恩不意到宿. ○十六日. 還官. ○二十三日. 接伴官兵曹佐郎朴孝誠·校書 著作李汝河兩行, 自報恩到宿. ○二十七日. 天兵師期太迫, 諸色軍兵親領, 趁初五 日赴陣事, 傳令酉時到付. 卽刻傳令諸坊里聚軍. ○二十八日. 嚴令抄軍, 招諸將結 束, 代將李邦彦軍官等來現. 兵使曰, "領軍." 巡使曰, "勿往." 進退爲難. ○二十九 日. 以點軍事, 往新灘.

十一月初一日壬午. 在清州, 留新灘點軍.

初二日. 還官. ○初三日. 以給事中行中都差使員, 將往忠州發行. 夕宿陰城甫 川. ○初四日. 到用安. 是日, 給事中徐觀瀾到站, 鎮川縣監·清安假官, 同爲支待. ○初五日. 陪給事中, 到忠州宿所.

初六日丁亥. 厄於忠州.

給事中之行, 護送于聞慶. 是日, 丁主事應泰行, 到忠州. 以刷馬不齊事, 重杖四 度, 終夜困辱, 從事官宋英耇·忠牧金明允同苦. ○初七日. 丁應泰之行, 出往聞慶. ○初八日. 陳效御史之行, 到忠州, 接伴李好閔. ○初九日. 還發, 宿甫川里. ○初 十日. 還官. ○十二日. 呈由于金監司信元, 給由五日. ○十三日. 董都督戰馬一百 十九匹, 自鎮川來到. ○十四日. 摠理使從事官, 到宿. ○十七日. 摠管使從事官盧 景任, 自報恩來到. ○十八日. 姜從事官, 發向文義. 董提督中軍師游擊·馬游擊· 郝遊擊等, 領率差官家丁幷五十五人, 到宿. ○十九日, 天將等, 出往懷德. ○二十 六日. 聞賊退.

十二月初一日壬子. 在清州.

十一日. 朝見貴孫, 自京來. 聞司憲府啓曰, "清州牧使丁某, 丁主事南下時, 酷被棍傷, 專廢官事, 吏緣爲奸, 百弊俱滋. 要衝重地, 將爲棄邑, 請命罷職." 依啓. 盖聞知舊諸公, 爲我圖之云. 遂治重記.

十四日乙丑. 曉發, 飯于新灘, 宿維城.

十五日. 宿連山. ○十六日. 宿益山. ○十七日. 留益山. ○十八日. 宿金溝, 主監李希諫出見. ○十九日. 宿頭東山下. ○二十日. 路逢安習讀父子飮. 宿卜竹. ○二十一日. 夕入靈光地藏里. ○二十二日. 清州下人歸.

三十日辛巳. 在地藏里, 餞歲.

余念今年困於兵賊, 家業蕩盡. 春憂家屬, 夏困清州, 至冬厄於忠州, 平生大不幸之年也.

己亥. 正月初一日壬午. 在靈光寓所.

初五日. 聞陳都督璘, 入靈光.

初八日己丑. 發故鄉之行.

十一日. 入霜山, 蕩燼無餘, 寄宿弟家. 謁廟與墓, 自然垂淚. ○十二日. 迎家屬, 修舊基作厨, 爲生居之計. ○十三日. 金兄公喜, 以統營從事官赴營, 歷訪.

十七日戊戌. 往會寧.

將築室於會寧, 是日開基.

二月初一日辛亥. 在會寧.

初二日. 鳴說·得說, 載傢伙雜物, 自法聖浦, 由舟來到.

三月初一日庚辰. 在會寧.

初七日. 還霜山, 路遇綾城守羅大用飮. ○十一日. 會飮于書堂, 歌笛入夜, 此亂離後, 初事也. 爲唱二絶.【見詩集】

十五日甲午. 夕雨, 萬物皆新, 梅杏先發.

十七日. 騎驢至白沙亭, 結漁簇吟詠, 往還. 百花成林, 一盃陶然. ○二十二日. 曹吉遠諸人, 爲我設酌, 登西峯大酌, 歌笛相和. 遂與少年, 吟落花飮一絶.【見詩集】○二十三日. 又吟一絶.【見詩集】○二十四日. 携妻與妾, 登西山煎花, 策驢遨游. ○二十五日. 杏花已飛, 桃花正發, 與而性, 往白沙亭. 夕雨, 騎驢還. ○二十六日. 與吉遠兩弟【卽景彦·景英】, 及里中諸人, 游鳳林, 油茶爛發, 石泉蕭洒, 春興方融. 忽有戀闕之思, 爲吟一絶.【見詩集】飮于西澗, 乘夕歌詠而還. 與曹文兩友, 開懷猶不足, 別時相顧惘然. ○二十七日. 鳥啼花落, 無事晝眠. ○三十日. 百花盡落, 春懷寂寂. 與文弟尹進士, 騎驢往牛巖, 文酒歌詠而還.

四月初一日庚戌. 在會寧.

聞李守非領水軍入古今島. ○初三日. 送海菜於霜山. ○初四日. 鑿池修井. 遂作柳臺, 以爲長夏徘徊之地.

十三日壬戌. 還霜山.

十五日. 令書堂學徒分曹, 爲楓亭絶句, 以睹勝敗, 爲山採之期. ○十七日. 與諸人, 賁菜於大谷, 出韻共賦詩.【見詩集】山菜兼得一雉, 極有滋味. ○二十三日. 游立石. 與金君振魏子德等十餘人, 烹鯉. 夕還遇虎.

閏四月初一日己卯. 在霜山, 游使君臺.

初三日. 與而振·叔晦, 携妻妾泛海, 至沙邊飮. ○初十日. 見朝報, 唐將盡去, 北變大作, 烽大五擧, 茂山甫乙下·朱溫, 被圍而陷, 兵使李鎰, 以兵破拿推. ○十八日. 始打麥. 粧琴. ○二十日. 又粧伽倻琴. ○二十二日. 彈琴終日. ○二十五日. 登東皐修杏亭.

五月初一日戊申. 在霜山.

初七日. 綾城守羅大用來見. 聞唐兵將下兩南. ○十八日. 見京書, 知未解由, 未叙用. ○二十一日. 見朝報, 知唐將皆入去. ○二十五日. 聞監司向羅州, 左相下來云.

六月初一日戊寅. 在會寧.

十三日. 聞左相入長興府. 上書問安, 亦致書于監司韓孝純. ○十四日. 見舜擧書, 知本道有己丑雪寃疏, 嗚說亦同㕘云. ○十五日. 左相【李德馨】答書大略云, "目下民瘼, 閑居深念, 何不一敎也?"【是時, 兵革之餘, 亢旱無禾, 八道同飢. 故左相問救民之策.】○十六日. 歸霜山, 留書齋.

十八日乙未. 至社倉, 謁左相.

夕與相公飮且話, 極陳民瘼, 相公且問且喜, 所言皆從. 又曰, "朝廷方亂, 以柳相國鋤西爲趨倭賣國. 李元翼救之, 同被屛斥. 右相李恒福, 亦以鋤削目之, 指以爲非. 我亦不得於上, 不久當遞職." 話至二更, 乘月上來書堂. 見朝報, 五月十七日蒙叙, 十九日付護軍. 洌水宗人丁鋪案, 當此之時, 干戈甫定, 黨人復用事【卽大北】, 元老元勳, 并被斥逐, 西崖・梧里・白沙・漢陰, 盡在屛黜之中. 盤谷公之平日所吹噓汲引者, 卽此三四大臣, 而時事如此, 公安得而復用哉? 此所以淸州罷歸之後, 消搖林泉, 放浪湖海, 不復爲北涉漢水之計, 而竟以淸州爲末職. 嗚呼, 悲夫. 君子之道, 進則同進, 退則同退. 少人則不然, 東附西趨, 唯利之所在, 故其進退, 不必同也. 公所守堅確, 國亂則與君子同進, 以共患難亂, 平則與君子同退, 不求利祿, 其視不義之富貴, 如浮雲然. 方且命其胤子, 爲己丑雪寃之疏, 其志操, 斯可見矣. 孔子曰, "甯武子, 邦無道則愚, 邦有道則智." 邦無道愚者, 國亂君囚之時, 橐饘賂醬之謂也, 邦有道智者, 亂定之後, 孔達專政, 而退然自晦之謂也. 若甯武子之愚且智, 盤谷有焉. 觀此日此記, 與漢陰酬酢數語, 而公之不蹠漢之志, 庶可以見. 此不可以不明也.

十九日丙申. 往會寧.

七月初一日戊申. 在會寧, 游鳳林寺.

初五日. 叔獻送酒. 秋風蕭瑟, 人愛溫衣, 天淡山色洒落.

八月初一日丁丑. 在會寧.

十四日. 歸霜山. ○十九日. 遊白沙. ○二十五日. 與諸人上寺, 鳴琴酌酒, 時滿山楓葉.

九月初一日丁未. 在霜山.

初七日. 監司韓公孝純歷訪. 懸敎書於楓樹, 植玉節於盤松. 秋興玲瓏, 故情融洽, 傳盃無數, 穩討民弊. 令鳴說執筆, 書格軍移營等事, 藏囊而去. ○十五日. 使雲僧粧房, 洒落精明, 有讀書意思. ○十六日. 雨中, 山菊玲瓏, 香滿西園, 與兒輩吟詠.

十月初一日丁丑. 少飲, 登東皐, 秋興蒼然.

初十日. 督餉使李判書光庭入府, 卽往入謁.

十一月初一日丙午. 文僉知携酒與琴而至.

初十八日. 入府見判官, 又見兵馬使. 與李海美, 自海琴歌爲歡. ○十三日. 入城, 見統制使·兵馬使. 文友弘道, 以從事官至. 夕見觀察使, 陳民弊. ○十六日. 道伯送示舟師磨鍊記.

十二月初一日丙子. 雨不能行獵.

初九日. 魏海南來話. ○十三日. 作族圖・誌與詩, 手書一障子. ○十四日. 改書族譜, 作詩與記.

庚子. 正月初一日丙午. 祭廟訖, 張樂, 與鄰里諸人歌舞.

初六日. 水使金億秋來話.

二月初一日乙亥. 文叔晦・文弘博來話.

初二日. 聞天兵中留.

九月初五日.【干支缺】兵馬使來見.

辛丑. 正月初一日庚子. 祭廟訖, 與鄰里話.

十三日. 城主來見.

二月初一日庚午. 樂安守洪祉來見.

初六日. 入府見城主及兵馬使. 夕見道伯, 彼先謝過, 我亦謝之. ○初七日. 朝見道伯, 論學. ○初八日. 珍島倅李聖任有饋. ○初九日. 道伯歷入霜山, 移時打話, 蓬蓽之光也.

三月初一日己亥. 梅花發.

二十七日. 副體察使, 送營吏, 貽書相問.

四月初一日戊辰. 聞功臣錄券成.

二十四日. 訪安僉奉. ○二十五日. 李察訪長源來訪.

五月初一日戊戌. 與宗族飲生辰酒.

六月初一日丁卯. 喘疾爲苦.
二十四日. 副體察使韓公俊謙來訪, 軍官蘇涉陪來. ○二十九日. 副體察使答書曰, "二日當會話."

七月初一日丙申. 薦麥.
初二日. 與副體察・判官杯酌爲歡, 夕還. ○初三日. 入見判官. 陪副體察細話, 兵馬使共飲. ○十三日. 聞濟州賊起. ○十七日. 聞濟州逆變.

八月初一日丙寅. 立書齋規條.

九月初一日乙未. 喘疾爲苦.

十月初一日乙丑. 小雨, 同宋進士醉吟.
三十日. 敬差官與綾城守同至, 共醉.

十一月初一日乙未. 敬差官綾城守還去
十一日. 敬差官更來.

十二月初一日甲子. 聞布教該之變.

辛丑. 正月初一日庚子. 行祭後, 與洞員醉話. 夢天使. ○初三日. 是日乃立春. 鄭承緒・金澤南來. 訪兵使於社倉. 聞浦人事心極亂, 移營海原事, 似順. ○初五日. 魏奉事廷尹・金舒川益貴來話. ○初七日. 從容吟詩. ○十一日. 與察訪文益明, 穩話. ○十二日. 入城, 卞質浦人事. ○二十二日. 鳴說四從兄弟, 赴試. ○二十九日.

子弟來, 所製不善, 慮慮. ○三十日. 聞榜景英叅一等.

二月初一日. 叅祠下堂, 卞萬戶及樂安倅洪祖來話.

初五日. 方伯入府, 願相見. ○初六日. 入府, 見城主・兵相・方伯. 與洪郭判官同話. ○初七日. 朝入方伯房內, 對飯論學. 又見兵相判官出來. ○初八日. 道伯問安狀答曰, "世變雖萬, 舊情倍百, 明當過拜云." 珍島倅李聖任送物. ○初九日. 道伯入來, 好作文, 談不及他言. 從容盃話而去. ○初十日. 送議送於寶城, 送所志於判官, 乃浦奴五名具抄一番事. 方伯退, 送判官, 則巡使不爲擧論云. 方伯答書曰, "忽忽不盡爲恨." ○二十一日. 與宣珍島朴奉事, 方酌東堂, 榜到喜喜. ○二十二日. 對面禮, 與洞員醉話. ○二十四日. 受慰禮於洞中, 病不飮. ○二十八日. 聞金進士叔嫂喪.

三月初一日己亥. 靜坐不出. ○十八日. 令兩侄, 灸璇璣亶中各三七壯, 蔽骨灸二七壯. ○十九日. 灸肺兪膏盲各三七壯. ○二十日. 判官送問安. ○二十二日. 聞移營. ○二十三日. 聞南北之變, 怪花怪蛙等事. ○二十七日. 副察使送營吏問安, 送謝狀. ○二十八日. 副使・兵使・判官答狀及朝報來. 聞黑笠奇. ○二十九日. 送移營小錄呈簡副使.

四月初一日戊辰. 聞功臣錄有慶. ○初二日. 聞濟舟敗. ○初五日. 致齊修祠堂. ○初六日. 行祭. ○十二日. 兵使送扇, 答狀. ○二十一日. 與金君振立石, 羹蕁蕡鯉而來. ○二十八日. 謁墓, 考講書堂. ○三十日. 見說兒書, 所讀不快云. 左相李憲國遞.

五月初一日戊戌. 與弟族飮生辰酒. ○初四日. 齋不出. 午後, 歸祭於墓. ○十六日. 與洞員飮. 北谷從世事, 飮蕁湯. ○十八日. 聞落榜消息. 午見說兒簡. ○二十四日. 以瘟行祭於烽家拜祠, 情理悄悄.

六月初一日丁卯. 侄等皆來. ○初四日. 浴午二百注, 夕四百注. 身經似快, 夜寢亦便. ○初六日. 朝浴桶, 暮四百瓢. ○初七日. 浴後有效. 鳴說來. ○初八日. 行祭, 與弟侄飲. ○初九日. 身輕無他病, 似有快差之漸焉. ○二十一日. 金令公軸來. 聞副察使來家治, 還家. ○二十三日. 判官過去問安. 副使到寶城, 答狀內, "明當進拜云." ○二十四日. 副使韓俊謙來, 穩話. ○二十五日. 韓作詩送, 次題以送. ○二十八日. 南解慍來. 副使約二日之會. ○二十九日. 送簡, 副使答曰, "二日當會話云."

七月初一日丙申. 薦大麥. 始自已藥. ○初二日. 與副使・判官, 杯酌, 夕還. 聞宋英耈事. ○初三日. 入見判官・副使, 細話, 飲兵使酒, 還家. ○初九日. 薦新後, 與松汀・君振・叔獻等, 大歡. ○初十日. 與洞員及書堂諸生, 飲且琴. 令作詩南一居魁. ○十二日. 昨食龜減喘. 副使送扇二柄, 向古今島云. ○十三日. 兵使答簡來. 官人告目內, "濟州賊起云." ○十四日. 食藍漆酒, 極困. ○十六日. 副使歸光州, 送書, 呈不見之意. ○十七日. 聞濟州逆變. ○十九日. 聞九月移營. ○二十三日. 判官改差, 鳴說多送京路費, 喜喜. ○二十五日. 與察訪及書堂諸生大會, 行南一魁禮. ○二十六日. 察訪及諸客, 罷歸.

八月初一日丙寅. 祭祠, 謁墓. 書堂立法. 連日唾痰, 去十四五六日, 飲藍漆酒, 藍漆七合, 白米一升, 粘米一升, 晦時見效. ○初七日. 喘痛甚. 見之明兄長, 病不來之簡. ○十三日. 痰甚. 判官答書及朝報來. ○十五日. 行祭於墓, 謁諸墓. ○二十二日. 痰喘苦苦, 鼻角太甚. ○二十七日. 判官到家云. 曉頭越來, 飲話. ○二十八日. 朝酒後, 判官發行.

九月初一日乙未. 昏曉喘痰. ○初二日. 喘痰亦歇. 判官送謝狀. ○初四日. 食泡, 暫喘. ○初十日. 入府, 與宋進士英祚・兵相柳話. 夜還. ○十一日. 簡城主. ○十四日. 兵使多送塩魚. ○十七日. 獨坐致齊外房. ○十八日. 乞孫獻肉, 行祭. ○二十日. 見洗馬書・宋進士書. 兵相殺人判官報使. ○二十一日. 教兒詩, 昌侄・南兒同受. ○二十三日. 藍酒十匙, 困困. ○二十五日. 藍酒飲. 見移營報. ○二十六日. 染不叅祭, 痛痛. ○二十八日. 聞兵使殺人檢尸, 回送. ○三十日. 宋進士來話.

十月初一日乙丑. 與宋進士醉吟. ○初三日. 面上上血, 不安. ○初六日. 喘無上氣. 打量關文來, 別試奇來. ○初七日. 面上上血. 判官來, 以打量事云. ○初九日. 尹進士來, 議打量事. ○十四日. 聞敬差官入府. ○十五日. 入府見判官·兵相·敬差官, 大飲. 月下乘轎, 到家. ○二十五日. 夕見差官·綾城倅兪昔曾, 飲話. ○二十七日. 啖木果, 喘暫歇. 差官打栗浦高等云. ○二十九日. 敬差送簡曰, "當到高屛云." 掃庭而待. ○三十日. 與差官·綾城倅及金永輝, 大醉, 更深爛熳吟咏.

十一月初一日乙未. 差官指泉浦, 金永輝指長興綾城亦云. ○初二日. 聞差官向長東. ○初五日. 聞長東不升等云. 聞兵使罪徭役紛擾官村. ○初六日. 食椒四十九, 無喘. ○初八日. 兩弟入府, 慰簡兵相. ○初十日. 聞罷量田, 自本府爲之. 敬差明向寶城. ○十一日. 敬差入家, 桃樹吟一詩. ○十五日. 小喘. 聞太子冊封別試及謁聖奇, 見京簡. ○二十二日. 謁墓拜祠, 致齊. ○二十四日. 判官先文不來, 直歸熊峴. 曉行祭. ○二十五日. 致齊, 仍備物. 聞禁婚冊始. ○二十六日. 兵使金應瑞來話, 從容盃別. ○二十七日. 行祭後, 判官忽到, 陳弊從容. 兵使出官. ○二十九日. 曉喘. 天使出支待, 天地震動.

十二月初一日甲子. 以兒病, 不行朔奠. ○初二日. 鄭子正來. ○初三日. 無喘. 子正去, 獨坐悄悄. ○初四日. 天使支待, 民間騷動. ○初六日. 馬島萬戶, 送鞏古. ○初十日. 極寒杜門, 草稧子候門詩. ○十七日. 喘, 食椒梨. 見判官書, 別于白沙云. ○十八日. 歸白沙. ○十九日. 判官到白沙, 飲話. ○二十日. 與判官, 吟咏盃話而罷. ○二十五日. 與洞員話, 讀周頌. ○二十七日. 右相簡來.

壬寅. 正月初一日甲午. 病不能謁廟.

十五日. 韓虞候, 送平胃・正氣散各一貼, 病仍無減. ○十九日. 見朝報, 因文夢虎等上疏, 朝廷飜覆.

二月初一日甲子. 曉服人蔘.

十六日. 强起行祭. 自是日稍勝.

閏二月初一日甲午. 授兒韓詩, 氣急不能速聲.

十二日. 道伯韓公俊謙來訪, 移時打話. ○十五日. 貼書于道伯, 請速啓移營. ○十六日. 道伯答書云, "移營事將狀啓."

三月初一日癸亥. 病之進退, 無常.

初四日. 宣珍島來見. 上書于領相李公德馨. ○二十八日. 與室人子姪, 責蔬于北谷, 乘轎往來. ○二十九日. 暫喘. 善長以鯉來見.

四月初一日壬辰. 痰喘少歇.

二十六日. 自是日又有吐血之症.

五月初一日壬戌. 痰喘無減. ○初三日. 服人蔘. ○初四日. 聞付軍職. ○初七日. 自是日有痢疾.

六月初一日辛卯. 水痢無減, 脚部有浮氣. ○二十七日. 食大麥屑, 厥明水痢少平.

七月初一日庚申. 氣少平. ○十三日. 聞倭來, 右水使領船進海. ○二十四日. 聞右道船, 盡入東海.

八月初一日庚寅. 困於水痢, 又已三日. ○初四日. 聞水使以儒生立番事, 罷職. ○初八日. 聞倭送兵器, 可痛.

九月初一日己未. 兵馬使饋魚. ○十二日. 灸中脘三七壯.

十月初一日己丑. 腹平, 而喘如故. ○十七日. 聞有倭變.

十一月初一日戊午. 喘如故. ○十五日. 病極苦, 自是日, 飲食全減.

十二月初一日戊子. 脹甚, 服土豬丸五丸. ○初二日. 巡使入府, 送醫藥. ○初三日. 巡使送審藥食物, 兵馬使亦送饌物. ○十二日. 得京書, 以軍功陞嘉善大夫. ○是月以來, 病勢彌重, 十五日以後, 面目有浮氣.

十七日

是日之夜子時, 先生考終于霜山本第. ○是日, 稍醒, 命作明文, 至昏猝重, 夜分而絶.

VII. 盤谷集 卷之六
반곡집 권6

난중일기(亂中日記)

정유년(1597, 선조30) 정월 초1일 임진. 집에서 제사를 지내고 이웃과 술을 마셨다.

4월 11일 신미(辛未). 병조(兵曹)의 관문(關文)이 도착하여, 지난달 20일에 오위장(五衛將)에 제수되었음을 알았다. ○19일 기묘. 서울로 출발했는데, 부사(副使)가 와서 전별하고 저녁에 사창(社倉)126)에 묵었다. ○24일. 정오에 고부(古阜)에 이르러서, 군수 임발영(任發英)127)과 대화를 나누었다. ○28일. 평택현(平澤縣)에 들어갔는데, 직산 현감(稷山縣監) 이신의(李信義)128)가 나를 만나 말하길, "명나라가 우리나라에 도독부(都督府)129)를 설치하고, 평안도(平安道)·황해도(黃海道)·경성(京城)에는 포정사(布政司)130)를 설치하고, 팔

---

126) 사창(社倉) : 조선시대 각 지방 군현의 촌락에 설치된 곡물 대여 기관.

127) 임발영(任發英) : 1539~?. 본관은 장흥(長興), 자는 시언(時彦)이다. 1568년(선조1) 사마시에 합격하였다. 1592년 임진왜란 때 종묘서 영(宗廟署令)으로서 종묘의 신주(神主)를 받들어 모신 공으로 선조(宣祖)가 무과 시험을 보게 하여 그해 안주 목사가 되고 이듬해에는 운량사(運糧使)로 군량수송에 공을 세웠다. 1604년 호성 공신(扈聖功臣) 3등으로 책정되어 예양군(汭陽君)에 추봉되고 형조 판서에 추증되었다.

128) 이신의(李信義) : 이신의(李愼儀, 1551~1627)의 오기. 의신의는 자가 경칙(景則)이고, 호는 석탄(石灘)이고, 본관은 전의(全義)이다. 민순(閔純)의 문인이다. 1582년(선조15)에 학행(學行)으로 천거되어 관직에 진출하였고, 1592년 임진왜란이 일어나자 의병 300명을 이끌고 왜군과 싸워 공을 세웠다. 이후 고부 군수, 직산 현감, 괴산 군수, 광주 목사, 남원 부사, 홍주 부사, 해주 목사 등 일곱 차례 지방관을 역임하였다. 1617년(광해군9)에 폐모론이 일어나자 이에 반대하는 상소를 올렸다가 함경도 회령(會寧)에 위리안치되었고, 함경도 주변 정세가 불안해지자 전라도 흥양(興陽)으로 유배지를 옮겼다. 1623년 인조반정으로 풀려나 형조 참판과 형조 참의를 역임하였고, 정묘호란 때 왕을 호종하여 강화로 가던 중 병으로 죽었다. 고양의 문봉서원(文峯書院)과 괴산의 화암서원(花巖書院)에 제향되었다.

129) 도독부(都督府) : 명나라가 정벌한 국가에 설치한 통치기관.

도(八道)에 안찰어사(按察御史)를 두었다고 합니다. 일본이 배 1,700척을 우리나라에 보냈는데, 그 사람들이 배반하고 남만(南蠻)으로 들어갔습니다. 그러자 가토 기요마사(加藤淸正)가 백금 200냥으로써 그 나라에서 군대를 모집하고, 술로써 우리나라 사람을 위로하며 길잡이가 되도록 허락했습니다." 하였다. ○30일. 한강을 건너 은상운(殷尙云)의 집에 들어가서 조금 쉬었다가 경성에 들어갔다. 성궐이 잡초로 뒤덮이고 많은 집이 다 무너져서 슬픔으로 흐르는 눈물을 금할 수 없었다. 박은룡(朴殷龍)의 집에 묵었는데, 오위장(五衛將)이 이미 체차(遞差)되었다는 것을 들었다.

5월 초1일 신묘. 서울에 머물렀다.

듣건대, 명나라가 도독부와 포정사를 경성에 설치하고, 또 팔도에 포정사와 안찰어사를 두었다고 하였다. 또 듣건대, 왜선(倭船) 150척을 포로로 잡인 우리나라 사람 이문욱(李文旭)[131]으로 하여금 거느리고 가게 했는데, 이문욱이 중도에 배반하고 남만으로 들어갔다고 하였다. ○초3일. 참의(參議) 정윤우(丁允祐)[132]가 편지를 보내와 위문하였다. ○초6일. 저녁에 이조판서 이 아무개 어른을 배알하였더니, 성명을 쓰고 관안(官案)[133]을 주며 하며 말

---

130) 포정사(布政司) : 명대(明代)의 관서 명칭. 행중서성(行中書省)을 개칭한 것. 전국을 13 포정사로 나누고 매사에 포정 좌사(布政左使)와 우사(右使)를 각 1원(員)씩 두어 정치·재정(財政)을 맡아보게 했다. 『명사(明史)』 직관지(職官志).

131) 이문욱(李文旭) : 이문욱(李文彧, ?-?)의 오기. 이문욱은 임진왜란 때 포로로 일본에 건너가 학식과 효용(驍勇)함으로 관백의 사랑을 받아 양자(養子)까지 되었는데, 그 뒤 반란군들로부터 관백의 생명을 구하여 더욱 신임이 두터웠다. 주위의 시기를 받아 행장의 부장으로 조선에 나와서는 일본의 적정을 알리는 등 조국을 위해 노력하다가 탈출하여 이순신 휘하의 수군에서 활약했다. 노량(露梁) 해전에서 이순신이 적탄을 맞고 쓰러짐에 그 아들이 곡을 하여 군심(軍心)이 당황해 하자 이문욱이 곡을 멈추게 하고 옷으로 시신을 덮고 북을 울려 군사의 사기를 올리면서 전진케 하기도 하였다. 『조선왕조실록(朝鮮王朝實錄)』 선조(宣祖) 권89.

132) 정윤우(丁允祐) : 자는 천석(天錫), 선조 경오(庚午) 식년에 급제, 관직은 충청 감사(忠淸監司)에 이르렀다. 『국조방목(國朝榜目)』에는 '丁允祐'의 '允' 자가 '胤'으로 되어 있다.

133) 관안(官案) : 각 관청의 소관 사무 및 소속 관원의 품계와 정원 등을 기록한 일종의 관직표이다.

하길, "매번 인재를 골라 벼슬을 제수하라는 명이 있을 때마다 적임자를 얻지 못했었는데, 지금 적임자를 얻었습니다."라고 하였다. 또 영의정 서애(西崖) 유선생(柳先生)[134]께 절하고 밤이 깊도록 이야기를 나누었는데, 선생이 또 나에게 당부하며 말하길, "지금 이후로 외직으로 나가지 말게."라고 하였다. ○초7일. 저녁에 좌의정[135]을 배알하였다. 동암공(東巖公)[136]이 나의 손을 잡고 탄식하며 말하길, "그대가 살아있을 것이라 생각하지 못했는데, 지금 다시 만나게 되었군요."라고 하였다. 밤새도록 회포를 풀었고, 아울러 시국의 어려움에 대해 토론했다. 또 같은 마을에서 집을 빌리도록 허락해주어, 진심어린 마음을 지극히 보여주었다.

초8일 무술. 명나라 장수 양원(楊元)[137]이 요동 병사 3,400여 명을 거느리고 도성에 들어오자, 주상이 교외에서 맞이하였다. 명나라 사람들이 집을 수색하느라 어지러웠는데, 겨우 무사할 수 있었다. 저녁에 지사(知事) 홍희

---

134) 서애(西崖) 유선생(柳先生) : 유성룡(柳成龍, 1542~1607)을 가리킨다. 관은 풍산(豊山), 자는 이현(而見)이다. 1566년(명종21) 별시 문과(別試文科)에 급제하고, 영의정을 역임하였다. 1598년 명나라 정응태(丁應泰)가 조선이 일본과 연합하여 명나라를 공격하려 한다고 본국에 무고한 사건이 일어나자 이 사건의 진상을 변명하러 가지 않는다는 북인(北人)들의 탄핵으로 관작을 삭탈당했다가 1600년에 복관되었다. 이후 벼슬을 마다하고 은거하였다. 저서로는 『서애집(西厓集)』, 『징비록(懲毖錄)』 등이 전한다.

135) 좌의정 : 김응남(1546~1598)이다. 김응남은 본관은 원주(原州)이고, 자는 중숙(重叔), 호는 두암(斗巖)이다. 1568년(선조1)에 문과에 급제하였고 벼슬은 좌의정에 이르렀다. 1591년 성절사(聖節使)로 가면서 일본이 명나라를 침범하려는 뜻을 가지고 있음을 전하였다. 『선조실록(宣祖實錄) 24년 10월 24일』

136) 동암공(東巖公) : 이영도(李詠道, 1559~1637)의 호이다. 본관은 진보(眞寶), 자는 성여(聖與)이다. 임진왜란 때 의병을 모집하여 싸웠고, 군량미 조달에도 큰 공을 세웠다. 조부는 퇴계 이황(李滉)이고, 부친은 군기시 첨정 이준(李寯)이다. 미수가 그의 묘음기(墓陰記)를 지었다. 『記言 別集 卷2 東巖公墓陰記』

137) 양원(楊元) : 명나라 장수이다. 정유년(1597)에 흠차비왜우익부총병(欽差備倭右翼副摠兵) 원임도독첨사(原任都督僉事)로 나와 남원(南原)에 주둔하였다. 7월에 적의 포위 공격을 받아 우리나라 장사(將士)가 많이 죽었는데, 양원이 홀로 1백여 기와 함께 포위망을 뚫고 나왔다. 그러나 결국 성을 함락당했다는 죄로 요양(遼陽)에 잡혀가 군전(軍前)에서 효시(梟示)되었다.

고(洪希古)[138]를 만났다. 듣건대, 명나라 황제의 자문에서, "조선에서 군량을 마련하려는데 우리에게 주지 않으니, 왜놈과 싸우길 요구해도 우리는 못한다. 도어사(都御史)[139]와 8도의 도사(都司)[140]로서 경리(經理)[141]를 대신 할 것이다."라고 했다고 하였다. 그러므로 심 판서(沈判書)[142]가 주문사(奏聞使)[143]로서 떠났고, 오유충(吳惟冲)[144]의 군대 3,000명이 이미 강을 건넜다고 하였다. 홍 지사(洪知事)가 속마음을 토로하고 밤이 깊어서야 돌아갔다. 정언(正言) 최홍재(崔弘載)[145]가 찾아와서 속마음을 이야기였는데, 또한 매우 화기애애하였다. ○11일. 저녁에 오위장(五衛將)이 되어, 밤에 영의정을 배알하

---

138) 홍희고(洪希古) : 홍진(洪進, 1541~1616). 조선 중기의 문신으로, 본관은 남양(南陽), 자는 희고(希古), 호는 인재(訒齋), 퇴촌(退村)이다. 1541년(중종35) 중종 때 성리학자 홍인우(洪仁祐)의 아들로 태어났다. 1564년(명종19) 사마시에 합격하였고 1570년(선조3) 식년 문과에 병과로 급제하였다. 이후 관직에 나가 정자, 검열, 수찬, 응교 등을 지냈고 1589년(선조22) 직제학으로 문사랑이 되어 정여립의 모반사건을 계기로 일어난 기축옥사를 다스렸다. 이어서 동부승지를 거쳐 좌·우승지를 역임하였다.

139) 도어사(都御史) : 도찰원(都察院)의 관원이며 도찰원에는 좌우도 어사, 좌우첨도 어사 등의 관원이 있다.

140) 도사(都司) : 도사(都司)는 도지휘사사(都指揮使司)의 약칭이다. 명나라 관직으로 4품 무직(武職) 아문이다.

141) 경리(經理) : 경리(經理)는 경략사(經略使)의 약칭으로, 그 당시 우리 나라에 온 명 나라 군사의 총지휘관이다. 1597년(선조 30) 정유재란 때 명(明) 나라에서 구원병을 인솔하고 들어온 경리조선군무(經理朝鮮軍務) 양호(楊鎬)를 가리킨다.

142) 심 판서(沈判書) : 심희수(沈喜壽, 1548~1622). 본관은 청송(靑松), 자는 백구(伯懼), 호는 일송(一松)·수뢰루인(水雷累人), 시호는 문정(文貞)이다. 노수신(盧守愼)의 문인이며, 문장에 능하고 글씨를 잘 썼다. 저서로는 『일송집(一松集)』이 있다.

143) 주문사(奏聞使) : 나라에 특별한 일이 있을 때 명나라 황제(皇帝)에게 이를 알리기 위해 보내던 사신.

144) 오유충(吳惟冲) : 오유충(吳惟忠)의 오기(誤記). 오유충은 임진왜란 때, 원병으로 온 명나라의 장수이다. 1593년(선조26) 파병 당시 우군 유격장군으로 제4차 평양 전투 때, 앞장서 적의 총탄을 맞았음에도 불구하고 군사들을 독려해 사기를 높였다. 정유재란 당시에는 충주를 지키는 임무를 맡았다.

145) 최홍재(崔弘載) : 1506~?. 자는 덕여(德興). 1597년(선조 30)에 사간원정언으로 있으면서 경연관(經筵官)이 되어 『주역(周易)』을 강(講)하였다. 또한 당시 치러진 무과시험의 파행에 대하여 병조당상과 그 실무담당자를 문책할 것을 건의하였다. 1601년(선조 34) 울산판관(蔚山判官), 1605년(선조 38) 전라도사, 이듬해에는 병조정랑과 예조정랑을 지냈으며, 그 뒤 정언·지평 등을 역임하였다.

였다.

13일 계묘. 총병(摠兵) 양원(楊元)이 남별관(南別舘)146)에 들어오자, 상께서 위로하는 연회를 베풀었다.

신하들이 멀리 떨어져 있다가 가마를 옆에서 끼고 지척 거리에서 모시고 호위하니, 임금이 얼굴에 기쁜 기색을 금치 못하였다. 사미(四味)와 다섯 번째 잔을 올리고 파하였다. ○14일. 종과 말을 명나라 사람들에게 빌려주었다. ○16일. 세자가 입학하였다. ○17일. 아침에 병조참의 정숙하(鄭淑夏)를 만나 병란에 대해 이야기했다. 이조와 비변사가 함께 의논하여, 나를 장 참의(張僉議)147)의 접반사(接伴使)로 삼았다. 승정원에서, '장 참의의 지위가 마 도독(麻都督)148)보다 위인데, 마 도독은 가선대부(嘉善大夫)를 접반사로 삼고 장 참의는 통정대부(通政大夫)를 접반사로 삼으니 불가합니다.'라고 아뢰었는데, 상소를 도로 내주었다. 이조참판이 답하기를, "비변사와 함께 상의하였으니, 어찌 불가하단 말인가?"라 하고, 상소를 도로 내려 보냈다. 그러자 승정원에서 입계(入啓)149)하였다. 저물녘에 돌아와서 동부승지 권희(權憘)를 만났는데, 권희가 말하길, "지금 계하(啓下)150) 받았으니, 내일 출발해야 합니다. 장 참의는 문장을 잘 하는 사람이므로, 접반사를 특별히 가려 뽑았다고

---

146) 남별관(南別舘) : 남별궁(南別宮). 지금 서울 송현동(松峴洞)에 있는 별궁이다. 임진왜란 때 태평관(太平館)이 불타자, 1593년(선조26)에 제독(提督) 이여송(李如松)이 한양을 수복하고 여기에 머물러 이후 명나라 사신이 거처하는 곳이 되었다. 『신증동국여지승람(新增東國輿地勝覽) 卷3 漢城府 宮室 南別宮』

147) 장참의(張僉議) : 흠차분수요진동녕도 대관방해도사 하남포정사우참의(欽差分守遼鎭東寧道帶管防海道事河南布政司右參議) 장등운(張登雲)을 가리킨다.

148) 마 도독(麻都督) : 마귀(麻貴). 1597년(선조30)에 정유재란(丁酉再亂)이 발생하자 명나라에서 조선을 지원하도록 파견된 제독이다. 이해 12월에 도원수 권율(權慄)과 합세하여 울산에 내려가서 도산성(島山城)을 공격하였으나 적장 흑전장정(黑田長政)이 이끄는 왜군에게 패하여 경주로 후퇴하였다. 1598년 만세덕(萬世德)이 거느린 14만 원군을 따라 들어와 다시 도산성을 공격하였으나 성과를 올리지 못하고, 왜군이 철수하자 귀국하였다.

149) 입계(入啓) : 임금에게 상주(上奏)하는 글월을 올리거나 또는 직접 아뢰는 일.

150) 계하(啓下) : 임금에게 올려진 계문(啓聞)에 대한 임금의 답이나 의견으로 내려진 것. 임금은 계문을 보고 계자인(啓字印)을 찍어 친람(親覽)과 결재(決裁)를 마쳤음을 표시하였음.

합니다."라고 하였다. 서계(書啓)가 구름처럼 쌓여 있어 공문서를 출납하는 것이 깊은 밤이 되도록 그치지 않았으니, 나랏일의 어지러움을 이로부터 알 수 있었다. 2경이 되어 내려왔다. ○18일. 계하(啓下)가 아직 내려지지 않았으니, 좌의정이 편지를 보내 묻기를, "이러한 때에 원행(遠行)을 어찌 면할 수 있겠는가? 혹자가 체직(遞職)해 달라고 아뢰려고 하였으나 내가 그것을 말린 것은 또한 뜻이 있어서네."라고 하였다.

19일 기유. 시어소(時御所)[151]에서 도사(都司) 유응호(劉應浩)를 접견하였다. 궐에서 참의 심우승(沈友勝)[152]을 만나 옛 이야기를 나누었는데, 교리 윤돈(尹暾)[153]은 옆에 있으면서 말을 하지 않았다. ○이날, 상께서 접반사를 다시 의망하여, 나는 원행을 면할 수 있었다. ○20일. 상께서 남별궁(南別宮)에 나아가 양 총병(楊摠兵: 楊元)을 접견하였는데, 술잔을 세 번 돌린 뒤에 자리를 파했다. ○21일. 이른 새벽에, 상께서 남대문 밖에서 양 총병을 전별하고 환궁하셨다. 저녁에 좌의정을 만나 잠시 이야기를 나누었다. ○22일.

---

151) 시어소(時御所) : 임진왜란 때 선조가 의주(義州)로부터 환도하여 임시 행궁(幸宮)으로 삼던 곳. 1593년(선조 26) 10월, 선조가 피난처로부터 환도하였으나 경복(景福)·창덕(昌德)·창경(昌慶)의 3궁(三宮)이 모두 불타 예전 월산대군(月山大君:성종의 형)의 집을 행궁으로 삼았다.

152) 심우승(沈友勝) : 1551~1602. 본관은 청송(靑松), 자는 사진(士進), 호는 만사(晩沙)이다. 임진왜란이 일어나자 선조를 호종하던 도중에 정언과 지평 등을 역임하고, 이듬해 진주사(陳奏使)의 서장관으로 명나라에 구원을 청하고 돌아와 승지와 춘천 부사 등을 역임하였다. 서울에 주둔한 명나라 군대의 행패가 심해지자 명나라 경리(經理) 양호(楊鎬)에게 항의하고 그 시정을 촉구하다 파직되었다. 뒤에 한성부 우윤으로 비변사 유사당상을 겸하였다. 사후에 호성공신(扈聖功臣) 2등에 책록되고 청계부원군(靑溪府院君)으로 추록되었으며 영의정에 추증되었다.

153) 윤돈(尹暾) : 1551~1612. 자는 여승(汝昇), 호는 죽창(竹窓). 이황(李滉)·기대승(奇大升)의 문인으로, 1579년(선조 12) 생원·진사 두 시험에 모두 합격했으며, 1585년 식년 문과에 병과로 급제해 정자·수찬·교리 등을 차례로 지냈다. 임진왜란이 일어나자 왕을 호종하였다. 1593년 명나라 장수 총병(總兵) 낙상지(駱尙志)·유격(遊擊) 오유충(吳惟忠)이 나오자 부교리로서 접반관(接伴官)으로 활약했고, 이듬 해 사인을 거쳐 응교로 시강관이 되었다. 1602년 대사간이 되었으나 체직을 원해 이조참판으로 옮겼다. 이후 대사성·도승지·병조참판을 거쳐, 1604년 공조판서에 올라 『명종실록』 편찬에 참여하였다.

대사성 이해수(李海壽)[154]와 이조참의 허성(許筬)[155]을 만나고 돌아왔다. ○
23일. 아침에 김억추(金億秋)[156] 영감을 만났다. 저녁에 양 도어사(楊都御
史)[157]의 영위사(迎慰使)에 제수되었다는 것을 들었다. ○24일. 저녁에 영의
정에게 하직인사를 드렸는데, 영의정이 급히 떠날 것을 권하였다. 길에서
승지 권희(權憘)를 만나 떠나는 일에 대해 물으니, 권희가 답하기를, "내일
급히 물러나는 것이 좋을 듯합니다."라고 하였다. 좌의정에게 물으니, 좌의
정이 말하길, "첨지 윤유기(尹惟幾)가 의주에 있으니, 만일 그대가 떠나서
미치지 못한다면, 윤유기로 하여금 대신 가게 하고자 하네. 대개 가는 길에
폐단이 많으니 대신 가게 하는 것이 편리하네."라고 하였으니, 좌의정의 말
이 또한 이와 같았다. 윤 부원군(尹府院君)이 말하기를, "명나라의 관안(官案)
을 살펴보건대, 양 어사(楊御史)는 바로 산동참정(山東僉政) 양호(楊鎬)이네."

---

154) 이해수(李海壽) : 1536~1599. 자는 대중(大仲), 호는 약포(藥圃)·경재(敬齋), 본관은 전의
(全義)이다. 1563년(명종18)에 생원으로 알성 문과에 을과로 급제하여 설서, 봉교 등을
역임하고, 1567년에 사가독서(賜暇讀書)를 하였다. 이후 청요직을 두루 거치고 대사간과
대사성을 거쳐 부제학에 이르렀다. 성격이 강직, 단아하고 시와 예서(隸書)에 뛰어났으며,
저서로는 『약포집(藥圃集)』이 있다.

155) 허성(許筬) : 1548~1612. 자는 공언(功彦), 호는 악록(岳麓)·산전(山前)이다. 1590년(선조
23) 전적(典籍)으로 서장관(書狀官)이 되어 통신사 황윤길(黃允吉), 부사 김성일(金誠一)과
일본에 다녀왔다. 이때 황윤길은 침략 의도를 지적하였으나 김성일은 침략 우려가 없다
고 하자, 김성일과 같은 동인(東人)인데도 그 의견에 반대하여 침략 가능성이 있음을 직
고하였다. 동생 허봉(許篈)·허균(許筠) 및 여동생 허난설헌(許蘭雪軒) 등과 함께 당시 이
름난 문장가이며, 성리학에도 통달하였고 글씨에도 뛰어났다.

156) 김억추(金億秋) : ?~?. 자는 방로(邦老). 1592년(선조 25) 임진왜란이 일어나 왕이 평양으
로 파천하자, 방어사로서 허숙(許淑) 등과 함께 수군을 이끌고 대동강을 지켰다. 1597년
칠천량해전(漆川梁海戰)에서 전사한 이억기(李億祺)의 후임으로 전라우도수군절도사가 되
었고, 일시 부장 겸 조방장(副將兼助防將)으로 명나라군에 배속되기도 하였으나, 이후 주
로 전라수군절도사로 활약하였다. 통제사 이순신(李舜臣)을 따라 명량해전(鳴梁海戰)에서
많은 공을 세웠다.

157) 양 도어사(楊都御史) : 양호(楊鎬, ?~1629). 명나라의 장수. 하남(河南) 상구(商丘) 사람이
다. 양호는 정유재란(丁酉再亂) 때에 경리조선군무(經理朝鮮軍務)가 되어 구원병을 거느
리고 참전했으나 울산 도산성(島山城)에서 왜군에게 대패하였는데, 양호는 승전했다고
보고하였다. 일이 탄로 나서 거의 복주(伏誅)되기 직전까지 갔으나, 대신들의 구원으로
간신히 모면하였다.

라고 하였다. ○25일. 아침에 영의정에게 간찰을 보내서 좌의정의 뜻을 아뢰었더니, 좌의정이 답장을 보내, "과연 편리하네. 그러나 상의 하교가 엄준하여 입계(入啓)하는 것은 온당치 못하니, 속히 떠나는 것이 좋겠네."라고 하였으니, 마침내 행장을 꾸렸다. 저녁에 동지 이증(李增)과 동지 유근(柳根)[158]을 만나 옛이야기를 나누었다. 좌의정이 사람을 보내 떠나는 것에 대해 물었으므로, 또 좌의정에게 가서 작별하였다.

26일 정사. 숙배(肅拜)하고 하직인사를 올리고 파주(坡州)에서 묵었다.

파주의 진영에서 묵었다. 파주의 성과 마을들이 모두 텅 비어 있어, 다른 의탁할 만한 곳이 없었는데, 진장(陣將) 박내성(朴乃成)이 스스로 먹을 것을 마련해 주었다. ○27일. 개성(開城)에 들어갔는데, 유수(留守) 황여충(黃汝忠)이 찾아와서 만났다.

6월 초1일 경신. 황주(黃州)를 지나다가 오유충(吳惟忠)의 대군을 만났다.

초2일. 저녁에 순안(順安)으로 향하였는데, 길에서 감사 한응인(韓應寅)[159]을 만났다. ○초3일. 숙천(肅川)에서 아침밥을 먹었다. 들건대, 도찰원(都察院)이 강을 건너 안주(安州)로 들어가서 가산(嘉山)으로 길을 재촉했다고 하였다. ○초4일. 새벽에 출발하여 정주(定州)로 들어갔다. 마 총독(麻總督)의 대군이 정주에 들어왔다. 조도사(調度使) 홍중안(洪仲安)[160]과 이야기를 나누었다.

---

158) 유근(柳根) : 1549~1627. 자는 회부(晦夫), 호는 서경(西坰), 시호는 문정(文靖)이다. 황정욱(黃廷彧)에게 문장을 배웠으며 뒤에 기대승에게 배웠다. 1572년(선조5) 별시 문과에 장원하고, 1574년에 사가독서(賜暇讀書)를 하였으며, 1587년 이조 정랑으로서 문신 정시(文臣庭試)에 다시 장원하였다. 이해 일본의 승려 현소(玄蘇)가 사신으로 왔는데, 문장에 뛰어나다는 이유로 선위사(宣慰使)에 특임되어 그를 맞았다. 충청도 관찰사, 대제학에 이어 좌찬성이 되었다. 괴산의 화암서원(花巖書院)에 제향되었다. 저서에 『서경집(西坰集)』이 있다.

159) 한응인(韓應寅) : 1554~1614. 본관은 청주(淸州), 자는 춘경(春卿), 호는 백졸재(百拙齋) · 유촌(柳村)이다. 선조가 임종할 때, 어린 영창대군을 유언으로 부탁한 이른바 '선조유교7신(宣祖遺敎七臣)' 중의 한 사람이다.

160) 홍중안(洪仲安) : 홍세공(洪世恭, 1541~1598). 조선 중기의 문신. 임진왜란 중 평안도조도

초6일 을축. 아침에 출발하여 의주(義州)에 들어갔다.

판관 권탁(權晫)·부윤 황진(黃璡)[161]·진주사(陳奏使) 윤유기(尹惟幾)·고급사(告急使) 권협(權悏)[162]이 찾아와서 만났다. 오후에 접반사(接伴使) 이덕형(李德馨)[163]과 성절사(聖節使) 남복흥(南復興)·서장관(書狀官) 이진빈(李軫賓)[164]을 만났다.

초7일 병인. 배가 아프고 설사병이 나서 의주(義州)에 머물렀다.

접반사의 서장을 보았더니, 서장에 이르기를, "양 경리(楊經理: 楊鎬)는 체모가 엄준합니다. 영위사 정(丁) 아무개[165]가 본부의 근처에 이르렀는데, 관작이 낮은 듯하니, 문안할 승지를 강가로 보내서 공경함과 예를 다하는 뜻

사가 되어 명군의 군수조달을 책임졌으며 이 후 정유재란의 징후가 보이자 다시 군량조달에 힘쓰다 군중에서 병으로 사망하였다.

161) 황진(黃璡) : 1542~1606. 본관은 창원(昌原), 자는 경미(景美), 호는 서담(西潭)이다. 임진왜란 때 의주 목사(義州牧使)로 재직 중에 의주에 피난한 선조를 잘 공궤(供饋)하였다. 예조 판서 등을 지냈다.

162) 권협(權悏) : 1553~1618. 본관은 안동(安東), 자는 사성(思省), 호는 석당(石塘)이며, 시호는 충정(忠貞)이다. 정유재란 때 고급사(告急使)로 명나라에 가서 사태의 시급함을 알리고 원병을 청하였다. 이때 명나라 병부 시랑 이정(李楨)이 우리나라의 지세를 알고자 하였는데, 산천의 형세와 원근을 도면에 그려가며 설명하는 데 막힘이 없었다. 이로 인해 보병과 수군을 얻고 군량을 조달하는 성과를 이루었다. 『기언(記言) 別集 卷18 吉昌府院君權公墓誌銘』

163) 이덕형(李德馨) : 1561~1613. 본관은 광주(廣州), 자는 명보(明甫), 호는 한음(漢陰)·쌍송(雙松)·포옹산인(抱雍散人)이다. 1580년 별시문과(別試文科)에 급제하였다. 1592년 예조 참판 때, 임진왜란이 일어나 일본과 화친을 교섭했으나 실패, 이후 왕을 호종(扈從)하여 명나라에 가서 원병을 불러 왔다. 전쟁 후 민심 수습과 군대의 정비에 노력하였다. 1613년 영창대군(永昌大君)의 처형과 폐모론(廢母論)을 반대하다가 삭직되어 양근(楊根)으로 가서 죽었다. 문집에 『한음문고』가 있다.

164) 이진빈(李軫賓) : 1558~?. 자는 응림(應霖). 1600년 호조정랑에 제수되었고, 이듬해 헌납을 거쳐, 지평을 역임하던 중 임해군(臨海君)을 탄핵하여 제거하는 데 앞장섰다. 선공감정(繕工監正), 헌납을 거쳐 1602년에는 평안도구황어사(平安道救荒御史)로 파견되어 여러 고을 백성들의 구휼에 힘썼다. 1604년 평양서윤(平壤庶尹)으로 재직 시 정성을 다해 백성을 다스린다는 평안감사 김신원(金信元)의 추천으로 이듬해 공조정랑에 제수되었고, 그 뒤 성균관직강 등을 역임하였다. 『명종실록』 편찬 당시 춘추관편수관을 지냈다.

165) 정(丁) 아무개 : 바로 정경달(丁景達) 자신을 가리킨다. 이하 '정(丁) 아무개'라고 쓴 것은 모두 이와 같다.

을 보이는 것이 마땅합니다."라고 하였다. 또 부윤의 서장을 보니, 서장에 이르기를, "정 아무개가 당일 본부에 도착하였는데, 장 참의(張參議: 張登雲)의 접반사가 오지 않았으니, 이에 염려스럽습니다."라고 하였다. 대개 이 두 개의 서장은 모두 6일에 성첩(成貼)한 것이다. 통역관 박인상(朴仁祥)이 요동에서 와서 말하기를, "양 경리가 초순에 출발하였고, 하인들은 가을에 출발할 것이라고 합니다."라고 하였다. 여러 사신들이 통군정(統軍亭)에 모여서 누차 오라고 청했으나 가지 않았다. 저녁에 부윤이 찾아와서 만났다. ○초8일. 설사병이 조금 나았다. 판관 권탁(權晫)이 찾아와서 만났다. 부윤이 이 판서(李判書)【바로 한음(漢陰)이다.】와 의논하여 나를 장 참의의 접반사로 삼았다. 내가 말하기를, "지위와 명망이 평소 가벼웠으니, 감히 이 직임을 맡지 못하겠습니다."라고 하였다. ○초9일. 아침에 방백(方伯: 韓應寅)의 공문에서, '정 첨지(丁僉知)를 접반사로 삼는다.'라고 하였다가, 저녁에 방백이 본부에 들어와서 접반사와 의논하여 나를 장 참의의 접반사로 정하였다.

초10일 기사. 의주(義州)에 머물렀다.

장 참의(張參議)가 장차 강을 건너려고 한다는 것을 듣고서, 마침내 이 판서(李判書)와 방백 한응인(韓應寅)을 찾아갔는데, 함께 앉아 있던 두 사람이 말하기를, "마땅히 예조참판의 직함을 임시로 빌려주어, 곧장 압록강의 의막(依幕)으로 향해야 합니다." 미처 관복을 갖추지도 못하였는데, 명나라 군대와 하인들이 모두 강을 건넜다. 접반사 유대진(兪大進)[166]이 달려오고 있다는 것을 갑자기 듣고, 마침내 관복을 벗고 돌아왔다. 듣건대, 양 도어사(楊都御史)・소 참정(蕭叅政)[167]이 모두 근래에 패문(牌文)[168]을 보냈다고 하였

---

166) 유대진(兪大進) : 1554∼1599. 조선 중기의 문신. 자는 신보(新甫), 호는 신포(新浦). 문과에 급제하여 정언(正言), 이조 참의 등을 지냈고 임진왜란에 의병장으로 공을 세웠다.

167) 소 참정(蕭叅政) : 소응궁(蕭應宮). 호는 관복(觀復), 직례(直隷) 소주부(蘇州府) 상숙현(常熟縣) 사람이다. 1574년에 진사가 되어, 1597년 7월에 해방병비(海防兵備) 산동 안찰사(山東按察使)로 출정하였다. 당시 심유경(沈惟敬)이 죄에 걸려 붙잡혀 가자, 응궁이 유경을 구

다. 오시(午時)에 장 참의가 본부로 들어왔는데, 북을 치고 피리를 불며 수레를 타고 왔다. ○11일. 저녁에 방백 및 고급사(告急使) 권협(權悏)·성절사(聖節使) 남복흥(南復興)·접반사(接伴使) 이덕형(李德馨)·유대진(兪大進)·주문사(奏聞使) 윤유기(尹惟幾)·접반관(接伴官) 이철(李鐵)[169]·종사관(從事官) 조정(趙挺)·서장관(書狀官) 윤성(尹惺)·이진빈(李軫賓) 등과 이야기했다.

12일 신미. 아침에 장 참의(張參議)가 먼저 떠났다.

성절사가 출발하였는데, 나는 병 때문에 가서 작별하지 못하고 서신으로써 위로하였다. 다른 사람들은 다 출발하여 구룡진(九龍津)에서 배를 탔다. ○13. 밥은 먹은 뒤에 이 판서(李判書)를 만나서 시사(時事)에 대해 극진히 말했다. 이공(李公)도 또한 변란 초기에 왜적과 서로 이야기를 나누었던 일에 대해 말했다. 고급사 권사성(權思省: 權悏)을 만났다. 양 경리가 16일에 출발한다는 것을 들었다.

15일 갑술. 오후에 이 판서(李判書) 및 종사 김신국(金藎國)[170]·좌랑 홍경신(洪慶臣)[171]·고급사 권협(權悏)·주문사 윤유기(尹惟幾)·부윤 황진(黃

해 주려다가 요동 순안 어사(遼東巡按御史)의 탄핵을 받고 삭직(削職)되어 9월에 돌아갔다.

168) 패문(牌文) : 명나라에서 조선에 칙사(勅使)를 파견할 때, 칙사(勅使)의 파견 목적과 일정 등 칙사와 관련된 제반 사항을 기록하여 사전에 보내던 통지문(通知文).

169) 이철(李鐵) : 1540~1604. 자는 강중(剛仲). 1582년(선조 15) 식년문과에 병과로 급제하고, 승문원부정자가 되었고, 이어 저작·박사와 공조·호조의 좌랑을 역임하였다. 또한, 외직으로 나가 무장현감, 평안·충청·경상 3도의 도사와 용천군수·파주목사를 지냈다. 1592년 임진왜란 때 선조를 의주까지 호종하였고, 돌아와 양양부사에 올랐다. 1603년 예조참의로 사은 겸 천추사(謝恩兼千秋使)가 되어 명나라에 다녀왔다. 죽은 뒤 이조참의에 추증되었다.

170) 김신국(金藎國) : 1572~1657. 조선 중기의 문신으로 본관은 청풍(淸風), 자는 경진(景進), 호는 후추(後瘳)이다. 임진왜란이 일어나자 의병을 모아 적에게 큰 타격을 주었으므로 그 공으로 참봉이 되었고, 이후에 평안 감사, 우참찬, 호조 판서를 지냈다. 병자호란 후 볼모로 가는 소현세자(昭顯世子)의 이사(貳師)로서 심양까지 배종(陪從)한 뒤 귀국하였다.

171) 홍경신(洪慶臣) : 1557~1623. 본관은 남양(南陽), 자는 덕공(德公), 호는 녹문(鹿門)이다. 1594년(선조27) 별시 문과에 병과로 급제하였다. 이조 정랑, 병조 참의, 대사성, 부제학

璉)·접반관 이철(李鐵)·서장관 윤성(尹惺) 등과 통군정(統軍亭)에 모여서 승관(陞官) 놀이[172]를 하였다. 이 판서·홍 좌랑과 내가 한 편이 되었고, 부윤·고급사·접반관이 한 편이 되었으며, 주문사·수찬·서장관이 한 편이 되었는데, 우리 편이 두 번 이겼다. 달밤에 술잔을 몇 차례 돌리고 내려왔다. ○16일. 오후에 주문사의 하처(下處)[173]로 돌아와서, 성보(成甫: 尹惟幾)·김 수찬·홍 좌랑·윤 서장관과 승관놀이를 하였다.【지금 시속에서는 '승정도(承政圖)'라고 한다.】

19일 무인. 비가 그쳤으나 날이 개지 않았다. 소 안찰(蕭按察)[174]·진 동지(陳同知)[175]가 패문(牌文)을 보내왔다.

돌아가 이 판서(李判書)를 만났더니, 이 판서가 말하기를, "지금 당도한 유지(有旨)에, '명나라에서 보내온 군량이 도착한 것과 대군이 강을 건넌 일은 경리에게 자문(咨文)을 바치고 직접 보고하라.'라고 했습니다. 중도에 돌아가고자 하니, 어떻겠습니까?"라고 하였다. 내가 말하기를, "멀리 돌아가는 것으로써 말씀드리자면, 여기서 저지해야 할 듯합니다. 먼저 자문을 보내고 영공(令公)께서 압록강으로 돌아가서 아울러 상황을 살피면 좋을 것입니다."라고 했다. 그러자 이 판서가 흔쾌히 알았다고 하고, 마침내 계사의 초안을

등을 지냈다.

172) 승관(陞官) 놀이 : 종경도(從卿圖)·승경도(陞卿圖)·승정도(陞政圖)·종정도(從政圖)라고도 한다. 모두 벼슬살이 도표라는 뜻이다. 길이 1.5미터, 너비 1미터쯤 되는 종이에 그은 3백여 개의 칸에 벼슬자리 이름을 써넣고, 윤목(輪木)을 굴려서 나온 수에 따라 말을 쓰는 놀이이다.

173) 하처(下處) : 사적(私的)으로 머무는 숙소, 또는 임시로 머무는 곳을 말함.

174) 소 안찰(蕭按察) : 소응궁(蕭應宮). 호는 관복(觀復), 직례(直隷) 소주부(蘇州府) 상숙현(常熟縣) 사람이다. 1574년에 진사가 되어, 1597년 7월에 해방병비(海防兵備) 산동 안찰사(山東按察使)로 출정하였다. 당시 심유경(沈惟敬)이 죄에 걸려 붙잡혀 가자, 응궁이 유경을 구해주려다가 요동 순안 어사(遼東巡按御史)의 탄핵을 받고 삭직(削職)되어 9월에 돌아갔다.

175) 진 동지(陳同知) : 진등(陳登). 명나라 관량원임동지(管糧原任同知)로 정유년 10월에 나왔다가 무술년 6월에 돌아갔다.

고쳐서 먼저 표헌(表憲)[176]을 보냈다. 그리고 예단(禮單)을 고치는 일로 인해, 영변(寧邊)의 예물을 가져오라고 재촉하였다. 수찬과 좌랑을 차례로 만나고, 이어서 진주사(陳奏使) 심 판서(沈判書)를 만났다. 권 고급사·윤 주문사·이 접반사 등과 함께 이야기를 나누었다. 진주자문(陳奏咨文)을 보고 저녁에 돌아왔다. ○20일. 저녁에 경리가 곧장 진강성(鎭江城)에 도달했다는 것을 들었다. 돌아가서 접반사 이 판서를 만나 이야기를 나누고, 이어서 돌아가 진주사 판서 심희수(沈喜壽)를 만났다. 경미(景美: 黃璉)와 함께 이야기를 나누고, 저녁에 돌아왔다. ○21일. 밥을 먹은 뒤에 이 판서가 고친 자문을 보았는데, '상중에 있는 사람과 호조·형조·공조의 관원이 아직 도착하지 않았습니다.'는 등의 말이 있었다. 두 종사관과 이야기를 나누고, 이어서 심 판서가 있는 곳으로 돌아갔다. 서장관 좌랑 허균(許筠)[177]과 함께 이야기를 나누고, 잠시 성보(成甫: 尹惟幾)·강중(剛仲: 李鐵)과 윤 서장(尹書狀) 등을 만나고 돌아왔다. 저녁에 담양부사(潭陽府使) 이경린(李景麟)[178]을 만났는데, 소 참정(蕭參政)의 접반사로서 왔다. 들건대, 영의정과 병조판서·공조

---

176) 표헌(表憲) : 조선의 역관(譯官). 본관은 신창(新昌). 선조의 어전통사(御前通事)로서 명나라 사신을 접견하고 접연(接宴)할 때 임기응변적 통역과 조치로써 왕의 곤경을 모면케 했으며, 1592년(선조 25) 임진왜란 때 의주(義州)에 피란 중인 왕이 명나라에 가려함을 간(諫)하여 그만두게 했다. 벼슬은 지중추부사(知中樞府事)에 이르렀다.

177) 허균(許筠) : 1569~1618. 본관은 양천(陽川), 자는 단보(端甫), 호는 교산(蛟山)·학산(鶴山)·성소(惺所)·백월거사(白月居士)이다. 아버지는 허엽(許曄)이며, 형제는 허성(許筬), 허봉(許篈)과 허난설헌(許蘭雪軒)이 있다. 1606년 원접사(遠接使) 종사관(從事官)이 되어 명나라 사신 주지번(朱之蕃)을 영접하였다. 1610년(광해군2)에 시관(試官)으로 친척을 참방(參榜)했다는 탄핵을 받고 파직되었고, 1617년 폐모론을 주장하는 등 대북파의 일원으로 활동한 일로 3년 뒤 조카사위인 의창군(義昌君)을 왕으로 추대한다는 역모 혐의를 받았다. 하인준(河仁俊)·김개(金闓)·김우성(金宇成) 등과 반란을 계획하다가 탄로되어 1618년 가산이 적몰(籍沒)되고 참형되었다. 저서로는『교산시화(蛟山詩話)』·『성소부부고(惺所覆瓿藁)』등이 있다.

178) 이경린(李景麟) : 1533~?. 본관은 완산(完山), 자는 응성(應聖)이며, 청해수(淸海守) 이채(李彩)의 아들이다. 진용교위(進勇校尉)로서 1561년 진사시에 입격하였고, 1567년 식년시에서 병과로 급제하였다. 1593년 담양부사(潭陽府使)를 지냈고, 1599년 여주목사에 제수되었으며, 1604년 사정(司正)을 지냈다.

판서·호조참판이 왔다고 하였다. ○22일. 오후에 사통(私通)[179]을 보니, 파참장(頗叅將)이 21일에 요양(遼陽)에서 떠나 군대 2,500명을 데리고 온다고 하였다.

23일 임오. 김응운(金應雲)이 말하기를, "경리가 초1일에 강을 건넜고, 명나라 사람들이 '왜적이 200리 되는 지역에 진을 쳤다'라고 말했습니다."라고 하였다.

오시(午時)에 부윤이 찾아와서 만났는데, 경리에게 답하는 자문에 이르길, "왜적 대군이 이미 대마도에 모였으나, 앞서 건너온 고립된 군대는 그래도 막을 수 있습니다. 나중에 온 군대가 4만인데, 마병(馬兵)이 6천이고 그 나머지는 보병(步兵)이니, 영남·호남의 백성들은 어린아이와 같은 처지입니다."라고 하였다. 오후에 돌아가서 윤 서장(尹書狀)·허 서장(許書狀)·심 판서(沈判書)를 만나고, 이어서 권 고급사와 함께 이야기를 나누었다. 혹자가 말하길, "심 진주사가 경사(京師)에 가는 것은 온당치 못합니다."라고 하였는데, 내가 말하길, "반드시 명보(明甫)를 만나고, 영공께서 경리의 말을 들은 뒤에 출발하십시오."라고 말했다.

24일 계미. 소 참정(蕭叅政)을 영접하였다.

진시(辰時)에 갑자기 소 참정이 막 강을 건넜다는 것을 듣고, 바쁘게 관소에 가서 하관(下館)[180]에서 기다렸다가 재배례(再拜禮)를 행하였다. 물러나면서 말하길, "국왕께서 안부를 물으셨습니다."라고 하니, 소 참정이 답하길, "매우 감사하다."라고 하였다. 통역관 이희인(李希仁)이 예단을 올리고, 내가 연회를 열 것을 청하자, 소 참정이 말하길, "갈 길이 바쁘니 행하지 말라."라고 하고, 또 말하길, "매우 감사하다."라고 하였다. 내가 꿇어앉아서

---

179) 사통(私通) : 공사(公事)에 관하여 관원(官員)끼리 사사로이 주고받는 편지.
180) 하관(下館) : 서장관의 처소.

다시 고하길, "국왕께서 배신(陪臣)을 보냈는데, 노야(老爺)께서 연회 베푸는 것을 허락하지 않으시면 우리 임금의 성의를 펼 수 없으니, 감히 이렇게 고하여 청합니다."라고 하였다. 그러자 소 참정이 답하기를, "평양(平壤)에 이르면 연회를 마땅히 받을 것이다."라고 하였다. 부채 30자루, 흰 명주 5필, 우비 5개, 백면지(白綿紙) 1권, 채색 방법 3장 4연(連), 기름종이 1장(丈) 중에서 오직 기름종이·백면지·우비만 점검하여 받아들였다. 기름종이도 처음에는 돌려주었었는데, 이 통역관이 고하기를, "흙비 내릴 때를 대비할 물건이 없어서는 안 됩니다."라고 하자, 이에 받아들였다. 소 참정이 즉시 출발했고, 윤 주문사·윤 서장관·이 접반사·부윤이 전송하였다. 심 진주사·허 서장관과 함께 압록강에 배를 띄우고 하루 종일 술을 마셨다. 저녁에 영위하는 일 때문에 장계(狀啓)를 썼다.

25일. 아침에 공조판서 신점(申點)[181]과 조도사(調度使)의 종사관 조정(趙挺)[182]을 만났다. 밥을 먹은 뒤에 돌아가서 감사 한응인(韓應寅)을 만나고, 이어서 윤 주문사의 서장관·이 접반사·조 종사관·참의 유사원(柳思瑗)[183] 등과 함께 이야기를 나누고 승관(陞官) 놀이를 하였다. 돌아가서 병

---

181) 신점(申點) : 1530~?. 본관은 평산(平山), 자는 성여(聖輿)이다. 1592년(선조25) 사은사(謝恩使)로 연경(燕京)에 체류하다 임진왜란이 일어나자 병부 상서 석성(石星)의 도움을 받아 병부와 예부에 계속 상주(上奏)하여 위급함을 호소하였는데, 그 결과 명군의 파견이 있게 되었다. 선무 공신(宣武功臣) 2등에 녹훈되고, 평성부원군(平城府院君)에 봉해졌다.

182) 조정(趙挺) : 1551~1629. 본관은 양주(楊州), 자는 여호(汝豪), 호는 한수(漢叟)·죽천(竹川)이며, 부친은 충수(忠秀)이다. 1583년(선조16) 정시 문과에 급제하고, 1586년 다시 문과 중시(文科重試)에 급제하였다. 1592년 임진왜란이 일어나자 보덕(輔德)으로 세자를 호종(扈從)하였고, 1601년과 1609년 성절사(聖節使)로 명나라에 다녀왔다. 이어 우참찬 형조판서, 우의정을 역임하였고, 형난 공신(亨難功臣) 2등에 책록 되었으며, 한천군(漢川君)에 봉해졌다. 인조반정 후 관작을 삭탈 당했고, 1628년 허유(許逌)의 역모 사건에 연루되어 해남(海南)에 유배되었다가 이듬해에 죽었는데, 이때 그가 광해군을 '구주(舊主)'라고 지칭했다는 것 때문에 대간의 탄핵을 받았다.

183) 유사원(柳思瑗) : 1541~1608. 초명은 응룡(應龍), 자는 운보(雲甫) 또는 경오(景悟). 함경도 경성에서 군무(軍務)를 맡고 있다가 1592년(선조 25) 임진왜란이 일어나자 걸어서 평안도 성천까지 가서 세자를 시종하였다. 이듬해에는 선조를 호종하고, 병조좌랑·전적·평안도도사·장령·문학 등을 역임하였다. 1596년 청병하기 위하여 급고주문사(急

조판서 이항복(李恒福)[184]을 만나 죽음도 두려워하지 않는 사람을 먼저 뽑아야 한다고 힘써 말하자, 이항복이 답하길, "매우 좋습니다. 내가 하는 사람이 또한 50여 명입니다."라고 하였다. 내가 또 연변에 판관(判官)을 두는 일과 향병(鄕兵) 중 노약자가 군량(軍糧)을 거두는 일에 대해 고하자, 이항복이 모두 마음으로 받아들였다. 또 듣건대, 양 경리가 7월 보름 이후에 압록강을 건널 것이라고 하였다. 신 판서가 말하길, "왜적 15만이 먼저 호남·호서에 들어가고 또 제주에 모여서 명을 기다리고 있다고 합니다."라고 하였다. 병조판서가 말하길, "왜적 100만이 13기(旗)를 편성하여 나왔다고 합니다."라고 하였다. ○26일. 홀로 앉아 있다가, 오후에 감사가 찾아와서 만났는데, 조용히 나의 「부해시(浮海詩)」와 「시폐설(時弊說)」을 보았다. 경리가 매우 엄격하다고 들었는데, 이항복이 말하기를, "경리가 호조의 일에 대해 물었기에 해당 관원이 이미 왔다고 답했습니다. 그러자 경리가 말하기를, '너희 나라 500명이 1년 동안 먹을 군량을 부디 즉시 마련해두어라.'라고 했습니다."라 하였다. 또 듣건대, 다음날 11일에 강을 건널 것이라고 하였다. ○27일. 듣건대, 요시라(要時羅)[185]가 말하길, '8월 초1일에 군사를 일으

告奏聞使)의 서장관(書狀官)으로 명나라에 가서 명군을 조선에 출병하게 하는 데 큰 활약을 하였다. 이듬해 정유재란 때 명군을 영남지방에 인도하였으며, 장례원판결사를 지냈다. 1598년 호조참의·여주목사를 거쳐, 1601년 고성군수로 나아가 이민(吏民)을 다스렸다. 1604년 청병의 공로로 선무공신(宣武功臣) 3등으로 문흥군(文興君)에 봉하여졌으며, 이듬해 한성부우윤으로 도총부부총관을 겸하였다. 1606년 진주부사(陳奏副使)로 다시 명나라에 다녀왔다.

184) 이항복(李恒福) : 1556~1618. 자는 자상(子常), 호는 백사(白沙)·필운(弼雲), 본관은 경주(慶州)로 오성부원군(鰲城府院君)에 봉해졌기 때문에 오성대감으로 널리 알려졌다. 1580년(선조13) 알성 문과에 병과로 급제하여 벼슬이 영의정에 이르렀으며 대제학을 역임하였다. 뛰어난 인품과 능력으로 당색에 물들지 않고 중립적으로 국사를 수행하여 후대 선비들의 많은 칭송을 받았다. 광해군이 인목대비(仁穆大妃)를 유폐할 때에 이를 강력히 반대하다가 북청으로 귀양 가 유배지에서 별세하였다. 시호는 문충(文忠)이다.

185) 요시라(要時羅) : ?~1598. 임진왜란 당시 고니시 유키나가 부대에 소속된 무관으로 조선과 명에서 파견한 사신들의 접대와 통역을 담당하였다. 1594년(선조 27) 경상 우병사의 진(鎭)에 드나들면서 거짓 귀순하면서 첩자 활동을 벌였다. 그 뒤 1597년(선조 30) 삼도수군통제사 이순신을 모함하여 하옥되었다.

켜 먼저 호남·호서와 제주로 들어갈 것이다.'라고 했다고 한다. 참찬·감사·성보 등을 만나 이야기를 나누고, 병조판서와 호조참의를 만났다. 들건대, 양 경리가 시사(時事)에 대해 물었는데, 병조판서는 한산도의 군사의 숫자를 잘못 답하였고, 호조 참의는 한산도 군이 먹을 군량의 수를 대답하지 못했다고 하였다. 내가 말하기를, "한산도의 군사는 1만이고, 1달에 6천 석을 먹는데, 점심을 제외하였으므로 4천 석입니다."라고 하니, 자리에 있는 사람들이 모두 놀라며 말하길, "그대가 간다면 필시 무사할 것입니다."라고 하였다. 병조판서가 말하기를, "영감을 접반사로 추천한 것은 실로 나에게서 나왔는데, 오랫동안 먼 외지에 있었으므로 상께서 알지 못했을 뿐입니다."라고 하였다. ○29일. 진등(陳登)[186]이 관량동지(管糧同知)로써 강을 건넜는데, 이강중(李剛中)[187]이 접반사가 되었다.

7월 초1일 경인. 접반사가 양 경리(楊經理)에게 불려가서 진강성(鎭江城)에 갔다가 돌아왔다.

승지 권희(權憘)가 문위사(問慰使)로써 의주(義州)에 들어왔다. 비변사의 관문(關文)에서 이르기를, "승지는 의주에 문위사로 가고, 정 아무개는 정주(定州)에 문위사로 가는 길로 계하(啓下)를 받았다."라고 하였다. ○초2일. 저녁에 참찬 이덕형(李德馨)·감사 한응인(韓應寅)·조도사 홍세공(洪世恭)·부윤 황진(黃璡)·서장관 윤성(尹惺)·고급사 권협(權悏)이 내가 내일 출발하는 일 때문에 나를 찾아왔는데, 밤에는 판관도 왔다. 참찬 등이 말하기를, "병환이 아직 낫지 않았으니, 억지로 가서는 안 될 듯합니다. 며칠 동안 몸조리를 하고 출발하는 것이 어떻겠습니까?"라고 하였는데, 내가 말하기를, "오늘 조금 나았으니, 마땅히 조금씩 나아가야 합니다."라고 하였다.

---

186) 진등(陳登) : 명나라 관량원임동지(管糧原任同知)로 정유년 10월에 나왔다가 무술년 6월에 돌아갔다.
187) 이강중(李剛中) : 강중(剛仲)의 오기. 강중(剛仲)은 이철(李鐵, 1540~1604)의 자이다.

초3일 임진. 출발하여 용천(龍川)에서 묵었다. 참찬이 밤에 양 경리(楊經理)에게 불려가서 진강성(鎭江城)에 들어갔다. 아침에 홍 조도사와 권 승지 형제를 만나 술 한 잔을 나누었다. ○초4일. 듣건대, 양어사(楊御史) 일행이 거연역(車輦驛)에서 밥을 먹었다고 하였다. 노송(老松)을 보았는데, 명나라 사람들의 시가 벽에 가득하였으니, 이 관사가 말로 제일이었다. 밤에 정반(井畔)에 가서 그대로 묵었다. 길에서 통역관 김지휘(金指揮)를 만났는데, 양 경리가 12일에 정주(定州)에 들어올 것이라고 하였다. ○초5일. 아침밥을 먹고 달려왔는데, 길에서 선천군수(宣川郡守) 김정목(金廷睦)[188]을 만나 잠시 이야기를 나누었다. 곽산(郭山)에 들어가서 접반사 이강중(李剛中)·조의숙(趙毅叔)과 이야기를 나누었다. 아침부터 설사병이 심하여 저녁에 위령탕(胃苓湯)[189]을 마셨다. ○초6일. 곽산(郭山)에 머물렀는데 꿈에서 왜적과 해전(海戰)을 치렀다. ○초7일. 접반사 유신보(兪新甫: 兪大進)가 찾아와서 만났는데, 그 뒤에 그가 묵는 관소로 옮겼다. 듣건대, 양 경리가 11에 분명 강을 건널 것이라고 하였다. 오후에 정주(定州)에 들어가서 체찰부사 유근(柳根)을 만났다. 저녁에 듣건대, 우리 군대가 평조신(平調信)[190]을 붙잡았다고 하였다.

초8일 정유. 아침에 명나라 사람들에게 침해당하여 내방(內房)으로 옮겨갔다.

오시(午時)에 삼가 성지(聖旨)를 받들어 보니, 성지에 이르기를, "양 경리

---

188) 김정목(金廷睦) : ?-?. 자는 이경(而敬). 1583년에 정시문과에 병과로 급제하였다. 1592년 호조정랑과 헌납(獻納) 등을 역임하면서 임진왜란 당시 명나라와의 교섭에 많은 일을 담당하였다. 1595년 이후 상원(祥原)·성천(成川)·선천(宣川) 등의 지방관을 맡았을 때 군사 훈련을 잘 시켜 상을 받기도 했으나, 방종한 생활을 했다 하여 처벌을 받았다. 이후 부평부사·참의·장흥부사를 역임하였다.

189) 위령탕(胃苓湯) : 평령탕(平苓湯)이라고도 함. 비위(脾胃)에 습사(濕邪)가 성하여 소변량이 줄며 배가 끓고 설사가 나면서 아프고 식욕이 부진하고 음식이 소화되지 않는 데 쓴다.

190) 평조신(平調信) : 유천조신(柳川調信). 풍신수길(豊臣秀吉)의 신하이다. 왜나라 가문국 왕인 풍신수길의 명을 받아 은자 300냥을 지니고 조선에 간첩(間諜)으로 잠입하여 3년 동안 사정을 염탐했다. 그리고 조선의 지도를 그려 풍신수길에게 보고했다.

가 부모님의 상 중에 벼슬에 나왔으니, 만약 연회를 받지 않는다면 과일과 싱싱한 음식을 많이 갖추어 바치도록 하라."라고 하였다. 성지를 잘 받았다는 장계를 즉시 보냈다. ○초9일. 아침에 양 경리가 11일에 출발한다는 것을 들었다. 저녁에 방백 한춘경(韓春卿: 韓應寅)이 들어왔다. 듣건대, 양 경리가 올 때에 의주에 들어오지 않을 것이므로 각 담당 권원들은 대령하지 말라고 하였다. 또 듣건대, 우리나라가 왜인 50명을 붙잡았고 평조신(平調信)을 포위했으며, 보성군수(寶城郡守) 안홍국(安弘國)[191]은 총알을 맞고 죽었으며, 심유경(沈惟敬)[192]이 또 주화설(主和說)을 이야기하여 마 총병(麻總兵)이 사람을 시켜 잡아왔다고 하였다. ○초10일. 방백이 일찍 나갔고 평안도병마사는 어제 저녁에 들어왔다. 파 참장(頗叅將)의 군대 2,500명이 가산(嘉山)으로 향했다. 하루 종일 비가 매우 심하게 내렸다. 주인집 아이 강여온(姜汝溫)·강여공(姜汝恭) 형제가 장기를 배웠다. 백중열(白仲說)[193]이 병부주사(兵

---

191) 안홍국(安弘國) : 1555 ~1597. 자는 신경(藎卿). 1583년에 두 형과 더불어 무과에 급제하였다. 1592년 임진왜란 때에는 왕을 모시고 의주까지 따라갔으며 왕명을 받들어 각 진(鎭)을 다니며 왕의 지시를 전달하였다. 이 해 3도수군통제사 이순신(李舜臣)의 휘하에 들어가 선봉장 등으로 전공을 세웠다. 1597년 보성군수로 3도수군통제사 원균(元均)의 휘하에 중군(中軍)으로 참전, 군무에 공을 세웠다. 정유재란이 일어나자 군선 30여 척을 이끌고 안골포(安骨浦)·가덕도(加德島)의 적주둔지를 공격하다가 안골포해전에서 큰 공을 세우고 전사하였다. 좌찬성에 추증되고, 순천의 충민사(忠愍祠), 보성의 정충사(旌忠祠)에 제향되었다. 시호는 충현(忠顯)이다

192) 심유경(沈惟敬) : ?~1597. 명나라 절강(浙江) 가흥(嘉興) 사람이다. 명나라의 무장(武將)으로 임진왜란이 발발하여 일본이 파죽지세로 북상하자, 명나라 병부 상서(兵部尙書) 석성(石星)이 정세를 판단하기 위해 그를 임시로 유격장군(遊擊將軍)에 임명하여 1592년에 명군이 파병될 때 조선에 파견하였다. 심유경은 소서행장(小西行長) 등과 강화 교섭을 도맡아 처리하였으나 중간에 모략을 일삼아 많은 문제를 일으켰다. 1596년 명나라의 사신으로 일본에 가서 도요토미 히데요시를 만난 후에 강화가 성립될 가능성이 없자, 일본 관백이 왜왕(倭王)으로 책봉을 원한다고 거짓으로 보고를 하였다. 그러나 나중에 탄로 나자 심유경은 일본으로 망명하던 도중 의령 부근에서 명나라 장수 양원(楊元)에게 붙잡혀 국가를 기만한 죄로 처형되었다.

193) 백중열(白仲說) : 백유함(白惟咸, 1546~1618). 자는 중열(仲說)이다. 조선 중기의 문신. 서인이 몰락하자 경흥에 유배되었으나 임진왜란으로 풀려나와 선조를 의주로 호종하고 명나라의 군량 조달을 맡았다. 정유재란 때 명사(明使) 정응태와 일본과의 화의를 의논하다 이이첨의 탄핵으로 부안에 유배되었다.

部主事)로써 접반하려 왔기에, 함께 이야기를 나누었다. 들건대, 왜적이 의령(宜寧)·경주(慶州)에 진을 치고 있으면서 강화(講和)를 맺는 일을 심 진주사에 굳게 요청했다고 하였다. ○11일. 밤에 큰 비가 내렸다. 오후에 들건대, 양 경리가 16일에 강을 건널 것이라는 백패(白牌)[194]가 당도했다고 하니, 큰 비로 강을 건너지 못할까 염려하였다. 저녁에 객관(客館)으로 돌아와서 박원상(朴元祥)과 예절에 대해 의논하였다. ○13일. 들건대 양 어사(楊御史)가 지나갔다고 하였다. 오후에 들건대, 양 경리(楊經理)가 11일에 강을 건너 하루를 머물렀다고 하였다. 승지 권사열(權思悅: 權憘)이 와서 예를 행하는 것에 대해 물었다. 내가 답하기를, "뜰 가운데의 노대(路臺)에서 무릎을 꿇었다가 일어나서 읍하고, 또 무릎을 꿇었다가 일어나서 읍하고, 무릎을 꿇고서 세 번 머리를 조아리고 문안을 드린 후에, 예단과 문서를 바치고 물러나옵니다. 의정부 참찬은 계단 위에서 예를 행하고 부찰사(副察使) 이하는 뜰 가운데에서 예를 행합니다."라고 하였다. ○14일. 들건대 양 경리가 임반역(林畔驛)에 당도하여 묵었다고 하였다. 관소로 돌아와서 모든 일을 준비하였다. ○15일. 안정관(安定館)에 이르면 길옆에서 맞이하고자 하였는데, 접반사가 말하기를, "나가서 맞이할 필요는 없습니다. 미시(未時)에 양 경리가 들어오면 즉시 문을 닫고, 통역관으로 하여금 영위사가 왔다고 고하게 하고, 대례(大禮)와 만패(晚牌)[195]는 할 수 없다고 답하게 하십시오."라고 하였다. 마침내 접반사 및 종사관 김신국(金藎國)·도차원(都差員) 삭주부사(朔州府使) 성대업(成大業)[196]·운산군수(雲山郡守) 박경선(朴慶先)[197]·개천군수(价川郡守)

---

194) 백패(白牌) : 벼슬아치나 사신 등이 연로(沿路)의 관아에서 역마와 음식 등의 제공을 받고자 미리 노정(路程)을 알리기 위하여 도착할 날짜와 일행의 수효 등을 적어 알리는 일종의 공문을 말한다. 뒤에 연이어 나오는 선문(先文)이나 패문(牌文) 역시 같은 의미로 쓰인 말인데, 흔히 노문(路文)이라고도 한다.
195) 만패(晚牌) : 오후 4시[申時]에 관문에 들어갈 수 있도록 내주는 패(牌).
196) 성대업(成大業) : 1540~?. 자는 형숙(亨叔)이다. 1582년 식년시에 병과 13위로 문과 급제하였다. 이후 여러 관직을 거쳐서 1592년(선조 25)에 운산군수(雲山郡守)를 지냈으며, 1596년(선조 29) 11월에 회령부사(會寧府使)와 12월에 삭주부사(朔州府使)에 임명되었다.

이희민(李希閔)·희천군수(熙川郡守) 현즙(玄楫)[198] 등과 함께 이야기를 나누었다. 양 경리를 상견하는 예는 특별히 정해진 의례가 없으므로, 접반사에 이에 정문(呈文)[199]을 지어서 표헌(表憲)으로 하여금 의견을 여쭈어 결정하도록 하였다.

16일 을사. 영위례(迎慰禮)를 행하였다.

이른 새벽에 관복을 입고 교의(交倚)에 앉아서, 탁자 위에는 여러 물건을 진설해 놓고 양 경리(楊經理)와 그의 하인들을 기다렸는데, 와서 보고 잘했다고 칭찬하지 않는 이가 없었다. 진시(辰時)에 접반사 및 목사와 뜰에 들어가자, 저들이 접반사와 나로 하여금 계단 위에서 예를 행하게 하였다. 그리하여 꿇어앉았다가 일어나 읍을 하고, 꿇어앉아 세 번 머리를 조아리고, 일어나서 읍을 하고 서쪽을 향해 섰다. 마침내 다시 앞으로 나아서 국왕의 문안을 고하고 두 단자를 드렸다. 양 경리가 답하기를, "조선 국왕은 평안하신가? 배신(陪臣)을 보내고 예물을 멀리까지 보내주니, 감사하기 그지없다."라고 하였다. 내가 머리를 조아리고 사례하자, 양 경리가 또 말하기를, "이 물건들은 받지 않겠다."라고 하였다. 내가 다시 무릎을 꿇고 말하기를, "국

<hr />

1600년(선조 33) 5월에 황해도관찰사(黃海道觀察使)가 되었고, 1601년(선조 34) 10월에 양근군수(楊根郡守)에 임명되었다.

197) 박경선(朴慶先) : 1552~ ? . 자는 백길(伯吉). 1583년 별시문과에 병과로 급제하였고 그해 한림(翰林)으로 등용되었다. 1586년 다시 문과 중시에 을과로 급제하였다. 1588년 사헌부로 자리를 옮겼으며 여러 관직을 거쳐 1600년 장령(掌令)이 되었다. 그 뒤 이조참의가 되고 세자의 학업을 지도하는 필선(弼善)을 겸하였다.

198) 현즙(玄楫) : ?~?. 무산첨사를 지냈다. 온성부사·남도병사·지중추부사를 역임했다. 1618년 이항복(李恒福)의 죽음을 '졸서(卒逝)'로 표현하였다 하여 탄핵을 받아 추고되었으나, 2년 후에 다시 호서절도사로 임명되어 외지로 나갔다. 1623년 인조반정이 일어난 이후, 논공행상에 불만을 품고 이괄(李适)이 반란을 일으키자, 도원수 장만(張晩)과 함께 중군에 임명되어 토벌에 참가하였다. 그러나 오히려 이괄의 난에 연루되었다고 모함을 받아 참형에 처해졌으며, 5년이 지난 후인 1627년(인조 5)에 누명을 벗고 관작이 복구되었다.

199) 정문(呈文) : 하급 관청에서 상급 관청으로 보내던 공문서. 혹은 아랫사람이 윗사람에게 올리는 공문(公文)의 하나.

왕께서 공경히 예물을 보내셨는데 노야(老爺)께서 받지 않으시면, 비천한 직
분의 제가 저희 임금의 성의를 펼 수 없으니, 장차 어떻게 돌아가서 보고하
겠습니까?"라고 하자, 양 경리가 답하기를, "내가 우선 그것을 받겠다. 여러
장수들이 필시 이것을 본받아 감히 받지 않을 것이다."라고 하였다. 이어서
내가 말하기를, "먼 길을 오느라 고생하셨습니다. 며칠에 오셨습니까?"라고
하자, 양 경리가 답하기를, "6월 초에 내려왔다."라고 하였다. 내가 말하기
를, "그렇다면 오랫동안 머물러 계시느라 더욱 고생하셨을 것이니, 술잔으
로써 위로하고 싶지만, 사체로 보아 온당치 않습니다."라 하였다. 마침내 은
을 담은 봉투를 주었는데, 봉투 겉면에, "술값을 아낀 값으로 은 5냥"이라고
썼다. 양 경리가 또 감사의 첩문(帖文)을 주었는데, 단지 "벽사(璧謝)[200]" 두
글자만 씌어 있었다. 양경리가 말하기를, "이 뒤로 영위사는 가을 길에 모
두 오지 말게 하라."라고 하고, 마침내 나왔다. 허상(許鏛)이 뜰 가운데에서
예를 행하였다. 전날 부사 유근(柳根) 이하의 사람들과 영위사·승지가 모두
뜰 가운데에서 절했었는데, 나만 홀로 계단 위에서 절하도록 허락해 주었
다. 대접하는 것이 정중하였으니, 매우 고맙고 기뻤다. 마침내 여러 벗들과
이별을 고하고, 또 접반사에게 고하기를, "'명나라의 법으로써 다스린다.'는
내용 등의 칙서(勅書)가 아직 분부되지 않았습니다. 그것을 분부할 때에 영
공께서 온 힘을 다해 폐단을 막지 않는다면, 장차 나라의 무궁한 화가 될
것입니다."라고 하자, 이 접반사가 말하기를, "훌륭한 말씀입니다. 마땅히
힘써 도모하겠습니다."라고 하였다. 이어서 출발하여 납청정(納淸亭)에서 점
심을 먹고 가산(嘉山)으로 들어갔다. 군수 김휘(金暉) 공이 찾아와서 만났고,
도사(都事) 윤앙(尹昻)도 찾아와서 만났다. ○17일. 아침에 도사를 만났는데,
영변판관(寧邊判官) 박동량(朴東亮)[201]도 왔다. 두만강에 배를 띄우고 곧장

---

200) 벽사(璧謝) : 『춘추좌씨전(春秋左氏傳)·희공(僖公) 23』에서 유래한 말로, 선물을 돌려주면
서 감사의 마음을 표시할 때, "벽사(璧謝)"라고 한다.

201) 박동량(朴東亮) : 1569~1635. 자는 자룡(子龍)이며, 호는 기재(寄齋)·오창(梧窓)·봉주(鳳
洲)이다. 임진왜란 때 병조 좌랑으로 왕을 의주(義州)로 호종(扈從)하였는데, 명나라 말에

백상루(百祥樓)에 올라가서 경치를 바라보았다. 영위사 이덕열(李德悅)도 찾아와서 만났는데, 마침내 영위사의 장계(狀啓)를 완성하여 정주(定州)사람에게 부쳤다. 저녁에 숙천(肅川)에 이르렀다. 숙천군수(肅川郡守) 최기(崔沂)[202]·자산군수(慈山郡守) 김극효(金克孝)[203]와 이야기를 나누었다. 김극효는 나이가 같은 벗이기에, 지극히 기뻐하며 속마음을 터놓았다. ○18일. 순안(順安)에 이르렀다. 감사를 만나 말하기를, "영위사 이빈(李薲)을 가산으로 가는 길에서 만나 대략 그의 말을 들었습니다. 영공께서는 어째서 연해(沿海)의 관리들에게 군량과 배를 모아서 군사들을 위무하며 기다리지 않으셨습니까?"라고 하자, 한응인이 말하기를, "내가 이미 쌀 150석을 용천군수(龍川郡守)로 하여금 신도(薪島)에 보내게 했습니다."라고 하였다. 내가 답하기를, "여순역(旅順驛) 입구의 동쪽에서 온 수군 7,000명이 하루에 먹는 군량은 마로 140석입니다. 만약 뜻하지 않게 어떤 고을에 도착해서 공문을 보내 쌀을 모은다면, 어떻게 군량을 댈 수 있겠습니까?"라고 하자, 한응인이 말하기를, "과연 그렇군요. 마땅히 즉시 도사를 보내겠습니다."라고 하였다. 또 마중 나가려는 종사관 최동망(崔東望)[204]을 만나 말하기를, "그대는 육지에

능통하여 의주에 주재하는 동안에 많은 공을 세웠다. 그는 선조(宣祖)의 유언을 받은 7대신(大臣)의 한 사람이다. 1613년(광해군5)의 계축옥사(癸丑獄事) 때 김제남(金悌男)과 연루되어 심문을 받고 공초(供招)한 글에서 선조가 죽을 당시 인목대비(仁穆大妃)의 사주로 궁녀들이 유릉(裕陵), 즉 의인왕후(懿仁王后)의 능에 저주한 일을 시인하는 뜻을 보였으므로 인조반정(仁祖反正) 이후에 논죄되었다.

202) 최기(崔沂) : 1553~1616. 본관은 해주(海州), 자는 청원(淸源), 호는 서천(西村) 또는 쌍백당(雙栢堂)이다. 식년 문과에 을과로 급제하였고 지평, 경주 부윤, 충청도 관찰사를 역임하였다. 이이첨의 일파인 박희일(朴希一), 박이빈(朴以彬)을 무고죄로 처형함으로써 이이첨의 미움을 받아 남형죄(濫刑罪)로 투옥되어 고문을 받다가 죽었다. 인조반정 후 신원되고 이조 판서에 추증되었다.

203) 김극효(金克孝) : 1542~1618. 자는 희민(希閔), 호는 사미당(四味堂)이다. 1562년(명종17)에 세자익위사 세마(世子翊衛司洗馬)에 임명되었고, 1564년 사마시(司馬試)에 급제한 후 양구 현감(楊口縣監), 동복 현감(同福縣監), 금산 군수(錦山郡守), 돈녕부 도정을 역임하였다. 원종공신(原從功臣)에 봉해졌으며 관직은 동지돈녕부사에 이르렀다.

204) 최동망(崔東望) : 1557~?. 자는 노첨(魯瞻), 호는 재간(在澗). 1588년 생원시에 합격하였으며, 이듬해 증광문과에 을과로 급제하였다. 선조대에 호조정랑, 임천군수(林川郡守), 형조

서 지휘해야 하니, 배에 오르지 말게."라고 하자, 최동망이 또 기뻐하며 감사해하였다. 저녁에 평양(平壤)에 묵었다. ○19일. 아침에 황주(黃州)를 향해 말을 달려 출발했다. 판관 김지남(金志男)은 죄를 받아 만나지 못하였고, 평안도병사는 다른 곳에 있었다. 파 참장(頗叅將)의 대군이 황주로 들어왔다. 접반사 신충일(申忠一)[205]이 찾아와서 만났다. 저녁에 영위사 윤인함(尹仁涵)[206]을 만났다. ○20일. 이른 새벽에 배를 타고 앞의 강을 건넜고, 아침에 동선령(洞仙嶺)을 넘어서 봉산(鳳山)에 들어갔다. 봉산군수(鳳山郡守) 변호겸(邊好謙)과 서로 만났다. 나 경력(羅經歷)[207]과 접반관 정엽(鄭曄)[208]이 2경에 들어왔다. ○21일. 큰 비가 내렸다. 출발하였는데, 개천 물이 불어나 넘쳐서 산속에 있는 집에 들어가 묵었는데, 매우 무료하였다. 주인이 국을 끓이고 밥을 지어 대접해 주었다. 밤새도록 걱정하였다. ○23일. 개성(開城)에 들어 갔다. 듣건대, 왜선(倭船) 800척이 바다를 건넜다고 하였다. 개성유수(開成留守) 황여충(黃汝忠)이 만류했는데도 군이 왔는데, 흥건하게 취한 몸을 가누어 동파(東坡)에 도착하니, 인가가 없었다. 한밤중인 것을 고려치 않고 임진강을 건넜는데, 또한 인가가 하나도 없었으니, 배 안에서 묵었다. 비바람이

정랑, 희천 군수(熙天郡守), 합천군수(陜川郡守) 등을 차례로 역임하였다.

205) 신충일(申忠一) : 1554~1622. 자는 서보(恕甫). 강진·고산현감을 역임하였다. 1595년 남부주부(南部主簿)로 있을 때, 임진왜란으로 전쟁 중인 우리나라에 사자를 보내어 통호(通好: 서로 관계를 가짐)를 요구하는 등 심상치 않은 태도를 보이는 건주여진(建州女眞)의 동정을 탐지해오라는 명을 받았다. 그 해 12월 만포진에서 압록강을 건너 명나라의 여희원(余希允)과 누루하치(奴兒哈赤 : 뒤의 淸太祖)의 거성(居城)에 들어가 그들의 발호에 대한 명나라의 뜻을 전하고 그들의 동정과 산천·풍습 등을 살펴보았다. 이듬해 1월 귀국, 복명하면서 한만사연구(韓滿史研究)에 귀중한 자료가 되고 있는 『건주기정도기(建州紀程圖記)』를 작성하여 올렸다. 경상도수군절도사·부총관 등을 역임하였다.

206) 윤인함(尹仁涵) : 1531~1597. 자는 양숙(養叔), 호는 죽재(竹齋)이다. 1555년(선조10) 문과에 급제하여 형조 참판을 역임하였다.

207) 나 경력(羅經歷) : 명나라 장수로, 우리나라에 경력(經歷)으로 온 나부교(羅敷敎)를 가리킨다.

208) 정엽(鄭曄) : 1563~1625. 본관은 초계(草溪)이고, 자는 시회(時晦), 호는 수몽(守夢)이다. 송익필(宋翼弼), 성혼(成渾), 이이(李珥)의 문인이며, 1583년 문과에 급제하였다. 인목대비의 폐위에 반대하여 벼슬을 그만두었다가 인조반정 후에 다시 벼슬하여 대사헌, 우참찬 등을 역임하였다. 문집으로 『수몽집(守夢集)』이 있다.

몰아치자 시름을 읊었다. ○24일. 길에서 왕춘부(王春府)를 만나, 한산도에
서 패배했다는 소식을 들었다. 저녁에 경성(京城)에 들어갔는데 군대가 패배
한 까닭에 성 안팎이 흉흉하였다.

25일 갑인. 미시(未時)에 입궐하여 복명(復命)[209]하였다.

접반사 유대진(兪大進)과 조정에 들어가 숙배하였다. 영의정과 이조판서
가 사람을 보내 안부를 물었다. 길에서 부원군 윤근수(尹根壽)[210]·예조판서
김찬(金瓚)[211]·참지 정숙하(鄭叔夏)를 만나 이야기를 나누었다. ○27일. 아
침에 영의정 유성룡을 만나 매우 다정하게 이야기를 나누었고, 아울러 전적
(典籍) 한준겸(韓浚謙)[212]도 만났다. 저녁에 좌상에게 불려가서 매우 정답게
이야기를 나누고 2경에 돌아왔다. 내가 두 상공(相公)를 만났을 적에 수군을
설립하는 일에 대해서 극력이 말하기를, "배는 삼도(三道)의 각 관포(官
浦)[213]에 배정하고, 군인들은 면사첩(免死帖)[214]을 주어 보내고, 어사가 흩어

---

209) 복명(復命) : 명령을 받은 일에 대하여 그 처리 결과를 보고함.

210) 윤근수(尹根壽) : 1537~1616. 자는 자고(子固), 호는 월정(月汀)·외암(畏菴), 시호는 문정
(文貞)이다. 윤변(尹忭)의 아들이며 윤두수(尹斗壽)의 아우이다. 1558년(명종13) 별시문과
에 급제하였고, 1562년 부수찬일 때 조광조(趙光祖)의 신원을 상소하였다가 과천 현감으
로 좌천되었다. 1589년 공조 참판으로 성절사(聖節使)가 되어 명나라에 다녀왔다. 이듬해
종계변무(宗系辨誣)의 공으로 해평부원군에 봉해졌다. 1591년(선조24) 정철(鄭澈)의 건저
문제(建儲問題)에 연루되어 관직을 삭탈당하고 이듬해 임진왜란이 일어나자 예조 판서로
등용되어 왕을 호종하는 한편 명나라와의 외교를 담당하여 국난극복에 힘썼다. 문집에
는 『월정집(月汀集)』이 있다.

211) 김찬(金瓚) : 1543~1599. 자는 숙진(叔珍)이고, 호는 눌암(訥菴)이다. 1567년(명종22)에 진
사가 되었고 같은 해 식년시에 을과(乙科) 5위로 급제하였다. 사간원, 사헌부, 홍문관의
청현직을 두루 거쳐, 대사헌, 부제학, 예조 판서, 우참찬 등을 역임하였다. 5녀 1남을 두
었는데, 사위는 송석조(宋碩祚), 홍여익(洪汝翼), 심적(沈績), 조경(趙絅), 윤세구(尹世耉)이
고 아들은 김홍건(金弘建)이다. 서애(西厓) 유성룡(柳成龍), 학봉(鶴峯) 김성일(金誠一)과 친
교가 깊었다.

212) 한준겸(韓浚謙) : 1557~1627. 본관은 청주(淸州), 자는 익지(益之), 시호는 문익(文翼)이다.
1579년(선조12) 생원시·진사시에 합격, 1585년 태릉 참봉에 제수되었다. 이듬해 별시문
과에 병과로 급제했고, 예문관 검열이 되어 홍문록(弘文錄)에 오르고 문장으로 이름을 날
렸다. 여러 요직을 두루 역임하였으며, 예학(禮學)과 국가의 고사(故事)에 밝았다. 저서로
『유천유고(柳川遺稿)』가 있다.

213) 관포(官浦) : 해안[浦]에 위치한 수군(水軍)의 관아(官衙).

진 군사 중 날랜 자들을 불러 모아서, 공명첩(空名帖)[215]을 내려 보내 그로 하여금 거두어 쓰게 한다면, 일을 신속히 이룰 수 있을 것입니다."라고 하였다. 그러자 두 상공이 모두 기쁘게 들었다. ○28일. 이조판서 홍진(洪進)[216]을 만나서 지방으로 가지 말라고 청하였다. 또 참의 허성(許筬)을 만났다. 듣건대 원수(元帥)의 장계(狀啓)에, "11일에 왜선(倭船)이 몇 척이나 한산도로 향했는지 알 수 없습니다."라고 하였으니, 매우 걱정되었다. 이조참판 강신(姜紳)[217]·최원(崔遠)[218]·권협(權悏) 등이 와서 이야기를 나누었다. 두 상공의 계사(啓辭)에, "총통(銃筒) 등의 일을 정 아무개가 운운하였습니다."라고 하니, 상께서 그대로 윤허한다고 하였다. ○29일. 아침에 고언백(高彦伯)[219]의 장계가 들어왔는데, 적군이 바다와 육지모두에서 호남으로 쳐들

---

214) 면사첩(免死帖) : 사형을 적용하지 않을것을 보증하는 증서.

215) 공명첩(空名帖) : 조선시대 수취자의 이름을 기재하지 않은 백지 임명장.

216) 홍진(洪進) : 1541~1616. 조선 중기의 문신으로, 본관은 남양(南陽), 자는 희고(希古), 호는 인재(訒齋), 퇴촌(退村)이다. 1541년(중종36) 종종 때 성리학자 홍인우(洪仁祐)의 아들로 태어났다. 1564년(명종19) 사마시에 합격하였고 1570년(선조3) 식년 문과에 병과로 급제하였다. 이후 관직에 나가 정자, 검열, 수찬, 응교 등을 지냈고 1589년(선조22) 직제학으로 문사랑이 되어 정여립의 모반사건을 계기로 일어난 기축옥사를 다스렸다. 이어서 동부승지를 거쳐 좌·우승지를 역임하였다.

217) 강신(姜紳) : 1543~1615. 본관은 진주(晉州), 자는 면경(勉卿), 호는 동고(東皐)이다. 정여립(鄭汝立) 옥사의 처리에 참여하여 평난 공신(平難功臣) 3등에 책록되고 진흥군(晉興君)에 봉해졌다. 함경도 순찰사, 경기도 관찰사, 우참찬, 좌참찬 등을 역임하고 기로소에 들어갔다. 광해군 때의 무신 강홍립(姜弘立, 1560~1627)이 그의 아들이다.

218) 최원(崔遠) : 생몰년 미상. 1580년(선조13) 전라도 병마절도사가 되고, 1592년 임진왜란이 일어나자 군사 1,000명을 거느리고 의병장 김천일(金千鎰) 등과 함께 여산에서 적군의 진출을 막아 싸웠다. 그후 강화도로 들어가 주둔지로 삼고 군사를 모집하는 한편, 한강 연변지역을 왕래하면서 적의 후방을 공략하고 해상으로 의주에 있는 행재소(行在所)와도 연락을 취하였다. 이듬해 영덕(永德)으로 나가 왜군을 격파하고 200여 명을 참획(斬獲), 그 공으로 상호군에 승진되었다. 1594년 여주 목사를 지내던 중 사간원의 탄핵을 받아 체직되었고, 1596년 황해도 병마절도사를 지냈다. 1597년 정유재란이 일어나자 중앙으로 들어와서 후위대장(後衛大將)이 되어 전위대장 조경(趙儆)과 함께 훈련도감 군사를 거느리고 도성 방위의 책임을 맡았다. 1600년 동지중추부사에 선임되었다.

219) 고언백(高彦伯) : ?~1609. 1593년 양주에서 왜병 42명을 참살한 공으로 인해 특별히 양주 목사가 되어 능침(陵寢)을 보호하였다. 내원한 명나라 군사를 도와 서울 탈환에 공을 세우고 경상좌도 병마절도사로 승진하였다. 정유재란 때는 경기 방어사가 되어 전공을

어왔다고 하였다. 비변사(備邊司)가 입대(入對)하였다.

8월 초1일 기미. 큰 비가 내렸다. 배설(裵楔)220)의 장계(狀啓)가 들어왔다. 장계(狀啓)에 다음과 같이 말하였다. "고로(古老)들이 말하기를, '가등청정(加藤淸正)221)은 27일에 경주(慶州)·성주(星州)·고령(高靈) 등을 경유하여 남원(南原)으로 향하였고, 소서행장(小西行長)222)은 28일에 의령(宜寧)·진주(晉州)를 경유하여 순천(順天)으로 향했는데, 수로로 3운(運) 7척, 육로로 2운

크게 세웠다. 난이 수습된 뒤 선무 공신(宣武功臣) 2등에 책록되었고, 제홍군(濟興君)에 봉해졌다.

220) 배설(裵楔) : 1551~1599. 조선 중기의 무신. 본관은 성산(星山). 자는 중한(仲閑). 1592년 임진왜란이 일어나자 경상우도방어사 조경(趙儆)의 군관으로 남정(南征)하다, 조경이 황간·추풍에서 패하자 향병을 규합, 왜적과 대항하였다. 1597년 다시 경상우수사가 되었다. 같은 해 7월 8일 부산에 정박 중이던 왜적선 600여 척이 웅천을 거쳐 가덕도로 향하려 하자, 통제사 원균(元均)이 한산도 본영에서 배설에게 수백 척의 전함을 거느리고 공격하게 하였다. 7월 16일 적의 대선단이 원균의 주력 부대를 공격해 전세가 불리하게 되자, 배설은 전세를 관망하다가 스스로의 판단으로 12척을 이끌고 남해 쪽으로 후퇴하여 안전을 도모하였다. 한산도로 물러난 뒤 군사 시설 및 양곡·군기와 군용 자재를 불태우고 남아 있던 백성들을 피난시켰다. 이순신(李舜臣)이 다시 수군통제사가 된 뒤 한때 그의 지휘를 받았으나, 1597년 신병을 치료하겠다고 허가를 받은 뒤 도망하였다. 이에 조정에서 전국에 체포 명령을 내렸으나 종적을 찾지 못하다가, 1599년 선산에서 권율(權慄)에게 붙잡혀 서울에서 참형되고 그의 아버지와 아들 상충(尙忠) 등은 모두 방면되었다. 그 뒤 그가 쌓은 무공이 인정되어 선무원종공신 1등에 책록되었다.

221) 가등청정(加藤淸正) : 가토 기요마사(1562~1611)로 미장(尾張) 출신이다. 도요토미 히데요시의 가신으로 여러 차례 공을 세워 비후(肥後) 지방 20만 석의 영주가 되었다. 임진왜란 때 제2진으로 2만 2천 명을 이끌고 일본군의 선봉장이 되어 우리나라에 내침하여 곡산(谷山)·안변(安邊)을 거쳐 함경도로 북진하였다. 회령(會寧)에서 임해군(臨海君)과 순화군(順和君) 두 왕자를 사로잡았으며, 그후 서울의 일본군이 위태로워지자 함경도에서 철수, 서울을 거쳐 경상도에 이르러 진주(晉州) 싸움에 참가한 뒤 일부 병력을 남겨두고 귀국했다. 1597년 정유재란 때 다시 5만 군사를 이끌고 내침하였고, 1598년 도요토미가 죽자 본국으로 철수했다. 반대파인 이시다〔石田〕 등 문치파(文治派)와는 늘 사이가 나빴으며 도요토미의 아들 히데요리〔秀賴〕를 받들어 도요토미 일가에 충성을 다했다.

222) 소서행장(小西行長) : 고니시 유키나가(?~1600)로, 도요토미 히데요시〔豊臣秀吉〕의 휘하에서 전공을 세워 24만 석의 영주가 되었다. 1592년 임진왜란 때 가등청정(加藤淸正)보다 한발 앞서 제1진으로 1만 8천 명을 이끌고 부산에 상륙, 선봉으로 대동강까지 진격, 명나라 원병과 첫 전투를 벌였다. 이덕형(李德馨), 심유경(沈惟敬) 등과 강화교섭을 했으나 이여송의 불응으로 좌절되었다. 1597년 정유재란 때 다시 내침하여 여러 곳에서 전쟁을 벌이다 이듬해 도요토미가 병사하자 귀국했다.

(運)이 전라도를 유린하고 부산에 돌아가서 진을 치고서 조선과의 화의를 기다리고 있습니다.'라고 하였습니다. 또 이르기를, '육지에 내렸는데, 죽은 자는 원균(元均)[223]·이억기(李億祺)[224]이며, 생존한 자는 첨사(僉使) 이응표(李應彪)[225]【가리포첨사(加里浦僉使)】·손함평(孫咸平)·경지(景祉) 등이며, 나머지는 간 곳을 알 수 없습니다.'라고 했습니다." ○초2일. 형조판서 김명원(金命元)[226]·관상감 홍인상(洪麟祥)[227]을 만났다. 김명원의 집에서 경상도 군공책(軍功冊)을 얻어 보았는데, 군공책에 이르길, "선산군수(善山郡守) 정(丁) 아무개는 적군의 목 23급을 베었고, 왜군의 막사를 태워 소탕한 것이

---

223) 원균(元均) : 1540~1597. 본관은 원주(原州)이고, 자는 평중(平仲)이다. 임진왜란이 일어나자 옥포해전·합포해전·당포해전·당항포해전·율포해전·한산도대첩·안골포해전·부산포해전 등에서 이순신과 함께 일본 수군을 무찔렀고, 1597년 이순신이 파직당하자 수군 통제사가 되었다. 기문포해전에서 승리하였으나 안골포와 가덕도의 왜군 본진을 공격하는 작전을 두고 육군이 먼저 출병하면 수군이 출병하겠다는 건의를 했다가 권율 장군에게 곤장형을 받고 출병을 하였다. 그해 6월 가덕도해전에서 패하였으며, 7월 칠천량해전에서 일본군의 교란작전에 말려 참패하고 전라우도 수군 절도사 이억기 등과 함께 전사하였다. 이 해전에서 패배함으로써 조선수군은 제해권을 상실하여 전라도 해역까지 왜군에게 내주게 되었다. 그가 죽은 뒤 백의종군하던 이순신이 다시 수군 통제사에 임명되었다.

224) 이억기(李億祺) : 1561~1597. 자는 경수(景受). 아버지는 연손(連孫)이다. 어려서부터 무예에 뛰어나 17세에 사복시내승(司僕寺內乘)이 되고, 그 뒤 무과에 급제해 여러 벼슬을 거쳤다. 1591년(선조 24) 순천부사를 거쳐 임진왜란 때에는 전라우수사가 되어, 전라좌수사 이순신(李舜臣), 경상우수사 원균(元均) 등과 합세해 당항포(唐項浦)·한산도(閑山島)·안골포(安骨浦)·부산포(釜山浦) 등지에서 왜적을 크게 격파하였다. 이순신이 조정의 명령을 따르지 않았다는 죄목으로 잡혀가 조사를 받자, 이항복(李恒福)·김명원(金命元) 등 조정대신들에게 서신을 보내 무죄를 적극 변론하였다. 1597년 정유재란 때 통제사 원균 휘하에서 조정의 무리한 진격명령으로 부산의 왜적을 공격하다가 칠천량해전(漆川梁海戰)에서 패해 원균·충청수사 최호(崔湖) 등과 함께 전사하였다.

225) 이응표(李應彪) : 1556~?. 자는 경휘(景輝). 1580년에 무과에 합격함.

226) 김명원(金命元) : 1534~1602. 본관은 경주(慶州), 자는 응순(應順), 호는 주은(酒隱)이다. 이황(李滉)의 문인이다. 1558년(명종13) 사마시에 합격하였고, 1561년 식년 문과에 급제하였다. 1597년 정유재란 때는 병조판서로 유도대장(留都大將)을 겸임했고, 좌찬성·이조판서·우의정을 거쳐 1601년 부원군에 봉해지고 좌의정에 이르렀다. 유학에 조예가 깊었고, 병서와 궁마(弓馬)에도 능하였다. 시호는 충익(忠翼)이다.

227) 홍인상(洪麟祥) : 1549~1615. 조선 중기의 문신. 본관은 풍산(豊山). 자는 원례(元禮). 호는 모당(慕堂). 이상(履祥)으로 개명하였다.

200간이며, 왜군을 10명을 다치게 했고, 군기(軍器)와 군량(軍糧)을 얻었고, 왜군 5명을 쏘아 죽였다."라고 하였다. 내가 묻기를, "이 외에 또 군공책이 있습니까?"라고 하자, 김명원이 말하기를, "7책이 있는데, 각 사람들이 벤 적군을 모두 합하면 그 수가 많습니다."라고 하였다. 그가 말하기를, "나머지 전공(戰功)은 대가(代加)[228]에 쓸 수 있을 것입니다."라고 하였다. ○초3일. 4경에 호조에 들어갔다. 우찬성 최황(崔滉)·판서 박충간(朴忠侃)[229]·우참찬 신잡(申礎)[230]·참판 이참(李槧)과 이야기를 나누고, 이어서 서계(誓戒)를 받았다. 조보(朝報)에 이르기를, "황해도의 섬에서 왜적 4명을 붙잡았다."라고 하였다. 수비(守備) 이응창(李應昌)이 지휘하는 정중군(正中軍)은 육로로 와서, 갈성(葛省)·갈찰(葛察) 2인은 수로로 왔다. 이경린(李景麟)·이흘(李屹)[231]·황치경(黃致敬)[232]이 파직되었다. 어사가 아뢰기를, "명나라에서 보

---

228) 대가(代加) : 조선 시대 정3품 이상의 현직 문무(文武) 관리에게 품계(品階)가 더해질 경우, 이를 해당 관리의 친족이 대신 그 품계를 받게 하는 제도.

229) 박충간(朴忠侃) : ?~1601. 본관은 상주(尚州)로 박세훈(朴世勳)의 아들이다. 1589년(선조22)에 재령 군수(載寧郡守)로 있을 때 한준(韓準), 이축(李軸), 한응인(韓應寅) 등과 함께 정여립(鄭汝立)의 모반을 고변한 일로 형조 참판에 오르고 평난공신(平難功臣)에 책록되어 상산군에 봉해졌다.

230) 신잡(申礎) : 1541~1609. 자는 백준(伯俊), 호는 독송(獨松). 임진왜란 때 비변사당상으로 활동하였고, 이듬해에는 병조참판을 거쳐 평안도병마절도사로 부임하였으나, 관내 철산군에 탈옥사건이 발생하여 그 책임으로 파직되었다. 이어 함경도관찰사·빙고제조(氷庫提調) 등을 역임하고 호성공신(扈聖功臣) 2등에 책록되고 평천부원군에 봉해졌으며, 1606년 개성유수를 끝으로 관직에서 물러났다. 죽은 뒤에 진천에 사당이 세워지고 사액되었으며, 영의정에 추증되었다. 시호는 충헌(忠獻)이다.

231) 이흘(李屹) : 1557~1627. 자는 산립(山立), 호는 노파(蘆坡)·희정당(喜靜堂)·삼산초은(三山樵隱)이다. 남명의 문인인 백부 이희생(李喜生)에게 수학하였다. 1588년(선조21) 진사시에 합격하였으나, 부모가 늙어 봉양하기로 결심하여 과업을 포기하였다. 그의 행의(行誼)를 정온(鄭蘊)이 조정에 알려 세자익위사(世子翊衛司)의 세마(洗馬)에 제수되었고, 구성부사(龜城府使)·종부시 정(宗簿寺正)을 역임하였다. 저술로 『노파집』이 있다.

232) 황치경(黃致敬) : 1554~1627. 자는 이직(而直), 호는 몽죽(夢竹). 1591년 성절사(聖節使)의 서장관이 되어 명나라에 들어가 왜국의 상황을 상세히 보고하여 명나라 조정의 칭찬을 받았다. 이듬해 임진왜란이 일어나자 경기도순찰사 권징(權徵)의 종사관이 되어 군량미 조달에 힘썼다. 1594년에 파주목사가 되고, 1597년 접반관(接伴官)이 되어 명나라의 사신을 영접하였다. 1624년(인조 2) 이괄(李适)이 난을 일으키자, 춘천부사로서 군사를 이끌고 솔선하여 왕을 호종하였으나, 난이 평정된 뒤 무고로 황해도 연안에 유배되었다가 무

낸 군량 450석을 실은 배가 광량(廣梁)에 도착했습니다."라고 하였다. 듣건대, 마 도독(麻都督)이 호조참판과 병조참판을 데리고 호남으로 곧바로 내려갔다고 하였다. 저녁에 영의정을 뵈러 갔는데 만나지 못하였다. ○초4일. 듣건대, 왜인이 이르기를, "임진년(1592)은 소와 말이 들판에 널려 있고 쌀과 콩이 나라에 가득하였기 때문에 쳐들어왔다. 지금은 모두 청야(淸野)233)를 하였으므로 진격하기가 어렵다."라고 했다고 하였다. 전라감사가 장계로 아뢰기를, "왜군이 호남에 들어간 뒤에 곧장 경성으로 올라갈 것이라고 오만하게 말하고 있습니다."라고 하였다. ○초5일. 아침에 좌의정을 찾아갔으나 만나지 못하였고, 저녁에 영의정을 찾아갔으나 만나지 못하였다. 저녁에 전라감사 황신(黃愼)을 만나서 전쟁에 대해 이야기 하였다. 윤방(尹昉)234)도 왔다. ○초6일. 저녁에 좌의정을 배알하고 "중전께서 궐을 떠나서는 안 됩니다."라고 큰소리로 말하였다. 그리고 봉화를 신중히 하는 일, 망보는 것을 신칙(申飭)하는 일과 도성 안의 속오군의 일 등에 대해서 언급하자, 좌의정이 말하기를, "내가 장차 논계(論啓)235)할 것이네. 말할 만한 것이 있을 때마다 매번 편지로 보내주면, 내가 기억하고 있다가 상께 차례차례 아뢰겠네."라고 하였다. 듣건대 수군은 사량(蛇梁)에 있고, 적은 한산(閑山)에 있는데,

---

고임이 밝혀져서 그 해 겨울에 풀려났다. 1627년 정묘호란이 일어나자 복직되어 경기호소사(京畿號召使)로 의병을 불러모아 적에 대비하다가 그 해 겨울에 죽었다.

233) 청야(淸野) : 적의 침입이 있을 때 주민들을 성안으로 들이고 들을 비워서, 보급을 차단하는 병법. 임진왜란 당시에 유성룡의 건의로 산성을 거점으로 하는 고수방어전(固守防禦戰)과 청야전을 병행하였음.

234) 윤방(尹昉) : 1563~1640. 자는 가회(可晦), 호는 치천(稚川)이다. 1588년(선조21) 식년 문과에 병과로 급제하여 여러 청요직(淸要職)을 두루 역임하였다. 1601년 부친상을 마친 뒤 동지사(冬至使)로 명나라에 다녀왔고, 해창군(海昌君)에 습봉(襲封)되었다. 1608년(광해군 즉위년) 광해군이 즉위하자 형조 판서가 되고, 1618년 인목대비(仁穆大妃)를 폐출하려는 폐모론이 일어나자 병을 칭하고 정청(政廳)에 불참하여 탄핵을 받고 사직, 은퇴하였다. 그 뒤 영의정을 역임했고, 1636년 병자호란(丙子胡亂)이 일어나자 묘사제조(廟社提調)로서 40여 개의 신주를 모시고 빈궁(嬪宮), 봉림대군(鳳林大君)과 함께 강화로 피난하였다. 그러나 신주 봉안에 잘못이 있었다 하여 탄핵을 받고 1639년 연안에 유배되었다. 저서로는 『치천집』이 있다. 시호는 문익(文翼)이다.

235) 논계(論啓) : 신하가 임금에게 신하들의 잘못을 논박하여 보고함.

이때에 도성 안 백성들이 동요하여 태반은 도망갔다고 하였다. 그러므로 내가 진정시킬 방안을 힘써 말하였다. ○초7일. 장흥(長興) 신임 부사 전봉(田鳳)이 와서 작별인사를 하고 떠났기에, 가서(家書)를 보냈다. 전주(全州)의 장사(壯士) 최영길(崔永吉)이 와서 한산도에서 패배했다는 소식을 고하고 생토란을 바쳤다. ○초8일. 듣건대, '왜군이 전라도로 들어와 왜적의 배 7척이 방답(防踏: 突山島)의 군량미를 거두어 가서 장흥(長興) 등의 관아가 텅 비었고, 배경남(裵慶男)[236]은 적이 없는데도 불을 질러 좌영(左營)의 원수(元帥)가 그에게 죄를 주길 청하였고, 진주(晉州)는 이미 텅 비어 왜적의 손에 들어갔다'고 하였다. 밤새도록 눈물을 훔치며 잠들지 못하였다. ○초9일. 조보에서 이르기를, "전라감사가 청하기를, 패배한 수군의 장수들은 우선 종군하여 스스로 정성을 다할 수 있게 해달라고 했다."라고 하였다. 저녁에 최 정언(崔正言)과 첨지 권협(權悏)을 만났는데, 즐거워하지 못하고 근심스럽게 말하기를, "왜적이 이미 순천(順天)으로 들어갔으니, 구례(求禮)의 가족들은 부득이하게 교외로 내보내야겠습니다."라고 하였다. 또 병조참판 노사형(盧士馨)[237]을 만났는데, 또한 그러했다. ○초10일. 왜적에 관한 소식이 매우 다급하니, 경경에 피난 간 사람이 많았다. 저녁에 심 천사(沈天使: 沈惟敬)의 말을 들었는데, 그가 말하기를, "왜적은 긴급하게 여길 것이 없다."라고 하였는데, 정말 그러한지 모르겠다. ○11일. 민준(閔濬)[238]이 양원(楊元)의 접

---

236) 배경남(裵慶男) : ? ~1597. 1592년(선조 25) 임진왜란 때 부산진첨절제사(釜山鎭僉節制使) 등 변방의 무관직을 거친 뒤 유격장(遊擊將)이 되어 여러 곳에서 전공을 세웠다. 그러나 패주를 거듭하는 영남지방의 전황 속에 순찰사 권율(權慄)이 도망다니는 장수라는 잘못 판단된 보고를 하였기 때문에 파직되었다. 그 뒤 스스로 잘못 보고한 오명을 씻고자 종군을 원한 끝에 전라좌수사 이순신(李舜臣) 휘하에 들어가게 되었다. 1594년 6월 당항포해전(唐項浦海戰)에서 좌별도장(左別都將)으로 참전하여 크게 전공을 세웠고, 뒤에 조방장(助防將)이 되었다.

237) 노사형(盧士馨) : 1545~1618. 본관은 교하(交河), 자는 사형(士馨)이다. 정유재란 때 접반정사(接伴正使) 김명원(金命元)의 부사로서 명나라 지휘관 형개(邢玠)를 맞아 군사 문제를 논의하였다. 서화 등 다방면에 조예가 깊었으며, 예서(隸書)와 전서(篆書)에 뛰어났다.

238) 민준(閔濬) : 민준(閔濬, 1532~1613)으로, 본관은 여흥(驪興), 자는 중원(仲源)·중심(仲深),

반사로서 남원(南原)에서 왔는데, 남쪽은 위급한 지경에는 이르지 않았다고 하였다. 저녁에 병조판서가 체차(遞差)되고, 김명원이 병조판서가 되었다. 듣건대, 왜적이 창원(昌原) 등지에 들어왔는데, 한명련(韓明璉)[239] 등이 그들과 접전하여 선봉 40여 명의 목을 베자 전진이 후퇴했다고 하였다. ○12일. 위급한 일을 좌의정에게 조목조목 아뢰고, 또 지방관으로 보임(補任)해달라고 청하였다. 좌의정이 답하기를, "명나라 군대도 없고 왜적도 없는 곳을 찾는다면, 우리나라에서는 찾을 수 없을 것이니, 어찌 도화원을 향하면서 주인에게 묻지 않는가?"라고 하면서, 마침내 탄식하였다. ○15일. 홍 판서(洪判書)를 만났다. 듣건대, 왜적이 남원(南原)을 엄습했다가 조금 물러나서 산성(山城)을 점거했다고 하였다. ○16일. 듣건대, 왜적이 임실(任實)에 이르렀다고 하니, 크게 걱정하였다. 구급책(救急策) 10가지를 좌의정에게 보냈다. ○17일. 듣건대, 임실의 적이 물러났다고 하였다. ○18일. 시무책(時務策) 8조를 최 정언(崔正言)에게 보내서, 그로 하여금 논계(論啓)하게 하였다. 미시(未時)에, 남원에서 패배했다는 소식을 들었다. 최홍재(崔弘載)[240]가 정언(正言)으로써 적을 토벌하는 일을 깨우치기 위해, 패초(牌招)[241]하여 나를 만나서 시사(時事)에 대해 물었다. 허잠(許潛)[242]이 사신으로 나가는 일 때문에

호는 국은(菊隱)이다.

239) 한명련(韓明璉) : ?~1624. 임진왜란과 정유재란 때 공을 세워 오위장(五衛將)이 되었다. 이어 방어사(防禦使)를 거쳐 1623년(인조1)에 구성 순변사(龜城巡邊使)에 보임되었는데, 이듬해 이괄과 함께 반란을 기도하였다는 혐의로 체포, 압송 중 이괄의 도움으로 구출되어 반란군에 가담하였다. 각지의 관군을 패주시키고 서울을 점령하였으나, 길마재[鞍峴]의 싸움에서 선봉장으로 싸우다가 패배, 이괄과 함께 도주하던 중 이천(利川)에서 부하 장수의 배반으로 살해당하였다.

240) 최홍재(崔弘載) : 1506년~?. 자는 덕여(德興). 최윤범(崔尹範)의 증손으로, 조부는 최천부(崔天符)이고, 부친은 최경운(崔慶雲)이다. 1597년에 사간원정언으로 있으면서 경연관(經筵官)이 되어 『주역(周易)』을 강(講)하였다. 또한 당시 치러진 무과시험의 파행에 대하여 병조당상과 그 실무담당자를 문책할 것을 건의하였다. 그뒤 울산판관·전라도사·정언·지평 등을 역임하였다.

241) 패초(牌招) : 조선 시대 임금이 비상사태나 야간에 급히 만나야 할 신하가 있을 경우, 승정원(承政院)에 명하여 패를 써서 입궐하게 하던 제도.

242) 허잠(許潛) : 생몰년 미상. 자가 경량(景亮), 호는 한천(寒泉)이며, 본관은 양천(陽川)이다.

왔는데, 첨지 이결(李潔)도 와서 이야기를 나누었고, 밤이 깊도록 서로 마주
보며 눈물을 흘렸다. 듣건대, 현풍(玄風) 등지에서 관군이 작은 승리를 거두
었다고 하였다. ○19일. 아침에 듣건대, 민가에 들어간 명나라 사람들이 난
을 일으켰다고 하였다. 듣건대, 통역관 장춘열(張春悅)이 말하는 것을 들었
는데, 남원에서 아직 패배하지 않았다고 하니, 알 수가 없다. ○20일. 이축
(李軸)[243]과 허잠(許潛)이 서로 만났다. 또 응교(應敎) 이상의(李尙毅)[244]를 만
났는데, 부원수(副元帥)를 내려 보내야 한다고 강력히 말하였고, 또 전쟁에
대해 말하였다. 듣건대, 이광정(李光庭)[245]의 장계는 16일에 성첩(成貼)[246]한
것인데, 패배한 일이 없다고 하였다.

21일 기묘 총병(總兵)의 양원(楊元)의 문안접반사(問安接伴使)에 임명되었다.
통역관 유종백(柳宗白)과 가서 중간에서 맞이하고자 하여, 저녁에 하직인

선조(宣祖) 때 행의(行誼)로 천거되었고 지중추부사에 이르렀으며, 청백리로 녹선(錄選)되
었다.

243) 이축(李軸) : 1538~1614. 조선 중기의 문신. 본관은 전주(全州). 자는 자임(子任). 호는 사
촌(沙村). 1589년 안악군수로 있을 때 한준(韓準)·박충간(朴忠侃)·한응인(韓應寅)과 함께
정여립(鄭汝立)의 모역을 조정에 고변한 공으로 이듬해 평난공신(平難功臣) 1등으로 완산
군(完山君)에 봉하여지고 공조참판으로 승진되었다. 그 뒤 형조판서·우참찬을 역임하고
1592년 임진왜란 때에는 건의대장(建義大將) 심수경(沈守慶)의 부장으로 의병을 지휘하였
고, 1594년에는 진휼사가 되어 서울의 백성을 구휼하였다. 이어 좌참찬을 거쳐, 1611년
완산부원군(完山府院君)에 올랐다.

244) 이상의(李尙毅) : 560~1624. 자는 이원(而遠), 호는 소릉이다. 임진왜란 때 광해군(光海君)
을 호종한 공으로 1612년(광해군4) 위성 공신(衛聖功臣)에 책록되어 여흥부원군(驪興府院
君)에 봉해졌으나, 1623년 인조반정으로 위성 공신이 혁파되어 훈봉이 삭탈되었다. 이조
판서, 좌찬성 등의 관직을 지냈다. 시호는 익헌(翼獻)이다.

245) 이광정(李光庭) : 1552~1627. 본관은 연안(延安), 자는 덕휘(德輝), 호는 해고(海皐)이다.
이주(李澍)의 아들이다. 1590년(선조23) 교관(敎官)으로 있으면서 증광문과에 응시하여
급제하였다. 1592년 임진왜란으로 선조를 호종, 이후 요직을 역임하였다. 1597년에는 명
나라 사신 심유경(沈惟敬)의 접반사가 되어 일본과의 회담에 참여하였고, 1598년에는 명
나라 제독 마귀(麻貴)와 함께 울산에 내려가 왜군을 물리쳤다. 1601년에는 지중추부사로
청백리에 선발되었다. 1602년 대사헌 때 주청사(奏請使)로 명나라를 다녀왔다. 문집에는
『눌옹문집(訥翁文集)』이 있다.

246) 성첩(成貼) : 문서에 관청의 도장을 찍음.

사를 드리고 행장을 꾸렸다. ○22일. 새벽에 출발하여 수원(水原)으로 향했는데, 길에서 양 총병이 공주(公州)에 머물러 있다는 소식을 들었다. 【살펴보건대, 이 때에 양원(楊元)은 함락된 남원성(南原城)에서 북쪽으로 도망가서 경성(京城)으로 돌아오고 있었다.】 ○23일 신사. 교외에서 양 총병을 맞이하여, 정문(呈文)을 올리고 서로 마주하고 울었다. 저녁에 관소(館所)에 들어갔는데, 양 총병이 애걸하기를, "조선 국왕께 나를 살려달라고 고해주게."라고 하였다. 또 유지(有旨)를 받아 옷감을 주고, 이어서 장계(狀啓)를 올렸다. ○24일. 과천(果川)에서 밥을 먹고, 양 총병을 모시고 경성에 들어갔다. 상께서 남대문에서 맞이하셨는데, 양 총병은 상을 만나지 않고 들어갔다. 저녁에 숙배하였다.

25일 계미. 양 총병(楊摠兵)이 뜻밖에 서도(西道)로 나갔으므로, 내가 하직 인사를 올리고 양 총병을 쫓아갔다.

비변사(備邊司)에서 들어가서 좌의정의 비밀스런 말을 듣고, 영의정 및 여러 대신들과 일을 상의하고서, 집에서 묵었다. ○26일. 새벽에 출발하여, 임진(臨津)에서 저녁밥을 먹었다. 밤새도록 앞으로 나가서 개성부(開城府)에 들어가자 닭 몇 마리가 울었다. ○27일. 아침에 총병에게 문안을 드렸는데, 개성유수(開城留守)와 도사(都事)가 와서 위문하였다. 저탄(猪灘)에서 밥을 먹고 저녁에 평산(平山)으로 들어갔는데, 관원들이 다 도망가서 밥을 먹기가 어려웠다. ○28일. 먼저 안성(安城)으로 향했다. 양 총병이 다시 경성으로 향했다는 것을 듣고, 그대로 묵었다. ○29일. 양 총병과 편지로 문답을 주고받았는데, 그 내용은 기행(記行)에 실려 있다. ○30일. 아침에 도사 박동열(朴東悅)·부사 이세온(李世溫)·연안(延安) 남궁제(南宮悌)를 만났다. 듣건대, 강진(康津)에서 온 배는 바로 명나라 배라고 하였다. 들어가 접반사 이덕형(李德馨)·종사관 김신국(金藎國)을 만났다. 듣건대, 명나라 배가 강진에 들어오고, 왜적은 남원으로 물러났다고 하였다.

9월 초1일 기축. 금교(金郊)에서 밥을 먹고 다시 개성(開城)으로 들어
갔다.

좌의정 김중숙(金重叔: 金應南)·이빈(李蘋)·승지 정광적(鄭光績)[247]·응
교 이형욱(李馨郁)[248]·김상용(金尙容)[249] 등을 만났다. 듣건대, 강진(康津)의
배가 부실하자, 왜적이 세 갈래로 길을 나누어 들어왔다고 하였다. 또 듣건
대, 양 총병이 다시 의주(義州)로 향했다고 하였다. ○초2일. 화미(花美) 형제
가 뒤에 처지고, 양 총병을 따라가느라 다시 평산(平山)으로 향하니, 눈물이
무수하게 흘러내렸다. 냇가에서 밥을 먹고 평산(平山)에 들어갔다. ○초3일.
안성(安城)에서 밥을 먹고 서흥(瑞興)에 들어갔다. 보산역(甫山驛: 寶山驛의
오기)의 선문(先文)[250]이 전해지지 않은 것은 바로 서흥의 도망간 이방 때문
이다. 공문을 보내 붙잡아 오게 하였다. ○초4일. 냇가에서 밥을 먹고 봉산
(鳳山)으로 들어갔다. 지응(支應)[251]이 늦게 와서 사람과 말이 모두 지쳤으

---

247) 정광적(鄭光績) : 1551 ~ ?.본관은 하동(河東). 자는 경훈(景勛), 호는 남파(南坡)·서간(西
澗). 1583년 병조좌랑으로 있을 때 무과초시의 합격자 명단 일부를 삭제한 죄로 북방의
군역(軍役)에 편입되었다. 1601년 양응룡(楊應龍)의 난이 진압된 것을 알리기 위하여 명
나라 사신 두양신(杜良臣)이 오자 진하사(進賀使)에 임명되었다. 이듬해 대사성을 제수받
았으며, 1609년(광해군 1) 첨지중추부사에 발탁되고, 이어 대사헌·전주부윤·담양부윤
을 지내고 향리로 돌아갔다.

248) 이형욱(李馨郁) : 1551~1630. 자는 덕무(德懋), 호는 난고(蘭皐). 1585년(선조 18) 진사가
되고, 1594년 별시문과에 병과로 급제하였다. 이듬해 정언을 거쳐 지평(持平)이 되었고,
이어서 이조정랑·홍문관부수찬·문학·시독관(侍讀官) 등을 역임하고 1597년 홍문관교
리가 되었다. 1600년 사간에 이어 함경도병량어사(咸鏡道兵糧御史)·보덕을 거쳐 동래부
사가 되었다. 그러나 함경도병량어사시에 뇌물을 받아 수레로 싣고왔다 하여 사헌부의
탄핵을 받았으나 변방수령의 중책을 맡고 있어 무사하였다.

249) 김상용(金尙容) : 1561~1637. 조선 중기의 문신으로 본관은 안동, 자는 경택(景擇), 호는
선원(仙源)·풍계(楓溪)·계옹(溪翁), 시호는 문충이다. 성혼(成渾)의 문인이며 이이(李珥)
를 사숙(私淑)했다. 인조반정 후 노서(老西)의 영수로 활동했으며, 병자호란 때 묘사주(廟
社主)를 받들고 빈궁(嬪宮)과 원손(元孫)을 수행하여 강화도에 피난했다가 강도가 함락되
자 화약에 불을 지르고 자결했다. 1758년(영조34) 영의정에 추증되었다.

250) 선문(先文) : 중앙의 벼슬아치나 중요 인물이 해당 고을에 도착하기에 앞서 도착 날짜를
미리 통지(通知)하던 공문(公文).

251) 지응(支應) : 공무 출장 관원에게 필요한 잡물을 해당 지역의 지방관이 공급하는 것.

니, 총병이 꾸짖어 말하기를, "물러가도록 하라."고 하였다. 세찬 바람이 불고, 냉방에서 묵었는데, 군(郡)의 하인들은 모두 도망을 갔다. 가족들의 소식을 지금까지 듣지 못하였으니, 밤낮으로 눈물을 흘렸다. ○초5일. 세찬 바람이 풀었다. 황주(黃州)에 도착하여 밥을 먹은 뒤에, 중화(中和)에 도착하여 시골집에서 묵었다. ○초6일. 오후에 출발하여 10리를 갔다. 듣건대, 소 포정(蕭布政)이 와서 다시 중화부로 들어간다고 하였다. 잠깐 뒤에 또 소 포정이 두려워하자, 양 총병이 다시 개성부로 향하였고, 심유경(沈惟敬)은 강화(講和)를 이루고자 하여 또한 상경했다고 하였다. 접반사 윤국형(尹國馨)[252]이 말하기를, "명나라 배에 대한 것은 허언입니다. 양 총병을 처음에는 백의종군(白衣從軍)하게 하라고 하였다가, 나중에는 그의 죄를 추고하여 여쭈라는 공문이 왔습니다."라고 하였다. 내가 병 때문에 정문(呈文)을 올리자, 양 총병이 말하기를, "5,6일 안에 내가 내려올 것이니, 그동안 머무르면서 몸조리를 하라."고 하였다.

초7일 을미. 양 총병(楊摠兵)이 다시 경성으로 향하였다.

역마에게 명나라군에게 빼앗기고 연군정(練軍亭)에 머물렀는데, 적막하고 처량하였다. '양 총병이 상경하였는데 내가 병 때문에 따가 가지 못한 일'로 장계를 올렸다. 유 상공(柳相公)에게 편지를 올려 접반사를 체차(遞差)해 달라고 청하였다. ○초8일. 아침에 박은세(朴殷世)를 만났다. 양 총병을 구원하는 자문(咨文)을 가지고 먼저 갔으니, 바로 초4일에 출발한 것이었다. 그 자문에, 우선 그 죄를 느슨하게 해주었고, 명나라 배를 접반하는 일 때문에 양 총병을 강진으로 내려 보냈다고 하였다. ○초9일. 꿈에서 아들 명열(鳴說)이

---

252) 윤국형(尹國馨) : 1543~1611. 자는 수부(粹夫), 호는 달천(達川), 본관은 파평(坡平)이다. 선조(宣祖) 때에 정언·사간·부제학 등을 역임하였으며, 이호민(李好閔)·유성룡(柳成龍) 등과 교유하다가 임진왜란(壬辰倭亂) 직후 유성룡이 실각하면서 함께 탄핵되었다. 1605년(선조38)에 장례원 판결사로 복귀하였고, 광해군(光海君)이 즉위하자 대사성·대사헌·형조 참판 등을 역임하였다.

를 보았다. 이날, 이여매(李如梅)[253]가 군사 2,200을 데리고 지나갔다. 역관 정생(鄭生)이 찾아와서 만났는데, 그가 말하기를, "모국기(茅國器)[254]·진우충(陳愚忠)[255]·양만금(楊萬金)[256] 세 명의 유격장군(遊擊將軍)이 근래에 나왔고, 유 총병(劉摠兵)도 이미 강을 건넜다고 합니다."라고 하였다. 오늘은 바로 중양절(重陽節)이므로 읍에서 술과 떡을 주었는데, 마음이 괴로워 먹지 않았다. 여종 만화(萬化)의 남편 이영필(李永必)이 찾아와서 만났다. 그가 거처하는 곳은 바로 상원(祥原) 동쪽의 적암리(赤巖里)인데, 군에서 10리 떨어져 있고, 넉넉하게 살고 있다고 하였다.

초10일 무술. 시 27운을 지어서 양 총병에게 부치고, 중화부(中和府)에 계속 머물렀다.

좌랑 홍경신(洪慶臣)이 지나가기에 서로 회포를 풀고, 개차(改差)[257]해 주기를 청하였다. 이 군(郡)의 진사 정응린(鄭應麟)이 글씨를 잘 쓰므로, 그로 하여금 양 총병에게 올리는 시의 글씨를 쓰게 하였다. ○11일. 아침에 약을 복용하였다. 임붕(林鵬)[258]의 말을 듣건대, 그가 말하기를, "마귀(麻貴)[259] 장

---

253) 이여매(李如梅) : 명나라 장수. 제독(提督) 이여송(李如松)의 다섯째 아우로, 명(明)나라에서 도독첨사(都督僉事)를 지냈다. 임진왜란 때 맏형인 이여송과 중형(仲兄)인 이여백(李如栢)과 함께 군사를 거느리고 조선에 들어와서 왜적을 물리치는 데 공(功)을 세웠다. 『燕行日記 卷4 癸巳 1月』

254) 모국기(茅國器) : 호는 행오(行吾), 절강(浙江) 소흥위(紹興衛) 사람이며 무진사(武進士)로 벼슬을 시작하였다. 절승영(浙勝營)의 보병 3천 기를 거느리고 조선에 와서 울산전투에서 크게 전과를 올렸다. 정유재란 이후 전주에 주둔하였으며, 3월부터는 성주(星州), 고령(高靈)으로 옮겨 주둔하였다가 제독 동일원(董一元)의 지휘 아래 사천(泗川) 싸움에 참가하여 공을 세웠다.

255) 진우충(陳愚忠) : 명나라의 유격장군이다.

256) 양만금(楊萬金) : 명나라 장수. 산서(山西)태원(太原) 사람이다. 흠차통령대동병유격장군(欽差統領大同兵游擊將軍) 도지휘첨사로 마병 1천을 이끌고 정유년 10월에 나왔다. 도산(島山) 전투에서 직접 금고(金鼓)를 잡고 성을 오르며 힘껏 공격하다가 탄환을 맞고 떨어졌는데 끌어내는 도중에 죽었다.

257) 개차(改差) : 벼슬아치를 다시 임명하는 것을 이르는 말.

258) 임붕(林鵬) : 1486~?. 본관은 나주(羅州), 자는 중거(仲擧), 호는 귀래당(歸來堂)이며, 부친은 임평(林枰)이다. 1521년(중종16) 별시 문과에 합격하여 삼사(三司)의 관직, 승지, 병사(兵使), 경주 부윤(慶州府尹) 등을 역임하였다.

군 등이 처음 천안(天安)에 들어가서 왜적 31명의 목을 베고, 왜적의 말 250 필을 빼앗자, 왜적이 다 물러갔습니다."라고 하였다. 또 서울에서 온 사람으로 지난달 27일에 군산창(羣山倉)에서 온 자에게 들었는데, 왜적이 익산(益山)·전주(全州)·임실(任實)·남원(南原)에 진을 치고서 남김없이 불태워 감사(監司)에게는 감영(監營)이 없고, 아전과 노비들은배를 타고 바다로 떠났다고 하였다. 또 듣건대, 명나라 황제의 명패(命牌)로, 복건성(福建省)의 남북, 절강성(浙江省)의 남북, 요양성(遼陽省)의 남북 및 13도의 포정사사(布政使司)에서 사 70만을 내었는데, 20만은 영파부(寧波府)로부터 일본으로 곧장 진격하고, 20만은 대마도에 곧장 진격하며, 10만은 수군으로써 가로막고, 20만은 육로에서 협공할 것이라고 하였다. ○13일. 아침에 들으니, 적이 직산(稷山)에 들어가서 명나라 군대가 한성(漢城)으로 물러났다고 하였다. 중화부사(中和府使)와 탄식하며 크게 걱정하였다. 유격장군 모국기(茅國器)가 3,000명을 거느리고 지나갔으며, 모 유격장군의 군기(軍器)를 실은 116마리 말이 지나갔다. 진덕창(陳德昌)이 유근(柳根)의 처소에서 와서 말하기를, "수군 8,000이 한산도에 도착하여 정박했습니다."라고 하였다. ○14일. 윤곤(尹鯤)이 사명을 받들고 와서 말하기를, "중전께서 초9일에 양주(楊州)로 출발하였고, 대전(大殿)께서는 11일에 출발하려고 하였는데, 왜병이 공주(公州)에 당도했습니다."라고 하였다. ○16일. 아침에 듣건대, 왜장(倭將) 한 명과 병졸 30명이 와서 강화를 의논하기에, 모두 다 머리를 베었고, 왜인 한 명만 보내주었다고 하였다. 이어서 듣건대, 주상께서 마 도독(麻都督)과 함께 강을 건너 크게 싸웠는데, 우리 군대가 적 3,000명을 죽였고, 명나라 군대가 적 20,000명을 죽였다고 하였다. 또 최덕로(崔德老)가 11일에 쓴 편지를 보

---

259) 마귀(麻貴) : 1597년(선조30)에 정유재란(丁酉再亂)이 발생하자 명나라에서 조선을 지원하도록 파견된 제독이다. 이해 12월에 도원수 권율(權慄)과 합세하여 울산에 내려가서 도산성(島山城)을 공격하였으나 적장 흑전장정(黑田長政)이 이끄는 왜군에게 패하여 경주로 후퇴하였다. 1598년 만세덕(萬世德)이 거느린 14만 원군을 따라 들어와 다시 도산성을 공격하였으나 성과를 올리지 못하고, 왜군이 철수하자 귀국하였다.

니 그 편지에, "경상도에는 왜적이 없고, 김응서(金應瑞)가 운봉(雲峯)에 도착하여 왜적 70명의 머리를 베었습니다. 충청우도(忠淸右道)에는 왜적이 없고, 충청좌도 청주(淸州)에서 도원수(都元帥: 權慄)이 왜적 20명의 머리를 베었습니다. 양 경리(楊經理)는 11일에 수원(水原)으로 향하였고, 대전께서도 그를 따라갔습니다."라고 하였다. 또 김호성(金好成)의 편지를 보니, 그 편지에, "초9일에 직산(稷山)에서 우 유격(牛游擊)[260]이 왜적 31명의 머리를 베자, 왜적이 금강(錦江)으로 물러났습니다. 가족들은 7일에 평양(平壤)으로 향했습니다."라고 하였다. 홍 판서의 답장에 이르기를, "편지에서 보여준 일은 장계와 같으니, 이로 인하여 포위할 수 있을 듯합니다."라고 하였다. ○17일. 아침에 윤지병(尹之屛)이 초5일에 쓴 편지를 보았는데, 그 편지에, "오가는 사람이 이르기를,【경상좌병사(慶尙左兵使)의 장계(狀啓)】'가등청정(加藤淸正)은 남원에서 총에 맞아 죽었고 소서행장(小西行長)은 화살에 맞아서, 왜적에게 우두머리 장수가 없으니 멀리 쫓아갈 수 없습니다.'라고 하였습니다. 또 명나라 장수가 말하기를, '15일에, 정예병 200명을 보내 탐지하게 하였다가 왜적을 만나서 33명의 머리를 베었다. 양 경리의 법에, 적 한명의 목을 벤 자에게 은 10냥을 주고, 적의 말 한 필을 얻은 자에게 은 3냥을 주기 때문에, 사람들이 다투어 달려가 싸우는 것이다.'라고 하였습니다."【살펴보건대, 이 때에 전해들은 것은 대체로 잘못된 것이 많다. 이상에 말한 '가등청정이 총에 맞아 죽었다는 것'과 '소서행장이 화살에 맞았다는 것'은 모두 실제 소식이 아니다. 하지만 모두 보존하여 기록해 두는 것은 또한 당시의 흉흉함을 보여주기 위해서이다.】18일. 새벽에 출발하여 상원(祥原)에 도착해서, 이영필(李永必)의 집에서 머물렀다. ○20일. 가등청정이 체포되었다고 들었는데, 어떤 이는 포로로 잡혔던 사람이 목을 베어 왔다고도 하고, 어

---

260) 우 유격(牛游擊) : 우백영(牛伯英). 호는 소천(少川), 보안위(保安衛) 사람이다. 명나라 무장으로, 1597년 유격장이 되어 계진마병(薊鎭馬兵) 6백 기를 거느리고 울산전투에 참가했고, 그 후 안동(安東)에 주둔했다가 남원(南原)으로 옮겨 주둔하였다. 다시 제독 유정(劉綎)의 휘하에서 왜교(倭橋) 싸움에 참가하기도 하였다. 1599년에 귀국하였다.

떤 이는 총병의 군대가 목을 베어 왔다고도 하였다. 대전께서 서울에 머물 렀고, 중전께서도 또한 머물러 있었으며, 동궁도 서울로 돌아왔다. 찰원(察 院)은 수원에 머물러 주둔했다고 한다. ○25일. 4,5일 동안 연이어 냉기를 쐬어서 병자가 된 사람들이 말하기를, "오랫동안 길을 가면서 풀만 먹었기 때문입니다."라고 하였다. 소주를 잠시 역졸들에게 내렸다. 김언(金彦)이 아 침에 중화(中和)에 왔는데, 보고하는 장계에 이르기를, "양 총병이 22일에 서울 떠나서 24일 인시(寅時)에 지나갔습니다."라고 하였다. 그 서찰에 이르 기를, "호남·호서가 소탕되었으니, 이는 종묘사직의 경사입니다. 접반사가 이미 체차되었고, 안찰사는 삭직되어 떠났습니다." 통역관 유종백(柳宗白)의 서찰에 이르기를, "양 총병이 영감의 병이 위중하다는 내용을 상께 고했습 니다. 그러므로 윤수익(尹壽益)으로 개차(改差)하였으니, 그가 지금 모시고 갈 것입니다."라고 하였다. 통역관 임붕(林鵬)의 서찰에 이르기를, "17일에, 청주(淸州)에서 적 7,000명의 목을 베었습니다. 적들은 겨만 먹고 있어 굶어 죽은 자가 들판에 널렸습니다. 적의 소굴과 적의 배를 불태워 버렸으니, 단 지 보잘 것 없는 적들만 남아 있습니다."라고 하였다. 김언(金彦)이 이르기 를, "소서행장은 50명의 병사를 데리고 배 하나에 몰래 타서 바다를 건넜고, 가등청정은 기마(騎馬)로 분주히 도망갔습니다."라고 하였다. 희량(希良)이 첩(帖)을 가지고 가서 총병(摠兵)에게 주고 나서, 통사에게 도로 주었다. ○ 27일. 새벽 닭이 울었다. 나쁜 기운이 위로 솟아서, 계황산(雞黃散)과 소주로 몸조리를 하였다. 중화부사(中和府使)의 편지를 보니, 가등청정이 화살에 맞 아 죽었다고 하였다. 그의 아들 이민환(李民寏)에게 필법(筆法) 10장을 보냈 다. ○29일. 노비를 서울로 보내서, 본가의 안부와 왜적에 관한 소식을 물었 다. 듣건대, 왜적이 남원(南原)·전주(全州)·광양(光陽)에 머물러 있으니, 적 이 호남에 오랫동안 머물러 있는 것이 매우 염려된다고 하였는데, 이는 바 로 윤국형(尹國馨)의 서장(書狀)이다. 양 총병이 24일에 이미 평양(平壤)을 지 났다고 한다.

10월 초1일 무오. 상원(祥原)의 이영필(李永必)의 집에 계속 머물렀다.

초2일. 서울에서 온 사람 이은세(李殷世)가 말하기를, "적이 부산(釜山)으로 물러가서 서울로 들어가는 사람이 많습니다."라고 하였다. ○초8일. 윤권(允權)이 왔다. 듣건대, 호남이 다 평정되었는데, 왜적이 지리산 아래에 남아 있다고 하였다. ○초10일. 정(正) 김중부(金仲孚)가 이르기를, "적은 돌아갈 것이 없고, 또 장계도 없습니다. 경리가 군량에 대한 일로 좌의정을 호남·영남에 보냈으며, 영의정을 충청·경기에 보냈습니다."라고 하였다. 봉사 전억곤(全億鯤)이 이르기를, "관군이 적을 쫓아 내려가서 인동(仁同)에 이르렀습니다. 9월 29일에 평안병사(平安兵使) 등이 군량이 끊겨져 원수(元帥)에 돌아갔는데, 호남 여러 읍이 폐허가 되었기 때문에 형편을 보고자 하여 남원(南原)으로 옮겨가 머물렀습니다. 왜적은 다 동래(東萊)로 들어갔는데, 경리는 11월에 10일 동안만 한정하여 전쟁을 하기로 약속하였고, 어가(御駕)도 또한 그것을 따랐습니다. 여러 읍이 폐허가 되어 수령이 한 명도 없고 마을에는 한 사람도 없으며, 들과 밭에는 벼 낟알들이 떨어져 있고 목화도 흩어져 떨어져 있는데 아무도 수습하는 사람이 없습니다."라고 하였다.

11일 무진. 정주영위사(定州迎慰使)로 차출되었다는 것을 들었다.

인세(仁世)가 왔는데, 노령산맥(蘆嶺山脈) 이하는 적들이 다 쓸어버렸고, 임실(任實)·남원(南原)에도 여전히 적병이 남아 있는데, 경상도에는 적이 없다고 하였다. 명나라의 감군어사(監軍御史)가 왔다. 이때에 안주영위사(安州迎慰使)로 임명한다는 유지(有旨)가 있었는데, 초1일에 내려오라고 하였다. 다시 서울로 가는 것을 멈추었다. ○12일. 평양(平壤)에 귀손(貴孫)을 보내서 영위(迎慰)하는 일에 대해 물었다. ○13일. 귀손(貴孫)이 왔다. 영위사로 임명하는 유지가 왔기에 뜰에 나가 등잔불을 켜고 뜰에 나가 공손히 받았다. 예조 관원의 관문(關文)과 예단(禮單)도 아울러 받았다. ○17일. 평안감사(平安監司)에게 예물을 준비하라는 일로 공문을 보냈다. ○18일. 치통에 온갖 약을 써도 효험이 없으므로, 밀랍을 치아에 붙이고서 쇠 젓가락으로 지졌더니, 오후에 차도가 있었다. 들건대, 어사의 접반사 이호민(李好閔)[261]이 13일에 지나갔다고 하였다.

20일 정축. 상원(祥原)에서 아침밥을 먹고, 신시(申時)에 평양(平壤)에 들어갔다.

방백 한응인(韓應寅)을 만났다. ○21일. 아침에 판관이 찾아와서 만났는데, 그가 말하기를, "적의 배가 진도(珍島)에 이르렀는데, 이 통제사(李統制使)[262]가 31척을 격파하였고, 6척을 생포하였습니다. 영공(令公)의 가족들은 전혀 의심하지 마십시오."라고 하였다. 저녁에 접반사 윤국형(尹國馨)을 만났다. ○22일. 치통에 수청목(水淸木)으로 지졌더니, 즉시 나았다. 윤 접반사가 순안(順安)으로 향했다. 응교 김상용(金尙容)이 문례관(問禮官)으로 어제 왔다가 오늘 새벽에 돌아갔다. 들건대, 호남의 적이 매우 심하다고 하였다. ○26일. 저녁에 지사 심희수(沈喜壽)가 진주사(陳奏使)로써 나왔기에, 가서 정답게 이야기를 나누었고, 회답하는 글을 썼다. ○27일. 아침에 출발하여 가서 말을 탄 채로 심 진주사를 만나고 숙천(肅川)으로 들어갔다. 숙천군수 최기(崔沂)와 그의 형 남원군수 최렴(崔濂)[263], 종사 장만(張晩)[264]과 이야기를

---

261) 이호민(李好閔) : 1553~1634을 말한다. 그의 본관은 연안, 자는 효언(孝彦), 호는 오봉(五峯), 시호는 문희이다. 충간공의 종손자로 1584년(선조17)에 별시 문과(別試文科)에 급제하여 대제학을 지냈다. 이호민이 하루는 꿈에 종조부 충간공이 초라한 모습을 하고 있는 것을 보았다. 이에 충간공의 집이 있는 서울 명례방(明禮坊 지금의 필동)을 방문하여 먼지가 쌓여있는 초상화를 발견하여 종손에게 내려주었다고 한다.

262) 이 통제사(李統制使) : 이순신(李舜臣, 1545~1598). 자는 여해(汝諧), 본관은 덕수(德水), 시호는 충무(忠武)이다. 전라도 수군절도사(全羅道水軍節度使)·삼도 수군통제사(三道水軍統制使) 등을 역임하면서 왜적을 물리친 공로로 선무공신(宣武功臣) 1등이 되고 좌의정(左議政)에 추증(追贈)되었다. 저서에 『이충무공전서(李忠武公全書)』가 있다.

263) 최렴(崔濂) : 1550~?. 본관은 해주(海州), 자는 도원(道源)이다. 1582년(선조15) 식년시에 을과로 급제하였다. 관직은 좌윤(左尹)에 올랐다.

264) 장만(張晩) : 1566~1629. 본관은 인동(仁同), 자는 호고(好古), 호는 낙서(洛西), 시호는 충정(忠定)이다. 1589년(선조22) 생원·진사 양시에 합격하고 1591년에는 별시문과에 병과로 급제하여 성균관·승문원의 벼슬을 거쳐 검열·전생시(典牲寺) 주부를 역임하였다. 여러 관직을 거쳐 1601년 도승지에 오르고, 두 차례 명나라에 다녀왔다. 이괄(李适)의 난

나누었다. ○28일. 밤에 성절사 남기(南起)와 이야기를 나누었다. ○29일. 아침에 출발하여 안주(安州)에 도착했다. 듣건대, 가등청정(加藤淸正)이 경주(慶州)에 들어갔고, 광주와 나주에 적이 많다고 하였다. ○30일. 오후에 어사 유인길(柳寅吉)[265]이 들어왔다. 듣건대, 호남의 왜적이 다 물러갔다고 하였다.

11월 초1일 무자. 안주(安州)에 머물렀다.
하루 종일 큰 눈이 와서, 홀로 앉아 『주역(周易)』을 읽었다.

초3일 경인. 저녁에 접반사로 임명하는 유지(有旨)를 받았다.
즉시 노비 오가(吳家)의 편지를 보니, 그 편지에, "우리나라의 배 3척이 무사하여 흑산도(黑山島)로 들어갔으니, 조금 기뻐할 합니다." 또 홍희고(洪希古: 洪進)의 편지를 보았는데, '나를 병부랑의 접반사로 삼은 것은 나에게 문사의 재주가 있기 때문이다.'라고 하였으니, 부끄러웠다. 저녁에 과연 유지를 공손히 받았다. ○초4일. 밥을 먹은 뒤에 출발해서 저녁에 가산(嘉山)에 도착했다. ○초5일. 정주(定州)를 지나 2경에 운흥(雲興)에 도착했다. 낭중(郎中)과 접반사 민인백(閔仁伯)을 서로 만나 함께 이야기를 나누었다. 낭중령(郎中令)이 말하기를, "내일 상견례를 합시다."라고 하였다. ○초6일. 현관례(見官禮)를 행하고, 정주(定州)에 도착해서 장계(狀啓)를 쓰고, 그대로 머물렀다. 목사 허상(許鏛)과 자세하게 이야기를 나누었다. ○초7일. 가산에 도착

을 진압하여 진무(振武)공신으로 보국숭록대부(輔國崇祿大夫)에 오르고 옥성(玉城)부원군에 봉해졌다. 우찬성을 거쳐 다시 병조 판서가 되었으나 1627년 정묘호란 때 적을 막지 못한 죄로 관작을 삭탈당하고 부여(扶餘)에 유배되었다가 전공(前功)으로 용서받고, 복관되었다. 문무를 겸비하고 재략이 뛰어났다. 영의정에 추증되고, 통진(通津)의 향사(鄕祠)에 배향되었다. 문집에 『낙서집』이 있다.

265) 유인길(柳寅吉) : 1554~?. 자는 경휴(景休), 호는 규오(葵塢). 1592년 임진왜란 때에는 임금을 호종하였으며, 1596년과 1598년에는 함경도어사가 되어 길주·명천·경성 등지의 민심을 조사, 조정에 보고하였다. 1599년 서장관으로 명나라에 다녀왔고, 1600년 호조참판·이조참판을 거쳐 세자좌빈객(世子左賓客)·양관대제학을 역임하였다.

하였는데, 낭중이 말하기를, "배신(陪臣)이 납청정(納淸亭)에 들어와 접대하지 않으니 몹시 온당치 못하다. 지금 이후로 배신이 밥을 먹지 않으면 내 앞에만 밥을 올리지는 말라."고 하였다. ○23일. 추위를 무릅쓰고 먼저 떠났는데, 양 원외(楊員外)266)가 들어왔다. 나중에 문안을 드리자 양 원외가 답하기를, "공이 병중에도 추위를 무릅쓰고 왔으니, 온당치 못하다."라고 하였다. 통판(通判)을 만났다. ○24일. 몹시 추웠다. 먼저 의주(義州)에 들어가서 잠시 부윤과 통판을 만났다. 양 원외가 행궁(行宮)에 들어갔다. ○26일. 아침에 한만수(韓萬壽)가 군기관(軍器官)으로써 찾아와서 만났다. 밥을 먹은 뒤에, 병부랑(戶部郎)이 들어오자, 양 원외가 가서 만났다. 부윤·호부랑·접반사 한덕원(韓德遠)267)과 이야기를 나누었다. 저녁에 종사관 허균(許筠)·종사관 윤의립(尹毅立)268)을 만나고 돌아왔다. ○27일. 저녁에 예단을 바쳤는데, 벼루 2개·먹 5개·돗자리 2개·칼 2개·백선(白扇) 5개였다. ○28일. 아침에 양 원외에게 나아갔는데, 양 원외가 청포(靑布) 2필·약 주머니 2개·금부채 2개·화청구(靴靑具) 1개를 나에게 주었다. 나는 관복을 입고 감사를 표하고서, 먼저 강가에 가서 부관(府官)등과 공경히 전송하였다. 나는 양원외가 돌아올지 여부에 대해 품첩(稟帖)269)을 올려 답하기를, "다음달 15

---

266) 양 원외(楊員外) : 양위(楊位). 명나라의 조사(詔使). 호는 금계(錦溪)로 하남(河南) 여령부(汝寧府) 사람이며 만력 경진년에 진사가 되었다. 정유년에 흠차찬획군무(欽差贊畫軍務) 병부직방청리사원외랑(兵部職方淸吏司原外郞)으로 나와 정주(定州)까지 왔다가 영전병비(寧前兵備)로 승진되었다는 말을 듣고 돌아갔다.

267) 한덕원(韓德遠) : 1550 ~ ?. 본관은 청주(淸州)이고 자는 의백(毅伯)이며 호는 강암(江岩)이다. 1600년(선조 33)에 동지사(冬至使)로 명나라에 다녀온 뒤 경기도·황해도·강원도 관찰사, 의주 부윤(義州尹)을 역임하였다. 1609년(광해군 1)에 왕세자 책봉을 위한 사은사(謝恩使)로 다시 명나라에 다녀왔다.

268) 윤의립(尹毅立) : 1568~1643. 초명은 의립(義立). 자는 지중(止中), 호는 월담(月潭). 1594년(선조 27) 별시문과에 병과로 급제하여 검열(檢閱)에 등용되었고, 이어 설서(設書)를 거쳐 1624년(인조 2) 정자로 재직 중 조카가 이괄(李适)의 난에 연루되어 처형됨에 따라 벼슬을 그만 두었다. 1626년 다시 관직에 복귀되어 경주부윤이 되었으며, 그 뒤 경상도, 함경도, 충청도, 경기도의 관찰사와 형조판서, 예조판서 등을 역임하고 의정부의 좌참찬에 이르렀다.

269) 품첩(稟帖) : 위에 아뢰거나 청원하는 글.

일에 의주에 도착할 수 있을 것이니, 이로써 장계를 올립니다."라고 하였다. 예조판서 이호민(李好閔)·동지 이준(李準) 두 공을 만나 정답게 이야기를 나누었다. ○29일. 15일 서울에서 보낸 편지를 받아 보고, 이 통제사가 10월 14일 밤에 해남(海南)에 주둔하고 있던 왜적을 크게 격파하고 군량미 348석을 빼앗았으며, 강진(康津)·장흥(長興)·보성(寶城)의 왜적이 모두 달아나고, 순천(順天)·광양(光陽)의 적도 장차 달아나려 한다는 것을 알았다.

12월 초1일 정사. 의주(義州)에 머물렀다.

들건대, 양 원외가 병비(兵備)로 승진하여 그 후임으로 병부주사(兵部主事) 서중소(徐中素)[270]가 차출되었다고 하였다. ○초4일. 아침에 출발하여, 다시 경성(京城)으로 향했다. 광아에서 부윤과 이공(李公)을 만났다. 소곶관(所串館)에서 밥을 먹고, 양책관(良策館)에서 묵었다. ○초5일. 거련역(車輦驛)에서 밥을 먹고, 임반역(林畔驛)에서 묵었다. 선천군수(宣川郡守)는 군량미에 대한 일 때문에 만나지 못했다. ○초6일. 운흥(雲興)에서 밥을 먹고, 저녁에 정주(定州)에 들어갔다. ○초7일. 곽산(郭山)에서 밥을 먹고, 저녁에 가산(嘉山)에 들어갔다. ○초8일. 안주(安州)에 도착했다. ○초9일. 길에서 감사를 만나고, 저녁에 숙천(肅川)에 들어갔다. ○초10일. 저녁에 순안(順安)에 도착했다. ○11일. 평양(平壤)에 들어갔다. ○12일. 윤국형(尹國馨)이 말하기를, "영공(令公)은 병이 위중하므로 가서는 안 되니, 그대로 이곳에서 몸조리를 하십시오."라고 하였다. 내가 말하기를, "서 주사(徐主事)가 나왔으니, 내가 혹 그대로 접반사로 유임된다면, 이는 마땅히 장계를 올려서 결단해야 합니다."라고 하였다. 또 윤공(尹公)과 명나라 조정의 비밀스런 일에 대해 의논하였는데, 내가 얻어 들어 온 것을 상공(相公)에게 보내서 상공으로 하여금 상께

---

270) 서중소(徐中素) : 호는 옥연(玉淵)으로 강서(江西) 남강부(南康府) 건창현(建昌縣) 사람이며 만력 을미년에 진사가 되었다. 무술년 5월에 흠차어왜동로감군병비(欽差禦倭東路監軍兵備) 산동안찰사사첨사찬획주사(山東按察使司僉事贊畫主事)로 나왔다가 6월에 부친상을 당해 돌아갔다.

아뢰게 하면 좋겠다고 하였다. 마침내 윤인함(尹仁涵)[271]을 조문하고,【접반사로서 객사하였다.】상원(祥原)에 도착했다. 밥을 먹은 뒤에 다시 적암리(赤巖里)에 도착했다. 아들 명열(鳴說)의 편지와 부인의 편지를 보았는데, 정성일(丁聲日)이 죽었다는 것을 알고서 밤새도록 통곡하였다. 장숙부(長叔父)와 지경(之敬)도 적의 칼날에 죽었지만, 아우 등은 이미 나주(羅州)에 있고, 그 나머지는 배를 타고 가서 목포(木浦)에 있으니, 이는 기뻐할 만하다. ○13일. 한덕민(韓德敏)의 인편을 통해 좌의정에게 편지를 올려서, 군기(軍機)에 관련된 비밀을 말하였고, 또 이조판서 이개(李豊)와 이조정랑 김신국(金藎國)에게 편지를 보내 궁벽한 고을에 부임하기를 청하였다. ○18일. 사은부사(謝恩副使) 정창연(鄭昌衍)[272]·서장관 이상의(李尙毅)·중화부사(中和府使) 이광준(李光俊)[273]·황해도관찰사 권협(權悏) 등에게 편지를 써서 부쳤다. ○22일. 듣건대, 좌의정과 홍 이조판서가 체차되었고, 군문(軍門)과 어가(御駕)는 도성에 머무르고, 나머지는 모두 남쪽으로 내려갔다고 하였다. ○25일. 황해도관찰사 권협이 답장을 보내 이르기를, "부디 와서 만나 주십시오. 긴요하게 의논할 일이 있습니다."라고 하였다. ○30일. 곧 입춘이다. 적암리(赤巖里)에서 한 해를 송별하였다.

무술년(1598) 정월 초1일 정해. 적암리(赤巖里)에 있었다. 상원(祥原)의 공형(公兄)이 와서 인사하였다.

---

271) 윤인함(尹仁涵) : 1531~1597. 본관은 파평(坡平), 자는 양숙(養叔), 호는 죽재(竹齋)이다. 1555년(선조10) 문과에 급제하여 형조 참판을 역임하였다.

272) 정창연(鄭昌衍) : 1552~1636. 자는 경진(景眞), 호는 수죽(水竹). 1579년(선조 12) 식년문과에 을과로 급제하여 독서당(讀書堂)에 들어갔고, 이조좌랑을 거쳐 동부승지 등의 관직을 두루 역임하였다. 1614년(광해군 6) 우의정이 되고 이어 좌의정이 되어 기사(耆社)에 들고 궤장(几杖)을 받았다.

273) 이광준(李光俊) : 1531~1609. 자는 준수(俊秀), 호는 학동(鶴洞)이며, 본관은 영천(永川)이다. 1562년(명종17)에 문과에 급제하여 여러 관직을 역임하였고, 1603년(선조36)에 강원도 관찰사로 부임하였다.

초3일. 상원(祥原) 아전의 고목(告目)274)에 이르기를, "진 어사(陳御史)가 2일에 가산(嘉山)에서 묵었습니다."라고 하였다.

초8일. 아침에 중화부(中和府)의 편지를 보았는데, 지난달 24일에 울산의 전쟁에서 왜적 445명의 머리를 베었고, 그 뒤로도 적의 머리를 벤 것이 천여 명에 이르렀는데, 가등청정(加藤淸正)은 포위하였으나 붙잡지 못하였고, 그의 처가 와서 말하길, "배고프고 목이 말라 몹시 괴롭습니다."라고 했다고 한다. 통역관 임붕(林鵬)의 고목에 이르기를, "가등청정 왜적이 이미 붙잡혀서 찰원(察院)에게 바쳤다."고 하였는데, 믿을 수 없다. ○12일. 귀손(貴孫)을 집에 보내서 집안 아이들을 경계하며 말하기를, "왜적이 평정되면 집에 들어가고, 평정되지 않으면 서울로 올라와라. 왜적이 부산에 있으면 영광(靈光)에서 농사를 지어라."라고 하였다. ○13일. 정주군관(定州軍官) 신귀극(辛貴克)이 노비를 보냈다. 차비통사(差備通事)275) 박원상(朴元祥)의 고목에 이르기를, "서 주사(徐主事)가 12월 초6일 사이에 마땅히 왔을 것인데, 이때에 이르러 떠나 왔으니 어떻게 해야겠습니까?"라고 하였다. ○14일. 중화부사(中和府使)의 편지에 이르기를, "유 도독(劉都督)의 관문(關文)에, '가등청정이 포위되었으니 솥 안에 있는 물고기와 같다.'고 하였습니다. 명나라군이 서생포(西生浦)에 들어갔으니, 승세를 알 만합니다. 왜적의 머리를 벤 것이 1,600명인데, 소서행장(小西行長)은 형세를 관망하면서 가등청정을 구원하지 않았습니다. 또 광양(光陽)의 군대가 순천(順天)의 왜적을 토벌하여 멸했으니, 왜적이 두려워 달아났습니다."라고 하였다. 이방의 고목에 이르기를, "양 안찰(梁按察)과 윤국형(與尹國馨)이 10일에 지나갔고, 남 유격(藍游擊)276)과 섭 유격(葉游擊)277)이 6,000명을 거느리고 12일에 지나갔고, 동 도독(董都

---

274) 고목(告目) : 조선 시대 각사(各司)의 서리 및 지방 관아의 향리가 상관에게 공적인 일을 알리거나 문안할 때 올리는 간단한 문서이다.

275) 차비통사(差備通事) : 어떤 일 또는 어떤 사람의 전담(專擔)·전속(專屬)으로 차출되어 일에 예비하기 위해 대기하는 통사(通事)를 가리킴. 주로 통역을 맡은 구실아치를 말함.

276) 남 유격(藍游擊) : 명나라 유격장군 남방위(藍芳威)를 가리킨다.

督)278)과 접위관 홍봉상(洪奉祥)이 12일에 지나갔는데, 왜적은 천성보(天城堡)와 가덕진(加德鎭), 울산에 있습니다. 산 위의 가등청정이 포위된 지 14일이 지났는데, 소서행장이 나오지 않으니, 가등청정이 잡히면 왜적은 마땅히 즉시 항복할 것입니다. 모 유격(毛游擊)이 왜적 1,500명의 머리를 베었으니 짧은 시간 내에 적이 멸하는 것을 볼 수 있을 것입니다."라고 하였다. 생원 전부민(田富民)이 와서 정답게 이야기를 나누었다. ○15일. 감사(監司)의 편지에 이르기를, "서 주사(徐主事)는 행적이 묘연하여 들리는 바가 없습니다."라고 했다. ○21일. 듣건대, 명나라군이 퇴각하여 경성 사람들이 도망가 흩어졌다고 하였다. 중화부(中和府)의 편지에서 이르기를, "왜적 중 죽은 자가 1만 인데, 우리 군대 수백 명은 부득이하여 안동(安東)으로 돌아가서 주둔하고 있고, 찰원(察院)과 도독(都督)은 장차 경성으로 들어갈 것입니다." ○23일. 듣건대, 경성 안이 몹시 혼란하여 형세상 발을 붙이기 어렵고, 왜적에 대한 소식으로 매우 흉흉하여 도로도 단절되었다고 하였다. ○24일. 전 생원과 이야기 하였는데 그가 이르기를, "왜적이 경성을 향했다가 분명 서도(西道)로 발길을 돌릴 것이니, 끝내 상황이 급박해지면 서쪽으로 와도 다시 피할 곳이 없습니다. 영광(靈光)은 울산(蔚山)에서 600리 떨어져 있는데, 이미 폐허가 된 곳이니, 가족들로 하여금 그 곳에 피난가게 하고자 합니다."라고 하였다. ○25일. 서울 사람으로 지나가던 자가 이르기를, "양 장군과 마 장군이 경성으로 들어갈 것입니다."라고 하였다. ○26일. 조귀린(趙龜麟)이 말하기를, "전쟁터에 갔던 사람으로 우리 집에 묵은 자가 말하기를, '가등청정(加藤淸正)이 세 개의 진영으로 나누고, 그는 봉우리 위에 올라가 진영을 견고히 하고 있습니다. 우리 군대는 두 개의 진영은 다 정벌하였고, 이제 세 번째 진영을 정벌하려고 하는데, 적의 대군이 피리를 불며 와서, 안동으로 물러나 수비하고 있습니다. 명나라군의 말들은 다 굶어죽었습니다. 적

---

277) 섭 유격(葉游擊) : 명나라 유격장군 섭방영(葉邦榮)을 가리킨다.
278) 동 도독(董都督) : 명나라 장수 동일원(董一元)을 가리킨다.

군과 아군이 모두 11번 싸워서 모두 힘이 소진되었습니다. 가등청정의 군대가 단지 눈앞에 있는데, 갖고 있는 군기(軍器)를 전부 명나라군에게 부쳤습니다. 양쪽 진영이 모두 싸울 마음이 없으니, 필시 가을을 기다렸다가 다시 싸울 것입니다.'라고 했습니다.''라 하였다. 저녁에 이조의 관문(關文)을 보고서 12월 20일에 병부주사(兵部主事)의 접반사로 임명되었다는 것을 알았는데, 관문이 곧바로 의주에 당도하자, 의주에서 감사(監司)에게 보냈으며, 감사는 상원(祥原)에 보냈으니, 매우 한탄스럽다.

2월 초1일 병진. 적암리(赤巖里)에 있었다.

초2일. 서울에서 온 편지를 받았는데, 좌의정·이조판서·이조참판·홍판서(洪判書)·부제학·최 정언(崔正言)이 모두 편지를 보냈다. ○초10일. 들건대, 서주사(徐主事)가 강을 건넜다는 소문이 있자, 초4일에 남 천지(南僉知)가 순안(順安)으로 길을 재촉했다고 하였다. ○11일. 들건대, 양 경리(楊經理)가 초5일에 서울로 들어갔고, 마 제독(麻提督)도 초7일, 8일에 서울로 들어갔으며 명나라군이 많이 서울로 들어갔다고 하였다. 병조에서 주청하기를, "영의정 유성룡·박홍로(朴弘老)·윤경립(尹敬立)[279]·성윤문(成允文)[280]이 윤승훈(尹承勳)[281]을 경상좌감사(慶尙左監司)로, 이시발(李時發)[282]을 경상우

---

279) 윤경립(尹敬立) : 1561~1611. 자는 존중(存中), 호는 우천(牛川). 1588년 알성문과에 병과로 급제하고, 승문원권지정자가 되었다가 이듬해 정여립(鄭汝立)의 옥사가 일어나자, 정여립과 친분이 있다 하여 파직되었다. 뒤에 다시 검열에 선임되고, 1592년 임진왜란 때에는 홍문관정자로 왕명을 받아 연강방수(沿江防守)의 임무를 맡았고, 1598년에는 동부승지로 양호찰리사(兩湖察理使)가 되어 군량·마초를 공급하고 뒤이어 충청도관찰사(忠淸道觀察使)가 되었다. 그 뒤 13년 동안 청주·광주·황주의 목사를 지내면서 양전균역(量田均役)으로 애민(愛民)의 행정을 폈다.

280) 성윤문(成允文) : ?~?. 조선 중기의 무신. 본관은 창녕(昌寧).

281) 윤승훈(尹承勳) : 1549~1611. 본관은 해평(海平), 자는 자술(子述), 호는 청봉(晴峰), 시호는 문숙(文肅)이다. 1573년(선조6) 진사가 되어 사간원 정언, 대사헌, 이조 판서 등을 지냈다.

282) 이시발(李時發) : 1569~1626. 본관은 경주(慶州), 자는 양구(養久), 호는 벽오(碧梧) 또는 후영어은(後潁漁隱)이다. 이덕윤(李德胤)의 문인이다. 1589년(선조22) 증광 문과에 병과로 급제하였으며, 임진왜란이 일어나자 낙상지(駱尙志)가 인솔하는 명나라 군대가 경주에

감사(慶尙右監司)로 삼으려 합니다."라고 하였다. ○13일. 아침에 중화부(中和府)에서 온 편지를 보았다. 듣건대, 양 경리는 충주(忠州)에 있고, 메 제독은 안동(安東)에 있으며, 명나라 군대 3,000여 명이 서울에 들어가서 적들이 다시 동요하고 있다고 하였다. 또 듣건대, 왕 안찰사(王按察)와 서 주사(徐主事)가 가까이 당도했다고 하였다. ○14일. 듣건대, 서 주사의 접반사가 초4일에 다시 최천건(崔天健)[283]으로 차출되었고, 나는 추고되었다고 하였다. 듣건대 적이 순천(順天)에 있다고 하였다. ○19일. 듣건대, 중화부사(中和府使)가 파직되었음을 들었다. 감사(監司)의 편지에 이르기를, "군문(軍門)이 20일 사이에 평양(平壤)을 왕래하였고, 서 주사와 유 총부(劉總府)는 아직 멀리 있습니다.[284]"라고 하였다. 정(正) 김중부(金中孚)가 와서 이야기를 나누었다. 듣건대, 의주(義州)의 장계(狀啓)에서 이르기를, "아 아무개는 무단으로 상겨했습니다."라고 했다고 한다.

22일 정축. 다시 경성(京城)을 향해 출발하여, 수안(遂安) 지역에서 묵었다.

23일. 아침에 출발하여 수안(遂安)에 들어갔는데, 수안군수(遂安郡守)가 머무르길 청하였다. ○24일. 신계(新溪)에 도착했다. ○25일. 아침에 출발하여 취적원(吹笛院)에서 묵었다. ○26일. 아침에 토산(兎山)에 들어갔다. ○27일. 삭녕(朔寧)에 도착했다. ○28일. 마전(麻田)에 들어갔다.【이하 결락】○30일. 절의의 마을[節義鄕]에 있는 신 병사(申兵使)의 집에 들어갔는데, 명나라 사람들이 한쪽 자리에 몸을 의탁해 있는 것을 허락하였다[285].

주둔하여 있을 때 접반관(接伴官)으로 임명되었고, 도체찰사 유성룡의 종사관으로 활약하였다. 1602년 경상도관찰사(慶尙道觀察使)로 임명되어 4년간 선정을 베풀었다. 시호는 충익(忠翼)이다.

283) 최천건(崔天健) : 1538~1617. 본관은 전주(全州), 자는 여이(汝以), 호는 분음(汾陰)이다.
284) 서 주사와~있습니다 : 『선조실록(宣祖實錄)』 선조 31년(1598) 2월4일 기사에 의하면, 유 총부와 서 주사가 군대를 거느리고 왔다.
285) 몸을~허락하였다 : 원문은 '許接'인데, 이는 피신 중인 사람에게 잠시 몸을 의탁하여 거주하는 것을 허락하는 것을 뜻한다.

3월 초1일 병술. 병으로 드러누워, 집안을 쓸어도 나오지 않았다.

초2일. 듣건대 윤 좌의정이 논박을 당했다고 하였다. ○초7일. 아침에 남소(南所)[286]에 들어가서 지사 유영경(柳永慶)[287]과 숙배하고 나왔다. 말을 탄채로 이조참판 강신(姜紳)을 만났다. 판서 이호민(李好閔)를 방문하였는데, 만나지 못하고 돌아왔다. ○초8일. 유 상공(柳相公: 유성룡)을 배알하였는데, 상공이 '명나라군이 곧장 일본을 정벌한다'는 비서(秘書)를 꺼내서 보여주었다. 또 양 원외(楊員外)가 전에 3번 군량을 청하면서 준 배첩(拜帖)[288]을 보고, 그것을 기특하게 여겨 말하기를, "이처럼 접반(接伴)한 사람은 없을 것입니다."라고 하였다. 이조참의 김홍징(金弘徵)을 방문하였다. 전복례(全復禮)를 만났는데, 이 사람은 바로 상주(尙州)에서 임진년(1592)과 계사년(1593)에 일을 함께 했던 사람이니 몹시 기뻤다. 이조판서 이덕형(李德馨)을 방문하였으나 만나지 못했다. ○초10일. 듣건대 군문(軍門)이 행차를 중지했다고 하였다. ○11일. 아침에 지사 이호민(李好閔)을 만났다. 듣건대, 모국기(茅國器)·전주(全州)의 조정의(趙正誼)·남원(南原)의 오유충(吳惟冲)이 충주(忠州)·공주(公州)·예천(醴泉)·용궁(龍宮)·안동(安東)에 크게 진을 쳤고, 총병(摠兵) 주우덕(周于德)은 군사 2만을 거느리고서 배를 타고 한산도로 향했으며, 유정(劉綎)[289]은 군사 2만을 거느리고 오자, 왜적의 우두머리 가등청정(加藤淸正)이 편지로 강화를 요청하고 물러나 머물면서 마 도독(見麻都)을

---

286) 남소(南所) : 조선 시대 오위(五衛)의 위장(衛將)이 숙위하던 위장소(衛將所)의 하나. 창덕궁의 금호문 안과 경희궁의 개양문 안에 위치.

287) 유영경(柳永慶) : 1550(명종5)~1608(광해군 즉위년). 북인이 대북·소북으로 분당될 때 소북파의 영수가 되었고, 남이공(南以恭)과의 불화로 탁소북으로 분파하였다. 선조 말에 영창대군을 세자로 옹립하려 하였는데, 광해군 즉위 후 대북 일파의 탄핵을 받아 죽었다.

288) 배첩(拜帖) : 남을 방문할 때에 내는 명함.

289) 유정(劉綎) : 1558~1619. 명나라 신종 시대의 무장으로 임진왜란이 일어나자 부총병(副摠兵)으로 조선에 와서 일본군을 방어하고 돌아갔다가, 정유재란(1597)이 일어나자 와서 전세를 확인한 뒤 이듬해 대군을 끌고 와서 도와주었다. 예교(曳橋)에서 왜군에게 패전하였으며, 왜군이 철병한 뒤 귀국했다. 1619년(광해12) 조선과 명나라 연합군이 후금(後金)과 싸운 부차(富車) 전투에서 전사했다.

만나기를 원했다고 하였다. 양 경리(楊經理)가 논박을 받아 두 번째로 제본(題本)을 올렸는데, 명나라 황제가 답하지 않았다. 양 경리의 제본에 이르길, "신이 탄핵을 받아 사신으로 적진에서 죽게 되었으니, 혹 신의 죄를 엄중히 따질 지언 정, 신으로 하여금 한스러워하며 헛되이 죽게 하지는 말아 주십시오."라고 하였다. ○13일. 저녁에 전라 분호조참의(全羅分戶曹參議)로 임명한다는 명이 내렸다는 것을 들었다. ○15일. 듣건대, 상께서 참의를 개차(改差)하고 이민각(李民覺)290)을 단부(單付)291)했다고 하였는데, 혹자는 대신이 아뢰어서 체직(遞職)된 것이라고도 하였다. ○16일. 병든 몸을 이끌고 김 좌의정을 배알하고, 해임되어 고향으로 내려갈 수 있게 해주길 청하였다. 추고(推考)하라는 전지(傳旨)가 내려오지 않았다. ○17일. 조보를 보았는데, 상께서 이르기를, "정(丁)아무개는 이러한 일을 할 수 없을 듯하니, 속히 조처하는 하도록 하라."고 하였다. 비변사가 이르기를, "회답하는 자문(咨文)을 보내는 일이 급하니, 이조로 하여금 속히 개차(改差)해야 합니다."라고 하였다. ○18일. 추고하여 곤장 50대를 치고 현재 직임을 해임하며 공훈을 한 등급 감하라고 계하(啓下)하였는데, 곤장 40대만 치고 해임하지 말라고 하였다. 첫 번째에 항거한 것과 두 번째에 통문(通文)에 대한 회답을 쓴 것은 마땅히 사실대로 기록해서는 안 되며, 세 번째 항거한 것도 마땅히 사실대로 기록해서는 안 된다. 자복하였다.292) ○20일. 지사 이효언(李孝彦)【호민(好閔)】과 그의 아들 경엄(景嚴)이 와서 나를 방문하였다 저녁에 정승 정탁(鄭琢)293)을 뵙고 한 가족처럼 정답게 이야기를 나누었으며, 병조참의 정천석

---

290) 이민각(李民覺) : 1535~?. 본관은 광주(廣州), 자는 지윤(志尹), 호는 사병(四屛)이다. 조광조의 사면을 요구하였다가 삭직된 이약빙(李若氷, 1489~1547)의 손자이다.

291) 단부(單付) : 단망(單望)으로 관원(官員)을 골라 정하던 일.

292) 자복하였다 : 원문은 '지만(遲晚)'이다. 이는 죄인이 벌을 받을 때에 자복(自服)하면서, '너무 오래 속여서 미안하다'는 뜻으로 쓰여, 자기의 자복함을 이르는 말이다.

293) 정탁(鄭琢) : 1526(중종21)~1605(선조38). 본관은 청주(淸州), 자는 자정(子精), 호는 약포(藥圃)이다. 1558년 문과에 급제하여 벼슬이 좌의정에 이르렀다. 저술로 『약포집』과 『용만문견록(龍灣聞見錄)』 등이 있다.

(丁天錫)을 방문하여 정답게 이야기를 나누었다. ○21일. 예조참판 김우옹(金宇顒)[294]을 만나 이야기를 나누었다. 마침내 유성룡 상공(柳相公)을 배알하였는데, 상공께서 내 명의 상황을 자세하게 물으셨고, 내가 사신으로 갔을 때 함께 지었던 시를 보며 깊이 탄식하였다. ○22일. 여주(驪州)에 들어갔다. 수망(首望)[295]에 들었으나 낙점을 받지 못했다. ○23일. 윤자고(尹子固: 尹根壽)를 찾아갔으나 만나지 못했다. 홍 판서(洪判書)를 만나 병으로 출사하지 못한다고 상소하는 것에 대해 의논하자, 홍 판서가 답하기를, "세 번 상소를 올려 체직(遞職)된 후에 왕래할 수 있습니다."라고 하였다. 경기감사(京圻監司) 한준겸(韓俊謙: 韓浚謙)을 만났고, 좌의정을 배알하여 정답게 이야기를 나누었다. 또 접반사 이효언(李孝彦)을 방문하여 밤이 깊도록 거나하게 취했는데, 이효언이 먼저 시를 지어 나로 하여금 차운(次韻)하게 하다. ○24일. 진 어사(陳御史)[296]가 나갔다. 저녁에 듣건대, 북쪽 오랑캐가 진격하여 4보(堡)를 함락하였고, 왜적은 강화(講和)를 맺자는 편지를 통역관에게 바쳤다고 하였다. ○26일. 전교(傳教)에 이르기를, "문관으로 직임이 있는 자 중에서, 해직(解職)되었거나 공무로 인해 고향으로 돌아간 이들을 감사(監司)로 하여금 독촉하여 잡아오게 하고, 완악하여 생각을 변치 않는 자들은 계사를 올려 그 죄를 다스려라."고 하였다. ○27일. 유 상공(柳相公)이 나의 편지에

---

294) 김우옹(金宇顒) : 1540~1603. 본관은 의성, 자는 숙부(肅夫), 호는 동강(東岡)이다. 조식(曺植)의 문인으로, 1567년 문과에 급제하여 병조 판서, 한성부 좌윤, 혜민서 제조 등을 지냈다. 시호는 문정(文貞)이다. 저술로 『동강집』이 있다.

295) 수망(首望) : 조선 시대에 벼슬아치를 임명하기 위하여 이조(吏曹) 및 병조(兵曹)에서 추천하던 세 사람의 후보자 중 첫째를 말한다.

296) 진 어사(陳御史) : 임진왜란 때 조선에 파견된 명나라 관리 진효(陳效)를 말한다. 자는 충보(忠甫), 호는 민록(岷麓)이며 사천성(四川省) 성도부(成都府) 정연현(井研縣) 사람이다. 정유재란이 일어나자 1597년(선조30) 12월에 흠차어왜감찰요해조선등처 군무감찰 어사(欽差禦倭監察遼海朝鮮等處軍務監察御史)로 동정군(東征軍)의 공죄(功罪)를 조사하라는 명을 받고 나왔다. 1599년 1월에 돌아가 형개(邢玠) 이하 여러 아문과 함께 공을 조사한 데 따른 연회를 가졌다. 그 후 2월 22일에 갑자기 죽었는데, 당시 전해지는 말로는 유정(劉綎)에게 독살 당했다고 하였다.

답하기를, "체직되어서 왕래하는 데 장애가 없을 듯하니, 헤아려 처리하게. 배로 가는 것은 편리하지 않고, 시골에는 의약품이 없으니 여기에서 병을 치료하는 것이 마땅하오. 미시(未時)가 되기 전에 한 번 만나기를 바라오." 라고 하였다. 김 상공도 또한 답하기를, "마땅히 잊지 않을 것이오."라고 하였다. ○29일. 듣건대, 순천(順天)에서 소서행장(小西行長)의 군대 3만과 평수희(平水羲)의 군대 9천이 삼중(三重)의 성을 쌓았다고 하였다. 저녁에 김 참의(金僉議)의 답장을 보았는데, 그 편지에 이르기를, "이러한 때에 사사로이 살피기는 어려울 듯하니, 어떻게 해야겠습니까?"라고 하였다.

4월 초1일 을묘. 두 번째 사직상소를 오늘 비로소 입계(入啓)하여 말미를 받았다.

초2일. 오위장(五衛將)과 겸대(兼帶)하고 있는 직명(職名)은 체차되지 않아서는 안 되므로, 권맹초(權孟初)에게 사람을 보내서 부탁했다. ○초4일. 조보(朝報)에 이르기를, "무주(茂朱)에 왜적이 왔다."라고 하였다. ○내가 겸대하고 있는 직명이 모두 체차(遞差)되었다. 듣건대, 어제 밤에 내가 강화유수(江華留守)의 수망(首望)에 올랐는데, 상께서 말씀하시길, "정(丁) 아무개는 병이 위중하여 오위장의 직임도 수행할 수 없는데, 어째서 그를 의망(擬望)하였는가?"라고 하셨다고 한다. 그리고 인천부사(仁川府使)와 광주부사(廣州府使)의 수망에 올랐는데, 상께서 또 말씀하시길, "다시 의망하라."고 하셨다. 서애(西厓) 상공(相公)이 매우 조용히 나의 군공(軍功)에 대해서 물어보기에, "왜적 120명의 머리를 베고도 오히려 남음이 있었습니다."라고 하자, 상공이 답하기를, "가선대부(嘉善大夫)에 오를 수 있소."라고 하였다. 내가 추증(追贈)해 주길 청하자, 상공이 답하기를, "감사(監司)와 부윤(府尹)도 가선대부가 될 수 있었으니, 또한 어렵지 않을 것이네."라고 하였다. 또 내가 김지명(金之明)[297]의 고종사촌 형의 일에 대해 말하기를, "문장도 잘 짓고 일 처리하는 재주도 있는데 어째서 등용되지 않는 것입니까?"라고 하자, 상공이 답하기를, "나와 동년배이네."라고 하였다. 내가 말하기를, "몇 년에 급제하였습니까? 나이는 또한 얼마나 됩니까? 또한 가련하지 않습니까?"라고 하자, 상공이 이에 말하기를, "연로한 것은 애석지만 문장과 일 처리하는 재주는 내가 알지 못하였네."라고 하였다. 상공이 또 말하기를, "영공이 말한 '호남(湖南)의 여덟 가지 폐단'은 진실로 격언(格言)이니, 반드시 우의정에게 고하도록 하게."하니, 내가 말하기를, "병을 앓고 있는 사람이라 드나들기가 어렵습니다."라고 하였다. 상공이 말하기를, "호남 선비 중 훌륭한 사람에 대해 듣고 싶네."라고 하자, 내가 말하기를, "어찌 감히 누구누구라고 낱낱이 고할 수 있겠습니까?"라고 하였다. 상공이 말하기를, "상께서 그르게 여기실 듯하니, 속히 올라오길 바라네."라고 하였다. 또 동암(東巖)을 만났는데, 병이 심하여 잠깐만 이야기를 나누었다. ○초6일. 새벽에 출발하여 한강을 건넜다. 저녁에 수원(水原)에 들어갔는데, 수원부사 최철견(崔鐵堅)[298]은 지방에 있어 만나지 못했다. ○초7일. 아침에 출발하여, 저녁에 온양(溫陽)에 들어갔다. ○초8일. 아침에 출발하여 길에서 신여경(愼余慶)[299]을 만났다. 듣건대, 왜적이 침입하여 장흥(長興)을 지났다고 하였다. 저녁에 정산(定山)에 들어갔다. ○초9일. 아침에 출발하여 저녁에 함열(咸悅)에서 묵었다. ○초10일. 신창포(新

---

297) 김지명(金之明) : 김공희(金公喜, 1540~1604). 자는 지명(之明) 또는 지천(芝川)이다. 1580년(선조 13) 경진(庚辰) 별시(別試)에 을과(乙科) 7위로 급제하였다. 벼슬은 종사관(從事官)·영광군수(靈光君守)를 거쳐 남원부사(南原府使)를 지냈다. 1589년(선조 22)에 조대중(曺大中)이 정여립의 반란에 연루되었는데, 김공희 또한 조대중을 구원하기 위해 노력했다. 남계(南溪) 김윤(金胤)·서곡(書谷) 임분(林賁)·죽곡(竹谷) 임회(林薈)·기봉(岐峰) 백광홍(白光弘)·옥봉(玉峰) 백광훈(白光勳)·풍잠(風岑) 백광안(白光顔)·동계(東溪) 백광성(白光城)과 함께 기산팔현(岐山八賢: 조선 八文章 중 1인인 기봉 백광홍 및 그와 동문수학 하였으며 동시에 사마시에 합격한 7명의 학자들을 일컬음)의 한 사람으로 추앙받았다.

298) 최철견(崔鐵堅) : 1548~1618. 자는 응구(應久), 호는 몽은(夢隱). 1590년에는 병조정랑이 되어 서장관(書狀官)으로 명나라에 다녀와서 전라도사가 되었다. 1592년 임진왜란이 일어나 관찰사 이광(李洸)이 패주하자, 죽기를 맹세하고 전주 사민(士民)에 포고하여 힘껏 싸워 전주를 수호하였다. 1597년 수원부사로 임명되고, 1599년 내자시정(內資寺正), 1601년에 황해도관찰사가 되었다가 호조참의로 전임되었다.

299) 신여경(愼余慶) : 1538~?. 진산(珍山)·연산(連山)의 수령을 역임하여 청렴한 업적으로 읍민(邑民)이 비(碑)를 세워 덕을 기렸으며 필법(筆法)으로 세상에 이름이 높았다.

倉浦)에 도착했다. 아침밥을 먹고, 저녁에 옹정(瓮井)의 김영광(金靈光)의 집에서 묵었다. ○11일. 용안(龍安)으로부터 고부(古阜)를 거쳐 저녁에 무장(茂長)지역에 들어갔다. 듣건대, 가족들이 영광(靈光)의 북쪽 지장리(地藏里)에 왔다고 하였다. ○12일. 아침에 말이 다리 사이의 구멍에 빠져 논에서 엎어져서, 말밑으로 떨어졌다. 겨우 살아났는데, 온몸이 진흙투성이가 되었다. 마침내 지장리에 들어가서 가족들과 만났다. ○13일. 머물러 누워 있었는데 지치고 피곤하였다. 정중성(丁仲誠)을 만나 이야기를 나누었다. ○14일. 정응룡(丁應龍)·정응호(丁應虎)·정봉래(丁鳳來)와 이야기를 나누었다. ○18일. 듣건대, 무주(茂朱)의 적이 다 섬멸되었다고 하였다. ○24일. 정응벽(丁應璧)·정철수(丁鐵壽)가 왔다.

5월 초1일 을유. 고향으로 가고자 하여 행장을 꾸렸다.

초2일. 병든 몸을 이끌고 출발했는데, 길에서 큰 비를 만났으니, 배고픔과 추위를 견뎠다. ○초3일. 홍수로 강이 불어나서 건너가기가 매우 어려웠다. 저녁에 유치촌(有恥村)에서 묵었다. 최정언(崔廷彦)·장대현(張大絃)이 서로 이야기를 나누었다. ○초4일. 아침에 부산(夫山)에 들러 이승(李昇) 등을 만났다. 장흥부에 들어가서 장흥부사를 만났다. 길을 돌려 벽사(碧沙)에 이르러서 간신히 마현(馬峴)에 도착했다. 선영(先塋)에서 곡을 하고 아우의 집에서 묵었다. ○초5일. 선영에서 제사를 지냈는데, 숙헌(叔獻)·선장(善長)이 와서 참여하였다. 서당에 들러 진사 김정(金珽)을 만나서 왕고(王考)의 묘갈(墓碣)을 지어달라고 청했다. ○초6일. 빈객들이 취하여 이야기를 나누지 못했다. ○초7일. 아침에 출발하여 능성(綾城)에서 밥을 먹고, 저녁에 남평(南平)에 도착했다. ○초8일. 강을 건너 영광(靈光)에서 묵었다.

초9일 계사. 지장리(地藏里)에 도착하여 우거(寓居)하였다.
초10일. 정몽우(丁夢佑)·정협(丁鋏)·정구(丁久)등이 와서 이야기를 나누었다. ○13일. 아들 명열(鳴說)이 왔다. ○22일. 듣건대, 5월 15일에 내가 말망(末望)[300]으로 청주목사(清州牧使)가 되었다고 하였다.

6월 초1일 갑인. 왼쪽 다리의 통증 때문에 연일 뜸을 떴다.

초3일. 조정에서 명령하기를, 청주목사(清州牧使)는 조사(朝辭)[301]를 하지 말고 청주로 달려가 부임하라고 하였으니, 하인의 서울의 편지를 가지고 왔다.

초9일 임술. 출발했다.

초10일. 흥덕(興德)에서 밥을 먹고, 흥덕현감 이능운(李凌雲)을 만났다. 고부(古阜)에서 묵었다. ○11일. 저녁에 김제(金堤)에서 묵었다. ○12일. 저녁에 익산(益山)에서 묵었다. 익산군수 이상길(李尙吉)을 만났다. ○13일. 저녁에 연산(連山)에서 묵었다. ○14일. 저녁에 진잠(鎭岑)에서 묵었다. ○15일. 빗속에 간신히 형각강(荊角江)에 도착하여, 문의(文義)에서 묵었다.

16일 기사. 아침에 비가 내렸다가 갑자기 날이 갰다. 사시(巳時)에 임지(任地)에 도착했다. ○17일. 총관사(總管使)의 종사관(從事官) 박진원(朴震元)[302]이 보은(報恩)으로부터 청주(清州)에 당도하여 서로 만났다. ○20일. 분호조참의(分戶曹參議) 이시발(李時發)이 문의(文義)에서 왔으니, 종사관과 서로 만

---

300) 말망(末望) : 인사 추천제의 하나인 삼망(三望)에서 제일 끝자리에 오른 후보자. 전조(銓曹)에서 제1인을 수망(首望), 제2인을 부망(副望), 제3인을 말망(末望)이라 함.

301) 조사(朝辭) : 지방관으로 임명된 자가 임지로 떠나기 전에, 조정(朝廷)에 나아가 임금에게 사은숙배(謝恩肅拜)하고 하직하는 일.

302) 박진원(朴震元) : 1561~1626. 자는 백선(伯善), 호는 장주(長洲). 1593년 예문관검열(藝文館檢閱)이 된 뒤, 1597년 병조좌랑·방어사종사관(防禦使從事官)을 거쳐 사간원정언(司諫院正言)·예조좌랑·사간원헌납(司諫院獻納)·사헌부지평(司憲府持平)·성균관전적(成均館典籍)·직강(直講)·강계판관 등을 역임하였다. 1603년 서장관(書狀官)으로 명나라에 다녀왔다.

났다. ○24일. 양 포정(楊布政: 楊鎬)의 위관(委官)303) 5인이 명나라의 군마(軍馬) 55필을 거느리고 목천(木川)에서 와서 묵었다. ○25일. 영명(迎命)304)하는 일 때문에 금성창(金城倉)에 도착하여 교서(敎書)를 받고 숙배(肅拜)하였다. 순찰사(巡察使)와 만났다.

26일 기묘. 청주(淸州)로 돌아갔다.

27일. 성주참(星州站)에서, 군량을 운반하는 사람과 말을 재촉하라는 일로 순찰사의 군관이 관문(關文)을 가지고 왔다.

7월 초1일 갑신. 청주(淸州)에 있었는데, 마 제독(麻提督: 麻貴)의 차관(差官)305) 3인이 목천(木川)으로부터 와서 묵었다.

초3일. 5운(運)의 군량을 운반하는 사람과 말을 오산원(吾山院)에서 점검하는 일로, 그 군인들에게 당도하여 점검해서 보냈다. 시골집에서 묵었는데, 승지 윤경립(尹敬立)이 군관을 보내 안부를 물었다. ○초4일. 오후에 관아로 돌아갔다. 덕평참(德平站)에서 파발을 보내, 명나라군 1인이 와서 묵었다. 진 유격(陳游擊)이 천총(千摠)306) 1원이 통역관을 데리고 충주(忠州)에서 와서 묵었다. 유 제독(劉提督: 劉綎)의 쇄마(刷馬)307) 140필을 독촉하여 보냈다. ○초6일. 쌀 400여 석을 거두어서 옥천(沃川)등의 관아에 나누어 실어 보내는 일로, 관문(關文)이 도착했다. ○초8일. 유 제독(劉提督)이 행차하자, 쇄마와 차사원(差使員)308)과 보은현감(報恩縣監) 유옥(柳沃)이 보은현에서 왔다. ○11

---

303) 위관(委官) : 죄인을 추국(推鞫)할 때, 의정대신(議政大臣) 가운데서 임시로 뽑아서 임명하는 재판장.
304) 영명(迎命) : 황제의 명(命)을 맞이함.
305) 차관(差官) : 특별한 사무를 맡겨 임시로 파견하는 관원이다.
306) 천총(千摠) : 각 군영의 정3품 이상의 무관을 지칭하는 말이다.
307) 쇄마(刷馬) : 지방에 배치했던 관청용(官廳用)의 말.
308) 차사원(差使員) : 나라에 중요한 일이 있을 때 중앙에서 지방에 파견하던 임시직 관원.

일. 좌우로 나누어 쌀을 거두어서 우선 옥천(沃川)에 지급했다. 왕 참정(王叅政)이 내려올 때, 나를 도차사원(都差使員)309)으로 임명한다는 관문(關文)이 도착했는데, 병이 나서 직임에 나아갈 수 없으므로 개차(改差)해 달라고 청하였다. 수미 독운 총관사(收米督運摠管使)310)의 종사관과 군관이 청안(淸安)에서 왔다가 즉시 돌아갔다. 연기목사(燕岐牧使)가 성에 이르러 백성들을 깨우치는 백성들을 효유하는 글을 썼다. ○12일. 유 제독(劉提督)이 행차하였으니, 아직 거두지 못한 쇄마 36필을 수신방(修身坊)에서 찾아내는 일로, 향소(鄕所)311)들을 나누어 파견했다. ○17일. 광관사의 종사관 박진원(朴震元)이 문의(文義)에서 청주로 왔다. ○21일. 모 유격(茅游擊: 茅國器)의 접반관 정랑 안창(安昶)312), 노 유격(盧游擊)의 접반관 도사 신(申) 아무개 두 일행이 진천(鎭川)에서 청주에 당도하여 서로 만났다. 그들과 함께 곧바로 문의(文義)로 향했다. ○22일. 위원군수(渭原郡守) 윤정(尹定)【강진(康津) 사람】이 와

---

309) 도차사원(都差使員) : 조선 시대에 중요한 임무를 띠고 지방에 파견되는 차사원 중의 우두머리이다.

310) 수미 독운 총관사(收米督運摠管使) : 유영경(柳永慶, 1550~1608)을 가리킨다. 자는 선여(善餘), 호는 춘호(春湖). 1572년(선조 5) 춘당대 문과(春塘臺文科)에 병과로 급제해 정언 등 청요직(淸要職)을 역임하였다. 1592년 임진왜란이 일어나자 사간으로서 초유어사(招諭御史)가 되어 많은 의병을 모집하는 활약을 보였고, 1593년 황해도순찰사가 되어 해주에서 왜적을 맞아 60여급을 베는 공을 세웠다. 그 공으로 행재소(行在所)에서 호조참의에 올랐다. 1594년 황해도관찰사(黃海道觀察使)가 되었고, 1597년 정유재란 때에 지중추부사(知中樞府事)로서 가족을 먼저 피란시켰다는 혐의로 파직되었다가 이듬해 병조참판(兵曹參判)에 서용되었다. 당론이 일어날 때에는 유성룡(柳成龍)과 함께 동인에 속했으며, 동인이 다시 남인·북인으로 갈라지자 이발(李潑)과 함께 북인에 가담하였다. 1599년 대사헌으로 있을 때에 남이공(南以恭)·김신국(金藎國) 등이 같은 북인인 홍여순(洪汝諄)을 탄핵하면서 대북·소북으로 갈리자, 유희분(柳希奮) 등과 함께 남이공의 당이 되어 영수가 되었다.

311) 향소(鄕所) : 향청(鄕廳)의 좌수(座首)와 별감(別監)을 이르며, 향관(鄕官)이라고도 한다.

312) 안창(安昶) : 1549~?. 자는 경용(景容). 본관은 죽산(竹山), 호는 석천(石泉)이다. 음관(蔭官)으로 벼슬길에 올라, 여러 지방의 지방관으로 벼슬하고, 1606년(선조39) 상의원 정(尙衣院正)·종부시 정(宗簿寺正)을 거쳐, 1607년 공주 목사에 임명되었으나 사헌부의 탄핵을 받아 파직되었다. 1611년(광해군3) 연안 부사로 임명되어 외직에 나가 있던 중, 1613년 강변칠우(江邊七友) 등이 연루된 거짓 역모 사건에 휘말렸으나 결국 혐의가 없어 벼슬만 깎이고 풀려났다.

서 이야기를 나누었다. ○23일. 종사관이 청안(淸安)으로 출발했다. 양 포정(楊布政)의 차관(差官) 1원과 가정(家丁)313) 3인이 군마 98필을 거느리고 목천(木川)에서 와서 묵었다. 마 제독(麻提督)의 가정 1인이 초저녁에 와서 묵었다. 이날, 양 포정의 차관(差官)이 나나갔다. ○26일. 순찰사(巡察使)가 마 제독의 행차에 마중 가는 일로, 본영(本營)을 떠나 청안(淸安)으로 갈 때 오근(梧根)에서 출참(出站)314)하라는 일로, 관문(關文)이 왔다. 즉시 출발하여 와공리(瓦孔里)에서 묵었다. 도원수(都元帥)의 군관이 왜적의 머리를 가지고 와서 묵었다. ○27일. 순찰사가 오시(午時)에 와서 모였다가, 즉시 청안(淸安)으로 향했다. 도원수의 군관이 항복한 왜인 2명을 데리고 와서 묵었다. ○28일. 충주참(忠州站)에서, 마 제독(麻提督)을 대접할 여러 가지 물건을 보내왔다. ○29일. 장 참장(蔣叅將)의 차관 1인과 가정 1인이 청안(淸安)에서 와서 묵었다. 군량을 수송하는 인부들을 독촉하는 일로, 분호조군관(分戶曹軍官)이 와서 묵었다.

8월 초1일 갑인. 청주(淸州)에 있었다.

초2일. 무주(茂朱)의 경계서 왜적과 충돌한 일로 공문이 도착하였다. 소속된 각각의 관군들을 정비하여 변란에 대비하라는 일로, 전령을 급히 보냈다. 양 포정(楊布政)의 명나라 말 1필이 병으로 죽었다. ○초5일. 여러 관아의 군병들을 점검하는 일로, 서림(西林)에서 공무를 보았다. 양 포정의 차관(差官) 1인과 가정(家丁) 2인이 군마 23필을 거느리고 목천(木川)에서 와서 묵었다. 순찰사(巡察使)의 중군(中軍) 임수형(林秀衡)315)이 군사들을 모아 와서 알현하였다. 이날, 총리사(摠理使)의 종사관 강절(姜節)316)이 오근(梧根)에

---

313) 가정(家丁) : 집에서 잡일을 하는 막일꾼. 가병(家兵)과 같은 성격을 갖기도 하였음.
314) 출참(出站) : 사신(使臣)·감사(監司)·빈객(賓客)을 맞이하고 접대하기 위해 그가 숙박하는 가까운 역에서 사람을 내보내는 전곡(錢穀)·역마(驛馬)를 지공(支供)하는 일.
315) 임수형(林秀衡) : 1555~?. 자는 방중(芳仲).
316) 강절(姜節) : 1542~?. 자는 화중(和仲).

서 청주에 당도하여 서로 만났다. 선봉군(選鋒軍) 대장(代將) 임지영(林之榮)을 데리고 와서 옥천(沃川)으로 보냈다. ○초6일. 순찰사의 관문(關文)에 이르기를, "마 제독(麻提督)을 공경히 전송한 뒤 본영으로 돌아올 때 오근(梧根)에서 출참(出站)을 하라."고 하였다. 종사관과 말을 데리고 온 온 명나라군이 문의(文義)로 갔는데, 덕평참(德平站)에서 파발을 보내, 명나라군이 또한 나갔다. 사시(巳時)에 병사(兵使)의 관문에 이르기를, "초6일 오시에 군대를 거느리고 말을 달려 도착할 것이다."라고 하였다. ○초7일. 군대를 거느리고 문의(文義)로 갔다. ○초8일. 군대를 모아서 그대로 머물러 있었다. 병사(兵使)가 보장(報狀)[317]이 오지 않아 화가 났다고 한다. ○초9일. 새벽에 출발하여 저녁에 옥천(沃川) 유교리(柳橋里)에 도착했다. ○초10일. 축시에 출발하여 양산(梁山) 지역에 도착했다. 병사(兵使)가 진을 친 곳에 즉시 군대를 데리고 오지 않은 일 때문에 아전들이 장형에 처해졌다. 이날, 병사와 만나서 매우 오랫동안 담론하였다. 다시 출발하여 우본현(牛本峴)에서 점심을 먹고, 주안리(周岸里)에 도착하여 묵었다. ○11일. 관아로 돌아갔다. ○12일. 충주(忠州)에서 마 제독(麻提督)·동 도독(董都督)을 접대할 사람들을 보냈다. ○13일. 분호조참의(分戶曹叅議) 이시발(李時發)이 문의(文義)에서 청주로 왔다. 점심을 먹은 뒤에, 곧바로 오근(梧根)으로 향했다. ○16일. 여러 관아의 군병들을 점검하는 일로, 서림(西林)에서 공무를 보았다. 총리사(總理使)의 종사관 강절(姜節)이 회덕(懷德)에서 청주로 왔다.

17일 경오. 동 제독(董提督)이 내려올 때, 충주참(忠州站)에서 접대하는 일 때문에 나를 도차사원(都差使員)으로 삼았다. 이날 출발하여 청안(淸安)에서 묵었다.

18일. 음성(陰城)에서 묵었다. 진천(鎭川)·청안(淸安) 두 현의 현감이 찾아

---

317) 보장(報狀) : 어떤 사실을 알리기 위하여 보고하는 공문.

와서 만났다. ○19일. 신동(薪洞)에서 묵었다. ○20일. 신동(薪洞)에서 묵었다. 청풍군수(淸風郡守)가 찾아와서 만났다. ○21일. 마 제독(麻提督)과 동 제독(董提督)이 용안(龍安)에 도착했다. 점심을 먹은 뒤 신시(申時)에 충주(忠州)에 도착했다. 동 제독의 접반사 이충원(李忠元)[318]과 마 제독의 접반사 이광정(李光庭)이 말을 다투자, 수령들이 죄송하다고 하였다. 종사관 이필영(李必榮)[319]은 한밤중이 되어서야 흩어졌다. ○22일. 두 제독 일행이 안부(安富)를 출발했는데, 화약을 실을 쇄마(刷馬) 10여 필을 마련해 내지 못했기 때문에, 달려가서 상황을 고하였다. 오시(午時)에 다시 충주(忠州) 지역에 가서 시골 집에서 묵었다. ○23일. 관아로 돌아왔다. ○24일. 서림(西林)에서 공무를 보아 여러 관아의 군사들을 점검하였다. 파 유격(頗遊擊)의 접반관 신충일(申忠一)[320]과 만났다. ○25일. 사 유격(師游擊)이 진천(鎭川)에서 청주에 당도하는 일로, 접반관의 관문이 당도했다. 군사를 거느리고 직접 가는 일로, 병사(兵使)의 전령(傳令)이 도착했다. ○26일. 군사를 거느리고 출발하여 문의(文義)에 도착했다. 괴목정(槐木亭)에서 공무를 보아 군인들을 점검했다. ○27일. 선운군(先運軍)[321] 200여 명을 직접 거느리고 회덕(懷德)에 이르렀다. 이날, 병사(兵使)가 회덕현에 도착하여 서로 만났다. 다시 출발하여 회덕현의 시골

---

318) 이충원(李忠元) : 1537~1605. 조선 중기의 문신. 본관은 전주(全州). 자는 원보(元甫) 또는 원포(圓圃). 호는 송암(松菴)・여수(驪叟).

319) 이필영(李必榮) : 본관은 광주(廣州), 자는 이빈(而賓), 호는 만회(晩晦)이다. 1597년(선조 30) 문과에 급제하여, 벼슬이 경기도 관찰사, 예조 참판에 이르렀다.

320) 신충일(申忠一) : 1554~1622. 자는 서보(恕甫). 1595년 남부주부(南部主簿)로 있을 때, 임진왜란으로 전쟁중인 우리나라에 사자를 보내어 통호(通好: 서로 관계를 가짐)를 요구하는 등 심상치 않은 태도를 보이는 건주여진(建州女眞)의 동정을 탐지해오라는 명을 받았다. 그 해 12월 만포진에서 압록강을 건너 명나라의 여희윤(余希允)과 누루하치(奴兒哈赤 : 뒤의 淸太祖)의 거성(居城)에 들어가 그들의 발호에 대한 명나라의 뜻을 전하고 그들의 동정과 산천・풍습 등을 살펴보았다. 이듬해 1월 귀국, 복명하면서 한만사연구(韓滿史研究)에 귀중한 자료가 되고 있는 『건주기정도기(建州紀程圖記)』를 작성하여 올렸다. 귀국한 그 해에 함흥판관이 되었으나 임진왜란 중 금산전투 때 무단이탈한 죄와 누루하치에게 오배삼고두(五拜三叩頭: 다섯 번 큰 절을 하고 머리를 세 번 땅에 조아림)의 예를 올려 국위를 손상시켰다는 죄로 파직되었다. 그 뒤 복관되어 1599년 김해부사가 되었다.

321) 선운군(先運軍) : 먼저 가는 부대(部隊).

집에서 묵었다. 사 유격이 진천(鎭川)에서 출발하여 청주(清州)를 경유하지 않고 충주(忠州)로 향했다. ○28일. 후운군(後運軍) 80여 명을 중도에서 점거한 뒤에, 군관 정민덕(鄭敏德)·초관(哨官) 정해립(鄭海立) 등으로 하여금 후운군을 데리고 문의(文義)로 가게 하였다. 괴목정(槐木亭)에서 점심을 먹고, 저녁에 관아로 돌아왔다.

9월 초1일 계미. 청주(清州)에 있었다.

마 유격(馬游擊)의 접반관의 선문(先文)이 도착했다. ○초2일. 표신(票信)을 가지고 온 선전관(宣傳官)이 진천(鎭川)으로부터 청주에 당도했다. 동 제독(董提督)의 차관(差官) 2인과 가정(家丁) 4인이 목천(木川)에서 와서 묵었다. ○초3일. 호남총리사(湖南總理使)의 종사관 병조정랑 민여신(閔汝信)[322]이 청안(清安)에서 와서 묵었다. ○초5일. 고성현령(固城縣令) 이대수(李大樹)가 찾아와서 만났다. ○초6일. 금산참(金山站)에서 보낸 군량 500석을 청주의 인부가 독촉하여 운반하라는 일로, 총관사(摠管使)의 관문(關文)이 도착했다. ○초7일. 성주참(星州站)에서 보낸 군량을 운반할 인부를 독촉할 도차사원(都差使員)을 나로 임명한다는 관문이 도착했다. 괴산(槐山) 등의 읍에서 인부와 말을 독촉하여 보내라는 일로, 공문을 써서 충주(忠州)로 보냈다. 명나라군의 화기(火器)을 나를 소와 말 100여 필을 운반할 인부 150명을 복정(卜定)[323]하라는 관문이 도착했다. ○초8일. 성주참(星州站)에서 보낸 군량을 운반할 인부와 말을 독촉하는 일로, 공원현감(恭原縣監)이 문의(文義)에서 와서 묵었다. ○초10일. 군사들을 조사하는 일 때문에, 병조좌랑 이덕동(李德洞)

---

322) 민여신(閔汝信) : 1554!?. 본관은 여흥(驪興). 자는 경립(景立). 1594년 식년문과에 병과로 급제하였다. 그해 성균관전적(典籍)으로 등용되고, 이어서 병조정랑이 되었다. 1601년(선조 34) 봉상시첨정(奉常寺僉正)을 거쳐, 외직인 안성군수로 나가 많은 치적을 세우기도 하였다. 1604년 고산찰방(高山察訪)이 되었다.

323) 복정(卜定) : 부역이나 공물(貢物) 이외의 필요한 물품 등을 하급 관청에 책임 지워 납입하도록 하는 것을 말함.

이 문의(文義)로부터 청주로 왔다. ○11일. 조령(鳥嶺)에서 파견한 명나라군이 오산(五山)의 사장 사람들과 서로 다투고서, 구타를 당했다고 핑계대자, 청안현감(淸安縣監)이 봉인한 첩정(牒呈)을 가지고 왔다. 대거 군량을 운반하는 인부와 말을 정리하는 일로, 분호조참의(分戶曹參議)의 수행 아전이 위임되어 왔다. ○12일. 유 총병(劉摠兵)의 천총(千摠)이 가정(家丁) 1인을 데리고 문의(文義)에서 와서 묵었다. ○15일. 표신(票信)을 가지고 온 선전관(宣傳官)이 유(柳) 아무개가 문의(文義)에서 와서 묵었다. 총관사(摠管使)의 종사관 박진원(朴震元)이 장명(長命)에서 청주로 왔다.

19일 신축. 양 포정(梁布政)을 지참(支站)324)하러 갔다.

양 포정(梁布政)이 16일에 출발하였으니 충주참(忠州站)에서 양 포정을 접대할 도차사원(都差使員)으로 나를 임명한다는 전령(傳令)을 보았다. 즉시 출발하여 음성(陰城) 보천리(甫川里)에서 묵었다. ○20일. 저녁에 충주(忠州)에 도착했는데, 안찰사(按察使)가 이미 도착해 있었다. 여러 차원(差員)들과 접대할 관원들이 모두 도착하지 않았기 때문에, 순찰사가 연풍현감(延豊縣監)을 분호조참의(分戶曹參議)로 삼고, 나를 부쇄마차사원(夫刷馬差使員)으로 삼았다. 접반사 윤선각(尹先覺)325)과 서로 만났다. 중국인이 인부와 말에 대한 일 때문에 밤새도록 침범하여 잡아들였다. 오 경력(吳經歷)과 중군(中軍) 두 사람을 접반사에게 보내서, 죄인을 심문하였다. ○21일. 포정이 문경(聞慶)을 향해 출발한 뒤에, 내가 다시 출발하여 금탄창(金灘倉)에 도착했다. 오 경력·참의어사(參議御史)와 서로 만났다. ○22일. 관아로 돌아왔다. ○27일. 훈련도감 낭청이 목화를 무역하는 일로, 와서 묵었다. ○28일. 총리사(摠理使)의 종사관이 진천(鎭川)을 향해 출발했고, 훈련도감 낭청이 보은(報恩)을 향해 출발했다. 이날, 동 제독(董提督)이 가는 길에 상으로 말 30필을 주고,

---

324) 지참(支站) : 지공(支供)과 같은 뜻. 음식 따위를 대접하여 받듦. 혹은 필요한 물품 따위를 줌.
325) 윤선각(尹先覺) : 1543~1611. 본관은 파평(坡平). 자는 수천(粹天).

도착하여 묵었다. ○29일. 듣건대, 양 포정(梁布政)이 뒤에 쳐진 일을 장계(狀啓)로 올렸다고 한다. ○30일. 독운어사(督運御史) 정사신(鄭思愼)[326]이 청안(淸安)에서 와서 묵었다.

10월 초1일 계축. 청주(淸州)에 있었다.

초3일. 순찰사의 관문(關文)에, 청안(淸安)·괴산(槐山)등의 관원이 파면되었으므로 나를 봉고관(封庫官)으로 삼는다고 하였다. 이날 바로 달려가서 청안(淸安)에 도착하여 봉고(封庫)[327]하였다. ○초4일. 길을 돌려 괴산(槐山)에 가서 봉고하였고, 다시 청안에 당도하여 묵었다. 이날, 황해병사(黃海兵使) 강찬(姜澯)이 보은(報恩)에서 와서 묵었다. 양 참장(楊叅將)의 접반관이 목천(木川)에서 와서 묵었다. ○초6일. 총리사(總理使) 강절(姜節)의 종사관이 회인(懷仁)으로부터 청주에 당도했다. ○초7일. 순찰사의 종사관 송영구(宋英耉)[328]가 연분(年分)[329]을 조사하는 일로 청안에서 와서 묵었다. ○초9일. 노유격(盧游擊)과 동 제독(董提督) 두 사람의 관이 문의(文義)에서 와서 묵었다. 접반관의 신응담(申應潭)이 거느리고 왔다. ○초10일. 두 사람의 관이 다시 진천(鎭川)으로 갔다. 총관사(總管使)의 군관이 전령(傳令)을 가지고 당도했다. ○15일. 아침에 출발해서 장명(長命)에 도착하여 감사(監司)와 만났다. 다시 출발하여 구지(仇地)에서 묵었다. 이날, 최운어사(催運御史) 송석경(宋錫慶)이 보은(報恩)으로부터 뜻밖에 도착하여 묵었다. ○16일. 관아로 돌아왔다. ○23일. 접반관 병조좌랑 박효성(朴孝誠)[330]·교서 저작 이여하(李汝河)

---

326) 정사신(鄭思愼) : 1551~?. 자는 덕기(德基).

327) 봉고(封庫) : 조선시대에 회계 감사를 받고 업무를 끝낸 후에, 또는 비위 사실의 조사를 위해 창고를 봉하던 일.

328) 송영구(宋英耉) : 1556 ~ 1620). 본관은 진천(鎭川)이고 자는 인수(仁叟)이며 호는 표옹(瓢翁), 일호(一瓠), 백련거사(白蓮居士) 등이다. 성혼(成渾)의 문인으로 선조 때 성주목사(星州牧使)를 지냈으며 광해군 때 병조참판(兵曹參判)으로 있던 중 폐모론(廢母論)에 반대하며 정청(庭請)에 참여하지 않았다가 파직되었다.

329) 연분(年分) : 농작의 풍흉으로 인하여 매년 정하는 전세(田稅)의 비율.

두 사람의 행차가 보은에서 와서 묵었다. ○27일. 명나라군과의 약속일이 너무 급박하므로 여러 관아의 군사들을 직접 거느리고 초5일까지 진영에 달려가라는 일로, 전령(傳令)이 유시(酉時)에 도착했다. 즉각 여러 고을에 전령을 보내서 군사를 모았다. ○28일. 뽑힌 군사들에게 엄격하게 명령하고 여러 장수들을 불러 결속하였는데, 대자(代將) 이방언(李邦彦)의 군관 등이 찾아와서 만났다. 병사(兵使)는 말하기를, "군대를 거느리고 가라."고 하였고, 순사(巡使)는 말하기를, "가지 말라."고 하였으니, 진퇴를 결정하기가 어려웠다. ○29일. 군사를 점검하는 일 때문에 신탄(新灘)에 갔다.

11월 초1일 임오. 청주(清州)에 있다가, 신탄(新灘)에 머무르면서 군대를 점검했다.

초2일. 관아로 돌아왔다. ○초3일. 급사중(給事中)[331]의 행중 도차사원(行中都差使員)으로서 충주(忠州)로 가려고 출발하였다. 저녁에 음성(陰城)의 포천(甫川)에서 묵었다. ○초4일. 용안(用安)에 도착했다. 이날, 급사중 서관란(徐觀瀾)이 용안참(用安站)에 도착했는데, 진천현감(鎭川縣監)·청안가관(清安假官)이 함께 접대하였다. ○초5일. 급사중을 모시고 충주의 숙소에 도착했다.

초6일 정해. 충주(忠州)에서 곤액을 겪었다.

급사중 일행을 문경(聞慶)으로 호송하였다. 이날, 주사 정응태(丁應泰)[332]

---

330) 박효성(朴孝誠) : 1568~1617. 박효성은 선산부사(善山府使)와 단천 군수(端川郡守) 등을 지내면서 선정을 베풀어 포상을 받고 선정비(善政碑)가 세워졌다. 김상헌(金尙憲)·조정호(趙廷虎) 등과 친교가 있었으며, 사부(詞賦)에도 능하였다.

331) 급사중(給事中) : 명나라의 관직 이름으로, 정령(政令)의 잘못을 바로잡는 역할을 하였다.

332) 정응태(丁應泰) : 정응태는 임진왜란 때 경략(經略) 형개(邢玠)의 참모관으로 조선에 왔다. 명나라 원군의 총지휘관 경리(經理) 양호(楊鎬)를 비롯하여 제독(提督) 마귀(麻貴) 등을 탄핵하였는데, 이에 조선에서는 양호를 구하기 위하여 이원익(李元翼)을 진주사(陳奏使)로 삼아 명에 보내자, 정응태는 이를 불쾌하게 여겨 "왜를 끌어들여 요동(遼東)의 옛 땅을 회복하려 한다."라고 하고, 또 "조선에서 조(祖)니 종(宗)이니 하는 칭호를 멋대로 사용하고 있다."라는 내용으로 주문(奏文)을 올려 조선을 무함하였다. 이정귀(李廷龜)가 「조선국변무주문(朝鮮國辨誣奏文)」을 지은 뒤 진주 부사(陳奏副使)로 명나라에 가서 무고 사실을

가 가서 충주(忠州)에 도착했다. 쇄마(刷馬)가 가지런하지 못하다는 이유로 곤장을 4번이나 맞고 밤새도록 곤욕을 치렀다. 종사관 송영구(宋英耇)·충주목사 김명윤(金明允)도 고통을 함께 했다. ○초7일. 정응태 일행이 나가서 문경(聞慶)으로 갔다. ○초8일. 진효(陳效) 어사(御史) 일행이 충주(忠州)에 도착하였는데, 접반사는 이호민(李好閔)이었다. ○초9일. 다시 출발하여 보천리(甫川里)에서 묵었다. ○초10일. 관아로 돌아왔다. ○12일. 감사(監司) 김신원(金信元)³³³)에게 휴가를 청하여 휴가 5일을 받았다. ○13일. 동 도독(董都督)의 군마 119필이 진천(鎭川)으로부터 도착했다. ○14일. 총리사(摠理使) 종사관(從事官)이 와서 묵었다. ○17일. 총관사(摠管使)의 종사관 노경임(盧景任)이 보은(報恩)으로부터 도착했다. ○18일. 강 종사관이 문의(文義)를 향해 출발했다. 동 제독(董提督)의 중군과 사 유격(師游擊)³³⁴)·마 유격(馬游擊)³³⁵)·학 유격(郝遊擊)³³⁶)등이 차관(差官)과 가정(家丁) 모두 55인을 거느리고 와서 묵었다. ○19일, 명나라 장수 등이 나가서 회덕(懷德)으로 갔다. ○26일. 왜적이 물러났다는 것을 들었다.

밝힌 결과 정응태는 파직되고 마침내 옥에 갇혀 죽었다.

333) 김신원(金信元) : 김이원(金履元, 1553~1614). 본관은 선산(善山), 초명은 신원(信元), 자는 수백(守伯), 호는 소암(素菴)이다. 이 시는 1614년(광해군6) 4월 25일 세상을 떠난 김이원을 애도하며 지은 것이다.『游齋集 卷23 崇政大夫行兵曹判書金公神道碑銘』

334) 사 유격(師游擊) : 사도립(師道立). 자는 국화(國化) 호는 서원(西園)으로 대동(大同) 우위(右衛) 사람이다. 흠차통령우액병유격장군(欽差統領右掖兵游擊將軍) 도지휘첨사로 보병 2천 4백 80인을 이끌고 무술년 5월에 나왔다가 기해년에 사천에서의 패배로 말미암아 혁직(革職)되어 돌아갔다.

335) 마 유격(馬游擊) : 마정문(馬呈文). 자는 홍우(弘宇) 호는 자원(紫院)이며 선부(宣府) 우위(右衛) 사람이다. 흠차통령하간영병유격장군(欽差統領河間營兵游擊將軍) 도지휘첨사로 마병 2천을 이끌고 무술년 8월에 나왔다가 기해년 정월 사천(泗川)에서 궤멸 당했으며, 이 일에 연좌되어 혁직(革職)을 당하고 돌아갔다.

336) 학 유격(郝遊擊) : 학삼빙(郝三聘). 자는 여현(汝賢) 호는 용천(龍泉)으로 대동부(大同府) 평로위(平虜衛) 사람이다. 흠차통령대령도사입위춘반유격장군(欽差統領大寧都司入衛春班游擊將軍) 도지휘첨사로 마병 1천을 이끌고 무술년 8월에 나왔는데, 기해년 정월에 사천에서 패전하여 혁직(革職)되었다.

12월 초1일 임자. 청주(淸州)에 있었다.

11일. 아침에 귀손(貴孫)을 만났는데, 서울에서 온 것이다. 듣건대, 사헌부(司憲府)가 아뢰기를, "청주목사(淸州牧使) 정(丁) 아무개가 정 주사(丁主事)가 남쪽으로 갈 때 혹독하게 곤장을 맞아 몸이 상해서 관청 일을 완전히 폐하자, 이연(吏緣)[337]들이 농간을 부려 온갖 폐단이 함께 불어났습니다. 그리하여 요충지인 지역이 장차 폐허가 될 지경이니, 청컨대 정 아무개를 파직하소서."라고 하자, 상께서 "아뢴 대로 하라."고 했다고 한다. 대개 듣건대, 오랫동안 사귀어 온 여러 공들이 나를 위해 대책을 강구했다고 한다. 마침내 중기(重記)[338]를 작성했다.

14일 을축. 새벽에 출발하여 신탄(新灘)에서 밥을 먹고 유성(維城)에서 묵었다.

15일. 연산(連山)에서 묵었다. ○16일. 익산(益山)에서 묵었다. ○17일. 익산(益山)에 머물렀다. ○18일. 금구(金溝)에서 묵었는데, 금구현감(金溝縣監) 이희간(李希諫)이 나와서 나를 만났다. ○19일. 두동산(頭東山) 아래에서 묵었다. ○20일. 길에서 안 습독(安習讀)[339] 부자를 만나 술을 마셨다. 복죽(卜竹)에서 묵었다. ○21일. 저녁에 영광(靈光) 지장리(地藏里)에 들어갔다. ○22일. 청주(淸州)의 하인이 돌아갔다.

30일 신사. 지장리(地藏里)에서 한 해를 송별했다.

내가 생각건대, 올해는 전쟁에 시달리느라 가산(家産)을 탕진하였다. 봄에는 식구들을 걱정하였고, 여름에는 청주에서 고생했으며, 겨울에 이르러서는 충주(忠州)에서 곤액을 당했으니, 평생 동안 가장 불행한 해였다.

---

337) 이연(吏緣) : 각 관아에 딸린 구실아치를 통틀어 이른 말.
338) 중기(重記) : 사무를 인계할 때에 전하는 문서나 장부.
339) 안 습독(安習讀) : 미상. 습독(習讀)은 조선 시대에, 훈련원에 속한 종9품 무관 벼슬이다.

기해년(1599) 정월 초1일 임오. 영광(靈光)의 임시 거처에 있었다.

초5일. 듣건대 도독(都督) 진린(陳璘)[340]이 영광에 들어왔다고 한다.

초8일 기축. 고향으로 길을 떠났다.

11일. 상산(霜山)에 들어갔는데, 집이 남김없이 다 불탔으므로 아우의 집에 임시로 묵었다. 사당과 묘소에 배알하자, 저절로 눈물이 흘렀다. ○12일. 가족들을 맞이하여 옛 집터를 닦고 부엌을 만들어서 살아갈 방편으로 삼았다. ○13일. 김공희(金公喜)형이 통영 종사관(統營從事官)으로서 병영에 부임하므로, 지나는 길에 방문했다.

17일 무술. 회령(會寧)[341]에 갔다.

회녕에 집을 지으려고 하였으니, 이날 터를 닦기 시작했다.

2월 초1일 신해. 회령(會寧)에 있었다.

초2일. 아들 명열(鳴說)과 조카 득열(得說)이 가재도구와 여러 가지 물건을 싣고 법성포(法聖浦)에서 배를 타고 와서 도착했다.

3월 초1일 경진. 회령(會寧)에 있었다.

초7일. 상산(霜山)으로 돌아갔다. 가는 길에 능성현감(綾城縣監) 나대용(羅大用)[342]을 만나 술을 마셨다. ○11일. 서당에 모여서 술을 마시고 밤이 될

---

340) 진린(陳璘) : 명(明)나라의 장수로, 자는 조작(朝爵)이며 호는 용애(龍厓)이다. 광동(廣東) 나정주(羅定州) 동안현(東安縣) 사람이다. 1598년 6월에 흠차통령수병어왜총병관 전군도독부도독첨사(欽差統領水兵禦倭摠兵官前軍都督府都督僉事)에 제수되어 조선에 출정하였다.

341) 회령(會寧) : 현재 전라남도 보성군 소재 지명.

342) 나대용(羅大用) : 1556~1612. 자는 시망(時望), 호는 체암(遞菴). 1591년 전라좌수사(全羅左水使) 이순신(李舜臣)의 막하에 군관으로 들어가 거북선 건조에 참여하고, 임진왜란이 일어나자 이순신의 막하로 참전하여 여러 해전에서 공을 세웠다. 특히, 1592년 옥포해전에서 유군장(遊軍將)을 맡아 적의 대선(大船) 2척을 격파하고, 사천해전에서는 분전 끝에 총탄을 맞아 전상을 입고 한산도해전에서도 재차 부상을 당하였다. 그 뒤 정유재란(丁酉再亂) 때의 명량해전과 1598년의 노량해전에 참가하여 전공을 세웠다. 그와 같은 전공으

때까지 노래하고 피리를 불었으니, 이는 난리 이후에 처음 있는 일이었다. 절구 3수를 읊었다. 【『시집(詩集)』에 보인다.】

15일 갑오. 저녁에 비가 내려 만물이 모두 새로워졌는데, 매화와 살구꽃이 먼저 피었다.

17일. 나귀를 타고 백사정(白沙亭)[343]에 이르러서 통발을 묶어두고 시를 읊조린 뒤에 돌아왔다. 온갖 꽃이 피고 숲이 무성하니, 한 잔 술에 거나하게 취했다. ○22일. 조길원(曺吉遠) 등 여러 사람이 나를 위해 술자리를 베풀었으므로, 서봉(西峯)에 올라 한껏 술을 마시고 노래하고 피리를 불며 서로 화답하였다. 마침내 소년과 「낙화음(落花飮)」이라는 절구를 읊었다. 【『시집(詩集)』에 보인다.】 ○23일. 또 절구 한 수를 읊었다. 【『시집』에 보인다.】 ○24일. 처와 첩을 데리고 서산(西山)에 올라 화전을 부쳐 먹고, 나귀를 타고 다니면서 한바탕 노닐었다. ○25일. 살구꽃이 이미 흩날리고 복사꽃이 막 피었으니, 이성(而性)[344]과 함께 백사정(白沙亭)[345]에 갔다 저녁에 비가 와서 나귀를 타고 돌아왔다. ○26일. 조길원, 두 형제【바로 정경언(丁景彦)·정경영(丁景英)[346]이다.】 및 여러 마을 사람들과 봉림(鳳林)[347]에서 놀았는데, 동백꽃이 흐드러지게 피고 석천 샘물이 시원하게 흘렀으니, 춘흥(春興)이 한

로 1594년 강진현감(康津縣監)으로 임명되고 연달아 금구(金溝)·능성(綾城)·고성(固城)의 현감을 역임하고, 전후에는 창선(鎗船)을 고안하여 만들었다.

343) 백사정(白沙亭) : 보성 관련 읍지 기록에 따르면 浦村(지금의 栗浦), 즉 현재 전라남도 보성 율포 해수욕장 동편에 소재한 것으로 전함. 충무공 이순신 장군이 두 차례 다녀간 곳이다.

344) 이성(而性) : 정경언(丁景彦). '而性'은 '而聖'의 오기(誤記)이다. 자세한 행적은 미상. 정경달의 아우로, 6형제 중 셋째이다.

345) 백사정(白沙亭) : 보성 관련 읍지 기록에 따르면 浦村(지금의 栗浦), 즉 현재 전라남도 보성 율포 해수욕장 동편에 소재한 것으로 전함. 충무공 이순신 장군이 두 차례 다녀간 곳이다.

346) 정경영(丁景英) : 자는 이진(而振). 자세한 행적은 미상. 정경달의 아우로, 6형제 중 넷째이다.

347) 봉림(鳳林) : 전라남도 보성에 있는 봉강리(鳳岡里) 정씨(丁氏) 고택(古宅)의 뒷산을 가리킨다.

창 성하였다. 갑자기 대궐에 대한 그리움이 들어 절구 한 수를 읊었다. 【『시집』에 보인다.】 서쪽 계곡에서 술을 마시고 저녁이 되어 노래를 부르면서 돌아왔다. 조(曺) 아무개와 문(文) 아무개 두 벗과 회포를 풀고도 여전히 부족하여, 이별할 때에 서로 돌아보며 안타까워하였다. ○27일. 새가 울고 꽃잎이 떨어졌는데, 아무 일이 없어 낮잠을 잤다. ○30일. 온갖 꽃이 다 떨어져, 봄날의 감흥이 적적해졌다. 문(文) 아무개와 아우와 윤 진사(尹進士)와 함께 나귀를 타고 우암(牛巖)[348]에 가서 글을 짓고 술을 마시며 노래를 부르고 시를 읊조리다가 돌아왔다.

4월 초1일 경술. 회령(會寧)[349]에 있었다.

들건대, 이 수비(李守備)[350]가 수군을 이끌고 고금도(古今島)로 들어갔다고 하였다. ○초3일. 해조류를 상산(霜山)에 보냈다. ○초4일. 연못을 뚫고 우물을 만들었다. 마침내 유대(柳臺)를 만들어서, 기나긴 여름에 거닐 곳으로 삼았다.

13일 임술. 상산(霜山)으로 돌아왔다.

15일. 서당 학생들로 하여금 조를 나누어 풍정(楓亭)에 대한 절구를 지어서 승부를 가려 진쪽이 산나물을 캐오도록 약속하게 하였다. ○17일. 여러 사람들과 큰 골짜기에서 나물을 삶아 먹고, 운자(韻字)를 내서 함께 시를 읊었다. 【『시집(詩集)』에 보인다.】 산나물에 꿩 한 마리도 함께 넣었으니, 매우 맛있었다. ○23일. 입석(立石)에서 놀았다. 김진위(金振魏)위 군과 자덕(子德) 등 10여 사람과 잉어를 끓어 먹었다. 저녁에 돌아오는데 호

---

348) 우암(牛巖) : 전라남도 보성군 회천면 율포 해수욕장의 마을 이름. 이곳에 백사정이 있었는데 충무공 이순신 장군이 두 차례 다녀갔다고 전한다.
349) 회령(會寧) : 현재 전라남도 보성군 소재 지명.
350) 이 수비(李守備) : 원문은 '李守非'로 되어 있는데, 이는 오기인 듯하다. 이 수비(李守備)는 당시 수병수비(水兵守備)였던 명나라 장수 이응창(李應昌)을 가리킨다.

랑이를 만났다.

윤4월 초1일 기묘. 상산(霜山)에 있으면서 사군대(使君臺)에서 놀았다.

초2일. 이진(而振)·숙회(叔晦)와 함께 처와 첩을 데리고 바다에 배를 띄우고서, 모래 가에 가서 술을 마셨다. ○초10일. 조보(朝報)를 보니, '명나라 장수가 다 떠나자 북쪽에 큰 변란이 일어나서, 봉화를 다섯 번 올렸지만, 무산(茂山)의 보을하진(甫乙下鎭)과 주온리(朱溫里)가 포위되어 함락되었고, 병사(兵使) 이일(李鎰)[351]은 군사가 격파되었다는 이유로 잡혀가 문초를 당했다'고 하였다. ○18일. 비로소 보리를 타작했다. 거문고를 손질했다. ○20일. 또 가야금을 손질했다. ○22일. 하루 종일 거문고를 탔다. ○25일. 동쪽 언덕의 수행정(修杏亭)에 올랐다.

5월 초1일 무신. 상산(霜山)에 있었다.

초7일. 능성현감(綾城縣監) 나대용(羅大用)이 찾아와서 만났다. 듣건대, 명나라군이 장차 영남·호남으로 내려갈 것이라고 하였다. ○18일. 서울에서 온 편지를 보고, 아직 해유(解由)[352]를 받지 못하여 서용(敍用)되지 못했다는 것을 알았다. ○21일. 조보(朝報)를 보고, 명나라 장수가 모두 들어갔다는 것을 알았다. ○25일. 듣건대, 감사(監司)는 나주(羅州)로 향했고 좌의정은 내려

---

351) 이일(李鎰) : 1538~1601. 본관은 용인(龍仁), 자는 중경(重卿)이며, 시호는 장양(壯襄)이다. 1558년(선조21) 무과에 급제하여 전라 병사, 함경도 북병사 등을 지냈다. 1592년(선조25) 왜란이 일어나자 경상도 순변사가 되어 북상하는 왜적을 상주에서 맞아 싸우다가 크게 패배하고 충주로 후퇴하였다. 충주에서 도순변사 신립의 진영에 들어가 재차 왜적과 싸웠으나 패하고, 도망하여 황해·평안도로 피하였다. 조정에서 패주한 죄가 큰 것을 들어 처벌을 요청하는 신하가 있었으나, 경험이 많은 무장이라 하여 이를 용서하였다. 저술로 『증보제승방략(增補制勝方略)』이 있다.

352) 해유(解由) : 경외(京外)의 관리가 체차되었을 때 재직 중의 회계(會計)와 물품 관리에 흠축난 것이 없을 경우, 호조(戶曹) 또는 병조(兵曹)에서 이를 증명해 주어 이에 대한 책임을 면제받는 일. 또는 그렇게 증명하여 지급해 주는 문서. 이것이 나오면 이조(吏曹)로 이관(移關)되어, 이조에서 해당 체차된 관원에게 조흘(照訖)을 발부해서 다른 관직에 제수될 수 있도록 함.

갔다고 하였다.

6월 초1일 무인. 회령(會寧)[353]에 있었다.

13일. 듣건대, 좌의정이 장흥부(長興府)로 들어갔다고 하였다. 좌의정께 편지를 올려 안부를 묻고, 또한 감사(監司) 한효순(韓孝純)[354]에게도 편지를 보냈다. ○14일. 순거(舜擧)[355]의 편지를 보고, 본도에 기축옥사(己丑獄死)[356]의 억울함을 씻어달라는 상소에 있었을 적에 아들 명열(鳴說)도 동참했었다는 것을 알았다. ○15일. 좌의정【이덕형(李德馨)】의 답장에 대략 다음과 같은 내용이 있었다. "눈앞의 백성들의 고통을 한가롭게 지내면서 깊이 생각했을 것인데, 어째서 한 번 가르침을 주지 않으십니까?"【이때, 전쟁을 겪은 뒤에 극심한 가뭄이 들어 쌀이 없어서 팔도가 모두 굶주렸다. 그러므로 좌의정이 백성들을 구제할 방책을 물어본 것이다.】 ○16일. 상산(霜山)으로 돌아가서 서재에 머물렀다.

18일 을미. 사창(社倉)에 이르러서 좌의정을 알현하였다.
저녁에 상공(相公)과 술을 마시고 또 이야기를 나누었는데, 백성들의 고

---

353) 회령(會寧) : 현재 전라남도 보성군 소재 지명.
354) 한효순(韓孝純) : 1543~1621. 본관은 청주(淸州), 자는 면숙(勉叔), 호는 월탄(月灘)이다. 1596년(선조29) 경상도·전라도·충청도의 체찰부사(體察副使)가 되었다. 1616년 우의정을 거쳐 좌의정에 이르렀다. 1623년(인조1) 인조반정 후 관직이 추탈되었다.
355) 순거(舜擧) : 순거는 문희개(文希凱, 1550~1610)의 자이다.
356) 기축옥사(己丑獄死) : 1589년(선조22)에 정여립(鄭汝立)의 모반을 계기로 일어난 옥사로, 10월에 황해도 관찰사 한준(韓準) 등이 상고하여 정여립 등이 모반한다고 고변함으로써 시작되었다. 정여립은 아들 정옥남(鄭玉男)과 함께 진안(鎭安)으로 도망갔다가 관군의 포위 속에 자살하고 정옥남은 잡혀왔다. 이때 옥사를 맡아 처리한 사람은 서인 정철(鄭澈)이었다. 동인의 명사(名士) 중에서 이발(李潑)·이호(李浩)·백유양(白惟讓)·유몽정(柳夢井)·최영경 등이 단지 정여립과 친하게 지냈다는 이유로 처형되었으며, 정언신(鄭彦信)·정언지(鄭彦智)·정개청(鄭介淸) 등이 유배되고, 노수신(盧守愼)은 파직되었다. 옥사는 2년이나 걸려서 처리되었는데, 이때 동인 1000여 명이 화를 입었으며, 한때는 전라도를 반역지향(叛逆之鄕)이라 하여 그 지방 인재의 등용에 제한이 가해졌다.

통에 대해 극진히 말하자 상공이 또 묻고 또 기뻐하여 내가 말한 것을 모두 따랐다. 또 상공이 말하기를, "조정이 한창 혼란하니, 유 상국(柳相國: 柳成龍)을 제거하기 위하여, 그가 왜인에게 달려가 나라를 판 것이라고 하였습니다. 이원익(李元翼)357)이 유 상국을 구원하였으나 함께 배척을 당했습니다. 우의정 이항복도 제거해야 할 사람으로 지목되었고, 이항복을 가리켜 그릇되었다고 하였습니다. 나도 상께 신임을 받지 못하고 있으니 오래지 않아 마땅히 체직(遞職)될 것입니다."라고 하였다. 2경까지 이야기를 나누다가, 달밤이 되어서 서당에 왔다. 조보(朝報)를 보니, '5월 17일에 서용되었고, 19일에 호군에 제수되었다.'고 하였다.

친족 열수(洌水) 정약용(丁若鏞)이 살피건대, 이때를 당하여 난리가 겨우 평정되고 당인(黨人)들【바로 대북(大北)을 가리킴】이 다시 집권하였는데, 원로와 원훈(元勳)들이 모두 배척을 당했으니, 서애(西厓: 柳成龍)·오리(梧里: 李元翼)·백사(白沙: 李恒福)·한음(漢陰: 이덕형)이 모두 축출되었다. 반곡공(盤谷公)을 평소 칭찬하며 천거했던 분들이 바로 이 서너 명의 대신(大臣)들이었는데, 시사(時事)가 이와 같았으니, 반곡공이 어찌 다시 등용될 수 있었겠는가? 이것이 공이 청주목사(淸州牧使)에서 파직되어 돌아온 뒤에 사림에서 소요(逍遙)하고 넓은 바다에서 방랑하며 다시 북쪽으로 한강을 건널 생각을 하지 않고, 끝내 청주목사가 마지막 관직이 되어버린 이유이다. 아, 슬프도다. 군자는 도는 나아갈 때도 함께 나아가고, 물러날 때도 함께 물러

---

357) 이원익(李元翼) : 1547~1634. 본관은 전주(全州), 자는 공려(公勵), 호는 오리(梧里)이다. 1569년 별시 문과에 급제한 후 내외직을 두루 거쳤다. 이조 판서로 있을 때 임진왜란이 일어나자 평안도 도순찰사가 되어 왕의 피란길을 호종(扈從)하고, 이듬해 평양 탈환작전에 공을 세워 평안도관찰사(平安道觀察使)가 되었다. 1595년에 우의정 겸 4도체찰사로 임명되어 명나라의 정응태(丁應泰)가 경략(經略) 양호(楊鎬)를 중상 모략한 사건을 변무하러 명나라에 갔으나, 정응태의 방해로 임무를 완수하지 못하였다. 그 후 벼슬이 영의정에까지 올랐다. 1599년(선조32)에 양사(兩司)에서 상소를 올려, 좌의정 유성룡(柳成龍) 등이 화친을 주장했으니 탄핵해야 한다고 하였으며, 영의정 이원익(李元翼)이 유성룡을 위해 변명하였으므로 이원익 역시 벌 줄 것을 청하였다.『宣祖實錄 31年 10月 1日~32年 7日 18日』

난다. 소인은 그렇지 않아서 동으로 붙었다 서로 달렸다가 하면서 오직 이익이 있는 곳에 가기 때문에 그들이 나아가고 물러나는 것이 반드시 같지는 않다. 공은 지조가 굳건하였으니, 나라가 어지러울 때에는 군자와 함께 나아가서 환란을 함께 근심하였고, 평정되었을 때에는 군자와 함께 물러나서 이익과 복록을 구하지 않았으며, 의롭지 못한 방법으로 얻은 부귀를 마치 뜬구름처럼 여겼다. 또 공의 맏아들에게 명하여 기축옥사의 원통함을 씻어달라는 상소를 짓게 하였으니, 공의 지조를 여기서 볼 수 있다. 공자가 말하길, "영무자(甯武子)는 나라에 도가 없을 때는 어리석고 나라에 도가 있을 때는 지혜롭다."라고 하였다.[358] '나라에 도가 없을 때 어리석었다'라는 것은 나라가 혼란스럽고 임금이 갇혔을 때에 의복과 죽을 넣어주었고 의사를 매수했던 것을 이르는 것이요[359], '나라에 도가 있을 때 지혜로웠다'라는 것은 난리가 평정된 후에 공달(孔達)이 정치를 전담하고 자신은 물러나서 스스로를 감추었던 것을 이르는 것이다.[360] 영무자의 어리석음, 지혜로움과 같은 것이 반곡공에게도 있었다. 이 일기를 보건대, 공이 한음과 몇 마디 말을 주고받았는데, 공은 한음의 뜻을 넘지 않았다는 것을 거의 알 수 있다. 이는 밝히지 않아서는 안 된다.

---

358) 공자가~하였다 : 『논어(論語)』「공야장(公冶長)」에 "공자가 말하기를 영무자가 나라에 도가 있을 때는 지혜롭고 나라에 도가 없을 때는 어리석으니, 그의 지혜로움은 미칠 수 있겠으나 그의 어리석음은 미칠 수 없네.(子曰甯武子, 邦有道則知, 邦無道則愚, 其知可及也, 其愚不可及也.)"라고 하였다.

359) 나라가~것이요 : 영무자는 자신의 섬기던 위후(衛侯)가 진후(晉侯)에 잡혔을 때 위후에게 의복과 음식을 넣어주었다.(『춘추좌씨전(春秋左氏傳)』 희공(僖公) 28년 조.) 또, 진후(晉侯)가 의원(醫員) 연(衍)을 보내서 위후(衛侯)를 독살하게 하였는데, 영무자는 의원에게 뇌물을 주고 매수하여 약에 독을 조금만 넣게 해서 위후를 살렸다.(『춘추좌씨전(春秋左氏傳)』 희공(僖公) 30년 조.)

360) 난리가~것이다 : 위(衛)나라의 난리가 평정된 뒤에, 영무자는 공달(孔達)이 집정(執政)이 되게 하였고, 자신은 은둔하여 재주를 드러내지 않았다.(『춘추좌씨전(春秋左氏傳)』 문공(文公) 원년 조.)

19일 병신. 회령(會寧)361)으로 갔다.

7월 초1일 무신. 회령(會寧)에 있으면서 봉림사(鳳林寺)를 유람했다.

초5일. 숙헌(叔獻)이 술을 보냈다. 가을바람이 쌀쌀해졌으니, 사람들은 따뜻한 옷을 좋아하고 하늘은 맑으며 산색(山色)이 청량하였다.

8월 초1일 정축. 회령(會寧)에 있었다.

14일. 상산(霜山)으로 돌아갔다. ○19일. 백사장에서 놀았다. ○25일. 여러 사람들과 절에 올라가서 거문고를 타고 술을 마셨는데, 이때에 산에는 단풍잎이 가득했다.

9월 초1일 정미. 상산(霜山)에 있었다.

초7일. 감사(監司) 한효순(韓孝純) 공이 지나는 길에 방문했다. 단풍나무에 교서(敎書)를 걸고 반송(盤松)에 옥 부절(符節)을 꽂았다. 가을날의 흥취가 영롱하고 두터운 정이 융화되어, 무수히 잔을 돌리면서 민정(民政)의 폐단에 대해 신중하게 토론하였다. 아들 명열(鳴說)로 하여금 붓을 잡고서 격군(格軍)362)이 군영을 옮기는 일 등에 대해 쓰게 하니, 한효순 공이 주머니에 넣어서 떠났다. ○15일. 운승(雲僧)363)으로 하여금 방을 꾸미게 하니, 시원스럽고 깨끗하여 독서할 마음이 생겼다. ○16일. 비가 오는 가운데 산국화가 영롱하여 그 향기가 서쪽 정원에 가득하였으니, 아이들과 시를 읊었다.

10월 초1일 정축. 조금 술을 마신 뒤에 동쪽 언덕에 오르자, 가을날의 흥취가 창연(蒼然)하였다.

초10일. 독향사(督餉使) 판서 이광정(李光庭)이 장흥부(長興府)에 들어왔으

---

361) 회령(會寧) : 현재 전라남도 보성군 소재 지명.
362) 격군(格軍) : 사공의 일을 돕는 수부(水夫)의 하나.
363) 운승(雲僧) : 탁발승(托鉢僧)의 미칭(美稱)

므로, 즉시 가서 알현하였다.

11월 초1일 병오. 문 첨지(文僉知)가 술과 거문고를 가지고 왔다.

초18일. 관부에 들어가서 판관(判官)을 만나고 또 병마사(兵馬使)를 만났다. 해미현감(海美縣監) 이신원(李信元)과 바닷가에서 거문고를 타고 노래를 부르며 탄식하였다. ○13일. 성에 들어가서 통제사와 병마사를 만났다. 벗 문홍도(文弘道)가 종사관으로서 왔다. 저녁에 관찰사를 만나 민정의 폐단에 대해 아뢰었다. ○16일. 관찰사가 『주사마련기(舟師磨鍊記)』를 보내와 보여주었다.

12월 초1일 병자. 비가 와서 사냥을 가지 못했다.

초9일. 해남현감(海南縣監) 위대기(魏大器)364)가 와서 이야기를 나누었다. ○13일. 가계도와 지(誌)와 시를 짓고, 손수 써서 하나의 병풍으로 만들었다. ○14일. 족보를 고쳐 쓰고 시와 기를 지었다.

경자년(1600) 정월 초1일 병오. 사당에 제사지내는 것을 마치고 풍악을 울려 마을의 여러 사람들과 노래하고 춤추었다.

초6일. 수사(水使) 김억추(金億秋)365)가 와서 이야기를 나누었다.

---

364) 위대기(魏大器) : 생몰년 미상. 조선 중기의 무신. 자는 자용(子容). 무과에 급제한 다음 1592년(선조 25) 임진왜란이 일어나자 이순신(李舜臣)의 조전장(助戰將)으로 전공을 세웠다. 왜병이 금산에서 웅치(熊峙)를 넘어 진주지역으로 들어오려 할 때 이치(梨峙)에서 동복현감(同福縣監) 황진(黃進), 장교(將校) 공시억(孔時億) 등과 함께 광주목사(光州牧使)였던 권율(權慄)을 도와 호남지역의 수호에 큰 공을 세웠다. 1594년 해남현감을 역임하고, 1597년 정유재란 때에는 고향에서 군사를 일으켜 전공을 세워 훈련원정(訓鍊院正)이 되었으며, 이어 수군절도사가 되었다. 남원에 충량비(忠良碑)가 세워졌다.

365) 김억추(金億秋) : 생몰년 미상. 조선 중기의 무신. 자는 방로(邦老). 전라도 강진 출신. 1592년(선조 25) 임진왜란이 일어나 왕이 평양으로 파천하자, 방어사로서 허숙(許淑) 등과 함께 수군을 이끌고 대동강을 지켰다. 1594년 만포진첨절제사(滿浦鎭僉節制使)가 되었으나, 탐비(貪鄙 : 탐욕스럽고 비루함)하다는 사간원의 탄핵으로 또 교체되었다. 1597년 칠천량해전(漆川梁海戰)에서 전사한 이억기(李億祺)의 후임으로 전라우도수군절도사

2월 초1일 을해. 문숙회(文叔晦)와 문홍박(文弘博)이 와서 이야기를 나누었다.

초2일. 듣건대, 명나라군이 그냥 머물러 있다고 하였다.

9월 초5일.【간지(干支)가 빠져있다.】병마사(兵馬使)가 찾아와서 만났다.

신축년(1601) 정월 초1일 경자. 사당에 제사지내는 것을 마치고, 이웃들과 이야기를 나누었다.

13일. 수령이 찾아와서 만났다.

2월 초1일 경오. 낙안군수(樂安郡守) 홍지(洪祉)가 찾아와서 만났다.

초6일. 장흥부(長興府)에 들어가서 수령과 병마사(兵馬使)를 만났다. 저녁에 관찰사를 만났는데, 그가 먼저 내가 들른 것에 대해 사례하기에, 나도 그에게 사례하였다. ○초7일. 아침에 관찰사를 만나 학문에 대해 논하였다. ○초8일. 진도군수(珍島郡守) 이성임(李聖任)[366]이 선물을 보냈다. ○초9일. 관찰사가 상산(霜山)에 들렀기에 잠시 동안 이야기를 나누었으니, 나의 누추한 집에 광영이었다.

가 되었고, 일시 부장 겸 조방장(副將兼助防將)으로 명나라 군에 배속되기도 하였으나, 이후 주로 전라수군절도사로 활약하였다. 통제사 이순신(李舜臣)을 따라 명량해전(鳴梁海戰)에서 많은 공을 세웠다. 그 뒤 밀양부사(密陽府使)를 거쳐 1608년(광해군 즉위년) 경상좌병사(慶尙左兵使)가 되었다가 3년 후에 제주목사에 제수되었다.

366) 이성임(李聖任) : 1555~?. 자는 군중(君重), 호는 월촌(月村). 1583년 성절사(聖節使)의 서장관(書狀官)으로 명나라에 다녀왔고, 이듬해 암행어사로 파견되어 안산군수(安山郡守) 홍가신(洪可臣)과 삭녕군수(朔寧郡守) 조대건(曺大乾)이 선치가 있음을 아뢰어 승진하도록 하였다. 1590년 담양부사(潭陽府使)가 되었으며, 1592년 임진왜란이 일어나자 자청하여 경상도관찰사(慶尙道觀察使)가 되어 몸소 군사를 모집하여 왜적을 토벌하려 하였으나 전선이 막혀 뜻을 이루지 못하고 돌아왔다. 곧 순찰부사가 되어 민병 800여명을 거느리고 전선으로 나아가 참찬 한응인(韓應寅)의 군무를 도왔으나, 임진강의 방어선이 무너져 사태가 급박하여지자 패주하였다. 패주한 죄로 사헌부의 탄핵을 받아 한때 파직 당하였으나, 1594년 강원감사(江原監司)·길주목사(吉州牧使)·황해도관찰사(黃海道觀察使)가 되었다.

3월 초1일 기해. 매화가 피었다.

27일. 부체찰사(副體察使)가 군영의 아전을 보내 편지를 부쳐서 안부를 물었다.

4월 초1일 무진. 듣건대, 공신녹권(功臣錄券)[367]이 완성되었다고 하였다.

24일. 안 참봉(安參奉)을 방문하였다. ○25일. 찰방 이장원(李長源)이 찾아왔다.

5월 초1일 무술. 친족들과 생일술을 마셨다.

6월 초1일 정묘. 천질(喘疾)[368]로 괴로웠다.

24일. 부체찰사(副體察使) 한준겸(韓俊謙)이 찾아왔는데, 군관 소섭(蘇涉)이 공을 모시고 왔다. ○29일. 부체찰사의 답장에 이르기를, "2일에 만나서 이야기합시다."라고 하였다.

7월 초1일 병신. 가묘(家廟)에 보리를 올렸다.

초2일. 부체찰사(副體察使)・판관(判官)과 술을 마시며 한탄하다가 저녁에 돌아왔다. ○초2일. 들어가서 판관을 만났다. 부체찰사를 모시고 자세하게 이야기를 나누었는데, 병마사도 함께 술을 마셨다. ○13일. 제주에서 도적이 봉기했다는 것을 들었다. ○17일. 듣건대, 제주에서 역적의 변란이 일어났다고 하였다.

8월 초1일 병인. 서재의 규례를 만들었다.

---

367) 공신녹권(功臣錄券) : 공신을 책봉하고 이들의 공훈을 등재하여 공신 수봉자에게 분급한 문권.
368) 천질(喘疾) : 폐기(肺氣)가 허약하여 호흡이 빠르고 기침을 하는 증상임.

9월 초1일 을미. 천질(喘疾)로 괴로웠다.

10월 초1일 을축. 보슬비가 내렸는데, 송 진사(宋進士)와 함께 취하여 시를 읊었다.

30일. 경차관(敬差官)[369]과 능성현감(綾城縣監)이 같이 왔기에, 함께 취했다.

11월 초1일 을미. 경차관(敬差官)과 능성현감(綾城縣監)이 돌아갔다.

11일. 경차관이 다시 왔다.

12월 초1일 갑자. 듣건대, 그 변란에 대해 하교(下敎)를 내렸다고 하였다.

신축년(1601) 정월 초1일 경자. 제사를 행한 후에 마을 관원들과 술에 취하고 이야기를 나누었다. 명나라 사신에 대한 꿈을 꾸었다. ○초3일. 이날은 바로 입춘이다. 정승서(鄭承緒)[370]·김택남(金澤南)이 왔다. 사창(社倉)에서 병사(兵使)를 방문하였다. 듣건대, 어민들의 심사가 매우 어지러우며, 병영을 해원(海原)으로 옮기는 것이 순조로울 듯하다고 하였다. ○초5일. 봉사 위정윤(魏廷尹)과 서천군수(舒川郡守) 김익귀(金益貴)가 와서 이야기를 나누었다. ○초7일. 조용하게 시를 읊었다. ○11일. 찰방 문익명(文益明)과 정답게 이야기를 나누었다. ○12일. 성에 들어가서 어민들의 일에 대해 따져 물어보았다. ○22일. 아들 명열(鳴說)과 사촌 형제들이 시험에 응시했다. ○29일. 자제들이 왔는데, 지은 글들이 좋지 않으니 걱정스럽다. ○30일. 듣건대, 방(榜)이 났는데 정경영(丁景英)이 1등에 들었다고 하였다.

2월 초1일. 제사를 지내고 당에서 내려왔는데, 변 만호(卞萬戶)와 낙안군

---

369) 경차관(敬差官) : 조선시대 중앙 정부의 필요에 따라 특수 임무를 띠고 지방에 파견된 관직.
370) 정승서(鄭承緒) : 1559~?. 자는 경진(景震).

수(樂安郡守) 홍지(洪祉)가 찾아와서 이야기를 나누었다.

초5일. 관찰사가 장흥부(長興府)에 들어와서 나와 만나보길 원했다. ○초6
일. 장흥부에 들어가서 수령과 병마절도사와 관찰사를 만났다. 판관 홍곽(洪
郭)과 함께 이야기를 나누었다. ○초7일. 아침에 관찰사의 방에 들어가서 마
주하여 밥을 먹고 학문에 대해 논하였다. 또 병마절도사와 판관을 만나고
나왔다. ○초8일. 문안에 대한 관찰사의 답장에 이르기를, "세상의 변고가
비록 매우 많지만 오래된 정은 백배가 되니, 내일 들러서 뵙겠습니다."라고
하였다. 진도군수(珍島郡守) 이성임(李聖任)이 선물을 보냈다. ○초9일. 관찰
사가 들어왔는데 글 짓는 것을 즐겼고, 다른 말은 언급하지 않았다. 조용히
술을 마시며 이야기하다가 갔다. ○초10일. 보성(寶城)에 의송(議送)[371]을 보
내고 판관(判官)에게 소지(所志)[372]를 보냈으니, 바로 바닷가 노비 5명이 한
번 초안을 갖추어 올린 일이었다. 관찰사가 물러나서 판관을 보내자, 순찰
사 거론하지 않았다고 한다. 관찰사의 답장에 이르기를, "바빠서 미진하게
처리한 것이 한스럽습니다."라고 하였다. ○21일. 선 진도(宣珍島)[373] · 박 봉
사(朴奉事)와 동쪽 당에서 술을 마셨는데, 방(榜)이 도착했으니 매우 기뻤다.
○22일. 대면례(對面禮)를 행하여 마을 관원들과 함께 술을 마시고 이야기를
나누었다. ○24일. 마음에서 수위례(受慰禮)를 행하였는데, 병이 나서 술을
마시지 못했다. ○28일. 듣건대, 김 진사가 형수의 상을 당했다고 하였다.

3월 초1일 기해. 밖에 나가지 않고 조용히 앉아 있었다. ○18일. 두 조카
로 하여금 선기(璇璣)[374]와 단중혈(亶中穴)[375]에 각각 3~7장(壯)[376]의 뜸을

---

371) 의송(議送) : 사인(私人)이 관찰사·순찰사 등에게 올리는 민원서(民願書). 대개 수령(守令)
    에게 소지(所志)를 올렸다가 관철이 되지 못하면 관찰사에게 의송을 올리는데 때로는 수
    령이 개인적으로 관찰사에게 올리는 경우도 있었다. 양반이 의송을 올릴 때에는 직접 하
    지 않고 그 집의 노의 이름으로 올리는 경우가 대부분이었음.
372) 소지(所志) : 관부(官府)에 올리는 소장(訴狀)·청원서·진정서 등을 말한다.
373) 선 진도(宣珍島) : 선의문(宣義問, ?-?). 진도군수(珍島郡守)를 지낸 적이 있기 때문에 이렇
    게 부른 것이다. 선조(宣祖) 18년(1585) 식년시(式年試) 갑과(甲科)에서 장원하였다.

뜨게 하고, 폐골(蔽骨)[377])에는 2~7장의 뜸을 뜨게 하였다. ○19일. 폐유(肺兪)[378])와 고황(膏肓)[379])에 각각 3~7장의 뜸을 떴다. ○20일. 판관이 문안편지를 보냈다. ○22일. 듣건대, 병영을 옮겼다고 하였다. ○23일. 남북의 변란이 괴이하게도 시끄럽다는 일 등을 들었다. ○27일. 부체찰사(副體察使)가 병영의 아전을 보내 문안하였기에, 감사편지를 보냈다. ○28일. 부체찰사·병마절도사·판관 등의 답장과 조보(朝報)가 왔다. 관모[黑笠]를 부쳤다는 것을 들었다. ○29일. 병영을 옮긴 것에 대한 짧은 기록을 보내고, 부체찰사에게 편지를 바쳤다.

4월 초1일 무진. 공신록(功臣錄)이 만들어졌다는 것을 들었다. ○초2일. 듣건대, 배를 마련하는데 실패했다고 하였다. ○초5일. 치재(致齊)[380])하고 사당을 수리했다. ○초6일. 제사를 지냈다. ○12일. 병마절도사가 부채를 보냈기에 답장을 부쳤다. ○21일. 김군과 입석(立石)에 자리를 펴고서 순챗국을 먹고 잉어를 삶아먹고 왔다. ○28일. 묘소를 배알하고, 서당에서 고강(考講)[381])을 했다. ○30일. 아들 명열(鳴說)의 편지를 보았는데, 읽는 것이 시원스럽지 못하다고 하였다. 좌의정 이헌국(李憲國)[382])이 체차되었다.

---

374) 선기(璇璣) : 임맥(任脈)의 혈자리. 앞 정중선 상에서 흉골병(胸骨柄)의 중심인데 쇄골(鎖骨)과 첫째 늑골의 사이를 지나는 수평선과 앞정중선의 교차점에 해당한다.

375) 단중혈(亶中穴) : 임맥경에 소속된 기경. 위치는 옥당혈(玉堂穴)에서 아래로 1촌 6푼 지점인 횡으로 헤아려 두 젖 사이 움푹 들어간 곳에 있다. 반듯이 누워서 취한다. 족태음(足太陰)·족소음(足少陰)·수태양(手太陽)·소양(小陽)의 회(會)가 된다. 『난경(難經)』 참조.

376) 장(壯) : 직접 뜸을 뜰 때 애주(艾炷)의 갯수를 세는 단위.

377) 폐골(蔽骨) : 심장을 덮고 있는 뼈 부분.

378) 폐유(肺兪) : 족태양방광경(足太陽膀胱經)의 혈자리. 폐의 배수혈(背兪穴)이다.

379) 고맹(膏肓) : 심장과 횡격막 사이의 부분. 고(膏)는 가슴 밑의 작은 비게, 황(肓)은 가슴 위의 얇은 막(膜)을 가리킴.

380) 치재(致齊) : 바깥출입을 삼가하고 집 안에 거처하면서 제사 행사와 대상 신격에 대한 생각에 전념하는 것이다.

381) 고강(考講) : 경서(經書)나 병서(兵書) 등을 배운 후 어느 정도 외우고 풀이하는가를 시험하는 것.

5월 초1일 무술. 아우 및 친족들과 생일술을 마셨다. ○초4일. 재계하고 나가지 않았다. 오후에 묘에 가서 제사를 지냈다. ○16일. 동네 관원들과 술을 마셨다. 북쪽 계곡에서 세속 풍속에 따라 순챗국을 먹었다. ○18일. 낙방했다는 소식을 들었다. 오후에 아들 명열(鳴說)의 편지를 보았다. ○24일. 역병 때문에 봉가(烽家)에서 제사를 지내고 사당에 배알하였으니, 마음이 근심스럽다.

6월 초1일 정묘. 조카 등이 모두 왔다. ○초4일. 목을 하였는데 오후에 200바가지를 붓고, 저녁에는 400바가지를 부었다. 몸이 가벼워 상쾌해진 듯하였고, 밤에 잘 때도 편안했다. ○초6일. 아침에 통에서 목욕하고, 저녁에 400바가지를 부었다. ○초7일. 목욕을 하나 뒤에 효험이 있었다. 아들 명열(鳴說)이 왔다. ○초8일. 제사를 지내고, 아우·조카들과 함께 술을 마셨다. ○초9일. 몸이 가볍고 다른 병이 없었으므로, 점점 쾌차하는 듯하였다. ○21일. 김 영공(金令公)의 시축(詩軸)이 왔다. 듣건대 부체찰사(副體察使)가 집에 와서 치료하고 자기 집으로 돌아갔다고 하였다. ○23일. 판관이 들러서 문안을 하였다. 부체찰사가 보성(寶城)에 도착하였는데, 그의 답장에 "내일 가서 뵙겠습니다."라고 하였다. ○24일. 부체찰사 한준겸(韓俊謙)이 와서 정답게 이야기를 나누었다. ○25일. 한준겸이 시를 지어 보내왔기에 차운시를 지어 보냈다. ○28일. 남해온(南解慍)이 왔다. 부체찰사가 2일에 만나자고 약속하였다. ○29일. 편지를 보냈는데, 부체찰사의 답장에 이르길, "2일에 만나서 이야기를 나눕시다."라고 하였다.

7월 초1일 병신. 가묘(家廟)에 보리를 올렸다. 비로소 약을 끊었다. ○초2일. 부체찰사(副體察使)·판관(判官)과 술을 마시고 저녁에 돌아왔다. 송영

---

382) 이헌국(李憲國) : 1525~1602. 본관은 전주(全州), 자는 흠재(欽哉), 호는 유곡(柳谷)이다. 부친은 이칭(李秤)이다. 벼슬로 형조 판서, 좌참찬 등을 역임했다.

고(宋英耆)의 일에 대해 들었다. ○초3일. 관에 들어가서 판관과 부체찰사를 만나 자세하게 이야기를 나누었으며, 병마절도사가 가져온 술을 마시고, 집으로 돌아왔다. ○초9일. 가묘에 햇과일을 올린 뒤에, 송정(松汀)·군진(君振)·숙헌(叔獻) 등과 매우 즐거운 시간을 보냈다. ○초10일. 동네 관원 및 서당의 여러 학생들과 술을 마시고 거문고를 탔다. 호남에서 장원한 자로 하여금 시를 짓게 했다. ○12일. 저녁에 거북이를 고아 검자 천식이 줄어들었다. 부체찰사가 부채 2 자루를 보내왔는데, 고금도(古今島)도로 향했다고 하였다. ○13일. 병마절도사의 답장이 왔다. 관인의 고목(告目)에, "제주에서 도적이 봉기했다."고 하였다. ○14일. 남칠주(藍漆酒)를 마셨는데 매우 괴로 웠다. ○16일. 부체찰사가 광주로 돌아갔기에, 편지를 보내서 뵙지 못한다는 뜻을 나타냈다. ○17일. 든건대, 제주에서 역적의 변란이 일어났다고 하였다. ○19일. 든건대, 9월에 병을 옮긴다고 하였다. ○23일. 판관이 개차(改差)되었는데, 아들 명열(鳴說)이 상경에 필요한 노잣돈을 많이 보내주었으므로 매우 기뻤다. ○25일. 찰방 및 서당의 여러 학생들과 크게 모여서 호남에서 장원한 것을 축하하는 예를 행했다. ○26일. 찰방과 여러 손님들이 자리를 파하고 돌아갔다.

8월 초1일 병인. 사당에 제사를 지내고 묘소를 참배하였다. 서당에서 법을 세웠다. 연일 가래를 뱉고 있어서 지난달 14, 15, 16일부터 남칠주(藍漆酒)를 마시고 있는데, 남칠(藍漆) 7홉, 흰쌀 1되, 찹쌀 1퇴를 섞어서 만든 것이다. 날이 어두워지자 효과를 보았다. ○초7일. 천식 증세가 심해졌다. 지명(之明: 金公喜) 형이 병이 나서 오지 못한다는 편지를 보았다. ○13일. 가래가 심했다. 판관의 답장과 조보(朝報)가 왔다. ○15일. 묘에서 제사를 지내고, 여러 묘소들을 참배하였다. ○22일. 가래와 천식이 괴롭고 괴로웠으며, 비각(鼻角)383)의 통증이 너무 심했다. ○27일. 판관이 집에 도착했다고 하였다. 이른 새벽에 우리 집에 넘어 와서 술을 마시고 이야기를 나누었다. ○28

일. 아침에 술을 마신 뒤에, 판관이 출발하였다.

9월 초1일 을미. 아침저녁으로 가래기침을 뱉었다. ○초2일. 가래기침이
또한 멈추었다. 판관이 감사 편지를 보내왔다. ○초사4일. 탕을 먹었는데,
잠시 기침을 했다. ○초10일. 장흥부(長興府)에 들어가서 진사 송영조(宋英
祚)·유(柳) 병마절도사와 이야기를 나누고 밤에 돌아왔다. ○11일. 수령에
게 편지를 보냈다. ○14일. 병마절도사가 소금에 절인 생선을 많이 보내왔
다. ○17일. 외방(外房)에 홀로 앉아서 치재(致齊)하였다. ○18일. 돌손(乭孫)
이 고기를 보내와서 제사를 지냈다. ○20일. 세마(洗馬)의 편지와 송 진사(宋
進士)의 편지를 보았다. 병마절도사가 사람을 죽여 판관이 사자를 보내 보
고하였다. ○21일. 아이들에게 시를 가르쳤는데, 창질(昌侄)과 남아(南兒)가
함께 수업을 받았다. ○23일. 남주(藍酒) 10숟가락을 먹었으나, 괴롭고 괴로
웠다. ○25일. 남주를 마셨다. 병영을 옮기는 것에 대한 보고문을 보았다.
○26일. 병에 걸려 제사에 참여하지 않았으니, 애통하고 애통하다. ○28일.
듣건대, 병마절도사가 죽인 자의 시체를 검시하고 돌려보냈다고 하였다. ○
30일. 송 진사가 와서 이야기를 나누었다.

10월 초1일 을축. 송 진사(宋進士)과 술에 취하여 시를 읊조렸다. ○초3일.
얼굴로 피가 쏠렸으니 불안하였다. ○초6일. 기침만 하였고 피가 위로 쏠리
는 증상은 없었다. 사건 조사에 대한 관문(關文)이 왔고, 별시(別試)에 대한
기별이 왔다. ○초7일. 얼굴로 피가 쏠렸다. 판관이 왔는데 사건을 조사하는
일 때문이라고 하였다. ○초9일. 윤 진사(尹進士)가 와서, 사건을 조사하는
일에 대해 의논했다. ○14일. 듣건대, 경차관(敬差官)이 장흥부(長興府)에 들
어왔다고 하였다. ○15일. 장흥부에 들어가서 판관과 병마절도사와 경차관

---

383) 비각(鼻角) : 코끝의 좌우 양쪽 끝 부분을 뜻하는 용어임.

을 만나 실컷 술을 마셨다. 달밤에 가마를 타고 집에 왔다. ○25일. 저녁에 경차관·능성현감(綾城縣監) 유석증(兪昔曾)384)과 술을 마시고 이야기를 나누었다. ○27일. 모과를 먹었더니 기침이 잠시 멈추었다. 경차관이 율포(栗浦)385)의 고씨(高氏) 등을 붙잡았다고 하였다. ○29일. 경차관이 편지를 보내와 이르길, "고병(高屛)에 당도할 것입니다."라고 하였기에, 마당을 쓸고 기다렸다. ○30일. 차관·능성현감·김영휘(金永輝)와 함께 거나하게 취했는데, 또 매우 단란하여 시를 읊었다.

11월 초1일 을미. 차관은 천포(泉浦)386)로 향하였고, 김영휘(金永輝)는 장흥(長興)·능성(綾城)으로 향했다고 하였다. ○초2日. 듣건대, 차관이 장동(長東)으로 향했다고 한다. ○초5일. 장동에서 상황이 좋지 못하다는 것 등을 들었다. 듣건대, 병마절도사가 죄로 요역을 가게 되어 관촌(官村)이 어지럽다고 하였다. ○초6일. 산초열매 49개를 먹자 기침이 멈췄다. ○초8일. 두 아우가 장흥부(長興府)에 들어가서 병마절도사에게 위로하는 서신을 보냈다. ○초10일. 듣건대, 토지를 측량하는 것이 끝났는데, 본부(本府)에서 그것을 하였다고 한다. 경차관(敬差官)이 내일 보성(寶城)으로 향한다고 한다. ○21. 경차관에 입에 와서 복숭아나무에 대한 시 한 수를 읊었다. ○15일. 조금 기침을 했다. 태자책봉별시(太子冊封別試) 알성시(謁聖試)에 대한 소식을 들었고, 서울에서 온 편지를 보았다. ○22일. 묘에 참배하고 사당에 절하고서 치재(致齊)하였다. ○24일. 선문(先文)이 오지 않자, 판관이 곧장 웅현(熊峴)으로 돌아갔다. 새벽에 제사를 지냈다. ○25일. 치재하고 제물(祭物)을 갖

---

384) 유석증(兪昔曾) : 1570~1623. 자는 이성(而省), 호는 독송(獨松). 1597년(선조 30) 정시문과에 을과로 급제, 병조정랑·예조정랑·지평·형조참의를 거쳐 나주목사·전라감사 등을 지냈다. 유석증은 특히 나주목사로 2회에 걸쳐 부임했으며 선정관(善政官)으로 명성이 높았다.
385) 율포(栗浦) : 현재의 울산 앞 바닷가에 있던 포구이다.
386) 천포(泉浦) : 현재의 전라남도 보성군 회천면 동쪽에 소재한 지역이며 임진왜란 때 천포면(泉浦面)이었다고 전한다.

추었다. 들건대, 금혼책(禁婚冊)이 시작되었다고 하였다. ○26일. 병마절도사 김응서(金應瑞)[387]가 와서 이야기를 나누었고, 조용하게 술을 마시고 이별했다. ○27일. 제사를 지낸 뒤에, 판관이 갑자기 도착하여 폐단에 대해 조용히 말하였다. 병마절도사가 관아를 나섰다. ○29일. 새벽에 기침을 하였다. 명나라 사신이 나가는데 접대하는 일로 천지가 진동하였다.

12월 초1일 갑자. 아이의 병 때문에 삭전(朔奠)[388]을 행하지 않았다. ○초2일. 정자정(鄭子正)이 왔다. ○초3일. 천식이 멈추었다. 자정(子正)이 떠났으니, 홀로 앉아서 근심하였다. ○초4일. 명나라 사신을 접대하는 일로 민간이 소란했다. ○초6일. 마도 만호(馬島萬戶)[389] 표고버섯을 보냈다. ○초10일. 극심하게 추워서 문을 닫고서, '치자후문(稚子候門)'시[390]를 베껴 썼다. ○17일. 기침을 하여 산초와 배를 먹었다. 판관의 편지를 보고, 백사(白沙)에서 전별했다. ○18일. 백사로 돌아갔다. ○19일. 판관이 백사에 도착하여 술을 마시고 이야기를 나누었다. ○20일. 판관과 시를 읊고 술 마시며 이야기를 나눈 뒤에 자리를 파했다. ○25일. 동네 관원들과 이야기를 나누고 주송(周頌)[391]을 읽었다. ○27일. 우의정의 편지가 왔다.

---

387) 김응서(金應瑞) : 1592년(선조 25) 임진란 때 별장으로 명나라 장수 이여송과 합류하여 평양성을 탈환했고, 이어 경상 좌병사가 되어 부산을 탈환했다. 1618년 명나라가 건주위(建州衛)를 치려고 원병을 요청하자 원수 강홍립과 함께 출선 전공을 세웠으나, 강홍립의 항복으로 포로가 되어 사형되었다.

388) 삭전(朔奠) : 상가(喪家)에서, 매달 음력 초하룻날 아침에 지내는 제사이다.

389) 마도 만호(馬島萬戶) : 마도(馬島)는 현재의 충남 태안군에 있는 섬이고, 만호(萬戶)는 조선 시대 외침 방어를 목적으로 설치된 만호부의 관직이다.

390) '치자후문(稚子候門)'시 : 도연명(陶淵明)의 「귀거래사(歸去來辭)」를 가리킨다. 「귀거래사」에, "마침내 집이 보이자, 흔쾌하여 달려갔다. 머슴 아이 환영하고, 어린 자식 문 앞에서 맞이하네.(乃瞻衡宇, 載欣載奔. 僮僕歡迎, 稚子候門)"라는 구절이 있다.

391) 주송(周頌) : 『시경(詩經)』 삼송(三頌)의 하나. 주공(周公)이 지은 것으로서 주로 조선(祖先)의 덕업(德業)을 찬양하는 내용이며 종묘(宗廟)의 악가(樂歌)로 쓰였는데 모두 31편으로 되어 있음.

임인년(1602). 정월 초1일 갑오. 병으로 사당에 배알하지 못하였다.

15일. 한 우후(韓虞候)가 평위산(平胃散)392)과 정기산(正氣散)393)을 각각 1첩씩 보내주었지만, 병이 그대로이고 낫지 않았다. ○19일. 조보(朝報)을 보았는데, 문몽호(文夢虎)등의 상소로 인하여 조정이 뒤집혔다고 하였다.

2월 초1일 갑자. 새벽에 인삼을 복용하였다.

16일. 억지로 일어나서 제사를 지냈다. 이날부터 조금씩 병이 나아졌다.

윤2월 초1일 갑오. 아이들에게 한시(韓詩)를 가르쳤는데, 숨이 차서 빨리 읊을 수 없었다.

십2일. 관찰사 한준겸(韓俊謙) 공이 찾아와서 잠시 동안 이야기를 나누었다. ○15일. 관찰사에게 서신을 보내서, 병영 옮기는 일을 속히 아뢰어 달라고 청했다. ○16일. 관찰사의 답장에 이르기를, "병영을 옮기는 일은 장차 장계로 아뢸 것입니다."라고 했다.

3월 초1일 계해. 병의 형세가 일정하지 않았다.

초4일. 선 진도(宣珍島: 宣義問)이 찾아와서 만났다. 영의정 이덕형(李德馨) 공에게 편지를 올렸다. ○28일. 아내와 자식, 조카들과 함께 북쪽 계곡에서 나물을 삶아먹었는데, 가마를 타고 왕래하였다. ○29일. 잠시 기침을 했다. 선장(善長)이 잉어를 가지고 찾아왔다.

---

392) 평위산(平胃散) : 소화기 계통의 질병을 치료하는 데 사용하는 처방. 우리나라에서는 『동의보감』 잡병편(雜病篇) 권4에 기록되었고, 『방약합편(方藥合編)』에 수록되어 많이 응용되고 있다.

393) 정기산(正氣散) : 위기(胃氣)를 바로잡고 음식이 체한 것을 치료하며 한학(寒瘧)·식학(食瘧)·장기(瘴氣)를 치료하는 처방임 풍한(風寒)으로 인한 감기를 치료하고 전염병 초기에 사용하는 처방이다.

4월 초1일 임진. 담천(痰喘)³⁹⁴) 조금 잦아들었다.

26일. 이날부터 또 피를 토하는 증세가 생겼다.

5월 초1일 임술. 담천(痰喘) 증세가 줄지 않았다. ○초3일. 인삼을 복용했다. ○초4일. 군직(軍職)에 단부(單付)되었다는 것을 들었다. ○초7일. 이날부터 설사병이 생겼다.

6월 초1일 신묘. 물처럼 나오는 설사가 잦아들지 않고, 다리에는 붓기가 생겼다. ○27일. 보리 가루를 먹자, 그 다음날에 물처럼 나오는 설사가 조금 멈추었다.

7월 초1일 경신. 기가 조금 평안해졌다. ○13일. 듣건대, 왜적이 들어와서 우수사(右水使)가 배를 이끌고 바다로 나갔다고 하였다. ○24일. 듣건대, 우도(右道)의 배가 다 동해로 들어갔다고 하였다.

8월 초1일 경인. 물처럼 나오는 설사로 고생한 지가 또 이미 3일이 되었다. ○초4일. 듣건대, 우수사가 유생으로 번을 세운 일 때문에 파직되었다고 하였다. ○초8일. 듣건대, 왜적이 군기(軍器)를 보내왔다고 하니, 애통하다.

9월 초1일 기미. 병마절도사가 생선을 보내주었다. ○12일. 중완(中脘)³⁹⁵)에 3~7장(壯)의 뜸을 떴다.

10월 초1일 기축. 배는 평안해졌지만 천식은 예전과 같았다. ○17일. 듣

---

394) 담천(痰喘) : 천증(喘證)의 하나. 담(痰)이 성해서 생긴 천식을 말한다. 흔히 습담(濕痰)이 폐(肺)에 몰려서 기도를 막기 때문에 생긴다. 천식과 함께 가래 끓는 소리가 나고 기침을 하며 걸쭉한 가래가 나오는 데 잘 뱉어지지 않고 가슴이 그득하고 답답하다.

395) 중완(中脘) : 위(胃) 안의 한가운데이며, 배꼽 중심으로부터 곧바로 4치 위에 있는 혈의 이름임.

건대, 왜적의 변란이 일어났다고 하였다.

11월 초1일 무오. 천식이 예전과 같았다. ○15일. 병이 극심하게 괴로워서, 이날부터는 먹고 마시는 것이 전부 줄었다.

12월 초1일 무자. 배가 붓는 것이 심하여 토저환(土猪丸)[396] 5환을 복용하였다. ○초2일. 순찰사가 장흥부(長興府)에 들어와서 의약품을 보내주었다. ○초2일. 순찰사가 심약(審藥)[397]과 먹을 것을 보내주었고, 병마절도사도 먹을 것을 보내주었다. ○12일. 서울에서 온 편지를 받았는데, 군공(軍功)으로 인해 가선대부(嘉善大夫)에 올랐다고 하였다. ○이달 이후로 병세가 점점 위중해졌는데, 15일후로는 얼굴에도 붓기가 생겼다.

17일.

이날 밤 자시(子時)에 선생께서 상산(霜山)의 본가에서 돌아가셨다. ○이날, 선생께서 약간 정신이 들어 명문(明文)[398]을 지으라고 명하셨는데, 저녁이 되자 갑자기 위중해져서 한밤중에 숨이 끊어졌다.

---

396) 토저환(土猪丸) : 오소리 고기로 만든 환약.
397) 심약(審藥) : 조선시대 동반 종구품(從九品) 외관직(外官職)이다. 궁중에 바치는 약재(藥材)를 조사하기 위하여 각도에 파견하던 잡직(雜職)이다.
398) 명문(明文) : 어떤 사안에 대해 서로 합의하고 그 사실을 명문화(明文化)하여 서로의 권리의무 관계를 밝힌 문서로 주로 토지·노비 등의 매매에 사용되었음.

Ⅷ. 盤谷集 卷之七
반곡집 권7

儀節家禮

VIII. 盤谷集 卷之七
반곡집　권7

儀節家禮

或問, 喪亂以後, 人紀淪喪, 何以則修擧廢墜? 曰, 自有禮文, 當一從家禮. 然蔑裂之餘, 專責禮文, 則企而及之者, 恐難猝行. 玆以日用病痛切要者, 隨問而條列, 先行此道, 漸入成德, 則庶無愧於禮文矣.

問, 訓子有道乎? 曰, 朱子, 五歲入小學, 八歲通大義. 今人生子, 牛舐而鷄哺, 畜以禽獸. 故雖有質美之子, 終陷禽獸之域. 要於學語時入學, 八歲通小學, 十五以前, 畢誦經史, 然後可成大人. 可不勉哉?

養親之道, 可得聞乎? 曰, 古者, 子婦, 昏定晨省, 冬溫夏凊, 入厨上堂, 不敢有其身. 今人不然. 年少, 則不知有父母. 及長, 持身自大, 不入厨堂, 甘旨溫凊, 不知爲何事. 至使父母衣食其身, 實不如反哺之烏. 哀哉! 眠食失節, 疾病必生. 雖不至勤禮, 甘旨溫凊, 不可不致慮, 少有不察, 必有無窮之悔. 然或不順乎親, 雖日用三牲之養, 乃不孝也. 故曰, "孝莫大於養志."

御妻有道乎? 曰, 婦人性行偏急, 似是未成之人. 近之則不遜, 遠之則必怨, 待之甚難. 其行之善惡, 可見於嫉妬一事. 平居雖有善行, 妬時必發奸惡, 至招敗家之禍. 在夫子善處而已. 苟以正道御之, 則必効夫子制行, 可基子孫萬世之慶. 其情誼至密, 而實則至嚴, 可不戒哉?

友兄弟有道乎? 曰, 兄弟不睦, 只由爭財. 當其共飮一乳, 無異一身. 及其各保妻子, 分割一家之財, 以爲各食之地. 於是, 妻妾以異姓, 執吾家契, 子女以後生, 不知吾兄弟間情誼之至重. 今日害吾兄, 明日訴吾弟, 奴婢又從而讒毁之. 苟非友愛至篤, 鮮不至相鬩. 是以友愛之道, 只在和睦. 和睦篤焉, 則害言不得以入也.

居家之道, 可得聞乎? 曰, 古人, 以富者, 爲守錢虜, 貧居爲樂. 今人急於饒富, 以寸望尺, 自作怨府. 甚者, 朝奪收斂, 陷身不義, 始雖豊富, 終必行乞. 是乃目前所見, 可不畏哉? 至如保守家業, 勸課農桑, 量入爲出, 省冗費, 禁奢華, 以養父母, 以供祭祀, 乃人之職分, 不可不致力焉. 其閑居, 則晨起梳洗, 展拜家廟, 灑掃靜坐, 几案必正. 內外肅穆, 上下和順. 衆事自理, 怡然自樂, 浩然歸盡, 則不愧於古之君子矣.

保養精神有道乎? 曰, 夫元氣者, 扶植一身. 元氣盛, 則百脉安定, 元氣衰, 則一身摧敗. 盖保養之要, 戒酒色以養精氣, 毋嗔怒以養肝氣, 節飮食以養胃氣. 少思慮以養心氣. 至如叩齒梳頭, 飮藥節食, 是亦保養之一節, 而大要只在保惜精力, 切勿拘迫而已.

母喪服朞, 禮乎? 曰, 父在, 爲母朞, 爲家無二尊也. 練後雖變服, 入喪次, 則哭泣行祭, 心喪三年. 今人朞年祥禫後除服, 遂撤几筵, 酒肉奕射, 公然自恣. 然則爲父者, 不如許從三年, 使不陷於不義之罪, 可也.

葬而返虞, 禮乎? 曰, 葬而返虞者, 爲神返室堂之義也. 別設喪次, 不通內外, 哀痛終制. 是乃制行守禮者, 可能行之. 今人返虞則不然, 渾居一室, 接人處事, 無異平居. 然則不如結廬墓側, 朝夕展掃, 以終罔極之心也.

居喪起復, 古之道乎? 曰, 關國大臣, 在憂, 自上特命起復, 則不得已變服行公. 入喪次, 則服其服以終三年. 今人要請起復, 冒居官爵, 公然酒肉. 此則在法當誅, 何足責哉? 曾子, 以居喪從軍, 問孔子. 孔子曰, "君子不奪人之喪." 聖訓如是其嚴哉!

婦人成服, 古之制乎? 曰, 家禮, 婦人內庭成服, 以終三年. 今人多不成服, 至如從人, 則務施粉錦. 甚者, 稱病食肉. 痛哉! 父母之喪, 爲夫及舅姑. 雖未能終始, 參祭卒哭前, 不可離喪次. 虞練祥禫, 皆可服其服, 而進哭還家, 則以木笄常服, 淡掃身容, 以事舅姑, 可也.

服制分作五等, 何所據乎? 曰, 三年喪外, 朞年九月小功緦麻, 雖分四等. 其中恩深情重者, 緦可至功, 功可至朞. 韓文公, 爲嫂服朞, 是也. 今人有或養於祖父母及舅叔者, 其恩情無異父母, 而泛然服之. 情義俱缺, 識者非之. 若曰, 聖人制禮, 不可增減, 則朞年九月五月三月, 一從禮經, 服其服, 而參祭以終朔數, 則庶合情禮矣. 至如重服, 有聞訃不哭者. 古人朋友之喪, 亦必吊哭, 況五服之親乎? 雖功緦之服, 不可不哭. 若在外聞訃, 情切者, 則設位而哭之. 在官者, 遭重服, 則私家成服, 可也. 成服, 雖不能備制冠帶, 深衣, 皆用生布, 則似合情禮. 此則曾質於知禮者, 故幷記之.

喪中病重者, 食肉, 何如? 曰, 居喪用肉, 乃病甚. 將死之人, 只將肉汁, 和進菜物, 以治脾胃. 今人病不至危, 托以用權, 屠牛大啜. 及其疾止, 尙不復喪. 痛哉! 若一身不關於承祀者, 則雖死, 決不可用權也.

謁墓拜廟, 可合事亡之道乎? 曰, 古人掃墓參祠, 乃事死事亡之道也. 今人葬於原野, 置主祠堂, 更不參謁, 是忘親者也. 身若無故, 則宜於祠堂, 逐日再拜. 朔日, 則焚香奠參, 墳墓不遠, 則頻數展省, 是孝子終身慕父母之道也.

喪祭之禮, 或有舍家禮, 而取國典者, 何如? 曰, 古人居喪衰麻之服不脫於身, 哭泣之聲, 不絕於口. 是以捨輕取重, 而今人強引新制, 或着吉冠, 或用單棺, 或以俗制爲是, 而短喪除服. 或以錯簡爲證, 而大祥食肉. 葬親, 則曰'虛文不關', 不備花果. 當祭, 則曰,'稱家有無', 不備牲酒. 托以閭里不平, 而廢大祭. 援以病量筋力, 而不親奠, 祭時, 則曰'我家貧乏', 及其私燕, 則務備盛饌, 不亦甚乎? 本心如此, 舍重取輕, 何足責哉?

居喪哭泣之節, 可得聞歟? 曰, 葬時, 及虞練祥禫, 則一如初喪, 而卒哭前, 哭無時, 卒哭後, 則朝夕哭. 練後, 朔望哭, 是乃禮節. 然禮節不如哀痛迫切. 傳曰, "顔色之慽, 哭泣之哀, 吊者大悅." 斯言盡之矣. 又曰忌祭, 初獻而哭, 似是未安, 不如辭神而哭.

의절가례(儀節家禮)

혹자가 물었다. "전란 이후에 인륜이 상실되었으니 어떻게 하면 황폐한 것을 수리하고 무너진 것을 일으킬 수 있겠습니까?" 다음과 같이 말하였다. "예문(禮文)이 있은 뒤로부터 마땅히 한결같이 가례(家禮)를 따라야 한다. 그러나 어리석은 나머지 예문으로 오로지 책하면 애써서 그것에 이른 자가 갑자기 행하기 어려울까 걱정된다. 이에 일상생활에서 병통이 되고 절요(切要)한 것을 물음을 좇아 조목별로 나열하고 이 도를 우선적으로 행하여 점점 성덕(成德)에 들어간다면 거의 예문에 부끄러움이 없을 것이다."

묻기를, "자식을 가르치는 데에도 도가 있습니까?"라고 하였다. 다음과 같이 말하였다. "주자(朱子)는 5세에 소학(小學)을 배우기 시작하고 8세에 대의(大義)를 통했다. 지금 사람들은 아들을 낳으면 소가 핥고 닭이 먹이고 있는데 이는 금수(禽獸)로 기르는 것이다. 그러므로 자질이 좋은 아이가 있더라도 끝내 금수의 지경으로 빠지게 된다. 요컨대 말을 배울 때부터 입학시켜 8세에 소학(小學)을 달통하고 15세 이전에 경사(經史)를 다 암송한 뒤에야 대인(大人)이 될 수 있으니 힘쓰지 않을 수 있겠는가?"

"어버이를 봉양하는 도에 대해 들을 수 있겠습니까?" 다음과 같이 말하였다. "옛날에 며느리는 저녁에는 부모님의 잠자리를 정하고 새벽에는 문안을 살폈으며 겨울에는 따뜻하게, 여름에는 시원하게 해드렸다. 부엌에 들고 마루에 오를 때에 감히 자신의 몸을 마음대로 하지 않았다. 지금 사람들은 그렇지 못하다. 나이가 어릴 때에는 부모가 있음을 알지 못하고 장성해서는 몸가짐에 스스로 대단하게 여기며 부엌과 마루에 들지 않고 맛좋은 음식을 드리고 추울 때 따뜻하고 더울 때 시원하게 해드리는 것이 무슨 일인지를 모른다. 심지어 부모로 하여금 스스로 입고 먹게 하고 있으니 실로 어미에게 먹이를 되먹이는 까마귀만도 못하다. 슬프도다! 먹고 자는 것에 절제를 잃으면 반드시 질병이 생긴다. 비록 예를 힘쓰는 것에까지 이르지는 못하더라도 맛좋은 음식을 드리고 추울 때 따뜻하고 더울 때 시원하게 해드리는 것은 걱정하지 않을 수 없으니 조금이라도 살펴드리지 않으면 반드시 끝없는 후회를 하게 될 것이다. 그러나 혹 부모에게 순종하지 않으면 날마다 세 가지 희생을 드리며 봉양하더라도 효도가 아닌 것이다. 그러므로 말하기를, '효는 뜻을 봉양하는 것보다 큰 것이 없다'라고 하는 것이다."

"아내를 다스리는 것에 도가 있습니까?" 다음과 같이 말하였다. "부인의 성품과 행실이 좁고 급하면 이는 되다 만 사람과 같다. 가까이하면 불손하고 멀리하면 반드시 원망하니 대하기가 몹시 어렵다. 그 행실의 선악은 질투하는 한 가지 일만 봐도 알 수 있다. 평상시에 선행이 있더라도 시기할 때에는 반드시 간악함이 드러나는데 심지어 집안을 패망케 하는 화를 불러오기도 하니, 남편과 아들이 처신을 잘하는데 달려 있을 뿐이다. 만약 정도(正道)로 제어한다면 반드시 남편과 아들의 덕행을 본받을 것이니 자손 만세의 경사가 이루어지는 기틀이 될 수 있을 것이다. 그 정의(情誼)는 지극히 친밀하나 실상은 지극히 엄하니 경계하지 않을 수 있겠는가?"

"형제간 우애에 도가 있습니까?" 다음과 같이 말하였다. "형제가 화목하지 않은 것은 단지 재물을 다투는 것에서 비롯된다. 어미의 젖을 함께 먹을 때에는 한 몸이나 다를 것이 없다. 각각 처자식을 부양할 때에는 일가의 재산을 분할함으로써 각자 먹고 사는 방편으로 삼는다. 이에 처첩(妻妾)은 다른 성씨로써 우리 집안과 인연을 맺고 자녀는 뒤에 태어남으로써 우리 형제간 정의(情誼)의 지중함을 알지 못하여 오늘 우리 형에게 해를 끼치고 내일 우리 동생을 참소하는데 노비 또한 좇아서 헐뜯는다. 만약 우애가 지극히 두텁지 않으면 서로 다투지 않는 경우가 적다. 이 때문에 우애의 도는 오직 화목(和睦)에 달려 있다. 화목함이 돈독하면 해를 끼치는 말이 들어올 수가 없다."

"집안에 거처할 때의 도를 들을 수 있겠습니까?" 다음과 같이 말하였다. "고인은 부유한 것을 수전노(守錢虜)로 여겼고 가난하게 사는 것을 즐거움으로 삼았다. 지금 사람들은 풍족한 것에 급급하여 촌(寸)으로써 척(尺)을 바라기 때문에 스스로 원한을 만든다. 심한 경우 겁탈하고 수렴(收斂)하여 제 몸을 불의한 데로 빠뜨리는데 처음에는 풍부할지 몰라도 결국에는 반드시 구걸하게 된다. 이는 곧 내가 목전에서 본 바이니 두렵지 않을 수 있겠는가? 가업(家業)을 지키는 경우와 농업·잠업을 권장하는 경우, 수입을 헤아려 지출을 하고 쓸모없는 비용을 줄이고 사치를 금함으로써 부모를 봉양하고 제사를 드리는 것이 곧 사람의 직분이니 힘을 다하지 않을 수 있겠는가? 한가하게 살 때에는 새벽에 일어나 머리 빗고 세수하고 집안 사당을 배알하고 깨끗이 청소하고 조용히 앉으며 안석에 기댈 때에는 반드시 바르게 한다. 내외를 엄숙하고 화목하게 하고 상하를 화순하게 한다. 모든 일이 절로 다스려져 기쁘고 즐겁게 지내다가 홀홀 세상을 마친다면 옛 군자에게 부끄럽지 않을 것이다."

"정신(精神)을 보양하는 것에 도가 있습니까?" 다음과 같이 말하였다. "원기(元氣)라는 것은 한 사람의 몸을 도와서 바로 서게 하는 것이다. 원기가 성하면 모든 맥(脉)이 안정되고 원기가 쇠하면 일신이 꺾이고 손상된다. 대개 보양의 요체는 술과 여색을 경계하여 정기(精氣)를 기르고 화를 내지 않아서 간기(肝氣)를 기르며 음식을 절제하여 위기(胃氣)를 기르고 걱정을 적게 하여 심기(心氣)를 기르는 것이다. 아래윗니를 부딪치고 머리를 빗으며 약을 먹고 음식을 조절하는 것도 보양의 한 절목이나 큰 요체는 정력(精力)을 보호하고 아끼는 것에 있으니 절대로 얽매이거나 핍박받지 않도록 해야 할 뿐이다."

"모친상을 당할 때 기년복(朞年服)을 입는 것은 예입니까?" 다음과 같이 말하였다. "부친이 살아계시면 어머니를 위해 기년복을 입어야 하니, 집안에는 두 명 존장이 없기 때문이다. 연상(練祥)을 지낸 뒤에 변복(變服)하더라도 상차(喪次)로 들어가면 곡읍(哭泣)으로 제례를 행하고 심상삼년(心喪三年)을 지낸다. 지금 사람들은 기년 상제(祥祭)·담제(禫祭) 후에 상복을 벗으면 마침내 안석과 자리를 치우고 술과 고기를 먹고 바둑 두고 활쏘기하기를 공공연히 제멋대로 한다. 그렇다면 부친 된 자는 삼년상을 따르도록 하는 것만 못하니 그렇게 하여 불의(不義)의 죄에 빠지지 않도록 하는 것이 옳을 것이다."

"장사를 지내고서 반혼(返魂)하는 것이 예입니까?" 다음과 같이 말하였다. "장사를 지내고서 반혼하는 것은 '혼신이 집으로 돌아온다'는 뜻이다. 별도로 상차(喪次)를 마련하여 내외와 통하지 않고 애통해하며 상을 마쳐야 하니 이는 곧 행실을 제어하고 예를 지키는 자라야 행할 수 있다. 지금 사람들의 반혼은 그렇지 않으니 온통 한 방에 있으면서 사람을 만나고 일을 처리하는 것이 평상시와 다를 바가 없는데, 그렇다면 묘소 옆에 오두막을 엮어 아침저녁으로 성묘하여 망극한 마음을 다하는 것만 못하다."

"상중에 기복(起復)³⁹⁹⁾하는 것은 옛 도입니까?" 다음과 같이 말하였다. "국정에 깊이 관여하는 대신(大臣)은 상중에 군왕으로부터 기복(起復)의 특명을 받으면 부득이 변복하고서 공도를 행한다. 상차(喪次)에 들어가면 상복을 입고서 삼년상을 마친다. 지금 사람들은 기복을 요청받고 감히 관작(官爵)을 차지하고서 공공연히 술과 고기를 마시는데 이는 법을 적용할 경우 사형에 해당하니 어찌 책할 것이 있으랴? 증자(曾子)는 상중에 종군(從軍)하는 것으로 공자에게 물었는데 공자가 말하기를, '군자는 남의 거상(居喪)을 빼앗지 않는다'라고 하였다. 성인의 가르침이 이와 같이 엄하도다!"

"부인(婦人)의 성복(成服)은 옛 제도입니까?" 다음과 같이 말하였다. "『가례(家禮)』에 '부인은 안채에서 성복하여 삼년상을 마친다'라고 되어 있다. 지금 사람들은 대부분 성복하지 않는다. 남을 따르는 사람들은 치장하는 것에 힘쓰고, 심한 경우 병을 핑계대고 고기를 먹기까지 한다. 아! 부모의 상은 남편과 시부모를 위한 것이다. 비록 처음부터 끝까지 다할 수는 없더라도 제례에 참여하여 곡을 마치기 전에 상차(喪次)를 떠나서는 안 된다. 우제(虞祭)・연제(練祭)・상제(祥祭)・담제(禫祭)는 모두 적합한 복장을 입고서 나아가 곡을 하고, 집으로 돌아가면 나무 비녀를 꽂고 평상복을 입고서 담박하게 용모를 단장하여 시부모를 섬기는 것이 옳다."

"복제(服制)를 5등분하는 것은 어디에 근거한 것입니까?" 다음과 같이 말하였다. "삼년상 외에 기년(朞年), 구월, 소공(小功), 시마(緦麻)의 상은 구분하더라도 4등으로 한다. 그 중 은정이 깊고 중한 경우 시마상에 소공복을

---

399) 기복(起復) : 상중에 있는 사람을 관직에 불러들이는 것을 말한다.

입을 수 있고, 소공상에 기년복을 입을 수 있다. 한문공(韓文公)이 형수를 위해 기년복을 입은 것이 바로 이런 경우이다. 지금 사람들은 혹 조부모나 구숙(舅叔)을 봉양할 경우 그 은정을 부모와 다를 것이 없다고 하여 대수롭지 않게 상복을 입는데, 은정과 의리 모두 결여된 것으로 지식인들은 잘못이라고 여긴다. 만약 성인께서 제정하신 예를 증감할 수 없다고 한다면 기년, 9월, 5월, 3월의 상이 하나같이 예경(禮經)을 따라 그 복장을 입어야 할 것이며 제례에 참여하여 삭수(朔數)를 마쳐야만 거의 정례(情禮)에 부합할 것이다. 중복(重服)의 경우 부음을 듣고서 곡하지 않는 사람이 있는데, 고인은 벗의 상에도 반드시 조곡(弔哭)하였거늘 하물며 오복(五服)의 친족에 있어서랴? 소공복, 시마복은 아니더라도 곡하지 않아서는 안 된다. 만약 밖에서 부음을 들을 경우 은정이 간절한 자라면 자리를 마련하고서 곡한다. 관직에 있는 자가 중복(重服)을 만나면 사가(私家)에서 상복을 입는 것이 옳다. 성복(成服)은 관대(冠帶)의 제도가 갖춰져 있지는 않으나 심의(深衣)는 전부 생포(生布)를 사용하면 정례(情禮)에 꼭 맞는다. 이는 일찍이 예를 아는 이에게 물어본 것이므로 아울러 기록한다."

"상중에 병이 위중한 자가 고기를 먹는 것은 어떻습니까?"라고 하였다. 다음과 같이 말하였다. "상중에 고기를 사용하는 것은 곧 병이 심할 때이다. 죽음을 앞둔 사람은 단지 육즙에 채소를 섞어 내어 비위(脾胃)를 다스린다. 지금 사람들은 병이 위중하지 않은데도 권도(權道)를 사용한다는 명분으로 소를 잡아 실컷 먹고, 병이 나았는데도 오히려 상중으로 돌아가지 않는다. 아! 만약 일신(一身)이 제사를 책임지고 받드는 것과 무관한 자라면 비록 죽더라도 결코 권도를 사용해서는 안 된다."

"묘소를 배알하고 사당에 참배하는 것이 망자를 섬기는 도에 부합할 수 있습니까?" 다음과 같이 말하였다. "고인은 묘소를 청소한 뒤에 사당에 참배했는데, 이것이 곧 사망한 자를 섬기는 도이다. 지금 사람들은 원야(原野)에 장사지내면 사당에 신주를 두고서 더 이상 참배하거나 배알하지 않는데 이는 어버이를 잊은 것이다. 몸에 특별한 이유가 없다면 마땅히 사당에 가서 날마다 재배하고 초하루에는 분향하고 제사에 참여하며, 분묘(墳墓)가 멀지 않으면 자주 성묘해야 하니, 이것이 효자가 종신토록 부모를 그리워하는 도이다."

"상례와 제례에 혹 가례(家禮)를 버리고 국전(國典)을 취하는 것은 어떻습니까?" 다음과 같이 말하였다. "옛 사람들은 상중에 최마(衰麻)의 복식을 몸에서 벗지 않고 곡하고 읍하는 소리를 입에서 끊지 않았다. 이로써 가벼운 것은 버리고 무거운 것을 취한 것인데 지금 사람들은 새로운 제도를 억지로 끌어들여 혹은 길관(吉官)을 쓰고 혹은 단관(單棺)을 사용하고 혹은 세속의 제도를 옳다고 여겨서 단상(短喪)을 하고서 상복을 벗는다. 혹은 착간(錯簡)된 것을 증거로 삼아 대상(大祥) 중에 고기를 먹는다. 부모를 장사지낼 때는 '헛된 예절 따위는 상관하지 않는다'라고 하며 화과(花果)도 준비하지 않는다. 제사를 앞두고는 '집안의 재력에 걸맞게 한다'라고 하면서 희생과 술을 준비하지 않는다. 마을 사람들의 불평을 핑계로 하여 대제(大祭)를 폐하고 병량(病量)과 근력(筋力)을 구실삼아 친전(親奠)하지 않는다. 제사를 지낼 때에는 '우리 집은 가난하고 궁핍하다'라고 하면서 사적인 연회를 열 때에는 성대한 반찬을 갖추려고 노력하니 또한 심하지 않은가? 본심이 이와 같으니 중요한 것을 버리고 가벼운 것을 취한들 어찌 책할 것이 있으랴?"

"거상(居喪)에 곡읍(哭泣)하는 예절을 들을 수 있겠습니까?" 다음과 같이 말하였다. "장사지낼 때에 우제(虞祭)·연제(練祭)·상제(祥祭)·담제(禫祭)를 할 때에는 한결같이 초상(初喪)대로 하되 곡을 마치기 전에는 시도 때도 없이 곡하고, 곡을 마친 뒤에는 아침저녁으로 곡한다. 연제 뒤에는 초하루와 보름에 곡하니 이것이 곧 예절이다. 그러나 예절은 애통하고 박절한 것만 못하다. 전(傳)에 말하기를, '안색의 걱정스러움과 울음의 슬픔에 조문하러 온 자들이 크게 기뻐한다'[400]라고 하였으니 이 말이 극진하다. 또 말하기를, '기제(忌祭)는 초헌(初獻)에 곡하는데 온당치 못한 것 같다. 신주(神主)와 하직하고 곡하는 것만 못하다."

---

400) 『孟子』「滕文公」上에 나온다.

Ⅸ. 盤谷集 卷之八
반곡집 권8

竹峴六陣將錄 / 西行錄 / 義州同話錄 / 丁酉天將姓名錄

IX. 盤谷集 卷之八
반곡집 권8

尙州竹峴設伏六陣義將錄

光州牧使兼助防將張義賢 宜叔

永同縣監兼助防將永義大將韓明胤 晦叔

尙州牧使金澥 士晦

善山府使兼官義軍大將丁景達 而晦

錦山郡守李天文 景時

尙義軍大將金覺 景惺

咸昌縣監兼三道致粮使姜德龍 汝中

咸平縣監李(王+原) 季玉

聞慶縣監卞渾 明叔

昌義將李逎 子雲

守門將敵愾軍副將李潛 昭夫

奉事兪鑌 晦仲

靑山南忠元

助戰將宣義問

尙判鄭起龍 景雲

懷德南景誠

報恩具惟謹

鎭岺邊好謙

忠報金弘敏

黄義朴以龍

崇義盧景任

懷義姜節

忠義李命白

開義李汝霖

山陽高尙顔

상주 죽현 설복육진 의장록(尙州竹峴設伏六陣義將錄)

광주목사겸조방장 장의현 의숙(光州牧使兼助防將張義賢 宜叔)

영동현감겸조방장영의대장 한명윤 회숙(永同縣監兼助防將永義大將韓明胤
晦叔)

상주목사 김해 사회(尙州牧使金澥 士晦)

선산부사겸관의군대장 정경달 이회(善山府使兼官義軍大將丁景達 而晦)

금산군수 이천문 경시(錦山郡守李天文 景時)

상의군대장 김각 경성(尙義軍大將金覺 景惺)

함창현감겸삼도치량사 강덕룡 여중(咸昌縣監兼三道致粮使姜德龍 汝中)

함평현감 이원 계옥(咸平縣監李[王+原] 季玉)

문경현감 변혼 명숙(聞慶縣監卞渾 明叔)

창의장 이경 자운(昌義將李逕 子雲)

수문장적개군부장 이잠 소부(守門將敵愾軍副將李潛 昭夫)

봉사 유섭 회중(奉事兪鑷 晦仲)

청산 남충원(靑山南忠元)

조전장 선의문(助戰將宣義問)

상판 정기룡 경운(尙判鄭起龍 景雲)

회덕 남경성(懷德南景誠)

보은 구유근(報恩具惟謹)

진잠 변호겸(鎭岑邊好謙)

충보 김홍민(忠報金弘敏)

황의 박이룡(黃義朴以龍)

숭의 노경임(崇義盧景任)

회의 강절(懷義姜節)

충의 이명백(忠義李命白)

개의 이여림(開義李汝霖)

산양 고상안(山陽高尙顔)

西行錄 丁酉

楊經理接伴使李德馨從事官金藎國洪慶臣

蕭兵備接伴使李景麟

張參議接伴使兪大進接伴官丁景達

麻摠兵接伴使張雲翼

楊摠兵接伴使鄭期遠

吳摠兵接伴使尹泂

陳同知接伴官金玄成

頗參將接伴官張五誠

楊經理問禮官李馨郁接伴使丁景達

劉經歷接伴官李舜民 平安

周經歷接伴官尹逸民 黃海

吳經歷接伴官李(王+集) 京畿

羅經歷接伴官沈彦明鄭浹 忠淸

沈册使接伴從事鄭淙

萬都使接伴官尹滉 全羅

分戶曹郎廳邊以中金德誠

兵郎中接伴使閔仁伯

戶郎中接伴使韓德遠

兵主事接伴使白唯咸

戶主事接伴使金穎男

揆察使柳根

迎攸使李蘋

從事崔東望

海道接伴成啓善

劉摠兵接伴申礫

頗參將接伴申忠一

서행록 정유(西行錄 丁酉)

양경리접반사 이덕형 종사관 김신국 홍경신(楊經理接伴使李德馨從事官金藎國洪慶臣)

소병비접반사 이경린(蕭兵備接伴使李景麟)

장참의접반사 유대진 접반관 정경달(張參議接伴使兪大進接伴官丁景達)

마총병접반사 장운익(麻摠兵接伴使張雲翼)

양총병접반사 정기원(楊摠兵接伴使鄭期遠)

오양병접반사 윤형(吳摠兵接伴使尹泂)

진동지접반관 김현성(陳同知接伴官金玄成)

파참장접반관 장오성(頗參將接伴官張五誠)

양경리문례관 이형욱 접반사 정경달(楊經理問禮官李馨郁接伴使丁景達)

유경력접반관 이순민 평안(劉經歷接伴官李舜民 平安)

주경력접반관 윤일민 황해(周經歷接伴官尹逸民 黃海)

오경력접반관 이집 경기(吳經歷接伴官李(王+集) 京畿)

나경력접반관 심언명 정협 충청(羅經歷接伴官沈彦明鄭浹 忠淸)

심책사접반종사 정종(沈册使接伴從事鄭淙)

만도사접반관 윤황 전라(萬都使接伴官尹滉 全羅)

분호조낭청 변이중 김덕함(分戶曹郎廳邊以中金德諴)

병낭중접반사 민인백(兵郎中接伴使閔仁伯)

호낭중접반사 한덕원(戶郎中接伴使韓德遠)

병주사접반사 백유함(兵主事接伴使白唯咸)

호주사접반사 김영남(戶主事接伴使金穎男)

규찰사 유근(揆察使柳根)

영유사 이빈(迎攸使李蘋)

종사 최동망(從事崔東望)

해도접반 성계선(海道接伴成啓善)

유총병접반 신잡(劉摠兵接伴申磼)

파참장접반 신충일(頗參將接伴申忠一)

義州同話錄 丁酉 六月 日

左參贊李德馨 明甫

監司韓應寅 春卿

兵判李恒福 子祥

工判申點 聖興

府尹黃璡 景美

陳奏使沈喜壽 伯懼

調度使洪世恭 仲安

奏聞尹惟幾 成甫

告急使權俠 思省

聖節使南復興 起夫

從事官趙挺 汝豪

金藎國 景進

洪慶臣 德公

書狀官李軫賓

尹星 子昭

許筬 端甫

接伴使李景麟 應星

兪大進 新甫

通判權晫 明遠

迎慰使丁景達 而晦

戶議柳思瑗 景梅

察訪韓彦忱 仲孚

朔州成大業 亨叔

麟山韓德耈

方山尹應三

承旨權憘 思悅

宣川金廷睦

郭山吳定邦

定州許鐋 行遠

問安李馨郁

安州李起賓

肅川崔沂

順安柳時會

平壤姜大虎

李伯福

中和李光俊

鳳山邊好謙

殷栗金起南

瑞興趙庭堅

開城黃佑漢　汝忠

平安兵使李慶濬

接伴白惟咸　仲閔

平山李世溫

迎慰李德悅　安州

迎慰尹仁涵　黃州

嘉山金公輝

松和柳希聃

祥原尹慶復

龍川都元亮

迎慰柳思規

尹國衡　粹夫

閔仁伯

韓德遠

李準　平卿

接伴李好閔　孝彦

의주동화록 정유 유월 일(義州同話錄 丁酉六月日)

좌참찬 이덕형 명보(左參贊李德馨 明甫)

감사 한응인 춘경(監司韓應寅 春卿)

병판 이항복 자상(兵判李恒福 子祥)

공판 신점 성여(工判申點 聖輿)

부윤 황진 경미(府尹黃璡 景美)

진주사 심희수 백구(陳奏使沈喜壽 伯懼)

조도사 홍세공 중안(調度使洪世恭 仲安)

주문윤 유기 성보(奏聞尹惟幾 成甫)

고급사 권협 사성(告急使權悏 思省)

성절사 남복흥 기부(聖節使南復興 起夫)

종사관 조정 여호(從事官趙挺 汝豪)

김신국 경진(金藎國 景進)

홍경신 덕공(洪慶臣 德公)

서장관 이진빈(書狀官李軫賓)

윤성 자소(尹星 子昭)

허균 단보(許筠 端甫)

접반사 이경린 응성(接伴使李景麟 應星)

유대진 신보(兪大進 新甫)

통판 권탁 명원(通判權晫 明遠)

영위사 정경달 이회(迎慰使丁景達 而晦)

호의 유사원 경회(戶議柳思瑗 景悔)

찰방 한언침 중부(察訪韓彦忱 仲孚)

삭주 성대업 형숙(朔州成大業 亨叔)

인산 한덕구(麟山韓德耉)

방산 윤응삼(方山尹應三)

승지 권희 사열(承旨權憙 思悅)

선천 김정목(宣川金廷睦)

곽산 오정방(郭山吳定邦)

정주 허상 행원(定州許鏛 行遠)

문안 이형욱(問安李馨郁)

안주 이기빈(安州李起賓)

숙천 최기(肅川崔沂)

순안 유시회(順安柳時會)

평양 강대호(平壤姜大虎)

이백복(李伯福)

중화 이광준(中和李光俊)

봉산 변호겸(鳳山邊好謙)

은율 김기남(殷栗金起南)

서흥 조정견(瑞興趙庭堅)

개성 황우한 여충(開城黃佑漢 汝忠)

평안병사 이경준(平安兵使李慶濬)

접반백 유함 중열(接伴白惟咸 仲悅)

평산 이세온(平山李世溫)

영위 이덕열 안주(迎慰李德悅 安州)

영위 윤인함 황주(迎慰尹仁涵 黃州)

가산 김공휘(嘉山金公輝)

송화 유희담(松和柳希聃)

상원 윤경복(祥原尹慶復)

용천 도원량(龍川都元亮)

영위 유사규(迎慰柳思規)

윤국형 수부(尹國衡 粹夫)

민인백(閔仁伯)

한덕원(韓德遠)

이준 평경(李準 平卿)

접반 이호민 효언(接伴李好閔 孝彦)

丁酉天將姓名錄

經理朝鮮都察院右僉都御史楊鎬

按察兵備蕭應宮

布政右參議張登雲

摠兵楊元 遼兵三千南原敗一百四十二名生來

摠兵吳惟冲 忠州南岳三千七百八十五

都督麻貴

副摠兵解生 綏軍五百

游擊牛伯英 京中三屯營兵三千

游擊陳愚衷 二千

參將楊登山 達子五百

都事萬柳茂 塩菜銀賷來

游擊高應賢 海道官

吏目王河

參將頗貴 二千五百

參將擺洒 二千五百

楊游擊

崔遊擊

副摠兵李汝梅　二千二百

副總兵李芳春　千五百

柴遊擊

遊擊茅國器　二千九百三十二軍器百十六馱

義州迎慰柳憘

柳思規

安州李德悅

尹國衡

平壤順寧君

尹仁涵

黃州尹仁涵

順寧君

開城李一輅

崔山高

碧蹄接伴表憲

坡州洪秀元

東坡韓允福

朝峴李海龍

開城朴春發

金郊尹淵

興義朴義儉

金巖安廷蘭

寶山朴仁儉

安城朴仁祥

劒水鄭得

龍泉趙安仁

鳳山朴彭祖

黃州李希仁

中和柳渭賓

平壤權祥

順安李億禮

肅川李麟祥

嘉山朴應世

京李彥華

定州朴免祥

郭山柳宗白

宣川朴元祥

鐵山金吉孫

龍川全弘龜

정유천장성명록(丁酉天將姓名錄)

경리조선도찰원우첨도어사 양호(經理朝鮮都察院右僉都御史楊鎬)

안찰병비 소응궁(按察兵備蕭應宮)

포정우참의 장등운(布政右參議張登雲)

양병 양원 요병삼천 남원패 일백사십이명 생래(摠兵楊元 遼兵三千南原敗
一百四十二名生來)

총병 오유충 충주 남악 삼천칠백팔십오(摠兵吳惟冲 忠州南岳三千七百八十五)

도독 마귀(都督麻貴)

부총병 해생 수군 오백(副摠兵解生 綏軍五百)

유격 우백영 경중삼둔영병 삼천(游擊牛伯英 京中三屯營兵三千)

유격 진우충 이천(游擊陳愚衷 二千)

참장 양등산 달자 오백(參將楊登山 達子五百)

도사 만유무 염채은뢰래(都事萬柳茂 塩菜銀賚來)

유격 고응현 해도관(游擊高應賢 海道官)

이목 왕하(吏目王河)

참장 파귀 이천오백(參將頗貴 二千五百)

참장 파쇄 이천오백(參將擺洒 二千五百)

양유격(楊游擊)

최유격(崔遊擊)

부총병 이여매 이천이백(副摠兵李汝梅 二千二百)

부총병 이방춘 천오백(副總兵李芳春 千五百)

시유격(柴遊擊)

유격 모국기 이천구백삼십이 군기 백십육태(遊擊茅國器 二千九百三十二軍器百十六駄)

의주영위 유희(義州迎慰柳憘)

유사규(柳思規)

안주 이덕열(安州李德悅)

윤국형(尹國衡)

평양 순녕군(平壤順寧君)

윤인함(尹仁涵)

황주 윤인함(黃州尹仁涵)

순녕군(順寧君)

개성 이일로(開城李一輅)

최산고(崔山高)

벽제접반 표헌(碧蹄接伴表憲)

파주 홍수원(坡州洪秀元)

동파 한윤복(東坡韓允福)

조현 이해룡(朝峴李海龍)

개성 박춘발(開城朴春發)

금교 윤연(金郊尹淵)

흥의 박의검(興義朴義儉)

금암 안정란(金巖安廷蘭)

보산 박인검(寶山朴仁儉)

안성 박인상(安城朴仁祥)

검수 정득(劍水鄭得)

용천 조안인(龍泉趙安仁)

봉산 박팽조(鳳山朴彭祖)

황주 이희인(黃州李希仁)

중화 유위빈(中和柳渭賓)

평양 권상(平壤權祥)

순안 이억례(順安李億禮)

숙천 이인상(肅川李麟祥)

가산 박응세(嘉山朴應世)

경 이언화(京李彦華)

정주 박면상(定州朴免祥)

곽산 유종백(郭山柳宗白)

선천 박원상(宣川朴元祥)

철산 김길손(鐵山金吉孫)

용천 전홍구(龍川全弘龜)

X. 盤谷集 卷之九
반곡집 권9

行狀 / 墓碣文 / 墓碣銘

行狀

키公諱景達, 字而晦, 號盤谷, 筽城人也. 丁氏, 出於大唐, 而蔓延於東. 始祖諱德盛, 唐大中年間, 以平章事上疏, 忤旨, 受玦東流, 到新羅之押海. 押海, 盖古縣, 而後屬筽城, 故子孫因籍焉. 至勝國末, 有諱贊, 文科, 宣力佐理功臣·光祿大夫·知都僉議使司事. 我太祖朝, 贈大匡輔國崇祿大夫·領議政府事, 封靈城君, 卽公之七代祖也. 始籍靈光. 高祖諱仲麟, 司評. 曾祖諱允恭, 春川訓導. 祖諱仁傑, 參奉. 考諱夢鷹, 贈議政府左參贊. 妣水原白氏, 贈貞夫人, 以公貴也.

公, 嘉靖壬寅, 七月初九日丑時, 生于長興之盤山顏巷舊第. 生時有龍夢鷄祥. 卜者曰, "此命, 行年强仕, 名滿天下." 公資稟英茂, 器局醇整, 自孩提時已有因天之孝. 嘗以指爪爬傷慈乳, 母夫人撫戲之, 曰, "爾何傷吾乳?" 公若有慽然之色. 自後輒袖手飮乳, 人皆異之. 年纔學語, 能屬文. 嘗作聯句, 不能集字, 以語告母夫人曰, "烟上上上天爲雲, 鷄鳴鳴鳴知生卵." 類多警語. 遠近者儒, 競來試之, 莫不獎歎. 王考顏巷公甚鍾愛之, 期以成就. 八歲以三瘧廢學, 至于十五六, 尙未得瘳. 公遂慨然作氣曰, "年過志學, 爲瘧魔所困, 終作無學之人, 則其何有用於世乎?" 時同鄕, 有劉先生好仁, 得道於曹南溟之門, 敎授後學, 菀爲儒宗. 公往拜請學. 劉公曰, "有性理之學, 有科試之學, 何所願學?" 公曰, "科擧倘來物也. 請學性理." 劉公大奇之曰, "君今大學之年也. 授之以大學." 公讀至正心誠意章, 沉潛玩味, 終日危坐. 始學之日, 厥瘧乃瘳. 自此學日漸進, 見識益博, 遂以斯文爲己任焉.

癸亥, 丁內艱. 哀毁踰禮, 及服闋, 以親命黽勉, 就試, 登隆慶庚午文科. 壬申春, 除昇平敎授, 赴任三月, 思親不已. 一日忽心動, 浩然有歸思曰, "忠生於孝, 未有不盡其孝, 而能盡其忠者也. 顧我鶴髮, 春堂西日可愛, 則正所謂事君之日長, 而事親之日短也." 遂投紱歸覲. 參贊公, 果有疾, 見公, 驚喜曰, "爾能勤職否?" 公侍側不離, 衣帶不解, 藥餌非先嘗, 不敢進, 憂悴形于色. 參贊公竟不起. 夷戚一如前喪. 人皆謂公之孝感如庾蘭陵云. 公自永感之後, 無意仕進, 專心爲己. 鄕居與玉峯白公·白湖林公·霽峯高公, 及金芷川·金松汀諸賢, 交遊觴詠, 日以爲娛.

丁丑, 朝廷, 以著作評事, 累徵不起, 以此盡奪告身, 準期不叙. 刑郞丁允佑·崔公慶昌爲之圖減. 公不可曰, "公是公非, 私自周章, 非吾所欲." 聞者義之. 時以靖社功削勳事, 百官齊會上疏, 儕僚推公爲重, 以公所製疏書上, 得正, 仍爲掌務·提調·聰察·强記·栽務·敏給. 鄭林塘惟吉金公貴榮, 每稱其能職. 西厓柳公, 於公有范張之交, 常以大器稱之.

庚辰, 除慶尙都事. 癸未, 尹平壤. 乙酉, 倅加平. 政尙淸簡, 人稱神君. 入爲副正, 有天使黃洪憲·王敬民兩使來, 自矜文翰, 傲睨東人. 公爲接伴都監兼制述官, 與之酬唱篇什, 爲華使所加稱賞. 公知鑑甚明, 性不好奔競. 當汝立虛譽隆洽之時, 擧世波奔. 公嘗於調坐中, 見其有凌厲倨傲之態, 心自絶之, 一未嘗與之交遊. 及變作, 當時士類, 擧皆網打, 公獨免禍, 以此, 人深服其先見. 公與栗谷李先生·松江鄭相公, 有學問同朝之誼, 契好甚密. 李公時掌兵銓, 人勸公往見之. 公曰, "吾與李公, 情好無間, 可以常常尋訪, 而爲銓長時, 則不可也." 竟不往. 人皆義之.

庚寅, 除昌原府使. 持平張雲翼, 以公爲李潑之黨, 論啓罷職. 吏曹判書崔滉, 旣擬公於昌原首望, 而臺啓猝發. 持平白惟咸力救不得, 自來致慰. 鄭松江澈, 亦以臺啓爲非, 欲公之留待, 公知時象可畏, 卽謝絶還鄕. 辛卯, 以國系辨誣, 參光國三等勳, 是年出宰善山. 翌年四月, 島夷猖獗, 蹂躪長驅, 八路震蕩, 嶺南一域, 沒爲賊藪. 營鎭守長, 望風奔潰, 無一嬰城禦賊者. 公獨守城, 募軍聚粮, 與監司金晬·兵使曺大坤, 區畫機策, 而定爲四運之策, 設立四面都廳, 募得壯士許說·金惟一·崔弘儉·金千立等百餘人, 分爲四陣大將, 使之東西備禦, 日夜董練, 軍無惰色, 器亦稍備. 兩使見而稱之曰, "令公設策, 雖古之名將, 無以過矣." 時, 公弟景英, 隨在善山, 與之相訣曰, "犯賊死節 爲國誠切. 此後之事, 何以爲之?" 公曰, "公有父母, 速還家, 可也." 遂與四運諸將, 約結捕倭, 入拜於聖廟, 收位板, 裹以潔席, 埋于校後山谷. 送家廟及家眷于茂朱時, 內從金公喜爲府使矣. 臨別渾眷, 扶抱呼哭, 不忍相離. 公且慰且責曰, "殲賊則相見有日, 不爾則求我於地下." 以死自誓, 蓋其素定也. 賊鋒日熾, 公常慮其猝至, 預選善射者二百餘人, 分隷四陣, 或設伏, 或遊兵, 乍隱乍見, 互爲聲援. 又多備勁弓强弩, 每於要路, 鑿地窟坎, 內置菱鐵, 外布馬柞, 使之誘賊掩殺. 身帶大刀, 領數百人, 出入四陣, 督捕倭賊, 賊甚畏之, 不敢逼. 嘗住兵金烏山下, 賊倭無慮數千, 直前放火, 聲如霹靂, 巖石忽裂, 軍人喪氣, 莫不戰慄. 公少無怖色, 親冒督戰, 衝突賊陣, 亂斫一隊. 賊惶駭失措, 擺爲長蛇陣以耀之, 我亦爲長蛇陣, 變爲鶴翼陣以威之, 我亦爲鶴翼陣. 與賊進退, 整伍吶喊, 賊勢頓挫, 遂使金蓮鋒・許申生等勇士數十輩, 決死赴賊. 羣倭奔潰, 公逐斬三十級, 中傷者, 不知其數. 刀槊等物, 皆獲之. 我軍死者一人. 賊相戒曰, "此必名將, 陣法不可相拒." 移陣遠住. 是日也, 避亂人登山觀望者, 見其炮烟漲天, 喊聲動地, 彼衆我寡, 勢若壓卵, 相顧呼哭曰, "我等之來, 只恃丁爺. 今至若此, 我輩安歸?" 俄見衆賊小退, 公策馬陣前, 兀立無恙, 分軍迭戰, 多斬賊首, 人皆喜而相謂曰, "吾輩可生矣!" 公一日休兵, 假寐之際, 夢有一人, 蹴公起曰, "賊陷京城." 公驚惶覺悟, 有甲士一人, 自京逃來曰, "鑾輿西幸, 賊入都城." 一軍皆驚, 哭聲徹天. 公慮其軍散, 大言曰, "此傳者, 妄也." 亟令斬之. 軍情賴安. 遂下令軍中曰, "主上西狩, 我輩當死, 死則一也, 當死於國耳. 況汝父母被殺, 妻孥被虜, 汝將死矣. 然而徒死無益, 不若殺賊而死也. 從我者生, 不從我者斬." 於是軍心聳感, 無不欲殊死赴戰者. 時仁同・尙州・善山三郡之賊, 其鋒甚銳, 四五千數, 恒留府界, 擧烽相救, 摽掠尤劇. 公與四陣諸將, 謀爲火攻之策. 令諸將往覘賊情, 皆畏縮不敢出. 公遂乘快馬, 使金惟一, 執轡隨之. 賊幕岑寂, 夜眠如羊. 遂因風縱火. 時北風正急, 烈焰熛天, 燒盡賊幕. 後軍繼進, 伏弩四發, 走者相踐, 死者甚衆. 倭馬死者, 三十匹, 輜粮之燒焚者, 不計其數. 方伯致書慰賀曰, "不圖書生之曲設奇策, 至於如此也." 自是, 賊憚公威名, 相與謀殺曰, "必除丁某, 然後吾且無患矣." 遂處處懸榜曰, "善山倅丁某有能捉致者, 賞以金銀, 爵以高官." 日事購捕, 人甚危之. 賊之初入嶺南也, 列邑風靡, 無人抵遏者, 自以謂朝鮮無人焉. 及至善山, 連不得意, 自相畏避, 不敢近善山界. 時左監司鶴峯金誠一, 移爲右監, 海平倅韓孝純, 昇爲左監, 以公爲嶺南官軍大將兼領選義大將. 義士以兵來屬者甚多. 公遂與同志者姜德龍・張義賢等二十五人, 於尙州竹峴, 設立六陣, 游兵往來, 出沒賊藪, 每多全勝. 當時言禦敵之善者, 必稱竹峴六陣之方略. 尙州義兵將李埈・李坤, 及義士鄭麟瑞・尹商弼・盧天瑞・李汝霖・郭應機・黃偉等, 與公相善, 悶公垢瘠之甚. 或以酒來慰曰, "子甚飢寒, 而誰恤誰救? 心許於國, 而人莫知之, 功盖於時, 而賞未褒之, 甚可惜也." 公輒嚬慼曰, "衣君衣, 食君食, 自當盡瘁, 功之賞不賞, 何可爲也? 況西土風霜, 鑾輿蒙塵, 國事搶攘, 懸膽在座, 美味何甘?" 皆謝不受. 時咸昌・尙州儒生等, 上疏列陳道內守令之勤慢, 請斬尙牧及其鄰邑守某某, 而至於善山, 則極稱其克賊保城之功, 爲嶺南第一, 亟加褒賞云. 公在陣, 未嘗近女色. 夜不解衣而寢. 纔宿, 二三更, 輒與諸將咨議. 雖甚病, 未嘗頹枕. 軍食, 每以一升帖食, 所自噉食, 則日不過五六合米. 見者深有食少事煩之憂.

癸巳六月, 天使沈惟敬, 以講和事, 與小西飛・彈守兩倭入府, 謂公曰, "和事已成. 你當捲甲休兵, 勿使斬馘." 公憤然曰, "倭奴無信. 今欲和者, 詐也. 爲朝鮮臣子者, 義不可與此賊讐, 共戴一天. 何以言和?" 沈使默然. 小西飛等, 相與目之曰, "此乃善山倅也." 羣倭側視, 或有拔劒欲投者. 自後諸陣斬馘, 勿令上使, 又募人, 潛入賊中, 與賊同處, 暮夜潛殺, 使之埋置. 如是者不計其數.

甲午, 統制使忠武李公, 啓請公爲從事官. 公卽赴閑山陣, 極陳民弊, 各官都廳設立. 呈浮海六十韻, 褒衮當時之節義, 貶鉞諸將之怯懦, 詩意簡嚴, 人稱其春秋筆法云. 其後要時羅之行間, 李統制見遞, 元均代爲統制, 閑山敗沒, 朝野震驚. 上引備局大臣, 問之, 群臣惶惑, 不知所對. 公直啓曰, "李舜臣, 爲國之誠, 禦敵之才, 古無儔. 臨陣逗遛, 亦是兵家勝籌. 豈可以觀機審勢, 彷徨不戰, 爲其罪案乎? 殿下若殺此人, 其於社稷之亡何!" 是年冬, 錄策軍功. 公管下, 斬馘爲一百五十級, 射殺爲二百, 射中爲九十一, 倭幕焚蕩爲二百餘間, 以此陞通政. 公之在善山也, 劉摠兵失皇朝賜馬三十二匹, 以爲地方人所偸, 有市于色之意. 公從容入對, 四拜而三叩頭. 劉曰, "何以四拜三叩也?" 公曰, "海隅蒼生, 深荷皇上字小之恩, 赫擧天戈, 驅賊海外, 使得耕鑿, 於明天子聖化中, 區區簞壺, 不足以慰答其萬一耳. 敢以謝天子者謝之, 故拜四而叩三也." 劉拱手起曰, "其年幾何? 獻馘幾何?" 公曰, "年今四十餘. 啓聞已三百級." 劉曰, "然則何不超拜虜品, 而在賊要衝之邑乎?" 公曰, "論功則在事定後." 劉曰, "爾國緩矣. 中國則事雖未定, 隨功隨賞也. 吾欲掛紅而未果爾." 遂致敬而去. 自是, 漢人無復敢侮者. 公有榦材, 處事綜核. 變初, 官庫所儲米布, 及閭里遺棄穀物, 皆令輸藏於金烏山道詵窟中. 當我軍飢乏之時, 天兵支供之際, 皆得取辦於此. 是以軍無飢色, 事有措備. 督捕使朴晉·元帥金命元, 見而稱之曰, "以公之私儲, 生色天朝, 國家無事. 公可謂大器局矣. 避亂士女之襁負來依者, 日以千數. 公令置于窟中, 使婦女男子, 各處嚴防, 以明男女之別, 而其壯弱日以窟中米計數給料, 賴以全活, 無一人塡壑者. 嘗在西山角庵, 聞杜鵑聲, 作詩曰, "蜀魄啼山月生, 孤臣淚盡五更. 慇懃再拜三拜, 一夜白髮千莖." 又作蜀魄歌, 以紓悲鬱, 詞甚激烈, 嶺人至今傳誦. 華使呂參軍應鐘, 以善推步善知人, 聞於華夷者也. 與公相厚, 相守累日, 行人金別提復興·督運官魏德毅, 亦在座, 揷劍把酒, 相與慷慨, 作聯句. 呂先成曰, "謾道才惟子建長, 詩腸奈已作愁腸." 公繼之曰, "風稜盡蕩南天外, 危悃崢嶸北斗傍." 金聯之曰, "揮劍未能埋獩貐, 住戈空見縱豺狼." 魏結之曰, "一尊難與消餘恨, 更向東邊怒欲狂." 呂題品曰, "丁淸唱, 金太露, 魏含蓄." 公又制一律曰, "平生不識桑弧事, 白首殘兵鎮海東. 幸借天戈回玉輦, 嶺湖民物更春風." 呂歎曰, "不圖善山君之爲詩至此也. 可謂詩道東矣."

丙申, 朝廷, 以南原爲全羅門戶, 而自楊總兵敗績之後, 邑里蕭條, 城壘蕩析, 非文武兼才者, 莫可鎭禦, 除公南原府使. 公受任於板蕩之餘, 撫綏瘡夷, 修葺傾圮, 未及半載, 一境咸蘇, 百廢俱興. 遺民碑, 至今在府城西. 時覃都司宗仁, 以和事, 自倭入府, 多率漢人, 暴掠我人, 弊不可禁. 公, 一日, 令邑中大小廬舍, 同時毀撤, 使男女負戴, 若作流散之狀. 覃使怪問之, 公曰, "小邦人民, 所以望大人如待父母者, 將拯己於水火之中也. 今反專事摽掠, 人將不堪, 各自爲逃竄之計." 覃使大驚懇公, 使之安集. 公曰, "大人若從吾言, 猶可及止也." 覃曰, "諾." 自後, 彼人有或犯者, 公輒治之不饒, 百姓遂以安堵.

逮至丁酉之亂, 天將楊經理·蕭參政·張參議諸人, 相繼而來. 公爲接伴迎慰使濟紹价之際, 禮貌恭恪, 辭令敏給. 諸華使皆愛敬之, 以東方知禮君子稱之. 方楊元之敗績也, 備局以公爲問慰使. 及其就拿而去也, 公又爲餞慰使. 先時楊深含我國不卽陳奏救解之嫌, 以通謀日本, 合攻遼東, 觀望不援, 孤軍致敗等語, 誣奏天朝, 發明渠罪. 朝家得其秘本, 禍色滔天, 擧朝震恐, 自上有密旨, 令公追往解之. 盖公曾與總兵, 有問慰酬唱之分, 故有是命. 公以理開曉, 分疏明辨曰, “小邦曾被許議後之誣, 將至不測. 天鑑孔昭, 皇上終全字小之恩, 小邦益堅事大之誠, 安敢有一毫他心? 況兇醜焚蕩我宗社, 掘取我陵墓, 不可共戴一天, 又豈有通謀合攻之理乎? 尤爲明知者, 摠兵以先鋒在南原也, 目擊東人見殺之慘. 此事發明, 專在大人. 大人若能明辨, 則雖致峽於一時, 實爲不世之勳.” 楊多發慍語, 末乃開悟曰, “今聞陪臣之言, 果知其曖昧然. 若非陪臣, 你國數月後, 必陷不測矣.” 又曰, “陪臣聞有文章才云. 爲我以南原力戰事做章給我, 則我當發明救活.” 强求不已. 遂成二十七韻詩, 以贈之. 論者以爲公之一言, 能防國家無窮之禍云. 是年冬, 楊員外位, 以贊畫主事來, 發十三道兵馬七十萬衆, 又辦天粮七十萬石, 使東人運致之. 公爲其接伴, 呈文於楊曰, “今者東人力盡, 飛輓極難. 聞旅順口去龍川, 不過水路八九日程, 其間有薪島·鹿島·黃骨石城·長山海城·三懼·平善等島, 頓無覆舟之患. 預令船載, 待春裝發, 則百萬之穀, 可致於旬朔之間. 至於登萊, 則有直到黃海. 寧波, 則有直抵日本之路. 天津·山東, 皆近於忠淸全羅之境. 取此往還, 則何憂乎轉輸之遠也? 且使騾駝輪運, 則積龍灣七萬之穀, 一運可致王京. 此皇朝一日之力, 願大爺圖之.” 楊曰, “陪臣洞知天下道里, 可謂該達.” 卽以水運騾輪之意, 移咨軍門, 爲之接濟. 公之在定州也, 書子曹德光, 以軍機秘書出來, 其書頗甚隱詭, 難曉其義. 公卽一覽記之, 曹甚驚歎, 日夜與之咨謀. 與諸接伴在平壤, 經理楊鎬, 猝問閑山軍數及軍粮多少. 左右皆謝不知, 公卽對無遺, 滿座驚服. 李公白沙恒福, 聞而語人曰, “丁某接伴之薦, 實出於我, 而人所不及處多矣. 我無誤擧之愧矣.” 楊位之接伴也, 楊問曰, “東國山川之險夷, 戰場之形便, 吾未能知. 欲與爾國之將同謀, 而共濟, 多智習兵者, 誰歟?” 公以李忠武爲對曰, “提偏小之舟師, 制百萬之强寇, 小邦之至今支撐者,皆此人之力也." 楊曰, "李舜臣之善戰奇謀, 曾已聞知. 今陪臣之言, 又如此, 果知其信然矣." 方李忠武之就獄也, 西厓柳相公問曰, "元與李是非, 公其知之乎?" 公曰, "但見當李拿而元代也." 大小軍卒, 莫不痛哭曰, "國家亡矣. 其精忠智畧, 可謂超人貫日, 軍情若是. 孰是孰非, 不待論而說可知也." 時, 閑山失守, 諸道舟師, 蕩盡無餘. 公患之, 見備局大臣, 進復設舟師之策. 備局以公所陳, 擧名入啓曰, 銃筒軍人等策, 丁某所畫.

戊戌, 除淸州牧使. 未過一考, 公歎曰, "吾積苦兵間, 精力盡瘁, 年齡且暮, 不堪吏事." 遂棄官而歸, 時年五十七也. 晚年取白沙海亭勝, 扁其堂曰'海隱', 名其臺曰'靑嵐'. 自謂靑霞居士, 盤谷, 其別號也. 常以琴碁詩酒, 日暢嘯詠. 喪祭儀禮, 皆裁定成書. 盤几戶楹, 皆題銘寓儆. 晨謁祠堂, 朔望省掃, 至老未嘗倦廢. 嘗作心學圖, 以授門人. 至易簣, 謂侍者曰, "人間事, 死而後已. 視吾平生, 其知免夫." 遂整衣冠, 考終于霜山本第. 享年六十一.

甲辰, 朝廷以壬辰正後功錄爲一等, 贈嘉善大夫禮曹參判兼同知經筵義禁府事春秋舘事弘文舘提學藝文舘提擧世子左副賓客. 賜効忠仗義廸毅協力宣武原從功臣錄卷. 哀榮之典, 備矣. 配晉州鄭氏, 贈貞夫人. 有一子一女. 子鳴說, 登丙午文科. 女適奉事金憲. 嗚呼! 公孝著於孩提之日, 忠見於板蕩之時. 學透濂洛, 家成詩禮, 績大. 嶺湖人傳丁爺之稱. 名徹天朝, 勳樹再造之基, 而惜其除遇未隆, 曾未試廊廟之用, 退休旣早, 又不永著龜之享, 則豈非其天乎? 公所著述, 皆散逸於燹餘, 有若干卷, 行于世.

六代孫道原謹識

행상

공의 이름은 경달(景達), 자는 이회(而晦), 호는 반곡(盤谷)으로, 오성(筽城) 사람이다. 정씨(丁氏)는 대당(大唐)에서 나와 동방에서 널리 번성하였다. 시조는 이름이 덕성(德盛)으로, 당나라 대중(大中) 연간에 평장사(平章事)로 있으면서 상소했다가 군왕의 뜻을 거스른 일로 옥결(玉玦)을 받고[401] 동방으로 유배되었고 신라의 압해(押海) 지역에 이르게 되었다. 압해는 옛 현(縣)으로, 이후 오성(筽城)에 속하게 된다. 그러한 연유로 자손이 그곳에 적을 두게 된 것이다. 고려 말에 이르러 이름이 찬(贊)인 분은 문과(文科)에 급제하였고 선력좌리공신(宣力佐理功臣) 광록대부(光祿大夫) 지도첨의사사사(知都僉議使司事)가 되었다가 우리 태조(太祖) 때에 대광보국숭록대부(大匡輔國崇祿大夫) 영의정부사(領議政府事)에 추증되고 영성군(靈城君)으로 책봉되었는데, 이가 곧 공의 7대조로서 이때 처음으로 영광(靈光)에 적을 두게 되었다. 고조는 이름이 중린(仲麟)으로 사평(司評)을, 증조는 이름이 윤공(允恭)으로 춘천훈도(春川訓導)를, 조부는 이름이 인걸(仁傑)로 참봉(參奉)을 지냈다. 부친은 이름이 몽응(夢鷹)으로 의정부좌참찬(議政府左參贊)에 추증되었고, 모친은 수원(水原) 백씨(白氏)로 정부인(貞夫人)에 추증되었으니 공이 귀해졌기 때문이다.

공은 가정(嘉靖) 임인년(壬寅年) 7월 초 9일 축시(丑時)에 장흥(長興) 반산(盤山) 안항공(顔巷公)의 옛 집에서 태어났다. 태어날 당시 용꿈과 닭의 상서로움이 있었는데, 점치는 사람이 말하기를, "이 아이는 운명이 진행되고 나이가 들수록 벼슬 명성이 천하에 가득할 것이다."라고 하였다. 공은 자질이 빼어나고 기국(器局)이 순정했으며, 어릴 때부터 이미 타고난 효자였다. 손

---

401) 옥결(玉玦)을 받고 : 『순자(荀子)』「대략(大略)」에 따르면, 임금이 신하와 결별의 뜻을 보일 때에는 한쪽이 떨어진 패옥[玦]을 보내고, 다시 복귀시킬 때에는 고리가 완전히 이어진 옥환[環]을 보낸다고 하였다.

톱으로 모친의 젖에 상처를 낸 적이 있었는데, 모부인이 안무하고 타이르기를, "너는 어째서 내 젖에 상처를 내었느냐?"라고 하였다. 공이 근심스런 듯한 낯빛을 드러내었고 이후 젖을 먹을 때마다 소매에 손을 넣으니 사람들이 모두 기이하게 여겼다. 나이가 겨우 말을 배울 정도가 되었을 때 글을 지을 줄 알았다. 한 번은 연구(聯句)를 지을 때 집자(集字)를 하지 못하자 말로 모부인에게 고하기를, "연기가 오르고 또 오르고 올라 하늘에 구름이 되고, 닭이 울고 또 울고 울어 알을 낳음을 알겠네."라고 하였다. 경어(警語)를 자주 말했는데, 원근의 늙은 유자들이 다투어 와서 시험해보고서 칭찬하고 탄식하지 않은 자가 없었으니 조부 안항공(顔巷公)이 특별히 아끼며 성취가 있을 것으로 기대하였다. 8세 때에 세 가지 학질에 걸려 학문을 폐했다. 그런데 15·6세가 되도록 낫질 않자 공이 드디어 개탄하면서 기운을 내어 말하기를, "학문에 뜻을 둘 나이가 지났는데 학질로 인해 곤욕을 당하다가 끝내 배우지 못한 사람이 된다면 어찌 세상에 쓰일 수 있겠는가?"라고 하였다. 동향(同鄕) 사람 유호인(劉好仁) 선생이 조남명(曺南溟)의 문하에서 득도(得道)하여 후학을 가르치며 울연히 유학의 종장이 되었다. 공이 가서 배알하고 학문을 청하자 유공(劉公)이 말하기를, "성리(性理)의 학문이 있고 과시(科試)의 학문이 있는데 배우고자 하는 바가 무엇인가?"라고 하니, 공이 말하기를, "과거(科擧)는 우연히 찾아오는 물건이니, 청컨대 성리(性理)를 배우고자 합니다."라고 하였다. 유공이 매우 기이하게 여기고서 말하기를, "그대는 지금 『대학(大學)』을 배울 나이이다."라고 하고서 대학을 전수하였다. 공은 정심(正心)과 성의(誠意) 장에 이르러 침잠하고 완미하여 종일토록 단정히 앉아 있었는데, 학문을 시작한 날에 학질이 나았다. 이로부터 학문이 나날이 점점 전진하고 견식이 더욱 넓어졌으며 마침내 사문(斯文)을 자신의 임무로 삼았다.

계해년(癸亥年)에 모친상을 당하여 슬퍼하는 것이 상례를 지나쳤고 상을 마치자 부친의 명에 따라 힘을 다해 과거 시험을 준비하여 융경(隆慶) 경오년(庚午年)에 문과에 급제하였다. 임신년(壬申年) 봄 승평교수(昇平敎授)에 제수되었는데 부임한지 3개월이 지나 부친에 대한 그리움이 끝없이 밀려왔다. 하루는 갑자기 마음이 동요하여 호연히 돌아갈 생각을 하고서 말하기를, "충(忠)은 효에서 생기니 효를 다하지 않고서 충을 다할 수 있는 자는 없다. 돌아보건대 학발(鶴髮)이 계시는 춘당(春堂)의 서녘해가 사랑스러우니, 바로 이른 바 군왕을 섬기는 날은 길고 부친을 섬기는 날은 짧다는 것이다."라고 하였다. 드디어 인끈을 벗어던지고 부친을 뵈러 갔는데, 과연 참찬공(參贊公)은 병이 들어 있었다. 공을 보고서 놀라고 기뻐하며 말하기를, "너는 직무를 잘 수행했느냐?"라고 하였다. 공이 곁에서 모시며 떠나지 않았고 옷과 띠를 풀지 않았으며 약을 먼저 맛보지 않고는 감히 드리지 않았다. 근심이 얼굴에 드러나더니 참찬공은 끝내 일어나지 못했다. 슬퍼하기를 먼저 돌아가신 모친의 상과 똑같이 하니 사람들은 모두 공의 효성이 유란릉(庾蘭陵)과 같다고 하였다. 공은 부모가 모두 돌아가신 뒤로 벼슬길에 뜻을 두지 않고 위기지학(爲己之學)에 전심하였다. 시골에 살면서 옥봉(玉峯) 백광훈(白光勳), 백호(白湖) 임제(林悌), 제봉(霽峰) 고경명(高敬命), 지천(芝川) 김공희(金公喜), 송정(松汀) 김경추(金景秋) 등 제현과 교유했는데 술잔 들고 시를 읊으며 날마다 즐거워하였다.

정축년(丁丑年) 조정에서 저작(著作)·평사(評事)로 여러 번 불렀으나 응하지 않았는데, 이 때문에 지낸 벼슬이 전부 삭탈되었고 일정 기간 동안 서용되지 못했다. 형랑(刑郞) 정윤우(丁允佑)와 최경창(崔慶昌)이 그가 서용되지 못하는 기간을 줄이기 위해 시도했으나 공이 거절하며 말하기를, "시비가 공정해야지 사적인 알선은 내가 바라는 바가 아니다."라고 하니, 그 말을 들은 사람들은 의롭다고 여겼다. 당시에 정사(靖社)의 공을 삭훈(削勳)하는 일로 백관(百官)이 일제히 모여 상소하였는데, 동료들이 공을 추중했으니 공이 제술한 소장이 가장 정도를 얻었기 때문이었다. 이에 장무(掌務)·제조(提調)·총찰(聰察)·강기(强記)·재무(栽務)·민급(敏給)이 되었다. 임당(林塘)

정유길(鄭惟吉), 김귀영(金貴榮)은 그가 직무에 능함을 늘 칭찬하였고, 서애(西厓) 유성룡(柳成龍)은 공과 범식(范式)·장소(張劭)의 교유가 있었으며[402] 항상 큰 그릇이라고 그를 칭송하였다.

경진년(庚辰年)에 경상도사(慶尙都事)에 제수되었고, 계미년(癸未年)에 평양윤(平壤尹)이 되었으며, 을유년(乙酉年)에 가평(加平) 군수가 되었다. 정사를 펼 때 청렴하고 간편한 것을 위주로 하니 고을 백성들이 '신군(神君)'이라고 칭찬하였다. 도성에 들어와 부정(副正)이 되었는데 명나라 사신 황홍헌(黃洪憲), 왕경민(王敬民) 두 명이 와서 문장을 스스로 자랑하며 동방 문사들을 깔보았다. 공이 접반도감(接伴都監) 겸 제술관(制述官)이 되어 그들과 함께 수창했는데 명나라 사신들로부터 크게 칭찬받았다. 공은 감식안(鑑識眼)이 매우 밝고 성품이 분경(奔競)[403]을 좋아하지 않았다. 정여립(鄭汝立)의 헛된 명성이 융성하던 때에 온 세상 사람들이 파도에 휩쓸리듯 했으나 공은 일찍이 좌중에서 어울릴 때 사납고 거만한 태도가 있음을 보고서 마음속으로 관계를 끊고서 한 번도 그와 교유한 적이 없었다. 변란이 일어났을 때 당시 사류들이 모두 일망타진되었으나 공만 홀로 화를 면할 수 있었으니 이 때문에 사람들은 그의 선견지명에 깊이 탄복하였다. 공은 율곡(栗谷) 이선생(李先生), 송강(松江) 정상공(鄭相公)과 같은 조정에 있으면서 학문을 하는 의리가 있었는데 교의가 매우 친밀했다. 이공은 당시 병조판서를 맡고 있었다. 사람들이 공에게 찾아가서 만나볼 것을 권하자 공이 말하기를, "나

---

402) 범식(范式)·장소(張劭)의~있었으며 : 범식과 장소는 후한(後漢) 시대 사람으로, 두 사람은 우정이 매우 두터웠다. 두 사람이 이별할 때 범식이 장소에게 "2년 뒤 돌아올 때 그대의 집에 들르겠다." 하였는데, 꼭 2년째가 되는 날 장소가 닭을 잡고 기장밥을 짓고 범식을 기다리자, 그 부모가 웃으며, "산양은 여기서 천리나 멀리 떨어진 곳인데, 그가 어찌 기필코 올 수 있겠느냐" 하였다. 이에 장소가 "범식은 신의 있는 선비이니, 약속 기한을 어기지 않을 것입니다." 하였는데, 그 말이 채 끝나기도 전에 범식이 도착하였다. 『後漢書』 卷81「范式列傳」 참조.

403) 분경(奔競) : 벼슬을 얻기 위하여, 또는 청탁을 하기 위해 권세 있는 사람의 집을 경쟁적으로 찾아 다니는 것을 말한다.

와 이공은 사이가 틈 없이 좋아서 언제라도 찾아갈 수 있으나 전장(銓長)을 맡고 있을 때에는 불가하다."라고 하고서 끝내 찾아가지 않으니, 사람들이 모두 의롭다고 여겼다.

경인년(庚寅年)에 창원부사(昌原府使)에 제수되었다. 그러나 지평(持平) 장운익(張雲翼)은 공을 이발(李潑)의 당원이라고 하면서 파직을 논계하였다. 이조판서(吏曹判書) 최황(崔滉)은 이미 공을 창원부사 첫째 후보자로 의망하였으나 대계(臺啓)가 갑자기 일어난 것이다. 지평(持平) 백유함(白惟咸)이 힘껏 구원하였으나 되지 않자 친히 와서 위로하였다. 송강(松江) 정철(鄭澈) 역시 대계가 잘못이라고 생각하여 공이 기다리기를 바랐으나 공은 당시 상황이 두렵다는 것을 알고서 즉시 사절하고 고향으로 돌아갔다. 신묘년(辛卯年)에 국계변무(國系辨誣)로 광국공신(光國功臣) 3등에 녹훈되었고 이 해 선산(善山) 군수로 나갔다. 이듬 해 4월 섬나라 오랑캐가 창궐하여 국토를 마구 유린하여 팔도가 요동칠 때 영남 지역은 온통 적의 소굴이 되었다. 영진(營鎭)의 수장들이 기세만 보고서도 달아나 한 명도 성을 굳게 지키며 적을 방어하는 자가 없었다. 공은 홀로 성을 지키면서 군사를 모집하고 식량을 모아 감사(監司) 김수(金睟), 병마절도사 조대곤(曺大坤)과 함께 기책(機策)을 구분하여 세웠는데, 사운(四運)의 계책을 정하고 사방에 도청(都廳)을 설립하고 장사 허열(許說)·김유일(金惟一)·최홍검(崔弘儉)·김천립(金千立) 등 100여 명을 모집하였다. 그들을 구분하여 사진(四陣)의 대장으로 삼고서 그들로 하여금 동서로 방어진을 구축하고 밤낮으로 훈련을 감독하게 하였는데 군인들은 게으른 기색이 없었고 무기도 점차 구비되었다. 양사(兩使)가 그것을 보고 칭찬하기를, "영공의 계책은 옛 명장이라도 더 뛰어나지 못할 것이다."라고 하였다. 당시 공의 아우 정경영(丁景英)이 공을 따라 선산에 있다가 그와 헤어지며 말하기를, "침범한 적을 맞아 죽음을 무릅쓰고 절개를 지키는 것이 나라를 위해 진정 절실합니다. 이 뒤의 일을 어찌하오리까?"라고 하였다. 공이 말하기를, "공은 부모가 계시니 속히 집으로 돌아가는 것이 좋겠소."라고 하였다. 드디어 사운(四運)의 장군들과 왜적을 사로잡기로 약조하고는, 성묘(聖廟)에 들어가 참배하고 위판(位板)을 거두어 깨끗한 자리로 싸서 향교 뒷산 골짜기에 묻었다. 가묘(家廟)와 가족들을 무주(茂朱)로 떠나보낼 때 내종 김공희(金公喜)가 부사(府使)로 있었다. 이별할 때 온 집안이 끌어안고 통곡하며 차마 서로 헤어지지 못했다. 공은 위로하면서도 꾸짖어 말하기를, "적을 섬멸하면 서로 만날 날이 올 것이요, 그렇지 못하면 지하에서 나를 찾으라."라고 하며 죽음으로 스스로 맹세하니 대개 평소 정해둔 뜻이었다. 적의 예봉이 날로 격해지면서 공은 항상 적이 갑자기 올 것을 고려하여 미리 활솜씨가 뛰어난 자 2백여 명을 선발하여 사진(四陣)에 나누어 예속시켰고 혹은 복병을 두고 혹은 유병(遊兵)을 두어 잠깐씩 숨었다가 나타났다 하며 서로 형세를 돕게 하였다. 또 경궁(勁弓)과 강노(强弩)를 많이 준비해두고 항상 요로(要路)마다 땅을 파서 구덩이를 만들고는 안에 마름쇠를 두고, 밖에 거마작(拒馬柞)을 벌여놓고 적을 유인하여 기습해 죽이게 하였다. 몸에 긴 검을 차고 수백 명을 거느리고서 사진(四陣)을 출입하면서 왜적을 단속해 붙잡으니 적군이 몹시 두려워하여 감히 다가오지 못했다. 일찍이 금오산(金烏山) 아래에 군대를 주둔시켰을 때 무려 수천 명의 왜적이 바로 앞에서 화포를 쏘는데, 그 소리는 벽력이 치는 듯했고 암석이 갑자기 무너지니 군인들이 기운을 잃고 두려워 떨지 않는 자가 없었다. 공은 조금도 두려운 기색 없이 친히 전투를 지휘하며 적진으로 돌진하여 일대(一隊)의 적군을 마구 베었다. 적군이 놀라 갈팡질팡하며 장사진(長蛇陣)을 치고서 현혹하니 아군 역시 장사진을 쳤고, 학익진(鶴翼陣)으로 바꾸어 위협하니 아군 역시 학익진으로 대응하였다. 적과 진퇴를 거듭하는 동안 대오를 가지런히 하고서 일제히 함성을 지르자 적세가 갑자기 꺾였고, 드디어 김연봉(金蓮鋒)·허신생(許申生) 등의 용사 수십 명을 시켜 결사적으로 적진에 가서 싸우게 하였다. 왜적들이 달아나자 공이 적군을 쫓아가서 30명의 수급을 베었고, 부상자는 그 수를 헤아리기 어려울 정도였다. 검과 창 등 무기를 모두 압수하였다. 우리 군의 사망자는 1명이었다. 적군이 서로 경계하기를, "이 자는 필시 명장(名將)이니, 진법을 막을 수가 없다."라고 하고서 진을 옮겨 먼 곳에 주둔하였다. 이날 피난민 중에서 산에 올라 관망하던 자들이 연기가 하늘에 자욱하고 함성이 땅에 진동하며 적군이 많고 아군이 적어 형세가 바위에 눌린 계란과 같음을 보고서 서로 돌아보고 통곡하여 말하기를, "우리들이 온 것은 단지 정야(丁爺)를 믿기 때문이다. 지금 이렇게 왔으니 우리가 어디로 돌아가겠는가?"라고 하였다. 잠시 뒤에 많은 수의 적군이 조금씩 퇴각하고 공이 진 앞에서 말을 달리며 아무 탈 없이 우뚝 서서 군대를 나누어 번갈아 전투하여 적의 수급을 많이 베는 것을 보고서 사람들이 모두 기뻐하여 서로 말하기를, "우리들은 살 수 있겠다."라고 하였다. 공이 하루는 전쟁을 멈추고 선잠에 들었을 때 꿈에서 한 사람이 공을 발로 차고 일으키며 말하기를, "적군이 경성을 함락시켰다."라고 하였다. 공이 크게 놀라 잠에서 깨었는데, 경성에서 도망 온 갑사(甲士) 한 명이 말하기를, "군왕의 수레가 서쪽으로 행차하였고, 적군이 도성에 진입했다."라고 하였다. 군사들이 모두 놀랐고, 통곡 소리가 하늘을 꿰뚫었다. 공은 군의 기강이 흐트러질까 걱정하여 큰 소리로 말하기를, "이 소식을 전한 자는 망령된 자이다."라고 하고는 즉시 그의 목을 베게 하니 군정이 마침내 안정되었다. 드디어 군중에 명을 하달하기를, "주상께서 서쪽으로 몽진하셨다면 우리들은 죽는 것이 마땅하다. 죽는 것은 다 똑같다. 마땅히 나라를 위해 죽을 따름이다. 하물며 너의 부모가 피살되고 처자식이 붙잡혀갔다면 너희들은 장차 죽을 것이다. 그러나 헛되이 죽는 것은 무익하니 적군을 죽이고서 죽는 것만 못하다. 나를 따르는 자는 살 것이요, 따르지 않는 자는 목을 벨 것이다."라고 하였다. 이에 군심(軍心)이 감응하여 죽음을 무릅쓰고 전장터로 가려 하지 않는 자가 없었다. 당시 인동(仁同)·상주(尙州)·선산(善山) 세 군(郡) 적군의 기세가 매우 날카로웠다. 사오천 명이 항상 부계(府界)에 남아 봉홧불을 들어 올려 서로 구원하였으나 노략질이 매우 극심하였다. 공이 사진(四陣)의

장군들과 화공(火攻)의 계책을 모의하고서, 장군들에게 가서 적정(賊情)을 엿보게 하였더니 모두들 두렵고 위축되어 감히 나오지 못했다. 공이 드디어 날랜 말을 타고서 김유일(金惟一)에게 고삐를 잡고 따르게 하였다. 적의 군막은 적막한 것이 마치 밤에 양이 잠든 것 같았다. 마침내 바람을 따라 불을 놓았는데, 그때 마침 북풍이 거세게 불어 강한 화염이 하늘로 치솟아 적의 군막이 모조리 불에 탔다. 후군(後軍)이 이어서 전진하였고 매복해둔 쇠뇌를 사방으로 발사하니 달아나는 자들이 서로를 밟고 갔으며 죽은 자가 매우 많았다. 왜적의 죽은 말이 30필이었으며, 불에 탄 수레와 식량은 그 수를 다 헤아리기 어려울 정도였다. 방백(方伯)이 편지를 보내어 위로하고 하례하기를, "서생이 세운 기이한 계책이 이 정도일 줄은 생각지도 못했다."라고 하였다. 이로부터 적군이 공의 위세와 명성을 꺼려 서로 죽일 것을 도모하여 말하기를, "반드시 정모(丁某)를 제거해야만 우리에게 근심이 없을 것이다."라고 하였다. 드디어 곳곳에 방(榜)을 걸었는데 이르기를, "선산 군수 정모를 붙잡아 데려오는 자에게는 금은을 포상하고 높은 관작을 줄 것이다."라고 하였다. 날마다 상금을 걸고 붙잡으려 하니 사람들이 몹시 위태롭게 여겼다. 적군이 처음 영남(嶺南)에 들어왔을 때 여러 고을이 바람에 쏠리듯 무너지고 막는 자가 없어서 스스로 조선에는 인재가 없다고 여겼다. 선산에 이르러 연이어 뜻대로 되지 않자 서로 두려워하여 피하며 감히 선산 경계 근처로 오지 못했다. 당시 좌감사(左監司) 학봉(鶴峯) 김성일(金誠一)이 우감사로 옮겼고, 해평(海平) 군수 한효순(韓孝純)이 좌감사로 승진하였는데, 공을 영남관군대장(嶺南官軍大將)으로 삼고서 영선의대장(領選義大將)을 겸하게 하니, 의로운 선비들 중에서 병사가 되기 위해 온 자가 매우 많았다. 공이 마침내 동지자 강덕룡(姜德龍)·장희현(張羲賢) 등 25인과 함께 상주(尙州)·죽현(竹峴)에 육진(六陣)을 세우고서 유병(遊兵)이 왕래하면서 적군의 소굴을 출몰하게 하였는데 그때마다 대부분 전승을 거두었다. 당시 적군 방어를 잘 한 것에 대해 말하는 자들은 반드시 죽현 육진의 방략(方略)을 칭찬하였다. 상주 의병장 이준(李埈)·이전(李㙉)과 의사(義士) 정인서(鄭麟瑞)·윤상필(尹商弼)·노천서(盧天瑞)·이여림(李汝霖)·곽응기(郭應機)·황위(黃偉) 등이 공과 사이가 좋았는데 공이 매우 초췌한 것을 걱정하였다. 간혹 술을 들고 와서 위로하기를, "자네가 그렇게 춥고 굶주리면서 누굴 구휼하겠나? 마음을 국가에 바치기로 허락했으나 사람들이 알아주지 않고, 공로가 한 시대를 덮을 만한데도 포상을 받지 못하고 있으니 몹시 애석하다."라고 하였다. 공이 문득 인상을 쓰며 말하기를, "군왕의 옷을 입고 군왕의 밥을 먹었으면 스스로 심력을 다하는 것이 마땅하다. 공로에 대해 상을 받고 받지 않고를 어찌할 수 있겠는가? 더욱이 서토(西土)의 풍상 속에 군왕의 수레가 몽진하고 국사가 어지러워 쓸개를 좌석에 매달아 놓았는데 아무리 맛있는 음식이 있다한들 어찌 달겠는가?"라고 하고는 모두 사양하고 받지 않았다. 당시 함창(咸昌)과 상주(尙州)의 유생들이 상소를 올려 도내(道內) 수령들의 부지런함과 태만함을 진술하여 상주 목사와 그 인근 고을 수령 아무개들의 목을 베도록 요청했는데, 선산의 경우는 적군을 이겨 성을 보전한 공로를 영남에서 제일이라고 극력 칭송하고 포상을 크게 해야 한다고 하였다. 공은 진중(陣中)에 있을 때 여색을 가까이 하지 않았다. 밤에 옷을 벗지 않고 잤으며 겨우 잠들어도 2,3경(更)이 되면 문득 장수들과 논의하였다. 비록 병이 심하게 들어도 목침을 기울인 적이 없었다. 군식(軍食)은 항상 한 되 정도만 먹었는데, 스스로 먹은 음식은 하루에 합미(合米) 5·6석에 불과하였다. 그것을 본 자들은 먹을 것은 적고 일이 많음을 매우 걱정하였다.

계사년(癸巳年) 6월 명나라 사신 심유경(沈惟敬)이 강화(講和)의 일로 소서비(小西飛)·탄수(彈守) 양왜(兩倭)와 함께 군부로 들어와 공에게 말하기를, "화친의 일이 이미 성사되었으니 너는 마땅히 병장기를 거두고 전쟁을 멈추어 상대의 수급을 베지 말라."라고 하였다. 공이 분노하여 말하기를, "왜놈들은 신뢰가 없으니 지금 화친하려는 것은 거짓이다. 조선의 신하된 자는 의리상 이 도적 원수들과 함께 같은 하늘 아래에서 살 수 없는데 어찌 화친을 말한단 말이오?"라고 하였다. 사신 심유경이 아무 말을 못하자 소서비 등이 서로 함께 그를 지목하여 말하기를, "이 자가 바로 선산 군수이다."라고 하자 왜군들이 곁눈질하며 쳐다보았고 혹 검을 빼들고 던지려 하는 자가 있었다. 그 뒤로 모든 진(陣)에서 적군의 수급을 벨 때에 상사(上使)를 명대로 하지 않도록 하였다. 또 사람을 모아 적중에 잠입시켜 적과 함께 거처하게 하였다가 깊은 밤에 몰래 죽여 매장하게 하였다. 이와 같이 한 것이 그 수를 헤아리지 못할 정도였다.

갑오년(甲午年)에 통제사(統制使) 이충무공(李忠武公)이 공을 종사관으로 삼도록 계청(啓請)하였다. 공은 즉시 한산(閑山)의 진지로 가서 민간의 폐해와 각 관아에 도청(都廳)을 설립할 것을 극력 진언하였다. 「부해육십운(浮海六十韻)」을 지어 올려 당시의 절의를 칭송하고 장수들의 나약함을 비판하였는데, 시의(詩意)가 간엄(簡嚴)하여 사람들은 춘추필법(春秋筆法)이라고 칭찬하였다. 이후 요시라(要時羅)의 간첩질로 이통제공이 교체되고 원균이 통제사를 대신했으나 한산이 패몰하여 조정과 민간에서 모두 크게 놀랐다. 군왕이 비국대신(備局大臣)을 인견하여 물었으나 신하들이 두렵고 당혹하여 대답을 하지 못했다. 공이 직계(直啓)하기를, "이순신의 나라를 위하는 정성과 적군을 방어하는 재능은 천고에 짝이 없습니다. 전쟁에서 전진하지 않는 것도 병가에서 승리하기 위한 계책인데, 어찌 기회와 형세를 엿보고 주저하여 전쟁하지 않았다는 죄명을 씌울 수 있습니까? 전하께서 이 사람을 죽이신다면 사직의 망함을 어찌하시렵니까?"라고 하였다. 이 해 겨울 군공(軍功)을 책록했는데 공의 관할 하에 참살된 자가 150급이고, 사살된 자가 2백 명, 활에 맞은 자가 91명, 왜군 부대가 불에 탄 것이 2백여 건이었으므로, 이로써 통정대부(通政大夫)에 올랐다. 공이 선산에 있을 때, 유총병(劉總兵)이 황제가 하사한 말 32필을 잃은 것에 대해 지방 사람들이 훔쳐갔다고 여기고서 엉뚱하게 장에 가서 화풀이하는 뜻을 보였다. 공이 조용히 입대(入對)하며 네 번 절하고 세 번 머리를 숙이자 유총병이 말하기를, "어찌하여 네 번 절하고 세 번 머리를 숙이는가?"라고 하니, 공이 말하기를, "해우(海隅) 창생은 황상께서 작은 나라를 보살펴주시는 은혜를 입었습니다. 천자의 군대를 크게 일으켜 적군을 해외로 몰아주시어 백성들이 마음 편히 밭 갈고 우물 팔 수 있게 해주셨으니 명(明) 천자의 성덕에 소박한 음식을 구구하게 드리는 것은 만에 하나도 보답하기에 충분치 못한데, 감히 천자께 사례하는 예로써 감사를 표하지 않을 수 있겠습니까? 그러므로 사배삼고두(四拜三叩頭)를 행한 것입니다."라고 하였다. 유총병이 공손히 손을 잡고 일으키며 말하기를, "나이는 몇인가? 적의 수급을 바친 것은 얼마인가?"라고 하자 공이 말하기를, "나이는 올해 40이 넘었고, 계문(啓聞)에 이미 300급을 올렸습니다."라고 하였다. 유총병이 말하기를, "그렇다면 어찌 높은 품계로 건너뛰어 제수되지 않고 적군이 있는 요충지 고을에 있는 것인가?"라고 하니, 공이 말하기를, "논공(論功)은 일이 정해진 뒤에 있을 것입니다."라고 하였다. 유총병이 말하기를, "너희 나라는 늦도다. 명나라는 일이 다 정해지지 않아도 공에 따라 포상한다. 나는 축하하기 위해 붉은 비단을 걸어두고자 했으나 하지 못했을 뿐이다."라고 하고는 마침내 경의를 다하고서 갔다. 이로부터 한인(漢人) 중에 다시는 업신여기는 자가 없었다. 공은 일을 맡길만한 재능이 있었고, 일을 처리할 때 본말을 종합하여 자세히 밝혔다. 변란 초기에 관아의 곳간에 저장해둔 미포(米布)와 여항에 버려진 곡물을 모두 금오산 도선굴(道詵窟)로 옮겨 보관해두게 하였는데, 우리 군의 식량이 부족할 때, 명군에 식량을 제공해야 할 때 전부 여기에서 취해 마련할 수 있었다. 이 때문에 군인들은 굶주린 기색이 없었고 일이 잘 갖춰질 수 있었다. 독포사(督捕使) 박진(朴晉)과 원수(元帥) 김명원(金命元)이 그것을 보고 칭찬하기를, "공이 사적으로 저장해둔 것 때문에 천조(天朝)에 체면치레하여 국가에 아무 일이 없게 되었다. 공은 기량이 큰 사람이라고 할 수 있다."라고 하였다. 난을 피해 아이를 포대기에 업고 의지하러 온 사녀(士女)가 날마다 천 명이 넘었다. 공이 도선굴 속에 두고서 부녀와 남자들로 하여금 각기 처신을 엄히 방지하게 하여 남녀 간 분별을 분명히 하였고, 씩씩하고 약함에 따라 날마다 굴속의 쌀을 계산하여 지급해주니 그에 힘입어 모든 사람들을 살릴 수 있었으며 구렁에 빠져 죽은 자가 한 명도 없었다. 일찍이 서산(西山) 암자에서 두견새 소리를 듣고 시를 짓기를, "두견새 우는 산에 달이 뜨니, 외로운 신하는 오경에 눈물 흠뻑 쏟네. 간절히 재배, 삼배하노니, 하룻밤 새 백발이 천 가닥 늘었네."라 하였다. 또 「촉백가(蜀魄歌)」를 지어 비탄과 울분을 풀어냈는데, 말이 매우 격렬했으며 영남 사람들은 지금까지도 전송한다. 명나라 사신 참군(參軍) 여응종(呂應鐘)은 천문 역법을 잘 살피고 사람을 잘 알아보는 것으로 화이(華夷)에 소문난 자이다. 공과 사이가 두터웠고 여러 날을 서로 지켰는데, 행인(行人) 별제(別提) 김복흥(金復興)과 독운관(督運官) 위덕의(魏德毅)도 한 자리에 있었다. 검을 꽂고 술을 들고서 함께 강개한 마음으로 연구(聯句)를 지었다. 여응종이 먼저 완성하여 말하기를, "시재는 오직 조자건이 뛰어나다고 말들 하는데, 시심이 어찌 이미 시름겨운 창자를 일으켰던가?"라고 하자, 공이 이어서 짓기를, "늠름한 기풍이 남쪽 하늘 밖으로 다하고, 위태로운 기운이 북두성 옆에 우뚝하네."라 하였다. 김복흥이 연구(聯句)를 짓기를, "검을 휘둘러 오랑캐를 땅에 묻지 못했는데, 전쟁터에서 공연히 승냥이, 이리가 제멋대로 구는 것만 보네."라고 하였고, 위덕의가 말구를 지어 말하기를, "한 동이 술로는 함께 여한을 풀기 어려우니, 다시 동쪽 변경에 가서 미친 듯이 성을 내네."라고 하였다. 여응종이 품제하기를, "정경달은 소리가 맑고 김복흥은 너무 드러냈으며 위덕의는 함축적이다."라고 하였다. 공이 또 한 편 짓기를, "평생 뽕나무활과 쑥대화살 걸 일을 알지 못하다가[404], 백발 되어 잔병(殘兵) 이끌고 해동에 진을 쳤네. 다행히 천자의 군대 빌려 군왕의 수레를 돌렸으니, 영·호남 백성과 만물이 다시 봄

---

404) 평생~못하다가 : 세상을 위해 큰일을 할 것을 생각하지 않았다는 뜻이다. 옛 풍속에 남자가 태어나면 뽕나무 활과 쑥대화살을 문에 달아 장차 천하에 원대한 일을 할 것임을 기대하였던 고사에서 유래한다.

바람 맞게 되었네."라고 하니 영응종이 탄식하기를, "선산 군수의 시 짓는 능력이 이 정도일 줄은 생각지도 못했도다. 시도(詩道)가 동으로 옮겨갔다고 말할 수 있겠다."라고 하였다.

병신년(丙申年)에 조정에서는 남원(南原)을 전라 문호로 삼았으나 양총병이 패한 뒤로 고을이 쓸쓸해지고 성채가 여기저기 뒹굴어서 문무의 재주를 겸한 자가 아니면 진어(鎭禦)할 수 없었는데 이때 공을 남원부사(南原府使)로 임명하였다. 공이 혼란한 상황에 임무를 부여받아 만신창이 된 이들을 위무하고 무너진 담장을 수리하였는데, 반년도 채 되지 않아 온 경내가 다 소생되고 온갖 폐한 것들이 모두 흥기하였다. 유민(遺民)들이 세운 비석이 지금도 부성(府城) 서쪽에 있다. 당시 도사(都司) 담종인(覃宗仁)은 화친할 일로 왜국으로부터 부성에 들어올 때 한인(漢人)을 많이 거느리고 와서 우리나라 사람들에게 포악한 약탈을 자행했는데 그 폐단을 금할 수가 없었다. 공이 하루는 고을 안의 크고 작은 여사(廬舍)를 동시에 허물어 남녀로 하여금 이고 지고 가게 하여 마치 백성들이 떠나고 흩어지는 듯한 형상을 보이게 하였다. 담사(覃使)가 이상하게 여기고서 그 이유를 묻자 공이 말하기를, "소방(小邦)의 백성들이 대인을 부모 대하듯이 바라보는 까닭은 물, 불의 재화 속에서 자신을 구제해줄 것으로 생각하기 때문입니다. 그런데 지금 도리어 오로지 약탈을 자행하고 있으니 백성들이 견디지 못하고 각자 피해 달아날 계책을 세우고 있는 것입니다."라고 하였다. 담사가 크게 놀라 공에게 정성을 다하며 그들을 편안히 있도록 하니, 공이 말하기를, "대인께서 만약 저의 말을 따르신다면 오히려 멈추게 할 수 있습니다." 담사가 말하기를, "그렇게 하리다."라고 하였다. 그 뒤로 저들 중에서 혹 법을 어기는 자가 있으면 공이 그때마다 용서 없이 다스리니, 백성들이 드디어 편안히 살게 되었다.

정유년(丁酉年) 난리에 명나라 장수 양경리(楊經理)·소참정(蕭參政)·장참의(張參議) 등이 서로 연이어 왔다. 공이 접반사(接伴使)와 영위사(迎慰使)로서 소개할 때에 예의가 공손하고 응대의 말이 민첩하여 모든 명나라 사신들이 아끼고 공경히 대우하여 그를 '동방지례군자(東方知禮君子)'로 칭송하였다. 당시 양원(楊元)의 군대가 궤멸되자 비국(備局)이 공을 문위사(問慰使)로 삼았고, 양원이 붙잡혀서 떠날 때에 공이 또 전위사(餞慰使)가 되었다. 이전에 양원은 우리나라가 구해서(救解書)를 즉시 올리지 않았다는 혐의를 마음 속 깊이 품고 있었는데, 일본과 내통하여 요동을 합공하려고 관망(觀望)만 하고 구원하지 않다가 군대가 고립되어 패배하게 되었다는 등의 말로 무함하여 천조(天朝)에 아뢰고 그 죄를 세세히 설명하였다. 우리 조정에서 그 비본(秘本)을 얻었는데 재화의 조짐이 하늘까지 가득하여 온 조정이 크게 두려워하였다. 상이 밀지를 내려 공을 시켜 가서 그것을 해결하게 하였다. 대개 공이 일찍이 총병과 문위사(問慰使)로서 수창한 친분이 있었기 때문에 이러한 명이 있었던 것이다. 공이 이치로 잘 깨우치고 조목별로 변명하여 상세히 변론하기를, "소방(小邦)은 일찍이 허의후(許議後)의 무함을 받아 장차 예측할 수 없는 상황에 이르게 되었지만, 하늘의 보살핌이 매우 밝듯 황상께서 끝까지 소국을 아끼는 은혜를 온전히 해주시어 우리나라는 사대(事大)의 정성을 더욱 굳건히 하고 있는데 어찌 감히 조금이라도 다른 마음이 있겠습니까? 하물며 흉악한 무리들이 우리의 종묘사직을 분탕질하고 우리의 능묘를 도굴하여 같은 하늘 아래에서 살 수가 없거늘 어찌 또 합공(合攻)을 몰래 계획할 리가 있겠습니까? 더욱이 분명히 알고 계신 분인 총병께서 선봉으로 남원에 계실 때 동인(東人)이 피살된 참상을 목격하셨으니 이 일을 분명히 밝히는 일은 오로지 대인에게 달려 있습니다. 대인께서 만약 분명히 변론해주신다면 일시적으로는 피해가 있을 수 있으나 실로 세상에 더없는 공이 될 것입니다."라고 하였다. 양총병은 성내는 말을 많이 하였는데, 끝부분에서 깨닫고서 말하기를, "지금 배신의 말을 들어보니 과연 애매한 점이 있음을 알겠도다. 만약 배신이 아니라면 너희 나라는 수개월 뒤에 헤아리지 못할 화에 빠졌을 것이다."라고 하였다. 또 말하기를, "듣자하니 배신은 문장에 재주가 있다고 하는데, 나를 위해 남원에서 힘껏 싸운 일에 대해 글을 지어 나에게 준다면 나는 상세히 변론하여 구원해줄 것이다."라고 하며 강하게 요구하기를 그치지 않았다. 드디어 27운 시를 지어 주었다. 논자들은 공의 말 한마디가 국가의 끝없는 화를 막을 수 있었다고 하였다. 이해 겨울 원외(員外) 양위(楊位)가 찬획주사(贊畫主事)로 와서 13도의 병마 70만을 출동시켰고 또 천자의 식량 70만 석을 주관하여 우리나라 사람들로 하여금 운반하게 하였다. 공이 접반사로서 양원외에게 글을 드리기를, "지금 우리나라 사람들은 힘이 다하여 군량의 신속한 운반이 몹시 어렵습니다. 듣자하니 여순(旅順) 입구는 용천과의 거리가 수로로 8·9일의 여정에 불과하고, 그 사이에 신도(薪島)·녹도(鹿島)·황골석성(黃骨石城)·장산해성(長山海城)·삼구(三欛)·평선(平善) 등 섬이 있어서 배가 전복될 우려는 전혀 없습니다. 미리 배에 실어났다가 봄철을 기다려 출발한다면 백만의 곡식을 한 달 이내에 도착하게 할 수 있습니다. 등주(登州)·내주(萊州)에 이르면 곧장 황해에 이를 수 있고, 영파(寧波)는 곧장 일본으로 가는 길과 통하고, 천진(天津)·산동(山東)은 모두 충청도·전라도 지역과 가까우니, 이런 상황을 고려하여 왕복한다면 어찌 원거리 수송을 걱정할 필요가 있겠습니까? 또한 노새와 낙타로 운반하게 한다면 용만(龍灣)에 쌓여 있는 7만의 곡식을 한 번의 움직임으로 왕경(王京)에 이르게 할 수 있습니다. 이는 황조(皇朝)에서 하루의 노력이면 되는 것이니 대야(大爺)께서는 헤아려주시길 바랍니다."라고 하였다. 양원외가 말하기를, "배신은 천하의 도리를 분명히 알고 있으니 박통(博通)하다고 할 만하다."라고 하고서 즉시 수로 운반과 노새 수송의 뜻으로 군문에 자문을 보내어 물자를 원조하게 하였다. 공이 정주(定州)에 있을 때 서자(書子) 조덕광(曹德光)이 군사 기밀 서류를 꺼내왔는데, 그 글이 매우 은밀하고 궤탄하여 그 뜻을 알기가 어려웠다. 공은 한 번 보고서 그것을 기억하니 조덕광이 몹시 놀라 탄식하고서 밤낮으로 그와 함께 하며 협의하였다. 여러 접반사들과 함께 평양에 있을 때 경리(經理) 양호(楊鎬)가 갑자기 한산의 군인 수와 군량의 많고 적음을 물었다. 좌우의 사람들은 모두 모른다고 하며 미안해했는데, 공이 남김없이 즉시 대답하니 온 좌중의 사람들이 놀라고 탄복하였다. 백사(白沙) 이항복(李恒福)이 듣고서 다른 사람에게 말하기를, "정 아무개를 접반사로 추천한 것은 실로 내가 한 것인데 보통 사람들이 미치지 못하는 부분이 많으니 나는 잘못 천거한 부끄러움이 없도다."라고 하였다. 양위(楊位)를 접반할 때에 양위가 묻기를, "동국(東國) 산천의 험난함과 평평함, 전장의 형편(形便)을 나는 알지 못한다. 너희 나라 장수와 함께 모의하고 함께 구제하고자 하는데 지혜가 많고 전쟁에 익숙한 자가 누구인가?"라고 하니, 공이 이충무공이라고 대답하며 말하기를, "편소(偏小)한 수군을 이끌고 백만의 강력한 왜구를 제압했으니 우리나라가 지금까지 지탱하고 있는 것은 이 사람의 힘입니다."라고 하였다. 양위가 말하기를, "이순신이 전투를 잘하고 계책이 뛰어나다는 것은 이미 들어서 알고 있다. 지금 배신의 말이 또한 이와 같으니 과연 참으로 그러함을 알겠도다."라고 하였다. 마침 이충무공이 옥에 갇혀 있었는데 서애(西厓) 유상공(柳相公)이 묻기를, "원균과 이순신의 옳고 그름을 공은 아는가?"라고 하자, 공이 말하기를, "단지 이순신이 붙잡히자 원균이 대신하고 있음을 보고 있습니다."라고 하였다. 대소(大小)의 군졸들이 통곡하지 않는 자가 없었는데 말하기를, "이제 국가는 망했다. 정충(精忠)과 지략은 보통 사람을 뛰어넘고 해를 꿰뚫었다고 말할 만한데 군정(軍情)이 이와 같구나. 누가 옳고 누가 그른지는 말하지 않아도 알 수 있다."라고 하였다. 당시 한산의 수비 실패로 여러 도(道)의 수군이 탕진되어 남은 것이 없었다. 공이 그것을 걱정하여 비국 대신을 만나고 다시 수군을 재편할 계책을 올렸다. 비국에서 공이 진술한 바를 가지고 거명(擧名)하여 입계하기를, "총통(銃筩)과 군인(軍人) 등에 대한 계책은 정 아무개가 기획한 것입니다."라고 하였다.

무술년(戊戌年)에 청주목사(淸州牧使)에 제수되었다. 6개월도 지나지 않았는데 공이 탄식하기를, "나는 군대에서 계속 고달픈 생활을 하느라 정력이 소진되고 나이 또한 많아 관리의 일을 감당하지 못하겠다."라고 하고서 드디어 관직을 그만두고 귀향하니 당시 나이 57세였다. 만년에 흰 모래밭 바다 정자의 승경을 취하여 그 당(堂)에 편액하여 '해은(海隱)'이라 하고, 그 대(臺)의 이름을 '청람(靑嵐)'이라고 하였다. 스스로를 '청하거사(靑霞居士)'라 하였고, 반곡(盤谷)은 별호이다. 항상 가야금과 바둑, 시와 술을 날마다 펼치고 노래했으며, 상제의례(喪祭儀禮)를 모두 재정(裁定)하여 책을 지었으며, 소반과 안석, 문과 기둥마다 명(銘)을 써서 경계의 뜻을 붙였다. 새벽에 사당을 배알하고 삭망(朔望)에 성묘하기를 늙어서도 게을리 하거나 폐한 적이 없었다. 일찍이 심학도(心學圖)를 만들어 문인에게 주었다. 세상을 떠날 때[405] 시종에게 말하기를, "세상일은 죽은 뒤에야 끝이 난다. 내 평생을 보건대 이제 면할 줄을 알겠도다."라고 하고는 마침내 의관을 가지런히 하고서 상산(霜山) 본집에서 천수를 마치니, 향년 61세였다.

갑진년(甲辰年) 조정에서 임진란 평정의 공을 1등에 책록하고, 가선대부(嘉善大夫) 예조참판(禮曹參判) 겸 동지경연(同知經筵) 의금부사(義禁府事) 춘추관사(春秋館事) 홍문관제학(弘文館提學) 예문관제학(藝文館提學) 세자좌부빈객(世子左副賓客)을 추증하고 효충장의적의협력원종공신(効忠仗義廸毅協力宣武原從功臣)의 녹권(錄卷)을 하사하니 애도와 광영의 은전이 갖추어졌다. 부인은 진주(晉州) 정씨(鄭氏)로 정부인(貞夫人)에 추증되었다. 아들 한 명과 딸 한 명을 두었는데, 아들 명열(鳴說)은 병오년 문과에 급제하였고 딸은 봉사(奉事) 김헌(金憲)에게 시집갔다. 아! 공은 효성이 어릴 때에 드러났고, 충성은 국가가 혼란할 때에 나타났다. 학문은 염락(濂洛)을 통했고 집안에서는 시와 예의 가르침을 완성했으니 공적이 크다. 영남과 호남 사람들은 정야(丁爺)라는 칭송을 전한다. 이름이 천조(天朝)에까지 알려지고 공훈은 재조지은

---

405) 세상을 떠날 때 : 역책(易簀)은 '대자리를 바꾸었다'는 뜻으로, 학식과 덕망이 높은 사람의 죽음을 말한다. 증자(曾子)가 임종 직전에 계손(季孫)에게 받은 대자리에 누워 있었다. 시중들던 동자가 이것을 말하자 증자가 자신은 대부가 아니기 때문에 그 대자리를 깔 수 없다 하고 예전에 깔던 자리로 바꾸게 한 다음 운명하였다.

(再造之恩)의 기틀을 수립했으나 아쉽게도 관직에 제수됨이 융성하지 못하여 일찍이 조정에 임용된 적이 없었다. 퇴직한 시기가 너무 이르고 또 국가의 원로로서 누린 시기가 길지 못했으니 어찌 하늘의 뜻이 아니겠는가? 공의 저술은 전쟁 통에 모두 산일되었으나 약간 권이 세상에 유행하고 있다.

육대손 도원(道原)은 삼가 기록하다.

墓碣文

王考, 字而晦, 本靈光, 朝鮮宣廟朝人. 麗朝光祿大夫知都僉議使司, 我太祖朝贈大匡輔國崇祿大夫領議政, 封靈城君, 諱贊七代孫也. 贊生生員光永, 光永生生員原之, 原之生司評仲麟, 世居靈光. 曾祖諱允恭, 娶府君朴處義之女, 仍居焉. 長興之有丁氏, 自此始. 祖諱仁傑, 娶金簡之女. 父諱夢鷹, 娶白文孫之女, 生四男, 王考第其二也. 生于嘉靖壬寅七月初九日, 受業于劉天放好仁. 二十九庚午, 登式年文科及第. 自典籍, 歷戶佐刑正, 行慶尙都事, 尹平壤, 而守嘉平, 經京畿御史, 以宗廟執事, 參光國功臣. 及治善山府, 値壬辰倭變, 終始守境, 糾募戰士, 兼爲官軍大將, 斬級五百. 上功備院, 參原從功臣一等, 身昇堂上, 父母贈爵, 特除南原府使. 丁酉, 以天使迎慰使, 仍爲接伴使, 凡八度. 後爲淸州牧使, 沈疾還鄕. 萬曆壬寅十二月十七日, 終于正寢, 壽六十一. 葬于先兆坤坐艮向地. 宣廟時, 追贈嘉善, 加資憲左參贊於先考焉. 配鄭氏, 參奉元孫之女, 生于丁未五月初一日, 終于己巳十二月二十五日, 壽八十三. 生一男一女. 男諱鳴說, 登丙午文科及第. 長孫南一中生員. 女適金憲, 登武科. 萬曆三十年壬寅後四十八年己丑末十二月日, 末孫履一謹述. 嗚呼! 不肖履一生王考旣沒之後, 恨不得親承敎訓, 又不得躬覿事實. 幸其生平事跡, 得存於手記及日記中, 手墨宛然, 歷歷可考. 況先祖妣生前, 常常以王考之言, 責行後孫, 且詢諸鄕里之老, 則王考生時, 孝友于家, 忠信于國, 口不道非禮之言, 居官淸謹,治室朴野, 且精于邵子之學, 而地理兵陣音律之類, 亦無不曉, 用力于實學. 長於文賦, 有訪落瑤池宴賦行于世, 又纂刊海東名臣錄, 號盤谷先生云.

丁卯後二十四年己丑十二月日末 孫履一 泣記

묘갈문

우리 조부는 자가 이회(而晦), 본관은 영광(靈光)으로 조선 선묘(宣廟) 때 사람이다. 고려 조에 광록대부(光祿大夫) 지도첨의사사(知都僉議使司)를 지내고 우리 태조 조에 대광보국숭록대부(大匡輔國崇祿大夫) 영의정(領議政)에 추증되고 영성군(靈城君)으로 책봉된 이름이 찬(贊)인 분의 7대손이다. 찬은 생원(生員) 광영(光永)을 낳고, 광영은 생원 원지(原之)를 낳고 원지는 사평(司評) 중린(仲麟)을 낳았으며 대대로 영광에 살았다. 증조는 이름이 윤공(允恭)으로 부군(府君) 박처의(朴處義)의 딸에게 장가들어 그곳에서 살았다. 장흥(長興)에 정씨(丁氏)가 있는 것은 이로부터 시작되었다. 조부는 이름이 인걸(仁傑)로 김간(金簡)의 딸에게 장가들었다. 부친은 이름이 몽응(夢鷹)으로 백문손(白文孫)의 딸에게 장가들어 아들 넷을 낳았는데, 우리 조부는 그 중 둘째이다. 가정(嘉靖) 임인년(壬寅年: 1542) 7월 초9일에 태어났고 천방(天放) 유호인(劉好仁)에게서 수학하였다. 29세인 경오년(庚午年)에 식년 문과에 급제하였다. 그 뒤로 전적(典籍)으로부터 호조좌랑(戶曹佐郎)·형조정랑(刑曹正郎)을 역임했고 경상도사(慶尙都事)와 평양윤(平壤尹), 가평군수(嘉平郡守)를 맡았으며 경기어사(京畿御史)를 지냈고, 종묘(宗廟)에 집사(執事)한 일로 광국공신(光國功臣)에 참록되었다. 선산부(善山府)를 다스릴 때 임진왜란이 이어나 시종 경내를 지키면서 전투할 군사를 모집하고 아울러 관군(官軍)의 대장이 되어 5백 명의 수급을 베었다. 비원(備院)에 공적이 올라가 원종공신(原

從功臣) 1등에 참록되어 자신은 당상(堂上)에 오르고 부모는 증작(贈爵)되었으며, 남원부사(南原府使)로 특별히 제수되었다. 정유년(丁酉年)에 천사(天使)의 영위사(迎慰使)로써 이어 접반사(接伴使)가 된 것이 총 여덟 번이었다. 이후 청주목사(淸州牧使)가 되었으나 병이 깊게 들어 고향으로 돌아왔다. 만력(萬曆) 임인년 12월 17일 정침(正寢)에서 생을 마치시니 향년 61세였다. 선영의 곤좌간향(坤坐艮向) 땅에 장사지냈다. 선묘(宣廟) 때 가선대부(嘉善大夫)에 추증되었고, 부친에게 자헌대부(資憲大夫) 좌참찬(左參贊)이 가자되었다. 부인 정씨(鄭氏)는 참봉(參奉) 원손(元孫)의 딸로, 정미년(丁未年) 5월 초1일에 태어났고 기사년(己巳年) 12월 25일에 세상을 떠났으니 향년 83세이다. 1남 1녀를 두었는데, 아들은 이름이 명열(鳴說)로 병오년(丙午年)에 문과에 급제하였고, 장손(長孫) 남일(南一)은 생원시에 합격했다. 딸은 김헌(金憲)에게 시집갔는데 그는 무과(武科)에 올랐다. 만력(萬曆) 30년 임인(壬寅) 이후 48년이 지난 기축년(己丑年) 12월일에 말손(末孫) 이일(履一)은 삼가 기술하다. 아! 불초한 나는 우리 조부께서 이미 돌아가신 뒤에 태어나서 친히 가르침을 받지 못하고 또 사실을 직접 보지 못한 것이 한스럽다. 다행스러운 것은 그 생평과 사적이 수기(手記)와 일기(日記) 속에 남아 있어서 수묵(手墨)이 완연한 상태로 역력히 고증할 수 있다는 점이다. 더구나 선조비(先祖妣)께서 생전에 항상 우리 조부의 말을 가지고 후손들을 꾸짖으셨고 또 향리의 여러 노인께 여쭤보니 우리 조부께서 살아계실 때는 집안에서 효도하고 우애하며 국가에 충성하고 신의가 있었으며 입으로는 예가 아닌 말을 하지 않고 관직에 있으면서 청렴하고 근면했으며 집안을 다스림에 순박했다고 한다. 또 소자(邵子)의 학문에 정심하였고 지리(地理)·병진(兵陣)·음률(音律) 등에도 밝지 않음이 없었으니 실학(實學)에 힘을 쓴 것이었다. 문부(文賦)에 뛰어나 「방락부(訪落賦)」와 「요지연부(瑤池宴賦)」가 세상에 전해지고 또 찬간된 『해동명신록(海東名臣錄)』에는 호가 반곡선생(盤谷先生)으로 되어 있다.

정묘년 이후 24년이 지난 기축년 12월일에 말손 이일(履一)이 울면서 기록하다.

淸州牧使丁公景達墓碣銘

丁氏嘗顯于唐矣. 有德盛者, 以門下平章事坐直言, 流新羅之押海縣, 遂爲新羅國人, 宣宗之大中七年也. 屢傳而至贊, 事高麗恭愍王有功, 我朝贈領議政封靈城君. 六世孫夢鷹生公, 幼有壯志, 及長明五經, 中昭敬朝文科, 人且不甚知, 通籍十數年, 廑有一二除命.

萬歷壬辰倭寇至, 公時知善山府, 募壯士陣金烏山下, 斬紅錦將軍, 前後戰數十, 俘獲以千計. 然士卒常不滿百, 潛於賊路, 鑿坎盛蒺藜, 設四面伏, 賊小則嘗之, 多輒合攻, 督諸將獻首級, 若日課然者. 故彼精甲利兵, 日且耗喪, 倭大恚, 懸千金以購公首, 而公不少挫也. 公諱景達, 嘗隱居盤谷山, 自稱靑霞居士. 除順天府學敎授, 乃喟然曰, 事君親, 較日脩短, 昔有許之者, 吾可歸矣. 遂解官不樂仕, 及軍興, 不敢辭. 時統制使李舜臣, 與陳璘、鄧子龍觀兵南海上, 皇朝拜舜臣水軍都督, 遂開府置僚, 啓公爲從事, 贊畫兵食, 倚以爲重焉. 徙知南原府, 譚宗仁因和義南下, 自夸以天朝命吏, 縱兵鈔掠, 民不耐其苦. 公卽撤府中廬舍, 縱士女抱挈提持, 作逋竄狀. 宗仁怪問之, 告曰, 天兵生驕甚, 酒虐于民, 民不寧厥居, 其勢則然爾. 宗仁大驚戢其下, 民且賴安. 於是楊鎬、楊元、張登雲、蕭應宮、刑玠、麻貴、楊位之徒, 連營西北間, 冠盖不絶. 公以接伴, 往復承應, 俱結驩以終始之. 陞淸州牧, 其翌年壬寅卒. 贈禮曹參判, 男鳴說文科都事.

始公之生也, 有異夢, 占之曰, 大名聞天下. 嗟乎! 公智宏而識邃, 踐艱涉險, 張不習之戎, 奮積弱之勢, 以覰虎狼日盛之寇, 宜乎取上將軍不難也, 竟不獲遂焉, 何哉? 南原之役, 楊元左次當死, 乞公詩藏諸衣帶中, 如韓魏公檄任福文, 用乞其生. 當元之帥師南征也, 其旗纛之盛, 卒伍之壯, 果何如哉? 喑啞嗟咄, 衆皆懾伏, 屬國大夫士, 靡不膝行請命, 及其窘也, 公之一詩, 重於百萬之師, 豈其名如彼? 故其爵祿止此, 乘除予奪, 自不得不然而然耶.

萬曆初, 王敬民奉詔至, 與公舟遊楊花津, 相唱和飮酒以娛, 詡以能詩. 有參軍呂應鍾在李如松戲下, 又邀公橫槊賦詩, 歎曰, 詩道東耳, 嗚呼! 盖可以攷公有矣. 銘曰, 余嘗聞盤谷之山, 盖有光怪焯然而蓊蔚者. 知是丁淸州之遺墟, 而卽所謂靑霞之奇氣也耶. 尙爵爵而不能瀉, 歷千秋兮何旣?

通政大夫史曹參議奎章閣檢校直閣知製敎 尹行恁 撰

청주목사 정공경달 묘지명

정씨(丁氏)는 일찍이 당나라에서 현달하였다. 정씨 가운데 성덕(盛德)을 갖춘 자가 문하평장사(門下平章事)로서 직언하다 죄에 걸려 신라 압해현(押海縣)으로 흘러 들어와 마침내 신라인이 되었으니 이때가 선종(宣宗) 대중(大中) 7년이다. 여러 대를 거쳐서 정찬(丁贊)[406]에 이르러서 그가 고려 공민왕 때에 공훈을 세웠는데, 본조에서 그를 영의정(領議政)으로 추증하고 영성군(靈城君)으로 봉하였다. 그의 6세손 이몽응(李夢鷹)이 공을 낳았는데 공은 어려서부터 장대한 뜻을 품었고 성장해서는 오경(五經)에 밝았다. 선조(宣祖)

---

406) 정찬(丁贊) : ?~1364. 고려 후기의 무신. 1354년(공민왕 3) 병마판관(兵馬判官)으로 이방실(李芳實)과 함께 인주(麟州: 평안북도 의주지역)에 침입한 홍건적을 물리쳤다. 1362년 밀직부사(密直副使)가 되었다가 이듬해 이인복(李仁復)과 함께 공민왕의 행궁에 침입하였던 김용(金鏞)의 잔당들을 순군(巡軍)에서 국문하였다. 원나라가 공민왕을 폐위시키고 고려에 침입할 때지밀직사사(知密直司事)로서 서북면도안무사(西北面都按撫使)가 되어 한휘(韓暉)와 함께 원나라의 침입에 대비한 병영을 내왕하며 군사의 동정을 살피는 일을 맡았다. 1364년 최유를 앞세운 원나라 군대를 물리친 뒤 휘하의 병마사 목충(睦忠)이 재상 목인길(睦仁吉)의 세력을 믿고 그를 시기한 나머지 덕흥군과 밀통한다고 무고하여 투옥되었다. 조정에서 그를 순군옥에 가두고 목충과 대질하였으나 누명을 벗지 못하자 그 해 2월에 울분으로 옥중에서 병사하였다.

때 문과에 합격하였으나 사람들이 많이 알지 못하였고, 조관의 명단에 오른 지 10여 년이 지났으나 겨우 한두 번 관직에 제수되었다.

만력(萬歷) 임진년(壬辰年, 1592)에 왜구들이 쳐들어왔다. 공이 이때 선산부사(善山府使)를 맡고 있었는데, 군사들을 모아 금오산(金烏山) 아래에 진을 치며 홍백장군(紅錦將軍)을 베고 전후로 수십 차례 전투를 벌여서 사로잡은 왜적이 수천 명이었다. 그러나 사졸이 항상 백 명을 넘지 못하여 왜적이 가는 길에 숨어 구덩이를 마른 풀잎을 덮어두고 사방에 매복을 시켜, 왜적이 적으면 구덩이를 시험하고 왜적이 많으면 합공하였다. 일과(日課)처럼 여러 장수들에게 왜적의 수급을 바치도록 독려하였기 때문에 적의 정예 병사들이 날마다 줄어들었다. 왜적이 크게 분노하여 공의 수급에 천 냥이라는 현상금을 걸었지만 공은 조금도 기세가 꺾이지 않았다.

공의 휘는 경달(景達)로 일찍이 반곡산(盤谷山)에 은거하여 스스로 청하거사(青霞居士)라 불렀다. 순천부학교수(順天府學敎授)에 제수되자 공이 마침내 한탄하며 "군주와 부모를 섬길 날의 길고 짧음을 따져 사직을 청한 것에 대해 옛날에 허락해준 경우가 있으니[407], 나도 돌아갈 수 있다."라고 하여 마침내 관직을 사양하고 벼슬에 대해서 즐거워하지 않았다. 그러다가 군대가 일어날 때에는 사양하지 않았다. 이때 통제사(統制使) 이순신(李舜臣)이 진린(陳璘)[408], 등자룡(鄧子龍)[409]과 함께 남해에서 군대를 사열하였다. 명나라[皇

---

407) 군주와~있으니 : 이밀(李密)이 사직을 청하면서 「진정표(陳情表)」를 올렸는데, 그 글에서 "신 밀은 나이가 44세이고 조모 유씨의 나이는 지금 96세이니, 신이 폐하에게 절개를 바칠 날은 길고 조모 유씨에게 보은할 날은 짧습니다.(臣密, 今年四十有四, 祖母劉, 今年九十有六, 是臣盡節於陛下之日長, 報劉之日短也.)"라고 하였다. 본문의 표현은 이를 두고 말한 것이다.

408) 진린(陳璘) : 명(明)나라의 장수로, 자는 조작(朝爵)이며 호는 용애(龍厓)이다. 광동(廣東) 나정주(羅定州) 동안현(東安縣) 사람이다. 1598년 6월에 흠차통령수병어왜총병관 전군 도독부도독첨사(欽差統領水兵禦倭摠兵官前軍都督府都督僉事)에 제수되어 조선에 출정하였다.

409) 등자룡(鄧子龍) : 자는 무교(武橋), 강서(江西) 풍성(豐城) 사람으로 명나라 무장이다. 묘족(苗族)의 소란을 평정하여 부총병(副總兵)이 되었고, 정유재란 때 70이 넘은 나이로 진린

朝]에서 이순신을 수군도독(水軍都督)에 제수하자 이순신이 부를 개설하고 관리를 두고는 계청하여 공을 종사로 삼고, 군량미 문제를 도와 계책하도록 하고 의지하여 귀중하게 여겼다. 남원부로 옮겨져 제수되었는데 담종인(譚宗仁)[410]이 화의(和義)로 인하여 남쪽으로 내려와 명나라의 명을 받은 관리임을 과시하며 군사를 풀어 노략질을 하니 백성들이 그 고충을 감당하지 못하였다. 그러자 공이 즉시 남원부 내 임시거처를 거두어 사녀(士女)를 풀어 사람들을 끌고 가도록 하여 달아나려고 하였다. 담종인이 괴이하게 여겨서 까닭을 묻자, 공이 아뢰었다. "천조(天朝)의 병사가 매우 교만하여 백성들에게까지 포악하게 굴기에 백성들이 그 집에서 편안하게 지내지 못합니다. 그러니 그 형세가 이와 같을 뿐입니다." 담종인이 크게 놀라 그 백성들을 안집하자 백성들이 이로써 편안해졌다. 이에 양호(楊鎬), 양원(楊元), 장등운(張登雲), 소응궁(蕭應宮), 형개(邢玠), 마귀(麻貴), 양위(楊位)[411]의 무리들이 진영을 잇달아 배치하자 사신이 끊이지 않았는데, 공이 전반사(接伴使)로 오가면서 응지를 받으니 모두 시종일관 우호를 맺게 되었다. 청주목사(淸州牧使)로 승진되었다가 그 다음 해 임인년(壬寅年, 1602)에 졸하였다. 예조참판(禮曹參判)에 추증되었다. 공의 아들 정명열(丁鳴說)은 문과에 합격하여 도사(都事)가 되었다.

처음 공이 태어날 때에 이상한 꿈을 꾸었는데, 점을 쳐보니, "큰 이름이 천하에 알려질 것이다."라고 하였다. 아! 공의 지혜는 넓고 식견은 깊은데 험난함을 경험하여 익숙하지 않은 전투를 벌여 약한 병력을 모은 기세를 떨쳐서 날로 사나워지는 이리나 호랑이 같은 왜적들을 꺾었으니 마땅히 상

(陳璘)의 부장(副將)으로 참전하여 노량해전에서 혼전 중에 전사하였다.

410) 담종인(譚宗仁) : 명(明)나라 장수로 임진왜란이 발발하자 조선에 들어와 이순신과 함께 전장에 참여하였다. 심유경(沈惟敬)이 부산에 있는 왜적의 진영에서 나와 돌아가자, 종인이 계사년 12월에 유경과 교체되어 가서 청정(淸正, 가토 기요마사)의 진영 속에 오래도록 있으며 빠져나오지 못하다가, 뒤에 계책을 써서 탈출하였다. 병신년 2월에 돌아갔다.

411) 양호(楊鎬)~양위(楊位) : 이들 모두 명(明)나라 장수이다.

장군에 어렵지 않게 올랐을 텐데 끝내 그렇지 못한 것은 어째서인가? 남원의 전투에서 양원이 후퇴하여 머물며 죽을 위기에 빠졌을 때 공의 시를 얻어서, 마치 한기(韓琦)가 임복(任福)에게 쓴 격문처럼[412] 의대(衣帶)에 보관하여 살기를 희망하였다. 유원이 병사를 거느리고 남쪽으로 정벌할 때에 그 성대한 깃발과 씩씩한 군사들이 과연 어떠했겠는가? 아무 말도 하지 않고 한탄하며 백성들이 모두 두려워 복종하였고, 속국의 대부와 선비들이 모두 무릎으로 기며 명을 따르길 요청했을 것이다. 그런데 위기의 순간에 유원은 공의 시를 만 명의 군사보다 더 귀중하게 여겼으니 어찌 그 명성이 이와 같단 말인가? 그러므로 관작과 녹봉이 여기에 그친 것은 인간사 운수가 본래 어쩔 수 없이 그렇게 만든 것이다.

만력 초에 왕경민(王敬民)이 조서를 받들고 와서 공과 함께 양화진(楊花津)에서 배를 타고 놀며 창화(唱和)하고 술을 마시며 시의 재주를 뽐냈다. 그리고 참군(參軍) 여응종(呂應鍾)이 이여성의 휘하에 있었는데 공을 맞이하여 진중에서 시를 즐기고는[413] 탄식하며 "시의 도가 동쪽으로 옮겨갔구나."라고 하였으니 아! 공이 지닌 재주를 상고해볼 수 있다. 다음과 같이 명(銘)을 짓는다.

내가 일찍이 들으니 반곡산은,
찬란히 빛나고 초목이 무성하다.
청주목사 정공께서 남긴 터임을 알겠으니,
이는 바로 청하(靑霞)의 빼어난 기운이 서린 곳이로다.

---

412) 한기(韓琦)가~격문처럼 : 한기와 임복은 송(宋)나라 인물이다. 한기가 서하병(西夏兵)에게 패배하여 자살하였는데, 그 시신을 살펴보니 일전에 한기가 임복에게 써준 격문이 품안에 있었다고 한다.

413) 진중에서~즐기고는 : 원문의 횡삭부시(橫槊賦詩)는 마상에서 창을 가로로 비껴들고 시를 짓는다는 말로, 진중(陣中)에서 시가를 읊는 풍류를 즐긴다는 뜻이다. 『남제서(南齊書)』 권28 「원영조열전(垣榮祖列傳)」에 "조조와 조비는 말에 타면 창을 가로로 비껴들고 시를 읊고 말에서 내리면 담론을 즐긴다.[曹操曹丕上馬橫槊, 下馬談論.]" 하였다.

여전히 울울한 마음을 쏟아내지 못하니,
천년이 지나더라도 어찌 다하랴!"

통정대부 이조참의 규장각 검교 직각 지제교(通政大夫史曹參議奎章閣檢校
直閣知製敎) 윤행임(尹行恁)이 쓰다.

XI. 附錄
부록

讀盤谷丁公亂中日記

冽水 丁鏞 識

讀書摠皆有法. 凡無益於世之書, 讀之, 可如行雲流水, 若其書有裨於民國者, 讀之, 須段段理會, 節節尋究, 不可作午窓禦眠楯而已.

○盤谷之爲此書也, 豈僅爲說其辛苦, 表其勞勩, 以示其子孫? 盖將垂炯戒於國家, 留寶鑑於來哲耳, 凡讀是記者, 宜知此意. 西厓懲毖錄、白沙壬辰錄, 非不詳且覈矣. 二相公, 皆廊廟大臣, 或扈駕西出, 運籌於帷幄之中, 或奉節南來, 考功於簿牒之間. 故其於評一國之大勢, 衡八域之羣機, 則非不偉矣. 至於魚駭獸竄之狀, 風餐露宿之苦, 不若是記之爲一副活畫.

不唯是也, 官卑. 則雖上之所令, 驅而納諸穽擭之中, 而但得屈首奉行, 以受其敗, 跡遠則雖內之所蘊, 有可以旋天地, 轉日月, 而惟有緘口泯默, 以守其分, 此之謂幽憤也. 幽憤者, 無用於當世, 惟有發洩筆墨, 以冀抒之於後世, 此之謂苦心也. 不知小人之依, 則不可以爲國, 不知志士之幽憤苦心, 則不可以爲國. 凡讀是記者, 先於幽憤苦心, 明著厥眼, 庶乎其有益矣.

○壬辰之難, 非如麗季倭寇乘風猝至掩以襲之也. 橘康廣風之於丙戌, 平調信露之於辛卯, 趙憲摣心於草野, 黃允吉質言於筵席. 朝廷旣以邊事爲隱憂, 擇金晬以授嶺南, 擢李舜臣以畀湖南, 機已發矣, 禍已著矣. 又何不壘一石磨一鐵, 以待重門之暴也?

當時之事, 吾聞之矣. 談邊釁者, 爲譸張, 論兵事者, 爲搖惑, 籌司之席, 未嘗不奪色相顧, 出而語人, 則曰太平. 閨門之內, 未嘗不附耳竊言, 出而對客, 則曰無憂.

藩臣牧臣, 承風望旨, 日奏繁絃急管, 以娛女姬曰, 此鎭安民心法, 不知窮蔀夏畦之中, 其揣摩猜度, 已如鬼如神矣. 盤谷公, 當此之時, 以其之才, 亦不敢壘一石磨一鐵, 以虞燃眉之禍者, 誠以擧國之所不爲, 善山無獨爲之道也. 調兵則設四運之法, 禦賊則置四寨之將, 其臨機措畫, 若是其奇妙也, 而猶不敢搖一指動一髮於四月十五之前者, 豈不以上之所厭下不敢爲之歟.

夫禍難, 不可諱也. 吾心之所獨知, 而吾之兄弟, 不知焉, 則諱之於兄弟, 可也, 兄弟之所獨知, 而邦人不知焉, 則諱之於邦人, 可也, 邦人之所獨知, 而敵國不知焉, 則諱之於敵國, 可也, 今也不然. 平秀吉, 敕甲鍛兵, 十有餘年, 日本之人, 皆知之矣. 夫日本之人, 皆知之, 而猶欲諱之於邦人, 豈非惑歟? 凡諱之非計也. 此書凡記風聞, 多非實事. 然猶不刪者, 所以見當時南北阻絶, 聲聞不通, 風聲鶴唳, 訛言日起也. 其中, 亦有實錄, 宜補國史之闕者. 覽者審焉.

반곡 정공의 『난중일기』를 읽고
열수(洌水) 정약용이 쓰다

독서하는 데에는 모두 법이 있다. 세상에 무익한 책을 읽을 때에는 구름이 떠가듯 물이 흐르듯 대충 읽어도 괜찮지만 백성과 나라에 도움이 되는 책을 읽을 경우에는 단락마다 이해해야 하고 구절마다 깊이 궁구해야 하지, 대낮의 창문에서 잠을 막기 위한 방패로 삼아서는 안 된다.

○반곡공이 이 책을 쓴 이유가 어찌 괴로움을 토로하고 수고스러움을 드러내어 그 자손들에게 보여주기 위해서였겠는가? 국가에 분명한 경계를 드리우고 후대에 귀중한 귀감을 남기기 위해서였으니 이 일기를 읽는 자는 마땅히 이 뜻을 알아야 할 것이다. 서애 유성룡의 『징비록(懲毖錄)』과 백사 이항복의 『임진록(壬辰錄)』은 모두 상세하고 명확하다. 게다가 두 상공(相公)은 모두 조정의 대신으로서 왕을 호종하여 서쪽으로 가서 유악(帷幄)에서

계책을 내기도 하고 부절을 받들고 남쪽으로 가 문서에 공로의 평을 남기기도 하였다. 그러므로 온 나라의 대세(大勢)를 평가하거나 팔도의 뭇 일들을 저울질함에 있어서는 그 업적이 위대하지 않은 것이 없다. 하지만 물고기가 놀라고 짐승이 달아나는 형상과 비바람 맞으며 들에서 밥해먹고 지새우는 고초에 대해서는 한 폭의 살아있는 그림이라 할 수 있는 이 일기만 못하다.

이뿐 만이 아니다. 관직이 낮으면 비록 윗사람이 명령하여 함정 속으로 몰아넣더라도 그저 머리를 숙이고 받들어 실행하여 그 실패를 감수해야 하며, 자취가 멀면 지닌 재주가 천지(天地)를 돌리고 일월(日月)을 움직일 수 있다고 하더라도 그저 입을 닫고 묵묵히 그 분수를 지켜야 하니 이를 '유분(幽憤)'이라고 한다. 유분을 당세에 쓰지 못하고 오직 글로써 발설하여 후세에 펴기를 바랄 뿐이니 이를 '고심(苦心)'이라고 한다. 소인들이 아첨하는 것을 알지 못하면 나라를 위할 수 없고 지사(志士)의 유분과 고심을 알지 못하면 나라를 위할 수 없다. 무릇 이 일기를 읽는 자는 먼저 유분과 고심에 대해서 그 눈을 밝게 떠야지만 유익함이 있을 것이다.

○임진왜란은 고려 말 왜구들이 바람을 타고 갑자기 습격해온 일과는 다르다. 귤강황(橘康廣, 타치바나 야스히로)이 병술년(1586)에 조짐을 보였고 평조신(平調信, 다이라 시게노부)이 신묘년(1591)에 기미를 드러내었으며, 조헌(趙憲)이 초야에서 가슴을 쳤고 황윤길이 조정의 연석(筵席)에서 질언하였다. 조정에서 이미 변방의 일을 은근히 걱정하여 김수(金睟)를 뽑아 경상도 관찰사(慶尙道觀察使)에 제수하고 이순신(李舜臣)을 발탁하여 전라좌도 수군절도사(全羅左道水軍節度使)로 보냈으니 기미가 이미 드러냈고 화가 이미 화근이 나타났던 것이다. 그런데 또 어찌 돌 하나라도 쌓고 병기 하나라도 갈아서 성문의 난리를 대비하지 않았는가?

당시의 일에 대해 내가 들은 바가 있다. 변방의 문제를 변론하는 자에게는 허위로 떠든다고 하고 군대의 일을 의론하는 자에게는 선동한다고 하여,

비변사의 좌석에서 당황한 얼굴빛으로 서로 돌아보지만 밖에 나와 사람들에게는 태평하다고 하며, 규문(閨門) 안에서 귀를 대고 소곤거리지만 밖에 나와 손님에게는 걱정이 없다고 하였다. 그리고 지방의 관리들도 그 영향을 받고 그 뜻에 맞추어 날마다 풍악을 울리고 기생과 놀면서, "이것이 민심을 안정시키는 방법이다."라고 하며 가난한 백성과 농부들조차도 귀신처럼 당시 정세를 알고 있다는 사실을 알지 못했다. 반곡공이 당시에 재주 있는 사람으로서 돌 하나라도 쌓고 병기 하나라도 갈아서 다급한 난리를 대비하지 못했던 것은 진실로 온 나라가 하지 않는 일을 선산부사가 홀로 할 수 있는 도리가 없었기 때문이다. 그런데 병사를 훈련시킬 때에는 사운(四運)의 법을 설치하고 적을 막을 때에는 사채(四寨)의 장수를 두었으니 그 임기응변이 이처럼 기묘했다. 그렇지만 4월 15일 이전에 감히 손가락 하나, 털 하나를 움직이지 못했던 것은 아마도 윗사람이 싫어하는 바를 아랫사람이 감히 할 수 없었기 때문일 것이다.

대저 화란(禍難)은 숨겨서는 안 되는 법이다. 자신만 알고 있는 것을 자신의 형제가 모른다면 형제에게 숨길 수 있고, 형제만 아는 것을 나라사람이 모른다면 나라사람에게 숨길 수 있으며, 나라사람만 아는 것을 적국이 모른다면 적국에게 숨길 수 있다. 그런데 당시에는 그렇지 않았다. 평수길(平秀吉, 도요토미 히데요시)이 병장기와 군대를 모은 지가 10년이 넘었으니 일본 사람들이 모두 그것을 알고 있었다. 일본 사람이 모두 아는데 우리나라에서는 백성들에게 숨기려고 했으니 어찌 미혹된 행위가 아니겠는가? 숨긴 것은 좋은 계책이 아니었다. 이 책에서 풍문을 기록한 것 가운데 사실이 아닌 것이 많다. 그럼에도 불구하고 산삭하지 않은 것은 당시에 남북이 가로막혀 소식이 전달되지 않아서 바람소리나 학 울음소리만 듣고도 겁을 먹거나 잘못된 소문이 날마다 일어났기 때문이다. 이 가운데 실제 기록도 있으니 역사서에 빠진 부분을 보충할 수 있다. 보는 자는 잘 살필지어다.

記實

同黨六代孫麟夏謹識

　　國朝人才, 莫盛於穆陵之世, 而時則有若柳相公成龍、權元帥慄、李相公恒福、李相公德馨, 當國搶攘之日, 拔亂捍衛之功, 多有足可聽聞者, 而惟我盤谷公, 與之同心幷力, 共圖恢復之策 實基再造之業, 以傳聞之在鄕人口耳者. 及公日記所載考之, 凡世之鍾鼎於生前, 俎豆於死後者, 孰能與競? 而與向所稱諸名公, 可作伯仲看也. 然而世之言中興之功者, 必曰鰲漢權柳諸人, 而公不稱言者, 何哉? 直以遺澤旣斬, 俗尙日汚, 時人之欽艷取人, 在於功外. 若以實地功烈, 較量乎當時秉軸者, 則月朝最科, 竟歸誰家, 而公之隆功盛烈, 殆將堙沒, 而獨不傳百世之芳, 則豐城之劒, 必將上裌裌於斗牛矣. 識者之恨, 當復如何?

　　公諱景達, 字而晦, 盤谷其號也. 少從鄕先生劉天放好仁學, 劉公卽曹南冥執友也. 其師友淵源, 固自可見, 而平日所以濡染切磨, 成就其德者, 夫豈偶然哉? 及登第, 不事奔競, 學究爲己, 其所與遊, 則尹文貞公根壽、金文正公尙憲、沈一松喜壽、崔孤竹慶昌、宋寒泉象賢、朴思菴淳、尹晴峯承勳、宋一瓢英耈、柳西坰根、韓柳村應寅、鄭林塘惟吉、韓柳川俊謙、李五峯好閔, 俱爲同朝道誼之交, 皆一時名勝也. 論其世, 尙其人, 公之平生, 可知也已.

　　當龍蛇之歲, 島夷搆禍, 大駕去邠, 當時食君衣君之輩, 鼠竄草伏, 滔滔求活, 而公時守善山, 保障江淮, 矢心殉國, 與金監司誠一、曹兵使大坤, 及道內同志之士, 李埈、李㙉、鄭麟瑞輩, 糾合義旅, 設策討捕, 屢奏膚功, 嶺湖以南, 賴以保安, 呼之以丁爺.

　　逮至丁酉, 屢嘗往來於天使, 接伴之命, 發謀出慮, 接濟紹价之際, 辭令敏給, 禮貌恭恪, 諸天使, 皆加敬重, 以東方知禮君子稱之. 一時賓价, 莫敢望而及焉. 其酬唱篇什, 爲呂應鍾、李宗誠輩, 所加獎歎, 稱之爲詩道東矣. 凡所以備嘗艱險, 奔命勞悴, 如彼其可尙, 則論其勳業, 恰可爲銘彝鼎存太常, 而古人所謂歿而可祭於社者, 非公而誰歟?

公之七代孫昊弼甫, 收拾公所著日記, 及家傳遺蹟, 以爲不朽之計, 屬余以讐書之役. 盖草本久在塵箱蠹笥之間, 紙面斷爛, 字畫糜缺, 編多錯落, 甲乙難尋, 參考象秩, 潛究半年, 始克編次, 皆公居家孝友之事, 爲國忠信之績. 開卷瞭如, 公之始終, 備矣. 且夫李忠武謗篋, 一箚解之, 使吾君得免投杼之惑, 楊經理疑案, 片言折之, 使皇上終全字小之恩. 當時諸名公, 亦能有此事否乎? 至若赫赫光國之功, 桓桓宣武之略, 國乘在, 奚待余言而不朽哉!

嗚呼! 公之歿, 幾二百歲, 杞宋耳, 滄桑耳, 幸其不泯而猶存, 亦若有待而不偶然者矣, 不亦愈久而愈可貴也乎? 竊念余爲公之傍裔, 而吾先祖行蹟, 亦多有可傳者, 而俱載篇中, 則余於斯役, 又安敢辭其勞也? 書始工訖, 乃於年譜及日記中, 掇其大槩, 撰爲行錄, 以附卷末. 噫! 觀是記者, 不以文簡辭約爲嫌, 而細攷其實錄, 則庶可見公平生事蹟之大略矣.

실기
같은 동당 6대손 정인하(丁麟夏)가 삼가 기록하다.

국조의 인재는 목릉(穆陵)의 시대[1]에 가장 많았는데, 이때에는 상공(相公) 류성룡(柳成龍), 원수(元帥) 권율(權慄), 상공(相公) 이항복(李恒福), 상공(相公) 이덕형(李德馨)이 있었다. 이들은 국가가 혼란한 시기에 난리를 막고 국가를 보위한 공훈으로 알려진 것이 많다. 우리 반곡공(盤谷公)은 그들과 함께 한마음으로 힘을 합하여 같이 회복(恢復)할 계책을 도모하고 진실로 재조(再造)할 일을 다져서 향인들에게 알려졌다. 공의 일기에 수록된 내용을 참고해건대 생전에 종정(鍾鼎)에다 이름을 새기고 사후에 제사를 흠향할 인물로 누가 공과 겨룰 수 있겠는가? 위에서 말한 여러 이름난 공들과 백중을 겨룰

---

1) 목릉(穆陵)의 시대 : 목릉은 선조(宣祖)의 능호(陵號)로, 목릉의 시대라 하면 선조 시대를 가리킨다.

만하다. 그러나 세상에서 중흥(中興)의 공업을 이야기하는 자들은 반드시 이항복, 이덕형, 류성룡, 권율 등을 말하는데 공에 대해서는 칭찬하지 않으니 어째서인가? 단지 남긴 은택이 이미 마멸되어서, 세속에서 숭상하는 바가 날로 혼탁해져 당시 사람들이 부러워하고 인정하는 점이 공훈 외에 다른 부분에 있었기 때문이다. 만약 실제 공렬을 가지고 당시 권세가들과 따져 비교해본다면 가장 높은 평가[2]는 어떤 인물이 받겠는가? 공의 성대하고 융성한 공렬이 거의 인멸되어서 유독 백세토록 이름을 남기지 못한다면 풍성(豊城) 지역의 검이 반드시 장차 북두성과 견우성 사이를 비출 것이다.[3] 그러니 식자의 한이 또 어떻겠는가?

공의 휘는 경달이요, 자는 이호(而晦), 호는 반곡(盤谷)이다. 어려서 마을 선생인 천방(天放) 유호인(劉好仁)에게 배웠는데, 유호인은 남명 조식의 집우(執友)[4]이다. 그 사우(師友)의 연원을 진실로 볼 수 있으니 평소 감화되고 절차탁마하여 그 덕을 이룬 것이 어찌 우연이겠는가? 급제해서는 명성과 이익을 추구하지 않고 위기지학(爲己之學)을 공부하고 궁구하였다. 교유했던 인물은 문정공(文貞公) 윤근수(尹根壽), 문정공(文正公) 김상헌(金尙憲), 일송(一松) 심희수(沈喜壽), 고죽(孤竹) 최경창(崔慶昌), 한천(寒泉) 송상현(宋象賢), 사암(思菴) 박순(朴淳), 청봉(晴峯) 윤승훈(尹承勳), 일표(一瓢) 송영구(宋英耉), 서경(西坰) 류근(柳根), 유촌(柳村) 한응인(韓應寅), 오봉(五峯) 이호민(李好閔)이었으니, 이들 다 조정에서 함께 지내면서 도의를 쌓은 교우로 한 때 이름나고 빼어난 인물들이었다. 그 세상을 논하고 그 사람을 따져보면 공의 평

---

2) 높은 평가 : 원문의 월조(月朝)는 월조평(月朝評)으로, 후한(後漢) 허소(許劭)가 매달 초하루에 향당(鄕黨) 인물을 평정(評定)하였던 일을 가리킨다. 여기서는 평가라는 의미로 쓰였다.

3) 풍성(豊城)~것이다 : 전쟁의 기운이 충만하다는 뜻으로 다음 고사를 인용한 표현이다. 오(吳)나라 때 늘 보랏빛 기운이 북두성과 견우성 사이를 비추었다. 장화(張華)가 예장(豫章)의 점성가(占星家) 뇌환(雷煥)에게 물었더니 보검의 빛이라 하였다. 이에 장화가 그 주변을 수색하여 옛 풍성(豊城)의 감옥 터 속에서 춘추 시대에 만들어진 두 보검 용천검(龍泉劍)과 태아검(太阿劍)을 발굴했다.

4) 집우(執友) : 뜻을 같이하는 벗을 말한다. 여기서는 아버지의 벗을 가리킨다.

생을 알 수 있다.

용사(龍蛇)의 해5)에 왜적이 쳐들어와 임금이 파천하였다. 당시 군주에게 먹을 것과 입을 것을 바쳐야하는 무리들이 모두 숨어서 계속 살기를 구하였는데 공은 당시 선산(善山)을 지키고 강회(江淮)를 방비하며 순국하기를 맹세하였다. 그리하여 감사(監司) 김성일(金誠一), 병사(兵使) 조대곤(曺大坤) 및 도내에 뜻을 함께 하는 선비였던 이준(李埈), 이전(李㙉), 정인서(鄭麟瑞)들과 함께 의병을 규합하여 왜적을 토벌하고 사로잡을 계책을 강구하여 여러 번 공적을 올렸다. 이 덕택에 영남과 호남 지역은 보존되어서, 공을 '정야(丁爺)'라고 불렀다.

재유정란 때에는 공이 자주 명나라 사신과 왕래하며 갈 때나 올 때나 접빈사의 명을 생각하고 도모하여 접제(接濟)하고 소개(紹价)하는 사이에 사령을 민첩하게 전달하고 예의를 갖춰 공손하니 명나라 사신들이 모두 더욱 존중해서 동방의 예를 아는 군자라고 칭하였다. 그러니 한 때의 접반사들이 감히 바라여 미칠 수가 없었다. 그 수창한 시집은 여응종(呂應鍾)과 이종성(李宗誠)들이 인정하고 감탄하여 "시의 도가 동쪽으로 옮겨갔다"고 칭찬하였다. 무릇 고난을 두루 경험하고 군명에 수고로이 달려갔던 점이 저처럼 가상하니 공훈을 논한다면 거의 이정(彝鼎)6)에 새기고 태상(太常)7)에 보존할 만하다. 고인이 말한 죽은 뒤 사직에서 제사를 받을 자가 공이 아니고서 누구이겠는가?

공의 7대손 정호필(丁昊弼)이 공이 저술한 일기와 가전(家傳)하는 유고를 수합하여 목판에 새기고자 나에게 정서(淨書)하는 일을 부탁하였다. 초본이 오랫동안 먼지 끼고 좀 먹은 상자에 보관되어 종이가 이지러지고 글자가

---

5) 용사의 해 : 임진왜란이 일어난 임진년과 계사년을 뜻한다.
6) 이정(彝鼎) : 종묘(宗廟)에 쓰는 술그릇과 솥으로, 큰 공이 있는 신하의 이름을 새겨 오래도록 전하게 하였다.
7) 태상(太常) : 태상시(太常寺)로서 나라의 제사(祭祀)와 시호(諡號)의 일을 맡던 관아이다. 여기서는 시호를 내릴 법하다는 뜻이다.

깨졌으며 책이 누락된 부분이 많아서 갑과 을을 찾기 힘들었다. 때문에 글자의 형상과 순서를 참고하여 반년 간 침잠하여 궁구한 끝에 비로소 편차할 수 있었으니 모두 공이 집안에 거처하면서 보였던 효성·우애와 관련된 일이고 국가를 위해 충성·신의를 지켰던 공적이었다. 책을 열어 보면 훤하게 공의 전체적인 면이 갖춰져 있다. 게다가 공은 충무공 이순신이 비방을 받았을 때 차자(箚子) 한 편으로 풀려나게 하여 우리 군주가 투저(投杼)의 의심[8]을 하지 않도록 하였다. 또 양경리(楊經理)[9]의 의안(疑案)을 한 마디 말로 꺾어버려서 명나라 황제가 끝내 우리나라를 보존할 은혜를 지키도록 하였다. 당시에 이름난 여러 공들이 또한 이러한 일을 할 수 있었겠는가? 심지어 혁혁하게 나라를 빛낸 공훈과 용감하게 무력을 펼칠 수 있게 한 계략은 역사서에 있으니 어찌 나의 말에 힘입어 후세에 무궁히 전해지겠는가?

아! 공이 돌아가신 지가 거의 200년이니, 증험할 길이 없고[10] 시대가 변해버렸다.[11] 다행히 민멸되지 않고 보존된 것은 또한 기다리는 바가 있어서 우연히 그렇게 된 것이 아니다. 오래될수록 더욱 귀해지지 않겠는가? 생각

---

8) 투저(投杼)의 의심 : 사실무근의 소문으로 잘못된 결정을 한다는 뜻이다. 투저(投杼)는 증자(曾子)의 어머니가 베 짜던 북을 던졌던 고사로, 증자와 성명이 같은 사람이 사람을 죽였는데, 어떤 사람이 증자의 어머니에게 "증삼이 사람을 죽였다."라고 전하니, 증자의 어머니는 "나의 아들은 사람을 죽이지 않는다." 하고 태연하게 베를 짰다. 조금 후에 또 그렇게 전한 사람이 있었으나, 증자의 어머니는 역시 태연스레 베를 짰다. 조금 후에 또 한 사람이 "증삼이 사람을 죽였다."라고 전하니, 증자의 어머니는 북을 던지고 담을 넘어 달아났다 한다.

9) 양경리(楊經理) : 양호(楊鎬, ?~1629)를 가리킨다. 1597년(선조30) 정유재란 때 조선에 온 명나라 말기의 장수로, 경략조선군무사(經略朝鮮軍務使)가 되어 총독 형개, 총병(摠兵) 마귀(麻貴), 부총병 양원(楊元) 등과 함께 참전하였다. 울산에서 벌어진 도산성(島山城) 전투에서 크게 패하였는데 이를 승리로 보고하였다가 들통이 나 파면되었다. 1618년 청나라가 명나라를 침략하자 다시 기용되어 요동(遼東) 등을 경략하였으나, 살이허(薩爾滸) 전투에서 크게 패해 그 책임을 지고 사형 당하였다.

10) 증험할~없고 : 원문의 기송(杞宋)은 춘추 시대에 각각 하(夏)나라와 은(殷)나라를 이었던 나라이다. 공자가 이들 나라에서 하나라와 은나라의 예를 상고하려 하였으나, 증거로 댈 문헌이 없다고 탄식하였다

11) 시대가 변해버렸다 : 원문의 창상(滄桑)은 상전벽해(桑田碧海)와 같은 말로 세상의 심한 변화를 말한다.

건대 나는 공의 방계 후손인데 우리 선조의 행적들 역시 전해질만 한 것이 많으니 함께 문집에 수록하면 내가 이 일에 대해서 어찌 감히 그 수고로움을 사양할 수 있겠는가? 쓰는 일을 비로소 마치고 드디어 연보 및 일기에서 그 대략적인 내용을 절취하여 행록을 지어서 권말에 부친다. 문사가 간략하다는 이유로 싫어하지 않고 세세히 그 실록을 상고한다면 아마도 공의 대체적인 평생의 공적을 볼 수 있을 것이다.

盤山丁氏三世起義詩幷序

國有難, 有官守者, 能出力效誠, 急疾敵愾, 於義當然, 而氣殊勇怯, 志異堅撓, 亦不可人人責備, 況無官守而能辦此者乎? 又況身在草茅, 未嘗致身許國乎? 苟能是, 是爲高人一等, 千百中罕有之也. 我東尙忠義, 當島夷之蛇豕也, 草野士多擧兵禦之. 然往往不習兵, 殉節以死. 惟金石底、郭紅衣諸人, 卒成功, 再見廓乎亦偉哉?

同時有丁氏盤谷公, 以讀書人, 任善山, 設方略, 爲四陣以保境內, 多斬獲, 而後又參謀李忠武軍主, 畫辦餉上功最. 及接伴天將楊元、楊位, 每周旋善處, 竟錄宣武勳, 退老於其王考顔巷丁孝子之鄕以終焉. 盤谷公之子, 霽巖公, 於盤谷公立勳時, 雖家居, 亦嘗往來效力, 及光海朝癸丑, 後托盲廢, 拒絶權奸, 凡十年也. 至甲子亂, 起義兵赴覲, 爲九邑兵粮都有司, 中路聞亂定, 遂罷兵歸. 霽巖公之子, 松隱公, 亦嘗參甲子義兵時, 厥後丙子胡亂日, 自起義提兵, 至淸州, 聞和事成, 慟哭而還. 前已成上舍, 遂不赴擧, 語及之, 義形於色. 盖丁氏三世, 爲國出死力效忠. 盤谷公, 有官守而得成偉功, 霽巖公, 雖通籍, 未始有官守也, 松隱公, 草野士耳, 乃能辦大義無難, 何其千百人所罕有, 而丁氏世有之若是盛也? 苟不固忠義根於天, 家庭有敎詔者, 孰能與是?

盤谷公, 諱景達, 用明經, 陞刑參 官至咸鏡伯, 贈禮曹參判. 霽巖公, 諱鳴說, 闡文科, 官慶尙亞使, 不樂仕, 故不大顯. 松隱公, 諱南一. 三世, 皆能詩文有集. 盤谷卽湖南長興府, 丁氏世基, 名公以自號云. 盤谷師事鄉先生天放劉公好仁, 霽巖、松隱, 嘗請益於旅軒張先生之門. 學問盖有所受, 發之爲事業, 宜其卓然也.

松隱公之孫, 處士公, 諱羽徵, 習文學, 少遊上都, 與吾高祖蓮軒公, 未成童, 契甚厚. 丁氏之人, 世修好不替. 處士公之孫, 松竹堂, 諱道原, 有節槩, 鄉里服其誼. 生丁丑, 至六十六. 聞國家有變, 哭三日不食, 成病, 未竟歲而歿. 噫! 其諸祖忠義之性, 有所傳矣.

松竹公之孫修翼, 携其世乘, 過余沈橋之旅, 縱非世好, 讀是書者, 孰不敬歎其世美也? 勉之哉! 丁生係以詩曰, 國家中葉鬧邊塵, 攘虜殲夷亦有臣. 起義元非干祿士, 論兵飜是讀書人. 輕身擬作山河壯, 閉眼重瞻日月新. 聞說盤岑遺廟側, 大冬松竹葆天眞.

上之十七年 癸丑 孟春 完山 崔鴻晉 謹撰

반산정씨 삼세기의시 병서

국가에 변란이 있으면 관직을 가진 자는 힘을 다해 정성을 바쳐 재빨리 의분(義憤)을 떨치는 것이 의리에 마땅한데 기질이 달라 용맹하기도 하고 겁내기도 하며 뜻이 달라 마음이 견고하기도 하고 흔들리기도 한다. 그러니 또한 저마다 사람들에게 모두 다 갖추기를 요구할 수 없다. 더구나 관직 없이 여기에 힘쓴 자의 경우임에랴! 또 초야에 은거한 채 일찍이 나라에 몸을 바칠 필요가 없는 자의 경우임에랴! 이를 할 수 있으면 그 사람은 매우 뛰어난 인물인데 천 년 동안 거의 없었다. 우리 동방은 충의(忠義)를 숭상하여 왜적이 쳐들어왔을 때에 초야의 선비들 가운데 거병하여 그들을 막은 자가 많았다. 그러나 가끔 전쟁에 익숙하지 않아 절개를 바쳐 죽기도 하였다. 석저장군 김덕령(金德齡)12)이나 홍의장군 곽재우(郭再祐)13)와 같은 인물들은 끝내 공훈을 이루었으니 그 드넓고 큰 공훈을 다시 볼 수 있겠는가?

같은 시기에 반곡공(盤谷公) 정경달이 독서인으로서 선산부사를 맡아 방략(方略)을 설계하여 사진을 쳐서 경내를 지키며 적들을 많이 죽이고 사로잡았다. 그 후 또 군주(軍主) 충무공 이순신의 참모가 되어 군량을 마련할 계책을 세우는 데 가장 큰 공을 세웠다. 명나라 사신 양원·양위를 접반할 때에 매번 주선하고 잘 처리하여 마침내 선무훈(宣武勳)에 기록되었다. 조고(祖考) 안항(顔巷) 정효자(丁孝子)의 고을로 물러나 노년을 보내다가 생을 마쳤다. 반곡공의 아들 제암공(霽巖公)은 반곡공의 공훈을 세울 때에 비록 집안에 있었지만 또한 일찍이 왕래하면서 힘을 다하였다. 광해조 계축옥사 이후 시력이 나빠졌다는 평계로 벼슬길을 끊은 지가 10년이었다. 갑자년 이괄의 난이 일어났을 때 의병을 일으켜 근왕(勤王)하여[14] 다섯 고을의 병사와 군량을 모아 우두머리[都有司]가 되었는데 도중에 난리가 평정되었다는 소식을 듣고 마침내 군대를 해산시키고 돌아왔다. 제암공의 아들 송은공(松隱公)은 또한 갑자년 의병을 일으킬 때 참여했었는데 그 후 병자호란 때 스스로 의병을 일으켜 이끌고서 청주(淸州)까지 왔다가 화친이 이루어졌다는 소식을 듣고는 통곡하며 돌아왔다. 이전에 이미 소과에 합격하였는데 결국 과거에 응시하지 않았으니 남들이 과거에 대한 말을 하면 의분이 얼굴에 드러났다. 정씨 삼대가 나라를 위하여 죽을힘을 다해 충성을 바쳤다. 반곡공은 관직을 가지고서 큰 공훈을 세웠고 제암공은 비록 조관(朝官)의 명단에 이름을 올렸지만 관직을 얻은 적은 없었으며, 송은공은 초야의 선비였다. 이들 모두 거리낌 없이 대의에 힘썼으니 어찌 그리도 천 년간 거의 없는 일

---

12) 김덕령(金德齡) : 1567~1596. 본관은 광산(光山), 자는 경수(景樹), 시호는 충장(忠壯), 광주(光州) 석저촌(石低村) 출신으로 임진왜란 때 공을 세웠지만 모함으로 인해 죽임을 당했다.

13) 곽재우(郭再祐) : 1522~1671. 자는 계유(季綏), 호는 망우당(忘憂堂), 본관은 현풍(玄風)이다. 임진왜란이 일어나자 의령(宜寧)에서 의병을 일으켰는데, '천강홍의장군(天降紅衣將軍)'이라 불렸다. 저서로는 『망우당집』이 있다.

14) 근왕(勤王)하여 : 원문은 '근(覲)'이나 전후 맥락을 고려하여 '근(勤)'으로 수정하여 번역하였음을 밝힌다.

을 정씨 집안에서 이토록 성대하게 있단 말인가! 만약 진실로 천성으로 충의를 가지고 태어나지도 않았고 집안의 가르침이 있지도 않았다면 누가 이러한 일에 참여할 수 있었겠는가?

반공의 휘는 경달로 명경과에 합격하여 형조참판에 올라 관직이 함경도 관찰사에까지 이르렀고 예조참판으로 추증되었다. 제암공의 휘는 명열로 문과에 합격하여 경상아사(慶尙亞使)를 맡았는데 벼슬을 좋아하지 않았으므로 크게 현달하지는 않았다. 송은공의 휘는 남일이다. 삼대가 모두 시문에 능하여 문집이 있다. 반곡은 호남(湖南) 장흥부(長興府)로서 정씨 집안의 대대로 내려온 터인데 이름난 공들이 자호(自號)로 삼곤 한다. 반곡공은 고을의 선생인 천방 유호인을 스승으로 섬겼다. 그리고 제암공과 송은공은 일찍이 여헌(旅軒) 장현광(張顯光)[15]에게 배우길 청하였다. 이렇듯 학문이 대개 받은 바가 있으니 사업으로 드러나는 것이 우뚝한 것도 마땅하다.

송은공의 손자 처사공(處士公)의 휘는 우징(羽徵)으로 문학에 익숙하여 어려서부터 서울에서 유학하면서 우리 고조부 연헌공(蓮軒公)과 함께 성동(成童)도 되기 전에 교분이 두터웠다. 그 후 정씨의 사람들이 대대로 변함없이 우리 집안과 우호관계를 잘 다졌다. 처사공의 손자 송죽당(松竹堂)의 휘는 도원(道原)으로 절개가 있어서 향리 사람들의 그의 도의에 감복하였다. 정축(丁丑)년에 태어나 66세 때에 국가의 변란이 있다는 소식을 듣고 삼 일간 먹지도 않은 채 곡을 하여 병이 나서 그 해를 넘기지 못하고 돌아가셨다. 아! 이는 여러 선조들의 충성스럽고 의로운 성품이 전해진 것이로다.

송죽공의 손자 익진(修翼)이 자기 집안의 세승(世乘)을 들고서 침교(沈橋)

---

15) 장현광(張顯光) : 1554~1637. 본관은 인동(仁同), 자는 덕회(德晦), 호는 여헌이다. 1576년 (선조9) 재사(才士)로 천거되었고, 1595년 류성룡(柳成龍)의 천거로 보은현감을 지냈다. 인조 때 지평·집의·이조 참판·대사헌·지중추부사 등에 20여 차례 제수되었으나 모두 사퇴하고 학문에 전념했다. 1624년(인조2) 이괄(李适)의 난이 진압된 후 부름을 받아 인조에게 정치에 대한 건의를 했고, 1636년 병자호란이 일어나자 각 주·군에 격문을 보내 근왕(勤王)의 군사를 일으켰다. 이듬해 삼전도(三田渡)에서의 항복 소식을 듣고 동해안의 입암산(立嵒山)에 들어가 6개월 후에 죽었다.

에 있는 나의 임시 거처에 들렀다. 비록 대대로 우호를 쌓은 집안사람이 아니라도 이 책을 잃는다면 누가 전대의 훌륭함이 계승되는 것에 대해 공경하고 감탄치 않겠는가? 힘쓸지어다. 정생의 시를 뒤이어 둔다.

나라 중엽에 변방이 요란하자,
적과 오랑캐를 물리쳐 섬멸한 신하가 있었네.
의병을 일으키는 자는 녹봉을 먹는 관리가 아니었고,
계책을 논의한 자는 도리어 독서인이었네.
죽음을 마다치 않던 모습은 장엄한 산하에 견줄 만하고,
눈을 감고 일월(日月)의 새로움을 거듭 바라보았네.
듣건대 반곡(盤谷)에 남겨진 사당 옆에는
한겨울에도 소나무·대나무가 천진(天眞)[16]을 보존한다네.

금상(今上) 17년인 계축년 초봄에 완산(完山) 최명진(崔鴻晉)이 삼가 쓰다.

丁氏三世起義詩幷序

膚必襲蹈, 廸由緹彪, 丁氏之三世義烈, 已可巽揚, 勃勃丹靑, 久猶或渝, 此其竟在寢哉? 卞門同時幷事, 或幾乎倉卒, 如其純, 如其純. 盤谷公捌島醜, 霽巖公挫滋兇, 末又托廢視於昏朝以鞱機, 松隱公㧖奴酋, 夐的達碍旁燭, 各領若束申然, 斯其浩海之樓航, 昏煇之甘石乎? 或曰泉芝淵谷乎哉? 曰顔巷公之以孝聞邦, 非源根歟? 吾先祖海臯公, 調餉湖南也, 傾倒盤谷公, 詡以共濟, 皓星若是, 華藻吾祖, 其猶引諸今.

丁秀士修稷甫, 以其後孫來, 屬吾和其起義詩, 且求綴序. 不敢僭陋辭, 而重有屬

荒之感云. 金烏塵戰蕩烟塵, 公乃當時制勝臣. 傳子傳孫詩禮宅, 爲忠爲義干城人. 堯天化露培元久, 顔巷遺墟立廟新. 鳳水獅山餘帶礪, 至今丹券姓名眞.

前 侍講院 司書 李禮延 謹稿

정씨 삼대 기의시(起義詩) 병서(幷序)

　오랑캐[17]가 쳐들어와 변란을 일으킬 적에 정씨 삼대의 의열(義烈)이 이미 선양할 만하였지만, 성대한 단청(丹靑)[18]이 오래지나 오히려 혹 변하였으니 이렇게 끝내 묻혀버리겠는가? 변씨 가문[19]처럼 한 때의 같은 일을 거의 삽시간에 이루어냈으니 누가 그 순수함만 하겠는가? 반곡공은 왜적을 물리쳤고, 제암공은 흉적을 꺾고서는 말년에 또 혼조(昏朝)[20]에 시력이 나빠졌다는 핑계로 은거하였으며, 송은공은 누르하치[奴酋]를 무찌르고 두루 밝게 제사를 올리는 올렸다. 저마다 중요한 부분에서 삼가 신칙한 행실을 보였으니 이는 넓은 바다에 우뚝한 배며 천문학에 밝았던 석신부(石申夫)와 감공(甘公)이라고 하겠다.[21]

---

17) 오랑캐 : 원문에는 '부(膚)'로 되어 있으나 문맥을 고려하여 '로(虜)'로 수정하여 번역하였다.

18) 공훈[丹靑] : 원문의 '단청(丹靑)'은 기린각(麒麟閣)의 단청으로, 한 선제(漢宣帝) 때 곽광(霍光)·병길(丙吉)·소무(蘇武) 등 11명 공신의 상(像)을 그려 기린각에 걸어 두었던 일을 말한다. 여기서는 정씨 삼대의 공훈이 선양되는 것을 뜻한다.

19) 변씨 가문 : 변씨는 부자간에 충효(忠孝)를 온전하게 실천한 것으로 이름 높은 진(晉)나라 변호(卞壺)를 가리키는데, 형제 여섯 사람이 모두 태보(台輔)에 올라 변씨육룡(卞氏六龍)이라는 명성을 얻었다. 변호는 성제(成帝)가 즉위하여 태후(太后)가 임조(臨朝)할 때 유량(庾亮)과 함께 정사를 보필하였으며, 소준(蘇峻)의 난리 때 온 힘을 다하여 저항하다가 그의 두 아들과 함께 죽었다. 변호와 두 아들이 죽어 시신이 되어 돌아왔을 때 변호의 아내가 시신을 잡고 곡하면서 말하기를 "아버지는 충신이 되었고, 아들은 효자가 되었으니, 무엇을 한하겠는가." 하였다.

20) 혼조(昏朝) : 광해군을 말한다.

21) 넓은~하겠다 : 원문의 누항(樓航)은 큰 배를 의미하는데, 여기서는 크고 우뚝한 공을 의

혹자가 말하였다. "이분들은 깊은 골짜기의 예천(醴泉)이나 지초(芝草)처럼 근원이 없습니까?[22]" 내가 말하였다. "안항공이 효도로서 나라에 알려졌으니 그분이 근원이 아니겠는가?" 우리 선조 해호공(海皥公)께서 호남으로 군량을 조달할 적에 반공공에 감화되어 일을 함께 한 것에 대해 자랑스럽게 생각하셨다. 흰 별이 이와 같이 우리 선조를 문채 냈던 것이 지금까지 여전히 이어진다.

수재(士修) 정수직(丁修稷)이 정씨 삼대의 후손으로 와서 그 기의시(起義詩)에 화운해줄 것을 요청하고 또 서문도 부탁하였다. 내가 감히 내가 감히 외람된 일이자 글솜씨가 부족하다는 이유로 사양하지 못하고 거듭 변변치 못한 나에게 부탁한 데에 감동하는 바가 있어서 시를 짓는다.

> 금오산 전투에서 봉화연기와 먼지가 드날릴 때
> 공이 마침내 당시 뛰어난 신하를 압도했네.
> 자손에게 이어진 시와 예의 집안이요,
> 충성과 의리를 실천한 나라 지킨 인물이라네.
> 요천(堯天)의 화로(化露)에 원기를 배양한 지가 오래되었고
> 안항(顔巷)의 유허(遺墟)에 사당을 세운 것이 새롭다.
> 봉수(鳳水)[23] 사산(獅山)[24]은 충분히 공신을 길이 보존해주니[25]

미하는 것으로 보인다. 또 원문의 감석(甘石)은 천문학의 밝았던 석신부와 감공인데, 여기서는 제암공이 광해군 때 은거했던 일을 비유하여 이 행위가 앞을 내다 본 관찰력이 뛰어났던 행위임을 말하는 것이다.

22) 가문의~있습니까 : 원문의 '천지(泉芝)'는 가문이나 출신에 상관없이 뛰어난 인재가 출현한다는 뜻이다. 삼국 시대 오(吳)나라 우번(虞翻)이 아우에게 보낸 편지에 "지초는 뿌리가 없고 예천은 근원이 없다.(芝草無根, 醴泉無源)" 하였다.

23) 봉수(鳳水) : 전라남도 보성에 있는 봉강리(鳳岡里) 정씨(丁氏) 고택(古宅)의 뒷산에 흐르는 계곡물을 가리킨다.

24) 사산(獅山) : 전라남도 장흥의 산 이름.

25) 공신을~보존해주니 : 원문의 대려(帶礪)는 황하(黃河)가 허리띠처럼 좁아지고 태산(泰山)이 숫돌처럼 작게 되도록 공신의 집안을 영원히 보호해 주겠다는 맹세로서 '산려하대(山礪河帶)'의 준말이다.

지금까지 단권(丹券)의 성명이 참되네.

전 시강원 사서(前侍講院司書) 이예연(李禮延)이 삼가 쓰다.

丁氏三世起義詩幷序

忠義之聲, 能感發人, 能興起人, 雖地遠而世相後, 讀其書, 想其人, 猶尙激昂艶
歎之不已. 余嘗於烝民首章, 得其義矣. 盤谷丁公, 値龍蛇之變, 發謀出氣, 竭誠捍
禦, 精忠偉績, 炳烺人耳目. 及子喬巖公·孫松隱公, 遇國難, 輒紏率鄕旅, 千里勤
王, 義聲隱隱動一國, 何其韙歟? 噫! 公世篤詩禮, 發跡儒科, 猝然遇之, 有奮發敵
愾之勇, 忠肝義肚, 便成傳家心法, 至今南土圭華之間, 能知夫親上死長之義. 於是
乎, 公所學之正, 所立之大, 槩可見矣.

公之後孫修稷甫, 携其三世先藁, 薄遊漢師, 薦紳學士, 聞公忠義, 爭爲歌詩, 以
道其事. 余亦不揆空疎, 敢以蕪語, 足其軸中韻以歸之. 嗚呼車駕昔蒙塵, 公是中興
禦侮臣. 允矣家規傳實地, 由來社祭在斯人. 高山壁立雲煙古, 喬木村深雨露新. 樂
土徜徉仍曠感, 歸盤非獨丈夫眞.

通訓大夫 前 行 靈光郡守 密城 後人 朴英載 謹稿

정씨 삼대 기의시(起義詩) 병서(幷序)

충의의 소리는 사람을 감발시키고 사람을 흥기시키는 법이니, 비록 지역
이 멀고 시대가 뒤떨어져 있어도 그 책을 읽고 그 사람을 상고해보면 여전
히 격앙되고 부러워 감탄해 마지않는다. 내가 일찍이 『시경(詩經)』의 「증민
(烝民)」 시에서 그 의로움을 느꼈다. 반곡(盤谷) 정공(丁公)은 임진년과 계사
년의 변란을 만나서 계책을 내가 기운을 떨쳐서 정성을 다해 방어하였으니
그 순수한 충의와 위대한 공적이 사람들의 눈과 귀에 빛났다. 게다가 그의
아들 제암공과 손자 송은공은 국난을 만날 때마다 의병을 모아 거느리고서
천 리 길을 떠나 근왕(勤王)하였다. 그 의로운 명성이 온 나라에 성대하게
울려 펴졌으니 어찌 그리도 훌륭하단 말인가? 아! 공은 대대로 시와 예에
뛰어나서 유과(儒科)에 두각을 드러내었는데 갑자기 난리를 만나 발분하고
적개심을 일으킨 용기를 가졌다. 그리하여 충간의담(忠肝義膽)이 바로 곧 집
안의 전하는 심법(心法)이 되었으니, 지금 남쪽 지역 사람들이 윗사람을 친
히 여겨 어른을 위해 죽을 줄 알게 되었다.26) 여기에서 공이 배운 바가 바
르고 세운 바가 큰 것을 대략 알 수 있다.

공의 후손 수직(修稷)이 삼대 선인의 원고를 가지고서 서울에 잠시 노닐
었는데, 높은 관리와 학사들이 공의 충의를 듣고서 다투어 시로 불러서 그
일을 말하였다. 내가 무능함을 생각지 않고 감히 엉성한 글솜씨를 가지고
그 시축의 시에 보태어 보낸다.

아! 어가(御駕)가 옛날에 몽진(蒙塵)하였는데,
공이 중흥하여 모신(侮臣)를 막았네.

---

26) 윗사람을~되었다 : 『맹자(孟子)』 「양혜왕 하(梁惠王 下)」에 "임금께서 어진 정치를 행하
기만 한다면 이 백성들이 그 윗사람을 친근하게 여겨 어른을 위해서 자신의 목숨을 기꺼
이 바칠 것이다.(君行仁政, 斯民, 親其上, 死其長矣.)"라는 말이 나온다.

실로 집안의 법도가 실지(實地)에 전해졌으니,

이후로 이 사람은 제사를 받겠지.

벼랑 끝 높은 산에 안개가 예스럽고,

마을 깊은 곳 교목에 이슬이 새롭네.

낙토(樂土)를 배회하며 깊은 감회에 젖으니,

반곡으로 돌아온 것이 장부의 진정함일 뿐만이 아니네.

통훈대부 전 행 영광군수(通訓大夫前行靈光郡守) 밀성(密城) 후인(後人) 박영재(朴英載)가 삼가 쓰다.

丁氏三世起義詩幷序

孔門十哲子路政事中一人, 而請三軍之行, 則夫子不與, 吾知從學問, 而能兼師旅者, 鮮矣. 我東西厓柳相公, 以退門高弟, 嫡傳於性理之學, 而當壬辰之亂, 以都察使, 指揮方略, 能驚倒天將, 殄滅島夷, 勳勞事業, 何其卓卓也?

于斯時也, 盤谷丁公, 亦以斯文自任, 薰陶於南冥, 又與劉天放, 爲道義交. 當板蕩時, 以一善守, 糾合義旅, 能制其莫遏之勢, 捍禦謀畫, 出人尋常. 公眞厓相後一人, 而以文學之才, 兼軍旅之事也. 公以顔巷公之孫, 繼家聲趾厥美, 能孝於家, 而忠於國, 何其韙哉? 公之子霽巖公, 亦以旅軒首弟, 倡義勤王, 聲動一國, 及其孫松隱公, 韋布而氣烈烈, 擧義而痛和議. 丁氏一門, 何其忠義之世世踵美也? 余嘗聞其績, 而欽慕者, 久矣.

盤谷公之後孫修稷甫, 袖其三世遺藁, 來遊漢師, 求辭於搢紳諸宰. 余不敢僭陋辭, 仍爲之序, 續爲之詩. 起義當年却掃塵, 一門三世摠純臣. 功勳在昔扶宗國, 氣節于今聳後人. 幸賴孝孫思不匱, 能令賢祖德猶新. 兼將文學從金革, 進述前休蹟有眞.

通訓大夫 行 司憲府 掌令 密城 後人 朴周煥 謹稿

정씨 삼대 기의시(起義詩) 병서(并序)

공문십철(孔門十哲)인 자로(子路)는 정사(政事)에 빼어난 한 인물이었는데 삼군(三軍)을 인솔하면 누구와 함께할 것인지 묻자, 부자(夫子)께서 인정하지 않으셨다.[27] 내가 학문에 종사하면서도 군대에 일을 겸비하여 능한 자가 드물다는 사실을 알았다. 우리 동방의 상공(相公) 서애 류성룡이 퇴계(退溪) 이황(李滉)의 뛰어난 제자로서 성리학에 대한 정통을 이었다. 임진왜란 당시 도찰사(都察使)로서 군대를 지휘하고 계책을 세워서 명나라 사신들을 놀라게 하였고 왜적을 섬멸하였으니 그 공훈과 사업이 어찌 그리도 우뚝한가?

이때에 반곡 정공이 또한 사문(斯文)을 자임하여 남명 조식에게서 훈도를 받았고, 또 천방 유호인과 함께 도의(道義)로 사귀었다. 난리가 일어났을 때 선산부사로서 의병을 규합하여 막을 수 없는 형세를 제압하였으니 적을 막고 계책을 낸 것이 남들보다 뛰어났다. 공은 진실로 상공 류성룡 이후의 한 인물로서 문학의 재주와 군대의 일을 겸비하여 능한 자였다. 공은 안항공의 손자로서 집안의 명성을 이었고 그 아름다움을 계승하여 집안에서 효도하고 국가에서 충성한 것이 어찌 그리로 훌륭한가! 공의 아들 제암공은 또한 여헌 장현광의 수제자로서 창의하고 근왕하여 명성이 온 나라에 울려 퍼졌다. 게다가 공의 손자 송은공은 포의(布衣)로서 기운이 열렬하여 의병을 일으키고 화의를 애통해 하였다. 정씨 가문에서 어찌 이리도 그 충의가 대대로 훌륭하게 계승되었는가? 내가 일찍이 그 공적을 듣고 흠모한 지 오래되

---

27) 삼군(三軍)을~않으셨다 : 『논어(論語)』「술이(述而)」에 다음과 같은 내용이 있다. 자로(子路)가 "부자께서 삼군을 인솔하고 전장에 나가시게 된다면 누구와 함께 가시겠습니까?(子行三軍則誰與)" 하고 물으니, 공자가 "범을 맨손으로 잡으려 하고 하수를 맨몸으로 건너려다가 죽어도 뉘우침이 없는 자를 나는 함께하지 않을 것이니, 반드시 일을 당하면 두려워하고, 계책을 내기를 좋아하여 성공하는 자라야 할 것이다.(暴虎憑河, 死而無悔者, 吾不與也. 必也臨事而懼, 好謀而成者也.)"라고 하였다.

었다.

　반곡공의 후손 수직(修稷)이 그 삼대유고를 가지고 서울에 와서 노닐면서 고관과 재상들에게 글을 써주길 청하였다. 내가 감히 외람된 일이자 글솜씨가 부족하다는 이유로 사양하지 못하고 인하여 서문을 쓰고 이어서 시를 쓴다.

　　의병이 일으킨 그 해에 적들을 물리쳤으니,
　　한 가문의 삼대가 모두 충신이라네.
　　공훈은 옛날 종국(宗國)을 유지시킨 것이었고,
　　절개는 지금 후인(後人)들을 놀라게 하네.
　　다행히 효손이 끊임이지 않은 덕택에,
　　어진 조고(祖考)의 덕을 오히려 새롭게 만들었네.
　　문학을 겸비하고도 금혁(金革)을 따랐으니,
　　전대의 훌륭한 일을 기술함에 참된 공적이 있다.

　통훈대부(通訓大夫) 행 사헌부 장령(夫行司憲府掌令) 밀성(密城) 후인(後人) 박주섭(朴周燮)이 삼가 쓰다.

　余久客冠山, 於本邑事, 聞知頗詳. 矧玆丁氏累世, 忠孝節義, 照暎人耳目者乎? 友人伯淳甫, 爲請先稿序, 千里入京口. 吾黨大夫士作詩文, 以贊美其蹟, 自不敢後於人, 謹用軸中韻, 以寓曠世之感云爾. 獅岳千尋逈出塵, 穆陵臨御作名臣. 儒家軍旅嗟何事, 野乘風聲詔後人. 三世遺祠鄕薰敬, 百年餘祉典刑新. 向來浪迹長東路, 重到盤中境輒眞.

　塩州 李寬基 穉敎 謹稿

내가 오랫동안 관산(冠山)에서 객지 생활을 했지만 본읍(本邑)에 대한 일은 자못 상세하게 들어 알고 있었다. 하물며 사람들의 눈과 귀를 밝게 비추었던 정씨 대대의 충효와 절의에 있어서랴! 우인(友人)인 백순(伯淳)이 선조 원고에 대한 서문을 요청하려고 천리 길을 달려 서울로 왔다. 우리 당의 사대부들이 시문을 지어서 그 공적을 찬미하였는데, 내가 감히 다른 사람들에게 뒤지지 않고서 시축의 운을 사용하여 세상에 드문 감회를 부친다.

사산(獅山)[28] 천 길이 멀리 세속을 멀리 벗어나 듯,
선조가 천하에 임어(臨御)하실 때 명신이 되었네.
유가에게 군려(軍旅)가 아! 어떠한 일이던가?
야사(野史)에서의 풍성(風聲)이 후인들을 일깨우네.
삼대를 모신 사당은 향당 사람들이 공경하고,
백년 후 남은 후손은 선조를 빼닮았네.
그간 떠돌았던 자취는 동쪽 길에 오래토록 남아있으니,
다시 온 반산엔 정경이 늘 참되다오.

염주(塩州) 치교(穉敎) 이관기(李寬基)가 삼가 쓰다.

敬題盤山丁氏三世起義實蹟

반산(盤山) 정씨(丁氏) 삼세 기의실적(三世起義實)에 삼가 제하다.

崖鶴先推踐履工,　벼랑 위의 학이 먼저 날아오르는 것은 실천하는 공부요,
輸忠仗義是家風,　충성을 바치고 의병을 일으킨 것은 가풍이라네.
才全文武一時盛,　문무(文武)를 겸비한 재주 한때 성하였고,

---

28) 사산(獅山) : 전라남도 장흥의 산 이름.

地控嶺湖千里通.　호남과 영남의 땅이 천리나 통하였네.

聖代卽今無外事,　성세(聖世)인 지금은 다른 일이 없고,

後生也復說前功.　후생들이 또 다시 전대의 공을 말하네.

盤山廟宇長如舊,　반산의 묘우(廟宇) 예전과 그대로 영원할 테니,

誰問遺孫滯野中.　그 후손이 재야에 묻혔다고 누가 물으랴!

校理兪理煥謹稿　교리(校理) 유이환(兪理煥)이 삼가 쓰다.

敬次丁氏三世起義錄韻
정씨삼세기의록(丁氏三世起義錄)의 운을 삼가 차운하다

書生一劍挨煙塵,　서생의 일검(一劍)이 변란을 물리치니,

無愧當時仗鉞臣.　당시 도끼를 든 장수에게도 부끄러움 없다네.

左海風聲能世世,　우리나라에 대대로 명성이 이어졌고,

南天士氣豈人人　남쪽 지역에 사람마다 사기(士氣)가 고무되었네.

張劉門下摳衣早,　장현광과 유호인에게 일찌감치 배움을 청하였고,

盤霽家中錫類新.　반곡공과 제암공의 집안에 효자가 선대를 이었네.

感慨同盟餘後裔,　감개하며 함께 맹세했던 자들의 후손이

相逢那得話心眞.　어느 제나 서로 만나 진심을 토로하겠는가?

完山後人李雲驥謹稿　　완산(完山) 후인(後人) 이운기(李雲驥)가 삼가 쓰다.

敬次丁氏三世忠孝韻

정씨 삼세충효의 운에 차운하다

簪纓華閥擅吾東, 우리나라 휘어잡는 고관대작들은
三世文章孝與忠. 정씨 삼대에 관한 문장에서 충효를 갖추었다고 하네.
月霽層巖明閉眼, 달이 비갠 뒤 층층 절벽에 떠서 밝은 빛이 눈을 가리고,
龍盤雲谷變神功. 용이 구름 낀 골짜기에 서리어 신령의 공력을 변화시키네.
守廬誠切春暉報, 여막을 지키는 간절한 정성이 선친의 은혜를 갚고[29]
掘坎謀深義日紅. 구덩이를 팠던 뛰어난 계책은 의로움이 해처럼 빛났네.
承祖貽孫人莫間, 선조를 계승한 후손을 아무도 혐의하지 못하니
由來清範古家風. 이어온 고결한 법도는 고가(古家)의 유풍이라네.

嶺南檜山居延安副護軍金性淵謹稿　영남(嶺南) 거연안 부호군(居延安副護軍) 김성연(金性淵)이 삼가 쓰다.

自南來者, 語丁氏家, 居冠山下, 世襲忠義, 余艷仰之, 有年, 每以不得詳盡事實爲恨. 今幸丁斯文修稷甫, 袖其世稿入京師, 遍示薦紳諸君子, 盤谷以下三世居家飭行, 爲國敵愾, 本末瞭然. 於是乎更不覺斂衽起敬, 忘其辭拙, 謹步軸中韻云爾. 箕城氏族耀前塵, 忠孝相承作世臣. 爲國危忱殲醜虜, 匡時苦節折奸人. 遺風巷裏琴書古, 喬木盤中雨露新. 幸有肖孫詩禮宅, 古家遺直見天眞.

前持平鄭郁東謹稿

---

29) 선친의～갚고 : 맹동야(孟東野)가 어머니를 생각한 시에, "한 치 풀의 마음[寸草心]으로 봄날 빛 은혜를 갚기 어렵네."라고 하였는데, 여기서는 선친의 은혜에 보은한다는 뜻으로 사용되었다.

남쪽지방에서 온 자가, 정씨 집안이 관산 아래에서 지내면서 대대로 충의를 계승하고 있다고 말하였다. 내가 부러워 우러러 본 지 꽤 되었는데 매번 사적(事實)을 상세히 다 듣지 못한 것을 한스럽게 생각하였다. 지금 다행히 사문(文修) 정수직(丁修稷)이 세고(世稿)를 가지고 서울로 와서 두루 고관과 군자들에게 보여주었으니, 반곡 이후 삼대가 보여준 집안에서의 칙행(飭行)과 나라를 위해 의분을 떨친 면이 빠짐없이 명백하게 보인다. 이에 나도 모르게 옷깃을 여미고 공경하여 나의 졸렬한 글 솜씨를 잊고서 삼가 시축의 시를 수록한다.

오성(筬城)의 씨족은 전대에 공을 빛냈는데,
충효가 이어져 세신(世臣)이 되었다네.
국가를 위한 정성은 추노(醜虜)들을 섬멸하고,
시국을 바로잡는 절개는 간인(奸人)을 물리쳤네.
유풍이 남아있는 마을에는 금서(琴書)가 예스럽고
대대로 살아온 반산에는 우로(雨露)가 새롭구나.
다행히 닮은 손자가 시와 예의 집안에서 태어났으니
고가(古家)의 곧은 기풍을 계승한 자가 천진(天眞)을 보리라.

전 지평(前持平) 정욱동(鄭郁東)이 삼가 기록하다.

天步蒼黃踏穢塵,　나라의 운명이 다급해져 더러운 먼지 날리니,
臨危可以識誠臣.　위기에 임하면 충신을 알 수 있다네.
將軍幕下謀猷士,　바로 장군 막하에 계책을 내던 선비요,
都督筵前慷慨人　도독(都督)의 연석(筵席) 앞에 강개하던 인물이라네.
起義諸公勳業久,　의병을 일으킨 공들은 훈업(勳業)이 오래되었고

賢勞君子感冤新.　수고로운 군자는 원통함이 새롭네.

東方再造其誰力,　우리나라를 재조했던 것은 누구 힘 덕택이었나?

衛國微忠自有眞.　나라를 보위하는 작은 충성은 본래 참된 인물이 가졌다네.

　　　外裔居昌愼德賢謹稿　　　외손 거창(居昌) 신덕현(愼德賢)이 삼가 쓰다.

國憂曾在虜夷塵,　국가의 근심이 일찍이 오랑캐의 변란에 있으니,

時有盤山敵愾臣.　이때 반산에 적개심을 품은 신하가 있었네.

設陣多斬摧賊勢,　진을 쳐서 적을 많이 죽여 그 형세를 꺾고,

參謀辦餉保軍人　참모가 되어 군량을 마련하여 군인들을 보존했네.

起來義旅靑氈舊,　의병을 일으켜 올 때 청전(靑氈)[30]이 예스러웠고

關去佯盲白日新.　서울 떠나 맹인인 척할 때 밝은 해가 새로웠네.

三世令名從古罕,　삼대의 아름다운 명성은 예전부터 드문 것이었으니

風傳松竹繼聲眞.　바람이 소나무·대나무에 전해져 참된 명성이 이어지네.

　　　菁川鄭繼忠謹次　청천(菁川) 정계충(鄭繼忠)이 삼가 차운하다.

廟貌歸然脫俗塵,　사당의 모습 우뚝하여 세속을 벗어난 듯하니,

名家三世聖朝臣.　명가(名家)의 삼대가 성조(聖朝)의 신하라네.

孝聲矜式南湖士,　효성스럽다는 명성은 호남 선비들이 본받고,

忠蹟歌謠左海人　충성스러운 공적은 동방 사람들이 노래 부르네.

---

30) 청전(靑氈) : 선조(先祖)의 유물(遺物)이라는 뜻이다. 진(晉)나라 왕헌지(王獻之)의 집에 좀도 둑이 들었을 때, 다른 물건을 훔칠 때에는 모르는 체하고 누워 있다가, 탑상(榻牀)에 올라 손을 대려 하자, "그 청전은 우리 집안의 오래된 물건이니 그냥 놔둘 수 없겠는가?(靑氈我 家故物, 可特置之?)"라고 말하여, 도둑을 깜짝 놀라게 했다는 고사에서 나온 말이다.

霽月留輝瞻仰舊,　빛나는 제월(霽月)을 우러러봄이 예전과 같고,
盤阿省事穆將新.　반성했던 반산에는 제사가 새롭네.
醴樽牲豆淸芬地,　예준(醴樽)과 생두(牲豆)를 갖춘 맑은 분지(芬地)에,
想見先生養性眞.　선생께서 참된 성정을 기르는 모습을 떠올리리.

　　外裔篸城金尙燦謹次　　　외손 오성(篸城) 김상찬(金尙燦)이 삼가 차운하다.

繡梓審遺蹟,　　간행한 것은 실로 공훈을 남기는 것이니
待時道益彰.　　시간되면 도가 더욱 드러나리라.
班班忠孝外,　　드높은 충효 외에도
餘事又文章.　　여사(餘事)가 바로 문장이었네.

　　後生蓮汀尹奎宷謹稿　　　후생 연정(蓮汀) 윤규채(尹奎宷)가 삼가 쓰다.

跋

　右亂中日記二卷, 卽先祖盤谷公日記中, 抄取百一者也. 舊本日記九卷, 多先祖手筆, 歲久殘缺, 或不可考. 乾隆壬子間, 我正宗大王, 命內閣, 撰李忠武公全書. 自內閣, 旁搜典籍時, 宗兄修翼, 持舊本日記, 上京獻于書局, 俾資採錄. 厥明年, 忠武之孫李公民秀, 宰雲峯, 宗兄時往見之, 李公厚賜紙物, 令取舊本脫稿. 於是改錄之爲四卷, 不復分篇.

　嘉慶辛酉冬, 丁承旨鏞, 謫康津, 粤十五年, 乙亥, 修七與從弟修恒, 持舊本新本, 就謫居之茶山草菴, 乞其刪正, 承旨公樂爲之役. 其萬曆壬辰癸巳日記, 少所刪, 申午乙未日記, 多所刪, 丙申日記, 本缺, 丁酉戊戌日記, 少所刪, 己亥庚子辛丑壬寅日記, 刪略殆盡, 惟存百一. 盖其去取, 惟視事實, 其有關於時事, 而可考其奔走効力之實者, 存而勿刪, 其田園逍遙鄕里懽會, 不足以備, 野史者, 刪之不錄. 是其例也. 書凡二篇.

工將訖, 李公民秀, 又以水軍節度, 來海南, 修七以是書往示之. 李公亟稱其精確中節, 勸付剞劂, 顧力綿不能, 姑藏巾衍, 以俟來者. 嗟乎! 傷哉貧也.

丁丑南至前五日不肖孫修七謹識

발문

이상은 『난중일기(亂中日記)』 2권으로, 선조 반곡공의 일기 가운데 백분의 일을 가려 뽑은 것이다. 구본(舊本) 일기는 9권으로 대부분 선조께서 직접 쓰신 것인데 오랜 세월이 지나서 잘되어 간혹 상고할 수 없다. 건륭(乾隆) 임자년(1792)에 우리 정조 대왕께서 내각에 명을 내려 『이충무공전서(李忠武公全書)』를 편찬하게 하였다. 내각에서 전적을 두루 모을 때에 종형인 수익(修翼)이 구본 일기를 가지고서 상경하여 서국에 올려, 채록하는 데 자뢰(資賴)하도록 하였다. 그 다음해 충무공의 손자 이민수(李民秀) 공이 운봉(雲峯)에 현령으로 있었는데 종형이 이때 찾아뵈니, 이공이 후하게 지물(紙物)을 내려 구본을 가져다 탈초하게 하였다. 이에 개수하여 기록한 것이 4권이었고, 다시 분책하지 않았다.

가경(嘉慶) 신유년(1801) 겨울에 승지(承旨) 정약용(丁若鏞)이 강진으로 유배왔다. 15년이 지나 을해년(1815)에 내[修七]가 종형 수항(修恒)과 함께 구본 일기와 신본 일기를 가지고 적거(謫居)에 있는 다산초당에 가서 산정해주길 요청하니 승지 정약용 공이 흔쾌히 일을 해주었다. 만력(萬曆) 임진년 · 계사년 일기는 산삭한 것이 적고 갑오년 · 을미년 일기는 산삭한 것이 많으며, 병신년 일기는 원래 빠져있었고, 정유년·무술년 일기는 산삭한 것이 적었다. 그리고 을해년·경자년·신축년·임인년 일기는 대부분 줄이고 산삭하여 101일만 남았다. 그 취사하는 것은 사실을 보는 것을 기준으로 하였으니, 시사(時事)와 관계된 것으로 분주하여 힘을 다한 실상을 상고할 수 있는 것은 남겨두고 산삭하지 않았고, 전원에서 소요한 일이나 향리에서의 즐거운 모임과 관련된 내용은 갖출 수 없었으며, 야사(野史)는 산삭하고 기록하지 않았다. 이것이 그 산정한 기준이었다. 책은 모두 2책이었다.

일을 다 마칠 즈음에 이민수 공이 또 수운절도사(水軍節度使)로서 남해에 왔는데 내가 그 책을 가져가 보였다. 이공이 지극히[31] 그 정확하고 절도에 맞는 것을 칭찬하고서 판각하길 권했는데 다만 재력이 부족하여 우선 상자에 보관해고서 후대 사람을 기다린다. 아! 마음이 아프구나, 가난함이여!

정축년(1817) 동지 5일 전에 불초손(不肖孫) 수칠이 삼가 기록하다.

---

31) 지극히 : 원문은 '극(亟)'이지만 전후 맥락을 고려하여 '극(極)'으로 번역하였다.

▌간행 후기 ▌

본 역주서가 간행되기까지 참으로 많은 지원과 협조가 있었다. 이 자리를 빌려 다시 한 번 깊이 감사의 마음을 전하고자 한다. 우선 압해(구 영광) 정씨 문중의 정길상, 정화익, 정열상 세 분 어르신의 헌신적인 지원에 깊이 감사드리고자 한다. 이분들의 의지가 없었다면 이 책은 아마도 빛을 보지 못하였을 것이다. 보성 향토사학자 장홍래 선생님의 가르침도 보성 지역 역사와 전통 문화의 이해에 큰 도움이 되었음을 기록해둔다.

연구비 지원과 행정 지원을 해주신 전라남도 보성의 이용부 군수님과 번거로운 실무를 도맡아주신 문화관광과 김재균 과장님, 이진숙 계장님, 노성길 주무관님께도 감사의 뜻을 전하고자 한다. 보성군의 연구비 지원이 없었다면 결코 시작하기 어려운 사업이었을 것이다.

그리고 본 연구원의 조성택 원장님, 이형대 부원장님께도 감사의 말씀을 드리지 않을 수 없다. 조선시대 명가의 문헌을 수집·정리하고 번역·연구하는 기획을 전적으로 지원하고 성원해주셔서 무사히 첫 번째 결과를 낼 수 있었기 때문이다. 앞으로도 연구원에서는 이 사업을 지속적으로 추진하여 우리 전통문화유산의 계승과 발전에 이바지할 계획이다.

아울러 본 사업에 참여한 선후배 선생님들의 노고를 기록해두고자 한다. 번거로운 부탁을 마다않고 본 사업에 성심성의로 도움을 주신 류호진, 이남면, 오보라, 이종호, 정하정, 이승철 선생님께 깊은 감사의 마음을 전하는 바이다. 이분들의 도움이 없었다면 이 사업을 결코 마무리할 수 없었을 것이다.

끝으로 아름다운 책으로 만들어주신 도서출판 역락의 이대현 대표님, 박태훈 이사님, 홍혜정 과장님께도 감사의 마음을 전해드리고자 한다. 어렵고 힘든 출판의 소임을 흔쾌히 맡아주셔서 이 사업의 마무리에 결정적인 도움을 얻었다. 짧은 일정에도 정성스럽게 작업을 진행해주셔서 무사히 사업을 마칠 수 있었다.

이밖에도 도움을 주신 분들이 적지 않으나 일일이 다 기록하지 못하여 송구한 마음을 전해드리고 삼가 양해를 구하는 바이다. 한 권의 책이 나오기까지 참으로 많은 분들의 도움이 없이는 불가능함도 새삼 깨닫게 되었다. 그리고 짧은 일정에 추진되어 분명 오류나 잘못이 적지 않으리라 여겨진다. 모든 책임은 연구책임자인 본인의 몫이다. 많은 분들의 질정과 가르침을 삼가 고대해 마지않는다.

2017년 6월 어느 개인 날
안암동 추실재에서

연구책임자 **박종우**

고려대학교 국어국문학과 졸업
고려대학교 대학원 국어국문학과 졸업(문학박사, 한국한문학)
고려대학교, 국립한경대학교 강사
고려대학교 연구교수
전북대학교 쌀·삶·문명연구원 HK교수
현재 고려대학교 민족문화연구원 HK연구교수

저서 : 『한국한문학의 형상과 전형』(보고사), 『국역 고산유고(공역)』(소명출판) 외 다수
논문 : 「16세기 호남사림 한시의 무인 형상」, 「고산 윤선도 한시의 일고찰」 외 다수

반곡 정경달 시문집 II

초판 인쇄 2017년 6월 2일
초판 발행 2017년 6월 10일

저 자 정경달
역 자 박종우

펴낸이 이대현
편 집 홍혜정
표지디자인 최기윤
펴낸곳 도서출판 역락
주 소 서울시 서초구 동광로 46길 6-6 문창빌딩 2층
전 화 02-3409-2060(편집부), 2058(영업부)
팩 스 02-3409-2059
등 록 1999년 4월 19일 제303-2002-000014호
이메일 youkrack@hanmail.net

ISBN 979-11-5686-886-6 94810
    979-11-5686-884-2 세트

* 사전 동의 없는 무단 전재 및 복제를 금합니다.
* 파본은 구입처에서 교환해 드립니다. * 책값은 뒤표지에 있습니다.